Emanuel Kayser

Lehrbuch der geologischen Formationskunde

Emanuel Kayser

Lehrbuch der geologischen Formationskunde

Unveränderter Nachdruck der Originalausgabe von 1891.

1. Auflage 2022 | ISBN: 978-3-36842-162-5

Verlag: Outlook Verlag GmbH, Zeilweg 44, 60439 Frankfurt, Deutschland
Vertretungsberechtigt: E. Roepke, Zeilweg 44, 60439 Frankfurt, Deutschland
Druck: Books on Demand GmbH, In de Tarpen 42, 22848 Norderstedt, Deutschland

LEHRBUCH

DER

GEOLOGISCHEN

FORMATIONSKUNDE.

FÜR STUDIERENDE UND ZUM SELBSTUNTERRICHT

BEARBEITET VON

DR. EMANUEL KAYSER,

PROFESSOR AN DER UNIVERSITÄT MARBURG IN HESSEN.

MIT 70 TEXTFIGUREN UND 73 VERSTEINERUNGSTAFELN.

STUTTGART.
VERLAG VON FERDINAND ENKE.
1891.

ALLE RECHTE VORBEHALTEN.

Druck der Union Deutsche Verlagsgesellschaft in Stuttgart.

HERRN

ERNST BEYRICH

IN DANKBARER VEREHRUNG

GEWIDMET

VOM VERFASSER

Vorwort.

Als der Herr Verleger dieses Buches vor einigen Jahren zum erstenmale an den Verfasser mit der Aufforderung herantrat, für seine Sammlung kurzer naturwissenschaftlicher Lehrbücher ein solches der historischen Geologie zu schreiben, glaubte der Unterzeichnete dies besonders aus dem Grunde ablehnen zu sollen, weil er die grosse Zahl der vorhandenen Lehr- und Handbücher der Geologie ungern um ein neues vermehren wollte. Wenn derselbe späteren erneuten Aufforderungen dennoch nachgegeben hat, so muss er als Hauptentschuldigung den wohl von jedem Lehrenden empfundenen Wunsch geltend machen, seinen Schülern ein Buch in die Hände zu geben, welches den Gegenstand möglichst in der Weise behandelt, wie er es in seinen Vorlesungen thut. Ausserdem aber konnte der Unterzeichnete sich auch sagen, dass, so viele und treffliche Lehrbücher der Geologie oder einzelner Theile derselben wir auch besitzen, wir doch bis jetzt noch kein besonderes Lehrbuch der historischen Geologie oder, wie Verf. dieselbe lieber nennt, der Formationskunde besitzen.

Und doch bietet die selbständige Behandlung dieses wichtigen Abschnittes der geologischen Wissenschaft den Vortheil, in mancher Beziehung ausführlicher sein zu können als es in solchen Büchern möglich ist, die sich mit dem ganzen Umfange der Geologie beschäftigen. So gestattet der getrennte Vortrag der Formationskunde nicht nur ein Eingehen auf die in allen bisherigen Lehrbüchern sehr stiefmütterlich behandelte geschichtliche Entwickelung unserer Kenntniss der verschiedenen Formationen, sondern lässt auch eine weit eingehendere Berücksichtigung des organischen Inhaltes der letzteren zu. Nach beiden Richtungen war denn auch der Verf. bestrebt, in dem vorliegenden Buche über die schon vorhandenen Lehrbücher hinauszugehen.

Sollte aber die stärkere Betonung der Paläontologie von wirklichem Nutzen für den Lernenden sein, so schien es sich zu empfehlen, von besonders wichtigen fossilen Formen und Formengruppen nicht bloss die Namen, sondern zugleich eine wenn auch nur ganz kurze Charakteristik zu geben. Ausserdem aber musste auch eine weit grössere Zahl von möglichst nach den verschiedenen Formationsabtheilungen zu ordnenden Versteinerungen abgebildet werden, als man sie in den meisten Werken antrifft. Auch diesen beiden Forderungen hat der Unterzeichnete so weit wie thunlich gerecht zu werden versucht.

Von kurzen paläontologischen Diagnosen hätte ein noch ausgedehnterer Gebrauch gemacht werden können, wenn der dazu erforderliche Raum zu Gebote gestanden hätte. Was aber den Wunsch betrifft, dem Leser möglichst viele Leitversteinerungen in guten Abbildungen vorzuführen, so kann Verf. die Bereitwilligkeit, mit welcher der Herr Verleger trotz der beträchtlichen daraus erwachsenden Mühe und Kosten diesem Wunsche entsprochen hat, nur dankbar anerkennen. Er stützt aber auch gerade auf diesen Umstand die Hoffnung, dass das Buch vielen ein willkommenes und nützliches Hülfsmittel beim Studium sein werde.

Vor Benutzung des Buches wolle man die am Ende desselben aufgeführten Druckfehler und sonstigen Irrthümer berichtigen. In Betreff der Hinweise auf die abgebildeten Versteinerungen ist zu bemerken, dass dieselben stets durch eine in Klammern oder zwischen Gedankenstriche gesetzte römische und eine dahinterstehende arabische Zahl gegeben worden sind, von denen die erstere die betreffende Tafel-, die letztere die Figurennummer angiebt.

Bei der Ausdehnung des zu behandelnden Stoffes und dem grossen von den Abbildungen eingenommenen Raum war im Allgemeinen eine ziemliche Einschränkung geboten. Nur die geologischen Formationen Deutschlands konnten eingehender besprochen werden, während über die sonstigen europäischen und noch mehr die aussereuropäischen Ablagerungen nur das Allernothwendigste mitgetheilt werden konnte.

Der Verf. ist in der günstigen Lage, die Geologie des deutschen Bodens zum grösseren Theil aus eigener Anschauung zu kennen. Auch hat er die ihm zugängliche Litteratur überall nach besten Kräften zu verwerthen gesucht. Dennoch muss er bei dem gewaltigen Umfange, den die Geologie in unseren Tagen erlangt hat, befürchten, dass sein Buch im Einzelnen mancherlei Versehen und Irrthümer enthalten werde. Er würde sich freuen, wenn dasselbe trotzdem eine freundliche Aufnahme fände, und wird allen Fachgenossen, die ihn auf Fehler aufmerksam machen wollen, zu aufrichtigem Danke verpflichtet sein.

Marburg, im November 1890.

Prof. E. Kayser.

Inhalt.

	Seite
Einleitung	1
Allgemeine Vorbemerkungen	1
Uebersicht über die Eintheilung der Sedimentformationen	6
Ursprung und frühester Zustand der Erde	10

I. Archäische oder primitive Gesteinsgruppe (Urgebirge) ... 13

Allgemeine Eigenschaften und Zusammensetzung des Urgebirges . 13
Lagerung und geologisches Auftreten des Urgebirges 17
Gliederung des Urgebirges 19
Verbreitung des Urgebirges 24
Ansichten über die Entstehung desselben 24

II. Paläozoische oder primäre Formationsgruppe 28

A. Cambrische Formation 29
   Geschichtliches 29
   Verbreitung und Entwickelung der Formation 31
   Paläontologischer Charakter der cambrischen Formation ... 41

B. Silurische Formation 46
   Geschichtliches 46
   Verbreitung und Entwickelung der Formation 48
   Paläontologischer Charakter der silurischen Formation ... 65

C. Devonische Formation 78
   Geschichtliches 78
   Verbreitung und Entwickelung der Formation 80
   Paläontologischer Charakter der Devonformation 99

D. Carbonische Formation 110
   Allgemeines und Geschichtliches 110
   Verbreitung und Entwickelung der Formation 114
   Ueber die Bildungsweise der Steinkohlen 127
   Paläontologischer Charakter der Carbonformation 129

E. Permische Formation 143
   Allgemeines und Geschichtliches 143
   Verbreitung und Entwickelung der Formation 146
     1. Das Rothliegende 146
     2. Zechstein-Bildungen 151
     3. Ausserdeutsche Permbildungen 155
   Paläontologischer Charakter der Permformation 160
   Die carbonisch-permische Eiszeit 167

III. Mesozoische oder secundäre Formationsgruppe ... 170

A. Triasformation 171
   Allgemeines und Geschichtliches 171
   Die germanische Trias 173

VIII Inhalt.

Seite
1. Der Bunte Sandstein 175
2. Der Muschelkalk 179
3. Der Keuper 184
Die Trias Englands, des östlichen Nordamerika und Südafrikas 192
Die alpine Trias 193
Paläontologischer Charakter der Triasformation 206

B. Juraformation 210

Allgemeines und Geschichtliches 210
Verbreitung und Entwickelung der Juraformation 214
I. Mitteleuropäischer Jura 214
1. Der Lias oder untere Jura 217
2. Der mittlere oder braune Jura (Dogger) 224
3. Der obere oder weisse Jura (Malm) 230
II. Der alpine Jura 236
III. Der russische Jura 238
Sonstige Verbreitung der Juraformation und Klimazonen der
Jurazeit 240
Paläontologischer Charakter der Juraformation 241

C. Kreideformation 248

Allgemeines und Geschichtliches 248
Verbreitung und Entwickelung der Kreideformation in Europa 253
I. Untere Kreide 253
Untere Kreidebildungen Deutschlands, Nordfrankreichs und
Englands 253
Untere Kreidebildungen Südeuropas 263
II. Obere Kreide 265
Obere Kreidebildungen Deutschlands, Englands und Nord-
frankreichs 265
Obere Kreidebildungen Südeuropas 280
Aussereuropäische Kreidebildungen 282
Paläontologischer Charakter der Kreideformation 283

IV. Neozoische Formationsgruppe 289

A. Tertiärformation 290

Allgemeines und Geschichtliches 290
Alttertiär oder Paläogen 295
I. Eocän 295
II. Oligocän 303
Paläontologischer Charakter des Alttertiärs 312
Jungtertiär oder Neogen 316
I. Miocän 316
II. Pliocän 325
Paläontologischer Charakter des Jungtertiärs 328

B. Quartärformation 336

I. Diluvium 337
Allgemeines und Geschichtliches 337
Verbreitung und Entwickelung des Diluviums . . . 340
Säugethierfauna des Diluviums 355
II. Alluvium 360

Register 362
Zusätze und Berichtigungen 387

Einleitung.

Allgemeine Vorbemerkungen.

Die **Formationskunde** ist nur ein Theil der ausgedehnten Wissenschaft der **Geologie**, d. h. der **Lehre von der stofflichen** (und zwar besonders mineralischen) **Zusammensetzung, dem Bau und der Bildungsgeschichte des Erdkörpers**.
Wie in anderen Wissenschaften, so kann man auch in der Geologie mehrere verschiedene Zweige oder Disciplinen unterscheiden; so die physische Geologie, welche sich mit der Gestalt und Grösse, den Dichtigkeits- und Wärmeverhältnissen, den allgemeinen Contour- und Reliefformen der Erdoberfläche und anderen ähnlichen Gegenständen beschäftigt, ferner die dynamische oder mechanische Geologie, welche die geologischen Wirkungen des Vulkanismus, des Wassers u. s. w. behandelt, die tektonische Geologie oder Geotektonik, welche uns mit den Lagerungsformen der die Erdrinde zusammensetzenden Gesteine bekannt macht, die petrographische Geologie oder Petrographie, welche uns die chemische und mineralische Zusammensetzung, sowie die Art des Vorkommens und die Verbreitung der verschiedenen Gesteinstypen kennen lehrt, und endlich die **Formationskunde**. Diese hat die Aufgabe, die **Zusammensetzung, Verbreitung und die organischen Einschlüsse der geologischen Formationen**, d. h. der Gesteinsbildungen, welche in den verschiedenen auf einander folgenden grossen Zeitabschnitten der Erdgeschichte entstanden sind, zu erforschen, und giebt uns damit eine Art **Entwickelungsgeschichte des Erdballs und der ihn bewohnenden Thier- und Pflanzenwelt** von den ältesten Zeiten an bis auf die Gegenwart. Als wesentlich gleichbedeutend mit der Bezeichnung Formationslehre werden auch die Ausdrücke Stratigraphie und historische Geologie gebraucht.

Ueberblickt man die Gesammtheit der die feste Erdrinde bildenden Gesteine, so findet man, dass dieselben sich in zwei Hauptklassen trennen lassen, nämlich 1. Eruptivgesteine, welche nach Art der heutigen Laven in heissflüssigem Zustande aus dem Innern der Erde emporgestiegen und durch Erstarrung in festen Zustand übergegangen sind, und 2. Sedimentgesteine, welche entweder Ablagerungen fester, vom Wasser mechanisch mitgeführter Theile oder Abscheidungen aus mineralischen Lösungen darstellen. Gegenüber diesen beiden grossen Gruppen hat eine dritte, die der äolischen oder subaërischen Gesteine — Absätze vom Winde herbeigetragener und auf trockenem Lande abgelagerter Mineralstoffe, wie gewisse Berglehme, vulkanische Tuffe und Dünenbildungen — nur eine geringe Bedeutung.

Die Sedimentgesteine unterscheiden sich von den Eruptivgesteinen namentlich durch zwei Eigenschaften, nämlich ihre Schichtung und ihre Versteinerungsführung. Die Schichtung kommt zwar nicht allen, aber doch den allermeisten Sediment- oder „Schicht"-Gesteinen zu. Man versteht darunter die Eigenschaft, dass sich die ganze Gesteinsmasse in parallele, platten- oder tafelförmige Körper (Schichten) theilt. Jede Schicht ist von der über- und unterliegenden durch eine Schichtfuge getrennt und als Ergebniss eines ununterbrochenen sedimentären Vorganges zu betrachten, während jede Schichtfuge einen wenn auch nur kurzen Stillstand, eine Pause in der Sedimentation andeutet. Besitzt eine Anzahl übereinanderliegender Schichten eine ähnliche Beschaffenheit und Bildungsweise, so bezeichnet man dieselben als Schichtenfolge, Schichtenreihe, Schichtencomplex oder Schichtensystem. Was die Versteinerungen betrifft, so kommen auch sie nicht allen, aber doch der grossen Mehrzahl der Sedimentgesteine zu. Sie stellen im Gestein eingebettete, mehr oder weniger mineralisirte [1]) Reste der Thiere und Pflanzen dar, welche zur Zeit der Bildung der betreffenden Schichten gelebt haben.

Unsere ganze geologische Zeitrechnung beruht nun ausschliesslich auf den Sedimentgesteinen, da nur sie in Folge ihrer Schichtung und Versteinerungsführung die Möglichkeit bieten, ihre Bildungszeit gleichmässig auf weite Erstreckung, ja über die ganze Erde zu verfolgen. Die Eruptivgesteine lassen sich zu diesem Zwecke nicht verwerthen, weil sie keine Merkmale besitzen, die einen sicheren Schluss auf ihr Alter zulassen. Ihr Alter lässt sich vielmehr nur nach dem Alter der Sedimentgesteine bestimmen, welche sie durchbrochen haben.

In Betreff der Schichtung ist bereits hervorgehoben worden, dass jede einzelne Schicht als Vertreter eines besonderen, wenn auch verhältnissmässig sehr kurzen geologischen Zeitabschnittes anzusehen ist. Da aber jede Schichtenreihe aus zahlreichen, gleich den Blättern eines Buches übereinanderliegenden Schichten zusammengesetzt ist, und ebenso jede Formation aus einer Mehrzahl übereinanderliegender Schichtenreihen, so erhalten wir dadurch die Möglichkeit, das Alter

---

[1]) Eine auffällige Ausnahme von dieser Regel bilden die im diluvialen Eisboden Sibiriens sich findenden, mit Haut und Haaren erhaltenen, doch auch als Versteinerungen zu betrachtenden Mammuth- und *Rhinoceros*-Leichname.

jeder beliebigen Schicht im Verhältniss zu einer anderen Schicht derselben Reihe, und ebenso das Alter einer jeden Schichtenreihe im Verhältniss zu einer anderen Schichtenreihe zu ermitteln. Dabei gilt als wichtigste Regel, dass unter normalen Umständen, d. h. bei ungestörter oder wenig gestörter Lagerung der Schichten, **jede höher liegende Schicht jünger ist als die tiefere**. Nach diesem Hauptgrundsatze der Lagerungslehre hat man seit alter Zeit, noch ehe es eine geologische Wissenschaft gab, das Aeltere von dem Jüngeren oder, wie unsere alten Bergleute sich ausdrückten, das **Liegende vom Hangenden** getrennt.

Hinsichtlich der gegenseitigen Lagerung zweier Schichtenreihen hat man in erster Linie zwischen **concordanter oder gleichförmiger** und **discordanter oder ungleichförmiger Lagerung** zu unterscheiden. Im ersten, gewöhnlichen Falle besitzen beide Schichtenreihen eine gleiche Lagerung (das nämliche Streichen und Fallen). Man darf dann annehmen, dass zwischen der Ablagerung des älteren und des jüngeren Gliedes keine grössere zeitliche Unterbrechung stattgefunden hat. Bei ungleichförmiger Lagerung dagegen besitzen beide Gesteinsfolgen ihre besondere, von derjenigen der anderen abweichende Lagerung, und in diesem Falle muss zwischen der Bildung des älteren und des jüngeren Gliedes eine gewisse Zeit verflossen sein, während welcher das ältere Glied aus seiner ursprünglichen horizontalen Lage herausgerückt, aufgerichtet und unter Umständen gefaltet worden ist.

Eine besondere Art der Lagerung, die bei ihrer Wichtigkeit hier nicht unerwähnt bleiben darf, ist die **übergreifende** oder **transgredirende** (Transgression der Schichten). Dieselbe besteht darin, dass eine Schichtenfolge über das Verbreitungsgebiet der nächstälteren, sie gleichförmig unterlagernden Schichtenfolge dergestalt übergreift, dass sie auf grössere Erstreckung unmittelbar auf einer dritten, noch älteren, meist abweichend gelagerten Schichtenreihe aufliegt. So liegt z. B. das Rothliegende der Saargegend übergreifend auf dem es gleichförmig unterlagernden Saarbrücker Steinkohlengebirge, so dass es im Norden des letzteren unmittelbar auf den älteren, steil aufgerichteten Devonschichten des Hunsrück aufruht.

Transgressionen weisen stets darauf hin, dass nach Ablagerung des älteren Schichtensystems (im oben angenommenen Beispiele des Kohlengebirges) eine Ueberfluthung der Ränder des Ablagerungsbeckens eintrat, in Folge welcher die jüngere Schichtenreihe (in unserem Fall das Rothliegende) über einem grösseren Gebiete als die ältere abgelagert wurde.

Was die Möglichkeit der **Altersbestimmung eines Gesteins nach seinen Versteinerungen** betrifft, so erklärt sich dieselbe daraus, dass die Erde im Laufe ihrer Geschichte von einer langen Reihe sehr verschiedenartiger Faunen und Floren bevölkert worden, und dass demgemäss auch die Versteinerungen der verschiedenen Formationen und Formationsabtheilungen von einander sehr verschieden sind. Nachdem aber durch die Bemühungen mehrerer Generationen von Forschern der Entwickelungsgang des organischen

Lebens jetzt in seinen Grundzügen festgestellt ist, ist es zugleich möglich geworden, aus dem Charakter einer gegebenen fossilen Fauna oder Flora ihr relatives Alter zu bestimmen, d. h. festzustellen, ob sie jünger oder älter als eine andere ist. Da nämlich die Fauna und Flora einer jeden geologischen Epoche sich aus derjenigen der ihr vorangegangenen Epoche entwickelt hat und die heutige Lebewelt nur das Endglied dieser Entwickelungsreihe darstellt, so liegt es auf der Hand, dass im Allgemeinen **jede fossile Fauna oder Flora derjenigen der Jetztzeit um so ähnlicher sein muss, je jünger sie ist, und umgekehrt um so unähnlicher, je älter sie ist.**

Dieser Satz ist zwar natürlich nur im ganzen Grossen gültig. Denn es kann nicht zweifelhaft sein, dass ebenso wie heutzutage schon in der geologischen Vorzeit der Charakter der Thier- und Pflanzenwelt durch geographische Unterschiede beeinflusst worden ist. Dazu kamen dann noch allerhand andere örtliche Verschiedenheiten. Die Landthiere waren stets andere als die Wasserthiere und unter diesen waren wiederum die Meeresthiere andere als die Süsswasserbewohner. Endlich mussten sich auch zu allen Zeiten, wie heute, die Einflüsse der verschiedenen Höhenlage, der Feuchtigkeit, des Bodens u. s. w. geltend machen. Alle diese Umstände mussten zusammenwirken, um seit den ältesten Zeiten allerlei regionale Verschiedenheiten der unsere Erde während einer bestimmten Epoche bevölkernden Thier- und Pflanzenwelt hervorzubringen. Nichtsdestoweniger ist es ein durch hundertfältige Erfahrung bestätigter, sich alle Tage auf's Neue bewährender Satz, dass abgesehen von allen örtlichen Unterschieden **die allgemeine Reihenfolge der Faunen und Floren der verschiedenen geologischen Perioden auf der ganzen Erde die nämliche gewesen ist.** So ist nicht nur die Aufeinanderfolge der verschiedenen grossen paläozoischen Faunen vom Cambrium an bis zum Perm an den entlegensten Punkten des Erdenrundes die gleiche; nein, auch die verschiedenen Ammonitenfaunen der Juraformation, welche doch nur verhältnissmässig kurzen geologischen Zeitabschnitten entsprechen, wiederholen sich in geradezu staunenswerther Uebereinstimmung in den verschiedensten Theilen Europas ebenso wie in Indien und Südamerika.

Die Altersbestimmung der Schichten mittelst ihrer Versteinerungen wird aber nicht nur dann ausführbar sein, wenn es sich um Ablagerungen einer und derselben Gegend handelt, sondern auch dann, wenn dieselben weit von einander getrennt sind, wenn also z. B. europäische mit amerikanischen Schichten verglichen werden sollen. Auch in diesem Falle nämlich wird man annehmen dürfen, dass

  1. **gleichzeitige (äquivalente, homotaxe) Ablagerungen auch mehr oder weniger ähnliche Faunen und Floren einschliessen, und dass**

  2. **mit der Jugend einer Fauna und Flora im Allgemeinen auch ihre Aehnlichkeit mit den jetzt lebenden Faunen und Floren zunimmt.**

Die durch örtliche Abweichungen der Lebensbedingungen verursachten Verschiedenheiten im Charakter der organischen Reste gleichalteriger Schichten werden als paläontologische Facies bezeichnet. So findet sich nicht selten sogar in einer und derselben Gegend neben einer Ammoniten- oder überhaupt Cephalopodenfacies eine gleichaltrige Brachiopoden-, Conchiferen-, Korallen- oder sonstige Facies. Noch einschneidender sind die Unterschiede zwischen einer marinen und einer gleichzeitigen Süsswasser- (limnischen) Facies.

Die Unterschiede in der Gesteinsbeschaffenheit der verschiedenen Formationen und Formationsabtheilungen geben nur sehr geringe Anhaltspunkte für die Altersbestimmung der Schichten. Es gab allerdings eine Zeit, wo man glaubte, dass sich während eines jeden grösseren geologischen Zeitabschnittes ganz bestimmte, für die betreffende Epoche auszeichnende Gesteine gebildet hätten, und aus dieser Zeit stammen die Ausdrücke Kreideformation, Oolith-, Grauwacken-, Kohlengebirge u. a. m. Diese Anschauung hat sich indess als irrthümlich erwiesen. Man weiss jetzt, dass z. B. Oolithgesteine und Steinkohlen in den allerverschiedensten Formationen vorkommen. Umgekehrt aber können, wie sich herausgestellt hat, gleichaltrige Ablagerungen in verschiedenen Gegenden durch ganz abweichende Gesteine vertreten sein: so in einer Gegend durch Sandsteine und Conglomerate, in einer anderen durch Schiefer, in einer dritten durch Kalksteine u. s. w.

Es kann aber auch nicht anders sein. Da nämlich die Sedimentbildung zu allen Zeiten in verschiedenen, räumlich mehr oder weniger getrennten Becken stattgefunden hat — und zwar nicht nur in marinen, sondern auch in Süsswasserbecken — und da die Beschaffenheit des abgelagerten Materials nicht nur in jedem einzelnen Becken, sondern auch an verschiedenen Punkten desselben Beckens eine verschiedene sein konnte und nachgewiesenermaassen vielfach gewesen ist, so musste sich natürlich auch die petrographische Beschaffenheit der gleichzeitig entstehenden Schichten im Einzelnen sehr verschieden gestalten. Der so häufig zu beobachtende Wechsel in der petrographischen Ausbildung einer bestimmten Schicht oder Schichtenreihe in ihrem Fortstreichen, ihr Uebergang aus Schiefern in Sandsteine und Conglomerate, aus Thonen in Mergel und Kalksteine u. s. w. ist also etwas sehr Natürliches. Daraus folgt aber unmittelbar, dass die petrographische Beschaffenheit einer Schichtenreihe im Allgemeinen nur etwas sehr Unwesentliches, für ihre Altersbestimmung Gleichgültiges sein kann. Nur örtlich haben petrographische Merkmale zur Wiedererkennung einer bestimmten Schicht oder Schichtenfolge eine grössere Bedeutung.

Nichtsdestoweniger ist der Wechsel der „petrographischen Facies" weder für die Praxis noch auch für die Wissenschaft ganz ohne Belang. Die Erfahrung hat nämlich gelehrt, dass mit der Aenderung in der Gesteinsbeschaffenheit fast immer auch eine Aenderung in der Petrefactenführung Hand in Hand zu gehen pflegt, dass mit anderen Worten petrographische und paläontologische Facies einander zum guten Theil decken.

Nach Lagerung, paläontologischem Charakter und bis zu einem gewissen Grade auch nach der Gesteinsentwickelung theilt man die Gesammtheit der geschichteten Gesteine in eine Reihe grosser Abtheilungen, welche in Deutschland und zum Theil auch in England und Nordamerika als **Formationen** bezeichnet werden, während man in **Frankreich** als gleichbedeutend den Ausdruck **terrains** gebraucht. Auf den letzten internationalen Geologencongressen ist statt dieser Bezeichnungen das Wort **System** vorgeschlagen worden; aber ganz abgesehen davon, dass dasselbe bei seiner Vieldeutigkeit keineswegs glücklich gewählt erscheint, glauben wir auch nicht, dass dasselbe den bei uns allgemein eingebürgerten Ausdruck Formation wird zu verdrängen im Stande sein.

Während mehrere aufeinanderfolgende und sich nahestehende Formationen oder Systeme zu einer grösseren Einheit, der **Gruppe**, vereinigt werden, so zerlegt man umgekehrt jede Formation in mehrere **Abtheilungen** oder **Stockwerke** (série, section), diese wieder in **Stufen** (étage) und Unterstufen (sous-étage) und diese in **Lager** oder **Zonen**, innerhalb welcher man dann noch einzelne Schichten (couches, beds) unterscheiden kann.

Zeitlich entspricht der Gruppe die **Aera** (Zeitalter), der Formation oder dem System die **Periode**, der Abtheilung oder dem Stockwerke die **Epoche**, der Stufe endlich das **Alter**.

Gewöhnlich nimmt man als kleinste geologische Einheit nicht die Schicht, da diese bei ihrer in der Regel sehr beschränkten Verbreitung von zu örtlicher Bedeutung ist, sondern die **Zone**, d. h. eine Anzahl von Schichten, welche durch eine ganz bestimmte Fauna oder durch einige oder auch nur eine einzige, aber dann besonders bezeichnende und möglichst verbreitete Versteinerung, eine sogen. **Leitform** oder **Leitmuschel**, ausgezeichnet sind.

Bis jetzt ist eine strenge paläontologische Zoneneintheilung nur für wenige Formationen, so besonders für den Jura und die Kreide, aufgestellt worden; das Streben der neueren Geologie geht indess dahin, eine ähnliche Gliederung auch für die übrigen Formationen durchzuführen.

Uebersicht über die Eintheilung der Sedimentformationen.

Die Gliederung der Sedimentgesteine ist ausgegangen vom mittleren Deutschland, von der Gegend zwischen Harz und Thüringerwald, insbesondere dem Mansfeld'schen. Hier, wo seit Jahrhunderten der wichtigste deutsche Kupferbergbau betrieben wird, erkannte man zuerst, dass die Schichtenfolge, welche das **Flötz**, d. h. das nur wenige Fuss mächtige, erzführende Schieferlager einschliesst, sowohl unter als über dem letzteren eine ganz bestimmte, auf weite Erstreckung wesentlich unverändert bleibende Zusammensetzung besitze. Diese Zusammensetzung wurde mit grosser Genauigkeit festgestellt und die ganze Schichtenfolge unter dem Namen **Flötzgebirge** von den inselförmig aus derselben hervorragenden älteren Gebirgskernen des Harzes und Thüringerwaldes, dem Grundgebirge, getrennt.

In den genannten Gegenden brach sich mithin die wichtige, den alten Völkern noch ganz abgehende Erkenntniss, dass die verschiedenen, die Erdrinde zusammensetzenden Gesteinsbildungen nicht regellos vertheilt, sondern in einer gesetzmässigen Reihenfolge über einander gelagert seien, zuerst Bahn. Dieser Gedanke wurde weiter verfolgt und wissenschaftlich entwickelt namentlich durch den berühmten ABRAH. GOTTL. WERNER, der in der zweiten Hälfte des vorigen Jahrhunderts an der Bergwerksschule zu Freiberg im Erzgebirge vor einer grossen Zahl aus dem ganzen gebildeten Europa herbeiströmender Schüler Mineralogie und Geologie oder, wie man diese Wissenschaften damals nannte, Oryctognosie und Geognosie lehrte. WERNER unterschied 4 Hauptabtheilungen, nämlich 1. Urgebirge, 2. Uebergangsgebirge, 3. Flötzgebirge und 4. Aufgeschwemmtes Gebirge. Er theilte mithin das Grundgebirge in 2 Formationen und fügte noch eine weitere für die jüngsten, zum Theil noch in Bildung begriffenen Ablagerungen hinzu. Das Urgebirge sollte die krystallinischen, petrefactenfreien Schiefer des sächsischen Erzgebirges umfassen, das Uebergangsgebirge aber, wie der Name aussagt, eine Art Uebergang vom Grund- zum Flötzgebirge darstellen, indem es durch seine zum Theil noch krystallinische Beschaffenheit dem ersteren, dagegen durch seine, wenn auch im Ganzen noch sparsame Petrefactenführung dem letzteren nahe stehen sollte.

WERNER's Lehren verbreiteten sich über ganz Europa, wurden aber ausserhalb Deutschlands nach Maassgabe der geologischen Verhältnisse der betreffenden Länder vielfach umgemodelt und erweitert. So ersetzten die Franzosen die ihnen unbequemen Ausdrücke Grund-, Uebergangs- und Flötzgebirge durch die Namen terrain primitif, t. primaire (oder auch t. de transition) und t. sécondaire und fügten zu diesen als ein weiteres, jüngeres Hauptglied das in der Umgebung von Paris ausgezeichnet entwickelte und eine Fülle trefflich erhaltener Versteinerungen einschliessende t. tertiaire. Auch bei der Untersuchung der Sedimentgesteine Englands stellte sich heraus, dass dort gewisse Formationen entwickelt seien, die von allen in Sachsen und Thüringen entwickelten wesentlich verschieden waren. Dieselben wurden dem geologischen System unter den Bezeichnungen Oolith- und Kreidegruppe eingefügt und die erstgenannte Gruppe noch weiter in Lias und eigentlichen Oolith eingetheilt — Namen, welche HUMBOLDT und L. v. BUCH auch in Deutschland einzubürgern bestrebt waren.

Von grossem Einflusse auf die weitere Entwickelung der stratigraphischen Nomenclatur in Deutschland wurde das durch v. DECHEN ins Deutsche übersetzte „Handbuch der Geognosie von DE LA BECHE"[1]), welches im Ganzen 8 Gruppen unterschied, nämlich 1. Grauwackengruppe (= WERNER's Uebergangsgebirge), 2. Kohlengruppe, 3. Gruppe

---

[1]) Berlin 1832.

des rothen Sandstein (= dem Thüringer Flötzgebirge), 4. Oolithgruppe, 5. Kreidegruppe, 6. Gruppe der Bildungen über der Kreide (= t. tertiaire der Franzosen), 7. Geschiebegruppe (= unserem heutigen Diluvium), 8. Gruppe der gegenwärtigen Bildungen (= Alluvium). Der englische Einfluss zeigt sich auch in den wichtigen und gelehrten Handbüchern BRONN's [1]), in welchen eingetheilt wird in 1. Kohlenperiode (= der gleichnamigen Gruppe bei DE LA BECHE nebst der Grauwackengruppe desselben Autors), 2. Salzperiode (= dem thüringischen Flötzgebirge), 3. Oolithperiode, 4. Kreideperiode und 5. Molassenperiode (Tertiär und Diluvium).

Darnach finden die in Deutschland und England in den 30er Jahren üblichen Eintheilungen und ihre Beziehungen zur WERNER-schen wie zu der heutigen Gliederung ihren Ausdruck in folgender Zusammenstellung:

WERNER	Deutschland	England	Jetzige Eintheilung
Aufge-schwemmtes Gebirge	Molassen-periode	Gegenwärt. Bildungen Geschiebegruppe Gruppe üb. d. Kreide	Alluvium } Quartär Diluvium } Tertiär
Flötzgebirge	Kreideperiode Oolithperiode Salzperiode	Kreidegruppe Oolithgruppe Rothsandsteingruppe	Kreide Jura Trias
Uebergangs-gebirge	Kohlenperiode	Kohlengruppe Grauwackengruppe	Paläozoische Formationen
Urgebirge	—	—	Archäische Bildungen

Die Eintheilung des WERNER'schen Uebergangsgebirges, dieses mächtigen, unseren jetzigen paläozoischen Formationen entsprechenden Schichtencomplexes, fällt erst in das Ende der 30er und den Beginn der 40er Jahre, eine Zeit, wo die Kenntniss der jüngeren Formationen bereits weit fortgeschritten war. Der Grund dieser Erscheinung liegt in den grossen, sich gerade dem Studium der älteren Ablagerungen entgegensetzenden Schwierigkeiten, unter denen namentlich ihre meist sehr verwickelte Lagerung und ihre Versteinerungsarmuth hervorzuheben sind. Deutschland, wo Cambrium und Silur fast gänzlich fehlen, war für Gliederungsversuche des Grauwackengebirges ein besonders schwieriges Gebiet, und auch Frankreich war in dieser Hinsicht nicht viel geeigneter. Günstiger dagegen liegen die Verhältnisse in England und daher ist es auch dies Land, von wo die Eintheilung der älteren Ablagerungen ausgegangen ist und welches den paläozoischen Formationen ihre Namen gegeben hat. Die jetzige Gliederung der fraglichen Schichtengruppe und das Verhältniss der verschiedenen Formationen zu den älteren Bezeichnungen sind aus folgender Zusammenstellung ersichtlich:

---

[1]) Lethaea geognostica, 1833—38, und Handbuch der Geschichte der Natur, 1841—49.

Einleitung. 9

Aeltere Bezeichnungen	Jetzige Bezeichnung
Unterer Theil der Rothsandsteingruppe	Perm-Formation
Kohlengruppe der Engländer, Kohlengruppe bei Bronn zum Theil	Carbon-Formation
Uebergangs- oder Grauwackengruppe	Devon-Formation Silur-Formation Cambrische Formation

Wie man diese 5 ältesten Formationen zu einer grossen **paläozoischen Gruppe** vereinigt, so fasst man jetzt die Trias-, Jura- und Kreideformation zu einer **mesozoischen** und die Tertiär- und Quartärformation zu einer **neo-** oder **känozoischen Gruppe** zusammen, denen man oft als eine weitere Hauptgruppe die **azoische** oder **archäische** für die Urgebirgsgesteine zufügt. Diese grossen Gruppen entsprechen den Hauptabschnitten oder Zeitaltern (Aeren) der Erdgeschichte, und zwar die azoische der Urzeit, die paläozoische dem Alterthum, die mesozoische dem Mittelalter und die neozoische der Neuzeit derselben.

Nach alle dem ergiebt sich für die Gesammtheit der Sedimentbildungen folgende Eintheilung in Gruppen und Formationen, von denen die letzteren wieder in folgende Hauptglieder zerlegt werden:

I. Neozoische Gruppe.

1. Quartärform. { Alluvium
   { Diluvium

2. Tertiärform. { Pliocän
   { Miocän
   { Oligocän
   { Eocän.

II. Mesozoische Gruppe.

1. Kreideform. { Obere Kreide
   { Untere Kreide

2. Juraform. { Oberer Jura
   { Mittlerer Jura
   { Unterer Jura (Lias)

3. Triasform. { Keuper
   { Muschelkalk
   { Buntsandstein.

III. Paläozoische Gruppe.

1. Permform. { Zechstein
   { Rothliegendes

2. Carbonform. { Ober-Carbon (Productives Carbon)
   { Unter-Carbon (Culm und Kohlenkalk)

3. Devonform. { Ober-Devon
   { Mittel-Devon
   { Unter-Devon

4. Silurform. { Ober-Silur
   { Unter-Silur

5. Cambrische Formation.

IV. Azoische oder archäische Gruppe.

Urgebirge.

Ursprung und frühester Zustand der Erde.

Die Erde hat denselben Ursprung wie die übrigen Planeten unseres Sonnensystems und die Sonne selbst. Ursprünglich bildeten alle diese Körper einen einzigen, gewaltigen Gasball. Von diesem haben sich einer nach dem anderen die Planeten (und von diesen wieder deren Trabanten) losgelöst, während die übrigbleibende Hauptmasse sich zum Centralkörper des ganzen Systems, der Sonne, gestaltete.

Dies ist in wenigen Worten die Ansicht von der Entwickelung unseres Planetensystems, die als die KANT-LAPLACE'sche Theorie bekannt ist. Zu Gunsten derselben lassen sich eine ganze Reihe astronomischer und physikalischer Thatsachen anführen, wie die übereinstimmende Bewegungsrichtung und das (nahezu vollständige) Zusammenfallen der Bahnebenen aller Planeten, ferner der Ring des Saturn und die allmähliche Dichtezunahme der Planeten in der Richtung nach der Sonne zu, wie auch bei jedem einzelnen von der Oberfläche nach innen [1]). Andere noch wichtigere Beweise verdanken wir der spectralanalytischen Erforschung unserer Sonne und anderer noch fernerer Himmelskörper. Dieselbe hat ergeben, dass 1. gewisse unter ihnen, die sogen. Nebelflecken, gewaltige, ausschliesslich aus glühenden Gasen bestehende Massen sind, dass 2. andere, die sogen. Sonnen, zu denen auch unsere Sonne gehört, Körper darstellen, bei denen es in Folge lange fortgesetzten Wärmeverlustes und der damit zusammenhängenden Verdichtung ihrer Masse zur Bildung eines flüssigen Kernes gekommen ist, welche somit aus einem inneren glühend-flüssigen Theil und einer äusseren Gashülle bestehen, während endlich 3. eine letzte Art von Weltkörpern, die erloschenen, solche sind, die in Folge noch weiterer Abkühlung von der Oberfläche aus in Erstarrung übergegangen und damit ihr früheres Leuchtvermögen eingebüsst haben. Zu dieser letzten Art von Körpern gehören unsere Erde, sämmtliche Planeten und Monde sowie gewisse dunkle Sterne anderer Sonnensysteme.

Wir wissen also jetzt, dass von allen Hauptzuständen, welche die LAPLACE'sche Theorie für die Entwickelung sämmtlicher Himmelskörper annimmt, nämlich 1. dem ursprünglichen Gasball, 2. dem Gasball mit schmelzflüssigem Kern und 3. dem erstarrten Weltkörper, Beispiele noch jetzt neben einander vorhanden sind, und dieser Umstand verleiht der genannten Theorie eine so hohe Wahrscheinlichkeit, dass wir dieselbe als durchaus gesichert ansehen dürfen.

Wenn wir demgemäss den angegebenen Entwickelungsgang als den aller Weltkörper betrachten und in Folge dessen auch für unsere Erde annehmen, **dass dieselbe in einer sehr weit zurückliegenden Zeit eine schmelzflüssige, leuchtende Kugel darstellte, welche sich später von der Oberfläche aus mit einer festen**

---

[1]) Eine solche ist nicht nur für die Erde, sondern auch für den Jupiter festgestellt.

Erstarrungskruste bekleidete, so steht diese Annahme nicht nur in vollstem Einklang mit alten, aus rein geologischen Thatsachen abgeleiteten Schlüssen, sondern ebenso mit den Ergebnissen der neuesten, astronomisch-physikalischen Forschung.

Die Annahme einer ehemaligen Erstarrungskruste ist nach obigen Ausführungen eine durchaus nothwendige. Diese Annahme kann aber auch aus dem Grunde nicht umgangen werden, weil sowohl die ältesten Sedimente eine Unterlage voraussetzen, auf der sie sich ablagerten, als auch die ältesten Eruptivgesteine etwas, was sie durchbrachen. Man darf auch nicht vergessen, dass die ersten Sedimente, einerlei ob sie chemischer oder mechanischer Natur waren, mit Nothwendigkeit ein älteres, bereits vorhandenes Gesteinsmaterial voraussetzen, aus dessen chemischer oder mechanischer Zerstörung sie hervorgingen, und dieses Material kann nur die Erstarrungskruste des gluthflüssigen Erdballs geliefert haben.

Wenn somit die Annahme einer Erstarrungsdecke, obwohl dieselbe unbegreiflicher Weise zeitweilig als ein blosses Phantasiegebilde betrachtet worden ist, eine unumgängliche Nothwendigkeit ist, so ist es doch eine andere Frage, ob irgendwo Gesteine vorhanden sind, die sich mit mehr oder weniger Wahrscheinlichkeit als Reste derselben deuten lassen. Ist eine solche Deutung überhaupt für irgend ein Gestein zulässig, so für kein anderes mit gleichem Rechte wie für den Gneiss, welcher — wie später näher auszuführen sein wird — mit erstaunlicher Gleichartigkeit als tiefste bekannte Gesteinsbildung über den ganzen Erdenrund verbreitet ist. Aber auch wenn man diese Anschauung nicht theilen will, immer wird man zugeben müssen, dass wenn wir uns ein Bild von der Zusammensetzung jener ältesten Gesteinsbildung unserer Erde machen wollen, wir uns dieselbe mehr oder weniger gneissähnlich vorstellen müssen. Denn einmal darf man wohl annehmen, dass die Erstarrungskruste stofflich nicht wesentlich verschieden gewesen ist von dem ältesten sie durchbrechenden Eruptivgestein, und dies ist der vom Gneiss nur in der Structur abweichende Granit. Dann aber hat man auch ganz richtig bemerkt, dass wir ein ungefähr der ursprünglichen Erstarrungsdecke ähnliches Gebilde erhalten würden, wenn wir alle Gesteine der Rinde zusammenschmelzen könnten. Dass wir aber in diesem Falle ein saures Silicat erhalten würden, steht bei der ausserordentlichen Verbreitung des Quarzes ausser Frage. Da indess die Eruptivgesteine in späterer geologischer Zeit aus immer grösseren Tiefen emporgestiegen sind, in welchen wahrscheinlich basischere Gemenge als an der Oberfläche angesammelt sind, mithin im Allgemeinen immer basischer geworden sind, so würde ein solches Einschmelzungs-Product wahrscheinlich basischer ausfallen als die ursprüngliche Erstarrungskruste. Auch wird man kaum fehlgehen, wenn man mit Rücksicht auf die Dichtigkeitszunahme des Erdinnern (welche darauf hinweist, dass die den Erdkörper zusammensetzenden Massen, als sie noch im Schmelzfluss waren, sich nach ihrem specifischen Gewichte über einander geordnet haben) annimmt, dass die erste Erstarrungsdecke aus solchen Mineralien bestanden habe, deren chemische

Bestandtheile die specifisch leichtesten sind. Zu diesen aber gehören ausser denjenigen Verbindungen, welche auch nach der Bildung der Erstarrungsrinde noch in Dampfform verblieben, wie Kohlensäure, Wasser u. a. m., vor allen die Kieselsäure, die Thonerde, die Alkalien und ein Theil der alkalischen Erden. Dies sind aber alles die Bestandtheile derjenigen Mineralien, welche den Gneiss zusammensetzen (Quarz, Glimmer, Feldspath).

Ueber den Zustand der Erde unmittelbar nach Bildung der Erstarrungsrinde können nur Andeutungen gegeben werden. Mit der stetig fortschreitenden Abkühlung musste eine stetige Zusammenziehung des Erdkörpers und damit eine sich immer wiederholende Aufreissung, Berstung und Zerstückelung der zuerst gebildeten Erstarrungsdecke Hand in Hand gehen. Aus diesen Rissen und Spalten drang dann in ungeheuren Massen das gluthflüssige Innere hervor, um nach seiner Erstarrung wie ein Kitt die zerstückten Rindentheile wieder zu vereinigen.

Es liegt auf der Hand, dass in jenen frühesten Zeiten bei der ungeheuren, selbst in der Atmosphäre herrschenden Temperatur noch kein Wasser vorhanden gewesen sein kann, dass mithin jene so entlegene Periode der Erdgeschichte eine anhydrische war. Erst als die Temperatur in Folge fortgesetzten Wärmeverlustes erheblich gesunken war, konnte sich eine Wasserhülle um den festen Kern herum bilden. Aber auch dieses Urmeer muss, da es unter dem Druck einer sehr viel dickeren als die heutige Atmosphäre stand, einer Atmosphäre, welcher noch die gesammte Menge der Kohlensäure und wahrscheinlich auch vieler anderer Körper angehörte, eine sehr hohe, den Siedepunkt des Wassers bei gewöhnlichem Druck weit übersteigende Temperatur besessen haben, so dass es noch nicht die für die Entwickelung von Organismen nöthigen Bedingungen bot. Das Erscheinen von Lebewesen war vielmehr erst in einer noch späteren, einem weiteren bedeutenden Fortschritte in der Abkühlung des Erdkörpers entsprechenden Phase möglich.

I. Archäische oder primitive Gesteinsgruppe (Urgebirge).

Allgemeine Eigenschaften und Zusammensetzung des Urgebirges.

Als Urgebirge oder archäische Gesteinsgruppe fassen wir alle diejenigen Gebilde zusammen, die älter sind als die Unterkante der die ältesten zweifellosen organischen Reste einschliessenden cambrischen Formation und die von dieser, als ihrer oberen Grenze, bis zu dem tiefsten, sogen. laurentischen Gneiss hinabreichen. Gleichbedeutend mit diesen Namen werden die Bezeichnungen **Fundamental-** oder **Primitiv-Gebilde** (terrain primitif der Franzosen), **azoische** oder **agnotozoische Gruppe** oder auch der Ausdruck **präcambrisch** gebraucht.

Das Urgebirge stellt die älteste bekannte Gesteinsreihe dar, die überall da zu Tage tritt, wo durch Erosion, Denudation oder Dislocationen die Unterlage der ältesten versteinerungsführenden Schichten blossgelegt ist. Dasselbe bildet somit den Untergrund sowohl für diese ältesten als auch für die Gesammtheit aller späteren Sedimente.

In ihrer Gesammtheit stellen die archäischen Bildungen ein überaus mächtiges, man kann wohl sagen das gewaltigste von allen am Aufbau der Erdrinde theilnehmenden Gliedern dar. Wenn es gleich in Folge der stets sehr gestörten Lagerungsverhältnisse der primitiven Gesteinsreihe sehr schwer ist, ihre Mächtigkeit auch nur annähernd zu bestimmen, so unterliegt es doch keinem Zweifel, dass dieselbe sich da, wo diese Reihe vollständig entwickelt ist, auf viele Zehntausende von Fussen bemisst. Hat man doch die Gesammtdicke des Urgebirges in Nordamerika auf 50,000, im Böhmerwald sogar auf 100,000 Fuss geschätzt! Der den archäischen Bildungen entsprechende Zeitabschnitt der Erdgeschichte muss entsprechend dieser gewaltigen Mächtigkeit von ganz ausserordentlicher Länge gewesen sein, vielleicht so lang, dass ihm gegenüber der Beginn der cambrischen Periode als ein junges Ereigniss betrachtet werden darf.

Das Grundgebirge ist aber nicht bloss die älteste und mächtigste, sondern auch weitaus die verbreitetste unter allen uns bekannten Gesteinsbildungen der Erdkruste. In Böhmen und den Alpen, in Skandinavien und Canada, im Himalaya und in den Anden, kurz über alle Continente und Zonen ist es verbreitet. In manchen Gebieten, wie im arktischen Nordamerika und in Centralafrika, geht dasselbe, ohne von irgend welchen anderen Bildungen bedeckt zu werden, über Flächenräume von Tausenden von Quadratmeilen unmittelbar zu Tage aus. Aber auch dort, wo die Oberfläche von jüngeren Ablagerungen eingenommen wird, darf man annehmen, dass das Urgebirge unter jenen ohne Unterbrechung fortsetzt, so dass ein Bohrloch, wenn nur genügend tief hinabgebracht, zuletzt überall auf Urgebirge stossen würde. Die Primitiv-Gruppe ist somit die einzige Gesteinsreihe, die gleich einer Kugelschale den ganzen Erdenrund umspannt, die einzige, bei der man mit vollem Rechte von einer „Ubiquität" gesprochen hat, während im Gegensatze dazu alle späteren, normalen Sedimentformationen nur eine mehr oder weniger beschränkte Verbreitung haben und sich, wie man treffend bemerkt hat, nach Art der Blätter in einer Rosenknospe um den Erdkörper herumlegen.

Schon durch ihre ausserordentliche Mächtigkeit und allgemeine Verbreitung unterscheiden sich somit die archäischen Bildungen von sämmtlichen jüngeren Ablagerungen. Dazu tritt aber als ein weiterer, sehr wichtiger Unterschied noch ihre mehr oder weniger krystallinische Beschaffenheit und ihre Fossilfreiheit.

Die erstere ist es, die den hierher gehörigen Gesteinen den Namen krystallinische Schiefer eingetragen hat. Wir wissen zwar, dass auch in jüngeren Formationen krystallinische, denen des Grundgebirges mehr oder weniger ähnliche Schiefergesteine auftreten können; allein die grosse Masse der krystallinischen Schiefer deckt sich in dem Maasse mit dem Urgebirge, dass beide Begriffe in der Regel als gleichwerthig gebraucht werden. Ihren verbreitetsten Vertreter und zugleich ihren charakteristischesten Typus finden die krystallinischen Schiefer im Gneiss, wie der Granit ein krystallinisches Gemenge von Quarz, Feldspath und Glimmer, aber im Unterschiede von diesem nicht von körnigem, sondern von schiefrigem Gefüge. Er tritt in zwei Hauptabänderungen, als Glimmer- und als Hornblendegneiss auf, von welchen der erstere wiederum in rothen (Muscovit-) und grauen (Biotit-)Gneiss getrennt zu werden pflegt. In inniger Verbindung mit diesen Abänderungen kommen mannigfache verwandte Gesteine, wie Granulit, Protogyn, Hälleflinta u. s. w. vor. Ein anderer, sehr wichtiger und verbreiteter Typus ist der Glimmerschiefer, wesentlich aus Glimmer und Quarz bestehend, zu welchen sich indess noch zahlreiche accessorische Mineralien gesellen können. Chlorit-, Hornblende-, Sericit-, Talk-, Quarzit-, Eisenglanz- und Graphitschiefer und andere verwandte Schiefergesteine stellen sehr verbreitete Begleiter des Glimmerschiefers dar. Ein dritter Haupttypus endlich ist der Phyllit (Thonglimmer- oder Urthonschiefer), den man wegen seiner mit dem Glimmerschiefer übereinstimmenden Zusammensetzung, aber scheinbar dichten Beschaffenheit treffend als einen mikroskopischen Glimmerschiefer definirt hat. Alle die verschiedenartigen, dem Phyllit zugerechneten Gesteine besitzen wegen ihres hohen Glimmergehaltes einen eigenthümlichen seidigen Glanz. Zu den genannten, ausnahmlos durch ein schiefriges Gefüge ausgezeichneten Gesteinen tritt dann noch eine Reihe mehr massigkrystallinischer Gesteine, wie Gneissgranit, Eklogit, Granit und Epidotfels und besonders körniger (oder Ur-) Kalk, der in Gestalt linsenförmiger Einlagerungen in allen Urgebirgsgebieten eine häufige Erscheinung ist.

Dass die Parallelstructur und Schieferung der krystallinischen Schiefergesteine wie alle Schieferung lediglich als eine Druckerscheinung aufzufassen sei, darüber dürfte allgemeines Einverständniss bestehen. Zweifelhafter ist die Erklärung der fast an allen krystallinischen Schiefern zu beobachtenden platten- oder bankförmigen Absonderung, die zwar gewöhnlich, aber keineswegs immer der Schieferung parallel ist. Sie wird wegen des mit ihr verknüpften und gewöhnlich streng an die einzelnen Platten gebundenen Gesteinswechsels in der Regel als ächte Schichtung aufgefasst. Da indess Fälle bekannt sind, wo die Parallelstructur des Gneisses allmählich in Plattung übergeht oder wo die verschiedenen aufeinanderfolgenden Gneiss- und Glimmerschieferlagen von einer Bankung durchsetzt werden, welche nicht mit ihrer Parallelstructur zusammenfällt, so scheint jene Auffassung keineswegs überall anwendbar zu sein; vielmehr dürfte die Plattung in vielen Fällen gleich der Schieferung als eine Druckwirkung anzusehen sein.

Als versteinerungsleer muss das Urgebirge gelten, seit gewisse, gegen Ende der 50er Jahre zuerst in Canada entdeckte, später auch in Schottland, Skandinavien und Böhmen im körnigen Kalk der Gneissformation wiedergefundene, aus serpentinartiger Substanz bestehende, knollige, sich in zahlreiche ästige Röhrchen theilende Massen, welche man als riesige Foraminiferen gedeutet und als die erste im krystallinischen Gebirge angetroffene Versteinerung mit dem Namen *Eozoon* belegt hat, sich namentlich dank den eingehenden mikroskopischen Untersuchungen von Möbius als unorganische Gebilde erwiesen haben. Auf diese Fossilfreiheit bezieht sich auch der (zuerst von Murchison 1845 für die alten krystallinischen Massen Skandinaviens gebrauchte) Name azoisch. Manche Forscher haben allerdings in den Urkalk- und Graphitlagern des Urgebirges Anzeichen für die Existenz von organischem Leben in archäischer Zeit zu sehen geglaubt, indem sie auf die grosse Bedeutung der Organismen für die Kalkbildung hinwiesen und den Graphit als Endproduct der Umwandlung pflanzlicher Stoffe ansahen. Gegen diese Anschauung, welche die Benennungen eozoisch, agnotozoisch u. s. w. veranlasst hat, kann indess eingewendet werden, dass sowohl Kalk als auch Graphit nachgewiesenermaassen auch auf unorganischem Wege entstehen können — der letztere z. B. als Ausscheidung aus Roheisen. Der triftigste Grund, den man bis jetzt für die Annahme der Existenz von organischem Leben während des archäischen Zeitalters geltend gemacht hat, ist die verhältnissmässig sehr hohe Organisation der ältesten uns bekannten, sogen. cambrischen Fauna. Die hohe

Entwickelung dieser Fauna drängt allerdings mit Nothwendigkeit zu dem Schlusse, dass ihr eine oder wahrscheinlicher eine ganze Reihe anderer, tiefer stehender Faunen vorausgegangen sind, deren Ueberreste wir mit der Zeit im Urgebirge aufzufinden erwarten dürfen. So lange indess solche Reste noch nicht entdeckt sind, dürfte es sich empfehlen, statt der eine noch unbewiesene Annahme einschliessenden Bezeichnung eozoisch an dem alten deutschen Namen Urgebirge oder dem durch Dana (1874) eingeführten Ausdruck archäisch festzuhalten.

Ueber die Zusammensetzung des Urgebirges ist schon oben mitgetheilt worden, dass dasselbe sich wesentlich aus krystallinischen Schiefern mit den 3 Haupttypen Gneiss, Glimmerschiefer und Phyllit aufbaut. Es muss aber noch hervorgehoben werden, dass ausser diesen im oberen Theil der Gesteinsfolge auch mehr oder weniger deutlich klastische Gesteine wie Quarzite, Sandsteine und Eisensteine (in Nordamerika mit Wellenfurchen?), ja selbst Conglomerate (Skandinavien, Nordamerika) vorkommen. Dazu treten dann allenthalben noch alte Eruptivgesteine, entweder als weit ausgedehnte Lager oder als grössere stockförmige oder kleinere gangartige Vorkommen. Von derartigen Gesteinen ist an erster Stelle Granit, sodann Syenit, Diorit, Gabbro, Olivinfels und Serpentin, Porphyr und andere Massengesteine zu nennen. Alle der genannten Gesteine pflegen zusammen mit körnigem Kalk, Dolomit, gelegentlich auch mit Erzlagern oder -Stöcken in inniger Verknüpfung und oft vielhundertfältigem Wechsel aufzutreten, wie dies aus den nachstehenden Profilen (Fig. 1—3) ersichtlich ist.

Fig. 1. Profil bei Wolmersdorf in Niederösterreich. Nach v. Hauer.
1 Quarzitschiefer. *2* Körniger Kalk. *3* Hornblendeschiefer. *4* Glimmerschiefer. I—IV Graphitlager.

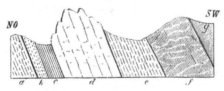

Fig. 2. Profil durch den Pfahl im ostbayerischen Grenzgebirge. Nach Gümbel.
a Gneissgranit. *b* Hälleflinta. *c* Schieferige Hälleflinta. *d* Gangquarz des Pfahl. *e* Augengneiss. *f* Normaler, *g* flaseriger Gneiss.

Zur stofflichen Charakteristik des Urgebirges muss endlich noch bemerkt werden, dass keine andere Gesteinsfolge einen ähnlichen Reichthum an Erzen beherbergt. Man hat es daher passend als das eigentliche Erz- und Ganggebirge unserer Erde bezeichnet. Dieser Erzreichthum gilt besonders für die edlen Metalle, Gold, Platin, Silber, sowie für sämmtliche Edel- und fast alle Halbedelsteine, wie Diamant, Rubin, Smaragd, Topas, Granat, Turmalin u. s. w. Das meiste Gold und Platin, ebenso wie die Edelsteine, werden zwar

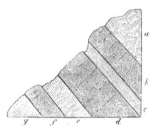

Fig. 3. Profil in der Grube King Mine in New-Jersey. Nach WÜRTZ.
a Flasergneiss. *b* und *d* Magneteisenstein. *c* Glimmerschiefer. *f* Gemenge von Magneteisen, Feldspath und Quarz. *g* Gneiss.

aus dem sogen. Seifengebirge gewonnen; dieses ist aber nur aus der Zerstörung des Urgebirges hervorgegangen, welches somit auch in diesem Falle die ursprüngliche Heimath jener Mineralien darstellt.

Lagerung und geologisches Auftreten des Urgebirges.

In Bezug auf die Lagerung der archäischen Gesteine ist zu bemerken, dass dieselben nirgends auf grössere Erstreckung horizontal liegen, vielmehr überall mehr oder weniger steil aufgerichtet, gefaltet, geknickt, überkippt, zerrissen, verworfen und überschoben, kurz im höchsten Grade dislocirt sind — was übrigens nicht Wunder nehmen kann, wenn man bedenkt, dass die Primitivbildungen nicht nur an allen Störungen der jüngeren, normalen Sedimente mit theilnehmen mussten, sondern ausserdem jedenfalls noch von manchen anderen, älteren Bewegungen der Erdkruste betroffen worden sind. Wie im Grossen, so zeigen sich diese Störungen auch im Kleinen in zahllosen, die Urgesteine nach allen Richtungen durchsetzenden Spalten, inneren Klüften und Rutschflächen, in der Streckung oder Zerreissung der Gesteinselemente, der oft sehr ausgesprochenen Feinfältelung des Gesteins oder der Verwandelung desselben in eine Art Breccie, deren Bruchstücke durcheinander geknetet und gegenseitig verschoben sind. Aehnliche mechanische Umformungserscheinungen sind auch an jüngeren, namentlich paläozoischen Schichten zu beobachten, indess finden sie sich nirgends in solcher Verbreitung und ausgezeichneter Ausbildung als im Grundgebirge.

In der Art des Auftretens der archäischen Gesteine lassen sich zwei Hauptformen unterscheiden:

Archäische oder primitive Gesteinsgruppe.

1. setzen sie ausgedehnte, mehr oder weniger geschlossene Massen, sogen. Massive zusammen, die entweder überhaupt nie von jüngeren Ablagerungen bedeckt, oder — was in der Regel das Wahrscheinlichere ist — durch grossartige Denudationsvorgänge, durch welche alle überliegenden Sedimente abgetragen wurden, blossgelegt worden sind. In solchen Massiven bilden die Urgebirgsgesteine in der Regel eine Folge steil zusammengepresster Falten (vergl. Profil Fig. 4), seltener — wie nach GÜMBEL im bayerischen Walde — eine im Grossen regelmässige Aufeinanderfolge von in

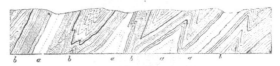

Fig. 4. Profil durch die Urgneissformation bei Grenville in Canada.
Nach LOGAN
a Krystallinischer Kalk. *b* Gneiss und Quarzit.

gleicher Richtung einfallenden Gesteinsbänken (einseitswendige Lagerungsform GÜMBEL's. Vergl. den Durchschnitt Fig. 5). Beispiele für diese Art des Auftretens sind der böhmisch-mährische Gebirgsstock,

Fig. 5. Profil durch einen Theil des bayerischen Waldes. Nach GÜMBEL.
Gn Gneiss. *Ggl* Uebergang von Gneiss in Glimmerschiefer. *Gl* Glimmerschiefer.
Gr Granitgänge. *Q* Quarzitschiefer. *K* Körniger Kalk. *Ph* Phyllit.
C Cambrium.

das französische Centralplateau, die alt-krystallinischen Massen von Skandinavien, Canada, Brasilien u. a. m.

2. bilden sie die Centralketten älterer und jüngerer Kettengebirge. Sie erscheinen hier als lange, schmale Zonen, welche der bei der Gebirgsbildung am höchsten aufgepressten Falte entsprechen und daher die geologische Axe der betreffenden Gebirge darstellen. In Folge der starken Zusammenfaltung ist die Stellung der Schieferplatten in solchen Centralzonen gewöhnlich eine sehr steile bis senkrechte. Die Profile Fig. 6—8, welche Durchschnitte durch einige Theile der westlichen und centralen Alpen darstellen, liefern dafür gute Beispiele. Dieselben zeigen zugleich im Gebirgsstocke des Mont-Blanc und St. Gotthard die eigenthümliche, indess nicht nur in den Alpen, sondern auch anderweitig (Kaukasus, Himalaya) häufige Fächerstructur der zwischen jung-archäischen oder nach-

archäischen Gesteinen zu Tage tretenden Gneissstöcke — eine Erscheinung, die gewöhnlich aus der Annahme erklärt wird, dass jene Fächer die Kerne von doppelt-überkippten Sattelfalten darstellen. Aber nicht immer ist die Lagerung der Gneiss-, Glimmerschiefer- und Phyllittafeln eine so steile. Vielmehr sind nicht nur in niederen Gebirgen (wie z. B. im sächsischen Granulitgebirge), sondern selbst in den Alpen (z. B. im Simplonstock, Profil Fig. 9) Fälle bekannt, wo die Faltung viel schwächer gewesen ist, so dass die Gesteine der Sattelfalten eine flach-gewölbeartige oder kuppelförmige Lagerung zeigen.

Beispiele für eine solche zonenförmige Verbreitung des Urgebirges bieten die Centralketten der Alpen, des Atlas, Himalaya, der Anden, des apalachischen Gebirges und vieler anderer Kettengebirge. Mitunter besitzen diese archäischen Schieferzonen eine sehr beträchtliche Erstreckung. So hat z. B. die krystallinische Schieferzone, welche das geologische Skelet der apalachischen Alpen bildet, eine vom Staate Georgia bis an die Mündung des Lorenzstromes reichende, d. h. etwa 300 deutsche Meilen betragende Länge.

Gliederung des Urgebirges.

Eine Gliederung auf Grund paläontologischer Merkmale, wie sie für die normalen Sedimentformationen mit so vielem Erfolge durchgeführt ist, ist für das Urgebirge bei seiner Versteinerungstreiheit unthunlich, und auch ein auf stratigraphische Beobachtungen gestützter Gliederungsversuch würde bei dessen überaus verwickelter Lagerung kaum zu befriedigenden und allgemein gültigen Ergebnissen führen. Die Eintheilung der archäischen Bildungen wird aber dadurch ermöglicht, dass sich innerhalb derselben im grossen Ganzen eine ganz bestimmte Aufeinanderfolge bemerklich macht, welche in weit von einander entfernten Gegenden mit überraschender Regelmässigkeit wiederkehrend, ein allgemein gültiges Gesetz zum Ausdruck bringt.

Schon die deutschen Geologen aus der Mitte des vorigen Jahrhunderts, denen wir die Ausdrücke Grund- und Urgebirge verdanken, schieden zwischen einer älteren gneissartigen und einer jüngeren glimmerschieferartigen Reihe. Ja, WERNER ging noch einen Schritt weiter, indem er die letztere in eine untere Glimmerschieferstufe und eine obere Thon- oder Urthonschieferstufe zerlegte. Es hat lange gedauert, ehe diese mit der Zeit der Vergessenheit anheimgefallenen Gliederungsversuche wieder aufgenommen wurden. Dies geschah erst in den 50er Jahren dieses Jahrhunderts durch LOGAN und STERRY HUNT, welche gestützt auf ausgedehnte, in Canada ausgeführte Untersuchungen dazu gelangten, die dort unter den cambrischen Ablagerungen liegende Gesteinsfolge in zwei grosse, sowohl von einander als auch vom Cambrium durch Lagerungsdiscordanzen getrennte Abtheilungen zu scheiden, nämlich das ältere laurentische Gneiss-

20 Archäische oder primitive Gesteinsgruppe.

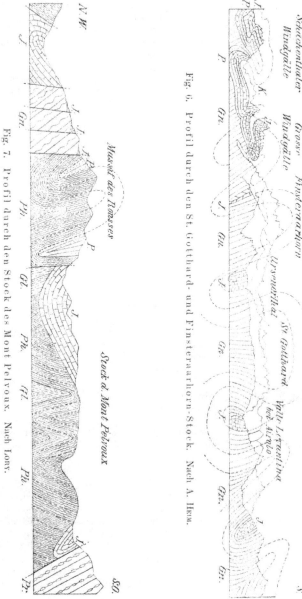

Fig. 6. Profil durch den St. Gotthard- und Finsteraarhorn-Stock. Nach A. Heim.

Fig. 7. Profil durch den Stock des Mont Pelvoux. Nach Lory.

Gn. Gneiss. *Pr.* Protogyn. *Gl.* Glimmerschiefer. *Ph.* Phyllit. *P.* Paläozoische und Trias-Gesteine. *J.* Jura. *K.* Kreide und Eocän.

Archäische oder primitive Gesteinsgruppe. 21

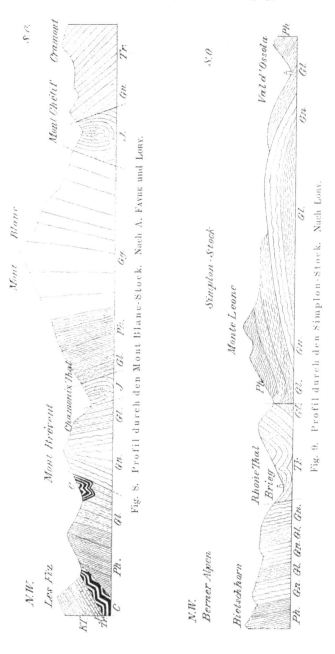

Fig. 8. Profil durch den Mont Blanc-Stock. Nach A. Favre und Lory.

Fig. 9. Profil durch den Simplon-Stock. Nach Lory.

Gn. Gneiss. Gg. Granitgneiss und Protogyn. Gl. Glimmerschiefer. Ph. Phyllit. C. Carbon. Tr. Trias. J. Jura.
KT. Kreide und Tertiär.

System und das jüngere, überwiegend aus Glimmerschiefer und phyllitischen Gesteinen zusammengesetzte huronische System[1]). Etwa um dieselbe Zeit begannen die umfassenden Untersuchungen von Hochstetter, Jokély und Anderen in den Gebirgen des böhmischen Urgebirgsmassivs. Noch wichtiger aber sind die eingehenden, von Gümbel in den 60er Jahren im bayerisch-böhmischen Grenzgebirge ausgeführten Untersuchungen geworden[2]). Gümbel bestätigte nicht nur, ebenso wie frühere Forscher, die Scheidung derselben in die drei Hauptabtheilungen: Gneiss, Glimmerschiefer und Phyllit, sondern trennte auch innerhalb des ersteren eine ältere, kalkfreie bojische Gneissstufe (so benannt nach einem alten, jene Gegenden bewohnenden keltischen Volksstamme) von einer jüngeren, Kalk und Graphit führenden hercynischen Gneissstufe. Es sei übrigens hervorgehoben, dass im Böhmerwalde, ebenso wie im Fichtelgebirge, nach Gümbel weder innerhalb des Urgebirges selbst noch an dessen Grenze gegen das Cambrium irgendwelche Discordanz wahrzunehmen ist, dass vielmehr hier ein so allmählicher Gesteinsübergang aus den archäischen in die cambrischen Bildungen stattfinden soll, dass dadurch die Grenzbestimmung zwischen beiden sehr erschwert wird. Zu ähnlichen Resultaten führten auch die späteren Untersuchungen der sächsischen Geologen im Erz- und Granulitgebirge. Wie Gümbel, so theilt auch Credner die Gesammtheit der archäischen Gesteinsreihe in eine tiefere oder Urgneissformation und in eine obere oder Urschieferformation, von denen die erste dem nordamerikanischen Laurentium, die zweite dem Huron gleichgesetzt wird[3]).

Noch weitergehende Gliederungsversuche des Urgebirges sind in letzter Zeit von England ausgegangen. Nachdem Murchison bereits gegen Ende der 50er Jahre den discordant von cambrischen Conglomeraten überlagerten Gneiss der schottischen Hochlande als „Fundamentalgneiss" bezeichnet und dem laurentischen Gneiss Nordamerikas parallelisirt hatte, hat H. Hicks seit Mitte der 60er Jahre eine Gliederung für die vorcambrischen Bildungen von Wales und Schottland in die vier Abtheilungen: Lewisian, Dimetian, Arvonian und Pebidian zu begründen versucht[4]). Diese Eintheilung beruht einmal auf Gesteinsverschiedenheiten, dann aber besonders auf dem Nachweise mehrerer Discordanzen und Conglomerathorizonte, welche als Hinweis auf verschiedene grosse Unterbrechungen im Bildungsprozesse der Urgebirgsgesteine angesehen werden. Während dieser Unterbrechungen sollen die bereits fertigen Gebilde gefaltet, über den Meeresspiegel erhoben und theilweise abgetragen sein, so dass ihre Trümmer das Material für die Conglomerate an der Basis der nächstjüngeren Gesteinsreihe lieferten.

---

[1]) Logan, Geology of Canada. 1863.
[2]) Geognost. Beschreibung des ostbayer. Grenzgebirges. 1868.
[3]) Elemente der Geologie. 5. Aufl. 1883. S. 387.
[4]) Quart. Journ. of geol. Soc. London 1877. S. 229 und 1884 S. 507. — Geol. Magaz. dec. II. 1879. S. 433.

Hicks parallelisirt jetzt die von ihm angenommenen, übrigens in England selbst von verschiedenen Seiten lebhaft bekämpften archäischen Formationen in folgender Weise mit denen Nordamerikas:

England	Nordamerika
Pebidian	Typisches Huron
Discord. u. Conglom.-Basis	
Arvonian	Unteres Huron
Dimetian	Oberes Laurentium
Conglom.-Basis	
Lewisian	Unteres Laurentium = Ottawa-Gruppe (St. Hunt)

Wie in Nordamerika, so soll sich auch in England das untere Glied der Gneissformation, welches in Wales fast ausschliesslich aus dunkelfarbigen Gneissen aufgebaut ist, durch Kalkfreiheit, das obere Glied dagegen, welches aus hellfarbigen Gneissen und daneben aus Hornblende- und Chloritschiefern besteht, durch Kalkreichthum auszeichnen.

Eine noch detaillirtere Gliederung des canadischen Urgebirges ist in allerneuester Zeit von St. Hunt vorgeschlagen worden [1]). Dieselbe scheint aber auf noch zu unsicherer Beobachtungsbasis zu ruhen, als dass eine Aufzählung der vielen, von ihm aufgestellten Namen erforderlich erschiene. Nur so viel scheint festzustehen, dass das Urgebirge Nordamerikas allenthalben durch eine grosse Discordanz von den cambrischen Sedimenten geschieden wird — wie das auch die Beobachtungen H. Credner's (vergl. das Profil Fig. 10) bestätigen —, und dass sehr wahrscheinlich eine ähnliche Discordanz

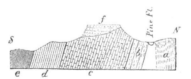

Fig. 10. Profil in der Menomonee-Gegend in Michigan. Nach H. Credner.
  a Laurent. Gneiss. *b* Huron. Quarzit. *c* Kalkstein. *d* Rotheisenstein.
  e Chloritschiefer. *f* Cambrischer Potsdamsandstein.

auch zwischen Huron und Laurentium liegt. Es sind das Resultate, die von den im Fichtelgebirge und Böhmerwald durch Gümbel erlangten erheblich abweichen.

---

[1]) Americ. Journ. of Science 3. ser. XIX. 1880. S. 269. — Division du système éozoïque de l'Amérique. Liége 1885.

Verbreitung des Urgebirges.

In Deutschland ist das Urgebirge ausser in den der grossen böhmisch-mährischen Masse angehörigen Gebirgen, dem Böhmerwald, Fichtelgebirge, Erzgebirge, Lausitzer Gebirge, Riesengebirge und Sudeten, noch im Thüringerwald und am Kyffhäuser, im Schwarzwald, Odenwald und Spessart, an der Hardt und in den Vogesen entwickelt. Im übrigen Central- und Südeuropa wären besonders das französische Centralplateau und die Bretagne, die Alpen, Pyrenäen, der Balkan, die Tatra u. s. w. als Verbreitungsgebiete archäischer Gesteine zu nennen. Weitaus seine grösste Ausdehnung in Europa aber erlangt das Grundgebirge im Nordwesten, wo ganz Skandinavien sammt Finnland und Lappland eine einzige, zusammenhängende Urgebirgsmasse bilden, mit welcher möglicher Weise ehemals auch die archäischen Districte Schottlands und Irlands zusammengehangen haben.

In Asien nehmen die Primitivgesteine einen wesentlichen Antheil am Aufbau der centralen Hochgebirge, des Himalaya, Küenlün, Altai u. s. w., spielen aber ausserdem auch in Ostindien, Borneo, Sumatra, Japan und China eine bedeutende Rolle. Eine ganz ausserordentliche Verbreitung besitzen sie weiter im Inneren des afrikanischen Continentes, und ebenso finden wir sie in ungeheurer Ausdehnung im Norden und Nordosten von Nordamerika, sowie in Brasilien und der Andeskette wieder. Auch in Australien und den dasselbe umgebenden Inseln, sowie endlich im antarktischen Gebiete nehmen sie gewaltige Flächenräume ein.

Ansichten über die Entstehung des Urgebirges.

Die Frage nach der Bildungsweise des Urgebirges hat die Geologen schon lange beschäftigt und bildet auch heutzutage wieder den Gegenstand eifriger Untersuchungen und Discussionen, ohne dass es indess bis jetzt gelungen wäre, eine nach allen Richtungen befriedigende Erklärung zu finden. Eine solche müsste nicht nur den krystallinischen Zustand der Primitivgebilde und ihre gemengte Zusammensetzung aus Quarz, Feldspath, Glimmer, Chlorit, Hornblende, Augit, Granat und anderen Silicatmineralien — beides Eigenschaften, welche sie den krystallinischen Massengesteinen nahe bringen — verständlich machen; sie müsste ebenso auch ihr schieferiges Gefüge und ihre Fossilfreiheit, die, wie es scheint, nicht anzuzweifelnde gelegentliche Wechsellagerung von krystallinischen und mehr oder weniger deutlich klastischen Gesteinen, ihre allgemeine Verbreitung und erstaunliche Gleichartigkeit an den entferntesten Punkten der Erde, ihre Aehnlichkeit mit gewissen jüngeren, durch Regional- oder Contactmetamorphose veränderten Sedimenten sowie den stellenweise beobachteten, sich fast unmerklich vollziehenden Uebergang in die versteinerungsführenden cambrischen Ablagerungen, also eine ganze Reihe sich zum Theil scheinbar widersprechender Thatsachen erklären.

Unter den zur Entstehung der Urgebirgsgesteine aufgestellten Theorieen sind namentlich drei zu nennen. Die erste, die ihren hauptsächlichsten Vertreter in J. Roth hat, nimmt an, dass die Gesammtheit der krystallinischen Gesteine, die Phyllite mit eingeschlossen, als Reste der ursprünglichen Erstarrungskruste unserer Erde anzusehen seien[1]). Diese Anschauung kann indess angesichts des Vorkommens klastischer und sogar conglomeratischer Gesteine im Grundgebirge nicht mehr aufrecht erhalten werden, wenigstens nicht in ihrer Ausdehnung auf alle Glieder des Urgebirges, und hat daher nur noch sehr wenige Verfechter.

Nach einer zweiten Ansicht, die jetzt wohl die meisten Anhänger besitzt, wären die archäischen Gebilde ein Complex metamorphosirter, d. h. erst nach ihrer ersten Entstehung in ihren jetzigen Zustand umgewandelter, und zwar theils sedimentärer, theils eruptiver Gesteine. Dabei werden die Gründe für die Umwandlung heutzutage vorzugsweise in den grossen Bewegungsvorgängen der Erdrinde gesucht, welche die Wärmequelle lieferte, durch deren Umsetzung in chemische Arbeit die structurelle und stoffliche Umbildung der fraglichen Gesteine erfolgte. Sehr an Boden gewonnen hat diese Theorie von der „dynamometamorphen" Entstehung der Primitivgesteine durch die an zahlreichen Punkten gemachte Entdeckung glimmerschiefer- oder gar gneissähnlicher, aber nach den eingeschlossenen Versteinerungen unzweifelhaft jüngerer Schiefer, unter welchen als besonders ausgezeichnete und gutbeglaubigte Beispiele hier nur die derartigen, von Hans Reusch unweit Bergen in Norwegen aufgefundenen, trilobiten- und graptolithenhaltigen silurischen Schiefer, die an den Nufenen in der Schweiz vorkommenden, belemnitenführenden, wahrscheinlich jurassischen, sowie die in grossartiger Verbreitung in der californischen Küstenkette nachgewiesenen cretacischen Gesteine genannt seien. Diese Hypothese macht die krystallinische Structur der archäischen Gebilde, ihre Schieferung, ihre Zusammensetzung aus Silicatmineralien, das Vorkommen conglomeratischer Einlagerungen verständlich. Dagegen vermag sie die allmähliche Abnahme der Krystallinität, wie dieselbe sich in der allgemein gültigen Reihenfolge Gneiss, Glimmerschiefer, Phyllit ausspricht, sowie den stellenweise vorkommenden, ganz unmerklichen Uebergang der krystallinischen Gesteine in die normalen Sedimente des Cambrium nur sehr schwer zu erklären, und ganz unverständlich bleiben für sie die allgemeine Verbreitung und die Stetigkeit der Charaktere des Urgebirges.

Nimmt man eine Metamorphose des Urgebirges an, so ist man übrigens auch zu der Annahme gezwungen, dass diese Metamorphose bereits in vorcambrischer Zeit erfolgte. Denn die vielorts in den

---

[1]) Ueber die Lehre vom Metamorphismus und die Entstehung der krystallinischen Schiefer. Berlin 1871.

Basalconglomeraten des Cambriums vorkommenden Gerölle von Gneiss und Glimmerschiefer unterscheiden sich ihrem Gestein nach in nichts von den in grossen, geschlossenen Massen auftretenden Gneissen und Glimmerschiefern und sind daher ein unzweideutiger Beweis, dass diese Gesteine ihre heutige Beschaffenheit schon vor ihrer Zertrümmerung und Umbildung in Conglomerate besessen haben müssen. Denn Niemand wird wohl annehmen wollen, dass die genannten Gesteine als Gerölle genau in derselben Weise metamorphosirt worden seien, wie als anstehendes Gestein.

Eine Art vermittelnden Standpunkt zwischen diesen beiden Erklärungsversuchen nimmt gewissermassen die dritte, unter dem Namen der Diagenese bekannte, von GÜMBEL aufgestellte[1]), auch von CREDNER in seinen „Elementen der Geologie" angenommene Theorie ein. Dieser zufolge wären die Urgebirgsbildungen ächte Sedimente, die ihre von den jüngeren, normalen Sedimenten so abweichende Beschaffenheit den eigenthümlichen, nur dem Urmeere der Erde eigen gewesenen Verhältnissen zu verdanken hätten. Jenes Meer muss, wie schon früher (S. 12) ausgeführt worden ist, eine sehr hohe Temperatur besessen und unter dem Druck einer sehr viel gewaltigeren Atmosphäre als die heutige gestanden haben, da derselben noch die gesammte Menge der Kohlensäure, des Chlors und noch viele andere leicht verdampfende Stoffe angehörten. In Folge der Absorption dieser letzteren muss es in hohem Grade zersetzend und auslaugend auf alle Gesteine, mit denen es in Berührung kam, gewirkt und sich alsbald mit den mannigfachsten Minerallösungen beladen haben, aus welchen sich, nach Ueberschreitung des Sättigungspunktes, bei dem hohen Druck und der hohen Temperatur direct krystallinische Sedimente ausschieden. Aber auch die in die ersten Meere hineingelangenden Zerstörungsproducte des Festlandes mussten unter den angenommenen Verhältnissen (ähnlich wie in den bekannten DAUBRÉE'schen Versuchen, bei denen durch Einwirkung überhitzten Wassers und erhöhten Drucks amorphe Mineralsubstanzen in krystallinische umgewandelt wurden) bald in einen krystallinischen Zustand übergeführt werden. Unter derartigen Umständen soll namentlich der Gneiss entstanden sein. Da aber diese Umstände keine dauernden blieben, da die hohe Temperatur, der hohe Druck und der Reichthum an gelösten Stoffen allmählich abnahmen und überhaupt die Verhältnisse mit der Zeit den heutigen immer ähnlicher wurden, so liegt es auf der Hand, dass die Bedingungen für die „krystallinische Sedimentation" immer ungünstiger wurden und dass daher neben dieser allmählich die mechanische Sedimentbildung, die in unseren jetzigen Meeren fast die alleinige ist, immer mehr hervortrat und endlich die krystallinische völlig verdrängte. Daher denn auch die allenthalben mit solcher Regelmässigkeit wiederkehrende Reihe: Gneiss, Glimmerschiefer, Phyllit.

So verführerisch nun aber auch diese Theorie auf den ersten

---

[1]) Ostbayerisches Grenzgebirge. 1868. S. 833. Grundzüge der Geologie. 1888. S. 491.

Blick erscheint, so gut sie manche, von den beiden ersten unerklärt gelassene Punkte verständlich machen würde, so löst auch sie bei näherer Betrachtung keineswegs alle Schwierigkeiten. Denn ganz abgesehen davon, dass von ihrem Standpunkte aus das — eben nur durch Annahme einer nachträglichen Metamorphose zu erklärende — Vorkommen von krystallinischen Schiefern bis in die Kreide- und Tertiärformation hinauf völlig unverständlich bleibt, so braucht man auch, wie Rosenbusch erst ganz neuerdings in einem bedeutsamen Aufsatze hervorgehoben hat[1]), kein Mikroskop, um zu erkennen, dass dieser millionenfache Wechsel von Glimmer- und Quarz-Feldspathlagen, wie sie den Gneiss zusammensetzen, nicht durch Krystallisation aus Lösungen erklärt werden kann. Jeder Blick in das Gewebe und die Gemengtheile der Primitivgesteine überzeugt uns, dass hier keine Reihenfolge der constituirenden Minerallen nach Löslichkeitsgraden oder anderen chemischen Beziehungen stattfindet.

Wie Rosenbusch zu zeigen sich bemüht, besteht der Hauptmangel aller bisherigen Versuche zur Erklärung der Entstehung des Grundgebirges darin, dass man dieses immer als etwas seiner Masse wie seiner Bildung nach Einheitliches betrachtet hat, während dasselbe in Wirklichkeit etwas stofflich wie genetisch aus sehr verschiedenartigen Elementen Zusammengesetztes darstellt. Mit Rosenbusch möchten wir in einem Theile des Urgebirges, den ältesten Gneissen, mehr oder weniger veränderte Reste der ursprünglichen Erstarrungskruste des Erdkörpers erblicken. Die stratigraphische Position des Urgneisses, seine Universalität, seine sich allenthalben so wunderbar gleich bleibenden Eigenschaften, endlich auch seine grosse Aehnlichkeit mit den ältesten Eruptivgesteinen, zumal dem Granit, scheinen sehr zu Gunsten einer derartigen Annahme zu sprechen. Ein anderer Theil des Urgebirges lässt mit mehr oder weniger grosser Sicherheit seine klastische Abstammung, seinen Ursprung aus Thonschiefern, Grauwacken, Conglomeraten und Carbonatgesteinen erkennen, ein dritter Theil endlich erweist sich durch seine Structur unter dem Mikroskop ebenso deutlich als durch Druckvorgänge veränderte alte Eruptivgesteine (Granit, Syenit, Diorit u. a.) oder deren Tuffe.

---

[1]) Neues Jahrb. f. Min. etc. 1889. II. S. 81.

II. Paläozoische oder primäre Formationsgruppe.

Die paläozoische Gesteinsgruppe bildet die älteste der drei grossen Abtheilungen, in welche man die Gesammtheit der normalen, versteinerungsführenden Sedimente zerlegt. Dieselbe wird gewöhnlich in fünf grosse Systeme oder Formationen, nämlich Cambrium, Silur, Devon, Carbon und Perm eingetheilt. Dabei ist indess zu bemerken, dass sowohl dem Cambrium als auch dem Perm nicht von allen Geologen der Rang einer besonderen Formation zuerkannt, dass vielmehr das erstere vielfach mit dem Silur, das letztere mit dem Carbon vereinigt wird.

In ihrer Gesammtheit stellen die fünf Formationen eine stellenweise wohl 100,000 Fuss mächtig werdende Schichtenfolge dar. In Deutschland wurde dieselbe, soweit sie unter dem Carbon liegt, ehedem als Uebergangs- oder Grauwackengebirge bezeichnet. Den letztgenannten Namen erhielt sie auf Grund der Annahme, dass die sogen. Grauwacke — ein fein- bis grobkörniger, quarzreicher, vielfach feldspathhaltiger, kleine Bruchstücke von Milchquarz, Thon- und Kieselschiefer und anderen älteren Gesteinen einschliessender Sandstein — nur in den Ablagerungen dieser Periode vorkäme. In der That sind Grauwacken, Grauwackensandsteine und -Schiefer in Deutschland in den älteren paläozoischen Formationen sehr verbreitet; indess kommen ganz ähnliche Gesteine auch noch im Culm vor — wie denn gerade der früher als besonders typisch betrachtete Grauwackensandstein des Oberharzes jetzt als dem genannten Gliede des Untercarbon angehörig erkannt worden ist. Für die obere Hälfte der Schichtengruppe, namentlich für das Carbon, zum Theil aber auch noch für das Perm, ist namentlich die Steinkohle sehr charakteristisch.

Ausser den genannten Gesteinen setzt sich die paläozoische Schichtenfolge besonders noch aus Thonschiefern, die in Begleitung von Dachschiefern oder auch von Phylliten eine sehr grosse Verbreitung besitzen, sowie aus mannigfachen Sandsteinen, Quarziten und Conglomeraten, Kieselschiefern und verschiedenen Kalksteinen und Kalkmergeln zusammen. Dazu kommen dann von Eruptivgesteinen noch Granit, Syenit, Diorit, Diabas, Quarzporphyr, Porphyrit, Melaphyr und andere minder verbreitete Massengesteine, sowie verschiedene Tuffbildungen derselben.

Paläontologisch ist die paläozoische Formationsgruppe dadurch ausgezeichnet, dass sie die ältesten, uns bekannten organischen Reste einschliesst. Der langen Dauer dieses Zeitalters entsprechend, treten aber innerhalb der fraglichen Gruppe nach einander eine ganze Reihe verschiedener Floren und Faunen auf. Im Allgemeinen kann man aussprechen, dass in die drei ersten Formationen die Entwickelung der paläozoischen Lebewelt hineinfällt, während die beiden letzten als die Zeit des Niederganges derselben bezeichnet werden können. Für die paläozoische Flora ist das ausserordentliche Ueberwiegen der Kryptogamen (zumal riesig entwickelter Farne, Lycopodiaceen und Equisetaceen) charakteristisch, zu welchen sich in der zweiten Hälfte des Zeitalters auch Coniferen und Cycadeen gesellen, während Angiospermen oder Laubhölzer noch gänzlich fehlen. Die paläozoische Fauna dagegen erhält ihren eigenthümlichen Stempel durch die grosse Entwickelung der Crinoideen, der rugosen und tabulaten Korallen, eine Fülle eigenthümlich organisirter Brachiopoden und Nautiliden sowie die Goniatiten unter den Mollusken, die ganz auf dieses Zeitalter beschränkten Trilobiten und Eurypteriden unter den Crustaceen, die Placodermen und heterocerken Ganoiden unter den Fischen und durch die sich erst in der zweiten Hälfte der paläozoischen Zeit einstellenden Stegocephalen unter den Amphibien. Dazu treten, ebenfalls erst in den letzten Phasen derselben, noch einige Reptilien, während Säugethiere noch vollständig fehlen.

Hinsichtlich der Lagerungsverhältnisse wäre zu bemerken, dass die paläozoischen Schichten im mittleren und südlichen Europa und ebenso in den meisten aussereuropäischen Verbreitungsgebieten stark aufgerichtet, gefaltet und von zahlreichen Verwerfungen und Gängen durchsetzt sind. Im Norden und Nordosten Europas dagegen, ebenso wie im östlichen Nordamerika und einigen anderen Gegenden, haben sie bis auf den heutigen Tag auf weite Erstreckung eine nahezu horizontale Lagerung bewahrt.

A. Cambrische Formation.

Geschichtliches.

Der von Cambria, der alten Benennung für Wales, abgeleitete Ausdruck Cambrium (englisch Cambrian) ist von Sedgwick (zuerst im Jahre 1833) vorgeschlagen worden und war ein Ergebniss der von diesem in Gemeinschaft mit Roderick Murchison im Jahre 1831 begonnenen mehrjährigen Untersuchungen der ältesten versteinerungsführenden Ablagerungen im nördlichen Wales und den benachbarten Gegenden Englands. Ein paar Jahre nach Aufstellung des cambrischen Systems belegte Murchison einen jüngeren Theil der genannten Ablagerungen mit dem Namen „silurisches System". Vom Devon sprach man damals noch nicht, betrachtete vielmehr die in jener Gegend über dem Silur folgenden rothen Sandsteine, das sogen. Old-Red, als Basis des Carbon.

Während anfangs beide Forscher Hand in Hand gearbeitet hatten, bildete sich zwischen ihnen mit der Zeit ein immer schärfer werdender Gegensatz aus. MURCHISON war bestrebt, die Grenze zwischen Cambrium und Silur, welche SEDGWICK ursprünglich an der Basis der May-Hill-Schichten gezogen hatte, zu Ungunsten des Cambrium Schritt für Schritt immer tiefer hinabzurücken, bis er endlich beim Untercambrium von SEDGWICK angelangt war. Er berief sich dabei auf die grosse Armuth der cambrischen Fauna im Vergleich mit der silurischen, sowie auf das Fehlen einer natürlichen unteren Grenze seines Silur, während SEDGWICK demgegenüber die Berechtigung hervorhob, eine so mächtige und eigenartig entwickelte Schichtenfolge wie das Cambrium als selbständige Formation anzusehen, und auf die theilweise Eigenthümlichkeit der — übrigens damals noch kaum gekannten — cambrischen Organismen hinwies.

Trotz des grossen Einflusses, den MURCHISON mit der Zeit gewann, hatten seine Bestrebungen, das Cambrium zu einer blossen Basis des Silur herabzudrücken, nur geringen Erfolg. Unter den wenigen Geologen, die ihm folgten, ist an erster Stelle JOACHIM BARRANDE zu nennen, welcher in den 40er Jahren die Erforschung der ältesten Ablagerungen Böhmens in Angriff genommen hatte. BARRANDE erkannte dort nicht nur MURCHISON's Ober- und Untersilur wieder, sondern schied auch eine dritte, noch ältere, besonders aus Trilobiten zusammengesetzte Fauna aus, die später auch in den Menevianschichten des englischen Cambrium aufgefunden wurde, die er aber leider als die erste oder primordiale Fauna des Silur bezeichnete, indem er diesen Namen auf die Gesammtheit der vordevonischen Ablagerungen übertrug. BARRANDE's Primordialfauna deckt sich also wesentlich mit dem Cambrium von SEDGWICK.

Die gleiche, namentlich durch die Gattung *Paradoxides* (I, 1) ausgezeichnete Trilobitenfauna wurde alsbald auch in Skandinavien sowie in Nordamerika nachgewiesen, und dieser Umstand bewirkte, dass trotz des Widerspruchs von MURCHISON und BARRANDE der Name Cambrium immer mehr Eingang fand. Heutigen Tages wird das Cambrium von der grossen Mehrzahl der deutschen, englischen, schwedischen, russischen und nordamerikanischen Geologen als eine selbständige Formation betrachtet, während die französischen Fachgenossen zum Theil noch dem Beispiele BARRANDE's folgen und dasselbe als „Primordialsilur" bezeichnen. In Nordamerika sind neuerdings MARCOU und Andere bemüht, statt des Wortes Cambrium die von EMMONS in den 40er Jahren vorgeschlagene, indess von ihrem Urheber für sehr ungleichartige Dinge verwandte Bezeichnung tacconisches System einzuführen.

Weiter als die übrigen Geologen geht in der Anwendung des Namens Cambrium die Schule der Universität Cambridge in England, welche denselben auf das ganze Untersilur MURCHISON's ausdehnt und den Ausdruck Silur auf des letzteren Obersilur beschränkt.

Verbreitung und Entwickelung der cambrischen Formation.

England. In England gliedert man jetzt [1]) die cambrische Schichtenfolge von oben nach unten in folgender Weise:
Tremadoc slates
Lingula flags { Dolgelly group
Festiniog group
Maentwrog group
Menevian series
Harlech grits = Solva group
Llongmynd series = Caerfai group.

Besonders gut entwickelt sind diese Ablagerungen in Nord- und Süd-Wales, in welch' letzterer Gegend namentlich das St. Davids-Promontorium eine durch die Untersuchungen von H. Hicks berühmt gewordene Oertlichkeit darstellt. Die Gesammtmächtigkeit der discordant auf archäischen Gesteinen aufliegenden und vielfach (wie bei Bangor in Nord-Wales) mit groben Conglomeraten beginnenden Schichtenfolge wird stellenweise auf über 10,000 Fuss geschätzt.

Die Kenntniss des Fossilinhaltes des englischen Cambrium entwickelte sich nur langsam. Erst 12 Jahre nach Aufstellung der Formation, 1845, wurde in *Lingula Davisii* (II, 5) die erste zweifellose Versteinerung entdeckt und erst zu Beginn der 60er Jahre fand man die ersten englischen Paradoxiden auf. Um die Beschreibung dieser Reste hat sich namentlich Salter verdient gemacht [2]). Die späteren wichtigen Funde bei St. Davids sind durch deren Entdecker, H. Hicks, bearbeitet worden [3]). Auch T. Belt verdankt man Beiträge zur Kenntniss des englischen Cambrium.

Das tiefste, von Sedgwick unterschiedene Glied, die Llongmynd series, setzt sich im nördlichen Wales aus einer aus Trümmern archäischer Gesteine zusammengesetzten Ablagerung, dem sogen. Basalconglomerat, aus mehreren 1000 Fuss mächtigen, dunkel violettrothen Schiefern — die bei Penrhyn die grösste Dachschiefergewinnung der Welt hervorgerufen haben — und aus grünlichen, harten Grauwackensandsteinen zusammen. Lange Zeit waren aus diesen Schichten nur zweifelhafte Fucoidenreste bekannt; ganz neuerdings aber haben sich darin auch Trilobiten — besonders eine schöne grosse *Conocoryphe* — gefunden. Im südlichen Wales, bei St. Davids, entspricht den beschriebenen Schichten die erst in neuerer Zeit von Hicks ausgeschiedene Caerfai group, aus Conglomeraten, Sandstein und Schiefern bestehend, mit nur wenigen organischen Resten (Kriechspuren von Anneliden und Fucoiden [?], daneben aber auch

---
[1]) International geologial Congress of London 1888. Report of the british subcommittees on classification and nomenclature.
[2]) Mem. geol. Survey. II. 1. — Quart. Journ. geol. Soc. London. XIX, XX, XXV.
[3]) Quart. Journ. geol. Soc. London. XXVII.

eine *Leperditia* und *Lingula* [*Lingulella*] *primaeva* oder *ferruginea*, das älteste englische Brachiopod).

Die Harlech series (SEDGWICK) oder Solva group (HICKS) besteht in Nord-Wales nach RAMSAY aus über 6000 Fuss mächtigen Sandsteinen mit Wellenfurchen und Trocknungsrissen, aber ohne deutliche Versteinerungen. Im südlichen Wales dagegen ist es HICKS 1867 gelungen [1]), in der als äquivalent betrachteten, aus röthlichen und grünlichen Schiefern und Sandsteinen aufgebauten Solva-Gruppe eine verhältnissmässig reiche, aus über 20 Species bestehende Fauna mit verschiedenen Arten von *Paradoxides* (*Harknessi, solvensis, aurora*), *Conocoryphe, Agnostus* und anderen Trilobiten aufzufinden.

Ueber den genannten tiefsten Gliedern des Cambrium folgt die Menevian series, eine nur einige 100 Fuss mächtige, sandigschieferige Abtheilung, welche ausser ein paar Species von *Paradoxides* (*Hicksii, Davidis*) noch *Conocoryphe, Arionellus, Agnostus* und andere Trilobiten, eine *Theca*, eine *Orthis, Obolella*, Schwammnadeln (*Protospongia*) und andere Versteinerungen einschliesst.

Nun folgt das Hauptglied des englischen Cambrium, die besonders in Nord-Wales sehr entwickelten, dort gegen 5000 Fuss mächtig werdenden, aus dunkelfarbigen dickschieferigen Thonschiefern mit eingelagerten harten Sandsteinbänken bestehenden Lingula flags, so benannt nach der stellenweise darin massenhaft auftretenden *Lingula* (*Lingulella*) *Davisii* (II, 5).

Die drei oben genannten Unterabtheilungen der Lingula flags rühren von T. BELT her. Die unterste ist ausser durch *Agnostus pisiformis* (I, 4) besonders durch einige Arten der wichtigen Gattung *Olenus* (*O. gibbosus, truncatus* [I, 2] und *cataractes*) ausgezeichnet. Die mittlere bildet das Hauptlager von *Lingulella Davisii*, schliesst aber ausserdem *Hymenocaris vermicauda* [II, 1] — den ältesten englischen nicht-trilobitischen Kruster — sowie *Olenus micrurus, Bellerophon cambriensis* u. s. w. ein. Die jüngste Abtheilung endlich enthält besonders *Orthis lenticularis* (II, 6), *Olenus* (*Parabolina*) *spinulosus* und *O.* (*Peltura*) *scarabaeoides*. An der obersten Grenze der Lingulaschiefer oder (nach englischer Auffassung) an der Basis der Tremadoc-Schiefer liegt ein durch seine weite Verbreitung im ganzen nördlichen Europa sehr wichtiger Horizont, nämlich die *Dictyonema*-Schiefer mit der Graptolithide *Dictyograptus* (*Dictyonema*) *socialis* = *flabelliformis* (II. 2).

Das oberste Glied des Cambrium stellen nach der in England üblichen Classification die Tremadoc-Schiefer dar, blaugraue Grauwackenschiefer und Sandsteine, die zwar noch *Olenus, Conocoryphe, Agnostus* und *Dicellocephalus* enthalten, daneben aber auch eine Reihe von Formen, die dem Cambrium im Allgemeinen fremd, Vorläufer bezeichnender silurischer Typen darstellen. Etwas Aehnliches finden wir auch in dem schwedischen Ceratopygenkalk, dem russischen Grünsand und dem nordamerikanischen Calciferous sandstone wieder, die alle in gleicher stratigraphischer Stellung, unmittelbar

---

[1]) a. a. O.

über dem Cambrium liegen. Da wir die letztgenannten Bildungen nicht mehr zum Cambrium, sondern zum Silur rechnen, so müssen wir zu diesem auch die gleichalterigen Tremadoc-Schiefer ziehen.

Schweden und Norwegen. Die Kenntniss des skandinavischen Cambrium stützt sich ausser den älteren grundlegenden Arbeiten von ANGELIN [1]) für Schweden und von KJERULF [2]) für Norwegen besonders auf die neueren Forschungen von LINNARSSON [3]), BRÖGGER, NATHORST, HOLM und Anderen. Im Gegensatz zu den äusserst gestörten Lagerungsverhältnissen, welche die cambrischen Ablagerungen Englands zeigen, haben diejenigen Schwedens, besonders im Süden des Landes und auf der Insel Oeland, ebenso wie das sie concordant überlagernde Silur, ihre ursprüngliche horizontale Lagerung bewahrt — wie dies namentlich an den bekannten, zu oberst eine mächtige Grünsteindecke tragenden Bergen Ostgotlands, des Kinekulle, des Hunne- und Halleberges u. s. w., gut zu beobachten ist (vergl. Fig. 11).

Fig. 11. Profil des Kinekulle am Wenersee.
a' Gneiss. *a* Aeltester cambrischer Sandstein. *b* Alaunschiefer. *c* Untersilurischer Orthocerenkalk. *d* Graptolithenschiefer. *e* Grünsteindecke.

An der Basis des schwedischen Cambrium, unmittelbar über den steil aufgerichteten Urgebirgsgesteinen, liegt eine mächtige Sandsteinbildung, deren unterer Theil als *Eophyton*-, der obere als Fucoidensandstein bezeichnet wird. Organische Reste sind in derselben selten. Erst in neuerer Zeit haben sich im unteren Sandstein neben zweifelhaften pflanzlichen Resten (*Cruziana*) ein *Obolus*-artiges Fossil (*Mickwitzia monilifera*) und Reste von Medusen gefunden, an der oberen Grenze des oberen aber eine Art der wichtigen Trilobitengattung *Olenellus* (*O. Kjerulfi*, 1, 6). Weiter aufwärts folgen dunkle, bituminöse, etwas kalkige Schieferthone, die früher an vielen Orten (bei Andrarum in Schonen, auf Oeland u. s. w.) zur Alaundarstellung benutzt wurden und daher als Alaunschiefer bezeichnet werden. Der untere Theil dieser Schiefer ist paläontologisch besonders durch das Auftreten der Gattung *Paradoxides* (*oelandicus, Tessini, Forchhammeri* — Arten, die in der genannten Reihenfolge über einander auftreten), der obere aber durch die Gattung *Olenus* (*O. truncatus* [1, 2] u. a.) charakterisirt, weshalb LINNARSSON dieselben als *Paradoxides*- und *Olenus*-Schiefer geschieden hat. An der

---

[1]) Palaeontologia Scandinavica. 1854.
[2]) Geologie d. südl. Norwegen. 1858 und 1879. Erläuter. z. geol. Karte von Kristiania. 1865.
[3]) Zeitschr. d. deutsch. geol. Ges. XXV.

oberen Grenze des letzteren tritt, ebenso wie in England, die Gattung *Dictyograptus* (II, 2) auf.

Darnach gliedert sich das schwedische Cambrium von oben nach unten in folgender Weise:

Hangendes: Untersilur

Alaunschiefer ⎰ *Dictyograptus*-Zone ⎱
⎨ *Olenus*-Schiefer ⎬
⎱ *Paradoxides*-Schiefer ⎰

Untere Sandstein-Bildung ⎰ Zone mit *Olenellus Kjerulfi* ⎱
⎪ Fucoiden-Sandstein ⎪
⎨ *Eophyton*-Sandstein mit ⎬
⎪ *Cruziana*, Medusenresten, ⎪
⎱ *Mickwitzia monilifera* ⎰

Liegendes: Urgebirge.

In Norwegen ist die Entwickelung im oberen Theile der Schichtenfolge eine ganz ähnliche wie in Schweden; die älteste schwedische Sandsteinbildung dagegen wird in Norwegen durch KJERULF's Sparagmitetage, eine mächtige, petrefactenfreie, aus conglomeratischen, feldspathführenden Sandsteinen, Quarziten, Schiefern und Kalken bestehende Schichtenfolge, vertreten. Eine ähnliche Stellung wie diese letztere nehmen im mittleren Schweden (Provinz Dalekarlien) der (in Geschieben im norddeutschen Diluvium so verbreitete) rothe Dalasandstein, im westlichen Finnland gewisse Arcosensandsteine, in Schottland der Torridonsandstein ein.

Auch auf der Insel Bornholm sind cambrische Ablagerungen in ähnlicher Entwickelung vorhanden. Sie sind besonders durch Arbeiten von JOHNSTRUP näher bekannt geworden.

Baltisches Gebiet. Das Cambrium der russischen Ostseeprovinzen und der Gegend von St. Petersburg ist uns ausser durch die älteren Arbeiten von PANDER, DE VERNEUIL, Graf KEYSERLING, v. EICHWALD und Andere, besonders durch die in den 50er Jahren begonnenen und bis heute fortgesetzten Forschungen FRIEDR. SCHMIDT's[1]) bekannt geworden. Auch in diesem Gebiete liegen die Schichten, ähnlich wie im südlichen Schweden, nahezu wagerecht und haben ausserdem zum Theil — wie namentlich der sogen. blaue Thon — ihre ursprüngliche weiche Beschaffenheit noch bis jetzt bewahrt.

Die tiefste, unmittelbar auf Gneiss und Granit aufruhende cambrische Bildung stellt der blaue Thon dar, ein plastischer — wie Bohrungen bei Petersburg gezeigt haben — bis 300 Fuss mächtiger Thon mit eingelagerten Sandschichten, die sich nach unten zu einer etwa ebenso mächtigen Sand- bezw. Sandstein-Ablagerung entwickeln.

---

[1]) Unters. üb. d. silur. Form. v. Ehstland etc. Arch. f. Naturk. Liv-Ehst- u. Kurland. 1. Ser. II. 1858. — Revision d. ostbalt. Silur-Trilobiten. I. Mém. Ac. St. Peterb. 1881. — Ueb. eine neuentdeckte untercambr. Fauna. Ebend. 1888.

An organischen Resten haben sich bisher in diesem ältesten Schichtengliede nur Gruppen von Glauconitkörnern, die schon von EHRENBERG als Foraminiferenkerne gedeutet wurden, sowie undeutliche Algenreste gefunden.

Nach oben geht der blaue Thon in wechsellagernde Thon- und Sandsteinschichten über. Aus diesen Schichten kannte man früher nur die sogen. Platysoleniten und Volborthellen — erstere vielleicht kleine Stiel- oder Armfragmente von Cystideen, letztere wahrscheinlich sehr kleine Orthoceren; in neuester Zeit aber ist es geglückt darin noch eine Reihe anderer sehr wichtiger Formen zu entdecken. Es sind das eine Art der Gattung *Olenellus* (*O. Mickwitzi* — der älteste bis jetzt bekannte europäische Trilobit —), zwei Arten einer *Patella*-artigen Schnecke, der auch im nordamerikanischen Cambrium vorkommenden Gattung *Scenella*, ferner die oben aus dem schwedischen *Eophyton*-Sandstein genannten Medusenreste, *Mickwitzia monilifera*, ein *Obolella*- und ein *Discina*-artiges Fossil sowie die sogenannten Cruzianen, pflanzenähnliche, aber sehr wahrscheinlich pseudoorganische Hervorragungen auf den Schichtoberflächen.

Wenn somit diese Schichtenfolge als ein Aequivalent des schwedischen Eophytonsandsteines anzusehen ist, so muss der nun folgende, 30—50 Fuss mächtige, versteinerungsleere Sandstein dem schwedischen ebenfalls petrefactenfreien Fucoidensandstein gleichgestellt werden.

Das nächstfolgende Glied ist der Ungulitensandstein, ein lockerer gelblicher Sandstein, dessen oberste Bänke ganz erfüllt sind mit Bruchstücken von hornschaligen Brachiopoden, unter denen weitaus das häufigste *Obolus Apollinis* (II, 4) ist. Die Aehnlichkeit der Muskeleindrücke dieser Muschel mit dem Abdrucke eines Pferdehufes hat ihren Schalen den Namen „Unguliten" eingetragen. Wichtig ist die scharfe Grenze des Ungulitensandsteins gegen den unterliegenden Fucoidensandstein sowie das ganz neuerdings von SCHMIDT beobachtete Vorkommen von Conglomeraten, die aus Trümmern von Fucoidensandstein bestehen, an der Basis des Ungulitensandsteins, weil diese Thatsachen auf eine an der Grenze beider Sandsteinbildungen liegende Lücke in der Schichtenfolge hinweisen — eine Lücke, die einer mit Niveauveränderungen zusammenhängenden, längeren Unterbrechung in der Sedimentation und einer während dieser Unterbrechung stattgehabten theilweisen Zerstörung des älteren Fucoidensandsteins entspricht.

Das oberste Glied des Cambrium endlich wird im baltischen Gebiete, ebensowie in Skandinavien und England, vom *Dictyonema*-Schiefer gebildet, bis 20 Fuss mächtigen, dunkelfarbigen, bituminösen Schieferthonplatten, die als charakteristisches Fossil *Dictyograptus flabelliformis* (II, 2), daneben aber auch zahlreiche ächte Graptolithen enthalten.

Darnach gliedert sich das Cambrium des Ostsee-Gebietes in absteigender Reihenfolge in nachstehender Weise:

Hangendes: Untersilur (Grünsand)
  Dictyonema-Schiefer
  Ungulitensandstein mit *Obolus Apollinis*
  Fucoiden-Sandstein
  Thone und Sandstein mit *Olenellus Mickwitzi, Cruziana,*
  Medusenresten, *Mickwitzia monilifera* u. s. w.
  Blauer Thon und Sand bezw. Sandstein.
Liegendes: Urgebirge.

Böhmen. In Centraleuropa sind cambrische Ablagerungen am längsten aus Böhmen bekannt. Unsere Kenntniss von denselben ruht ganz auf den bewunderungswürdigen, sich über einen Zeitraum von mehr als 40 Jahren erstreckenden Arbeiten von JOACHIM BARRANDE über die ältesten, wie bereits oben mitgetheilt wurde, von ihm insgesammt als silurisch bezeichneten Ablagerungen dieses Landes und ihren Fossilinhalt.

Die erste Frucht der Forschungen BARRANDE's war die im Jahre 1846 erschienene Notice préliminaire sur le système silurien de la Bohême, dann folgte 1847 [1]) eine Bearbeitung der Brachiopoden, darauf, von 1852 an, das grosse Hauptwerk, das Système silurien de la Bohême, die umfassendste, überhaupt bis jetzt vorhandene derartige Monographie, die in einer grossen Anzahl von Bänden — BARRANDE selbst hat bis zu seinem Tode (1884) im Ganzen 23 Text- und Atlasbände veröffentlicht — nach einander die verschiedenen Thierabtheilungen behandelt, und zwar Bd. I die Trilobiten, Bd. II die Cephalopoden, Bd. III die Pteropoden, Bd. V. die Brachiopoden (in neuer Bearbeitung), Bd. VI die Acephalen [2]).

In ihrer Gesammtheit bilden die ältesten Ablagerungen Böhmens eine etwa 20 Meilen lange und 2—3 Meilen breite Schichtenmulde, deren Hauptaxe in südwestlicher Richtung von Prag über Beraun nach Pilsen zu verläuft. In Folge dieses im Ganzen sehr regelmässigen Baues treten die ältesten Schichten am Rande, die jüngsten in der Mitte der Mulde auf, während deren Untergrund von archäischen Gesteinen gebildet wird, und zwar zunächst von den fossilfreien, phyllitischen, örtlich Conglomerate, Sandsteine und oolithische Kalksteine einschliessenden sogen. Przibramer Schiefern LIPOLD's.

BARRANDE hat die gesammte Schichtenfolge der genannten Mulde in Stockwerke (étages) zerlegt, die er mit grossen Buchstaben bezeichnete, während er die weiteren Unterabtheilungen durch kleine Buchstaben und Zahlen unterschied. BARRANDE's Etage *A* entspricht den Przibramer Schiefern, ist also präcambrischen Alters. Auch die mit discordanter Lagerung über diesen folgende Przibramer Grauwacke LIPOLD's, die, mit groben Conglomeraten beginnend, sich unten aus dunklen, darüber aus hellen Grauwackensandsteinen zusammensetzt, wurde von BARRANDE als Etage *B* zum azoischen

---

[1]) v. HAIDINGER's naturw. Abh. Bd. I u. II.
[2]) Die weiteren Abtheilungen werden durch WAAGEN und NOVÁK bearbeitet, welch' Ersterer bereits Bd. VII, die Cystideen, veröffentlicht hat.

Gebirge gerechnet, während sie in neuester Zeit mit Recht davon getrennt und als tiefstes Cambrium classificirt wird [1]). Ausser Annelidenkriechspuren und einer *Orthis* haben sich in diesem Gliede noch keine Versteinerungen gefunden. Nach oben zu geht dasselbe allmählich in die Etage *C*, BARRANDE's Primordialschichten, über, grünliche, dickschieferige, einige 100 m mächtige Thonschiefer mit einer reichen und gut erhaltenen, ganz überwiegend aus Trilobiten bestehende Fauna, in welcher namentlich die Gattungen *Paradoxides* (mit den beiden Hauptarten *bohemicus* [I, 1] und *spinulosus*), *Conocoryphe* (I, 3), *Ellipsocephalus*, *Arionellus*, *Agnostus* und andere eine Rolle spielen. Daneben sind nur noch einige Arten von *Hyolithes* oder *Theca* (II, 3), ein paar Brachiopoden *(Orthis, Obolus)*, und eine Anzahl Cystideen, im Ganzen etwa 30 Species vorhanden. Diese Paradoxiden- oder Jinetzer Schiefer (nach der Hauptfundstelle Jinetz am Südrande der Mulde) stehen unzweifelhaft den schwedischen Paradoxidenschiefern und dem englischen Menevian gleich. Bemerkenswerth ist, dass dieselben kein um die ganze Mulde fortlaufendes Band bilden, sondern ausser bei Jinetz nur noch bei Skrej am Nordrande der Mulde bekannt sind. Nach MARR würde dies mit einer geringen Discordanz (vielleicht richtiger Transgression) zwischen den Paradoxidenschiefern und den sie überlagernden, etwas conglomeratischen, tiefsten Schichten der BARRANDE'schen Etage *D* in Verbindung zu bringen und demgemäss zwischen beiden ein stratigraphischer Hiatus anzunehmen sein. Diese Annahme würde auch das Fehlen eines Aequivalentes der englischen und schwedischen Olenusschiefer in Böhmen in genügender Weise erklären; nach KATZER wären indess die beiden tiefsten Horizonte von BARRANDE's D, d 1 α und d 1 β, sandig-conglomeratische, mit Diabasen, Diabas-Tuffen und Eisensteinen verbundene Bildungen, die von organischen Resten nur *Lingula* und einige *Orthis*-Arten einschliessen, noch zum Cambrium zu ziehen.

In **Deutschland** sind cambrische Schichten nur sehr spärlich entwickelt. Ihre grösste Verbreitung besitzen sie im Fichtelgebirge und dem angrenzenden sächsisch-thüringischen Voigtlande. Sie werden hier concordant und ohne scharfe Grenze von archäischen Phylliten unterlagert und bestehen aus mächtigen grüngrauen, glimmerig-sandigen, oft sehr phyllitähnlichen Thonschiefern mit eingelagerten Quarziten. Von Versteinerungen finden sich darin im Allgemeinen nur schlecht erhaltene Zweischaler sowie, im oberen Theil der Schichtenfolge, algenartige, auf den Schichtenflächen liegende, übrigens in ihrer Deutung noch zweifelhafte Hervorragungen, die sogen. Phycoden. Nur bei Leimitz unweit Hof ist eine reichere, ganz überwiegend aus Trilobiten und Brachiopoden bestehende, von BARRANDE [2]) bearbeitete und als eine Art Uebergangsglied zwischen

---

[1]) MARR. On the predevonian rocks of Bohemia. Quart. Journ. Geol. Soc. XXXVI. — KATZER, Das ältere Palaeozoicum in Mittelböhmen. Prag 1888.
[2]) Faune silurienne des environs de Hof. Prag 1868.

Cambrium und Silur betrachtete Fauna entdeckt worden. Nach den Mittheilungen, die vor Kurzem Gümbel[1]) über diese interessante Fauna gegeben hat, muss dieselbe als dem englischen Tremadoc und dem schwedischen Ceratopygenkalk gleichalterig betrachtet und somit als allertiefstes Silur classificirt werden.

Ausserhalb des genannten Gebietes kennt man in Deutschland cambrische Bildungen nur noch im Hohen Venn, südlich Aachen. Dasselbe stellt, ebenso wie das grössere, westlich davon liegende, von der Maas durchschnittene „Massiv von Rocroi" der belgischen Geologen, einen älteren, aus mannigfachen Thon- und Dachschiefern, Quarziten und phyllitischen Gesteinen zusammengesetzten Gebirgskern dar, welcher — wie schon A. Dumont zeigte — ringsum discordant von devonischen Schichten umlagert wird. Einige spärliche, in der Nähe des bekannten Bades Spa und anderweitig entdeckte Versteinerungen (*Agnostus*, *Dictyograptus*, *Oldhamia* — letztere ein algenartiges, auch im irischen und nordamerikanischen Cambrium sowie in den Pyrenäen vorkommendes, übrigens von manchen Forschern als eine blosse Runzelungserscheinung des Schiefers gedeutetes Gebilde —) machen ein cambrisches Alter dieser älteren Gebirgskerne mindestens wahrscheinlich.

In **Südeuropa** waren cambrische Schichten (mit *Paradoxides*, *Conocoryphe*, *Arionellus*, *Archaeocyathus* [II, 7] — einem zuerst aus Canada beschriebenen, zu den Spongien gerechneten Fossil —) früher nur aus Spanien, namentlich aus den Provinzen Leon und Asturien bekannt. In neuerer Zeit sind sie aber auch auf der Insel Sardinien (*Paradoxides*, *Conocoryphe* und viele andere Trilobiten, *Lingula*, *Archaeocyathus* und andere Spongien-artige Körper) und in Südfrankreich (*Paradoxides* in der Montagne-Noire, im Süden des französischen Centralplateaus) nachgewiesen worden.

Auch aus China und der argentinischen Republik sind cambrische Versteinerungen bekannt geworden. Keiner unter den fremden Erdtheilen aber ist für die Kenntniss der Zusammensetzung und Aufeinanderfolge der cambrischen Faunen so wichtig geworden als **Nordamerika**. Cambrische Ablagerungen sind hier bereits an einer Menge verschiedener Punkte und zum Theil in ansehnlicher Verbreitung nachgewiesen. Sie treten sowohl im Osten des Continentes (auf Neufundland, Neu-Schottland, in Neu-Braunschweig und im östlichen Massachusetts, im Norden der Staaten Vermont und New-York und in Canada) als auch an verschiedenen Stellen des Mississippibeckens (in Wisconsin, Minnesota, Missouri, Arcansas und Texas) und noch weiter westwärts, an den Abhängen des Felsengebirges (im Gebiete der Territorien Dakota, Utah, Nevada, Arizona u. s. w.) auf. Zum Theil — wie im Staate New-York, in Canada und in den westlichen Territorien — ruhen sie unmittelbar auf Urgebirgsgesteinen. Diese sind, wie überall, steil aufgerichtet

---

[1]) Grundzüge der Geologie. S. 544.

und gefaltet, während das Cambrium und die es bedeckenden jüngeren paläozoischen Schichten im Osten der Vereinigten Staaten auf weite Erstreckung nahezu wagerecht liegen, ähnlich wie im südlichen Schweden und den russisch-baltischen Provinzen.

Unsere Kenntniss des nordamerikanischen Cambrium stützt sich auf die Arbeiten einer grossen Zahl von Forschern, unter denen wir hier nur J. HALL, EMMONS, BILLINGS, DAWSON, MEEK, HARTT, WHITFIELD, WHITE, MATTHEW und WALCOTT zu nennen, von welchen zumal der letztere in neuester Zeit ein paar sehr wichtige zusammenfassende Abhandlungen veröffentlicht hat [1]). Nach diesen und einigen anderen Arbeiten kommt die Gliederung der cambrischen Schichten Nordamerikas in folgender, zugleich die Synonymik und Verbreitung der einzelnen Glieder angebenden Tabelle zum Ausdruck:

Hangendes: Calciferous Sandstone.

Ober-Cambrium	Potsdam-Schichten (Knox-, Tonto-Gruppe)	Potsdam-Sandstein von New-York, Canada, Wisconsin, Texas, Wyoming, Montana und Nevada; Tonto-Gruppe in Arizona; Knox-Schiefer in Tennessee, Georgia und Albama.
Mittel-Cambrium	St. John-Schichten (Acadian-group)	*Paradoxides*-Schichten von Braintree, Mass., St. John in Neubraunschweig und Neufundland. Mittlerer Theil der cambrischen Schichtenfolge der Wasatchberge in Utah. Ocoee-Conglomerate und -Schiefer im östlichen Tennessee?
Unter-Cambrium	Georgia-Schichten (Prospect-Mountain-, L'Anse au Loup-Gruppe) (Eteminian-Gruppe)	Georgia-Schichten von Vermont, Canada und New-York. Kalke von L'Anse au Loup in Labrador. UntererTheil der cambrischen Schichtenfolge des Eureka-Districtes und der Highlandkette in Nevada sowie der Wasatchberge in Utah.

Liegendes: Urgebirge.

Die tiefste Abtheilung, die Georgia-Gruppe, besteht da, wo sie in typischer Weise entwickelt ist, aus einer mehrere Tausend Fuss mächtigen Folge von dolomitischem Kalkstein, Sandstein, sandigen Mergelschiefern u. s. w., welche mehrere Arten der so bezeichnenden Gattung *Olenellus*, daneben aber noch die Trilobitengattungen *Olenoides*, *Ptychoparia*, *Bathynotus*, *Bathyuriscus*, *Microdiscus*, *Agnostus* u. a., ein paar andere Crustaceen (*Protocaris*, *Leperditia*), eine Reihe von Gastropoden (*Scenella*, *Stenotheca*, *Platyceras*) und Pteropoden (*Hyolithes*, *Hyolithellus* u. a.), einen Lamellibranchiaten

---

[1]) Bullet. of the United States geolog. Survey. Nr. 10. 1884. Nr. 30. 1886.

(*Fordilla*), eine Anzahl von Brachiopoden (*Lingulella*, *Acrotreta*, *Kutorgina*, *Acrothele*, *Obolella*, *Orthisina* u. a.), eine noch fragliche Cystidee, ein paar Graptolithen (*Diplograptus* und *Climacograptus?*), verschiedene Spongien — darunter besonders *Archaeocyathus* (II, 7) — sowie Anneliden- und Algenspuren enthält.

Die mittlere Abtheilung, die sich aus bis 2000 Fuss mächtig werdenden Schiefern und Sandsteinen zusammensetzt, die St. John- oder Paradoxides-Schichten, sind besonders durch das Auftreten grosser *Paradoxides*-Arten — darunter *P. Harlani*, wahrscheinlich der grösste überhaupt bekannte Trilobit — ausgezeichnet, zu denen sich noch *Conocoryphe*, *Ptychoparia*, *Arionellus*, *Agnostus* und andere Trilobiten, einige Ostracoden, mehrere Arten der Pteropodengattung *Hyolithes*, ein paar Gastropoden, zahlreiche Species von *Lingulella*, *Obolella*, *Kutorgina*, *Acrotreta*, *Orthis* und anderen Brachiopoden- gattungen und endlich einige Graptolithen und Spongien gesellen.

Die obere Abtheilung der Formation endlich, der sehr ver- breitete und schon am längsten bekannte röthliche Potsdamsand- stein, besteht vorwaltend aus Sandsteinen, die nach der Basis zu oft conglomeratisch werden, nicht selten Wellenfurchen, Kriechspuren, Trocknungsrisse und andere Anzeichen für eine Ablagerung aus seich- tem Wasser enthalten und im St. Lorenzthale bis 6000 Fuss Mächtig- keit erlangen. Die bezeichnendste und zugleich eine der verbreitet- sten Gattungen der Fauna ist *Dicellocephalus* (I, 5). Von sonstigen Trilobiten wären noch *Olenus*, *Arionellus*, *Ptychoparia*, *Agnostus* u. a., verschiedene Gastropoden, eine Menge von Brachiopoden u. s. w. zu erwähnen.

Alles in Allem berechnet WALCOTT die Zahl der jetzt aus dem nordamerikanischen Cambrium bekannten Species auf fast 400, die der Gattungen auf etwa 90 — wobei allerdings zu bemerken ist, dass er auch den Calciferous Sandstone, den wir mit DANA u. A. gleich den äquivalenten englischen Tremadocschiefern und dem schwe- dischen Ceratopygenkalk als unterstes Silur classificiren, noch zum Cambrium rechnet.

Eine auf die Gesammtheit der cambrischen Ablagerungen an- wendbare Eintheilung, wie dieselbe in den vorstehenden Mittheilungen bereits angedeutet liegt, wurde durch die Arbeiten von LINNARSSON angebahnt, der zuerst die Paradoxidenschichten als eine tiefere Abtheilung von den Olenusschichten trennte. In der That ist diese Eintheilung nicht nur für Europa, sondern auch für Nord- amerika gültig, da auch hier das Auftreten der Paradoxiden überall eine Phase anzeigt, die älter ist als die durch das Erscheinen der Gattung *Olenus* gekennzeichnete — eine Thatsache, die dadurch, dass in Amerika in dieser Phase nicht *Olenus*, sondern *Dicellocephalus* die Hauptrolle spielt, kaum an Bedeutung verliert. Später hat LAPWORTH den beiden erwähnten LINNARSSON'schen Stufen noch eine dritte hinzugefügt für die tiefsten conglomeratisch-sandigen Schichten, die in den meisten cambrischen Gebieten Europas an der Basis der Formation auftreten.

Da man aus dieser ältesten Abtheilung früher kaum etwas anderes als Algen- und Annelidenspuren kannte, so schlug LAPWORTH für dieselbe die Benennung Annelidian — als gleichwerthiges Glied mit dem jüngeren Paradoxidian und Olenidian — vor [1]). Nachdem aber in neuester Zeit im Annelidian nicht nur in Skandinavien und Russland, sondern auch in Nordamerika eine verhältnissmässig reiche Fauna nachgewiesen worden ist, in der die Gattung *Olenellus* eine Hauptrolle spielt, erscheint es zweckmässig, den eben genannten Ausdruck durch die Bezeichnung Olenellidian oder Olenellus-Stufe zu ersetzen. Wir würden auf diese Weise zu einer Dreitheilung des Cambrium gelangen, die in folgender synchronischer Tabelle zum Ausdruck kommen würde:

	England	Schweden	Russ. Ostseegebiet	Böhmen	Nord-Amerika
Ober-Cambrium oder *Olenus-* (*Dicellocephalus-*) Stufe	Obere Grenze: *Dictyonema*-Schiefer				
	Lingula-flags	*Olenus*-Schiefer	Unguliten-Sandstein	Dd₁ α u. β BARRANDE?	Potsdam-Sandstein
Mittel-Cambrium oder *Paradoxides*-Stufe	Menevian	*Paradoxides*-Schiefer	—	Jinetzer Schiefer	St. John- oder Acadische Gruppe
Unter-Cambrium oder *Olenellus*-Stufe	Llongmynd oder Caerfai	Fucoiden- u. *Eophyton*-Sandstein	Fucoiden-Sandstein. Blauer Thon, Sand	Przibramer Grauwacke	Georgia-Gruppe

Paläontologischer Charakter der cambrischen Formation.

Wie oben bemerkt, beläuft sich die cambrische Fauna Nordamerikas jetzt auf etwa 400 Arten. Die gleichalterigen Faunen in den verschiedenen Ländern Europas und anderer Continente sind viel ärmer und haben zusammen nicht so viel Species geliefert, als Amerika für sich allein. Alles in Allem kann man annehmen, dass die Gesammtzahl der jetzt bekannten cambrischen Formen 700 bis allerhöchstens 800 Arten beträgt. Es ist dies sehr wenig im Vergleich mit anderen paläozoischen Formationen, wie denn z. B. das Silur weit über 10,000 Arten aufweist. Man darf indess nicht vergessen, dass bis vor wenigen Jahrzehnten kaum ein Zehntel der jetzigen Artenzahl bekannt war, und darauf die bestimmte Hoffnung gründen, dass künftige Forschungen die cambrische Fauna noch sehr ver-

---

[1]) Geolog. Magazine. 1881. S. 260 u. 317.

42 Paläozoische oder primäre Formationsgruppe.

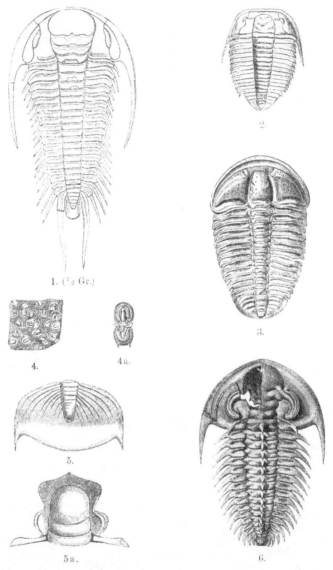

Taf. I. Cambrische Trilobiten. 1. *Paradoxides bohemicus* Barr. 2. *Olenus truncatus* Brünn. 3. *Conocoryphe Sulzeri* Schloth. 4. *Agnostus pisiformis* Lin. 4a. Ders. vergr. 5. *Dicellocephalus minnesotensis* D. Owen, Schwanzklappe. 5a. Mitteltheil des Kopfschildes. 6. *Olenellus Kjerulfi* Linars. (mit z. Th. fortgebrochener Glabella, wodurch das Hypostom sichtbar geworden).

Cambrische Formation. 43

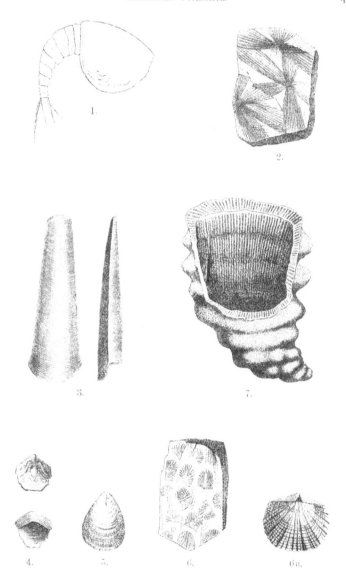

Taf. II. Cambrische Versteinerungen. 1. *Hymenocaris vermicauda* Salt. 2. *Dictyograptus flabelliformis* Eichw. 3. *Hyolithes parens* Barr. (an der Spitze unvollst.), von vorn und im Profil. 4. *Obolus Apollinis* Eichw., unvollst. grössere Klappe von aussen und innen. 5. *Lingulella Davisii* M'Coy. 6. *Orthis lenticularis* Wahlenb. 6a. Dieselbe vergr. 7. *Archaeocyathus mingancnsis* Billings

mehren werden. Insbesondere ist anzunehmen, dass, wie sich in neuester Zeit ergeben hat, dass nicht die *Paradoxides*-Schichten die älteste cambrische Stufe darstellen, sondern unter diesen noch eine andere, paläontologisch nicht minder gut charakterisirte Stufe, die *Olenellus*-Schichten vorhanden sind, in ähnlicher Weise die Zukunft uns andere noch tiefere Stufen kennen lehren und damit die cambrische Formation auch in Bezug auf die Zahl der aufeinanderfolgenden Faunen den übrigen Formationen gleichwerthiger machen wird.

Am günstigsten liegen vielleicht die Aussichten auf einen derartigen Zuwachs in China, wo nach v. RICHTHOFEN unter den durch ihre Versteinerungen als cambrisch gekennzeichneten Schichten noch eine überaus mächtige, grossentheils aus oolithischen Kalksteinen bestehende Schichtenfolge entwickelt ist, aus der aber bis jetzt noch keine Versteinerungen bekannt geworden sind.

Die Zusammensetzung der cambrischen Fauna ist überall, wo man sie bisher kennen gelernt hat, eine überraschend gleichartige. Ueberall besteht sie wesentlich aus Trilobiten und Brachiopoden, neben welchen nur wenige sonstige Mollusken und Kruster oder Vertreter anderer, noch tiefer stehender Thiergruppen vorhanden zu sein pflegen. Ueberhaupt kennt man bis jetzt aus dem Cambrium folgende Thierabtheilungen: Trilobiten, Phyllocariden, Ostracoden, Gastropoden, Pteropoden, Conchiferen, Brachiopoden, Anneliden (in Form der als „Nereiten" bekannten Kriechspuren), Cystideen, Medusen, Graptolithiden, Spongien und Foraminiferen (?). Unter den Thieren fällt namentlich die grosse Seltenheit der (nur in wenigen Gattungen bekannten) Conchiferen, sowie das gänzliche Fehlen von Cephalopoden und Korallen auf. Höhere Thiere als die Crustaceen waren nach unserer jetzigen Kenntniss nicht vorhanden. Namentlich fehlten alle Wirbelthiere, selbst die tiefest stehende Abtheilung derselben, die Fische, noch gänzlich. Von Pflanzen kennt man nur marine Algen: ein grosser Theil der als *Eophyton, Cruziana, Oldhamia* u. s. w. bekannten Körper sind zudem in ihrer Deutung noch sehr strittig.

Weitaus die wichtigste Rolle spielen die Trilobiten, die auch die Hauptleitfossilien abgeben. Dieselben sind von denen der jüngeren Formationen durch mehrere Eigenthümlichkeiten unterschieden, nämlich: 1. durch die meist grosse Kürze der Schwanzklappe, welche oft zu einem kleinen Anhang oder gar, wie bei manchen *Olenellus*-Arten, zu einem blossen Endstachel reducirt ist; 2. durch das ihnen abgehende Einrollungsvermögen und 3. durch die den meisten zukommende Blindheit. Viele haben zwar noch Augensockel, denselben fehlt aber jede Spur von Augenlinsen.

Als ein besonders typischer Vertreter cambrischer Trilobiten ist die Gattung *Paradoxides* (I, 1) zu nennen, die durch ihre bedeutende Grösse — *P. Harlani* und *regina* werden bis $1/2$ Meter lang —, halbmondförmiges, nach hinten in lange Hörner ausgezogenes Kopfschild, sehr breite, nach vorn keulenförmig erweiterte Glabella, dornförmig auslaufende Rumpfringe und ungemein kurzen Schwanzlappen ausgezeichnet ist. Die nahestehende Gattung *Olenellus*

(I, 6) weicht von *Paradoxides* durch eine lange, cylindrische Glabella, mit deren vorderem Theil die grossen Augen zusammenfliessen, durch flache, breite, nicht so schräg verlaufende Furchen auf den seitlichen Theilen der Rumpfringe u. s. w. ab. Die kleinere Gattung *Olenus* (I, 2) ist durch verhältnissmässig kurze, aber breite, ovale Glabella, einen Wulst am Vorderrande des Kopfschildes, kleine, schmale, durch besondere Leisten mit der Glabella verbundene Augen u. s. w. ausgezeichnet, die Gattung *Dicellocephalus* (I, 5) besonders durch ein ungewöhnlich grosses und breites Schwanzschild. Die so verbreitete, auch in's unterste Silur aufsteigende Gattung *Agnostus* (I, 4) weicht durch ihre sehr geringe Grösse, die grosse Aehnlichkeit von Schwanz- und Kopfschild, das Fehlen von Augenwülsten und Gesichtsnähten und das Vorhandensein von nur zwei Rumpfringen fast von allen übrigen Trilobiten ab. Nicht unwichtig ist auch die ebenfalls bis ins Obersilur hinaufgehende Gattung *Conocoryphe* oder *Conocephalites* (I, 3). Kopfschild halbkreisförmig, mit leistenförmig verdicktem Rande und durch tiefe Furchen von den Seiten abgegrenzter Glabella. Augen vorhanden oder nicht. Rumpf und Schwanz stark gegliedert.

Unter den Brachiopoden spielen die tiefstehenden schlosslosen, hornschaligen Linguliden und Oboliden mit *Lingula*, *Lingulella* (II, 5), *Obolus* (II, 4), *Obolella*, *Acrotreta*, *Acrothele*, *Kutorgina* u. a. die Hauptrolle; daneben kommen nur wenige schlosstragende, wie *Orthis* (II, 6), vor.

Von sonstigen Mollusken besitzt nur die Gattung *Hyolithes* (= *Theca*) (II, 3), eine dreikantige, köcherförmige, deckeltragende Form, eine allgemeinere Verbreitung.

Wenn auch die cambrische Fauna in mehrfacher Hinsicht die Züge einer niedrig stehenden Fauna an sich trägt, so ist doch ihre ganze Zusammensetzung keine derartige, wie man sie bei der ältesten fossilen Fauna erwarten sollte. Denn die cambrischen Trilobiten und sonstigen Kruster sind verhältnissmässig hoch organisirte Wesen, die, wie BARRANDE, MATTHEW u. a. gezeigt haben, eine lange individuelle Metamorphose zu durchlaufen hatten. Zumal wer auf dem Boden der Entwickelungstheorie steht, wird sich unmöglich zu der Annahme verstehen können, dass das organische Leben auf der Erde mit so hoch organisirten Formen seinen Anfang genommen habe, dass mithin die cambrische Fauna wirklich die Urfauna unseres Planeten darstelle. Er wird vielmehr lieber mit der überwiegenden Zahl der heutigen Geologen annehmen, dass dieser ältesten, bis jetzt bekannten Fauna eine ganze Reihe anderer Faunen vorausgegangen sei, deren Abkömmling unsere cambrische Fauna ist. Leider aber sind uns diese älteren Faunen, die ihr Lager tief unter der *Olenellus*-Stufe haben müssen, bis jetzt noch ganz unbekannt.

Man hat noch auf einige besondere Thatsachen als Beweise für das verhältnissmässig jugendliche Alter der cambrischen Fauna hingewiesen. So auf ihren Charakter als eine verarmte Fauna, die zwar ausser den beiden allein in reicherer Entwickelung auftretenden Gruppen der Trilobiten und Brachiopoden noch Vertreter verschiedener anderer Thierabtheilungen, aber von diesen immer nur einige spärliche und isolirte Typen aufweist — Verhältnisse, wie wir sie heutzutage in ähnlicher Weise in grossen Meerestiefen oder in Wasserbecken, die ihre frühere Verbindung mit dem Weltmeere verloren haben, wiederfinden. Dann aber hat E. Suss hervorgehoben, dass fast alle cambrischen Trilobiten, wenn auch zum Theil noch mit grossen Augenwülsten versehen, so doch blind waren, während sich umgekehrt bei einigen anderen, untersilurischen Formen (so bei *Aeglina* [III, 4]) ganz abnorm grosse Augen finden. Das aber seien Eigenthümlichkeiten, die man auch bei den Tiefseekrebsen beobachte, die theils durch ungeheuer grosse Augen ausgezeichnet, theils aber trotz noch vorhandener Augenstiele oder sonstiger Augenrudimente blind seien. Wie nun aber die erblindeten Kruster der heutigen Tiefsee als Nachkommen älterer sehender Formen zu betrachten seien, so auch die blinden cambrischen Trilobiten, und daraus ergebe sich dann zugleich, dass unsere cambrische Fauna eine verarmte Tiefseefauna darstelle, welcher eine andere, reichere Fauna vorangegangen sein müsse.

B. Silurische Formation.

Geschichtliches.

Wie bereits oben (S. 29) erwähnt, ist der Ausdruck Silur (gewählt nach dem alten Volksstamme der Silurer, die zur Zeit der Eroberung Britanniens durch die Römer das westliche England bewohnten), welcher für alle Zeiten mit dem Namen von RODERICK MURCHISON verknüpft bleiben wird, von diesem zuerst im Jahre 1835 für eine Schichtfolge angewandt worden, welche älter sein sollte, als der überliegende (später als ein Aequivalent des Devon erkannte) Old Red Sandstone und jünger als SEDGWICK's cambrisches System. Es ist auch schon hervorgehoben worden, dass MURCHISON die Bezeichnung Silur ursprünglich nicht in der weiten Ausdehnung nach unten zu gebrauchte, wie in späterer Zeit, wo er nicht nur SEDGWICK's Obercambrium, sondern — nachdem BARRANDE die böhmischen *Paradoxides*-Schichten als „Primordialfauna des Silur" classificirt hatte — auch deren vermeintliche englische Aequivalente, SEDGWICK's Mittelcambrium, in sein Silur hineinzog. MURCHISON's Bemühungen, die silurische Formation auf Kosten der cambrischen zu erweitern, konnten schon wegen seiner einflussreichen Stellung als Generaldirektor der geologischen Landesaufnahme Grossbritanniens nicht ohne Erfolg bleiben. Noch mehr aber trugen zu diesem seine zahlreichen Schriften bei, namentlich das grosse, epochemachende, im Jahre 1839 veröffentlichte „Silurian System". Dasselbe gab die erste ausführliche Darstellung der von ihm und von SEDGWICK bei der Untersuchung der älteren Gesteinsbildungen in Herefordshire, Wales und den Nachbargebieten gewonnenen Ergebnisse, während den späteren Fortschritten in der Kenntniss der paläozoischen Formationen das spätere, in mehreren Auflagen[1]) unter dem Titel „Siluria" erschienene Buch, gewissermaassen nur eine kürzere und handlichere Neubearbeitung des „Silurian System", Rechnung trug. Durch diese Werke sowie die sehr in's Gewicht fallende Unterstützung Barrande's brachte Murchison es mit der Zeit in der That dahin, dass die grosse Menge der englischen und fremden Geologen den Ausdruck Silur gleich ihm in einem weiteren als dem ursprünglichen Sinne anwandten. Wenn indess nur Wenige darin so weit gingen als Murchison und Barrande selbst, so ist dies besonders dem berühmten Charles Lyell zu danken, welcher in seinen weit verbreiteten, einflussreichen Lehrbüchern nur Sedgwick's Obercambrium zum Silur zog, während er für die tieferen Schichten den Namen Cambrium beibehielt.

Die verschiedene Bedeutung, welche Sedgwick, Murchison, die englische geologische Landesanstalt und Lyell den Namen Cambrium und Silur beilegten, ist aus folgender Zusammenstellung ersichtlich:

Sedgwick	Murchison	Geol. Landesanstalt	Lyell
Silur	Obersilur	Obersilur	Obersilur
Ober-Cambrium	Untersilur	Untersilur	Untersilur
Mittel-Cambrium	Primordial-Silur		Cambrium
Unter-Cambrium	Cambrium	Cambrium	

Diese Tabelle bringt die zahlreichen weiteren, kleineren Abweichungen, welche sich an den Gebrauch der Namen cambrisch und silurisch Seitens der verschiedenen englischen Autoren knüpfen[2]), nicht zum Ausdruck. Die aus diesen Abweichungen entspringende vielfache Verwirrung hat Lapworth in neuerer Zeit (Geol. Magaz. 1881, S. 261) bestimmt, die Bezeichnung Silur auf Murchison's Obersilur zu beschränken, das Untersilur dieses Forschers aber (oder Sedgwick's Obercambrium) durch den neuen Ausdruck Ordovician oder ordovicisches System (nach dem altbritischen Volksstamm der Ordovicier) zu ersetzen. Dieses Ordovicium würde sich mit dem decken, was Barrande als „erste silurische Fauna" bezeichnete, während das Lapworth'sche Silur Barrande's „zweiter Silur-Fauna" entsprechen würde. Dieser Vorschlag hat vielfach Anklang gefunden, und zwar um so mehr, als die gewöhnlich als Silur zu-

---

[1]) 1. Aufl. 1854; 5. Aufl. 1867.
[2]) Vergl. J. Marr, Classification of Cambrian and Silurian rocks. 1883. S. 22.

sammengefasste Schichtenfolge durch die grosse Zahl der in ihr enthaltenen aufeinanderfolgenden Faunen in der That einen grösseren Umfang hat als die übrigen paläozoischen Formationen.

Im ursprünglichen Sinne von SEDGWICK werden die Ausdrücke Cambrium und Silur heutzutage nur noch von der Geologenschule von Cambridge gebraucht. Die Mehrzahl der deutschen, englischen, schwedischen und russischen Geologen dagegen hat sich der Classification von LYELL angeschlossen. Auch wir wollen dieselbe in diesem Buche festhalten, jedoch mit der kleinen Abweichung, dass wir die Tremadocschichten, die LYELL als oberstes Cambrium ansieht, zusammen mit ihren skandinavischen, russischen und sonstigen Aequivalenten als unterstes Silur classificiren.

Verbreitung und Entwickelung der Silurformation.

England. Die silurischen Ablagerungen Englands, wie sie besonders typisch in der historischen Silurregion, dem südlichen Wales, Shropshire und Herefordshire entwickelt sind, stellen eine stets mehr oder weniger dislocirte, 20—30,000 Fuss mächtig werdende Schichtenfolge dar, welche jetzt allgemein in eine untere und eine obere Hauptabtheilung, das Untersilur oder Ordovicium und das Obersilur getrennt wird. MURCHISON legte die Grenze beider Abtheilungen zwischen die Unter- und Ober-Llandovery-Gruppe. LAPWORTH hat indess in überzeugender Weise die stratigraphische und faunistische Zusammengehörigkeit beider dargethan; und da in ganz England das Unter-Llandovery den älteren Ablagerungen (theils verschiedenen untersilurischen, theils aber auch cambrischen Stufen) mit einer ausgesprochenen Discordanz aufliegt, so lässt man jetzt in England ganz allgemein das Obersilur mit der genannten Gruppe beginnen. Hervorzuheben ist noch, dass im englischen Untersilur fast allenthalben massenhafte, von Tuffen und sonstigen Auswurfsmassen begleitete Einlagerungen von Eruptivgesteinen (besonders Diabasen und Porphyren) zwischen den normalen Sedimenten auftreten, während das Obersilur von derartigen Einschaltungen frei ist. MURCHISON theilte das englische Silur in folgender Weise ein:

Obersilur { Ludlow
Wenlock
Upper Llandovery.

Untersilur { Lower Llandovery
Caradoc
Llandeilo.

Jetzt benennt und gliedert man in etwas anderer Weise. So gebraucht man statt des Ausdrucks Caradoc die Bezeichnung Bala, statt Llandovery den Namen May-Hill-Series. Ausserdem hat man das untere Llandeilo vom oberen abgetrennt und in zwei weitere

Abtheilungen, das Arenig und die Llanvirn-Series, zerlegt. Endlich wird von mehreren Geologen das obere Ludlow mit dem Downton-Sandstein unter dem Namen Downtonian als eine besondere Gruppe ausgeschieden [1]). Darnach und nach Abtrennung des Tremadoc (ausschliesslich der *Dictoynema*-Schiefer) ergiebt sich für das englische Silur folgende Gliederung:

Obersilur.
- Ludlow . . .
  - Ober-Ludlow
    - Ledbury shales } Passage
    - Downton-Sandstein } beds
    - Upper Ludlow beds einschl. d. Bone bed.
  - Unter-Ludlow
    - Aymestry-Kalk
    - Lower Ludlow beds.
- Wenlock . . . .
  - Wenlock-Kalk
  - Wenlock-Mergel
  - Woolhope-Kalk.
- May-Hill oder Llandovery
  - Tarannon-Schiefer
  - Ober-Llandovery (May-Hill-Sandstein)
  - Unter-Llandovery.

Untersilur (Ordovicium).
- Bala . . . . .
  - Ober-Bala (einschl. d. Hirnant-Kalks)
  - Mittel-Bala = Caradoc-Sandstein
  - Unter-Bala = Llandeilo (Ob-.Llandeilo Murchison).
- Arenig . . . .
  - Llanvirn-Schichten } (Unter-Llandeilo
  - Arenig-Schichten } Murchison)
  - Tremadoc-Schiefer (= Ob.-Tremadoc Hicks).

Die Tremadoc-Schichten bestehen aus Schiefern und Grauwackensandsteinen, die neben einer Anzahl cambrischer Typen (wie *Olenus, Agnostus, Dicellocephalus* u. s. w.) bereits eine Reihe silurischer Formen, wie namentlich *Asaphus (Asaphellus) Homfrayi, Ogygia scutatrix, Niobe* und mehrere andere Vertreter der für das Untersilur so bezeichnenden Familie der Asaphiden, ferner Arten von *Cheirurus, Orthoceras, Cyrtoceras, Orthisina, Porambonites* u. a. einschliessen, so dass die Zurechnung dieser Schichten zum Silur auch von rein paläontologischem Gesichtspunkte aus gerechtfertigt erscheint.

Die Arenig-Schichten bestehen aus bis 2500 Fuss mächtig werdenden Schiefern, Sandsteinen und Quarziten — zu diesen letzteren gehören die sogen. **Stiperstones** in Shropshire — mit zahlreichen Graptolithen aus den Gattungen *Didymograptus, Diplograptus, Dendrograptus* u. s. w., zu denen sich *Asaphellus Homfrayi, Aeglina, Trinucleus, Ampyx* und andere Trilobiten, *Lingula* u. s. w. gesellen.

---

[1]) Salter u. Sedgwick, Catalogue of cambrian and silurian fossils. 1873. — Marr, Classification of cambrian and silurian rocks. 1883. — Hor. Woodward, Geology of England and Wales. 1887. — International geological congress of London: reports of the british subcommittees on classification and nomenclature. 1888.

Auch die aus dunklen Schiefern und Tuffen zusammengesetzten **Llanvirn-Schichten** führen neben Graptolithen besonders Trilobiten, darunter die hier zuerst auftretenden Gattungen *Illaenus, Dalmanites, Acidaspis* und die nur aus diesem Horizonte bekannte, innerhalb desselben aber auch ausserhalb Englands weit verbreitete Gattung *Placoparia*.

Das **Unter-Bala** oder **Llandeilo** stellt eine 3000—4000 Fuss dicke Folge von Eruptivgesteinen und kalkig-sandigen Schiefern mit Graptolithen, Trilobiten — darunter *Asaphus tyrannus, Ogygia Buchii, Calymene, Trinucleus* —, *Bellerophon* und anderen Fossilien dar. Das **Mittel-Bala** ist eine gewaltige, bisweilen gegen 12,000 Fuss mächtig werdende Sandsteinbildung, welche neben Graptolithen (besonders Diplo- und Dicranograptiden) eine reiche Trilobiten- und Brachiopodenfauna (*Asaphus Powisii, Illaenus Bowmanni, Trinucleus concentricus* etc., *Orthis calligramma* [V, 2] und *Actoniae, Leptaena sericea* etc.) einschliesst. Das **Ober-Bala** endlich wird von Kalken und Grauwacken mit *Orthis calligramma, Platystrophia lynx* (= *Orthis biforata* [V, 3]) und anderen Versteinerungen gebildet.

Die **May-Hill-** oder **Llandovery-Schichten** bestehen aus 1000—2000 Fuss starken Conglomeraten, Sandsteinen und Grauwacken, die paläontologisch besonders durch das, in diesem Horizonte auch anderwärts wiederkehrende, Auftreten grosser *Pentamerus*-Arten (*P. oblongus, P. [Stricklandinia] lens* etc.) und spiraltragender Brachiopoden (*Atrypa* mit der Hauptart *reticularis* [X, 4], *Meristella*) ausgezeichnet sind. Ausserdem erscheinen hier zuerst zahlreiche charakteristische obersilurische Trilobiten und Korallen, wie *Encrinurus punctatus* (VII, 5), *Calymene Blumenbachi* (VII, 3), *Halysites catenularia* (X, 9), *Heliolites interstincta* etc. Besonderes Interesse verdient auch das erste Auftreten der Krustergattung *Eurypterus* (VIII, 1). Eng verbunden mit diesen Schichten sind die bis 1500 Fuss mächtig werdenden, violettrothen und grünen Tarannon-Schiefer, die besonders Graptolithen — darunter namentlich die obersilurischen Gattungen *Rastrites* und *Monograptus* — enthalten.

Die nun folgende **Wenlock-Stufe**, das Hauptglied des Obersilur, besteht gewöhnlich zuunterst aus Mergelschiefern mit eingelagerten Kalklinsen. Nach oben zu treten die Kalke mehr hervor, stellenweise finden sich massenhafte Korallenanhäufungen, förmliche Korallenriffe ein, während anderweitig in mergligen Zwischenlagen zahllose wohlerhaltene Trilobiten, Brachiopoden, Cephalopoden, Gastropoden, Crinoiden etc. eingebettet sind, die den Wenlock-Kalk an vielen Punkten — namentlich ist unter diesen Dudley zu nennen — zu einer Hauptfundgrube für silurische Petrefacten gemacht haben. Von besonders bezeichnenden Arten seien hier nur *Halysites catenularia* (X, 9), *Heliolites interstincta, Favosites gotlandica* (X, 8) unter den Korallen, *Actinocrinus pulcher, Crotalocrinus rugosus, Cyathocrinus pyriformis* unter den Crinoiden, *Encrinurus variolaris, Calymene Blumenbachi* (VII, 3), *Lichas anglicus, Dalmanites Downingiae* und *caudatus, Proetus Stokesii, Sphaerexochus mirus* unter den Trilobiten, *Strophomena euglypha, Leptaena transversalis* (IX, 6), *Pentamerus galeatus*,

Orthis elegantula (IX, 4), *Atrypa reticularis* (X, 4), *Meristella tumida* (X, 5), *Spirifer elevatus* und *plicatellus* (X, 7), *Rhynchonella Wilsoni* (IX, 3) und *borealis* (X, 1) und *Chonetes striatella* (IX, 5) unter den Brachiopoden, *Orthoceras annulatum* (VIII, 3) und *Phragmoceras ventricosum* unter den Cephalopoden genannt. Auch die zu den Hydrocorallinen gehörige, aus zahllosen dünnen, welligen, übereinanderliegenden Kalklagen aufgebaute Gattung *Stromatopora* bildet in den Riffkalken eine häufige Erscheinung.

Das untere Ludlow setzt sich zuunterst aus grünlichgrauen, glimmerigen, schieferigen Sandsteinen und Mergeln, zuoberst aus einem dunkelgrauen Kalk von etwas knolligem Gefüge zusammen. Das obere Ludlow wird zuunterst ebenfalls aus glimmerigen, thonig-sandigen Schichten gebildet, die in dem sogen. Bone bed eine merkwürdige, bis einen Fuss mächtig werdende, fast ausschliesslich aus Trümmern von Fisch- und Crustaceenresten, namentlich Schuppen und Zähnen, bestehende Schicht einschliessen. Darüber folgt dann der bis 100 Fuss mächtige, röthliche oder gelbliche Downton-Sandstein, über diesem endlich, als alleroberstes, ganz allmählich in den devonischen Old-Red-Sandstein übergehendes Glied der Silurformation, die bis 300 Fuss mächtig werdenden, grauen oder röthlichen, merglig-sandigen Ledbury shales.

Die beiden obersten Glieder werden auch als Passage beds, als Uebergangsschichten zum Devon, bezeichnet. MURCHISON hat dafür auch die Bezeichnung Tilestone gebraucht.

Paläontologisch stehen die Ludlow-Bildungen dem Wenlock im Allgemeinen sehr nahe: die meisten Mollusken, viele Trilobiten und Anderes sind beiden Abtheilungen gemeinsam, nur einige wenige Formen, wie *Cardiola interrupta* (IX, 2), *Pentamerus Knighti* (X, 3) sind, wenn auch nicht ganz auf die obere Stufe beschränkt, so doch hier hauptsächlich zu Hause. Eine besondere Eigenthümlichkeit des Ludlow sind indess die sich schon in den untersten Schichten desselben zahlreich einstellenden, in das Old Red fortsetzenden gewaltigen Eurypteriden (namentlich *Eurypterus* [VIII, 1] und *Pterygotus*) und die eigenthümlichen Cephalaspiden (*Cephalaspis, Scaphaspis, Pteraspis* etc.) — die ältesten britischen Fische. Auch bei Lesmahagow im südlichen Schottland sind in Schichten gleichen Alters dieselben grossen Kruster zusammen mit *Platyschisma helicoides, Ceratiocaris*, Tentaculiten und anderen Versteinerungen der Passage beds bekannt.

Eine eigenthümlich abweichende Ausbildung des Silur findet sich im Seendistrict Nordenglands, wo viele der obengenannten Stufen als Graptolithenschiefer entwickelt sind. So stellen die Skiddaw slates graptolithische Aequivalente der Arenig- und Llanvirn-Stufen (mit den Hauptgattungen *Dichograptus, Didymograptus* [VI, 3], *Diplograptus* [VI, 5], *Phyllograptus* [VI, 4], *Coenograptus* [= *Helicograptus*] [VI, 2] etc.) dar. Ebenso sind die Stockdale shales — denen in Schottland die Birkhill shales entsprechen — Aequivalente der May-Hill-Stufe (Hauptgattungen *Diplograptus, Rastrites* [VI, 11], *Monograptus* [VI, 6—9]), die Coniston flags und Riccarton beds solche des Wenlock (*Monograptus, Retiolites* [VI, 10] [1]).

Besondere Erwähnung verdient auch der Coniston limestone des Seendistriktes, welcher neben Korallen und Brachiopoden (*Orthis calligramma* [V, 2] etc.) zahlreiche Trilobiten (*Trinucleus*, *Illaenus*, *Cheirurus*, *Lichas*, besonders aber *Chasmops macrourus* und *conicophthalmus*, zwei Zonenpetrefacten des schwedischen und russischen Untersilur) enthält. Ebenso sei hier endlich noch der Durness-Kalk Nordschottlands mit seinen zahlreichen grossen Orthoceren und Schnecken (*Maclurea* [IV, 3] etc.) als eine in England vereinzelt dastehende, an den nordeuropäischen Orthocerenkalk erinnernde Entwickelungsform des Untersilur genannt.

Skandinavien. Auch hier sind silurische Ablagerungen über bedeutende Flächenräume verbreitet, in Schweden namentlich in Schonen, in West- und Ost-Gotland, in Dalecarlien und Jemtland und auf den Inseln Gotland (nur Obersilur), Oeland und Bornholm (nur Cambrium und Untersilur), in Norwegen besonders im Süden des Landes, in der Umgebung von Kristiania und Porsgrund, sowie weiter nördlich, in der Gegend des Mjösen-See und im Stifte Trondheim — hier zum Theil in stark metamorphosirtem Zustande. In Schweden sind die Silurschichten im Allgemeinen wenig gestört, im Süden des Landes auf grosse Strecken fast noch wagerecht gelagert. Auch ist dort die ganze Schichtenfolge in gleicher Vollständigkeit wie in England entwickelt, jedoch nicht in gleich zusammenhängender und unmittelbarer Aufeinanderfolge, so dass die Feststellung der Altersbeziehungen der Ablagerungen verschiedener Gegenden in Schweden mit viel grösseren Schwierigkeiten verbunden ist. Die den skandinavischen Silurbildungen gewidmeten Arbeiten reichen bis auf Linné zurück. Nach ihm haben sich um deren Kenntniss Wahlenberg, Dalman und Hisinger, später Angelin[2]) und Kjerulf[3]), in neuerer Zeit namentlich Linnarsson[4]) Lindström, Brögger[5]), Tullberg[6]), Johnstrup, Törnquist und Andere[7]) verdient gemacht.

Für das Untersilur lässt sich nach Angelin, Linnarsson und neueren Autoren folgende allgemeine Gliederung aufstellen:
Brachiopodenschiefer
Trinucleusschiefer und -Kalk
Chasmopskalk

---

[1]) Vergl. Lapworth, Geological distribution of the Rhabdophora. Annals and Magaz. Nat. Hist. 5. s. III. 1879.
[2]) Palaeontologia Scandinavica. 1854. — Fragmenta silurica, herausgegeben von Lindström. 1880.
[3]) Udsigt over sydlige Norges Geologi. 1879. (Auch in deutsch. Uebersetz. von Gurlt: Geologie des südl. Norwegen. 1880.)
[4]) Om Vestergötlands cambrisca och siluriska aflagringar. Svenska Vetenskaps Akad. Bd. 8. Nr. 2. 1869.
[5]) Die Siluretagen 2 und 3 im Kristianiagebiete. 1882.
[6]) Skånes Graptoliter. 1882. — Zeitschr. d. deutsch. geol. Ges. 1883. S. 223.
[7]) Vergl. auch A. Remelé, Untersuch. ü. d. versteinerungsführ. Diluvialgeschiebe d. norddeutsch. Flachlandes. I. 1883.

Cystideenkalk und mittlerer Graptolithenschiefer
Orthocerenkalk und unterer Graptolithenschiefer
Ceratopyge-Kalk.

Der *Ceratopyge*-Kalk ist ein wenig mächtiges Schichtenglied, welches, ähnlich wie das englische Tremadoc und der russische Glauconitsand, eine Mischung cambrischer (*Dicellocephalus, Agnostus, Obolus* etc.) und überwiegender silurischer Formen (*Niobe, Symphysurus, Amphion, Cheirurus*) enthält.

Der nach Tullberg den englischen Skiddaw slates entsprechende untere Graptolithen- oder Phyllograptusschiefer (Hauptgattungen: *Phyllograptus* [VI, 4], *Dichogr., Didymogr.*) Westgotlands und Südnorwegens ist eng verbunden mit dem wichtigsten und beständigsten Gliede des skandinavischen Untersilur, dem Orthocerenkalk, einem grauen oder rothen, plattigen Knollenkalke, der seinen Namen dem massenhaften Vorkommen grosser Orthoceren — besonders solcher mit dickem, randlichen Sipho (Untergattung *Endoceras* [IV, 2]) — verdankt. Neben diesen (*Endoc. commune, duplex, vaginatum*) spielen die merkwürdige, ausschliesslich untersilurische Nautilidengattung *Lituites* (*lituus* [IV, 1], *antiquissimus*), einige Gastropoden (*Pleurotomaria* [*Rhaphistoma*] *qualteriata* [IV, 4]), sowie Trilobiten aus den Gattungen *Asaphus* (*expansus* [III, 1] *platyurus*), *Illaenus* (*crassicauda, chiron, oblongatus* [III, 2]) und *Megalaspis* (*limbata, planilimbata*) eine grosse Rolle, während Brachiopoden sehr zurücktreten.

In Schonen folgt über dieser, wohl aus tieferem Meere abgelagerten Bildung der mittlere Graptolithenschiefer (mit *Didymograptus* [VI, 3], *Diplograpt., Climacogr.*), der nach Tullberg dem englischen Llandeilo und Caradoc entspricht. Im Uebrigen aber liegt über dem Orthocerenkalk der Cystideen- oder Echinosphäritenkalk, so benannt nach den zahllosen, darin eingebetteten, kugeligen Gehäusen von *Echinosphaerites aurantium* (V, 7) und anderen Cystideen, ausser welchen nur noch verschiedene Brachiopoden (besonders *Orthis calligramma* [V, 2], *Platystrophia lynx* [V, 3]), *Porambonites* [IV, 6], *Orthisina* [V, 1]), einige Trilobiten und weniges Andere vorhanden ist.

Der Chasmopskalk ist besonders durch die Phacopidengattung *Chasmops* (III, 6) (Leitarten *macrourus* und *conicophthalmus*) ausgezeichnet, der Trinucleusschiefer durch die hier ihre Hauptentwickelung erlangende Gattung *Trinucleus* (III, 3) [*seticornis* u. a.], der in West-Gotland und auf Schonen entwickelte Brachiopodenschiefer endlich ebenfalls durch eine hauptsächlich aus Trilobiten bestehende Fauna (*Trinucleus, Ampyx, Agnostus, Calymene Blumenbachi* [?]).

Das Obersilur wird in Schweden besonders durch den Gotländer-Kalk vertreten, eine mächtige und versteinerungsreiche Folge verschiedener Kalksteine, Mergel und Sandsteine, deren genauere Zusammensetzung und organischer Inhalt uns besonders durch die

Arbeiten Fr. Schmidt's[1]) und Lindström's[2]) bekannt geworden ist. Die jetzt schon über 1000 Arten zählende Fauna besitzt eine sehr mannigfaltige Zusammensetzung aus typisch obersilurischen, zum grossen Theil mit dem englischen Wenlock-Kalk übereinstimmenden Arten von Korallen, Crinoiden, Bryozoen, Brachiopoden, Gastropoden, Cephalopoden, Conchiferen und Trilobiten. Ueber die Aufeinanderfolge der einzelnen Schichtenglieder und ihre Parallelisirung mit denen des englischen und baltischen Obersilur ist man noch nicht ganz einig; doch scheint so viel sicher, dass die obersten Kalke und Sandsteine dem englischen Ludlow, die darunter liegende Hauptmasse der Schichtenfolge aber dem Wenlock-Kalk gleichzustellen ist, während andere, in der Umgebung der Stadt Wisby entwickelte Kalkmergel (mit *Stricklandinia lens* etc.), sowie gewisse, mit grossen glatten *Pentamerus*-Arten erfüllte Schichten vielleicht der May-Hill-Stufe entsprechen. Aehnliche *Pentamerus*-reiche Kalke sind auch an verschiedenen Punkten in Norwegen bekannt.

Ausser dem Gotländer Kalk gehören aber zum Obersilur noch der obere Graptolithenschiefer West- und Ost-Gotlands, Dalecarliens und Schonens — derselbe wird jetzt in den tieferen (den schottischen Birkhill slates gleichstehenden) *Rastrites*- oder *Lobiferus*-Schiefer mit *Rastrites*- und *Monograptus*-Arten (*M. lobiferus*) und den höheren (dem englischen Wenlock-Kalke gleichaltrigen) *Cyrtograptus*-Schiefer (mit *Retiolites*, *Monograptus*, *Cyrtograptus*) zerlegt —, die Cardiola-Schiefer Schonens mit *Cardiola interrupta* (IX, 2), *Monograptus*-Arten und anderen Formen des Ludlow, sowie endlich gewisse lebhaft rothe Sandsteine (Öveds-Sandstein) mit *Beyrichia Kloedeni*, *Grammysia cingulata* und anderen Leitformen des Ober-Ludlow. Aehnliche, aber versteinerungsleere rothe Sandsteine sind auch in Norwegen als hangendstes Glied der Silurformation entwickelt.

Noch etwas unsicher ist die Stellung des Leptaena-Kalkes der schwedischen Provinz Dalecarlien, der von Einigen als ein ungefähres Aequivalent der May-Hill-Gruppe dem Obersilur, von Anderen aber noch dem Untersilur zugerechnet wird.

Eine vom übrigen Skandinavien ziemlich abweichende Silurentwickelung findet sich in Schonen. Wie nämlich im Vorhergehenden bereits angedeutet, erlangen hier, ähnlich wie im englischen Seendistricte, in den verschiedensten Horizonten Graptolithenschiefer eine ausserordentliche Entwickelung. Tullberg, der für dieselben [3]) eine sehr weitgehende Zonengliederung durchgeführt hat, konnte in der That nachweisen, dass viele dieser Zonen sich mit den im genannten Gebiete Englands durch Lapworth u. A. unterschiedenen Zonen decken.

Russland. In keinem andern Theile Europas besitzen silurische Ablagerungen eine so grosse Verbreitung wie in Russland, wo sie

---

[1]) Archiv für Naturkunde Liv-, Ehst- u. Kurlands. 1. s. II. 1859.
[2]) N. Jahrb. f. Min. 1888. I. — Silurian Gastropoda of Gotland. 1884. etc.
[3]) a. a. O.

sowohl am Westabhange des Ural als auch an der Küste des finnischen Meerbusens und im Dnjester-Gebiete entwickelt sind. Am Ural bilden sie eine sehr lange, bis ans Eismeer reichende, aus steil aufgerichteten, zum Theil stark metamorphosirten Gesteinen aufgebaute Schichtenzone. Im Gegensatz zum uralischen Gebiete haben die silurischen Ablagerungen der beiden anderen Gebiete ihre ursprüngliche horizontale Lagerung und lockere Gesteinsbeschaffenheit noch bis heute bewahrt, welches letztere man wohl mit Recht mit dem Umstande in Verbindung bringt, dass sie seit ihrer Bildung nie von jüngeren Sedimenten bedeckt oder in nennenswerther Weise dislocirt worden sind [1]).

Im baltischen Gebiete bilden die silurischen Schichten einen breiten, sich vom Ladoga-See durch das Gouvernement St. Petersburg und ganz Estland und Livland bis nach den Inseln Dagö und Oesel erstreckenden Gürtel, der allerdings oberflächlich zum grossen Theile von Diluvium verhüllt wird. Ueber dem Silur liegt transgredirend Old-Red-Sandstein. Die genauere Gliederung und der Fossilinhalt des baltischen Silur, welches sich in seiner allgemeinen Entwickelung nahe an das skandinavische, namentlich dasjenige der Inseln Gotland und Oeland anschliesst (vergl. das Profil Fig. 12), ist uns ausser durch die Arbeiten zahlreicher älterer Autoren, wie v. EICHWALD, PANDER, v. HELMERSEN, v. SCHRENK, GREWINGK u. A., besonders durch die eingehenden Untersuchung von FR. SCHMIDT [2]) bekannt geworden.

SCHMIDT theilt das baltische Silur jetzt in folgender Weise ein:

	Namen der Glieder		Bezeichnungsweise SCHMIDT'S	
			Neuere	Aeltere
Obersilur.	Obere Oesel-Gruppe	. . . .	K	Zone 8
	Untere Oesel-Gruppe	. . . .	J	" 7
	Gruppe mit glatten Pentameren	*Estonus*-Schicht . .	H	" 6
		Raiküllsche Schicht	G^3	" 5
		Borealis-Bank . . .	G^2 ⎫	" 4
		Jördensche Schicht	G^1 ⎭	
Untersilur.	Borkholmsche Schicht	. . . .	F^2	" 3
	Lyckholmsche Schicht	. . . .	F^1	" 2a
	Wesenbergsche Schicht	. . . .	E	" 2
	Jewesche Schicht	. . . .	D	" 1b
	Itfersche u. Kuckersche Schicht	. . . .	C^3 u. C^2	" 1a
	Echinosphäritenkalk	. . . .	C^1	" 1
	Vaginaten- u. Glauconitkalk	. . . . .	B^3 u. B^2	" —
	Glauconit-(Grün-)Sand	. . . .	B^1	" —

---

[1]) Eine Hauptquelle für die Kenntniss der russischen Silurbildungen und ihres Fossilinhaltes ist bis auf den heutigen Tag das grosse zweibändige Werk von MURCHISON, DE VERNEUIL und dem Grafen KEYSERLING: Geology of Russia in Europe and the Ural-Mountains. 1845.
[2]) Silur-Form. v. Ehstland, Nord-Livland u. Oesel. 1858. — Quart. Journ. Geol. Soc. 1882. S. 514. — Revision der ostbaltischen Silur-Trilobiten. (Mém. Acad. St. Pétersbourg. 1881, 1885, 1886 etc.)

Das tiefste, unmittelbar über dem Cambrium liegende Glied, der Glauconitsand, ist eine nur wenige Fuss mächtige, dem schwedischen *Ceratopyge*-Kalk gleichstehende Bildung, die aber nur wenige Versteinerungen (*Lingula, Obolus* und die winzigen, von PANDER als „Conodonten" beschriebenen Annelidenkiefer) enthält. Darüber folgt das Hauptglied des baltischen Untersilur, der in jeder Beziehung mit dem skandinavischen Orthocerenkalk übereinstimmende Vaginatenkalk mit zahllosen grossen Orthoceren aus der Gruppe *Endoceras* (= *Vaginati*), zahlreichen Asaphiden etc. Der sogen. Glauconitkalk entspricht der tiefsten (durch *Megalaspis planilimbata* gekennzeichneten) Zone des schwedischen Orthocerenkalks. Ebenso ist auch der Echinosphäritenkalk nur eine Wiederholung des gleichen schwedi-

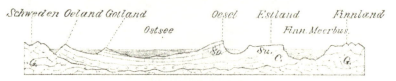

Fig. 12. Profil von Finnland über die Inseln Oesel, Gotland und Oeland nach Schweden. Nach FR. SCHMIDT.
G Granit. *C* Cambrium. *Su* Unter-, *So* Obersilur.

schen Gesteins, während die folgenden Glieder des Untersilur besonders durch die grosse Entwickelung der (übrigens bis in den Echinosphäritenkalk hinabgehenden) Phacopidengattung *Chasmops* (*Odini* [III, 6], sehr nahestehend dem skandinavischen *conicophthalmus, macrourus, bucculentus, Wesenbergensis* etc.), zahlreiche Arten von *Lichas, Cheirurus* und anderen Trilobitengattungen, Species von *Orthis, Orthisina* (V, 1), *Porambonites* (IV, 6) und anderen Brachiopoden, verschiedene Gastropoden, Cephalopoden u. s. w. ausgezeichnet sind.

Das Obersilur beginnt, wie in England, mit einer durch das massenhafte Auftreten zahlreicher grosser glatter Pentameren ausgezeichneten Schichtengruppe (zuunterst *P. borealis*, dann *esthonus*, sehr ähnlich, wenn nicht identisch dem englischen *oblongus*), mit welchen sich zugleich spiraltragende Brachiopoden (*Spirifer plicatellus* [X, 7], *Atrypa reticularis* [X, 4] etc.), obersilurische Korallen u. s. w. einstellen. Die untere Oesel-Zone mit zum Theil sehr mächtigen Korallenbänken und zahlreichen Trilobiten (*Calymene Blumenbachi* [VII, 3], *Encrinurus punctatus* [VII, 5], *Proetus concinnus*) und Brachiopoden stellt SCHMIDT dem Wenlock-Kalk, die obere Oesel-Zone aber, mit mannigfaltigen Brachiopoden (*Atrypa prunum, Spirifer elevatus, Rhynchonella nucula, Chonetes striatella* [IX, 5] etc.), Acephalen (*Pterinea retroflexa* etc.), Ostracoden (*Beyrichia tuberculata* [VII, 6]), Tentaculiten u. s. w., den Ludlow-Bildungen gleich. Von besonderem Interesse sind in dieser Zone die gelben plattigen Dolomitbänke von Rootsiküll auf Oesel wegen der darin zahlreich enthaltenen grossen Kruster (besonders *Eurypterus* [VIII, 1] und *Pterygotus*) und cephalaspiden Fische, ganz so wie sie auch an der oberen Grenze des Silur in England und Nordamerika auftreten. Ueber diesen Schichten liegen auf Oesel nur noch wenig mächtige, dünnschichtige Kalkmergel mit der englischen *Platyschisma helicoides,* Leperditien, sowie gelbe Kalke mit *Chonetes striatella, Murchisonia cingulata* etc.

Im Dnjestergebiet, in Podolien und Galizien endlich ist die Entwickelung nach SCHMIDT, F. RÖMER u. A. eine ganz ähnliche wie im Balticum. Auch hier finden sich zuoberst Schichten mit Eurypteriden und Cephalaspiden, indess mit dem Unterschiede, dass dieselben aufwärts ganz allmählich in den rothen Devonsandstein (Old-Red) übergehen. Auch sind hier ausschliesslich Ablagerungen vom Alter des englischen Ludlow entwickelt.

Hervorzuheben ist noch, dass sich die Pentamerenschichten nach Osten zu auf ungeheuere Entfernung bis nach Ostsibirien (Lena-Gebiet) haben verfolgen lassen.

Das baltische Gebiet, die Ostseeinseln und Schweden kommen für die norddeutschen Geologen auch noch insofern in Betracht, als sie die Heimat der über die ganze norddeutsche Tiefebene zerstreuten, besonders dem Silur angehörigen Diluvialgeschiebe darstellen. Unter der grossen Zahl von Forschern, die sich mit den Versteinerungen dieser Geschiebe beschäftigt haben, seien hier nur F. RÖMER [1]) und A. REMELÉ [2]) genannt.

Während die silurischen Ablagerungen aller bisher betrachteten Gebiete eine wesentlich gleiche Entwickelung, und diejenigen Russlands und Skandinaviens sogar eine sehr weitgehende Uebereinstimmung zeigten, so ist die Entwickelung des Silur im **mittleren** und **südlichen Europa** eine sehr abweichende. Unter den hier in Betracht kommenden Silurgebieten, von denen sich übrigens keines an räumlicher Ausdehnung mit denen Nordeuropas messen kann, ist kein anderes von ähnlicher Bedeutung wie **Böhmen**.

Bereits oben, bei Besprechung des böhmischen Cambrium (S. 36), sind Mittheilungen über die Verbreitung und allgemeine Lagerung der altpaläozoischen Schichten Mittelböhmens gemacht worden, zu deren Ergänzung hier noch das nachstehende, einer neueren Arbeit von FR. KATZER [3]) entlehnte Profil (Fig. 13) Platz finden mag.

Schon an der eben genannten Stelle wurden die ausserordentlichen Verdienste hervorgehoben, welche sich JOACHIM BARRANDE durch seine langjährigen und eifrigen Forschungen um die Kenntniss der alten böhmischen Sedimente erworben hat, und dabei auch sein grosses Werk, das Système silurien, sowie seine Etageneintheilung erwähnt. Die über dem Cambrium (BARRANDE's Etagen *B* und *C*)

---

[1]) Lethaea erratica. Paläont. Abh. v. DAMES u. KAYSER. Bd. II. 1885.
[2]) Unters. üb. d. versteinerungsführ. Diluvialgesch. d. norddeutsch. Flachlandes. I. 1883, 1890. — Congrès géologique internat. à Berlin. 1885: Catalogue de l'exposition géol. S. 115.
[3]) Das ältere Paläozoicum Mittelböhmens. 1884.

folgende mächtige Etage *D* entspricht im Wesentlichen dem Untersilur, BARRANDE's zweiter (silurischer) Fauna, die Etage *E* dagegen dem Obersilur, der älteren Phase der dritten Fauna desselben Forschers, während deren jüngere Phase, welche durch die hangenden Etagen *F*, *G* und *H* vertreten wird, nicht — wie BARRANDE wollte — als oberstes Silur anzusehen, sondern dem Devon zuzurechnen ist.

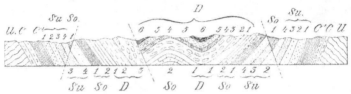

Fig. 13. Idealprofil durch die altpaläozoische Schichtenfolge Böhmens. Nach FR. KATZER.

U Urgebirge. *C* Przibramer Grauwacke. *C'* *Paradoxides*-Schiefer und hangende cambrische Schichten. *Su 1—4* Untersilur. *So 1* Obersilurischer Graptolithen-Schiefer. *So 2* Obersilurischer Kalk. *D 1—6* Devon (Hercyn = *F—H* BARRANDE).

Scheidet man mit KATZER die tiefsten Glieder der Etage *D* als oberstes Cambrium aus und lässt die, namentlich im Untersilur sehr häufigen, den Schiefern und Grauwacken eingeschalteten Grünstein- und Porphyrlager ausser Acht, so gliedert sich das böhmische Silur in folgender Weise:

Obersilur.	*Ee²*	BARR.	Dünnschichtige, graue, krystallin. Kalke, stellenweise schieferig werdend, erfüllt mit allerhand Cephalopoden, Gastropoden, Brachiopoden, Trilobiten, Korallen etc. (*Calymene Blumenbachi* [VII, 3], *Sphaerexochus mirus*, *Cheirurus insignis* [VII, 1], *Harpes* [VII, 4], *Acidaspis* [VII, 2], *Lichas*, *Phacops*, *Cardiola interrupta* [IX, 2], *Halysites catenularia* [X, 9], *Capulus*, *Orthoceras bohemicum*, *Cyrtoceras* [VIII, 5], *Gomphoceras* [VIII, 6], *Phragmoceras* [IX, 1] etc.).
	Ee²	„	Schwarze, graptolithenführende Schiefer mit unreinen Kalken und Diabastuffen. Zuunterst noch *Diplograptus* neben Monograpten (VI, 6—9), weiter aufwärts nur solche und daneben *Cyrtograptus*, *Rastrites* (VI, 11), *Retiolites* (VI, 10) etc.
Untersilur.	*Dd⁵*	„	Schiefer mit Quarzitbänken. *Agnostus tardus*, *Aeglina*, *Calymene Blumenbachi*, *Ampyx Portlocki*, *Cheirurus*, *Remopleurides*, *Diplograptus* (VI, 5), *Dicellograptus* etc.
	Dd⁴, *Dd³* „		Dunkle, glimmerige Schiefer und Sandsteine. *Trinucleus Goldfussi* (III, 3), *Tr. ornatus*, *Aeglina rediviva*, *Cheirurus claviger* u. a., *Dalmanites*, *Illaenus*, *Asaphus*, *Nucula*, *Orthis*, Cystideen etc.
	Dd²	„	Quarzitische Sandsteine mit *Asaphus ingens*, *Dalmanites socialis* (III, 5), *Acidaspis Buchii*, *Illaenus*, *Trinucleus*, *Placoparia* etc.
	Dd¹ γ	„	Schwarze, plattige Schiefer mit Kieselgallen, enthaltend *Placoparia Zippei*, *Ogygia*, *Illaenus*, *Dalmanites*, *Aeglina* (III, 4), *Ribeiria*, *Orthis*, *Didymograptus*.

Der Unterschied der böhmischen Silurentwickelung von derjenigen der nordeuropäischen Länder spricht sich nicht nur im Fehlen des Orthocerenkalks und der Pentamerenschichten in Böhmen und in der Unmöglichkeit aus, dort die im nördlichen Europa überall wohl getrennte Wenlock- und Ludlow-Stufe aus einander zu halten, sondern vor allen Dingen auch in der auffallend geringen Anzahl der mit der europäischen Nordregion gemeinsamen Arten. Die Uebereinstimmung Englands und Skandinaviens mit dem baltischen und podolisch-galizischen Gebiete, ja sogar mit Nordamerika, ist in dieser Beziehung eine viel grössere, als diejenige Böhmens mit einem der genannten Gebiete. Unter diesen Umständen ist es schwierig, eine genauere Parallelisirung der einzelnen Schichtabtheilungen des böhmischen Silur mit denen Nordeuropas und Englands durchzuführen. Zu den wenigen Formationsgliedern, bei welchen dies möglich ist, gehören die Graptolithenschiefer Ee^1, welche nach MARR und TULLBERG in eine Reihe von Zonen zerfallen (nach M. von unten nach oben die Zonen des *Rastrites peregrinus*, des *Monograptus turriculatus*, des *Cyrtograptus Murchisoni* und des *Monogr. colonus*), die in ganz ähnlicher Aufeinanderfolge auch in Schonen und England wiederkehren. Ferner gehört dahin der untere Theil von Dd^5, die Kraluv-Dvur-Schiefer KREICI's, deren Trilobiten nach LINNARSON innige Beziehungen zu denen der schwedischen *Trinucleus*-Schiefer zeigen [1]).

In aller Kürze seien hier noch die sogen. Colonien BARRANDE's erwähnt. BARRANDE verstand darunter das von ihm an mehreren Punkten beobachtete plötzliche Auftreten einer jüngeren Fauna inmitten des Gesteins einer älteren, insbesondere das Erscheinen der Fauna von E mitten zwischen Schichten von D. Er erklärte diese Thatsache durch die Annahme, dass in der Zeit, als sich die Schichten von D bildeten, die anderweitig bereits entwickelte E-Fauna in das böhmische Meer eingewandert und hier stellenweise mit der D-Fauna zusammengelebt habe — eine Anschauung, die er mit der grössten Beharrlichkeit gegen alle abweichenden Ansichten vertheidigte. Die Colonien erklären sich indess sehr einfach aus Lagerungsstörungen, durch welche örtlich Schichten mit einer jüngeren Fauna in das Niveau älterer Gesteine hineingerathen sind. Sie sind mithin auf grabenartige Schichtenversenkungen zurückzuführen, wie sie den deutschen, skandinavischen und englischen Geologen lange geläufig sind. Der von TULLBERG erbrachte Nachweis, dass in den Colonien die verschiedenen Graptolithenzonen genau in derselben Reihenfolge und in gleicher Gesteinsausbildung über einander liegen, wie in den anstehenden Schichten der Stufe Ee^1, dürfte auch die letzten Zweifel an der Richtigkeit dieser Erklärungsweise beseitigt haben.

Was im übrigen Europa von Silur entwickelt ist, schliesst sich in sehr bemerkenswerther Weise mehr oder weniger eng an die böhmische und nicht an die nordische Ausbildung an.

---

[1]) Zeitschr. d. deutsch. geol. Ges. 1873. S. 684.

Dies zeigt sich zunächst in dem einzigen etwas ausgedehnteren Gebiete **Deutschlands**, in welchem Silurablagerungen bekannt sind, im thüringisch-fränkisch-Fichtelgebirger Districte. Nach den Forschungen von R. Richter, Gümbel und Liebe gliedern sich die concordant über dem Cambrium liegenden silurischen Schichten dieser Gegend von oben nach unten folgendermassen:

Obersilur.
- Oberer Graptolithenschiefer mit *Monograptus*-Arten.
- Ockerkalk, hellfarbige, eisenreiche, sich bei der Verwitterung ockerig zersetzende Kalke mit *Cardiola interrupta*, *Orthoceras* etc.
- Alaun- und Kieselschiefer mit *Monograptus Halli*, *Becki* etc., *Retiolites Geinitzianus* (VI, 10), *Diplograptus*.

Untersilur.
- Versteinerungsfreier, etwas kalkiger, gelblich verwitternder Thonschiefer (Lederschiefer).
- Mächtige, zum Theil dachschieferartige, oft griffelig abgesonderte Schiefer (Griffelschiefer) mit grossen Arten von *Asaphus*, *Ogygia* etc. Als Einlagerungen darin treten örtlich Quarzite und in der Nähe der Basis glauconitisch-oolithischer Rotheisenstein mit *Orthis* cnf. *Lindstroemi* (sogen. Thuringitzone) auf.

Ausserdem müssen wir aber auch die schon oben (S. 37) erwähnten trilobitenführenden Schichten von Leimitz unweit Hof mit *Olenus*, *Agnostus*, *Niobe*, *Symphysurus*, *Amphion*, *Cheirurus*, *Lichas*, *Lingula*, *Orthis* etc. als ein offenbares Aequivalent des schwedischen *Ceratopyge*-Kalkes und des englischen Tremadoc-Schiefers zum Silur ziehen. Die mächtigen Untersilurschiefer stellen ein Aequivalent der böhmischen Etage *D* Barrande's, die graptolithenführenden Alaunschiefer an der Basis des Obersilur — Törnquist stellt dieselben dem schwedischen *Rastrites*-Schiefer gleich — ein solches der Stufe Ee^1, die Ockerkalke endlich ein solches der Stufe Ee^2 dar.

Im Harz sind ächte Silurbildungen ebensowenig entwickelt wie im rheinischen Schiefergebirge. Auch den süddeutschen Gebirgen fehlen sie. Ueberhaupt dürften sie in Deutschland nur noch an einigen Punkten Schlesiens auftreten, wo namentlich bei Silberberg, Lauban und Schönau Graptolithenschiefer vorhanden sind.

Eine grössere Verbreitung besitzt das Silur in den **Alpen**. Schon seit langer Zeit kennt man hier bei Dienten unweit Werfen im Salzburg'schen *Cardiola interrupta*, *Dualina* und andere obersilurische Versteinerungen. In grösserer Vollständigkeit und ansehnlicher Ausdehnung aber sind silurische Ablagerungen neuerdings in der südlichen Grauwackenzone der österreichischen Alpen, in den Karawanken und Steiner Alpen (in Kärnten und Krain) und namentlich in den Karnischen Alpen, im Osterniggebirge, am Kellerspitz, im Wolayer Gebiet etc. nachgewiesen worden. Nach den hochverdienstlichen Forschungen G. Stache's u. A.[1]) geben sich hier überall am deutlichsten Graptolithenschiefer mit *Monograptus*, *Rastrites*, *Diplograptus*, *Climacograptus* etc. zu erkennen, die als ungefähre Aequivalente der schottischen Birkhill-Schiefer angesehen werden

---

[1]) Zeitschr. d. deutsch. geol. Ges. 1884. S. 277. — Vergl. auch Fr. Frech, ebend. 1887. S. 702.

können. Darüber folgen obersilurische, dunkle oder hellfarbige (zum Theil rothe) Orthocerenkalke mit vielen Orthoceren und Trilobiten — unter den letzteren *Arethusina Haueri, Cheirurus Quenstedti, Cromus Beaumonti* und andere böhmische Arten — Cardiolaceen etc. Unter den erwähnten Graptolithenschiefern aber treten als Vertreter des Untersilur mächtige Thon- und Grauwackenschiefer mit Quarziten auf, in denen sich *Strophomena expansa, Orthis calligramma, Porambonites* und noch einige wenige andere Versteinerungen gefunden haben. Man darf wohl mit STACHE annehmen, dass ein grosser Theil, der sich der Centralkette der Alpen sowohl im Norden wie im Süden anschliessenden, zum Theil aus hochkrystallinischen Schiefern, zum Theil aber auch aus gewöhnlichen Thon- und Grauwackenschiefern, Quarziten, Kalksteinen u. s. w. zusammengesetzten sogen. Grauwackenzone silurischen Alters ist.

Im westlichen Europa sind in neuerer Zeit in **Belgien** untersilurische versteinerungsführende Schichten mit *Calymene, Trinucleus, Orthis (calligramma, Actoniae),* Graptolithen etc. sowohl in Brabant (Grand-Manil unweit Gembloux) als auch in der sogen. Créte du Condroz, einem langen, schmalen, bei Huy, Namur und Charleroi im Süden der Maas und Sambre verlaufenden Schichtenbande, bekannt geworden.

In **Frankreich** sind silurische Bildungen besonders im nordwestlichen Theile des Landes, namentlich in der Normandie und Bretagne, in beschränkterem Maasse aber auch im Süden desselben, am Südrande des französischen Centralmassivs und in den Pyrenäen, verbreitet. Als typisch für die Entwickelung des Silur in diesen Gebieten kann die folgende, speciell auf die Gegend von Brest bezügliche Zusammensetzung gelten:

Obersilur.
Schiefer mit Kalkknollen, die *Cardiola interrupta*, Orthoceren *Dualina, Ceratiocaris* etc. enthalten.
Alaunschieferartige, bituminöse Schiefer (Schistes ampélitiques) mit Graptolithen (*Monograptus priodon, colonus* etc.).

Untersilur.
Kalk von Rosan mit *Orthis Actoniae* und *testudinaria* etc.
Sandstein von May (bei Brest unbekannt, aber im Calvados etc.) mit *Trinucleus Goldfussi, Dalmanites Phillipsi* etc.
Dachschiefer von Angers mit *Calymene Tristani, Illaenus giganteus, Acidaspis Buchii, Placoparia Tourneminei, Asaphus, Ogygia* etc. (= den englischen Llanvirn-Schichten).
Armoricanischer Sandstein mit Wurmlöchern, Kriechspuren, *Lingula, Asaphus armoricanus* etc.

Auch in **Asturien**, der **Sierra Morena, Portugal,** sowie auf der Insel **Sardinien** folgt das Silur im Wesentlichen der nämlichen Entwickelung: in der oberen Abtheilung spielen überall dunkle Knollenkalkschiefer mit *Cardiola interrupta*, Orthoceren etc. sowie Graptolithenschiefer die Hauptrolle, in der unteren dagegen Schiefer mit grossen Asaphiden, *Calymene* etc. Ueberall finden sich neben Localformen mit böhmischen Species identische oder denselben nahestehende Formen, während mit den Silurgebieten der europäischen Nordzone nur sehr wenige Arten gemein sind. Es ist das Verdienst

Barrande's, zuerst mit Nachdruck auf diesen Gegensatz in der Silurentwickelung der Länder Nord- und Nordwesteuropas einerseits und derjenigen Central- und Südeuropas andererseits hingewiesen zu haben[1]). Zur Erklärung desselben muss man annehmen, dass die Silurmeere beider Regionen durch eine Festlandsscheide getrennt waren, die keine oder doch nur eine zeitweilige und beschränkte Verbindung zuliess.

Was nun ausserhalb Europas von Silurbildungen bekannt ist, schliesst sich nicht sowohl an die böhmische als vielmehr an die nordeuropäische Entwickelung an, wodurch diese letztere die Bedeutung der allgemein gültigen, normalen erhält, während die böhmische nur eine verhältnissmässig beschränkte Localentwickelung darstellt.

Dies zeigt sich schon gleich bei der Betrachtung des bedeutendsten und bestgekannten unter den aussereuropäischen Silurgebieten, nämlich des **nordamerikanischen**. Silurische Gesteine nehmen hier einen grossen Theil des gewaltigen Gebietes zwischen der Alleghanykette und dem Mississippi ein und sind auch in Canada bis weit über den Polarkreis hinaus verbreitet. Am längsten bekannt und besten studirt sind sie im Staate New-York, wo sie, ähnlich wie an den Küsten der Ostsee, auf weite Erstreckung nahezu wagerecht liegend, concordant auf dem cambrischen Potsdamsandstein aufruhen, um nach oben zu allmählich in die ihnen concordant aufliegenden Devonbildungen überzugehen. Vor allen anderen amerikanischen Geologen hat sich James Hall um die stratigraphische und paläontologische Kenntniss des nordamerikanischen Silur verdient gemacht durch seine „Palaeontology of New-York", eine an Umfang nur durch das bekannte Barrande'sche Werk übertroffene, 1847 begonnene, aber noch nicht zum Abschluss gelangte Monographie, deren drei erste Bände den organischen Inhalt der cambrisch-silurischen Schichten behandeln. Nach dem genannten und anderen Forschern gliedert sich das Silur des fraglichen Gebietes von oben nach unten folgendermassen:

Obersilur.

Waterlime und Onondaga salt group. Eine bis 700 Fuss mächtig werdende, fast versteinerungsleere Folge bunter, Gyps- und Steinsalz führender Mergel und Sandsteine, welche im Waterlime mit einer Kalkbildung abschliesst, die eine ganz ähnliche Vergesellschaftung von Eurypteriden mit Leperditien und Tentaculiten einschliesst wie die allerobersten Silurschichten der Insel Oesel.

Niagarakalk. Eine Folge versteinerungsreicher Kalke und Mergelschiefer von sehr verschiedener Mächtigkeit. Die Korallen (*Favosites gotlandica*, *Heliolites interstincta*, *Halysites catenularia* etc.), Brachiopoden (*Orthis elegantula*, *Spirifer plicatellus*, *Rhynchonella cuneata* etc.), Trilobiten (*Illaenus Barriensis*, *Calymene Blumenbachi*, *Encrinurus punctatus* etc.) stimmen zum grossen Theil specifisch mit denen des englischen Wenlock-Kalkes überein.

---

[1]) Parallèle entre les dépôts siluriens de la Bohême et de Scandinavie. 1856.

Silurische Formation.   63

Obersilur.	Clinton-Gruppe u. Medina-Sandstein.	Erstere aus Schieferthonen und Sandsteinen mit *Pentamerus oblongus*, *Illaenus Barriensis*, *Orthis elegantula* etc., letzterer aus versteinerungsarmen Sandsteinen gebildet, an deren Basis im Staate New-York das Oneida-Conglomerat liegt.
Untersilur.	Hudson River- oder Cincinnati-Gruppe u. Utica-Gruppe.	Schiefer und Sandsteine mit Graptolithen (*Dicranograptus*, *Climacograptus*), Trilobiten, Brachiopoden etc.
	Trenton-Kalk, Birdseye- u. Black-River-Gruppe.	Mächtige, dunkelfarbige Kalke mit grossen Arten von *Asaphus*, *Bathyurus*, *Illaenus*, *Cheirurus*, *Calymene*, *Chasmops*, *Trinucleus concentricus*, *Platystrophia lynx*, *Orthis testudinaria*, *Leptaena*, *Strophomena*, Gastropoden, Cephalopoden etc.

Chazy-Gruppe. Kalke und Sandsteine mit *Bathyurus*, *Illaenus* etc., Brachiopoden, Gastropoden etc.

Calciferous sandstone. Kalkig-dolomitischer Sandstein mit *Bathyurus*, *Dicellocephalus* und anderen cambrischen Typen, zu denen sich aber *Orthisina*, *Conocardium*, *Maclurea*, *Orthoceras* etc. gesellen.

Der Niagarakalk gilt schon lange als ein Aequivalent des Wenlock-Kalkes, so wie der Trentonkalk als ein solches des skandinavischen Orthocerenkalkes. Ebenso giebt sich aber die Clintongruppe mit *Pentamerus oblongus* unschwer als eine Vertretung der englischen May-Hill-Gruppe und der gleichalterigen russischen Pentamerenschichten zu erkennen, während der Calciferous-Sandstein mit seiner Mischfauna dem englischen Tremadoc-Schiefer und skandinavischen *Ceratopyge*-Kalk gleichwerthig ist.

Die amerikanischen Geologen rechnen allgemein noch die im Hangenden des Waterlime folgenden Unter-Helderberg-Schichten, ja zum Theil auch noch den über diesen liegenden Oriskany-Sandstein zum Silur. Aus Gründen, welche bei Besprechung des nordamerikanischen Devon aus einander gesetzt werden sollen, scheint es indess richtiger, die Grenze zwischen Silur und Devon in Nordamerika in Uebereinstimmung mit Murchison so zu ziehen, wie es oben geschehen ist.

Statt der beiden untersten Glieder finden wir im östlichen Canada die sogen. Quebeck-Gruppe entwickelt, kalkig-schieferige Schichten mit einer reichen, durch J. Hall[1]) bearbeiteten Graptolithenfauna (mit *Didymograptus*, *Dichograptus*, *Phyllograptus* etc.), welche mit derjenigen des englischen Arenig übereinstimmt.

Auch in **Südamerika** (Bolivia, Argentinien), **Australien** (Neu-Südwales, Victoria etc.), **Asien** (Ostsibirien, China, Himalayagebiet) sowie in **Afrika** (Marocco) ist die silurische Formation nachgewiesen, und zwar, wie schon oben bemerkt, überall in einer Ausbildung, die sich mehr oder weniger nahe an die nordeuropäische anschliesst.

Im Anschluss an vorstehende Mittheilungen möge die nachfolgende tabellarische Uebersicht über die Entwickelung des Silur in einigen besonders wichtigen Gebieten Platz finden:

---

[1]) Geolog. Survey of Canada. dec. II. 1865.

Vergleichende Tabelle der Entwickelung der Silurformation in einigen Gegenden.

	Untersilur (Ordovicium).			Obersilur.				
	Arenig-Gruppe	Bala-Gruppe		Normale Entwickelung	Graptolithische Entwickelung			
England			Ober-Ladlow					
			Unter-Ladlow					
		Wenlock-Gruppe		Coniston flags Riccarton beds				
		May-Hill- (Llandovery-)Gruppe		Stockdale- u. Birkhill-Schiefer				
		Ober-Bala		Brachiopodenschiefer				
		Mittel-Bala od. Caradoc		*Trinucleus*-Schiefer				
		Unter-Bala oder Llandeilo Llanvirn		*Chasmops*-Kalk Cystideenkalk				
	Arenig			Orthoceren-kalk				
	Tremadoc							
	Skiddaw-Schiefer			*Ceratopyge*-Kalk				

Skandinavien	Normale Entwickelung	Graptolithische Entwickelung
	Ob., roth. Sandstein Schonens	Schichten mit *Cephalaspis*, *Eurypterus* etc.
	Ob. Theil der Gotländer Schichten	
	Hauptmasse des Gotländer Kalkes	*Cardiola*-Schiefer
	Unt. Theil des Gotländer Kalkes	
	Leptaena-Kalk	*Cyrtograptus*-Schiefer *Rastrites*-Schiefer
		Unterer Graptolithen-(Phyllograptus-)Schiefer
		Mittlerer Graptolithen-Schiefer

Russland	
	Oberе Oesel-Gruppe
	Untere Oesel-Gruppe
	Schichtengruppe mit glatten Pentameren
	Borkholm u. Lyekholm-Schichten
	Wesenbergsche Schicht
	Iffersche u. Kuckersche Schicht Echinosphäritenkalk
	Vaginaten-kalk und Glaukonitkalk
	Glauconitsand

Nordamerika	**Böhmen**
Waterlime	
Onondaga salt group	E^2
Niagara	
Clinton Medina	E^1
Hudson River od. Cincinnati	D^5
Utica	D^4
Trenton Black River Birdseye	D^3
	D^2
Chazy Quebeck Calciferous	D^1 z. Th.

Paläontologischer Charakter der silurischen Formation.

Im Vergleich mit der cambrischen zeigt das organische Leben der silurischen Formation einen sehr erheblichen und vielseitigen Fortschritt. Ausser den beiden im Cambrium allein einigermassen reichlich vertretenen Thiergruppen, den Trilobiten und Brachiopoden — welche beide eine grosse Rolle auch im Silur spielen — treten als neue, besonders wichtige Abtheilung noch die Cephalopoden, und von niedrigeren, im Cambrium noch nicht oder so gut wie nicht vertretenen Thieren Korallen, Crinoiden und Graptolithen hinzu. Die letzte Phase der Silurzeit wird noch besonders gekennzeichnet durch das Erscheinen der ersten Fische, in deren Begleitung sowohl in Europa als in Nordamerika eine höchst eigenthümliche Sippe riesiger Kruster, die Eurypteriden auftreten. Endlich fällt in das Silur das älteste Auftreten von Landpflanzen (*Sigillaria*, *Lepidodendron*, *Sphenophyllum* in der Cincinnati-Gruppe Nordamerikas), Insecten (*Palaeoblattina* in Frankreich) und Arachniden (Skorpione im Obersilur Gotlands und Schottlands [Lesmahagow]).

Die Hauptleitfossilien sind im Silur, ebenso wie im Cambrium, die Trilobiten. Im Gegensatz zu den cambrischen besitzen aber die meisten silurischen Formen wohl ausgebildete (facettirte) Augen und eine längere Schwanzklappe. Auch waren sie im Stande sich zusammenzukugeln (VII, 3). Im Untersilur sind besonders wichtige und verbreitete Gattungen *Asaphus* (III, 1) und *Illaenus* (III, 2), die erstere ausschliesslich untersilurisch, die zweite auch in's Obersilur hinaufgehend. *A.* hat acht, *I.* zehn Rumpfringe, *A.* diagonal gefurchte, *I.* glatte Pleuren, *A.* eine grosse, mit langer Spindel versehene Schwanzklappe — was noch mehr bei der Untergattung *Megalaspis* der Fall ist —, *I.* eine sehr undeutlich begrenzte Spindel und Glabella. Eine andere sehr wichtige, etwas jüngere Gattung ist *Trinucleus* (III, 3), ausgezeichnet durch die langen Hörner und den siebartig durchlöcherten Rand des Kopfschildes, welchem Gesichtsnähte und Augen fehlen. Eine weitere, ausschliesslich untersilurische Gattung ist *Chasmops* (III, 6), zu den Phacopiden gehörig und demgemäss mit deutlich gekörnter Schale, nach vorn erweiterter Glabella und grossen Augen, aber von verwandten Formen durch die grossen dreieckigen Lappen auf den Seiten der Glabella unterschieden. Andere, auf das Untersilur beschränkte Genera sind *Ogygia*, *Placoparia*, *Aeglina* (III, 4), *Remopleurides* etc.

Unter den wichtigsten mit dem Obersilur gemeinsamen Gattungen sind zu nennen: *Dalmanites* (III, 5, vergl. auch XVIII, 5) — ebenfalls ein Phacopide, dessen Glabella jederseits drei starke Seitenfurchen besitzt und dessen Kopfschild in lange Hörner, das Schwanzschild aber meist in eine Spitze ausläuft —, *Calymene* (VII, 3) — Kopf mit breit ovaler, stark gewölbter, deutlich begrenzter, jederseits in drei kugelige Lappen getheilter Glabella, kleinen klaffenden Augen, einem aufgeworfenen Stirnrand etc. —, *Homalonotus* — mit

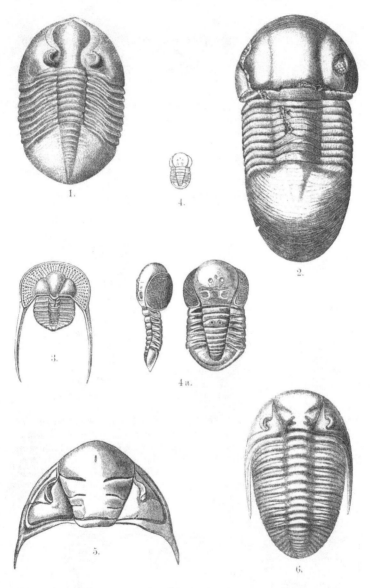

Taf. III. Untersilurische Trilobiten. 1. *Asaphus expansus* Wahl. 2. *Illaenus oblongatus* Ang. 3. *Trinucleus Goldfussi* Barr., etw. verklein. 4. *Aeglina prisca* Barr. 4a. Vergrössert. 5. *Dalmanites socialis* Barr., Kopfschild. 6. *Chasmops Odini* Eichw.

Silurische Formation. 67

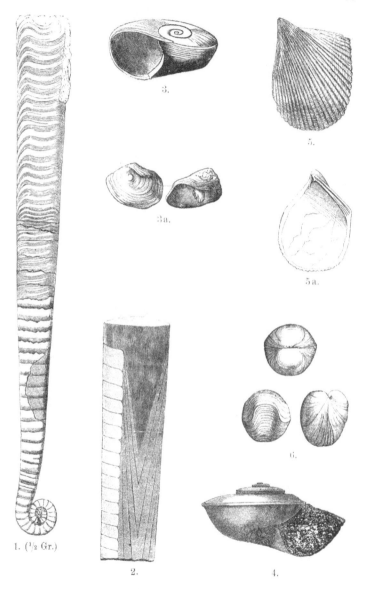

Taf. IV. Untersilurische Mollusken. 1. *Lituites lituus* Montf. 2. *Endoceras longissimum* J. Hall, Längsdurchschn. 3. *Maclurea Logani* Salt. 3a. Deckel. 4. *Pleurotomaria (Raphistoma) qualteriata* Schloth. 5. *Ambonychia bellistriata* J. Hall. 5a. Rechte Klappe von innen. 6. *Porambonites aequirostris* Schloth.

68   Paläozoische oder primäre Formationsgruppe.

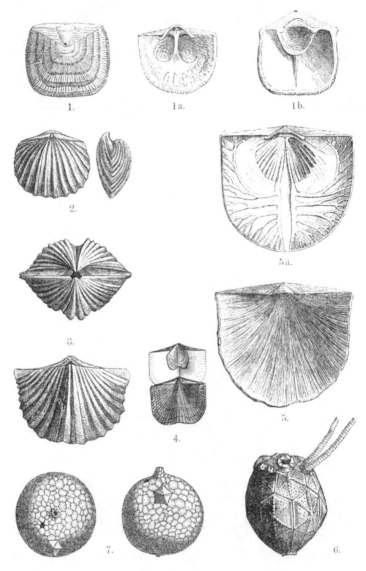

Taf. V. Untersilurische Brachiopoden und Cystideen. 1. *Orthisina adscendens* Pand. 1a. Kleine Klappe von innen. 1b. Grosse Klappe desgl. 2. *Orthis calligramma* Dalm. 3. *Platystrophia lynx* Eichw. 4. *Orthis vespertilio* Sow. 5. *Strophomena alternata* Conr. 5a. Grosse Klappe von innen. 6. *Caryocrinus ornatus* Say. 7. *Echinosphaerites aurantium* Hising., von oben u. v. d. Seite.

Silurische Formation.

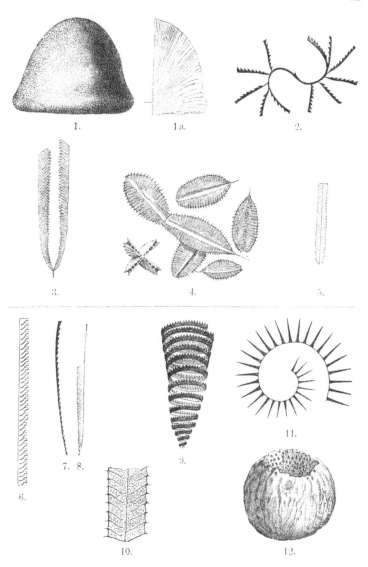

Taf. VI. Unter- (oben) und obersilurische (unten) Cölenteraten. 1. *Monticulipora petropolitana* PAND. 1a. Im Längsschnitt. 2. *Coenograptus gracilis* HALL. 3. *Didymograptus Murchisoni* BECK. 4. *Phyllograptus typus* HALL. 5. *Diplograptus palmeus* BARR. 6. *Monograptus priodon* BRONN. 7. *Monogr. Nilssoni* BARR. 8. *Monogr. colonus* BARR. 9. *Monogr. turriculatus* BARR. 10. *Retiolites Grinitzianus* BARR. 11. *Rastrites Linnaei* BARR. 12. *Astylospongia praemorsa* GOLDF.

70 Paläozoische oder primäre Formationsgruppe.

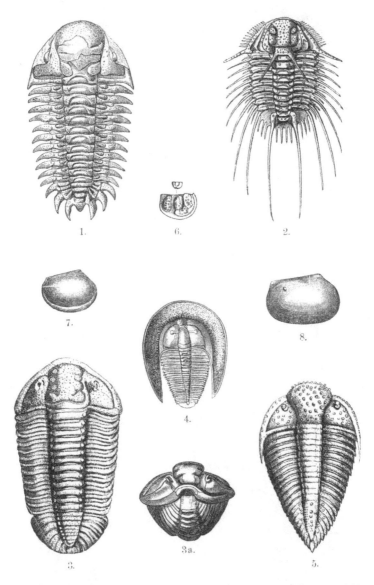

Taf. VII. Obersilurische Crustaceen. 1. *Cheirurus insignis* Beyr. 2. *Acidaspis Dufrenoyi* Barr. 3. *Calymene Blumenbachi* Brongn. 3a. Dieselbe zusammengerollt. 4. *Harpes ungula* Sternb. 5. *Encrinurus punctatus* Emmr. 6. *Beyrichia tuberculata* Klöd. 7 u. 8. *Leperditia Hisingeri* Schmidt.

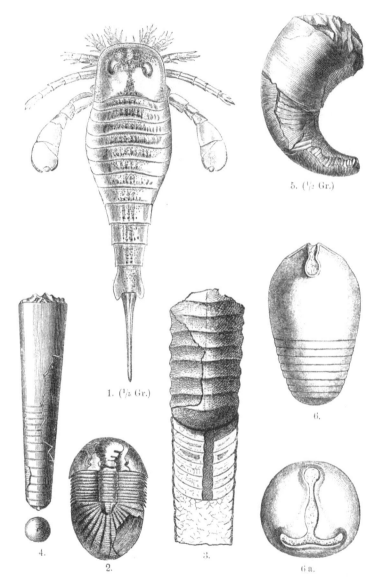

Taf. VIII. Obersilurische Crustaceen und Cephalopoden. 1. *Eurypterus Fischeri* Eichw. 2. *Bronteus planus* Corda. 3. *Orthoceras annulatum* Sow. 4. *Orthoc. timidum* Barr. 5. *Cyrtoceras Murchisoni* Barr. 6. *Gomphoceras bohemicum* Barr. 6a. Wohnkammer von oben.

72 Paläozoische oder primäre Formationsgruppe.

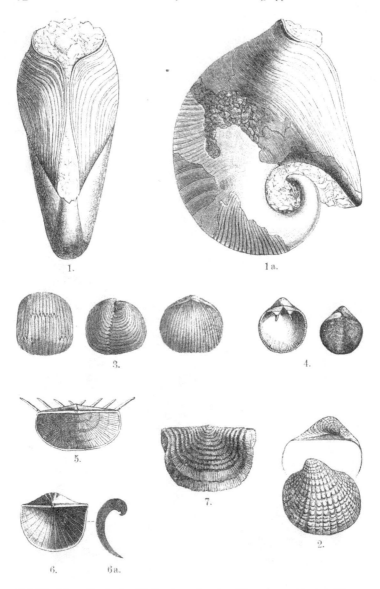

Taf. IX. Obersilurische Mollusken. 1 u. 1a. *Phragmoceras Broderipi* Barr., von vorn u. v. d. Seite. 2. *Cardiola interrupta* Sow. 3. *Rhynchonella Wilsoni* Sow. 4. *Orthis elegantula* Dalm. 5. *Chonetes striatella* Dalm. 6. *Leptaena transversalis* Dalm. 6a. Querschnitt des Gehäuses. 7. *Strophomena rhomboidalis* Wahl.

Silurische Formation.

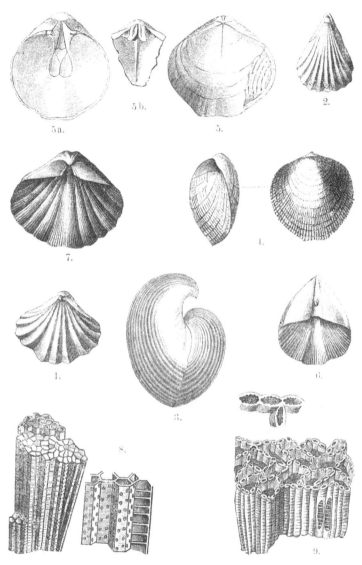

Taf. X. Obersilurische Brachiopoden und Korallen. 1. *Rhynchonella borealis* Schloth. 2. *Rhynchonella cuneata* Dalm. 3. *Pentamerus Knighti* Sow. 4. *Atrypa reticularis* Lin. 5. *Meristella tumida* Dalm. 5a. Inneres d. gross. Klappe. 5b. Buckelgegend d. klein. Klappe von innen. 6. *Spirifer (Cyrtia) exporrectus* Dalm. 7. *Spirifer plicatellus* Lin. 8. *Favosites gotlandica* Lin. 9. *Halysites catenularia* Lin.

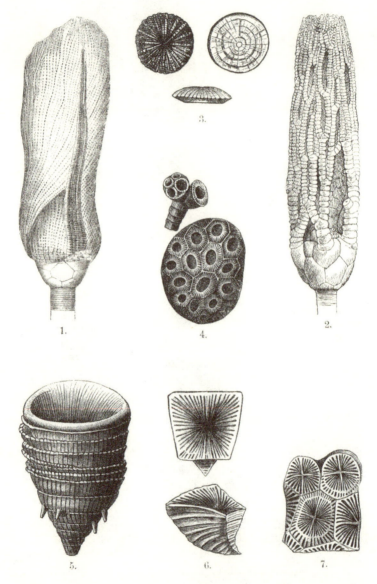

Taf. XI. Obersilurische Cölenteraten. 1. *Crotalocrinus pulcher* His. 2. *Cyathocrinus longimanus* Ang. 3. *Palaeocyclus porpita* Lin. 4. *Acervularia luxurians* Eichw. 5. *Omphyma subturbinatum* d'Orb. 6. *Goniophyllum pyramidale* His. 7. *Stauria astraeiformis* M. Edw. u. H.

grosser, undeutlich begrenzter Glabella und sehr breiter Spindel, sonst ähnlich *Calymene* —, *Cheirurus* (VII, 1) — lang, schmal, mit sehr breitem Kopf, kleinen Augen, kurzem Pygidium und dornig endigenden Pleuren —, *Acidaspis* (VII, 2) — eine stark gestachelte Form, Glabella mit zwei Längsfurchen —, *Lichas* — sehr breit, namentlich auch die Axe, Glabella ebenfalls mit Längsfurchen, Pleuren zugespitzt —, *Harpes* (VII, 4) — Kopfschild mit breitem, durchlöchertem Rande, breiten, langen Seitenhörnern, eiförmiger Glabella und kleinen, aber deutlichen Augen — und *Ampyx* — augenlos, die aufgeblähte Glabella in eine lange Spitze auslaufend.

Neben diesen Gattungen finden wir im Obersilur noch eine ganze Reihe neuer Typen, welche der obersilurischen Trilobitenfauna einen wesentlich abweichenden Stempel aufdrücken. Dahin gehören *Phacops, Proetus, Encrinurus, Bronteus, Sphaerexochus, Cyphaspis, Arethusina* u. a. *Phacops* (vergl. XV, 1 und XIX, 4) ist durch keulenförmige, schwach gefurchte Glabella, grosse halbmondförmige Augen und kleinen Schwanz ausgezeichnet, *Proetus* durch eiförmige, fast ungefurchte Glabella und kleine Augen, *Encrinurus* (VII, 5) durch breite, birnförmige, stark granulirte Glabella, kleine Augen, dreieckigen, vielgliederigen Schwanz etc., *Bronteus* (VIII, 2) durch sehr stark erweiterte Glabella, weit zurückliegende, sichelförmige Augen, völlig ungefurchte Pleuren und besonders durch eine grosse, sehr eigenthümlich geformte Schwanzklappe, die eine sehr kurze Spindel und breite, fächerartig angeordnete Rippen besitzt.

Unter den nicht trilobitischen Krustern der Silurformation sind am wichtigsten und interessantesten die erst im Obersilur beginnenden, bis in's Carbon hinaufsteigenden riesigen Eurypteriden. Die zahlreichen, zum Theil weit über Meterlänge erreichenden Formen schaaren sich um die Hauptgattung *Eurypterus* (VIII, 1). Alle sind ausgezeichnet durch ein breites, kurzes, aus einem Stück bestehendes Kopfschild, welches kleine zusammengesetzte Augen und sechs gegliederte, zum Theil mit Scheeren bewaffnete Beinpaare trägt. Der aus zwölf frei beweglichen Segmenten zusammengesetzte, in einen Schwanzstachel auslaufende Körper war mit feinen Schuppen bedeckt.

Auch die Familien der Limuliden (zu denen der heutige *Limulus polyphemus* [Molluckenkrebs] gehört) und Hemiaspiden hat man jetzt bis in's Obersilur zurück verfolgt. Der ersteren gehört die Gattung *Neolimulus*, der letzteren *Hemiaspis* u. a. an.

Von sonstigen Krebsthieren wären noch die Phyllocariden mit der Gattung *Ceratiocaris* u. a. und die Cirripedier mit *Turrilepas* etc. zu nennen. Wichtiger als sie aber sind gewisse Ostracoden oder Muschelkrebse, kleine Formen, bei denen die Weichtheile des Thieres vollständig von zwei auf der Rückenseite des letzteren verbundenen Schalen von hornigem Ansehen umschlossen waren. Besonders verbreitet sind die Gattungen *Leperditia* (VII, 7, 8) und *Beyrichia* (VII, 6), erstere wesentlich glatt, letztere mit stark vortretenden Höckern. Namentlich im Beyrichienkalk der norddeutschen Silurgeschiebe finden sich Beyrichienschälchen zu Tausenden.

Die höchstorganisirten Thiere der Silurzeit, die Fische, treten sparsam erst in der Oberregion der Formation auf. Sie gehören theils zu den Selachiern, theils zu den Cephalaspiden und Pteraspiden. Von den ersteren liegt kaum etwas Anderes als Flossenstacheln (*Onchus* etc.) vor, von den Cephalaspiden (Hauptgattung *Cephalaspis*), einer eigenthümlichen, auf das oberste Silur und das Devon beschränkten Ordnung der Ganoidfische, Theile des Kopfes (welcher aus einem einzigen, trilobitenähnlichen, hinten in lange Hörner ausgezogenen Schilde bestand) und des Rumpfes, von den in ihrer systematischen Stellung noch unsicheren Pteraspiden (*Pteraspis*) endlich nur Bauch- oder Rückenschilder.

Unter den Mollusken sind durch ihre Häufigkeit und Mannigfaltigkeit sehr wichtig die Cephalopoden. Sie gehören alle nur der einen grossen Abtheilung der Nautiloidea ,deren einziger lebender Vertreter die Gattung *Nautilus* ist) an, während die andere Hauptabtheilung, die Ammonoidea, noch gänzlich fehlt. Für das Untersilur sind von grosser Bedeutung die Gattung *Endoceras* (IV, 2). gerade, *Orthoceras*-ähnliche Gestalten, aber mit sehr dickem, randlichem Sipho; ferner die zuerst spiral aufgerollte, später aber gerade fortwachsende, bischofsstabähnliche Gattung *Lituites* (IV, 1). Im Obersilur finden wir die stabförmig gestaltete Gattung *Orthoceras* (VIII, 3, 4), das sehr formenreiche, schwach gekrümmte Genus *Cyrtoceras* (VIII, 5), sodann *Gomphoceras* (VIII, 6) und *Phragmoceras* (IX, 1) — gebaut wie *Orthoceras* bezw. *Cyrtoceras*, aber mit oben verengter Wohnkammer — ferner *Nautilus* (im Unterschied von den typischen jüngeren Formen mit einander nicht oder kaum umschliessenden Windungen), *Trochoceras*, das merkwürdige *Ascoceras* etc.

Unter den Gastropoden oder Schnecken sind *Pleurotomaria* (IV, 4), *Murchisonia*, *Turbo*, *Bellerophon* zu nennen, speciell im Untersilur *Maclurea* (IV, 3), im Obersilur *Capulus*, während unter den Pteropoden in der oberen Abtheilung der Formation die kleinen conischen, quergeringelten, oben offenen Hohlröhrchen der Gattung *Tentaculites* wichtig werden.

Von Pelecypoden oder Muscheln treffen wir nur integripalliate an, während sinupalliate noch völlig fehlen. Am verbreitetsten sind *Avicula-*, *Arca-* und *Astarte*-artige Formen sowie *Cypricardinia*. Im Obersilur ist *Cardiola interrupta* (IX, 2) ein bekanntes Leitfossil.

Viel wichtiger, überhaupt neben den Cephalopoden allein reich entwickelt, waren im Silur die Brachiopoden. Auch hier finden wir wesentliche Unterschiede zwischen der unter- und obersilurischen Fauna. Im Untersilur spielen *Orthis* (V, 2, 4; IX, 4), *Leptaena* (IX, 6) und *Strophomena* (V, 5; IX, 7) eine grosse Rolle; dazu kommen noch die ganz auf das ältere Silur beschränkten Gattungen *Porambonites* (IV, 6), *Orthisina* (V, 1) und *Platystrophia* (V, 3). An der Basis des Obersilur werden grosse, glatte *Pentamerus*-Arten (*oblongus*, *estonus*, *borealis*) wichtig; höher aufwärts dagegen treffen wir *P. galeatus* und *Knighti* (X, 3) an. Später treten Formen mit inneren Spiralen oder die Spiriferaceen, nämlich *Meristella* (X, 5), *Atrypa* (X, 4), *Spirifer* (X, 6, 7), *Retzia* etc. auf und es entwickelt sich die im

Untersilur verhältnissmässig noch seltene Gattung *Rhynchonella* (IX, 3; X, 1, 2) zu grossem Artenreichthum. Als jüngste wichtige Gattungen sind dann noch *Chonetes* (IX, 5) und *Terebratula* zu nennen.

Bryozoen sind schon im Untersilur vorhanden, spielen aber weder hier noch im Obersilur eine hervorragende Rolle.

Zu den Echinodermen übergehend, finden wir bereits Crinoiden, Echinoiden und Asteroiden entwickelt. Die beiden letztgenannten Gruppen sind allerdings erst spärlich vertreten (*Botriocidaris*, *Protaster*), um so reichlicher dagegen die Crinoiden. Im Untersilur spielt die durch die Verkümmerung der Arme und den Mangel eines Stieles ausgezeichnete Ordnung der Cystideen — besonders mit Gattungen wie *Echinosphaerites* (V, 7) und *Caryocrinus* (V, 6) — eine wichtige Rolle, während die eigentlichen oder Eucrinoiden noch selten sind; im Obersilur aber erlangen die letzteren eine grosse Entwickelung, während jene erheblich zurücktreten. Die silurischen Eucrinoiden gehören, wie alle paläozoischen, zu der Abtheilung der Tesselata oder Palaeocrinoidea, bei denen die den Kelch zusammensetzenden Täfelchen mit einander fest verwachsen (nicht, wie bei den jüngeren Formen, articulirend verbunden) sind. Besonders wichtige, zum Theil auch in die jüngeren paläozoischen Formationen übergehende Gattungen sind *Cyathocrinus* (XI, 2), *Taxocrinus*, *Crotalocrinus* (XI, 1), *Ichthyocrinus* u. a.

Auch die Cölenteraten sind bereits mannigfaltig vertreten. Die Korallen sind im Untersilur noch wenig verbreitet (hier die tabulate Gattung *Monticulipora* [VI, 1]), gewinnen aber im Obersilur, wo sie oftmals förmliche Riffe zusammensetzen, eine grosse Bedeutung. Von Rugosen (Tetracorallen) sind *Cyathophyllum*, *Stauria* (XI, 7), *Omphyma* (XI, 5), *Palaeocyclus* (XI, 3), *Acervularia* (XI, 4), *Cystiphyllum*, das deckeltragende *Goniophyllum* (XI, 6) u. a. zu nennen, von Tabulaten *Favosites* (X, 8), *Alveolites*, *Halysites* (X, 9), *Heliolites* u. a.

In der Classe Hydrozoen sind die den lebenden Plumularien nächststehenden und gleich ihnen aus einer chitinösen Substanz bestehenden Graptolithen wichtige, nur in sehr seltenen Fällen die obere Grenze der silurischen Formation ein wenig überschreitende Charakterformen. Die untersilurischen Graptolithen sind mehrarmig oder ästig verzweigt, wie *Didymograptus* (VI, 3), *Coenograptus* (VI, 2), *Tetragraptus*, *Dichograptus*, oder zweizeilig (auf beiden Seiten der Axe Zellen tragend), wie *Diplograptus* (VI, 5) und *Phyllograptus* (VI, 4). Im Obersilur finden sich nur noch in tieferen Horizonten einige zweizeilige Formen — verzweigte fehlen bereits ganz — während die grosse Mehrzahl einzeilig gebaut ist, wie *Monograptus* (VI, 7—9), *Rastrites* (VI, 11), *Cyrtograptus* etc. Die zweizeilige Gattung *Retiolites* (VI, 10) mit netzförmig durchbrochener Oberfläche kommt sowohl im Unter- als auch im Obersilur vor. Eine andere eigenthümliche, zu den Hydrocorallinen gehörige Form ist *Stromatopora*. Ihre aus zahlreichen, über einander geschichteten, concentrischen Kalkblättern aufgebauten, knolligen Stöcke nehmen wesentlichen Antheil am Aufbau der obersilurischen Korallenriffe.

Eine ungleich geringere Bedeutung als die Hydrozoen haben die Spongien. Immerhin besitzt eine Reihe meist nach dem Lithistiden-Typus gebauter Formen, wie *Astylospongia* (VI, 12), *Aulocopium* u. a., eine ziemliche Verbreitung.

Den Protozoen und zwar den Foraminiferen gehören, wie bereits oben bemerkt, gewisse im russischen Glauconitsande beobachtete, sowie andere, in England, Nordamerika und besonders Nordsibirien aufgefundene Vorkommen an, während Radiolarien aus dem Silur von Schottland, Sachsen u. s. w. bekannt sind.

Wirft man einen Rückblick auf vorstehende Mittheilungen, so zeigt sich, dass im Silur bereits alle grossen Abtheilungen des Thierreiches entwickelt und dass besonders die niederen Thiere nach allen Richtungen reich vertreten waren. Bedenkt man ausserdem, dass wir schon weit über 10,000 Species silurischer Thiere kennen, ja dass allein das kleine Böhmen mehrere Tausend derselben geliefert hat, so wird man zugeben, dass es ganz unbegründet wäre, von einer Armuth der silurischen Fauna zu reden. Dieselbe war sicherlich nicht ärmer als die irgend einer späteren Periode. Sie war nur anders entwickelt: von den höchst organisirten Wesen, den Wirbelthieren, war nur deren tiefst stehende Abtheilung, die Fische vorhanden, und die verschiedenen Gruppen der niederen Thierwelt des Silur zeigen gegenseitige Mengenverhältnisse, welche von denen späterer Zeiten mehr oder weniger erheblich abweichen.

C. Devonische Formation.

Geschichtliches.

Die Aufstellung des devonischen Systems war, ebenso wie diejenige des Cambrium und Silur, eine Frucht der schon früher (S. 29) erwähnten Untersuchungen, welche von Murchison und Sedgwick in den 30er Jahren im westlichen England ausgeführt wurden. Der Name **Devon** wurde von den beiden Forschern zuerst 1839 in einer den älteren Ablagerungen von Devonshire und Cornwall gewidmeten Abhandlung[1]) vorgeschlagen, und zwar für eine mächtige Folge von Grauwacken, Schiefern und Kalken, von deren Versteinerungen Lonsdale schon vorher gezeigt hatte, dass sie eine Mittelstellung zwischen denen des Silur und des Kohlenkalks einnähmen. Namentlich auf Grund dieser Erkenntniss wurde denn auch schon damals das devonische System, obwohl seine Unterlage im genannten Gebiete nirgends zu Tage tritt, von Murchison und Sedgwick durch-

---

[1]) Transact. Geol. Soc. 2. ser. V. p. 688.

aus zutreffend für gleichalterig mit dem im mittleren und nördlichen England entwickelten, zwischen Silur und Kohlenkalk liegenden Old red sandstone erklärt. Noch in demselben Jahre nahm DE LA BECHE auf seiner geologischen Karte von Devonshire und Cornwall den Namen Devon an und schon zwei Jahre später (1841) machte JOHN PHILLIPS in seinen „Figures and descriptions of the palaeozoic fossils of Cornwall, Devon and West-Sommerset" eine Reihe der wichtigsten Versteinerungen des englischen Devon bekannt. Auf diese Weise ist der Ruhm, die Wiege der Devonformation zu sein, England zugefallen, obwohl dieselbe dort lange nicht so gut entwickelt ist als in manchen anderen Ländern Europas.

Kaum war die englische Eintheilung der paläozoischen Ablagerungen in Cambrium, Silur und Devon auf dem Continente bekannt geworden, so wurden auch schon überall Versuche gemacht, die Aequivalente jener Formationen auch hier nachzuweisen. Auch MURCHISON und SEDGWICK selbst nahmen in hervorragender Weise an diesen Bestrebungen theil.

Der erste Gegenstand ihrer Forschungen auf dem europäischen Festlande war das rheinische Schiefergebirge und seine westliche Fortsetzung, die Ardennen — das grösste und bestentwickelte Devongebiet Westeuropas, mit dessen allmählich fortschreitender geologischer Erforschung denn auch die weitere Entwickelung der Kenntniss des Devon bis auf den heutigen Tag innig verknüpft geblieben ist. Schon früher waren in diesem Gebirge einzelne Gliederungsversuche gemacht worden, ohne indess zu Ergebnissen von allgemeinerer Bedeutung zu führen. Dies gilt auch von den hervorragendsten unter diesen Versuchen, denen des Belgiers ANDRÉ DUMONT, dessen Arbeiten in den Ardennen wohl nur darum nicht die Bedeutung der späteren Untersuchungen von MURCHISON und SEDGWICK erlangt haben, weil sie in allzu einseitig stratigraphischer Weise ausgeführt wurden.

Die berühmte, dem rheinischen Schiefergebirge gewidmete Schrift der beiden englischen Forscher erschien bereits 1842 [1]) und war besonders werthvoll durch den von ARCHIAC und VERNEUIL bearbeiteten paläontologischen Anhang. Ein Theil des Taunus und Hunsrück wurde in dieser grundlegenden Abhandlung für cambrisch, die Hauptmasse des Schiefergebirges für silurisch, ein kleiner, die Eifeler Kalkbildungen umfassender Rest für devonisch erklärt, während die Culmbildungen als Aequivalent des Kohlenkalkes angesprochen wurden. Letzteres war ein Hauptverdienst der Arbeit, während die Gliederung der älteren Schichten noch grosser Aenderungen bedurfte. Diese vorgenommen zu haben ist das Verdienst des 1844 erschienenen „Rheinischen Uebergangsgebirges" von FERD. RÖMER, in welchem der Verfasser zeigte, dass die Hauptmasse des Schiefergebirges nach seinen Versteinerungen nicht dem englischen Silur, sondern dem Devon gleichzustellen sei. Der Kalk der Eifel wurde hier bereits als ein jüngeres Devon von der „älteren (unterdevonischen) rheinischen

---

[1]) Transact. Geol. Soc. 2. ser. VI. p. 222.

Grauwacke" getrennt, das Oberdevon aber noch nicht. Die Abscheidung dieses letzteren ist vielmehr das Werk v. Dechen's [1]) sowie der Brüder Sandberger, welche letztere durch ihre grosse Monographie „Die Versteinerungen des rheinischen Schichtensystems in Nassau" [2]) wesentlich zur Begründung der jetzt allgemein angenommenen Dreitheilung der Devonformation beigetragen haben.

Unter den späteren Arbeiten sind für die Kenntniss des Devon namentlich die in engem Anschluss an die älteren Untersuchungen Dumont's ausgeführten Studien von J. Gosselet in den Ardennen wichtig geworden [3]), die unter Anderem die weite Verbreitung des zuerst durch Friedr. Adolph Römer im Harz ausgeschiedenen, oberdevonischen Iberger Kalkes kennen lehrten. Eine besonders auf die Vertheilung der Versteinerungen gegründete Detailgliederung des rheinischen Devon strebten die Forschungen E. Kayser's [4]) an. Von ganz besonderer Wichtigkeit aber sind für die Weiterentwickelung der Kenntniss des deutschen Devon die Arbeiten der preussischen geologischen Landesanstalt geworden. Dieselben haben nicht nur zu einer Gliederung des rheinischen Unterdevon sowie zur Verweisung des Wissenbacher- oder *Orthoceras*-Schiefers aus dem Unter- in's Mitteldevon geführt, sondern haben auch durch Aufstellung des viel besprochenen Harzer „Hercyn" den Anstoss zu einer wichtigen allgemeinen Aenderung in der gegenseitigen Abgrenzung der silurischen und devonischen Formation gegeben.

Verbreitung und Entwickelung der devonischen Formation.

Die Bedeutung, welche das **Rheinische Schiefergebirge** durch seine Ausdehnung, seine genaue Erforschung, die Vollständigkeit und Mannigfaltigkeit der Gliederung und seinen Versteinerungsreichthum für die Kenntniss der Devonformation überhaupt gewonnen hat, lässt es zweckmässig erscheinen, mit der Besprechung dieses Gebietes zu beginnen. Das ganze, sich von der Eder und Diemel bis über die Maas hinaus erstreckende, im Allgemeinen plateauartig gestaltete Bergland ist aus mehr oder weniger stark zusammengepressten Schichten aufgebaut, welche namentlich im südlichen Theile des Gebietes auf weite Erstreckung ein System überkippter, gleichmässig nach Südost einfallender Falten darstellen (vergl. die Profile Fig. 14 und 15). Alle diese Falten bestehen aus devonischen, in ihrer Gesammtheit vielleicht an 20,000 Fuss mächtigen Gesteinen, denen sich stellenweise noch untercarbonische Schichten zugesellen. Ablagerungen silurischen Alters treten zwar zwischen Namur und

---

[1]) Besonders in seiner Monographie des Reg.-Bez. Arnsberg: Verh. naturh. Ver. Rheinl.-Westf. 1855.
[2]) Wiesbaden 1850—56.
[3]) Mém. sur les terrains primaires de la Belgique. 1860. — L'Ardenne 1887.
[4]) Zeitschr. d. deutsch. geol. Ges. 1870, 1872 etc.

Lüttich auf, sind aber im Inneren des Schiefergebirges selbst unbekannt. Auch das Vorkommen noch älterer Bildungen beschränkt sich auf einige, inselförmig aus dem Devon hervortretende cambrische

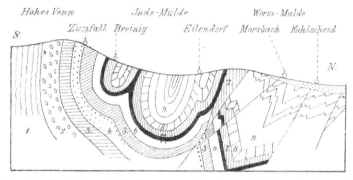

Fig. 14. Profil durch die Devon- und Carbonschichten der Gegend von Aachen. Nach E. Holzapfel.
1, 2 Cambrium. 3 Gedinne-Schichten. 4 Taunusquarzit etc. 5 Vichter Schichten. 6 Stringocephalenkalk. 7 Oberdevon, an der Basis mit Kalken. 8 Kohlenkalk. 9 Flötzführendes Kohlengebirge.

Gebirgskerne, wie besonders das Hohe Venn unweit Aachen (vergl. Fig. 14) und das sogen. Massiv von Rocroi unterhalb Mezières an der Maas, welche — wie schon A. Dumont gezeigt hat — rings discordant von devonischen Schichten überlagert werden.

Fig. 15. Profil durch einen Theil des Schiefergebirges der Eifel. Nach Baur.
a Aelteres Unterdevon. b Jüngeres Unterdevon. c Mitteldevon. d Bunter Sandstein.

Innerhalb dieser letzteren selbst ist bis jetzt noch keine Discordanz nachgewiesen; vielmehr ist die ganze Schichtenfolge augenscheinlich ohne jede grössere Unterbrechung abgelagert und geht auch nach oben ohne Unterbrechung in das sie bedeckende Culm über.

Unterdevon. Dasselbe stellt eine mindestens 10,000 Fuss mächtige, sandig-thonige, aber fast ganz kalkfreie Schichtenfolge dar. Auch die Versteinerungen kommen fast immer ohne ihre ursprünglichen Kalkschalen, als blosse Steinkerne vor. Sie sind im Allgemeinen sparsam und treten nur in einzelnen Lagen auf, die oft durch viele hundert Fuss mächtige, so gut wie versteinerungsleere Gesteinszonen getrennt sind. Die Fauna besteht überwiegend aus Brachiopoden. Neben diesen sind nur noch Pelecypoden, Crinoiden und einige Trilobiten und Gastropoden von Bedeutung, während Cephalopoden und Korallen sehr zurücktreten. Einige Species, wie *Chonetes sarcinulata* und *plebeja* (XII, 5), *Orthis hysterita* (*vulvaria* [XII, 4]), *Grammysia hamiltonensis* (XIII, 3), *Pterinea costata*, *Pleurodictyum problematicum* (XII, 2) u. s. w., gehen durch die ganze oder fast die ganze Schichtenfolge hindurch, während andere eine beschränktere Verbreitung haben. Im Allgemeinen weist die Zusammensetzung der Fauna auf ein seichtes Meer hin, für welches auch die in allen Horizonten häufig anzutreffenden Wellenfurchen sprechen. Die Gliederung des rheinischen Unterdevon ist im Wesentlichen den Arbeiten der preussischen geologischen Landesanstalt, namentlich denen C. Koch's und E. Kayser's [1]) zu verdanken.

Das tiefste, unmittelbar auf cambrischen Gesteinen aufruhende Glied des Unterdevon besteht in den Ardennen und am Hohen Venn aus dem Gedinnien. Gewöhnlich mit groben Conglomeraten beginnend, setzt sich dasselbe aus bunten, phyllitischen Schiefern, Sandsteinen und Arcosen zusammen, welche hie und da eine kleine Fauna geliefert haben. Sehr wahrscheinlich kommt den ähnlichen, aber meist stärker krystallinischen Gesteinen am Südrande des Taunus und Hunsrück (Sericitgneiss etc.), deren Unterlage unbekannt ist, das gleiche Alter zu. Für diese Auffassung spricht vor allem der Umstand, dass dieselben, ebenso wie die genannten Ardennengesteine, gleichförmig vom nächstfolgenden Gliede des Unterdevon, dem Taunusquarzit, bedeckt werden. Dieses fast ausschliesslich aus weissen Quarziten bestehende Glied setzt namentlich die Kämme des Taunus und Hunsrück zusammen, ist aber auch in der Umgebung des Venn, im Belgischen, ja wahrscheinlich auch im Altvatergebirge im österreichischen Schlesien entwickelt. Versteinerungen sind hier besonders spärlich. Als leitende Arten seien *Spirifer primaevus* (XIII, 6) und *hystericus* (= *micropterus*), *Rensselaeria crassicosta* und *strigiceps* (XII, 3) und *Kochia capuliformis* genannt. Ueber dem Taunusquarzit folgt der Hunsrückschiefer, eine mächtige Folge dunkelfarbiger, zahlreiche Dachschieferlager einschliessender Thonschiefer. Dieselben setzen namentlich die einförmigen Plateaus des Hunsrück und Taunus zusammen, kehren aber in charakteristischer Ausbildung auch am Venn und in den Ardennen wieder. Indess werden sie hier meist durch die Grauwacke von Montigny vertreten. Die Fauna des Hunsrückschiefers (Hauptfundorte Bundenbach und Gemünden im Hunsrück, Caub am Rhein, Alles am Semois) besteht abweichend von der des übrigen Unterdevon besonders aus Trilobiten (*Phacops Ferdinandi*, *Homalonotus ornatus* u. a., *Cryphaeus*, *Dalmanites* [*Odontochile*]), Panzerfischen, Zweischalern, Cephalopoden (*Orthoceras*,

---

[1]) Jahrb. d. preuss. geol. L.-Anst. f. 1881. S. 190; ebend. f. 1884. S. LII. Vergl. auch Frech; Zeitschr. d. deutsch. geol. Ges. 1889. S. 175.

Goniatites), Crinoiden und prächtig erhaltenen Asterien, während Brachiopoden fast ganz fehlen. Im Siegerlande, im Rheinthal unterhalb Andernach, im Ahrthal und einem Theile der Eifel sind Taunusquarzit und Hunsrückschiefer nicht als solche entwickelt, sondern durch die Siegener Grauwacke vertreten, einen mächtigen Complex von Grauwacken und Thon- (seltener Dach-) Schiefern, deren Fauna — besonders Brachiopoden (*Spirifer primaevus*, *Rensselaeria crassicosta* etc.), daneben Zweischaler, Schnecken, Trilobiten (*Homalonotus ornatus*), Crinoiden (*Ctenocrinus typus* [XII, 1]) u. s. w. — wesentlich mit derjenigen der beiden eben genannten Stufen übereinstimmt.

Die nun folgende obere Hälfte des rheinischen Unterdevon wird von den Coblenzschichten der preussischen Landesanstalt, dem Spiriferensandstein der Brüder SANDBERGER gebildet. In der Rheingegend lässt dieselbe sich in folgende drei Unterabtheilungen gliedern: 1. untere Coblenzschichten, vorwiegend aus rauhen Grauwacken bestehend, die als Leitversteinerungen *Strophomena laticosta* (XIII, 5), *Orthis circularis*, *Spirifer dunensis* (XII, 6), *Homalonotus armatus* und *crassicauda* (XII, 7) etc. einschliessen. Eine Hauptfundstelle ist Stadtfeld in der Eifel. 2. Der Coblenzquarzit ist ein weisser, plattiger Quarzit, der namentlich in der Umgebung von Coblenz, aber auch an der Lahn und Mosel, im Westerwald, in der Eifel und im Luxemburg'schen verbreitet ist. Auch die Quarzite des Kellerwaldes unweit Wildungen haben wesentlich dasselbe Alter. Die Fauna dieses Gliedes schliesst sich näher an die oberen als die unteren Coblenzschichten an, erweist sich aber beiden gegenüber als selbständig. In den Ardennen treten statt des Quarzits meist rothe Sandsteine und Schiefer, die sogen. Schichten von Burnot auf, die indess ausser dem Quarzit noch einen Theil der unteren Coblenzschichten mit zu vertreten scheinen. 3. Die oberen Coblenzschichten bestehen aus weichen Grauwackenschiefern, die vielfach (Coblenz, Ems, Daleiden etc.) eine sehr reiche Fauna einschliessen. Besonders bezeichnende Arten sind *Spirifer auriculatus*, *curvatus* und *paradoxus* (= *macropterus*), *Atrypa reticularis*, *Chonetes dilatata*, *Ctenocrinus decadactylus*, *Cryphaeus laciniatus* (XIII, 1). *Homalonotus laevicauda* u. a. An der oberen Grenze gehen diese Schichten vielfach (alte Papiermühle bei Haiger, Mündung des Ruppachthales bei Diez u. s. w.) in Schiefer über, welche neben überwiegenden unterdevonischen bereits einige mitteldevonische Arten (*Spirifer intermedius* = *speciosus* [XIV, 2], *elegans* und *aculeatus*, *Orthis striatula* [XIV, 8] etc.) einschliessen. Auf der linken Rheinseite werden diese hangendsten oberen Coblenzschichten durch sandig-kalkige, von oolithischen Rotheisensteinen begleitete Gesteine vertreten, die das unmittelbare Liegende des Eifeler Kalkes bildend, eine ähnliche Mengung von Unter- und Mitteldevonarten (unter letzteren auch *Calceola sandalina* [XVI, 6]) beherbergen.

Mitteldevon. Im Gegensatz zum Unterdevon ist das rheinische Mitteldevon von überwiegend kalkiger Zusammensetzung, während sandige Gesteine eine untergeordnete Rolle spielen. In der Eifel [1], wo das Mitteldevon in einer Reihe SW.—NO. streichender Mulden über dem Unterdevon auftritt, und ebenso in Belgien, besteht der untere Theil der Schichtenfolge aus mergeligen Kalken und Schiefern, den *Calceola*-Schichten, die jene Fülle trefflich erhaltener Versteinerungen einschliessen, durch welche die Eifel so berühmt geworden ist. Neben Brachiopoden — von denen hier nur *Atrypa reticularis*, *Athyris concentrica* (XIV, 4), *Merista plebeja*, *Spirifer intermedius = speciosus* (XIV, 2), *curvatus*, *ostiolatus* (XIV, 1), *Cyrtina heteroclita* (XIV, 5) u. a., *Pentamerus galeatus* (XIV, 6), *Rhynchonella parallelepipeda*, *Orthis striatula* (XIV, 8) und *Streptorhynchus umbraculum* (XIV, 9) genannt seien — sind besonders Korallen (*Calceola sandalina* (XVI, 6), *Cyathophyllum ceratites* und *heliantoides*, *Cystiphyllum vesiculosum* (XVI, 4), *Heliolites porosa* (XVI, 7), *Alveolites suborbicularis*, mehrere Arten von *Favosites* etc. und Stromatoporen häufig. Ein sehr gemeiner Trilobit ist in diesem Niveau *Phacops Schlotheimi* (XV, 1). Die tiefste Zone der *Calceola*-Schichten, die sogen. *Cultrijugatus*-Schichten, sind noch besonders ausgezeichnet durch das Auftreten des grossen *Spirifer cultrijugatus* — einer jüngeren Mutation von *Sp. auriculatus* —, *Rhynchonella Orbignyana* und andere Arten.

Die obere Abtheilung des Mitteldevon besteht in der Eifel und Belgien aus reineren, massigen Kalken und Dolomiten, den Stringocephalen-Kalken, welche neben Brachiopoden auch viele Gastropoden und Cephalopoden enthalten. Hauptleitfossilien sind hier *Stringocephalus Burtini* (XIV, 7), *Uncites gryphus* (XIV, 3), *Macrochilus arculatum* (XV, 5), *Pleurotomaria delphinuloides* (XV, 3), *Murchisonia bilineata* (XV, 4) und *Megalodon cucullatum* (XIV, 10). Die Grenze zwischen *Calceola*- und Stringocephalen-Schichten wird in der Eifel aus der, oft fast ausschliesslich aus Crinoidentrümmern zusammengesetzten, alle die schönen Crinoiden des Eifeler Kalks (*Cupresssocrinus* [XVI, 1], *Poteriocrinus*, *Melocrinus*, *Rhodocrinus* [XV, 6] etc.) liefernden Crinoidenschicht gebildet. Indess geht *Calceola sandalina* noch über diesen Grenzhorizont hinaus.

Auch in anderen Theilen des Schiefergebirges sind Kalke gleichen Alters entwickelt, so bei Paffrath unweit Cöln (Paffrather Kalk), bei Elberfeld, Hagen, Brilon u. s. w. (Elberfelder Kalk), sowie im Lahngebiet bei Wetzlar, Diez u. s. w. In der Gegend von Brilon ist der oberste Theil dieser Kalke in Berührung mit Diabasen in Rotheisenstein umgewandelt, der eine in mancher Beziehung abweichende Fauna (mit *Cardiola retrostriata* [XVII, 8] und einigen anderen oberdevonischen Arten) einschliesst.

Eine sehr abweichende Entwickelung des Mitteldevon trifft man im südlichen Westfalen, in der Lennegegend. Sowohl die *Calceola*- als auch ein Theil der Stringocephalen-Schichten sind hier durch sandig-thonige, ganz dem Spiriferensandstein ähnliche Gesteine vertreten,

---

[1] KAYSER, Zeitschr. d. deutsch. geol. Ges. 1871. S. 289. — FRECH, Paläont. Abh. von DAMES u. KAYSER. Bd. III. Heft 3. 1886.

die aber, wie zuerst F. RÖMER nachwies, mitteldevonische Versteinerungen führen. v. DECHEN nannte diese Gesteine Lenneschiefer. In noch anderer Weise ist das Mitteldevon im Dillenburg'schen, dem hessischen Hinterlande, in der Gegend von Wildungen, sowie an der Mosel (bei Olkenbach) entwickelt, nämlich in Form von dunklen Thon- und Dachschiefern mit darin eingelagerten Kalken und Quarziten. Diese Schiefer enthalten ausser kleinen Tentaculiten-Schälchen, welche die Schichtflächen oft zu Tausenden bedecken (daher Tentaculiten-Schiefer [R. LUDWIG]), nur eine spärliche, besonders aus Cephalopoden und Trilobiten zusammengesetzte Fauna. Vielfach, wie besonders bei Wissenbach unweit Dillenburg und im Ruppachthale bei Diez, sind die Versteinerungen verkiest, und dann pflegt man diese Schiefer als Wissenbacher oder *Orthoceras*-Schiefer (SANDBERGER) zu bezeichnen. Wie KAYSER gezeigt hat [1]), lassen sich innerhalb derselben zwei verschiedenartige Faunen unterscheiden: eine ältere mit *Goniatites* (*Anarcestes*) *lateseptatus* (XIX, 2) und *subnautilinus*, *G.* (*Mimoceras*) *gracilis* (= *compressus*), *Hercoceras subtuberculatum* (XIX, 1), *Orthoceras triangulare* etc. und eine jüngere mit *Goniatites* (*Pinacites*) *Jugleri*, *G.* (*Aphyllites*) *occultus* (XIX, 3) und *Dannenbergi*, *Bactrites carinatus* und *Schlotheimi* etc. Diese beiden Faunen sind bei Wildungen, bei Günterod und Bicken (zwischen Marburg und Herborn) und anderweitig auch kalkig entwickelt, und diese, räumlich stets sehr beschränkten Kalkvorkommen sind noch besonders merkwürdig durch das Erscheinen einer Anzahl von Trilobiten (*Bronteus* [*Thysanopeltis*] *speciosus* = *thysanopeltis* — XXI, 5 —, *Phacops fecundus* u. s. w.) und andere Versteinerungen, die für die weiter unten zu besprechenden hercynischen Bildungen Böhmens, des Harzes und anderer Gegenden charakteristisch sind. Aehnlich wie der unterdevonische Hunsrückschiefer, dürfen auch die fraglichen Mitteldevonschiefer als Ablagerungen aus tieferem und offenerem Meere angesehen werden.

Es ist endlich noch hervorzuheben, dass im Lahn- und Dill-Gebiete, sowie in einigen Theilen des Sauerlandes und Waldecks als Begleiter und als theilweise oder auch vollständige Vertreter des Mitteldevon Diabase (seltener Porphyre) und deren Tuff- und Breccien-Bildungen, die vielfach versteinerungsführenden Schalsteine auftreten.

Das Oberdevon zerfällt in der Rheingegend überall in eine ältere und eine jüngere Stufe. Das ältere Oberdevon ist sehr verschieden entwickelt. In der Gegend zwischen Düsseldorf und Brilon wird es durch dunkle, etwas kalkige Schiefer, v. DECHEN's Flinz, vertreten. Bei Aachen, in der Eifel und in Belgien dagegen treten in gleichem Niveau, unmittelbar über dem Stringocephalen-Kalk, mergelige oder auch härtere Brachiopoden-Kalke auf. *Rhynchonella cuboides* (XVIII, 2), *pugnus* und *acuminata*, *Spirifer Verneuili* (XVIII, 1), *Camarophoria formosa*, *Productus subaculeatus*

---

[1]) Jahrbuch d. preuss. geol. L.-Anst. f. 1883. S. 1.

sind in diesem „*Cuboides*-Kalk" neben vereinzelten Goniatiten (*G.* [*Gephyroceras*] *intumescens* (XVII, 1), *G.* (*Tornoceras*) *simplex* (XVII, 3). und Korallen Hauptleitversteinerungen.

An anderen Stellen (Breitscheid bei Dillenburg u. s. w.) entwickeln sich die Korallen — unter denen besonders die Gattung *Phillipsastraea* (XVII, 9) wichtig ist — mächtiger, so dass förmliche. mehr oder weniger ungeschichtete Riffkalke entstehen, die man nach dem am längsten bekannten derartigen Oberharzer Vorkommen als **Iberger Kalk** bezeichnen kann. Auch für diese Korallen-Kalke sind *Rhynchonella cuboides*, *Spirifer Verneuili* und *Gephyroceras*-Arten sehr bezeichnend. In Belgien werden diese Brachiopoden- und Korallenkalke als **Kalk von Frasne** bezeichnet. — Eine letzte, namentlich in Nassau, Westfalen und Waldeck anzutreffende Entwickelungsform des älteren Oberdevon sind röthliche oder auch schwärzliche Kalke mit fast immer entwickelter Knollenstructur und einer reichen Cephalopodenfauna. *Goniatites intumescens* ist auch hier das Hauptfossil, daneben treten noch viele andere *Gephyroceras*-Arten, *Gon.* (*Beloceras*) *multilobatus*, *G.* (*Tornoceras*) *simplex* und die zierliche *Cardiola retrostriata* (XVII, 8) auf. Nur eine unwesentliche Abänderung dieser Kalke, die man nach einer Hauptlocalität im Waldeck'schen [1]) als **Adorfer Kalk** bezeichnen könnte, stellen gewisse, bei Büdesheim in der Eifel über den Mergelkalken mit *Rhynchonella cuboides* liegende Mergelschiefer mit gleicher Goniatitenfauna und *Cardiola retrostriata* dar.

Die grosse Rolle, welche *Gon. intumescens* im ganzen älteren Oberdevon spielt, war für Kayser Veranlassung, dasselbe als „**Intumescens-Stufe**" zu bezeichnen.

Das jüngere Oberdevon wird auf der rechten Rheinseite besonders durch die **Cypridinenschiefer** (Sandberger) vertreten, milde, lebhaft rothe oder grünliche Schiefer mit einem kleinen Schalenkrebse, der *Entomis* (*Cypridina*) *serratostriata* (XVII, 6), ausser welcher gewöhnlich nur noch *Avicula* (*Posidonia*) *venusta* und *Phacops cryptophthalmus* (XVII, 7) vorkommen. In der Nähe der oberen Grenze dieser Schiefer bilden sich vielfach mehr oder minder mächtige Lager von Nierenkalken aus, die am Enkeberg bei Brilon, bei Wildungen, im Dillenburg'schen u. s. w. eine eigenthümliche Goniatiten-Fauna, besonders *G.* (*Sporadoceras*) *Bronni*, sowie die ganz auf dieses alleroberste Niveau der Devonformation beschränkten Clymenien (*Clymenia laevigata*, *undulata* [XVII, 4], *striata* etc.) enthalten [2]). Diese „**Clymenienkalke**" entsprechen dem grössten Theil dessen, was v. Dechen als „**Kramenzelkalk**" bezeichnete.

Etwas tiefer als sie stehen die Goniatitenschiefer von **Nehden** unweit Brilon. Von den Brüdern Sandberger mit den Goniatitenschiefern von Büdesheim vereinigt, wurden sie, nachdem Beyrich die wesentliche Uebereinstimmung ihrer Fauna mit derjenigen der Clymenienkalke erkannt hatte, von Kayser als eine besondere (Neh-

---
[1]) Holzapfel, Der Kalk von Adorf, Palaeontographica. Bd. XXVIII. 1882.
[2]) Kayser, Zeitschr. d. deutsch. geol. Ges. 1873. S. 602.

dener) Zone an die Basis der, das ganze jüngere Oberdevon umfassenden „Clymenienstufe" gestellt[1]).

An vielen Punkten der rechten Rheinseite treten als Einlagerungen im Cypridinen-Schiefer hellfarbige, glimmerreiche Plattensandsteine auf. Wo sich diese, fast nur undeutliche Pflanzenreste einschliessenden Sandsteine stärker entwickeln, können sie mit einem westfälischen Localnamen als Pönsandstein bezeichnet werden.

In Belgien tritt das jüngere Oberdevon in noch anderer Ausbildung auf, nämlich einmal in Gestalt grünlicher Brachiopodenschiefer (mit *Spirifer Verneuili* etc.), der Schistes de Famenne, und zweitens in Form weicher, bräunlicher, glimmerreicher Sandsteine, die neben Brachiopoden (*Spirifer Verneuili* u. s. w.) besonders Pelecypoden (*„Cucullaea" Hardingii* etc.) führen und nur eine sandige Facies der Famenne-Schiefer darstellen, der Psammites du Condroz. An ihrer obersten Grenze, hart unter dem Kohlenkalk, sind stellenweise die sogen. Kalke von Etroeungt ausgebildet. Sie enthalten eine Mischung devonischer und carbonischer Brachiopoden, daneben aber noch *Phacops latifrons*. Sowohl die genannten Sandsteine als auch die Schiefer reichen in östlicher Richtung bis in die Gegend von Aachen, ja die Sandsteine sind mit reicher Brachiopodenfauna noch in der Gegend von Velbert nordöstlich Düsseldorf entwickelt.

Wie im Mitteldevon, so treten auch im Oberdevon des Dill- und Lahngebietes als theilweiser Ersatz der normalen Sedimentreihe Schalsteine und Diabase auf. Durch die an ihr Vorkommen geknüpften, aus der Umwandlung früherer Kalklager hervorgegangenen Rotheisensteinlager sind diese Gesteine auch von grosser praktischer Bedeutung.

In Zusammenfassung vorstehender Ausführungen lässt sich die Entwickelung der Devonformation im rheinischen Schiefergebirge übersichtlich wie auf folgender Seite darstellen.

Der **Harz**, nächst der Rheingegend für die Kenntniss der Devonformation das wichtigste unter den deutschen Gebirgen, ist schon früh durch die Forschungen A. Römer's[2]), in neuester Zeit aber besonders durch die mit ausserordentlichem Aufwand an Zeit und Mühe durchgeführten Arbeiten der preussischen Landesgeologen, in erster Linie C. A. Lossen's[3]), bekannt geworden. Wenn trotzdem noch nicht alle Räthsel der Harzgeologie gelöst sind, so sind daran sowohl die vielfach ungenügenden Aufschlüsse als auch besonders die überaus verwickelten Lagerungsverhältnisse der die kleine Gebirgsinsel aufbauenden Schichten schuld.

---

[1]) a. a. O.
[2]) Versteiner. d. Harzgebirges. 1843. — Beiträge z. Kenntniss d. nordwestl. Harzgeb. Paläontogr. 1850—1866.
[3]) Vergl. ausser zahlreichen, in der Zeitschr. d. deutsch. geol. Ges. und im Jahrbuch d. preuss. geol. Landesanst. zerstreuten Mittheilungen, besonders die „Geol. Uebersichtskarte des Harzgebirges". 1882.

Paläozoische oder primäre Formationsgruppe.

Unterdevon.			Mitteldevon.		Oberdevon.		Deutsche Bezeichnungen		
Unteres	Mittleres	Oberes	Unteres	Oberes	Unteres	Oberes	
Sericitische Taunus-Phyllite und (?) Gneisse	Hunsrückschiefer Taunusquarzit	Coblenzschichten (Spiriferensandstein)	Calceola-Schichten Zone m. *Spirifer cultrijugatus*	Stringocephalenschichten	Adorfer Goniatitenkalk. Iberger Kalk. Plinz	Clymenienkalk und Cypridinenschiefer	Psammitstein
	Siegener Grauwacke	Obere Coblenzschicht Coblenzquarzit Untere Coblenzschicht	Lenneschiefer				
				Mittel- devonischer Thonschiefer (Wissenbacher Schiefer z. Th.) oder *Orthoceras*-			
			Diabase etc. und Schalsteine				

							Calcaire d'Etroengt Schistes de Famenne	Psammites du Condroz	Französische Bezeichnungen
Gedinneschichten	Grauwacke de Hiergos Quarzite de Bierlé, Poudingue de Burnot Grauwacke de Virenx	Grauwacke de Montigny Grès d'Anor	Schistes à Calcéoles	Calcaire de Givet	Schistes de Matagne (à *Cardiola retrostriata*) Calcaire de Frasne				

| Gedinnien | Coblenzien | Eifelien | Givétien | Frasnien | Famennien |

Im Oberharz zeigen die devonischen Schichten eine der rheinischen völlig entsprechende Entwickelung. Das älteste hier zu Tage tretende Gebilde, der Quarzitsandstein des Kahle- und Rammelsberges zwischen Goslar und Clausthal, stellt ein Aequivalent des Coblenzquarzites und der oberen Coblenzschichten dar; das Mitteldevon ist durch mergelige Schiefer mit *Calceola sandalina*, eisenschüssige Kalke mit *Stringocephalus Burtini* und dunkle Schiefer mit verkiesten Wissenbacher Goniatiten (Goslarer Schiefer) vertreten, das Oberdevon endlich durch den schwarzen Kalk von Altenau mit *Goniatites intumescens* und *Cardiola retrostriata*, den Korallenkalk des Iberges (bei Grund) mit *Rhynchonella cuboides* etc., Cypridinenschiefer (bei Lautenthal) und Clymenienkalk (bei Rhomker Halle).

Auch im Unterharz setzen Iberger Kalk und von Schalsteinen begleitete Stringocephalenschichten in der Gegend von Elbingerode und Rübeland eine grössere Mulde zusammen; der ganze übrige mittlere und östliche Theil des Gebirges aber wird von einer mächtigen, älteren, schiefrig-sandigen, zahlreiche Lager und Gänge von Eruptivgesteinen einschliessenden Schichtenfolge eingenommen, welche sich von oben nach unten folgendermassen gliedert:

Elbingeroder Grauwacke,
Zorger Schiefer,
Hauptkieselschiefer,
Oberer Wieder Schiefer,
Hauptquarzit,
Hercyn { Unterer Wieder Schiefer mit Graptolithen und den sogen. Hercynkalken,
Tanner Grauwacke (mit Culm-ähnlicher Flora).

Von diesen Gliedern enthält der Hauptquarzit — eine Schieferzone mit quarzitischen Einlagerungen — die gewöhnliche Brachiopodenfauna der rheinischen Ober-Coblenzschichten (*Spirifer auriculatus*, *Atrypa reticularis* etc.). Demgemäss müssen die hangenden Schichtenglieder schon dem Mitteldevon angehören, und in der That weist auch auf dieses die spärliche (derjenigen der älteren Wissenbacher Schiefer entsprechende) Fauna der Zorger Schiefer mit *Goniatites* (*Mimoceras*) *gracilis*, *Tentaculites acuarius* etc. hin[1]. Eine sehr eigenartige Fauna zeichnet dagegen die tieferen Schichten, das Hercyn von BEYRICH und LOSSEN aus. Gleich unter dem Hauptquarzit liegt das Hauptlager der für die unteren Wieder Schiefer in erster Linie merkwürdigen, übrigens durchweg einzeiligen Graptolithen, während die tieferen, linsenförmigen „hercynischen" Kalkvorkommen von Mägdesprung, Harzgerode, Hasselfelde, Wieda, Zorge, Ilsenburg u. s. w. eine ziemlich reiche, aus Trilobiten (*Dalmanites*-Arten aus der Gruppe des *D. Hausmanni=Odontochile* [XVIII, 5]. *Cryphaeus*, *Phacops*, *Bronteus*, *Acidaspis* etc.), Orthoceren (*O. trian-*

---

[1] E. KAYSER, Fauna des Hauptquarzites und der Zorger Schiefer. Abhandl. d. preuss. geol. Landesanst. 1889.

gulare etc.), zahlreichen Brachiopoden (zum grossen Theil Arten des böhmischen Kalkes von Konjeprus), Conchiferen, Gastropoden (darunter besonders viele Capuliden [XIX, 6]) und Korallen (unter diesen auch *Pleurodictyum*) bestehende Fauna einschliessen. Zuerst von A. Römer und Giebel als silurisch beschrieben, ist diese hercynische Fauna des Unterharzes später von E. Beyrich mit der Fauna der böhmischen Etagen *F*, *G* und *H* von Barrande verglichen und dann von Kayser auf Grund einer eingehenden Bearbeitung [1]) als unterdevonisch angesprochen worden — ein Alter, welches derselbe Forscher auch für die eben genannten böhmischen Stockwerke, einige durch ähnliche Faunen ausgezeichnete rheinische, französische und uralische Kalkvorkommen, sowie für die amerikanischen Unterhelderbergschichten in Anspruch genommen hat.

Die eben erwähnte Schichtenfolge **Böhmens** nimmt einen ververhältnissmässig geringen, auf die Gegend zwischen Prag und Beraun beschränkten Raum ein. Sie liegt gleichförmig über dem Obersilur (Etage Ee^2 Barrande) und gliedert sich nach diesem Autor von oben nach unten wie folgt:

H. Schwarze, pflanzenführende Schiefer,
*Gg*³. Cephalopodenführende Knollenkalke von Hlubočep.
*Gg*². Tentaculitenschiefer,
*Gg*¹. Knollenkalke mit Cephalopoden, Pelecypoden, Trilobiten,
*Ff*². Hellfarb. krystallin. Brachiopoden- und Trilobitenkalke von Konjeprus und Mnenian,
*Ff*¹. Schwarze Kalke,
Liegendes: Obersilur.

Die *Ff*¹-Kalke, die nach Novák nur eine vikariirende Facies der *Ff*²-Kalke darstellen, schliessen nur eine spärliche, besonders durch das Auftreten der jüngsten böhmischen Graptolithen ausgezeichnete Fauna ein; die darüber folgenden Glieder aber bergen eine reiche, der Harzer Hercynfauna sehr ähnliche Fauna, die aus Goniatiten (auch hier eine Reihe Wissenbacher Arten), Trilobiten (*Odontochile* [XVIII, 5], *Phacops* [bes. *fecundus*], *Thysanopeltis* [*speciosus* — XIX, 5 —], *Proetus, Cheirurus, Bronteus, Acidaspis, Harpes, Calymene* etc.), Gastropoden (zahlreichen Capuliden), Brachiopoden (darunter auch eine *Stringocephalus*-Art), Pelecypoden und Korallen zusammengesetzt ist, zu welchen noch die eigenthümlichen, im Harz nur in Spuren vertretenen Panzerfische (Placodermen) hinzukommen. Ausser diesen, im Silur unbekannten, dagegen für das Devon höchst charakteristischen Fischen waren es die dem Silur in gleicher Weise noch fehlenden, in den fraglichen böhmischen Ablagerungen aber bereits in reicher Entwickelung (mit den Gattungen *Anarcestes, Aphyllites, Mimoceras, Pinacites* etc.) vorhandenen Goniatiten, welche E. Kayser bestimmten, auch diese, bis dahin allgemein als obersilurisch angesehenen Schichten zum Devon zu ziehen. Während aber Kayser

---

[1]) Fauna der ältesten Devonbildungen d. Harzes. Abh. d. preuss. geol. Landesanstalt. 1878.

die gesammte böhmische Schichtenfolge als unterdevonisch auffasste und ihre grosse faunistische Abweichung vom rheinischen Unterdevon durch die Annahme zu erklären versuchte, dass das letztere aus seichtem, die erstere dagegen aus tieferem Meere abgelagert wurde, so will man neuerdings, vielleicht nicht mit Unrecht, nur die Stufen F^1—G^2 dem Unterdevon gleichstellen, G^3 aber mit seiner, derjenigen der Wissenbacher Schiefer so ähnlichen Fauna in's Mitteldevon, H sogar in's Oberdevon versetzen[1]).

Es sei übrigens noch bemerkt, dass in neuerer Zeit auch an einigen Punkten der Rheingegend — so besonders bei Greifenstein unweit Wetzlar — einige kleine Kalkvorkommen entdeckt worden sind, die petrographisch und faunistisch den Kalken von Konjeprus und Mnenian sehr nahe stehen. Auch in den fraglichen rheinischen Kalken nämlich gehören die böhmischen *Phacops fecundus* und *cephalotes* (XIX, 4), *Thysanopeltis speciosus* (XIX, 5), *Proetus orbitatus, eremita* u. a., *Lichas Haueri, Tentaculites acuarius, Merista passer, securis* etc. zu den häufigsten Arten[2]). Auch die schon oben (S. 85) erwähnten, im Alter dem oberen Mitteldevon angehörigen Cephalopoden- und Trilobitenkalke von Wildungen schliessen übrigens eine nicht unbeträchtliche Anzahl hercynischer bezw. böhmischer Species ein.

Eine der harzer und böhmischen in mehrfacher Beziehung ähnliche Entwickelung des Devon finden wir in dem besonders durch die Untersuchungen von Gümbel und Liebe[3]) bekannt gewordenen **thüringisch-fichtelgebirger Gebiete** wieder:

Oberdevon: Clymenienkalk (bes. bei Schübelhammer und Saalfeld)[4]), Cypridinenschiefer, Adorfer Goniatitenkalk.
Mitteldevon: Diabastuffe und Schalsteine (Planschwitzer Tuff) mit Korallen und Brachiopoden.
Unterdevon: Tentaculiten- und Nereitenschichten, Tentaculitenknollenkalk mit kleiner Hercynfauna (*Odontochile* etc.).
Discordanz.
Liegendes: Obersilur.

Auch in **Schlesien** (Clymenienkalk von Ebersdorf, Iberger Kalk von Oberkunzendorf), **Mähren** (Stringocephalenkalk von Rittberg bei Olmütz) und **Polen** (Oberdevon von Kielce, Mitteldevonkalk von Krakau etc.) kennt man devonische Ablagerungen verschiedenen Alters; in Süddeutschland dagegen ist unzweifelhaftes Devon erst in neuester Zeit in den **Vogesen** (Stringocephalen-Kalk bei Schirmeck) aufgefunden worden.

---

[1]) Frech, Zeitschr. d. deutsch. geol. Ges. 1889. S. 175.
[2]) Maurer, Der Kalk von Greifenstein. N. Jahrb. f. Min. Beilageband I. 1880. — Novák, Vergleichende Studien a. einig. Trilobiten aus dem Hercyn von Bicken, Wildungen, Greifenstein und Böhmen. Paläont. Abh. 1890.
[3]) Gümbel, Geogn. Beschr. d. Fichtelgeb. 1879. — Liebe, Der Schichtenaufbau Ostthüringens. Abh. d. preuss. geol. Landesant. 1884.
[4]) Gümbel, Die Clymenien des Fichtelgebirges. Paläontogr. 1863.

In den **Alpen** kennt man schon seit längerer Zeit in der Gegend von Gratz in Steiermark Kalke mit Clymenien. Neuerdings aber haben sowohl die österreichischen Geologen als auch besonders FRECH in den Karnischen Alpen noch verschiedene andere Glieder des Devon, welches dort, ebenso wie in Böhmen, ohne Unterbrechung über dem Obersilur zu folgen scheint, kennen gelehrt [1]. Nach diesen hochinteressanten Auffindungen setzt sich das Devon in der genannten Gegend folgendermassen zusammen:

Oberdevon: Clymenienkalk, Iberger Kalk.
Mitteldevon: Korallenkalk mit *Stringocephalus Burtini* und *Macrochilus arculatum*.
Unterdevon
{ Riffkalk mit Brachiopoden des Kalkes von Konjeprus.
Schiefer und Knollenkalke mit Brachiopoden und Goniatiten (*Anarcestes latesiptatus*, *Tornoceras* etc.).

Auch in **Frankreich** sind devonische Schichten sowohl im Nordwesten wie im Süden des Landes verbreitet. Bei Ferques unweit Boulogne sur mer sind schon lange versteinerungsreiche Kalke vom Alter des belgischen Kalkes von Frasne bekannt. In der Bretagne gliedert sich das Devon nach CHARLES BARROIS [2] folgendermassen:

Oberdevon: Schiefer von Rostellec.
Mitteldevon: Schiefer von Porsguen, mit Wissenbacher Fauna.
Unterdevon
{ Schiefer und Kalke von Néhou, mit Coblenz-Versteinerungen.
Quarzit von Gahard (= Taunusquarzit).
Quarzit von Plougastel (= Gedinnien).

Von besonderem Interesse aber ist das Auftreten eines mit reicher Fauna (zahlreiche böhmische Brachiopoden und Gastropoden — auch hier besonders Capuliden —, *Orthoceras triangulare*, Trilobiten, Korallen) ausgestatteten Hercynkalkes bei Erbray im Département Loire-inférieure. CH. BARROIS [3] stellt denselben dem belgischen Gedinnien, OEHLERT dagegen den Coblenz-Schichten gleich.

In Südfrankreich sind devonische Bildungen namentlich in der Gegend von Cabrières unweit Montpellier in ausgezeichneter Weise entwickelt. Im Oberdevon finden wir auch hier Nierenkalke mit Clymenien und tiefer solche mit *Goniatites intumescens*, im Mitteldevon (?) Mergelkalke mit *Calceola sandalina* und krystallinische Kalksteine, die zum Theil Arten des Kalkes von Konjeprus enthalten [4]. Auch in den Pyrenäen sind bunte Nierenkalke mit

---

[1] FRECH, Zeitschr. d. deutsch. geol. Ges. 1887. S. 660.
[2] Bullet. Soc. géol. de France. XIV. 1886. S. 655.
[3] Le Calcaire d'Erbray. Mém. Soc. géol. du Nord. 1889.
[4] FRECH, Zeitschr. d. deutsch. geol. Ges. 1887. S. 360.

oberdevonischen Goniatiten (marbre griotte zum Theil) sehr verbreitet. Bei Cathervielle ist dort auch eine kleine Hercynfauna (mit *Dalmanites, Thysanopeltis, Phacops fecundus* u. s. w.) nachgewiesen worden.

Auch in **Spanien** und **Portugal** kennt man devonische Bildungen schon seit längerer Zeit. Dunkle Schiefer, Kalksteine und Sandsteine sind die verbreitetsten Gesteine. Als Fundpunkt ausgezeichnet erhaltener, jung-unterdevonischer Versteinerungen sind namentlich die Kieselkalke von Ferrones in Asturien [1]) bekannt.

In **England** ist das Devon in zwei ganz verschiedenen und scharf getrennten Facies entwickelt, nämlich: 1. in einer schiefrig-sandig-kalkigen Entwickelung, die sich in allen Punkten an die continentale Ausbildung anschliesst, und 2. in Gestalt mächtiger, rother, durch eine reiche, eigenthümliche Fischfauna ausgezeichneter Sandsteine, des Old red sandstone (abgekürzt Old red).

Die erstgenannte Facies, auf welche die Bezeichnung „Devon" ursprünglich angewandt wurde, ist auf Devonshire und die angrenzenden Theile von Sommerset und Cornwall beschränkt und stellt eine mächtige Folge von Grauwacken, Schiefern und Kalksteinen mit darin eingeschalteten Eruptivgesteinen und Tuffen dar. Sie ist überall stark gefaltet und von zahlreichen Verwerfungen durchsetzt, so dass die genauere Feststellung der Altersverhältnisse der verschiedenen Formationsglieder wesentlich nur an der Hand der Erfahrungen möglich ist, welche auf dem Festlande über die stratigraphische Bedeutung der devonischen Versteinerungen gewonnen wurden. Die Uebereinstimmung der englischen Devonentwickelung mit der rheinischen ist eine sehr weitgehende. Im Unterdevon treffen wir z. B. bei Looe in Cornwall typische Siegener Grauwacke mit *Spirifer primaevus, Rhynchonella Pengelliana, Streptorhynchus gigas* und anderen charakteristischen Formen an, während in der Umgebung des Seebades Torquay sowohl die unteren als auch die oberen Coblenz-Schichten (erstere mit *Strophomena laticosta* und *Homalonotus armatus*, letztere mit *Spirifer auriculatus* etc.) wiederzuerkennen sind. Das Mitteldevon wird durch *Calceola*-Schiefer und -Kalke sowie durch Stringocephalen-Kalk mit leitenden Versteinerungen vertreten, das Oberdevon durch Iberger Kalk, Adorfer Goniatitenkalk und Büdesheimer Goniatitenschiefer, Cypridinenschiefer und Clymenienkalke (letztere besonders bei Petherwin in Cornwall) [2]).

Die zweite oder Old red-Facies wird von bis 10,000 Fuss mächtigen, an unseren Buntsandstein erinnernden, glimmerreichen, rothen und graulichen Sandsteinen und Mergeln gebildet, die man im südlichen Wales und in Herefordshire schon lange als die Basis des Kohlengebirges kennt, die aber auch in Schottland und auf den Orkney-Inseln weit verbreitet sind. Wie durch ihre Gesteinsbeschaffen-

---

[1]) BARROIS, Terrains anciens des Asturies et de la Galice. Mém. Soc. géol. du Nord. 1882.
[2]) USSHER. Quart. Journ. Geol. Soc. Lond. 1890. S. 487.

heit und die fast überall flache Lagerung, so weichen diese rothen Sandsteine vom normalen Devon auch durch ihre Fauna ab. Sie enthalten nämlich keine der vielen Trilobiten, Brachiopoden, Korallen oder sonstigen gewöhnlichen Versteinerungen des letzteren, sondern ausser einigen spärlichen Landpflanzen (*Sphenopteris, Lepidodendron*) fast nur Reste grosser Kruster (*Pterygotus anglicus, Eurypterus* etc.) und von Fischen, unter welchen durch ihre Häufigkeit namentlich die merkwürdigen, zuerst durch AGASSIZ[1]) genauer bekannt gewordenen Panzerfische oder Placodermen (*Pterichthys* [XVIII, 4], *Coccosteus* etc.) und andere Ganoiden (*Holoptychius* [XVIII, 3]) hervortreten. Auch in den russischen Ostseeprovinzen und in Podolien, ja sogar auf Spitzbergen und Grönland kehrt die Old red-Entwickelung des Devon wieder.

Die englischen Geologen deuten diese Facies in Anbetracht der Landpflanzen, eines äusserlich an *Anodonta* erinnernden Zweischalers sowie der Thatsache, dass die heutigen Ganoiden ganz auf süsses Wasser beschränkt sind, als eine Süsswasserbildung. Allein schon das Vorkommen der marinen Gattung *Conularia* im englischen Old red steht dieser Anschauung entgegen, noch mehr aber das sowohl in Deutschland als auch in Russland häufig zu beobachtende Zusammenvorkommen von Panzerfischen mit Brachiopoden, Crinoiden, Korallen u. s. w.

In **Russland** besitzen devonische Ablagerungen eine ausserordentliche, viele tausend Quadratmeilen umfassende Verbreitung. Die Hauptquelle unserer Kenntniss derselben bildet das grosse, berühmte Werk von MURCHISON, DE VERNEUIL und dem Grafen KEYSERLING, „Geology of Russia in Europe and the Ural Mountains"[2]), während unter den zahlreichen Arbeiten späterer Forscher namentlich die neuesten von TH. TSCHERNYSCHEW[3]) von Wichtigkeit sind. Man kann in Russland folgende Hauptverbreitungsgebiete der devonischen Formation unterscheiden: 1. das nordwestliche, welches von Kurland durch Livland und die Gouvernements Pskow, St. Petersburg und Nowgorod bis an das Weisse Meer reicht; 2. das mittelrussische, in der Gegend von Orel und Woronesch gelegene; 3. dasjenige im Flussgebiete der dem Eismeer zuströmenden Petschora, und endlich 4. das am Westabhange des Ural.

Nur im letztgenannten Gebiete sind die Schichten dislocirt, während sie in den übrigen eine flache bis horizontale Lagerung besitzen. Das Ostseegebiet ist noch insofern interessant, als das Devon hier, ähnlich wie in Schottland, in der Hauptsache durch rothe Sandsteine mit Panzerganoiden vertreten wird, die im obersten Theile der ganzen Schichtenfolge zusammen mit den gewöhnlichen devonischen Brachiopoden und sonstigen Meeresmollusken vorkommen und damit einen schlagenden Beweis für die Gleichaltrigkeit des

---

[1]) Monographie des poissons du vieux grès rouge. 1844.
[2]) 1845. 1. Bd. (engl.) Geologie; 2. Bd. (französ.) Paläontologie, bearbeitet durch VERNEUIL, D'ORBIGNY u. A.
[3]) Mém. du Comité géol. russe. 1884—1889.

normalen Devon und des Old red liefern. Auch im Dnjestergebiete sind dieselben rothen Sandsteine bekannt. Hier aber gehen sie nach unten ganz allmählich in das unterliegende Obersilur über, während sie letzteres im baltischen Gebiete mit abweichender Lagerung bedecken. Mit dieser Thatsache steht im Einklang, dass die Fische der tiefsten Schichten des baltischen Sandsteins nach LAHUSEN nicht mit denen des unteren, sondern des mittleren schottischen Old red übereinstimmen.

Wie demnach im ganzen Nordwesten Russlands, so fehlt das Unterdevon auch im centralrussischen und im Petschoragebiete. Das Mitteldevon wird in diesen Gegenden besonders durch Kalksteine mit *Spirifer Anossofi* und Korallen vertreten, das Oberdevon durch Kalke mit oberdevonischen Brachiopoden (*Spirifer Archiaci* und *Verneuili*, *Rhynchonella cuboides* u. a.), zu denen an der Petschora noch dunkle bituminöse Schiefer mit Goniatiten (*Gephyroceras intumescens*, *Ammon* etc.), die sogen. Domanikschiefer, hinzukommen. Auch im Uralgebiete treten Kalke mit *Spirifer Anossofi* und *Stringocephalus Burtini*, Iberger Kalk, Clymenienkalk und Cypridinenschiefer, ausserdem aber noch unterdevonische Gesteine auf. Unter diesen sind namentlich die Kalke am oberen Bjelaja-Fluss und bei Bogoslowsk mit hercynischer Fauna (Brachiopoden des Kalks von Konjeprus, böhmische Pelecypoden [*Dalila*, *Vlasta*], Gastropoden [*Hercynella* und zahlreiche Capuliden], *Orthoceras* aff. *triangulare* u. s. w.) sehr beachtenswerth. Darnach lässt sich die Entwickelung des Devon im europäischen Russland durch die nachstehende tabellarische Zusammenstellung veranschaulichen:

	Nordwestrussland	Centralrussland	Petschoraland	Uralisches Gebiet
Oberdevon.	Rothe Sandsteine (Old red)	Kalke mit *Spirifer Verneuili* und *Archiaci* etc.	Kalk mit *Arca oreliana*, Kalk mit *Spirifer Verneuili* und *Archiaci* etc.	Domanikschiefer, Kalk mit *Spirifer Verneuili* etc.	Clymenienkalk, Cypridinenschiefer, Kalk mit *Gon. intumescens* und *Rhynchonella cuboides*
Mitteldevon.	Dolomite und Kalke mit *Spirifer Anossofi*, *Rhynchon. Meyendorfi* etc. Untere Sandsteine (Old red)		Mergel mit *Spirifer Anossofi*, *Rhynchonella Meyendorfi*; *Platyschisma uchtensis*, Korallen etc.	Kalk und Schiefer mit *Spirifer Anossofi*, *Stringocephalus Burtini* etc., Kalke und Schiefer mit *Pentamerus baschkiricus*, bunte Mergel und Sandsteine
Unterdevon.	Fehlt			Kalk und Schiefer des Juresan- und Ufa-flusses, Schiefer und Quarzite, Marmorkalk der Bjelaja und von Bogoslowsk, phyllitische Schiefer und Quarzite

Auch in **Sibirien**, am **Altai** und in **China** sind devonische Schichten in ähnlicher Entwickelung und mit ähnlicher (zahlreiche übereinstimmende Species einschliessender) Fauna wie in Russland und Westeuropa bekannt. Indess geben sich hier, wie schon in Russland, durch einzelne Arten Anklänge an das nordamerikanische Devon zu erkennen. Auch in **Kleinasien** und am türkischen **Bosporus,** in **Nord-** und **Südafrika** sind devonische Ablagerungen verbreitet (am Cap mit *Homalonotus-* und *Cryphaeus*-Arten und unterdevonischen Brachiopoden).

Wichtiger ist das Devon von **Nordamerika**, welches noch erheblich grössere Flächenräume als dasjenige Europas einnimmt. Dasselbe zerfällt 1. in das Gebiet der Ostküste (in Neu-Braunschweig, im Staate Maine etc.) mit einer conglomeratisch-sandigen, schwierig zu gliedernden Schichtenfolge (Gaspé-Sandstein); 2. in das östliche Centralgebiet (besonders typisch entwickelt im Staate New-York, ausserdem längs des ganzen Zuges der Appalachen bis nach West-Virginien sowie in Ohio, West-Canada und Michigan) mit Sandsteinen, Schiefern und Kalken, die eine Anzahl verschiedener, zum Theil sehr reicher Faunen einschliessen; 3. in das innere Centralgebiet (in Iowa, Missouri, Illinois, Indiana etc.) mit kalkigmergeliger Schichtenfolge, die eine sich überall wesentlich gleichbleibende, der Gesammtheit der Faunen des inneren Centralgebietes entsprechende Fauna beherbergt, und 4. in das westliche Centralgebiet (im Staate Nevada) mit kalkig-schieferiger Schichtenfolge, deren Fauna ebenfalls keine wesentlichen Veränderungen aufweist.

Als Beispiel für die Ausbildung des nordamerikanischen Devon diene dessen Zusammensetzung in dem bestgekannten, durch die Arbeiten von J. HALL (siehe S. 62) classisch gewordenen Gebiete des Staates New-York:

1. Catskill-Gruppe, rothe und grüne, Old red-ähnliche Sandsteine mit Fischresten (*Holoptychius*).

2. Chemung-Gruppe, Sandsteine und Schiefer mit *Spirifer Verneuili, Productus subaculeatus* etc., Goniatiten und zahlreichen Landpflanzen.

3. Portage-Gruppe, Schiefer und Sandsteine. In der Nähe der Basis Nierenkalke mit *Goniatites Patersoni* (sehr ähnlich oder ident *intumescens*), *Cardiola retrostriata* (= *speciosa* HALL) etc. [Naples beds].

4. Genessee slates und Tully limestone, schwarze Schiefer mit armer Fauna und Kalke mit *Rhynchonella venustula* (= *cuboides*).

5. Hamilton-Schichten, kalkig-sandige Schiefer mit *Phacops bufo, Homalonotus Dekayi, Cryphaeus calliteles,* zahlreichen Brachiopoden (darunter auch der russische *Spirifer Anossofi*). Korallen etc.

6. Marcellus-Schichten, schwarze Schiefer mit *Goniatites expansus* etc., *Nautilus* etc.

7. Corniferous limestone, Kalk mit Hornsteinknollen, enthaltend *Dalmanites* (zum Theil *Odontochile*), *Proetus, Conocardium, Spirifer acuminatus* (s. ähnl. *cultrijugatus*) und *gregarius* u. s. w.

8. Onondaga limestone, Schoharie grit, *Cauda galli* grit. Ersterer ein versteinerungsarmer Kalk, der zweite ein kalkiger Sandstein mit einer eigenthümlichen Alge (?) (*Fucoides cauda galli*).

9. Oriskany sandstone. Grobkörniger Sandstein mit *Rensselaeria oroides, Spirifer arenosus* u. s. w.

10. Unter-Helderberg-Gruppe mit Oberem *Pentamerus*-Kalk, *Dethyris*-Kalk, Unterem *Pentamerus*-Kalk und *Stromatopora*-Kalk.

Die ganze, flachgeneigte, viele 1000 Fuss mächtige Schichtenfolge liegt, ähnlich wie das Devon Böhmens und der Ostalpen, gleichförmig und ohne jede Unterbrechung dem Silur auf und wird gleichförmig vom Carbon bedeckt. Die mit 4., 5. und 6. bezeichneten Glieder werden zusammen als Hamilton-Gruppe, die mit 7. und 8. bezeichneten als Ober-Helderberg-Gruppe zusammengefasst. Clymenien-Kalke fehlen in Nord-Amerika; dennoch geben sich die Glieder 1.—4. unschwer als dem Oberdevon angehörig zu erkennen. Die Hamilton- und die an unsere Wissenbacher Schiefer erinnernden Marcellus-Schichten dagegen vertreten das Mitteldevon, die tieferen Glieder endlich das Unterdevon. Die amerikanischen Geologen rechnen zwar den Oriskany-Sandstein meistens, und die Unter-Helderberg-Schichten ausnahmslos zum Obersilur; nachdem man aber in Canada die Fauna dieses Sandsteines mitten zwischen Ober-Helderberg-Schichten beobachtet hat, ist diese Classification für den ersteren unhaltbar geworden. Die Unter-Helderberg-Schichten aber müssen schon aus dem Grunde zum Unterdevon gerechnet werden, weil wenn man, wie dies erforderlich erscheint, die Ober-Helderberg-Schichten und den Oriskany-Sandstein als ungefähre Aequivalente der westeuropäischen Coblenzschichten und der Siegener Grauwacke betrachtet, in Nord-Amerika ein Aequivalent des tiefsten Unterdevon, des Gedinnien, ganz fehlen würde. Dass die Unter-Helderberg-Gruppe ein solches Aequivalent darstellt, zeigt schon ihre Fauna, welche die Odontochilen, Capuliden und langflügeligen Spiriferen des westeuropäischen und uralischen Hercyn einschliesst. Endlich führt aber auch die schon von Murchison erkannte Thatsache, dass der an der Basis dieser Schichtengruppe liegende Waterlime mit seinen Eurypteriden und Tentaculiten ein Aequivalent der an der obersten Grenze der Silurformation liegenden, schottischen und baltischen Eurypteriden-Schichten darstellt, mit Nothwendigkeit dazu, die darüber folgenden Schichten als devonisch zu betrachten.

98   Paläozoische oder primäre Formationsgruppe.

Parallelgliederung der Devonformation in einigen Hauptgebieten ihrer Verbreitung.

	Unterdevon	Mitteldevon	Oberdevon	
Rheinland und Belgien	Krystallinische Taunusschiefer (Sedimöon) / Siegener Grauwacke / Taunusquarzit / Hunsrückschiefer / Coblenzschichten	*Calceola*-Mergel und -Schiefer / Wissenbacher / Lenne-Schiefer	Stringocephalenkalk	Adorfer Goniatiten- und Iberger Kalk (Calcaire de Frasne) / Clymenienkalk, Cypridinenschiefer, Pönsandstein (Schiet. d. Famenne, Condrozsandstein)
Harz	Tanner Grauwacke / Unt. Wieder Schiefer mit Hercynfauna / Hauptquarzit-Zone	*Calceola*-Sch. unt. Wissenbacher Schiefer / Elbinger Grauw., Zorger Schiefer, Hauptkiesel- ob. Wieder Schiefer	Goslarer Schiefer und Stringocephalenkalk	Altenauer Goniatiten- und Iberger Korallenkalk / Clymenienkalk, Cypridinenschiefer
Ural	Phyllit, Schiefer und Quarzite / Schiefer und Quarzite des Uralkammes Hercynkalk / Kalk und Schiefer des Juresanflusses	Schichten mit *Pentamerus baschkiricus* / Bunte Mergel und Sandsteine	Stringocephalenkalk	Iberger Kalk / Clymenienkalk, Cypridinenschiefer
Böhmen	F^1	F^2	G^1 / G^2 / G^3	$H(?)$
Schottland etc.	Old-Red-Sandstone			
Nordamerika	Unter-Helderberg-Schichten / Oriskany-Sandstein / Ober-Helderberg-Schichten	Hamilton-Schichten und Marcellus-Schiefer	Portage-Gruppe / Tully-Kalk	Catskill-Gruppe / Chemung-Gruppe

Paläontologischer Charakter der Devonformation.

Der allgemeine paläontologische Charakter der devonischen Formation ist demjenigen der silurischen noch recht ähnlich. Dies gilt besonders für die den Hauptbestandtheil der kalkigen Ablagerungen ausmachenden Korallen und Brachiopoden, die auf den ersten Blick den silurischen so ähnlich sind, dass die älteren Paläontologen die Faunen des obersilurischen Gotländer Kalkes und der mitteldevonischen Kalksteine der Eifel für gleichalterig hielten. Eine sorgfältigere Betrachtung lässt freilich bei beiden neben vielen Aehnlichkeiten bald auch manche wichtige Unterschiede erkennen.

Die devonischen Korallen gehören gleich den silurischen besonders den Abtheilungen der Rugosen und Tabulaten an. Unter den ersteren herrschen auch hier die Cyathophylliden (mit der Hauptgattung *Cyathophyllum* [XVI, 2, 3]) unter den letzteren die Geschlechter *Favosites*, *Alveolites*, *Heliolites* (XVI, 7), *Cystiphyllum* (XVI, 4) u. a. vor. Die für das Silur so charakteristische Gattung *Halysites* aber fehlt dem Devon; dafür treten hier als sehr bezeichnende Formen die deckeltragende *Calceola* (mit der Hauptart *sandalina* [XVI, 6]), die im rheinischen Unterdevon so verbreitete Gattung *Pleurodictyum* (Hauptart *problematicum* [XII, 2]) sowie — als Hauptriffbildnerin im Oberdevon — *Phillipsastraea* (XVII, 9) auf.

Unter den Hydrozoen fehlen die für das Silur so bezeichnenden Graptolithen bereits so gut wie ganz; nur in Böhmen und im Harz kennt man im Unterdevon noch einige spärliche einzeilige Graptolithen und in gleichem Niveau in Nord-Amerika eine Graptolithide (*Dictyograptus*). Die Echinodermen sind, ebenso wie im Silur, hauptsächlich durch Crinoiden vertreten. Besonders wichtig sind unter diesen die dem Devon eigenthümliche Gattung *Ctenocrinus* (XII, 1) und *Cupressocrinus* (XVI, 1), letztere mit vierseitigem, von fünf Nahrungskanälen durchbohrtem Stiele. Die im Silur eine so grosse Rolle spielenden Cystideen sind im Devon schon fast gänzlich verschwunden, während die in der nachfolgenden Carbonzeit sich so reich entwickelnden Blastoideen (besonders auch die Hauptgattung *Pentremites*) im Devon noch selten sind.

Unter den Mollusken treten durch Häufigkeit und Mannigfaltigkeit vor allen übrigen Abtheilungen die Brachiopoden hervor. Auch unter ihnen vermissen wir manche silurische Geschlechter, wie *Porambonites*, *Platystrophia*, *Orthisina* u. a. gänzlich, während *Strophomena* und auch *Orthis* erheblich zurücktreten. Dafür erscheinen als neue und zum Theil dem Devon eigenthümliche Gestalten die Terebratulidengattungen *Stringocephalus* (XIV, 7), *Rensselaeria* (XII, 3), *Meganteris* (Fig. 16) etc., der langschnäbelige *Uncites* (XIV, 3), die festwachsende *Davidsonia* und die sich erst im Carbon und Perm reicher entwickelnden Gattungen *Productus* und *Strophalosia* mit ihren mit Stachelröhren bekleideten Gehäusen. Am verbreitetsten sind die

100 Paläozoische oder primäre Formationsgruppe.

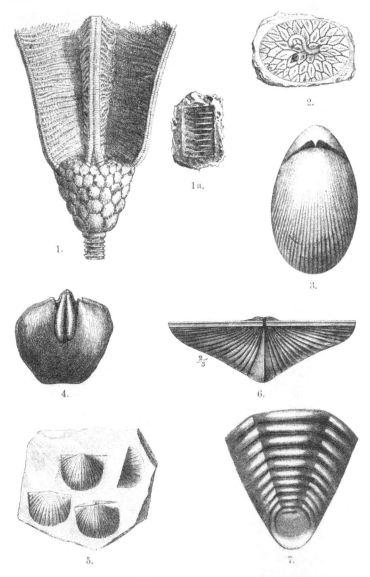

Taf. XII. Unterdevonische Versteinerungen. 1. *Ctenocrinus typus* Bronn.
1a. Steinkern eines Säulenstückes. 2. *Pleurodictyum problematicum* Goldf.
3. *Rensselaeria strigiceps* F. Roem. 4. *Orthis hysterita* Gmel., Steinkern d. gross.
Klappe. 5. *Chonetes plebeja* Schnur. 6. *Spirifer dunensis* Kays. 7. *Homalonotus crassicauda* Sandb., Schwanzklappe.

Devonische Formation. 101

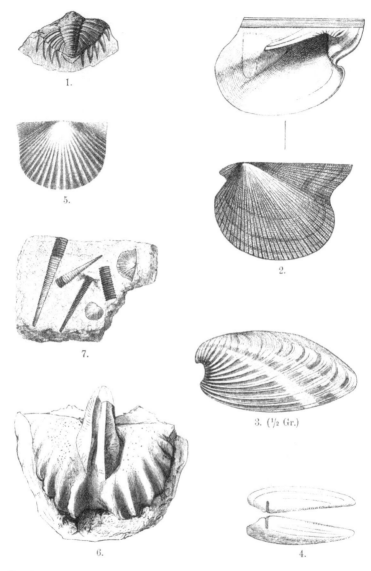

Taf. XIII. Unterdevonische Versteinerungen. 1. *Cryphaeus laciniatus.*
F. ROEM., Schwanzklappe. 2. *Pterinea laevis* GOLDF., linke Klappe von innen
und aussen. 3. *Grammysia hamiltonensis* VERN. 4. *Cucullella solenoides* GOLDF.
5. *Strophomena laticosta* CONR. 6. *Spirifer primaevus* STEINING., Steinkern [d. gross. Klappe. 7. *Tentaculites scalaris* SCHLOTH.

Paläozoische oder primäre Formationsgruppe.

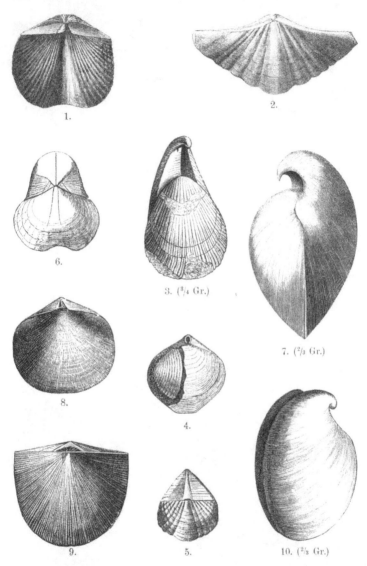

Taf. XIV. Mitteldevonische Mollusken. 1. *Spirifer ostiolatus* Schloth.
2. *Spirifer intermedius* Schloth. (= *speciosus* aut.). 3. *Uncites gryphus* Defr.
4. *Athyris concentrica* v. Buch, mit zum Theil fortgebrochener Dorsalklappe.
5. *Cyrtina heteroclita* Defr. 6. *Pentamerus galeatus* Dalm. 7. *Stringocephalus Burtini* Defr. 8. *Orthis striatula* Schl. 9. *Streptorhynchus umbraculum* Schl.
10. *Megalodon cucullatus* Godf.

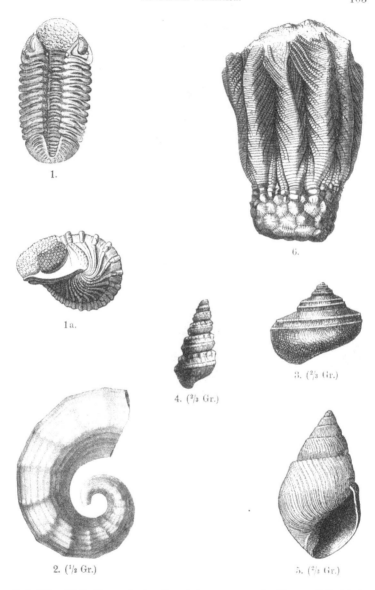

Taf. XV. Mitteldevonische Versteinerungen. 1. *Phacops Schlotheimi* Bronn. 1a. Ders. zusammengerollt. 2. *Gyroceras nodosum* Goldf. 3. *Pleurotomaria delphinuloides* Goldf. 4. *Murchisonia bilineata* Goldf. 5. *Macrochilus arculatum* Schloth. 6. *Rhodocrinus crenatus* Goldf.

104 Paläozoische oder primäre Formationsgruppe.

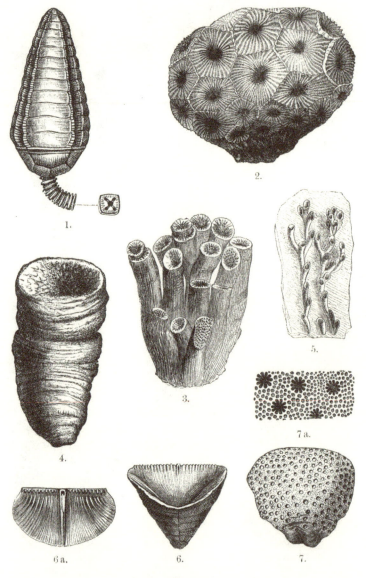

Taf. XVI. Mitteldevonische Korallen und Crinoiden. 1. *Cupressocrinus crassus* Goldf. 2. *Cyathophyllum hexagonum* Goldf. 3. *Cyathophyll. caespitosum* Goldf. 4. *Cystiphyllum vesiculosum* Goldf. 5. *Aulopora tubaeformis* Goldf. 6. *Calceola sandalina* Lam. 6a. Deckel. 7. *Heliolites porosa* Goldf. 7a. Querschnitt vergr.

Devonische Formation. 105

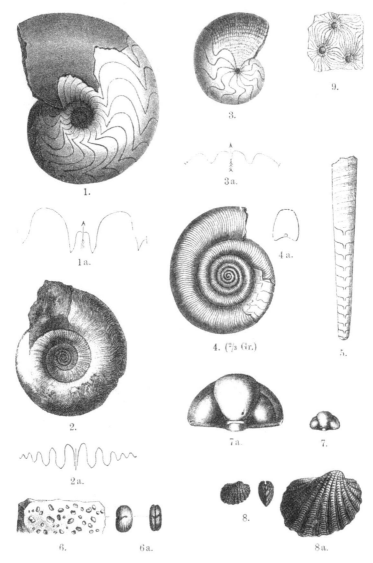

Taf. XVII. Oberdevonische Versteinerungen. 1. *Goniatites (Manticoceras) intumescens* BEYR. 1a. Sutur. 2. *Gon. (Prolecanites) lunulicosta* SANDB. 3. *Gon. (Tornoceras) simplex* v. BUCH. 4. *Clymenia undulata* v. MÜNST. 4a. Querschnitt d. Gehäuses. 5. *Bactrites elegans* SANDB. 6. *Entomis serratostriata.* 6a. Vergr. 7. *Phacops (Trimerocephalus) cryptophthalmus* EMMR. 7a. Vergr. 8. *Cardiola retrostriata* v. BUCH. 8a. Vergr. 9. *Phillipsastraea Hennahi* LONSD.

106 Paläozoische oder primäre Formationsgruppe.

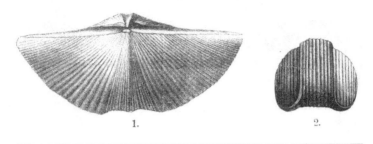

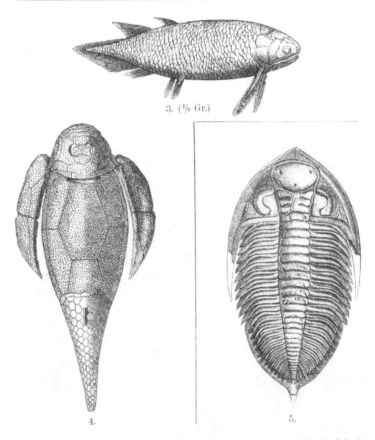

Taf. XVIII. Versteinerungen aus dem Oberdevon (1, 2). Old Red (3, 4) und Hercyn (5). **1.** *Spirifer Verneuili* Munch. **2.** *Rhynchonella cuboides* Sow., von der Stirn aus. **3.** *Holoptychius nobilissimus* Agass. **4.** *Pterichthys cornuta* Pand. **5.** *Dalmanites (Odontochile) rugosa* Corda.

Devonische Formation.

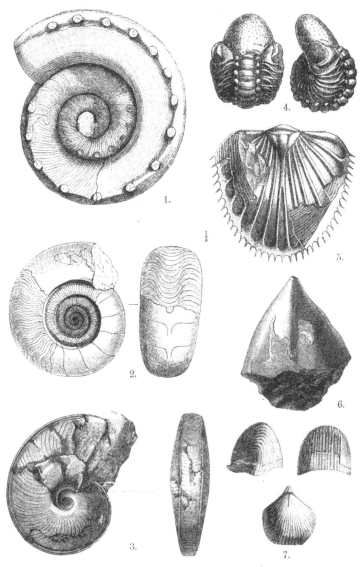

Taf. XIX. Hercynische Versteinerungen. 1. *Heroceras subtuberculatum* SANDB. 2. *Goniatites (Anarcestes) lateseptatus* BEYR. 3. *Gon. (Aphyllites) occultus* BARR. 4. *Phacops cephalotes* BARR. 5. *Bronteus speciosus* CORDA (= *thysanopeltis* BARR.), Schwanzschild. 6. *Platyceras hercynicum* KAYS. var. *selcana* GIEBEL. 7. *Rhynchonella Henrici* BARR.

Geschlechter *Spirifer* (darunter besonders bezeichnend langgeflügelte Arten [XII, 6], sowie solche mit gespaltenen Rippen und solche, bei denen nicht nur die Seiten, sondern auch der mittlere Theil des Gehäuses gefaltet ist [XVIII, 1]), *Rhynchonella* (XVIII, 2, XIX, 7), *Athyris* (XIV, 4), *Atrypa* (eine besonders verbreitete, durch das ganze Devon hindurchgehende, mit dem Obersilur gemeinsame Art ist *A. reticularis* — vergl. X, 4 —) und *Orthis* (XIV, 8).

Unter den Pelecypoden sind namentlich *Pterinea* (XIII, 2), *Grammysia* (XIII, 3), *Modiomorpha*, *Goniophora*, *Nucula*, *Leda*, *Cardiola* (*retrostriata* [XVII, 8] im Oberdevon), *Lucina* und *Megalodon* (XIV, 10) als häufige Erscheinungen zu nennen, unter den Gastropoden *Pleurotomaria* (XV, 3), *Murchisonia* (XV, 4), *Platyceras* (*Capulus* [XIX, 6]) und verwandte, *Bellerophon* u. a., während unter den Pteropoden namentlich die kleinen Styliolinen (mit glattem) und Tentaculiten (XIII, 7, mit quergeringeltem, an einem Ende spitz zu-

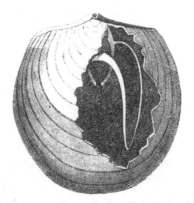

Fig. 16. *Meganteris Archiaci* VERN. aus dem Unterdevon der Eifel (mit theilweise fortgebrochener Dorsalschale, wodurch die lange innere Schleife sichtbar geworden ist).

laufendem Gehäuse) in gewissen Schichten durch massenhaftes Vorkommen wichtig werden.

Die Cephalopoden sind besonders durch Gattungen vertreten, die schon im Obersilur eine Rolle spielen, wie *Orthoceras*, *Cyrtoceras*, *Gomphoceras* und *Phragmoceras*. Indess fehlen bereits einige derselben, wie *Ascoceras*, während andere, wie *Gyroceras* (XV, 2) und *Hercoceras* (*subtuberculatum* [XIX, 1] im Wissenbacher Schiefer und Hercynkalk) neu hinzutreten. Zu den wichtigsten, dem Silur noch völlig fehlenden Charaktergestalten des Devon aber gehören die Ammonitiden. Am wichtigsten sind unter denselben die durch einfache, nicht zerschlitzte Suturen ausgezeichneten Goniatiten. Im Unter- und Mitteldevon sind besonders die Gattungen *Anarcestes* (*lateseptatus* [XIX, 2] u. a.), *Aphyllites* (*evexus* u. a. [XIX, 3]), *Pinacites* und *Mimoceras* (*gracile*) verbreitet, im Oberdevon *Gephyroceras* (*intumescens* [XVII, 1] u. a.), *Tornoceras* (*simplex* [XVII, 3]), *Beloceras*, *Prolecanites* (*Becheri* und *lunulicosta* [XVII, 2]), *Sporadoceras* (*Bronni*). Neben ihnen aber treten im oberen Oberdevon Europas und des Uralgebietes (aber nicht in Amerika) die ausschliesslich auf diesen Horizont beschränkten, vor Allem durch die, ihnen allein unter allen Ammonitiden zukommende Innenlage des Sipho ausgezeichneten Clymenien (XVII, 4) auf. Als eine eigenthümliche, durch ihre stabförmige Gestalt *Orthoceras*-ähnliche, aber mit Siphonallobus versehene Gattung wäre endlich *Bactrites* (XVII, 5) zu nennen.

Unter den Gliederthieren spielen auch im Devon die Trilobiten die Hauptrolle, wenn sie gleich nicht mehr in der Häufigkeit und Mannigfaltigkeit auftreten, wie im Silur. Besonders wichtig sind auch hier die Phacopiden. Ausser der Hauptgattung *Phacops* (im Mittel- und Oberdevon besonders *Ph. latifrons* und *Schlotheimi* [XV, 1] im Hercyn *Ph. fecundus* und verwandte [XIX, 4]) gehören zu denselben noch *Cryphaeus* und *Dalmanites*. Letztere Gattung geht kaum über das Unterdevon hinaus und ist namentlich im böhmischen und Harzer Hercyn sowie in den amerikanischen Helderberg-Schichten durch grosse Gestalten aus der Gruppe des *D. Hausmanni* (Untergattung *Odontochile* [XVIII, 5]) noch reichlich vertreten. Die bis in's Oberdevon hinaufreichende Gattung *Cryphaeus* (XIII, 1) ist im Wesentlichen ebenso gebaut wie *Dalmanites*; nur das Schwanzschild weicht durch 11 lappige oder dornförmige, randliche Anhänge ab. Aus dem Obersilur setzen in's Devon fort *Homalonotus*, *Proetus*, *Harpes*, *Cheirurus*, *Acidaspis*, *Cyphaspis*, *Lichas* und *Bronteus*, als Seltenheiten auch *Arethusina* und *Calymene*. Doch zeigen einige der devonischen *Bronteus*-Formen manche Eigenthümlichkeiten: so ist der im Hercyn sehr verbreitete *Br. speciosus = thysanopeltis* (XIX, 5) durch dornförmige Anhänge am Rande der Schwanzklappe ausgezeichnet (Unterg. *Thysanopeltis*). Auch die devonischen *Cheirurusarten* weichen von den silurischen im Bau der Glabella ab (Unterg. *Crotalocephalus*). Eigenthümlich ist für das Devon die mit *Proetus* verwandte Gattung *Dechenella*.

Von nichttrilobitischem Krustern wären einmal die schon früher (S. 75) aus dem Obersilur erwähnten Eurypteriden als auch im Devon (besonders im Old red) vorhanden zu nennen, sodann die kleine *Entomis* (*Cypridina*) *serratostriata* (XVII, 6) als eine im europäischen Cypridinenschiefer massenhaft verbreitete Form.

Die Wirbelthiere waren auch im Devon nur durch die Klasse der Fische vertreten; diese zeigen aber so grosse Eigenthümlichkeiten, dass die devonische Fauna vor Allem durch sie ihren besonderen Stempel erhält. Die Hauptrolle spielen unter den devonischen Fischen die Ganoiden. Zu denselben gehören einmal die schon im obersten Silur auftretenden merkwürdigen Familien der Cephalaspiden und Pteraspiden. Daneben ist namentlich die, in der heutigen Lebewelt besonders durch *Polypterus* vertretene, eigenthümliche Familie der Crossopterygier stark entwickelt, bei welchen die beschuppten Brust- und Bauchflossen mit einer Knochenaxe versehen sind. Die Schwanzflosse ist meist ungleichklappig (heterocerk), wobei sich die Wirbelsäule bis in die Spitze des grösseren oberen Schwanzlappens fortsetzt. Zu dieser Familie gehören die Gattungen *Holoptychius* (XVIII, 3) und *Glyptolepis* mit grossen gerundeten, und *Osteolepis* u. a. mit rhombischen Schmelzschuppen. Die Hauptrolle unter den devonischen Fischen aber kommt den Panzerganoiden oder Placodermen zu, den merkwürdigsten Fischen, die je gelebt haben. Alle zeichnen sich dadurch aus, dass der Kopf und der Vordertheil des Rumpfes durch grosse, meist sternförmig sculpturirte Knochenplatten geschützt waren, während der Hintertheil des Körpers mit rhombischen Schmelzschuppen bedeckt war. Zu diesen, namentlich im Old red häufigen, aber vereinzelt auch in den normalen Devonbildungen nicht fehlenden Formen gehört vor allen die kleine, besonders abenteuerlich aussehende, bei ihrer ersten Auffindung als Uebergangsglied zwischen Fisch und Vogel gedeutete Gattung *Pterichthys* (XVIII, 4) mit flügelähnlichen, ebenfalls gepanzerten Brustflossen, sogen. Ruderorganen, sodann der grössere *Coccosteus*, die riesige *Dinichtys* und viele andere.

Ausser den Placodermen waren dann im Devon noch die merkwürdigen, zugleich Kiemen- und Lungenathmung besitzenden, in der Jetztwelt durch die Gattung *Ceratodus* vertretenen Dipnoër vorhanden — zu ihnen gehört z. B. *Dipterus*; und endlich setzten sich auch die schon im Silur auftretenden Haie oder Squaliden mit verschiedenen Familien in die Devonzeit fort.

Die Flora der Devonformation bietet nur wenig Bemerkenswerthes. Zu den marinen Tangen gehört der im rheinischen Unterdevon häufige *Haliserites Dechenianus*, wie vielleicht auch die eigenthümliche, spiralgedrehte *Fucoides cauda galli*. Die spärlichen, bis jetzt hie und da, z. B. aus der Tanner Grauwacke des Harzes bekannt gewordenen Landpflanzen zeigen einen Culm-ähnlichen Charakter. Im nordamerikanischen Devon spielt eine gewisse Rolle die in ihrer Stellung noch unsichere Gattung *Psilophyton*.

D. Carbonische Formation.

Allgemeines und Geschichtliches.

Mit dem Namen Steinkohlen- oder Carbonformation wird eine aus Conglomeraten, Sandsteinen, Grauwacken, Schieferthonen, Thonschiefern, Kalken, Mergeln und Steinkohlen zusammengesetzte Schichtenfolge belegt, welche an vielen Stellen eine Mächtigkeit von 10,000 Fuss und darüber erreicht und ihre normale Stellung über der Devon- und unter der Permformation hat. In vielen Gebieten, wie in England, Belgien, Westfalen und Russland, liegen die carbonischen Ablagerungen gleichförmig und ohne jede Unterbrechung über dem jüngsten Devon. Ebenso gehen sie mehrfach, wie im Saargebiet, in

Böhmen, Russland und Texas, nach oben ohne jede scharfe Grenze in die Permbildungen über. Allerdings ist eine so innige Verbindung des Carbon mit den unter- und überliegenden Bildungen keineswegs überall zu finden. Vielmehr wurde die Sedimentation an vielen Punkten gleich nach Ablagerung der unteren Carbonbildungen unterbrochen, so dass das Obercarbon gar nicht mehr zum Absatz gelangte, sondern — wie am ganzen Ostrande des rheinischen Schiefergebirges — über den gefalteten Untercarbonschichten mit ungleichförmiger Auflagerung gleich viel jüngere Bildungen (Rothliegendes und Zechstein) folgen. An anderen Stellen, wie bei Pilsen, St. Etienne u. s. w., fehlt umgekehrt die ganze untere Hälfte des Kohlengebirges. Als Folge ausgedehnter, mit Beginn der Obercarbonzeit eingetretener Meerestransgressionen, ruht hier vielmehr oberes Carbon unmittelbar auf altpaläozoischen oder archäischen Gesteinen auf.

Der Name Kohlenformation (terrain bituminifère [OMALIUS D'HALLOY, 1808], houiller oder carbonifère; carboniferous system [CONYBEARE]) stammt aus der Zeit, als man noch glaubte, dass jede Formation ganz bestimmte, nur ihr zukommende Gesteine besässe. Wie man damals die Oolithe als charakteristisch für die Ablagerungen der Jurazeit, die Grauwacke für solche der paläozoischen Periode ansah, so glaubte man auch, dass die Steinkohle wesentlich bezeichnend für die Bildungen der Carbonzeit sei. Diese Ansicht ist jetzt freilich längst aufgegeben. Was speciell die Steinkohle betrifft, so wissen wir, dass dieselbe auch in verschiedenen anderen Formationen, so in der Lettenkohle, im Räth, im Wealden u. s. w. vorkommt; immerhin aber bleibt richtig, dass Steinkohlenlager in keiner anderen Formation in ähnlicher Häufigkeit, Verbreitung und Mächtigkeit vorhanden sind wie in der carbonischen, so dass der Name Steinkohlenformation noch heute nicht unberechtigt erscheint.

Wie die Namengebung, so gehen auch die Gliederungsversuche der Carbonformation bis in die ersten Jahrzehnte unseres Jahrhunderts zurück. Nachdem solche zuerst von OMALIUS in Belgien gemacht worden, theilten CONYBEARE und PHILLIPS das nordenglische Carbon bereits in den 20er Jahren in der noch bis auf den heutigen Tag üblichen Weise in eine untere kalkige Abtheilung, den Mountain oder carboniferous limestone, und eine obere, kohlenführende Abtheilung, die Coal measures (W. SMITH, 1817) mit dem sie unterlagernden Millstone grit[1]). Dass auch die gleichaltrigen Ablagerungen des Festlandes übereinstimmend zusammengesetzt seien, dass sich auch hier eine namentlich in Belgien mächtig entwickelte, untere, kalkige Abtheilung, der Kohlenkalk, und eine obere, sandigschiefrige, kohlenführende Abtheilung unterscheiden liesse, erkannte man sehr bald. Allein erst in der zweiten Hälfte der 30er Jahre gelangten MURCHISON und SEDGWICK zu der Erkenntniss, dass die untere Abtheilung nicht überall durch Kohlenkalk vertreten werde, dass vielmehr — wie sie zuerst für Devonshire und später auch für die Rheingegend nachwiesen (vergl. S. 79) — statt desselben viel-

---

[1]) Outlines of the geology of England and Wales. 1882

fach sandig-schiefrige, als besonders charakteristische Leitmuschel *Posidonia Becheri* einschliessende Bildungen auftreten, die sie mit dem englischen Localausdruck Culm measures bezeichneten. Für derartige, namentlich in Deutschland weit verbreitete sandig-schiefrige Aequivalente des Kohlenkalkes ist der Name Culm seit den 50er Jahren allgemein üblich geworden. Gewöhnlich werden die Culmschichten im Gegensatz zu dem als Tiefseebildung aufgefassten Kohlenkalk als Ufer- und Flachmeerbildung angesehen. HOLZAPFEL hat aber mit Recht auf die Unwahrscheinlichkeit dieser Anschauung hingewiesen. Die zahlreichen Riffkorallen, dickschaligen Gastropoden und grossen Brachiopoden des Kohlenkalks, gegen welche die Cephalopoden sehr zurücktreten, weisen gewiss eher auf ein seichtes als ein tiefes Meer hin, während umgekehrt die eintönige und arme Culmfauna, in der Cephalopoden viel häufiger sind als im Kohlenkalk, mit viel grösserem Rechte als Hochseegebilde gedeutet werden darf. Für die in manchen Gegenden so verbreiteten cephalopodenreichen Knollenkalke des Culm erscheint diese Deutung als die allein zulässige; nur die groben, conglomeratischen, zahlreiche Landpflanzenreste führenden Culm-Grauwacken dürften wohl nach wie vor als Küstenbildungen zu betrachten sein.

Die sich auf diese Weise ergebende **Zweitheilung der Carbonformation** hat sich jetzt als allgemein gültig erwiesen. Für das Untercarbon wird, namentlich in Amerika, gern der Name **Subcarbon** gebraucht, während das Obercarbon in Deutschland vielfach mit einem, durch VON DECHEN eingeführten bergmännischen Ausdruck als **productives Carbon** bezeichnet wird.

In ganz Deutschland, Belgien, Nordfrankreich und England schliesst nur der Kohlenkalk eine reiche und mannigfaltige Marinfauna ein, während die productiven Schichten zwar massenhafte Ueberreste von Landpflanzen, aber nur äusserst sparsame Reste von marinen Thieren enthalten. Man hat lange geglaubt, dass dem auf der ganzen Erde so sei. Erst in der zweiten Hälfte der 70er Jahre brach sich allmählich die wichtige Erkenntniss Bahn, dass gewisse im europäischen Russland weit verbreitete, früher immer mit dem westeuropäischen Kohlenkalk verglichene Gesteine in Wirklichkeit nicht diesem, sondern unserem productiven Carbon äquivalent seien [1]. Man hat diesen, eine reiche marine Fauna besitzenden Obercarbonkalk im Unterschied vom ächten, untercarbonen Kohlenkalk **jüngeren Kohlenkalk** oder auch, nach dem sehr bezeichnenden massenhaften Auftreten von Fusulinen, **Fusulinenkalk** genannt. Man weiss jetzt, dass dieser keineswegs bloss auf Russland beschränkt ist, sondern mit sich allenthalben wesentlich gleich bleibender, mehrfache permische Anklänge zeigender Fauna eine ungeheuere, über das ganze südliche und östliche Asien und den westlichen Theil von Nordamerika reichende Verbreitung besitzt und sich spurenweise auch in Südeuropa wiederfindet. Da sich in Russland und einzelnen

---

[1] Vergl. v. MÖLLER, Sur la composition et les divisions générales du système carbonifère. Congrès internat. de Géologie de Paris. 1880. S. 111.

Gegenden Nordamerikas eine weitere Abweichung von den westeuropäischen Verhältnissen darin ausspricht, dass dort das Untercarbon flötzführend ist, so lässt sich die Gliederung und Faciesentwickelung der Carbonformation ganz allgemein durch das nachstehende Schema versinnbildlichen:

	Litorale und lacustrische Bildungen	Marine Bildungen	
Obercarbon.	Oberes productives Kohlengebirge	Jüngerer Kohlen- oder Fusulinenkalk	
Untercarbon.	Unteres productives Kohlengebirge	Unterer Kohlenkalk	Culm

Ein anderer, in den letzten Jahrzehnten gemachter Fortschritt betrifft die Gliederung der Carbonformation nach den Charakteren ihrer Flora. Man war schon lange darauf aufmerksam geworden, dass die (besonders durch das Vorwiegen der Lepidodendren [Sagenarien] und Sphenopteriden ausgezeichnete) Flora des Culm sich nicht unerheblich von derjenigen des productiven Carbon unterscheidet. In den 50er Jahren aber stellte Geinitz[1]) auf Grund seiner Studien über die Vertheilung der Pflanzen im sächsischen Kohlengebirge auch für die produktive Abtheilung dieses letzteren 4 „Vegetationsgürtel" und zwar in aufsteigendem Sinne die Sigillarien-, Calamiten-, Annularien- und Farn-Zone auf, statt welcher er später nur 2 Stufen, nämlich die der Sigillarien und die der Calamiten und Farne, annahm. Die drei, sich auf diese Weise für die gesammte Carbonformation ergebenden Florenstufen, von unten nach oben die Sagenarien-, die Sigillarien- und die Calamarien- und Farn-Stufe, haben nun aber, wie die Forschungen von E. Weiss, Stur, Zeiller u. A. gelehrt haben, nicht nur für Sachsen, sondern auch für Böhmen, Schlesien, die Rheingegend — hier entsprechen der Sigillarien-Stufe die Saarbrücker, der Calamarien-Stufe die Ottweiler Schichten von Weiss — und Frankreich Gültigkeit; ja sie lassen sich selbst in Südafrika und China wiedererkennen.

Auch für den Kohlenkalk hat man vielfach eine weitere Gliederung durchzuführen versucht. Dies ist namentlich in Belgien durch de Koninck, Dumont, Gosselet und Dupont geschehen. Indess scheinen die dort erlangten Ergebnisse nur in einem Punkte allgemeinere Gültigkeit zu besitzen, nämlich in der sich auch in Russland wiederholenden Beschränkung des die Rolle eines wichtigen Leitfossils spielenden *Productus giganteus* auf die obere Region des Kohlenkalks.

---

[1]) Geogn. Darstell. d. Steinkohlenform. in Sachsen. 1856.

Kayser, Formationskunde.

Die Kohlenperiode war für Europa eine Zeit grosser Bodenbewegungen. Schon die oben erwähnten grossen Transgressionen des Obercarbon weisen auf solche Bewegungen hin. Die grössten Lagerungsstörungen traten nach Schluss der Culm-Epoche ein. Auf weite Erstreckung wurden die bis dahin gebildeten, vielfach bis in's Silur hinab ohne wesentliche Störungen über einander folgenden Schichten damals aufgerichtet und gefaltet. Hand in Hand mit diesen Bewegungen ging das Hervortreten grosser Eruptivmassen, besonders von Porphyren und diabasähnlichen Gesteinen. So treffen wir sowohl in Schlesien als auch in Sachsen und im Saargebiet zahlreiche Durchbrüche sowie lagerförmige Einschaltungen solcher Gesteine in den Sedimenten des Kohlengebirges. Auch manche granitische Gesteine Deutschlands, wie besonders der Granit und Gabbro des Harzes und wahrscheinlich auch die fichtelgebirgischen Granite, sind ober-

Fig. 17. Profil an der Westküste von Arran. Nach F. Zirkel.
a Untercarbonische Schiefer und Sandsteine. *b* Grobkörniger, sich nach oben zu einer mächtigen Decke ausbreitender Diabasgang. *c* Gang von sehr feinkörnigem Diabas.

carbonischen Alters. Aber auch in Frankreich und in England fehlen ähnliche Eruptivgesteine im Steinkohlengebirge nicht. Im letztgenannten Lande war besonders Schottland der Schauplatz einer lebhaften eruptiven Thätigkeit während der Carbonzeit. (Vergl. das Profil Fig. 17.) Auch in China fanden nach Richthofen am Ende der Carbonzeit die allergrossartigsten Eruptionen von Melaphyr, Porphyrit und Quarzporphyr statt.

Verbreitung und Entwickelung der carbonischen Formation.

England. In keinem anderen Gebiete Europas besitzt die Carbonformation eine so grosse Ausdehnung wie in England. Sie ist hier sowohl im eigentlichen England und in Wales als auch in Schottland und Irland verbreitet.

Das Untercarbon ist in diesen Gegenden ganz überwiegend als Kohlenkalk ausgebildet, der im nördlichen England (Northumberland) eine Mächtigkeit von 2600 Fuss erreicht; nur in Devonshire finden wir die Culm-Facies entwickelt. Der Kohlenkalk besteht in seiner unteren Stufe in England aus schieferigen Kalksteinen mit einer Meeresfauna, in Schottland aus einer sehr mächtigen Folge von Kalksandsteinen, Conglomeraten und Schiefern (calciferous sandstone), die zugleich Meeres- und Landorganismen einschliesst und nach unten ohne deutliche Grenze in den unterliegenden Oldred sandstone übergeht, dessen oberster Theil von neueren englischen Autoren vielfach dem Carbon zugerechnet wird. Die mittlere Stufe des Kohlenkalks wird in England vom Scar-, Main- oder Great Mountain limestone gebildet, der ebenfalls eine reiche marine Fauna enthält. In Schottland beherbergt diese Stufe auch ansehnliche Kohlenflötze. Die oberste Stufe endlich wird wiederum von schieferigen und sandigen Gesteinen, Kieselschiefern, unreinen Kalksteinen und Kohlen, der sogen. Yoredale series (PHILIPPS) gebildet, welche ausser Goniatiten (*G. Listeri*) und Brachiopoden auch *Posidonia Becheri* (XX, 4) und *Aviculopecten papyraceus* (XXVII, 4) einschliesst.

Die sogen. Culm-measures von Devonshire bestehen in ihrer unteren Abtheilung aus einem Wechsel von dunklen Thonschiefern und Sandsteinen, Kieselschiefern und unreinen Kalken, welche letztere als leitende Versteinerungen *Posidonia Becheri*, Goniatiten (*sphaericus* [XX, 5] und *mixolobus*) und *Orthoceras striolatum* führen. Die obere Abtheilung der culm-measures dagegen ist ausschliesslich aus dunklen Sandsteinen und Schieferthonen, sowie in der Nähe der unteren Grenze aus unreinen Kohlenflötzen (culm) zusammengesetzt. Sie wird vielfach als ein Aequivalent des Millstone grit betrachtet.

Das Obercarbon beginnt auf den britischen Inseln fast überall mit dem Millstone grit, einem groben, von Conglomeraten und Schiefern begleiteten, örtlich mehrere 1000 Fuss mächtig werdenden Sandsteine. Ausser Landpflanzenresten enthält derselbe als Seltenheiten auch Brachiopoden, Cephalopoden, *Posidonia*, *Phillipsia* (XX, 8) u. a. Ueber ihm folgen dann die aus Schieferthonen, Sandsteinen und Kohlenflötzen bestehenden, an manchen Stellen bis 10000 Fuss Mächtigkeit erreichenden coal-measures. Ausser Landpflanzen enthält diese Schichtenfolge im Allgemeinen nur Reste von Land- und Süsswasserthieren (Crustaceen, Insecten, Spinnen, Tausendfüsser, Fische, stegocephale Amphibien); in einigen wenig mächtigen Schichten aber treten auch marine Thierreste (*Goniatites Listeri*, *Aviculopecten papyraceus*, *Anthracosia carbonaria* [XXVII, 5] — letztere oft ganze Schichten erfüllend — u. a.) auf. Dies ist besonders in der unteren Abtheilung der Schichtenfolge, der Gannister series der Fall, wo ein solcher mariner Horizont in geringer Höhe über dem Millstone grit in grosser Verbreitung und Regelmässigkeit entwickelt ist. Die bedeutendsten Kohlenfelder gehören dem eigentlichen England an und sind 1. das von Northumberland und Durham, 2. das von Lancashire, 3. das von Yorkshire, Nottingham und Derby, 4. das von Staffordshire und 5. das von Nord- und Süd-Wales. Die Ge-

---

[1] PHILIPPS, Illustrations of Geology of Yorkshire II: The mountain limestone. 1836.

sammtmächtigkeit der abbauwürdigen Kohle beträgt im Durchschnitt 25 Meter, viele Flötze sind bis 2, einzelne in Folge des Auskeilens der Zwischenmittel sogar bis 7 Meter mächtig.

In Schottland gehören die wichtigsten Kohlenfelder dem Untercarbon an, während in Irland von carbonischen Bildungen fast nur Kohlenkalk entwickelt oder erhalten geblieben ist [1]). Nachstehende Tabelle giebt eine Uebersicht über die Zusammensetzung und Mächtigkeit des Steinkohlengebirges in Fifeshire (in Schottland) und England:

	Fifeshire (Schottland)		
Obercarbon.	Coal measures { 1. Obere rothe Schichten / 2. Untere kohlenführ. Schichten }		2300 Fuss
	Millstone grit (Moor rock)		300 Fuss
Untercarbon.	Mountain limestone { 1. Oberer Kalk / 2. Mittlere kohlenführ. Schichten / 3. Unterer Kalk }		1600 Fuss
	Calciferous sandstone		4000 Fuss

	England-Wales (durchschn.)		
Obercarbon.	Coal measures { Obere Gruppe / Mittlere Gruppe / Untere (Gannister-) Gruppe }		10,000 Fuss
	Millstone grit		1000 Fuss
Untercarbon.	Mountain limestone { Upper limestone shale oder Yoredale series / Scar- oder Great limestone / Lower limestone shale }		1500 Fuss

In Westeuropa ist unter allen Verbreitungsgebieten der Kohlenformation am wichtigsten das **rheinisch-belgische Gebiet.** Dasselbe schliesst sich räumlich und tektonisch eng an das niederrheinische Schiefergebirge an; doch dringt nur das Untercarbon tiefer in das Innere des letzteren ein, während die productive Kohlenformation sich zwar hart an den älteren Gebirgskörper anlehnt, aber im Wesentlichen doch ausserhalb desselben verbreitet ist. Am ganzen Nordrande des Schiefergebirges kommen beide Abtheilungen der Formation übereinander vor. Beide liegen sowohl untereinander als

---

[1]) M'Coy, Synopsis of the carbonif. limestone fossils of Ireland. 1844.

auch im Verhältniss zu den unterliegenden Devonschichten, an deren sämmtlichen Faltungen sie theilnehmen, durchaus gleichförmig.

Das Untercarbon besteht auf der ganzen linken Rheinseite ausschliesslich aus Kohlenkalk, einem massigen, halbkrystallinischen, hell- bis dunkelfarbigen Kalkstein (seltener Dolomit), der bis über 2000 Fuss mächtig werden kann. Seine zahlreichen Versteinerungen — altberühmte Fundorte für dieselben sind Tournai und Visé in Belgien — sind von DE KONINCK bearbeitet worden [1]). Der genannte Gelehrte machte zuerst auf die paläontologischen Unterschiede des Kalkes von Tournai und Visé aufmerksam, ohne indess diese Unterschiede mit Altersverschiedenheiten in Verbindung zu bringen. Später haben sich besonders GOSSELET und DUPONT mit der Gliederung des belgischen Kohlenkalks beschäftigt. Beide Forscher unterschieden drei Hauptabtheilungen, zuunterst die Stufe von Tournai mit *Spirifer tornacensis* (letzterer entsprechend einem Theil von dem, was DE KONINCK früher irrthümlich *Sp. mosquensis* nannte), darüber die Stufe von Waulsort mit *Spirifer cuspidatus*, und zuoberst die Stufe von Visé mit grossen Producten (*giganteus* [XXII, 2], *undatus, cora*) und *Chonetes comoides* [2]). Auch bei Aachen und in der Gegend von Düsseldorf — hier ist Ratingen ein altbekannter Versteinerungsfundpunkt — findet sich noch Kohlenkalk; im Uebrigen aber ist auf der ganzen rechten Seite des Rheins das Untercarbon nicht in Form von Kohlenkalk, sondern als Culm entwickelt. Derselbe stellt eine oft mehrere tausend Fuss mächtige Schichtenfolge dar, die sich in ihrer unteren Hälfte aus Kiesel- und Alaun-Schiefern, unreinen plattigen Kalken und dunklen Thon- und Grauwacken-Schiefern, welche mit Bänken fester Grauwacke wechsellagern, in der oberen Hälfte dagegen aus grobkörnigen bis conglomeratischen, massigen Grauwacken zusammensetzt. Die letzteren enthalten nur Reste von Landpflanzen — besonders *Archaeocalamites radiatus = Calamites transitionis* (XX, 1), *Lepidodendron Veltheimianum* (XX, 3) und *Knorria imbricata* (XX, 2) —, die ersteren neben Goniatiten (*sphaericus* [XX, 5] und *mixolobus*) und Orthoceren (*striolatum* und *scalare*), *Camarophoria papyracea* und einigen anderen Fossilien als besonders wichtiges und verbreitetes, die Schichtflächen der „Posidonien-Schiefer" oft zu Hunderten bedeckendes Leitmuschel *Posidonia Becheri* (XX, 4). Zu diesen Formen gesellen sich an einigen Punkten (Herborn, Aprath bei Elberfeld u. s. w.) [3]) noch einige Trilobiten (*Phillipsia*), Brachiopoden (besonders *Chonetes*- und *Productus*-Arten), Pelecypoden und Crinoiden — zum Theil solche Species, die sich auch im Kohlenkalk wiederfinden und damit einen Beweis für die Gleichalterigkeit von Culm und Kohlenkalk liefern.

---

[1]) Description des animaux fossiles du terr. carb. de la Belgique. 1842 bis 1844. Supplement 1851. — Faune du calcaire carbonifère d. l. Belgique. 1878—1888 (unvollendet).
[2]) Vergl. GOSSELET, L'Ardenne. 1888. S. 615 ff.
[3]) v. KÖNEN, N. Jahrb. f. Mineral. 1879. S. 309. — KAYSER, Jahrb. d. preuss. geol. Landesanst. f. 1881. S. 67.

Eine von der gewöhnlichen sehr abweichende, goniatitenreiche Fauna beherbergen die bei Erdbach und Breitscheid unweit Dillenburg auftretenden Crinoidenkalke des Culm [1]).

Das Obercarbon nimmt am Nordrande des Schiefergebirges auf der linken Rheinseite eine zwar nur schmale, aber ohne wesentliche Unterbrechung aus der Gegend von Aachen über Lüttich, Namur und Mons bis nach Valenciennes, ja unter der Bedeckung jüngerer Bildungen sogar bis Boulogne s. M. (am Pas-de-Calais) reichende Zone ein. Von den Zickzackfalten und zahlreichen Verwerfungen des Kohlengebirges auf belgischem Gebiete mag das folgende Profil eine Vorstellung geben:

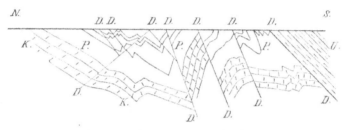

Fig. 18. Profil durch das Steinkohlenbecken von Lüttich.
Nach VANGHERPENZEEL-THIM.

U Unterdevon. *K* Kohlenkalk. *P* Productives Carbon. *D* Verwerfungen.

Das tiefste Glied des englischen Obercarbon, der Millstone grit, ist in Nordfrankreich und Belgien nicht vorhanden; vielmehr liegt dort, ebenso wie bei Aachen, das flötzführende Kohlengebirge unmittelbar auf Kohlenkalk auf. Ueber diesem lagert in der Maasgegend zunächst eine Folge von Alaun- und Kieselschiefern, die namentlich bei Chokier unweit Huy eine schon lange bekannte, interessante Fauna — *Goniatites diadema* u. a., *Posidonia Becheri*, *Aviculopecten papyraceus* u. s. w. — einschliessen. PURVES hat diese Schiefer den englischen Yoredale-beds, und die darüber liegenden sandigen Schichten mit *Productus carbonarius* dem Millstone grit gleichgestellt [2]); GOSSELET hält aber nach wie vor an der alten Ansicht fest, dass sie die Basis des untrennbar mit ihnen verbundenen productiven Gebirges darstellen. Dieses letztere zerfällt in Belgien in eine untere, aus Sandsteinen mit unbedeutenden Kohlenflötzchen bestehende, und in eine obere, zahlreiche Kohlenlager enthaltende Abtheilung.

In der Gegend von Aachen bildet das productive oder flötzführende Kohlengebirge zwei getrennte Mulden: die verhältnissmässig

---

[1]) HOLZAPFEL, Paläont. Abhandl. Bd. V. Heft I. 1889.
[2]) Bullet. de l'Acad. r. de Belgique. 3. s. II. 1881.

einfach gebaute, südlichere Inde-Mulde und die sehr gestörte nördlichere Worm-Mulde (vergl. Fig. 14). Auch hier lässt sich, wie in Belgien, eine untere flötzarme und eine obere flötzreiche Abtheilung unterscheiden.

Auf der rechten Rheinseite finden wir als Fortsetzung des besprochenen linksrheinischen Obercarbonzuges das Ruhrbecken. Die Unterlage der kohlenführenden Schichten bildet hier überall der unmittelbar auf dem Culm aufruhende flötzleere Sandstein, eine in jeder Beziehung dem englischen Millstone grit vergleichbare, bis 3000 Fuss mächtig werdende, aus Sandsteinen, Conglomeraten und Schiefern bestehende, aber noch keine Kohlenflötze enthaltende, versteinerungsfreie Schichtenfolge. Nach v. Dechen würden auch die, von Anderen dem oberen Culm zugerechneten, mächtigen Grauwacken der Edergegend, des hessischen Hinterlandes u. s. w. dem flötzleeren zuzuzählen sein [1]). Erst über dem genannten Sandstein folgen die Schichten, die den wichtigen Kohlenbergbau von Bochum, Dortmund und Essen ins Leben gerufen haben. Auch für sie lässt sich eine tiefere, bis 3000 Fuss mächtige flötzarme, und eine obere, bis 7000 Fuss mächtige, flötzreiche Abtheilung unterscheiden. Nach v. Dechen enthält das Ruhrbecken im Ganzen 90 bauwürdige Flötze mit einer Gesammtmächtigkeit von 81 Meter Steinkohle. Bemerkenswerth ist das sich hier, ebenso wie bei Aachen und in England wiederholende, mehrfache Auftreten von Horizonten mit marinen Conchylien, unter denen neben den massenhaft auftretenden Anthracosien (XXVII, 5) namentlich *Aviculopecten papyraceus* (XXVII, 4) und Goniatiten zu nennen sind. Die Lagerung der Schichten des Ruhrbeckens ist im Allgemeinen eine regelmässigere als in Belgien, wenngleich auch hier mannigfache Störungen nicht fehlen (vergl. Fig. 19).

Ein paar kleine und vereinzelte Heraushebungen von flötzführendem Kohlengebirge finden sich noch weit nördlich vom Ruhrbecken, am Piesberge bei Osnabrück und bei Ibbenbüren.

Auf der Südseite des rheinischen Schiefergebirges, aber nicht in unmittelbarer Berührung mit demselben, tritt productives Obercarbon nur im kleinen, aber wegen der grossen Mächtigkeit der abbauwürdigen Kohle doch sehr wichtigen Saarbecken auf. Die unmittelbare Unterlage der kohlenführenden Schichten ist unbekannt, im Norden aber, nach dem devonischen Gebirge zu und auf dasselbe übergreifend, folgt über den carbonischen Schichten mit gleichförmiger Lagerung Rothliegendes. Im Süden wird das Kohlenbecken durch eine grosse streichende Verwerfung abgeschnitten, an welcher die Pfälzer Trias um etwa 10,000 Fuss gegen das Kohlengebirge abgesunken ist. (Vergl. das Profil Fig. 20.) E. Weiss, der die carbonisch-rothliegende Schichtenfolge des Saargebietes eingehend studirt hat, hat für das Carbon eine untere Stufe, die Saarbrücker, und eine obere, die Ottweiler Schichten, aufgestellt [2]). Die erstere

---

[1]) Erläuterungen z. geol. Karte der Rheinprov. II. 1884. S. 223.
[2]) Foss. Flora d. jüngst. Steinkohlenform. u. d. Rothlieg. im Saar-Rheingebiet. 1869—1872.

120   Paläozoische oder primäre Formationsgruppe.

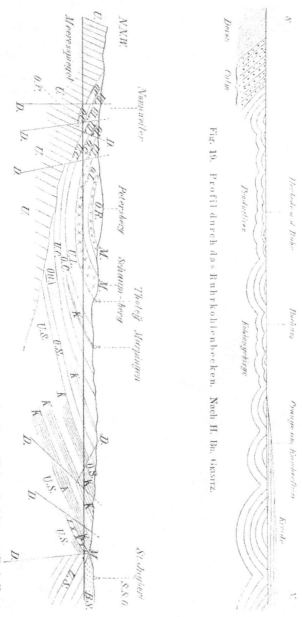

Fig. 19. Profil durch das Ruhrkohlenbecken. Nach H. Br. Geinitz.

Fig. 20. Profil durch die Steinkohlen- und Rothliegend-Schichten des Saar-Nahe-Gebietes. Nach Nasse. *U* Unterdevon. *US* Untere und mittlere Saarbrücker Schichten. *OS* Obere Saarbrücker Sch. *Ott* Ottweiler Sch. *UC* Untere Cuseler Sch. *OC* Obere Cuseler Sch. *K* Steinkohlenflötze. *UL* Untere Lebacher Sch. *OL* Obere Lebacher Sch. *OR* Ober-Rothliegendes. *M* Melaphyr. *BS* Buntsandstein. *D* Verwerfung.

ist flötzreich und entspricht der Hauptmasse des productiven Kohlengebirges an der Ruhr und Inde; die letztere dagegen ist flötzarm und gilt für jünger als die jüngsten carbonischen Schichten am Nordrande des Schiefergebirges. Beide Stufen zusammen werden bis gegen 20,000 Fuss mächtig und schliessen etwa 3½ Hundert Flötze mit einer Gesammtmächtigkeit von über 140 Meter Steinkohle ein.

Eine viel geringere Verbreitung besitzen die carbonischen Bildungen in **Mitteldeutschland**. Im Harz setzt der Culm, zuunterst aus Kieselschiefern, Kalken und Grauwackenschiefern, darüber aus conglomeratarmen, zuoberst endlich aus conglomeratreicheren Grauwacken bestehend, den grössten Theil des Oberharzer Plateaus zusammen und bildet auch die Schichtenfolge, in welcher die bekannten silberhaltigen Bleierzgänge von Clausthal aufsetzen. Das Obercarbon dagegen ist auf einige kleine, am Rande des Gebirges bei Ilfeld, Ballenstedt u. s. w. auftretende, discordant auf den devonischen Bildungen aufliegende Partieen beschränkt, welche sich aus Schichten vom Alter der Ottweiler Stufe zusammensetzen.

Auch in der Gegend von Wettin und Löbejün kommen kleine Partieen von productivem Kohlengebirge vor. Demselben gehören auch die bis jetzt dem Rothliegenden zugerechneten, aber von demselben discordant überlagerten, mächtigen rothen Sandsteine und Conglomerate des Mansfeld'schen und auf der Nordseite des Kyffhäuser an.

Im östlichen Thüringen und dem sich anschliessenden Fichtelgebirge entfällt, ähnlich wie im Harz, der grösste Theil des von carbonischen Schichten eingenommenen Flächenraumes auf den Culm. Dieser sondert sich in eine untere Abtheilung, die überwiegend aus Thon- und Dachschiefern (Lehestener Schiefer) mit eingelagerten Grauwackensandsteinen, Kalken u. s. w. besteht, und in eine obere, die vorherrschend aus gröberen Grauwacken zusammengesetzt ist. Das productive Carbon tritt nur in einigen ganz unbedeutenden Partieen bei Manebach, Crock u. s. w. hart am Rande des Gebirges auf. Typischer Kohlenkalk mit grossen Producten findet sich in kleinen Vorkommen bei Hof und a. a. O.

Eine grössere Verbreitung besitzt die Steinkohlenformation im Königreich Sachsen. Das Zwickauer, das Lugau-Oelsnitzer und das Potschappeler Kohlenbecken sind obercarbonen Alters. Die Chemnitz-Hainichener Kohlenmulde aber gehört, wie Geinitz und Sterzel [1]) gezeigt haben und durch das Vorkommen so charakteristischer Culmpflanzen wie *Lepidodendron Veltheimianum*, *Stigmaria inaequalis*, *Archaeocalamites radiatus*, *Sphenopteris distans* u. a. ausser Zweifel gestellt ist, nicht der productiven Kohlenformation, sondern dem Culm an.

Noch weiter nach Osten finden wir in Deutschland in Schlesien grosse Ausbreitungen von Kohlengebirge. Es ist hier das

---

[1]) 9. Bericht d. naturf. Ges. zu Chemnitz. 1883—1884. S. 181.

niederschlesische oder Waldenburger und das oberschlesische Steinkohlenbecken zu unterscheiden. Das erstere bildet eine von Südost nach Nordwest streichende, sich im Osten an die krystallinischen Schiefer des Eulengebirges anlehnende, nach Westen zu weit nach Böhmen (nach Schatzlar) fortsetzende Mulde, deren Mitte von Rothliegendem und Kreidebildungen eingenommen wird [1]). Die productiven Schichten schliessen 31 abbauwürdige Flötze mit mehr als 40 Meter Gesammtmächtigkeit ein und werden vielfach von Quarzporphyren durchbrochen, die stellenweise auffällige contactmetamorphische Wirkungen bedingt haben. Unter dem productiven Carbon liegt in grosser Verbreitung Untercarbon, theils in Form pflanzenführender Grauwacken, theils als Kohlenkalk (Hausdorf, Altwasser u. s. w.), theils endlich in Gestalt grauer Schieferthone mit einer interessanten Mischung von bezeichnenden Culmpflanzen und Kohlenkalkbrachiopoden (besonders bei Rothwaltersdorf).

Viel bedeutender als das niederschlesische ist durch seine Ausdehnung und seinen Kohlenreichthum das oberschlesische Steinkohlenbecken. Auch hier sind beide Abtheilungen der Formation entwickelt. Die productiven Schichten, die freilich nur an einzelnen Stellen inselförmig aus dem bedeckenden Diluvium hervortreten, nehmen einen Flächenraum von etwa 100 Quadratmeilen ein und beherbergen über 100 Flötze mit einer Gesammtmächtigkeit von mehr als 150 Meter — allein das Xaveri-Flötz wird bis 16 Meter mächtig! Auch hier kommen, wie in England und am Niederrhein, zwischen den Kohlen mehrere Lagen mit marinen Conchylien (Brachiopoden, Goniatiten, Trilobiten u. s. w.) vor [2]). Die Unterlage der kohlenführenden Schichten bildet eine mehrere 1000 Fuss mächtige Folge von Grauwacken, Thon- und Dachschiefern, welche vielorts bezeichnende Culmversteinerungen (*Posidonia Becheri*, *Goniatites sphaericus* und *mixolobus*, *Archaeocalamites radiatus*, *Lepidodendron tetragonum* u. s. w.) einschliessen. Sich im Westen an den devonischen Gesteinszug von Zuckmantel anlehnend, der seinerseits unmittelbar auf den krystallinischen Schiefern des Altvatergebirges aufruht, bildet diese, in südwestlicher Richtung weit nach Mähren (bis in die Gegend von Brünn) reichende Schichtenfolge die grösste in Deutschland bekannte Culmausbreitung.

D. STUR, der die Vertheilung der fossilen Pflanzen im oberschlesischen Kohlengebirge zum Gegenstand eingehender Untersuchungen gemacht hat, unterscheidet für dasselbe von unten nach oben folgende drei Stufen [3]):

1. Waldenburger oder Ostrauer Schichten, mit *Archaeoc. radiatus*, *Lepid. Veltheimianum*, *Sphenophyllum tenerrimum*, *Sphenopteris Linki* etc., nach STUR dem oberen Culm angehörig.

---

[1]) SCHÜTZE, Abh. d. geol. Landesanst. Bd. III. Heft 4. 1882.
[2]) F. RÖMER, Geologie von Oberschlesien. 1880. S. 76. Taf. 8.
[3]) Die Culm-Flora d. Ostrauer u. Waldenburger Schichten. Wien 1877.

2. **Schatzlarer Schichten** mit zahlreichen Sigillarien (*S. oculata, alternans* etc.), Lepidodendren und Calamiten (*C. Cisti, arenosus* etc.), den Saarbrücker Schichten von E. WEISS entsprechend.

3. **Schwadowitzer und Radowenzer Schichten** mit vielen *Pecopteris*-Arten (*P. arborescens, elegans, Serli* etc.) und anderen Formen, *Annularia longifolia* u. a., den Ottweiler Schichten von WEISS gleichstehend.

Nach WEISS gehören indess die tiefsten Waldenburger Schichten nicht zum Culm, sondern bilden die untere Stufe des Obercarbon [1]. WEISS parallelisirt folgendermassen:

	Saargebiet	Schesien, Böhmen, Sachsen	Allgemeine Bezeichnung
Ober-carbon.	Ottweiler Sch.	Radowenzer Sch.	Calamarien-Farnstufe
	Saarbrücker Sch.	Schatzlarer Sch.	Sigillarienstufe
		Waldenburger = Ostrauer Sch.	Sagenarienstufe
Unter-carbon.		Hainichen-Chemnitz	

In **Böhmen** ist nur Obercarbon entwickelt. Es bildet dort mehrere Steinkohlenbecken, unter denen dasjenige von Pilsen das wichtigste, und auch dadurch besonders bemerkenswerth ist, dass es in der ihm angehörenden, sogen. Nyrschaner Gaskohle eine reiche, durch A. FRITSCH bearbeitete Fauna von stegocephalen Amphibien birgt [2].

In **Süddeutschland** ist das Auftreten der Carbonformation auf den Schwarzwald und die Vogesen beschränkt. Doch ist ihre Verbreitung in beiden Gebirgen nur eine geringe. Es tritt hier sowohl Culmgrauwacke mit leitenden Pflanzen als auch Kohlenkalk (Oberburbach unweit Thann in den Vogesen) und Obercarbon — dieses nur in kleinen Schollen auf älteren Gesteinen — auf.

In **Frankreich** haben wir bereits früher im Nordosten des Landes das nach ZEILLER [3] den Saarbrücker Schichten zu paralleli-

---

[1] Die Richtigkeit dieser Anschauung beweist eine soeben von DATHE entdeckte Discordanz zwischen Waldenb. Sch. und Culm.
[2] Fauna der Gaskohle etc. Prag. von 1879 an (noch unvoll.).
[3] Bassin houiller de Valenciennes. Paris 1888.

sirende Steinkohlengebirge von Valenciennes kennen gelernt. Eine andere Reihe kleinerer Kohlenbecken tritt an der Ostseite des Centralplateaus auf. Dahin gehören besonders diejenigen von St. Etienne und Autun, wahrscheinlich vom Alter der Ottweiler Schichten und gleich diesen von Rothliegendem überlagert [1]). Sowohl hier wie auch im Nordwesten des Landes, im Massiv der Bretagne, findet sich neben Culm, der zum Theil flötzführend entwickelt ist, gelegentlich auch etwas Kohlenkalk.

Eine wesentlich abweichende Entwickelung tritt uns im **südlichen Europa**, am Südrande des französischen Centralplateaus, in Spanien und in den Alpen entgegen. Das Untercarbon ist hier zwar noch überall ebenso wie in Mitteleuropa ausgebildet: so finden wir in **Spanien**, abgesehen von dem eigenthümlichen, besonders in den Pyrenäen verbreiteten marbre griotte, einem bunten Knollenkalk mit *Goniatites sphaericus* und anderen Cephalopoden [2]), sowohl Culm — zum Theil in Gestalt von Posidonienschiefern mit den bekannten bezeichnenden Versteinerungen — als auch Kohlenkalk wieder; das über diesem letzteren auftretende, flötzführende Obercarbon aber enthält schon an der Basis Fusulinen (*F. cylindrica* u. a.) [3]) und schliesst sich damit ebenso wie ein paar kleine, am Südrande des französischen Centralmassivs entdeckte Vorkommen von Fusulinenkalk der russisch-asiatischen Entwickelung des Obercarbon an.

In den **Alpen** sind die carbonischen Ablagerungen gewöhnlich mehr oder weniger metamorphosirt, die Steinkohle in Anthracit oder gar eine Graphit-ähnliche Substanz umgewandelt und die ursprüngliche Pflanzenfaser nicht verkohlt, sondern in Silicate umgebildet; doch schliesst sich auch hier das Untercarbon ganz dem mitteleuropäischen an, insofern auch hier neben pflanzenführenden Culmgrauwacken stellenweise, wie z. B. am Bleiberg in Kärnten [4]), ächter Kohlenkalk auftritt. Ueber dieser untercarbonischen, in den österreichischen Alpen mit dem Namen der Gailthaler Schiefer belegten Schichtenreihe lagert aber in den Ostalpen ein Wechsel von Schiefern, Grauwackensandsteinen und Fusulinenkalken, über welchen dann noch höher unmittelbar permische Bildungen folgen [5]).

Ganz abweichend von ihrem sporadischen Erscheinen in Südeuropa besitzt die durch das Auftreten von Fusulinenkalken ausgezeichnete Entwickelungsform der Carbonformation eine ganz ausserordentliche Verbreitung in **Russland**. Die zum grossen Theil noch nahezu wagerecht liegenden Carbonbildungen des europäischen Russ-

---

[1]) Grand' Eury, Flore carbonif. du départ. de l. Loire etc. Paris 1877.
[2]) Barrois, Le marbre griotte. Annales d. l. Soc. géol. du Nord. VI. 1879. S. 270.
[3]) Barrois, Recherches s. l. terr. anciens des Asturies et de la Galice. 1882. S. 582. 592.
[4]) de Koninck, Monogr. des fossiles carbon. de Bleiberg. Bruxelles 1873.
[5]) Stache, Zeitschr. d. deutsch. geol. Ges. 1884. S. 375.

land bilden drei grössere Partieen, eine westliche, der das sogen. Moskauer Becken angehört, eine östliche, welche sich am Westabhang des Ural hinzieht, und eine südliche, welche die Kohlenfelder des Donetz umfasst. In allen drei Partieen setzt sich die bis über 10,000 mächtig werdende Schichtenfolge vorherrschend aus Kalksteinen zusammen, welchen in den verschiedensten Niveaus Mergel, Schiefer, Sandsteine und andere Gesteine, reichlichere Kohlenlager aber nur in der unteren Hälfte eingelagert sind. In allen drei Partieen lässt sich eine obere und eine untere Formationsabtheilung unterscheiden. Die untere Abtheilung, deren Basis im Moskauer Becken die Kalke von Malewka-Murajewna mit einer devonisch-carbonischen Mischfauna bilden, besteht theils aus Sanden, Sandsteinen und Thonen mit Kohlenflötzen (darin unter anderem *Lepid. Veltheimianum*), theils aus Kohlenkalk mit *Productus giganteus, Spirifer trigonalis* und *striatus, Orthoceras giganteum* und zahlreichen anderen Arten des westeuropäischen Kohlenkalkes. Die obere Abtheilung dagegen ist vorzüglich durch das massenhafte Erscheinen von Fusulinen (zumal *F. cylindrica* [XXVIII, 6]) und anderen Foraminiferen ausgezeichnet. Mit ihnen treten noch zahlreiche Arten des westeuropäischen Kohlenkalkes (besonders Brachiopoden, wie *Productus semireticulatus* und *cora, Streptorhynchus crenistria, Orthis resupinata, Spirifer lineatus*) auf, daneben aber auch solche, die dem letzteren fehlen, sich dagegen in den gleichalterigen Schichten Indiens, Chinas und Nordamerikas wiederfinden, wie *Productus timanicus, tuberculatus* etc., *Enteles Lamarcki* (XXVIII, 4), *Streptorhynchus (Meekella) eximius* (XXVIII, 5), *Marginifera* (Untergattung von *Productus*) sp. sp., *Euomphalus Whitneyi, Aviculopecten exoticus, Schizodus* sp., *Archaeocidaris rossica*, die merkwürdige und charakteristische schraubenförmig gedrehte Bryozoe *Archimedipora* (XXVIII, 1), *Chaetetes radians* (XXVIII, 2), *Phillipsia Grünewaldti*, die Fische *Dactylodus, Edestus* u. a. Auch *Spirifer mosquensis* (XXVIII, 3) hat, obwohl bereits tiefer vorhanden, in diesem Niveau seine Hauptverbreitung (*Mosquensis*-Schichten, STRUVE). Ueber diesen Fusulinen-Schichten folgen ohne scharfe stratigraphische und paläontologische Grenze die tiefsten Schichten der Permformation, das sogen. Permo-Carbon [1]).

Auch in **Asien** finden wir dieselbe Entwickelung der Carbonformation wieder. So darf der untere Theil des in seiner Hauptmasse noch permischen *Productus*-limestone der indischen Salt range, dessen Fauna von W. WAAGEN bearbeitet worden ist [2]), als ein Aequi-

---

[1]) v. MÖLLER, Sur la composition etc. du système carbonif. Congrès internat. de Géologie de Paris. 1880. — A. STRUVE, Carbonabl. im südl. Theile d. Moskauer Kohlenbeckens Mém. Acad. St. Pétersb. 1886. — TRAUTSCHOLD, Die Kalkbrüche von Mjatschkowa. Moskau 1874—1879, die wichtigste Arbeit für die paläontologische Kenntniss des russischen Obercarbon.
[2]) Palaeontologia Indica. 1879—1888. — Zu den grössten Eigenthümlichkeiten des unteren Productuskalkes gehört das Vorkommen kleiner Brachiopoden aus den Familien der Oboliden und Trimerelliden, weshalb diese „*Obolusbeds*" seinerzeit als silurisch angesprochen worden waren.

valent des russischen Fusulinen-Kalkes angesehen werden. So ist weiter auch in China (bei Lo-ping) eine gleichalterige, an Kalksteine gebundene Marinfauna mit *Fusulina cylindrica*, *Enteles Lamarcki*, *Productus semireticulatus* und *mexicanus*, *Orthis Pecosii*, *Schizodus Wheeleri* und anderen Arten des nordamerikanischen Obercarbon nachgewiesen worden [1]), und auch aus Turkestan sowie von den Inseln Timor und Sumatra sind ähnliche, wenn auch ärmere Faunen bekannt geworden. Neben diesen rein marinen Bildungen aber fehlt in diesen Gegenden das kohlenführende Obercarbon keineswegs. Ja nach RICHTHOFEN wäre China sogar eines der kohlenreichsten Länder der Welt. So nimmt allein in der Provinz Shansi das productive Gebirge eine Fläche von etwa 17,500 deutschen Quadratmeilen ein! Die untere Abtheilung der Formation ist in Asien ähnlich entwickelt wie in Europa: über weite Strecken Sibiriens sind Sandsteine mit einer Culmflora verbreitet, ausserdem aber nimmt, zumal in China und Japan, auch ächter Kohlenkalk grosse Flächenräume ein.

Zu **Nordamerika** übergehend, finden wir die Steinkohlenformation auch hier in ausserordentlicher Verbreitung wieder. Im östlichen Theile der Vereinigten Staaten schliesst sich die Entwickelung nahe an die mitteleuropäische an: es sondert sich hier eine obere kohlenreiche Abtheilung mit dem Millstone grit als Basis von einer unteren kalkig-sandigen, die zwar gleichfalls noch Kohlen einschliesst, aber doch im Wesentlichen unserem Untercarbon gleichsteht. Im Westen des Mississippi und am Felsengebirge dagegen entwickeln sich im Obercarbon, wie in Asien und Russland, fusulinenreiche Kalksteine mit einer reichen, uns durch die Reports verschiedener amerikanischer Landesdurchforschungen [2]) bekannt gewordenen Meeresfauna. Auch hier finden sich neben einer überwiegenden Zahl mit dem Untercarbon gemeinsamer Arten als besonders bezeichnende Formen *Enteles*, *Meekella*, *Marginifera*, *Archimedipora*, *Archaeocidaris*, *Edestus*, *Dactylodus* u. a. Im Ganzen lassen sich im Gebiete der Vereinigten Staaten vier Hauptkohlenfelder unterscheiden: das grosse appalachische oder pennsylvanische mit einem Areal von etwa 2400 Quadratmeilen, dasjenige von Michigan, das von Illinois und endlich das dem erstgenannten an Grösse ungefähr gleichkommende Kohlenfeld von Missouri und Arkansas. Im Becken von Michigan soll in den subcarbonischen Schichten ein ganz allmählicher Uebergang aus Conglomeraten und Sandsteinen mit Landpflanzen am Ostrande in Kohlenkalk mit marinen Thierresten im westlichen Theil des Kohlenfeldes zu beobachten sein. Nicht minder interessant ist die Thatsache, dass die Flötze im westlichen und mittleren Theile des pennsylvanischen Feldes, zusammenhängend mit ihrer fast ungestörten Lagerung, aus bituminöser Kohle, in den östlichen, von der Hauptmasse getrennten Partieen aber, entsprechend den dort herrschenden

---

[1]) KAYSER in v. RICHTHOFEN'S China. Bd. IV. 1883.
[2]) Vergl. bes. Final Report of Nebraska. 1872.

starken Lagerungsstörungen, aus Anthrazit bestehen. (Vergl. das Profil Fig. 21.)

Die ausserordentlich reiche Fauna des nordamerikanischen Kohlenkalkes ist uns durch zahlreiche geologische Reports bekannt

Fig. 21. Profil durch die Alleghanykette in Nordamerika.
1 Miocän. *2* Eocän. *3* Kreide. *4* Triassandsteine. *5* Carbon. *6* Devon. *7* Silur. *8* Krystallinische Schiefer.

geworden, unter welchen namentlich diejenigen der Staaten Illinois, Missouri und Jowa zu nennen sind.

Auch im **hohen Norden**, auf Novaja Semlja, Spitzbergen, den Barentsinseln u. s. w., sind Ablagerungen vom Alter der Steinkohlenformation entwickelt, und zwar besonders in Gestalt von Obercarbonkalken mit einer reichen marinen Fauna[1]).

Auch auf den Continenten der **südlichen Hemisphäre** endlich ist die Formation vertreten. So ist Kohlenkalk in Afrika in der Sahara[2]), in Südamerika in Peru und Bolivien, in Australien mit reicher, zahlreiche europäische Arten einschliessender Fauna in Neu-Süd-Wales[3]) bekannt, während flötzführendes Obercarbon in der eben genannten Provinz Australiens, sowie auf Vandiemensland und in Brasilien verbreitet ist.

Ueber die Bildungsweise der Steinkohlen.

Wenn auch heutzutage über den pflanzlichen Ursprung der Steinkohle keine Zweifel mehr bestehen, so gehen doch die Ansichten über die genauere Art ihrer Entstehung noch immer sehr auseinander. Alle Versuche die Bildung der Steinkohlenlager zu erklären müssen zugleich erklären 1. den oft hundertfach wiederholten Wechsel von Kohle, Schieferthon und Sandstein, 2. die ausserordentlich grosse Verbreitung mancher Flötze — das Pittsburger Flötz im pennsylvanischen Kohlenfelde dehnt sich über Tausende von Quadratkilometern aus — sowie ihre oft sehr grosse Mächtigkeit und Reinheit, 3. ihre Abstammung ausschliesslich von Landpflanzen und 4. das nicht seltene, wenn auch immer nur auf einzelne, unmächtige Lagen

---

[1]) Toula, Sitzungsber. d. Wien. Acad. 1873, 1874, 1875.
[2]) G. Stache, Denkschrift d. Wien. Acad. 1883.
[3]) de Koninck, Recherches s. l. foss. paléoz. de la Nouvelle-Galles du Sud. Bruxelles 1876—1877.

beschränkte Vorkommen von marinen Versteinerungen zwischen den kohleführenden Schichten.

A. BRONGNIART, der Vater der fossilen Pflanzenkunde, war der Meinung, dass die Steinkohlen autochthoner Entstehung, d. h. aus an Ort und Stelle gewachsenen Pflanzen gebildet seien. In späterer Zeit aber hat man diese Ansicht zu Gunsten der Annahme einer allochthonen, d. h. einer Entstehung aus zusammengeschwemmten Pflanzenmassen — nach Art der grossen, im Mississippidelta und anderwärts sich bildenden Treibholzansammlungen — aufgegeben. Diese Anschauung, bei welcher man sich die pflanzlichen Stoffe theils als im Meere, besonders aber als in grossen Süsswasserbecken abgelagert vorstellt (paralische und limnische Kohlenbecken, NAUMANN), erfreut sich jetzt nicht nur in Deutschland, sondern auch in Frankreich[1]) und England eines grossen Beifalls. In der That lassen sich durch Annahme eines wiederholten Wechsels von pflanzlichen Zusammenschwemmungen, welche jedesmal zur Bildung eines Kohlenflötzes Veranlassung gaben, und von Ueberschwemmungen, durch welche jedesmal ein Conglomerat-, Sandstein- oder Thonlager entstand, die allermeisten oben angegebenen Punkte recht wohl erklären. Die ausserordentlich grosse Ausdehnung solcher Flötze wie des Pittsburger aber und noch mehr deren auf Hunderte von Kilometer unverändert bleibende Mächtigkeit und Freiheit von verunreinigenden erdigen Beimengungen vermag die Anschwemmungstheorie nicht zu erklären. Auch der zu ihren Gunsten angeführte Umstand, dass die Kohlenflötze oft einen mehrfachen lagenweisen Wechsel von verschiedenen Kohlenvarietäten erkennen lassen, der ganz an Schichtung erinnert, hat seine Beweiskraft verloren, seit man genau dieselbe Erscheinung auch an manchen heutigen Torfmooren kennen gelernt hat. GÜMBEL hat denn auch in einer sehr bemerkenswerthen neueren Arbeit[2]) die Zusammenschwemmungstheorie fallen lassen und ist zur alten Ansicht BRONGNIART's zurückgekehrt, dass weitaus die meisten Steinkohlenlager nach Art unserer Torfmoore aus an Ort und Stelle gewachsenen Pflanzenresten gebildet seien.

Für diese Theorie, welche die Bildung fast beliebig dicker, von fremden Beimengungen so gut wie freier Kohlenlager zulässt, sprechen sehr die in den verschiedensten Kohlenbecken beobachteten, stellenweise massenhaft auftretenden aufrecht stehenden und noch mit ihren Wurzeln erhaltenen Stämme[3]), die man nicht wohl als herbeigeschwemmt ansehen kann (vergl. Fig. 22), und ebenso die sich in Höhlungen dieser Stämme findenden Reste von Insecten und Amphibien.

Im Ganzen betrachtet wäre nach GÜMBEL die Steinkohle als

---

[1]) GRAND' EURY, Mém. s. l. flore carbon. du dép. d. l. Loire. Paris 1877.
[2]) Beiträge zur Kenntniss der Texturverhält. d. Mineralkohlen. Sitzungsberichte d. bayer. Akad. 1883.
[3]) Ein derartiger, sehr ausgezeichneter, vom Piesberg bei Osnabrück stammender, gewaltiger Sigillarienstamm mit zahlreichen anhaftenden, langen, vielfach getheilten Wurzeln ist seit einiger Zeit im Lichthofe der geologischen Landesanstalt zu Berlin aufgestellt.

eine Inlandsbildung in weiten, flachen Vertiefungen des Festlandes, auch wohl in Niederungen längs der Meeresküste anzusehen. Ungestörte Sumpfvegetation, die sich bei dem überaus fruchtbaren, tropischen Klima jener Zeit sehr rasch entwickelte, und Ueberschwemmungen wechselten mit einander und lieferten so die zahlreichen über einander liegenden Schichten von Kohle, Sandstein und Schieferthon, welche sich, wo eine lang andauernde langsame Senkung des Ablagerungsbeckens hinzukam, örtlich bis zur Mächtigkeit von

Fig. 22. Aufrechte Stämme im Kohlengebirge von St. Etienne in Frankreich.
Zuunterst Steinkohlenflötz, darüber Schieferthon mit Sphärosiderit-Nieren, zuoberst Kohlensandstein mit aufrecht stehenden Baumstämmen.

mehreren tausend Metern anhäufen konnten. Gelegentliche, gerade bei Annahme derartiger Senkungen leicht verständliche Einbrüche des Meeres aber führten die marinen Conchylien herbei, welche man zwischen den Kohlenflötzen antrifft.

Freilich löst auch dieser Erklärungsversuch nicht alle Schwierigkeiten. So bleibt die ausserordentliche Beständigkeit in der Beschaffenheit und Mächtigkeit der Sohl- und Dachschicht vieler Flötze, welche wenig mit dem übereinstimmt, was wir an in Seebecken gebildeten Detritusablagerungen beobachten, immer eine sehr auffällige Erscheinung.

Paläontologischer Charakter der Carbonformation.

Die carbonische Formation ist die erste paläozoische Formation, in der neben thierischen auch pflanzliche Reste eine grosse Bedeutung erlangen. Schon oben ist hervorgehoben worden, dass letztere ausschliesslich Landpflanzen angehören. Das erste Auftreten solcher Pflanzen reicht bis in die Silurzeit zurück; allein

130 Paläozoische oder primäre Formationsgruppe.

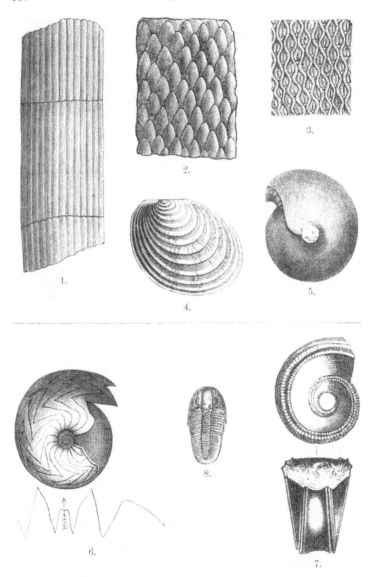

Taf. XX. Culm- (oben) und Kohlenkalk- (unten) Versteinerungen.
1. *Archaeocalamites radiatus* Brngn. 2. *Knorria imbricata* Sternb. 3. *Lepidodendron Veltheimianum* Sternb. 4. *Posidonia Becheri* Bronn. 5. *Goniatites (Glyphioceras) sphaericus* Mart. 6. *G. (Glyph.) crenistria* Phill. 7. *Nautilus bilobatus* Sow. 8. *Phillipsia gemmulifera* Phill.

Carbonische Formation.   131

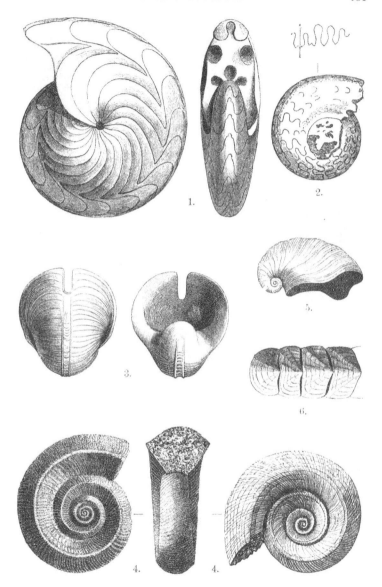

Taf. XXI. Kohlenkalk-Cephalopoden und -Gastropoden. 1. *Goniatites (Brancoceras) rotatorius* DE KON. 2. *G. (Pronorites) cyclolobus* PHILL. 3. *Bellerophon bicarenus* LEVEILLÉ. 4. *Euomphalus pentangulatus* Sow., von oben, v. d. Seite und v. unten. 5. *Acroculia neritoides* PHILL. 6. *Chiton priscus* MÜNST.

132　Paläozoische oder primäre Formationsgruppe.

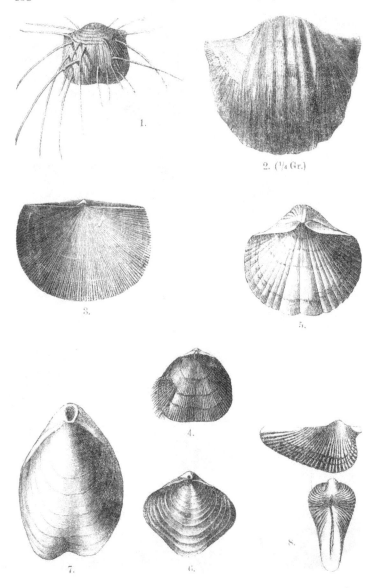

Taf. XXII. Kohlenkalk-Conchiferen. 1. *Productus longispinus* Sow.
2. *Prod. giganteus* Sow. 3. *Streptorhynchus crenistria* Phill. 4. *Orthis Michelini*
Leveillé. 5. *Spirifer pinguis* Sow. 6. *Athyris lamellosa* Lev. 7. *Terebratula*
(*Dielasma*) *hastata* Sow. 8. *Conocardium aliforme* Sow.

Carbonische Formation.

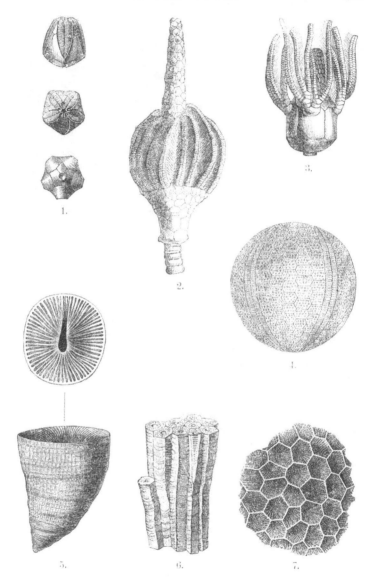

Taf. XXIII. Kohlenkalk-Cölenteraten. 1. *Pentremites florealis* Say. 2. *Actinocrinus pyriformis* Shum. 3. *Platycrinus trigintidactylus* Austin. 4. *Palaechinus elegans* M'Coy. 5. *Zaphrentis cornicula* Lesueur. 6. *Lithostrotion basaltiforme* Phill. 7. *Michelinia favosa* de Kon.

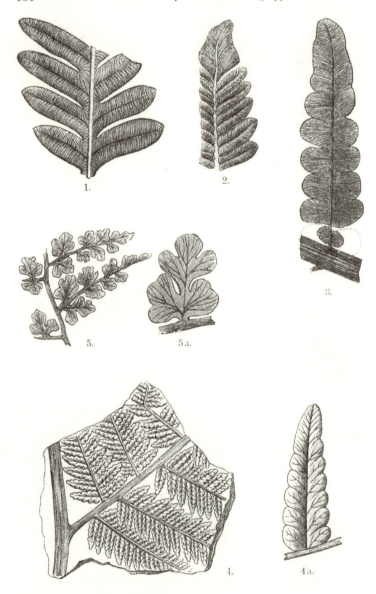

Taf. XXIV. Steinkohlenpflanzen. 1. *Alethopteris Serli* Brngn. 2. *Neuropteris flexuosa* Brg. 3. *Odontopteris obtusa* Brg. 4. *Pecopteris dentata* Brg. 4a. Vergrössertes Fiederchen. 5. *Sphenopteris obtusiloba* Brg. 5a. Vergr. Fied.

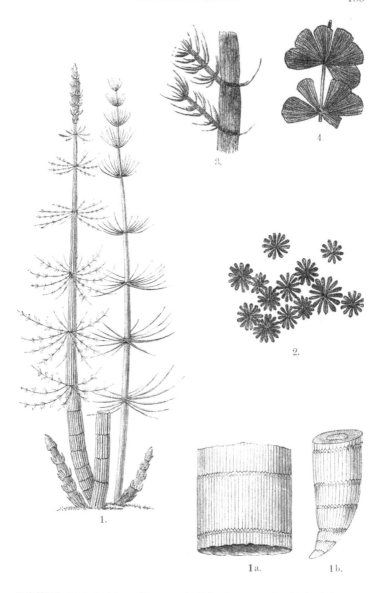

Taf. XXV. Steinkohlenpflanzen. 1. *Calamites* sp., restaurirt (nach Schenk), stark verkleinert. 1a. Stammstück. 1b. Unteres Stammende. 2. *Annularia sphenophylloides* Zenk. 3. *Asterophyllites equisetiformis* Schloth. 4. *Sphenophyllum Schlotheimi* Brgn.

136 Paläozoische oder primäre Formationsgruppe.

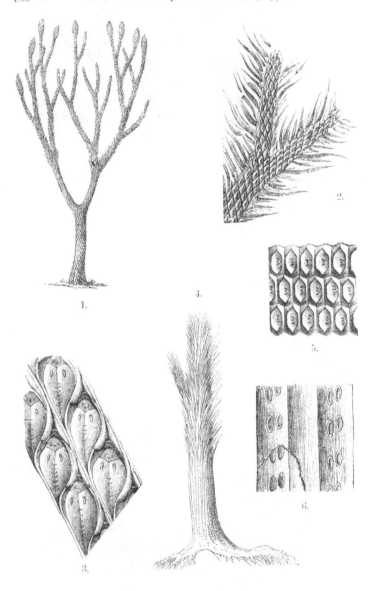

Taf. XXVI. Steinkohlenpflanzen. 1. *Lepidodendron* sp., restaurirt, stark verkleinert. 2. *Lepid. elegans* Brngn., Zweig. 3. *Lepid. dichotomum* Sterne., Rindenstück. 4. *Sigillaria Browni* Daws., restaur., stark verkl. 5. *Sigill. hexagona* Brg., Rinde. 6. *Sigill. alternans* Lindl. u. Hutt., verkl.

Carbonische Formation. 137

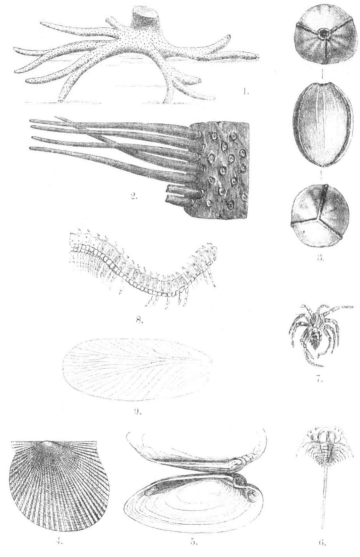

Taf. XXVII. Pflanzen- und Thierreste der productiven Kohlenformation. 1. *Stigmaria* (Wurzelstock von *Sigillaria*), stark verkl. 2. *Stigm. ficoides* Brg. 3. *Trigonocarpus Nöggerathi* Brg. 4. *Aviculopecten papyraceus* Sow. 5. *Anthracosia Lottneri* Ludw. 6. *Belinurus reginae* Baily. 7. *Protolycosa anthracophila* F. Röm. 8. *Euphoberia armigera* Meek u. Worthen. 9. *Etobattina manebachensis* Goldenb.

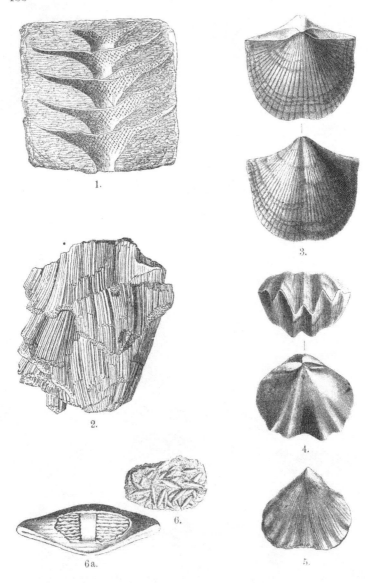

Taf. XXVIII. Versteinerungen des marinen Obercarbon. 1. *Archimedes* (*Archimedipora*) *Wortheni* Hall. 2. *Chaetetes radians* Fisch., im Längsbruch. 3. *Spirifer mosquensis* Fisch. 4. *Orthis* (*Enteles*) *Lamarcki* Fisch. 5. *Orthis* (*Meekella*) *eximia* Eichw. 6. *Fusulina cylindrica* Fisch. 6a. Dies. vergr.

alle vorculmische Landfloren sind verhältnissmässig unwichtig; die erste wirklich reiche und verbreitete Flora gehört überall dem Carbon an[1]).

Die Kenntniss der Carbonflora ist, wie die fossile Pflanzenkunde überhaupt, von ADOLPHE BRONGNIART ausgegangen[2]). In Deutschland hat sich zuerst GRAF STERNBERG (1820) mit der Erforschung der fossilen Pflanzen beschäftigt. Später ist dieselbe durch GÖPPERT, UNGER, HEER, SCHIMPER, GEINITZ und Andere gefördert worden. Um die Kenntniss der Carbonflora im Besonderen haben sich in neuerer Zeit in Deutschland namentlich E. WEISS[3]) und D. STUR verdient gemacht, in Frankreich GRAND' EURY, RENAULT und ZEILLER, in England WILLIAMSON, in Nordamerika LESQUEREUX.

BRONGNIART unterschied drei grosse geologische Vegetationsperioden: 1. das Reich der Acrogenen, 2. das der Gymnospermen und 3. das der Angiospermen. Die paläozoischen Floren gehören ganz dem Reiche der Acrogenen an, welches ausgezeichnet ist durch das Vorherrschen der acrogenen Kryptogamen (Farne, Lycopodiaceen, Equisetaceen), während die Monocotylen (Gräser, Palmen etc.) und Gymnospermen (Cycadeen und Coniferen) noch selten sind und Angiospermen (Laubhölzer) noch völlig fehlen. Im Ganzen zählte BRONGNIART 1849 gegen 500 carbonische Pflanzen mit 346 Acrogenen (250 Farne, 83 Lycopodiaceen, 13 Equisetaceen) und 135 Gymnospermen und in ihrer Classification zweifelhaften Pflanzen. Gegenüber den mehr als 6000 Arten bloss von Phanerogamen in der heutigen Flora Europas müsste diese Armuth der Steinkohlenflora auffallen, wenn sie sich nicht aus der Abwesenheit der Angiospermen und dem fast völligen Fehlen der Monocotylen erklärte.

Unter den acrogenen Kryptogamen treffen wir einmal in grosser Häufigkeit und Mannigfaltigkeit Farne an, von denen indess in der Regel nur Wedel oder Theile von solchen gefunden werden. Da die für die Classification der lebenden Farne so wichtigen Fruchtknötchen (sori) auf der Unterseite der Fiederchen bei carbonischen Farnen nur selten sicher beobachtet sind, so hat BRONGNIART die Eintheilung dieser auf andere Merkmale, besonders auf die Anordnung der Blattnerven gegründet. Zu den wichtigsten carbonischen Farntypen gehört *Odontopteris* (XXIV, 3 — ohne stärkeren Mittelnerv, Fiederchen mit ganzer Basis angewachsen), *Neuropteris* (XXIV, 2 — Mittelnerv nicht bis an die Blattspitze reichend, F. kurz gestielt, unten herzförmig ausgeschnitten), *Pecopteris*, besonders artenreich, jetzt in viele Untergattungen zerlegt (XXIV, 4 — Mitteln. bis an die Blattspitze reichend, F. ganzrandig oder gekerbt), *Alethopteris* (XXIV, 1 — starker Mitteln., langgezogene, mit ganzer Basis angewachsene F.)

---

[1]) Bemerkenswerth ist, dass alle vorculmische Floren — so nach WEISS die der unterdevonischen Tanner Grauwacke des Harzes — wesentlich den Charakter der Culmflora zeigen.

[2]) Prodrome d'une histoire des végétaux fossiles. Paris 1828.

[3]) Zur ersten Einführung in das Studium der Carbonflora sei besonders empfohlen dessen Schriftchen „Die Flora d. Steinkohlenf." Berlin 1881.

und *Sphenopteris* (XXIV, 5 — sehr zerschlitzte F. mit wenigen, dichotomen Nerven).

Eine besonders grosse Entwickelung besassen weiter die Lycopodiaceen, zu denen die krautartigen, am Boden unserer Wälder hinkriechenden Bärlappgewächse (*Lycopodium* u. a.) gehören. Abweichend von diesen aber bildeten die carbonischen Vertreter dieser Gruppe gewaltige, dickstämmige Bäume. Die beiden wichtigsten hierhergehörigen Formen sind die Lepidodendren oder Schuppenbäume und die Sigillarien oder Siegelbäume. Bei beiden war die Rinde in strenger Regelmässigkeit mit grossen, eigenthümlichen Blattnarben bedeckt, und die Blätter von einfacher, lanzettförmiger Gestalt. Bei den Lepidodendren, deren Stämme sich erst in beträchtlicher Höhe über dem Boden gabelig verzweigten (XXVI, 1), waren die Blattnarben von rhombischer Gestalt und liefen bis in die jüngsten Zweigspitzen hinauf in schrägen Reihen um den Stamm (ebend. 2, 3; XX, 3)[1]. An den Enden der Zweige trugen sie lange, cylindrische Fruchtzapfen (*Lepidostrobus*). Die Stämme der Sigillarien dagegen waren nicht in Aeste getheilt (XXVI, 4) und die schildförmigen Narben standen in senkrechten Reihen über einander (ebend. 5, 6). Die langen, sich vielfach gabelnden, cylindrischen, mit kreisrunden Narben versehenen Stigmarien (XXVII, 1, 2), die sich oft zu Tausenden in dem die Steinkohlenflötze begleitenden Schieferthone finden, stellen die Wurzeln der Sigillarien und Lepidodendren dar.

Nächst diesen beiden merkwürdigen Gattungen waren für die Kohlenbildung wichtig die mit unseren heutigen Schachtelhalmen verwandten, unter dem Namen Calamiten bekannten Formen (XXV, 1). Auch sie bildeten mächtige, nach unten kegelförmig auslaufende Stämme (ebend. 1 b), welche ebenso wie deren Zweige mit Quergliederungen und zugleich mit Längsfurchen versehen waren (ebend. 1 a). Ihre ährenförmigen Fructificationen sind als *Calamostachys*, *Macrostachya* etc. beschrieben worden. Mit *Calamites* nahe verwandt, aber dadurch verschieden, dass die Längsfurchen an den Articulationen nicht alternirend, sondern correspondirend zusammenstossen, ist *Archaeocalamites* mit der bekannten, wichtigen Leitform des Culm, *A. radiatus* (= *Calamites transitionis* [XX, 1]).

Gleich *Calamites* und *Archaeocalamites* gehören zur Familie der Calamarien noch die krautartigen Asterophylliten und Annularien. Beide bilden gegliederte Stämmchen mit langen, wirtelförmig geordneten Blättern (XXV, 3 und 2). Dagegen ist die systematische Stellung der durch keilförmige Blätter ausgezeichneten Gattung *Sphenophyllum* (XXV, 4) noch unsicher.

Eine weit geringere Verbreitung als die genannten Acrogenen besassen die Gymnospermen. Zu den Cycadeen oder Sagopalmen rechnet man *Cordaites* mit grossen, einfachen, parallelnervigen Blättern. Zu den Coniferen oder Nadelhölzern dagegen gehören die mehr-

---

[1] Die sogen. Gattung *Knorria* (XX, 2) stellt entrindete Steinkerne von *Lepidodendron* dar.

fach vorkommenden verkieselten, als *Araucarites* oder *Araucarioxylon* bezeichneten Stämme. Erst im oberen Kohlengebirge stellen sie sich etwas zahlreicher ein.

Was die Fauna der Carbonformation betrifft, so wäre zunächst hervorzuheben, dass unter den niedersten Thieren zum ersten Male Foraminiferen mit ungewöhnlich grossen, in ungeheurer Menge erscheinenden Formen auftreten. Dies gilt besonders von der Gattung *Fusulina* (mit der Hauptart *cylindrica* [XXVIII, 6]), die im Obercarbon eine ähnliche Rolle spielt, wie die Nummuliten im Alttertiär.

Die Korallen waren, ähnlich wie im Devon und Silur, auch im Carbon wesentlich durch Tabulaten und Rugosen vertreten. Von ersteren sind namentlich *Chaetetes* (XXVIII, 2), *Michelinia* (XXIII, 7) und *Syringopora* als wichtige Gattungen zu nennen, von letzteren *Amplexus*, *Zaphrentis* (XXIII, 5), *Lithostrotion* (ebend. 6).

Die Echinodermen waren, wie in allen älteren Formationen, besonders durch Crinoiden vertreten, welche im Carbon wohl den Höhepunkt ihrer Entwickelung erreichten. Namentlich in Nordamerika finden dieselben sich in ausserordentlicher Mannigfaltigkeit und Schönheit. Vorzugsweise verbreitet sind *Actinocrinus* (XXIII, 2), *Platycrinus* (ebend. 3) und *Rhodocrinus*. Ausser diesen ächten Crinoiden sind als wichtige Charakterformen des Carbon noch die blumenknospenähnlichen Blastoiden mit den Gattungen *Pentremites* (XXIII, 1), *Granatocrinus* u. a. zu nennen. Die Echiniden dagegen waren auch in der Carbonzeit noch selten. Es gehören hierher *Palaechinus* (XXIII, 4), die in Nordamerika nicht seltene, grosse Gattung *Melonites*, sowie die für das Obercarbon leitende *Archaeocidaris*. Alle diese Formen gehören zu den Palechiniden, die sich von der überwiegenden Menge der jüngeren fossilen und lebenden Echiniden durch ihre aus mehr als 20 Plättchenreihen zusammengesetzten Gehäuse unterscheiden.

Unter den Mollusken sind die Brachiopoden noch zahlreich vertreten, wenn auch im Vergleich mit dem Devon schon eine Abnahme, namentlich in der Mannigfaltigkeit der Gattungen erkennbar ist. Manche wichtige ältere paläozoische Geschlechter, wie besonders *Atrypa* und *Pentamerus*, sind im Carbon nicht mehr vorhanden. Weitaus die wichtigste Brachiopodengattung ist *Productus* (XXII, 1, 2). Zuerst mit einigen kleinen Arten im Mitteldevon auftretend, entwickelt sie sich hier zu ausserordentlicher Artenfülle und zum Theil zu bedeutender Grösse. *Pr. semireticulatus* ist eine fast über die ganze Welt verbreitete Art, *Pr. giganteus* (XXII, 2) der grösste aller bekannten Brachiopoden. Nächst *Productus* sind auch *Chonetes*, *Spirifer*, *Rhynchonella*, *Orthis*, *Athyris* und *Terebratula* durch zahlreiche Arten vertreten. Die letztgenannte Gattung tritt hier zum ersten Male mit grossen typischen Arten, wie *T. hastata* (XXII, 7), auf.

Unter den Conchiferen oder Lamellibranchiaten sind namentlich *Aviculopecten* (XXVII, 4), *Posidonia* (dazu die wichtige Leitform des Culm *P. Becheri* [XX, 4]), *Conocardium* (XXII, 8), *Cypricardinia*, *Anthracosia* (XXVII, 5), *Cardiomorpha*, *Edmondia* u. a.

wichtig, unter den Gastropoden *Euomphalus* (XXI, 4), *Pleurotomaria*, *Loxonema*, *Macrochilus*, *Acroculia* (ebend. 5), *Bellerophon* (ebend. 3), *Chiton* (ebend. 6) u. s. w. Als eine besonders bemerkenswerthe neue Erscheinung sind endlich noch die ersten lungenathmenden Schnecken (*Pupa*, *Zonites*), die sich besonders in den flötzführenden Schichten Nordamerikas gefunden haben, zu nennen.

Von Cephalopoden sind am verbreitetsten *Orthoceras*, *Cyrtoceras*, *Nautilus* und Goniatiten; die beiden erstgenannten Gattungen treten indess nicht mehr so zahlreich auf als in den älteren Formationen. Die carbonischen Nautilen sind meist durch stark vortretende Spiralrippen und Kanten sowie durch Knoten und Höcker ausgezeichnet, zudem ist ihr Gehäuse oftmals in der Mitte nicht geschlossen, was mit einer geringeren Krümmung des ersten Umganges zusammenhängt (XX, 7). Bei den Goniatiten hat die Complication im Bau der Kammerwand im Vergleich mit dem Devon weitere Fortschritte gemacht. Nur wenige Gattungen, wie *Prolecanites*, sind mit dem Oberdevon gemeinsam. Einige, wie *Glyphioceras* (XX, 5, 6), *Brancoceras* (XXI, 1), *Pericyclus*, erinnern in ihrer Sutur noch an devonische Formen; andere dagegen, wie *Pronorites* (XXI, 2) mit zahlreichen, zum Theil zweispitzigen Loben, kündigen bereits die kommenden Ceratiten an.

Der grossen Entwickelung der Landpflanzen in der Carbonzeit entsprechend, treten jetzt auch Insecten, Spinnen und Tausendfüsser (XXVII, 7—9) in grösserer Zahl und Mannigfaltigkeit auf. Unter den Crustaceen sind die bereits im Devon sehr zurücktretenden Trilobiten auf zwei Gattungen, *Phillipsia* (XX, 8) und *Griffithides*, die allerdings dem Carbon eigenthümlich sind, zusammengeschmolzen. Neben diesen treten aber noch verschiedene andere Kruster, wie Ostracoden, Phyllopoden, Limuliden (*Prestwichia*, *Belinurus* [XXVII, 6]), Isopoden und sogar Decapoden (*Anthrapalaemon*, *Crangopsis*) auf.

Von Wirbelthieren endlich kennt man bis jetzt im Carbon bloss Fische und einige Amphibien. Von ersteren finden sich besonders Flossenstacheln (Ichthyodorulithen) und Mahlzähne verschiedener Selachier, für welche AGASSIZ die Namen *Gyracanthus*, *Ctenacanthus*, *Psammodus*, *Orodus*, *Cochliodus* u. a. aufgestellt hat. Neben ihnen sind auch heterocerke Ganoiden mit den Gattungen *Palaeoniscus*, *Acrolepis* u. a. und die Dipnoer mit *Ctenodus*, einem Nachkommen des devonischen *Dipterus*, vertreten.

Die sich meist nur vereinzelt findenden Amphibien, wie *Branchiosaurus*, *Keraterpeton*, *Dendrerpeton* u. a., gehören alle der erst im Perm und in der Trias zu voller Entwickelung gelangenden Abtheilung der Stegocephalen an.

E. Permische Formation.

Allgemeines und Geschichtliches.

Die Permformation, die jüngste der paläozoischen Formationen, stellt eine vorherrschend aus Conglomeraten, Sandsteinen, Schieferthonen, Kalksteinen, Dolomit und Gyps bestehende, aber in verschiedenen Gegenden sehr verschieden zusammengesetzte Formation dar, die ihre stratigraphische Stellung über der Steinkohlenformation und unter der Trias hat.

Am längsten sind Ablagerungen dieser Perioden im mittleren Deutschland, besonders im Mansfeldschen bekannt, wo seit Jahrhunderten ein wichtiger Bergbau auf den permischen Kupferschiefer betrieben wird und wo auch die, ebenfalls bereits Jahrhunderte alten Namen „Rothliegendes" und „Zechstein" für die beiden Hauptabtheilungen unserer Permbildungen ihre Wiege haben.

Der jetzt allgemein üblich gewordene Name Perm-System (oder kurzweg Perm) wurde erst im Jahre 1841 durch Murchison für eine mächtige Folge sandig-mergeliger Gesteine vorgeschlagen, welche im alten Königreiche Permia, von dem das russische Gouvernement Perm einen Theil bildet, ausserordentlich verbreitet sind. Später (1859) hat Geinitz, der sich in Deutschland seit den 40er Jahren eifrig mit dem Studium der Ablagerungen dieses Alters beschäftigt hat[1], statt des Ausdrucks Perm die von J. Marcou vorgeschlagene Bezeichnung Dyas, welche auf die scharf ausgeprägte Zweitheilung der Formation in Deutschland anspielt, einzubürgern versucht. Dieselbe hat indess den älteren Murchison'schen Namen nicht zu verdrängen vermocht.

In Deutschland trennen sich die permischen Ablagerungen überall sehr deutlich in eine untere conglomeratisch-sandige Abtheilung, das Rothliegende, und eine obere kalkig-thonige, die Zechsteinbildungen. Der erstere Name ist aus dem alten Ausdruck „rothes, todtes Liegendes" entstanden, mit welchem die alten Mansfelder Bergleute die rothen, erzfreien (todten) Sandsteine bezeichneten, welche die Unterlage (das Liegende) des Kupferschieferflötzes bilden. Der Name Zechstein dagegen wird in Zusammenhang gebracht mit den Zechenhäuschen der zahlreichen kleinen Schächte, die, zur Gewinnung des Kupferschiefers dienend, gewöhnlich auf dem Zechsteinkalk angesetzt wurden, oder aber mit der zähen (d. h.

---

[1] Geinitz u. Gutbier, Die Verstein. d. Zechsteingebirges und des Rothliegenden in Sachsen. 1848—1849. — Geinitz, Dyas. 1861—1862. Mit Nachträgen. 1880 und 1882.

festen) Beschaffenheit dieses letzteren. Beide Abtheilungen verhalten sich in Deutschland von einander völlig unabhängig: mitunter liegen zwar beide über einander, oft aber fehlt die eine oder die andere. Dies sich auch in England wiederholende Verhalten hängt damit zusammen, dass der Zechstein überall übergreifend abgelagert wurde und desshalb eine von der des Rothliegenden ganz abweichende Verbreitung besitzt. In anderen Ländern dagegen, wie in Nordamerika und in Russland, lässt sich keine der deutschen vergleichbare Zweitheilung erkennen, sondern es ist nur eine einzige, in allen Theilen einheitliche Schichtenfolge vorhanden.

In beiden zuletzt genannten Gebieten ist die Permformation sowohl mit dem unterliegenden Kohlengebirge als auch mit den überliegenden Triasbildungen so innig verbunden, dass ihre Abgrenzung nach unten wie nach oben mit den grössten Schwierigkeiten verknüpft und bis zu einem gewissen Grade willkürlich ist. Auch in Deutschland ist in einigen Gegenden das Rothliegende in ähnlich enger Weise mit dem Steinkohlengebirge verknüpft, und ganz allgemein gehen bei uns die Zechsteinbildungen sehr allmählich in den Buntsandstein über.

Die Fauna der permischen Ablagerungen ist im ganzen westlichen Europa eine sehr ärmliche. Im Rothliegenden sind thierische Ueberreste wesentlich auf dessen mittleres Niveau beschränkt. Sie bestehen aus einigen Fischen, Amphibien, Krustern, Insekten und Muscheln, neben welchen zwar noch Landpflanzen, aber keine unzweifelhafte Meeresconchylien vorhanden sind. Im Zechstein finden sich zwar Brachiopoden, Conchiferen, Gastropoden und Cephalopoden; allein ihre Zahl ist sehr gering und fast alle sind auffallend klein, man könnte fast sagen verkrüppelt. Man hat diese Erscheinung lange durch die Annahme erklären wollen, dass die im Kohlenkalk noch so reiche paläozoische Thierwelt in permischer Zeit im Aussterben begriffen und in deren zweiter Hälfte, während der Ablagerung des Zechsteins, bereits zum grossen Theil erloschen war, ohne dass noch statt ihrer die späteren mesozoischen Typen sich entwickelt hätten. Nachdem man aber in neuerer Zeit sowohl in Indien und Armenien als auch auf Sicilien eine überaus reiche und mannigfaltige Marinfauna permischen Alters kennen gelernt hat, ist jene Erklärung nicht mehr haltbar. Man muss vielmehr annehmen, dass die Dürftigkeit der westeuropäischen Permfauna nur eine Folge besonderer, ungünstiger Lebensverhältnisse gewesen ist. Es ist sehr möglich, dass Th. Fuchs mit seiner Annahme, dass der Zechstein in einem Binnenmeere nach Art des heutigen Schwarzen Meeres abgelagert wurde, das Richtige getroffen hat. Denn die Fauna derartiger, schwach gesalzener Binnenmeere zeigt dieselben Merkmale der Eintönigkeit und Verarmung gegenüber der normalen Meeresfauna, wie der westeuropäische Zechstein gegenüber der indischen Permfauna. Wenn man daher die permische Normalfauna kennen lernen will, so darf man sie nicht bei uns suchen, sondern muss sie in Südeuropa und Asien studiren.

Die grosse Aehnlichkeit, welche die permische Marinfauna mit der des Kohlenkalks zeigt — eine Aehnlichkeit, die nicht nur für den deutschen Zechstein, sondern auch für die reichen asiatischen und amerikanischen Permkalke Gültigkeit hat — hat manche Geologen bestimmt, das Perm als ein blosses Anhängsel, als eine jüngste Phase der Carbonformation zu betrachten. Dies ist nicht nur in Frankreich fast allgemein üblich geworden, sondern auch GÜMBEL unterscheidet in seinen Grundzügen der Geologie 1. Subcarbon, 2. eigentliches Carbon und 3. Postcarbon oder Perm. Auf der anderen Seite hat man umgekehrt versucht, das Perm mit der Trias zu verbinden. So haben schon CONYBEARE und JOHN PHILLIPS in den ersten Jahrzehnten dieses Jahrhunderts die englischen Permbildungen mit den darüber liegenden rothen Triassandsteinen zu einer jüngeren Sandsteinformation, dem New red sandstone oder Poikilitik (von ποικίλος, bunt, wegen der lebhaften Farben der betreffenden Ablagerungen) zusammengefasst, und in neuerer Zeit ist man in England mehrfach (so in WOODWARD's Geology of England and Wales, 2. edit. 1887) auf diese Classification zurückgekommen, die ihre Verfechter auch auf den internationalen Geologencongressen gehabt hat.

Wir können weder das eine noch das andere Vorgehen für berechtigt halten. Gegen die Vereinigung des Perm mit der Trias spricht schon der ausgesprochen paläozoische Charakter aller bis jetzt bekannt gewordenen permischen Faunen. Ebenso ist aber auch seine Einverleibung in's Carbon, zu Gunsten welcher in erster Linie die überaus innige, an vielen Stellen zu beobachtende Verknüpfung des Rothliegenden mit dem productiven Kohlengebirge geltend gemacht wird, wegen der unten zu erwähnenden übergreifenden Lagerung, welche das Rothliegende sowohl in Deutschland als auch in England zeigt und mit welcher seine von derjenigen der Steinkohlenformation so abweichende Verbreitung zusammenhängt, nicht zulässig.

Zu diesen wichtigen, für die Selbständigkeit der Permformation sprechenden Thatsachen kommt aber noch eine weitere, nicht minder wichtige hinzu, nämlich das mit Beginn der Permzeit gleichzeitig in Südeuropa, Indien und Nordamerika stattfindende erste Erscheinen von ächten Ammoniten und Reptilien. Wenn auch letztere — was übrigens noch keineswegs sicher ist — vielleicht schon im Carbon existirt haben, so waren sie doch in diesem noch überall ganz vereinzelte Erscheinungen, während sie mit Beginn der permischen Epoche eine allgemeine und bedeutende Verbreitung erlangten. Diese Thatsachen, sowie die nahe Verwandtschaft der Flora des Kupferschiefers, nicht mit der carbonischen, sondern mit der triassischen Flora scheinen die Selbständigkeit der permischen Formation sowohl dem Carbon als auch der Trias gegenüber auch vom paläontologischen Standpunkte aus zu rechtfertigen.

Es ist endlich noch hervorzuheben, dass die permische Periode, ähnlich wie schon die zweite Hälfte der carbonischen, für das ganze westliche Europa eine Zeit heftiger und weit ausgedehnter Bodenbewegungen gewesen ist, mit welchen auch hier wieder grossartige Eruptionen Hand in Hand gingen. Dies gilt namentlich für die Epoche des Rothliegenden, in welcher in ganz Deutschland, Frankreich und England gewaltige Massen von Quarzporphyr, Porphyrit, Melaphyr und ähnlichen Eruptivgesteinen an die Oberfläche gelangten. Dieselben spielen in Form von Decken, Lagern, Stöcken und Gängen stellenweise eine solche Rolle, dass die normalen Sedimente dagegen sehr zurücktreten. Wie in anderen Formationen, so werden diese Massengesteine auch hier vielfach von tuffartigen Gebilden (Thonsteinen u. s. w.) begleitet. Erst mit Beginn der Zechsteinbildung liessen die Oscillationen und Eruptionen nach und trat wieder ein ruhigerer und gleichmässigerer Schichtenabsatz ein.

Verbreitung und Ausbildung der Permformation.

Deutschland. Bei der scharfen Trennung, die — wie bereits oben bemerkt — in ganz Deutschland zwischen dem Rothliegenden und den Zechsteinbildungen besteht, erscheint es geboten, beide Schichtenfolgen gesondert zu besprechen.

1. Das Rothliegende.

Dasselbe stellt eine in Deutschland durchschnittlich etwa 2000 Fuss mächtige, hauptsächlich aus Conglomeraten, Sandsteinen und Schieferthonen zusammengesetzte, sehr kalkarme bis kalkfreie Gesteinsfolge dar. Sehr auffällig und charakteristisch ist die von Eisenoxyd herrührende lebhafte Rothfärbung sämmtlicher Gesteine. Im unteren Theile der Schichtenreihe kommen nicht selten noch schwache Kohlenflötze vor — ein Umstand, der zusammen mit der grossen Aehnlichkeit, welche diese tiefsten Schichten des Rothliegenden sowohl in petrographischer als auch in paläontologischer Beziehung mit dem obersten Steinkohlengebirge zeigen, den von E. Weiss und Anderen für sie gebrauchten Namen „Kohlenrothliegendes" nicht unpassend erscheinen lassen.

Die Gliederung des deutschen Rothliegenden darf im Wesentlichen als ein Ergebniss der Arbeiten angesehen werden, welche seit Mitte der 60er Jahre behufs Herstellung der geologischen Specialkarte von Preussen ausgeführt worden sind. Während es bis dahin noch völlig an Anhaltspunkten für die Vergleichung rothliegender Ablagerungen verschiedener Gegenden gefehlt hatte, so gelang es durch die genannten Untersuchungen, unter welchen namentlich die von E. Weiss im Saar-Nahe-Gebiet ausgeführten [1]) wichtig geworden sind, derartige Anhaltspunkte zu finden. Von

---

[1]) Verhandl. naturhistor. Ver. Rheinl.-Westf. 1868. S. 63. — Fossile Flora d. jüngst. Steinkohlenform. u. d. Rothliegend. im Saar-Rhein-Gebiet. 1869—1872.

besonderer Bedeutung war die Erkenntniss, dass die Fische und Amphibien der sogen. Lebacher Schichten des Saargebietes sich in Begleitung der nämlichen Pflanzen auch in Niederschlesien und Böhmen wiederfinden. Da dies die einzige, eine gewisse paläontologische Selbständigkeit besitzende Fauna und Flora unseres Rothliegenden ist, so lag es nahe, dieselbe zum Centralgliede der ganzen Schichtenfolge zu machen, während die liegenden und hangenden Theile derselben als Unter-, bezw. Oberrothliegendes abgetrennt wurden. Das Mittelrothliegende ist aber, wie E. Beyrich bei seinen eingehenden Untersuchungen zum Zweck der Aufnahme des südharzer Rothliegenden erkannte, ausser durch seine organischen Reste noch dadurch ausgezeichnet, dass in seine Ablagerungszeit die Hauptergüsse der mächtigen, in ganz Deutschland, von der Saar und Nahe bis nach Oberschlesien, im Rothliegenden auftretenden krystallinischen Massengesteine hineinfallen. Dem entsprechend sind die tiefsten Schichten des Rothliegenden, Beyrich's Unterrothliegendes, noch frei von Trümmern von Eruptivgesteinen, während umgekehrt die Conglomerate des Oberrothliegenden sich zum grossen Theil aus Bruchstücken von Porphyr, Melaphyr etc. zusammensetzen.

Die auf diese Weise sich ergebende Dreitheilung des deutschen Rothliegenden — in eine untere, anteeruptive (kohlenführende) Abtheilung, eine mittlere Abtheilung mit der Lebacher Flora und Fauna und der Hauptmasse der Porphyre, Porphyrite u. s. w. und eine obere, posteruptive Abtheilung mit Conglomeraten von Porphyr etc. — ist indess in neuester Zeit von der geologischen Landesanstalt zu Gunsten einer Zweitheilung aufgegeben worden, welche das Oberrothliegende in seinem alten Umfange bestehen lässt, während sie das frühere Unter- und Mittelrothliegende als Unterrothliegendes zusammenfasst. Der Grund für diese Aenderung liegt darin, dass die kohlenführenden Conglomerate, Sandsteine und Schieferthone, welche Beyrich am Südharze ursprünglich als Unterrothliegendes aufgefasst hatte und die als solches auch in der ersten Lieferung der preussischen Specialkarte [1]) gedruckt worden sind, später von Weiss auf Grund ihrer Flora als Aequivalente der Ottweiler Stufe des Saargebietes erkannt und demgemäss zum oberen Steinkohlengebirge gezogen worden sind [2]). Da in ähnlicher Weise auch in anderen Gegenden ein Theil der bisher als Kohlenrothliegendes classificirten Ablagerungen noch zum Carbon zu gehören scheint und da auf alle Fälle die gegenseitigen Beziehungen des früheren Unter- und Mittelrothliegenden oder der Cuseler und Lebacher Schichten von Weiss innigere sind, als die der Lebacher Schichten zum Oberrothliegenden — welches letztere sich den tieferen Stufen gegenüber auch durch seine ausgedehnten Transgressionen als selbständig erweist —, so erscheint die neue Zweitheilung des Rothliegenden in der That sehr naturgemäss.

---

[1]) Blätter Nordhausen, Benneckenstein u. s. w. 1870.
[2]) Diesem letzteren sind die fraglichen Bildungen bereits auf der später (1882) erschienenen Lossen'schen geologischen Uebersichtskarte des Harzes zugerechnet worden.

In Betreff der allgemeinen Art der Lagerung des Rothliegenden ist endlich hervorzuheben, dass dasselbe theils, wie im Saar-Nahegebiet, in innigem Anschluss an das productive Kohlengebirge, theils und besonders aber von dem letzteren ganz unabhängig auftritt. In letzterer Art ist dasselbe namentlich am Aussenrande vieler älterer Gebirgskerne, wie des rheinischen Schiefergebirges, des Thüringerwaldes, Harzes, Erz- und Riesengebirges, Böhmerwaldes, Spessarts, Odenwaldes, Schwarzwaldes und der Vogesen verbreitet. Allenthalben aber ist die Lagerung des Rothliegenden eine mehr oder weniger wagerechte.

Weitaus das ausgedehnteste und wichtigste Verbreitungsgebiet des Rothliegenden in Deutschland liegt in der Saar-Nahegegend, im Süden des Hunsrück. Die rothliegenden Schichten nehmen hier den ganzen Raum zwischen dem devonischen Schiefergebirge im Norden und der pfälzer Trias im Süden ein und setzen sich auch

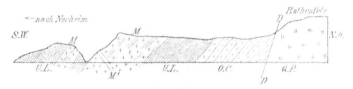

Fig. 23. Profil durch das Rothliegende und seine Eruptivgesteine am linken Naheufer oberhalb Münster a. Stein.
Nach H. LASPEYRES.

QP Quarzporphyr. OC Obere Cuseler Schichten. UL Untere Lebacher Schichten. M Melaphyrlager mit Schiefereinlagerungen. M' Melaphyrgang. DD Verwerfung.

jenseits der Rheinebene, zwischen Taunus und Odenwald, bis in die Wetterau hinein fort. Die untersten Glieder der durch die Untersuchungen von WEISS, LASPEYRES und GREBE sehr genau bekannt gewordenen Schichtenfolge liegen völlig gleichförmig und ohne scharfe Grenze über den Ottweiler Schichten des Steinkohlengebirges, welches sich von der Saar aus in Form eines grösseren, nordöstlich streichenden Sattels aus dem Rothliegenden heraushebt. WEISS hat für das letztere drei Stufen unterschieden, nämlich die Cuseler Schichten, die Lebacher Schichten und das Oberrothliegende. Unser Profil Fig. 20 (S. 120) zeigt deutlich die muldenförmige Anordnung dieser Schichten und ihr Uebergreifen über das unterliegende Kohlengebirge auf das Gebiet der devonischen Gesteine. Der Zechstein fehlt hier, wie auf der ganzen linken Rheinseite; vielmehr folgt über dem Rothliegenden sogleich mit hie und da erkennbarer ungleichförmiger Auflagerung der Bunte Sandstein. Die Profile Fig. 20 und 23 deuten auch die zahlreichen, den beiden unteren Stufen, namentlich aber den Lebacher Schichten eingeschalteten, zum Theil sehr mächtigen und ausgedehnten Decken und Lager von porphyrischen Eruptivgesteinen (besonders Melaphyr) an, die für das Nahegebiet so charakteristisch sind.

Die petrographische Ausbildungsweise und die Hauptversteinerungen dieser Stufen sind aus nachstehender Tabelle ersichtlich:

Oberrothliegendes.	Kreuznacher Schichten (Grebe) Monziger „ „ Waderner „ „ Söterner „ „		Rothe Sandsteine. Röthelschiefer. Melaphyr- und Porphyr-Conglomerate.
Unterrothliegendes.	Obere Lebacher Schichten		Feldspathsandsteine und Conglomerate.
	Untere „ „		Schwarze Schiefer mit schwachen Kohlenflötzen und Thoneisensteinnieren (mit *Archegosaurus* [XXX, 1], *Acanthodes* [XXIX, 3], *Amblypterus* [ebend. 2], *Walchia piniformis* [ebend. 1], *Callipteris conferta* [Fig. 26] etc.) bei Lebach („Lebacher Erze") u. a. O.
	Obere Cuseler Schichten		Sandsteine und Schieferthone mit Kohlenflötzen und massenhaften Anthracosien (XXX, 3).
	Untere „ „		Rothe und graue Sandsteine und Schiefer mit kalkigen Bänken. *Callipteris conferta, Calamites gigas* und andere Permformen hier zuerst erscheinend.
Obercarbon.	Ottweiler Schichten		

Die beiden unteren Stufen, welche vor WEISS allgemein noch zum Kohlengebirge gerechnet wurden, sind auf das Nahegebiet, die Gegend von Darmstadt und die Wetterau beschränkt, während das Oberrothliegende sowohl nach Nordwest um den Hunsrück herum in die sogen. Trierer Bucht hineingreift, als auch am Ostrande des niederrheinischen Schiefergebirges aus der Gegend von Giessen bis in das Edergebiet hinein verbreitet ist. Wie am Odenwald unmittelbar auf Gneiss und Granit, so liegt das Rothliegende hier mit flacher Lagerung unmittelbar auf den steil aufgerichteten Devon- und Culmschichten, die das Hauptmaterial für seine Conglomerate geliefert haben.

Auch am nördlichen Thüringerwalde ist das Rothliegende mit zugehörigen Eruptivgesteinen in grosser Mächtigkeit und Vollständigkeit entwickelt. Auch hier (Crock und Stockheim auf der Südseite des Thüringerwaldes) beginnt die Schichtenfolge mit kohlenführenden Schichten, welche neben zahlreichen carbonischen Pflanzen einige wichtige Leitformen des Rothliegenden einschliessen.

Am Südharz (bei Ilefeld) tritt über ähnlichen kohlenführenden Ablagerungen, die aber, wie oben hervorgehoben, jetzt der Steinkohlenformation zugerechnet werden, eine mächtige Folge von Eruptivgesteinsdecken, Tuffen, Sandstein und Conglomeraten auf, die dem Rothliegenden angehört und unmittelbar von Zechsteinschichten bedeckt wird. Auch die mächtigen Sandsteine und Conglomerate, die im Mansfeld'schen und am Kyffhäuser als Unterlage der Zechsteinbildungen so verbreitet sind, galten bisher allgemein als Rothliegendes und sind auch auf den Karten der preussischen geologischen Landesanstalt als solches aufgefasst worden[1]); neuere, noch nicht im Zusammenhang veröffentlichte Untersuchungen, die sich wesentlich auf die Ergebnisse einer in der Gegend von Halle a. S. (bei Schladebach) ausgeführten Tiefbohrung stützen, lassen indess keinen Zweifel, dass nur der alleroberste Theil dieser Schichtenfolge (die Porphyrconglomerate und hangenden Schieferthone) dem Rothliegenden und zwar dessen oberer Abtheilung angehört, während der ganze übrige, ungleichförmig unter diesem obersten Theile liegende Rest der Schichtenfolge dem productiven Steinkohlengebirge zufällt. Es muss noch hervorgehoben werden, dass die unmittelbar unter dem Zechstein liegenden Schichten des Rothliegenden im Mansfeld'schen und anderweitig vielfach durch Auslaugung entfärbt und stellenweise mit aus dem Zechstein stammenden Kupfererzen imprägnirt sind. Dieselben werden dann als „Weissliegendes" bezeichnet.

Eine ziemlich beträchtliche Verbreitung besitzt das Rothliegende weiter im Königreiche Sachsen. Es hat hier seine Hauptentwickelung im sogen. erzgebirgischen Bassin, bei Chemnitz, Zwickau u. s. w. Auch hier unterscheidet man eine untere, noch kohlenführende und zahlreiche Eruptivlager einschliessende Abtheilung mit *Walchia piniformis, Callipteris conferta, Calamites gigas* und anderen Leitformen des Unterrothliegenden und eine obere, hauptsächlich aus Trümmern verschiedener Eruptivgesteine zusammengesetzte Abtheilung. Während diese letztere ein unzweifelhaftes Aequivalent des Oberrothliegenden darstellt, entspricht die erstere nach den Untersuchungen von STERZEL [2]) den Lebacher Schichten. Eine Vertretung der tieferen Cuseler Schichten fehlt in dieser Gegend, und damit hängt auch die aus dem nachstehenden Profile (Fig. 24) ersichtliche Discordanz zusammen, welche hier, abweichend vom Saargebiete, zwischen dem Rothliegenden und dem unterliegenden Carbon vorhanden ist.

Besonderes Interesse verdient unter den sächsischen Vorkommen von Rothliegendem noch dasjenige des Plauen'schen Grundes bei Dresden, wegen des massenhaften Auftretens von Stegocephalen (*Branchiosaurus, Pelosaurus, Archegosaurus* etc.) und der ältesten bis jetzt in Deutschland bekannten Reptilien (*Palaeohatteria*) in kalkigen Schichten vom Alter der Lebacher Stufe bei Niederhässlich. Aehnliche Stegocephalen haben sich übrigens auch in den gleichalterigen

---

[1]) Blätter Cönnern, Wettin u. s. w.
[2]) Erläut. z. Blatt Stollberg-Lugau der geol. Specialkarte d. Königreichs Sachsen. 1881.

Schichten von Oberhof, Manebach und Friedrichsroda im Thüringerwalde und in einem Bohrloche bei Offenbach a. M. gefunden.

Auch am Südabhang des Riesengebirges, sowie in der Gegend von Glatz und Waldenburg besitzt das Rothliegende eine ziemlich ansehnliche Verbreitung. Zu unterst, unmittelbar über den krystallinischen Schiefern des Riesengebirges, liegen grobe Conglomerate, darüber rothe Sandsteine und Schieferletten mit eingelagerten bituminösen Schiefern und plattigen Kalken, welche bei Ruppersdorf unweit Braunau und anderweitig die Fischfauna der Lebacher Schichten beherbergen [1]). Darüber folgen dann mächtige Conglomerate und Sandsteine des Oberrothliegenden, die bei Radowitz ungeheure Massen von verkieselten Stämmen, den sogen. versteinerten Wald einschliessen.

Fig. 24. Profil durch das erzgebirgische Carbon- und Rothliegend-Becken bei Chemnitz. Nach Siegert.
p Erzgebirgischer Phyllit. *s* Silur. *c* Steinkohlengebirge. *r* Rothliegendes. *P* Quarzporphyr. *t* Tuff.

Auch im mittleren Böhmen, auf der Nordwestseite der grossen silurisch-devonischen Mulde, und am Nordabhange des Riesengebirges, in der Gegend von Löwenberg [2]), nimmt das Rothliegende nicht unbeträchtliche Flächenräume ein. Hier, ebenso wie in den räumlich beschränkteren Vorkommen im Schwarzwalde, giebt die Lebacher Fauna einen wichtigen Vergleichungshorizont ab.

2. Zechstein-Bildungen.

Von erheblich geringerer Mächtigkeit als das Rothliegende, stellen die Ablagerungen des Zechsteines eine kalkig-thonig-dolomitische, Gyps und Steinsalz führende Schichtenfolge dar, die ähnlich wie das Rothliegende auf die Ränder der älteren Gebirgskerne beschränkt ist, welche sie in Form schmaler Säume umgiebt. Solchergestalt tritt der Zechstein am Nordabhange des Riesengebirges, am Fuss des Harzes, des Thüringer- und Frankenwaldes, auf der Ostseite des niederrheinischen Schiefergebirges, des Spessarts und Odenwaldes auf. Das südlichste Vorkommen liegt im Neckarthale bei Heidelberg. Auf der linken Rheinseite ist mit Sicherheit kein Zechstein bekannt, oder man müsste, wie es schon eine Lieblingsidee E. de Beaumont's war und wie neuerdings Leppla auf Grund einiger von ihm aufgefundener, wie es heisst, mit solchen des Zechsteins übereinstimmender Zweischaler für das Haardtgebirge annimmt, an eine hier stattfindende

---

[1]) Beyrich, Zeitschr. d. deutsch. geol. Ges. 1856. S. 14.
[2]) Ferd. Römer, ebend. 1857. S. 57.

Vertretung des Zechsteins durch sandige, bisher allgemein dem Buntsandstein zugerechnete Bildungen denken — eine Anschauung, welche noch weiterer Prüfung bedarf. In manchen Gegenden, wie im Mansfeld'schen, in der Umgebung von Eisenach, am Nordabfall des Riesengebirges und anderweitig werden die Zechsteinbildungen von Rothliegendem unterlagert; an vielen anderen Stellen aber, wie bei Waldeck und Stadtberge, bei Allendorf a. d. Werra, bei Saalfeld, am Westrande des Harzes u. s. w., liegt der Zechstein unmittelbar über carbonischen, devonischen oder noch älteren Gesteinen. Technisch sind die Zechsteinschichten in zweifacher Beziehung wichtig: einmal durch ihre mächtigen Stein- und Kalisalzlager und zweitens durch ihren, namentlich im Kupferschiefer oft recht beträchtlich werdenden Kupfergehalt. Zusammenhängend mit dem alten, auf diesen letzteren gegründeten Bergbau ist keine andere deutsche Gesteinsfolge schon so frühzeitig in allen Einzelheiten ihrer Zusammensetzung bekannt geworden wie der Zechstein. Schon im ersten Jahrzehnt dieses Jahrhunderts gab FREIESLEBEN eine durchaus richtige Darstellung der Zusammensetzung desselben am Harz und in Thüringen [1]). Auf Grund dieser, sowie der später von E. BEYRICH u. A. für die geologische Specialkarte ausgeführten Arbeiten [2]) gliedert sich der Zechstein in diesem classischen Gebiete von oben nach unten folgendermassen:

	Bunter Sandstein
Oberer Zechstein.	Obere Letten mit (jüngerem) Gyps und Dolomiteinlagerungen.
Mittlerer Zechstein.	Stinkschiefer und Hauptdolomit (Aelterer) Gyps, Rauchwacke und Asche.
Unterer Zechstein.	Zechsteinkalk Kupferschiefer Zechsteinconglomerat.

Das tiefste Glied des **unteren Zechsteins**, das Zechsteinconglomerat BEYRICH's, ist ein hellgraues, kalkiges, grandiges Conglomerat von 1—2 Meter Mächtigkeit. Es ist in besonders typischer Weise am Südrande des Harzes, zwischen Lauterberg und Sangerhausen, entwickelt. Seine Zugehörigkeit zum Zechsteingebirge ergiebt sich daraus, dass es in seiner Verbreitung dem letzteren und nicht dem Rothliegenden folgt. Im Mansfeld'schen entspricht ihm eine $1/2$—2 Meter mächtig werdende, sandige bis fein conglomeratische

---

[1]) Geogn. Beitr. z. Kenntn. d. Kupferschiefergebirges. 1807—1815.
[2]) Erläuterungen z. d. Blättern Nordhausen, Frankenhausen u. s. w. der geol. Specialkarte von Preussen etc.

Schicht, das Weissliegende in engerem Sinne[1]). Bei Gera kommen in derselben Zechsteinbrachiopoden vor.

Der Kupferschiefer ist ein etwas über $^1/_2$ Meter mächtig werdender, schwarzer, durch seinen Bitumengehalt, seine Erzführung und seinen Reichthum an Fischresten ausgezeichneter Mergelschiefer. Der Bitumengehalt ist oft so gross, dass angezündete Schieferstücke von selbst weiterglimmen. Die Erzführung wird durch sehr feine, dem blossen Auge kaum sichtbare Körnchen von Kupferkies, Kupferglanz und Buntkupfererz, Schwefelkies, Bleiglanz u. s. w. bewirkt und nimmt gewöhnlich nach oben zu rasch ab. Auch beträgt sie höchstens 3 Procent; trotzdem hat dieses merkwürdige Erzvorkommen den weitaus bedeutendsten deutschen Kupferbergbau in's Leben gerufen. Heutzutage besteht derselbe allerdings nur noch im Mansfeldschen, wo 1882 233,827 Centner Kupfer und 125,416 Pfund Silber gewonnen wurden; früher aber ist auch in Riechelsdorf und Bieber in Hessen, bei Saalfeld und an anderen Orten mit Erfolg auf Kupferschiefer gebaut worden. Was endlich die Fischreste betrifft, so sind als häufigste und verbreiteste Formen *Palaeoniscus Freieslebeni* (XXXI, 2) und *Platysomus gibbosus* (XXXI, 1) zu nennen. Ausser ihnen finden sich noch Pflanzen — besonders Zweigenden und Fruchtähren von *Ullmannia Bronni* — und Saurierreste (*Proterosaurus Speneri*). Dass der Erz- und Fischreichthum des Schiefers nicht, wie oft angenommen wird, von an Metallsalzen reichen Quellen abzuleiten ist, welche in flache Seebecken mündend, den Tod der Bewohner derselben herbeiführten, zeigt die Thatsache, dass der unserem Kupferschiefer völlig entsprechende englische Marlslate zwar ebenso viele Fische, aber keine Kupfererze führt. Dass der Schiefer im Meere abgelagert wurde, beweisen die darin gelegentlich vorkommenden Asterien und Brachiopoden.

Der Zechsteinkalk ist ein dichter, grauer, plattiger, meist etwa 10 Meter mächtiger Kalkstein. Er beherbergt die Hauptmasse der thierischen Reste des Zechsteins: *Productus horridus* (XXXII, 1), *Spirifer undulatus* (XXXI, 6), *Terebratula elongata* (ebend. 5), *Camarophoria Schlotheimi* (ebend. 7), *Strophalosia Goldfussi* (ebend. 4), *Schizodus obscurus* (XXXII, 2), *Gervillia ceratophaga* (XXXI, 8), *Avicula speluncaria* (ebend. 9), *Fenestella retiformis* (ebend. 3) u. a.

Der **mittlere Zechstein** besteht zu unterst aus dem älteren Gyps, in Begleitung dessen zuweilen kleine Steinsalzstöcke auftreten, oder aus der sogen. Asche und Rauchwacke. Die beiden letzteren sind, wie BEYRICH gezeigt hat, nur Rückstände ausgewaschener Gypsstöcke. Die erstere stellt lockere, zerreibliche bis staubförmige, die letztere festere, oft breccienartige Massen dar, welche zahlreiche Bruchstücke der bedeckenden Gesteine, namentlich von Stinkschiefer enthalten. Beide haben die Zusammensetzung des Dolomits. Der Stinkschiefer ist ein dünnschichtiger, dunkelgraubrauner, sehr bituminöser, beim Zerschlagen einen stinkenden Geruch entwickelnder Kalk. Er ist nur am Ostharz und Kyffhäuser vor-

---

[1]) Erläut. z. Blatt Mansfeld. 1884. S. 27, 37.

handen, weiter nach Westen zu aber durch den **Hauptdolomit** vertreten, ein hellfarbiges, bald dickbankig geschichtetes, bald fast ungeschichtetes, klotziges Gestein, welches bis 150 Fuss mächtig wird und nicht selten (besonders bei Niedersachswerfen unweit Nordhausen) *Gervillia ceratophaga*, *Mytilus* (*Liebea*) *Hausmanni*, *Schizodus obscurus*, *Terebratula sufflata* und andere Versteinerungen einschliesst.

Der **obere Zechstein** endlich besteht aus zähen bläulichen oder rothen Letten, in denen zahlreiche, auch hier mitunter von aschenartigen Massen begleitete Gypsstöcke, sowie Knauern oder auch schichtähnliche Lagen von dolomitischem Kalkstein auftreten. Der Gyps gewinnt namentlich am Süd- und Westrande des Harzes, wo er in Gestalt einer hohen weissen Mauer um das Gebirge herumläuft, und am Kyffhäuser eine grosse Entwickelung. Er umschliesst allenthalben zahlreiche Höhlen, sogen. Gypsschlotten, die durch seine Auflösung und Fortführung entstanden sind und durch deren Einsturz die Bildung von oberflächlichen Erdfällen veranlasst wird. Ursprünglich war der Gyps (wasserhaltiger schwefelsaurer Kalk) Anhydrit (wasserfreies Salz), und auch jetzt noch gehen, wie durch Bergbau nachgewiesen ist, viele Gypsstöcke nach der Tiefe zu in Anhydrit über.

In **Thüringen** ist die Entwickelung des Zechsteins eine ganz ähnliche wie in den eben betrachteten Gegenden. Eine Eigenthümlichkeit des süd-östlichen Thüringen sind die von TH. LIEBE aus der Gegend östlich von Saalfeld beschriebenen, im unteren und mittleren Zechstein auftretenden **Bryozoenriffe**, mächtige, hohe tafelförmige Berge bildende, ungeschichtete, aus dicht gedrängten Acanthocladien, Fenestellen, Phylloporen und anderen Bryozoen aufgebaute Dolomitmassen. Auch die sonstige Thierwelt dieser Riffe war, wie Pössneck und andere bekannte Fundstellen zeigen, ausserordentlich reich. *Strophalosia Goldfussi*, *Terebratula elongata*, *Spiriferina cristata*, *Avicula* (*Pseudomonotis*) *speluncaria* etc. sind hier besonders zahlreich.

Auch in **Hessen** weicht die Ausbildung des Zechsteins nur wenig von der harzer ab. Das Zechsteinconglomerat ist hier nicht überall vorhanden, stellenweise aber, wie bei Riechelsdorf, sehr entwickelt. Stinkschiefer ist in Hessen unbekannt. Sehr charakteristisch ist für das in Rede stehende Gebiet, dass sich in der oberen Abtheilung der Schichtenfolge die Dolomite zu einem 60 Fuss und darüber mächtigen Gliede, dem bald mehr plattigen, bald mehr massigen oder cavernösen **Plattendolomit** entwickeln. In Folge dessen zerfällt im Hessischen der obere Zechstein in die unteren gypsführenden Letten, den Plattendolomit und die oberen gypsführenden Letten. Abweichender ist die Entwickelung des Zechsteins bei Frankenberg. Ueber einer unteren Zone von grauen Letten, Kalken und Dolomiten, welche in Kupferglanz versteinerte Pflanzenreste[1] einschliessen und ein Aequivalent des unteren Zechsteins darstellen, folgen dort grobe rothe, dem Rothliegenden ähnliche Conglomerate mit eingeschalteten

---

[1] Darunter sind besonders häufig Zweigenden von *Ullmannia Bronni*, die früher bergmännisch gewonnenen „Frankenberger Kornähren".

dolomitischen Zwischenbänken[1]). In der Wetterau wird der mittlere Zechstein nach BÜCKING zum Theil durch salzführende Thone und Mergel vertreten, am Spessart durch von Eisensteinen begleitete Dolomite.

Besonderer Erwähnung bedarf endlich noch der **ausserordentliche Salzreichthum des deutschen Zechsteins**. Am bekanntesten ist das gewaltige, sich im Norden des Harzes ausdehnende, bei Stassfurt, Egeln, Vienenburg und anderweitig ausgebeutete Salzlager, welches dadurch besonders interessant und wichtig ist, dass über der etwa 1200 Fuss mächtigen Steinsalzmasse eine 150 Fuss mächtige Zone von Kali- und Magnesiasalzen (sogen. Abraumsalzen) liegt (vergl. das Profil Fig. 25). Aber auch das mehrere tausend Fuss mächtige, bei Sperenberg (7 Meilen südlich von Berlin) erbohrte,

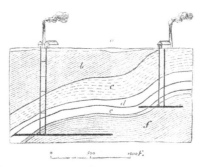

Fig. 25. Profil durch das Salzlager von Stassfurt. Nach BISCHOF.
a Diluvium und Tertiär. *b* Buntsandstein. *c* Gyps des oberen Zechsteins.
d Salzthon. *e* Abraumsalze. *f* Steinsalz[2]).

sich wahrscheinlich bis unter die Reichshauptstadt fortsetzende Salzlager gehört sehr wahrscheinlich dem oberen Zechstein an, und dasselbe Alter ist für die zahlreichen übrigen, über Norddeutschland zerstreuten, zum Theil nur durch Soolquellen angedeuteten Salzvorkommen (Lieth an der Unterelbe, Lüneburg, Kolberg, Greifswald. Inowrazlaw u. s. w.) anzunehmen.

Ausserdeutsche Permbildungen.

In **Frankreich** ist von permischen Bildungen nur Rothliegendes bekannt. Im Allgemeinen von ähnlicher Entwickelung wie im Saargebiete, tritt dasselbe in der Gegend von Autun, im Dep. Hérault

---

[1] HOLZAPFEL, Die Zechsteinform. am Ostrande d. rhein. Schiefergeb. 1879.
[2] Unter dem Steinsalz ist vor Kurzem Stinkschiefer aufgefunden und damit die Zugehörigkeit des Salzlagers zum oberen Zechstein ausser Zweifel gestellt worden.

(bei Lodève) und anderweitig, aber immer nur in beschränkter Verbreitung auf. Die untere (unserem unteren Rothliegenden entsprechende) kohlenführende Abtheilung der Schichtenfolge bezeichnet GRAND' EURY als Permo-Carbon.

Vollständiger ist die Entwickelung der Permformation in **England,** wo sowohl Rothliegendes als auch Zechstein in einer ganz ähnlichen Ausbildung wie in Deutschland vorhanden sind[1]). Die Engländer unterscheiden:

Zechstein.
{ Mergel mit Gyps und Dolomit,
Magnesian limestone mit Mollusken = Zechsteinkalk,
Marlslate (bitumin. Schiefer mit *Palaeoniscus, Platysomus* etc.) = Kupferschiefer.

Rothliegendes. Lower New red (sandstone)[2]).

In **Russland** ist in den Ostseeprovinzen noch Zechsteinkalk mit bezeichnenden Versteinerungen bekannt. Eine ganz abweichende Entwickelung des Zechsteins aber finden wir im Südosten des Landes, dem Gebiete, von dem die Formation ihren Namen erhalten hat. Mit ganz flacher Lagerung tritt hier, zum Theil unmittelbar über oberem Carbon, eine mächtige, über Tausende von Quadratkilometer verbreitete, aus einem vielfachen Wechsel von Sandsteinen, Conglomeraten, Letten, Mergeln, Kalksteinen, Gyps, Steinsalz und Kohle zusammengesetzte Schichtenfolge auf. In der Nähe des Ural gesellen sich dazu noch Kupfererz (besonders Kupferlasur) führende Sandsteine, der sogen. Kupfersandstein. Nach oben geht diese Schichtenreihe in bunte, fast versteinerungslose Mergel über; MURCHISON rechnete dieselben noch zum Perm; die darin aufgefundenen *Voltzia heterophylla, Equisetum arenaceum* und *Estheria minuta* sprechen aber für ihre Zugehörigkeit zur Trias, mit welcher das Perm demnach auch hier durch unmerkliche Uebergänge verbunden sein würde. Von Versteinerungen schliesst das russische Perm theils Pflanzenreste, theils marine Mollusken ein. Die ersteren, die wesentlich mit Formen unseres Rothliegenden übereinstimmen, sind an die sandigen Schichten gebunden, die letzteren, unter denen sich manche Art des deutschen Zechsteins findet, an die Kalkbänke. Es findet aber keine Scheidung dieser Schichten in eine untere sandige und eine obere kalkige Abtheilung statt, wie in Deutschland, sondern ein wiederholter Wechsel von Pflanzen und Mollusken führenden Schichten. *Productus horridus* (XXXII, 1) und *Camerini, Strophalosia, Camarophoria Schlotheimi* (XXXI, 7). *Terebratula elongata, Gervillia ceratophaga* (ebend. 8) u. a. gehören zu den häufigsten Erscheinungen dieser, die deutsche Zechsteinfauna zwar an Artenzahl übertreffenden, allein

---

[1]) Für den organischen Inhalt der englischen Permformation ist als Hauptwerk W. KING's Monograph of the Permian fossils of England (1850) zu nennen.
[2]) Im Unterschiede vom eigentlichen New-Red, der triassischen Alters ist.

gleich ihr den Stempel der Verarmung an sich tragenden Molluskenfauna.

Besonders abweichend ist die Ausbildung am **Westabhange des Ural** dadurch, dass hier über den fusulinenhaltigen Obercarbonkalken eine sandig-mergelige, kohlenführende Schichtenreihe mit einer reicheren, höchst interessanten Marinfauna folgt. Neben zahlreichen Brachiopoden, die zum grossen Theil mit Formen des Obercarbon identisch sind, stellen sich nämlich hier auch einige Ammoneen mit stark differenzirten, Ammoniten-ähnlichen Loben (*Medlicottia Orbignyana* u. a., *Thalassoceras* etc. [XXXII, 3—6])[1]), und zahlreiche ächte Reptilien ein. Im Ganzen sind bis jetzt aus dieser, von KARPINSKY 1874 als „artinskische Etage" ausgezeichneten Uebergangsstufe 300 Species bekannt, von denen sich 150 auch im Carbon, aber nur 53 im eigentlichen, erst über der Artinsk-Zone beginnenden Perm wiederfinden[2]). Die von SCHMALHAUSEN[3]) bearbeiteten Pflanzenreste, unter denen wir *Calam. gigas*, *Callipt. conferta*, mehrere Walchien und Ullmanien, *Cordaioxylon* etc. antreffen, sind umgekehrt grösstentheils permisch.

Es ist nun sehr bemerkenswerth, dass Alles, was von Permbildungen in Südeuropa, im centralen und südlichen Asien und in Nordamerika bekannt geworden ist, sich der eben besprochenen, durch eine reiche Marinfauna ausgezeichneten **uralischen** oder **indo-uralischen Entwickelung** der Formation anschliesst, welche zu der deutschen Ausbildung in einem ähnlichen Verhältnisse steht, wie das russisch-asiatische Obercarbon zu dem westeuropäischen.

In Europa kennt man diese Entwickelung schon seit längerer Zeit aus den **Alpen.** Auf beiden Seiten derselben wird das Perm vorherrschend durch mächtige rothe Sandsteine und Conglomerate vertreten, welche nach oben unmerklich in den triassischen Buntsandstein übergehen. Die Sandsteine werden in den Ostalpen als **Grödner Sandstein** bezeichnet, die Conglomerate, die sich auch im Apennin wiederfinden, nach dem dort gelegenen Schlosse Verruco als **Verrucano**[4]). An vielen Stellen schliessen diese Schichten kleine Einlagerungen porphyrischer Gesteine, besonders von Melaphyr ein; aber auch die mächtige Porphyrmasse von Botzen, sowie die gleichen Gesteine von Lugano gehören der Zeit des Rothliegenden an. Im Val Trompia in den Brescianer Alpen und an anderen Stellen schliesst die in Rede stehende Schichtenfolge wohl erhaltene, mit solchen unseres Rothliegenden übereinstimmende Pflanzen (*Walchia piniformis* und *filiciformis*, *Schizopteris*, *Noeggerathia* etc.) ein[5]). In den Kara-

---

[1]) KARPINSKY, Ammoneen der Artinsk Stufe. Mém. Acad. St. Pétersb. 1889.
[2]) KROTOW, Artinsk. Etage. Kazan. 1885. — TSCHERNYSCHEW, Mém. du Comité géol. russe. t. III. Nr. 4. 1889.
[3]) Pflanzenreste d. artinskisch. u. perm. Ablag. im Osten d. europ. Russl. Mém. du Comité géolog. 1887.
[4]) Das permische Alter des apenninischen Verrucano ist neuerdings wieder sehr zweifelhaft geworden.
[5]) SUESS, Ueber d. Aequivalente des Rothlieg. i. d. Südalpen. Sitzungsber. d. Wien. Akad. 1868.

wanken und der Karnischen Kette dagegen folgen unmittelbar über und in inniger Verbindung mit marinem Obercarbon Kalksteine, die ausser zahllosen dickaufgeblähten Fusulinen *Pecten Hawni, Chonetes, Camarophoria aff. Schlotheimi* und einige an das Permo-Carbon von Nebraska in Nordamerika (siehe folgende Seite) erinnernde Arten einschliessen [1]).

Einem höheren, unserem Zechstein nahestehenden Niveau des Perm werden dickbankige Dolomite zugerechnet. Für dieses sprechen in der That die von Gümbel in Schieferthonen dieser Zone bei Neumarkt in Tirol aufgefundenen, später auch in den venetianer Alpen und bei Fünfkirchen in Ungarn nachgewiesenen, zum Theil mit Formen des deutschen Kupferschiefers übereinstimmenden Pflanzenreste (*Ullmannia Bronni* u. a., *Voltzia, Schizolepis, Baiera, Araucarites* u. s. w.). Einem noch höheren Horizonte gehört der vielbesprochene Bellerophonkalk Südtirols an. Es ist das ein dunkelfarbiger Kalkstein mit einer reichen, durch G. Stache [2]) bearbeiteten Fauna von carbonisch-permischem Gepräge, welche sich aus zahlreichen Bellerophonten, Nautilen, Brachiopoden (*Productus, Strophomena, Spirifer, Athyris* etc.), Zweischalern (*Aviculopecten, Clidophorus, Gervillia* cnf. *ceratophaga*), *Archaeocidaris* u. s. w. zusammensetzt). Man war längere Zeit im Zweifel, ob man diesen Kalk dem Perm oder dem Buntsandstein zurechnen sollte; in neuerer Zeit aber wird er allgemein dem ersteren zugezählt.

Eine überaus reiche und wichtige, dem permischen Fusulinenkalk der Alpen gleichstehende Fauna ist in neuester Zeit in **Sicilien,** im Thale des Sosio entdeckt und von Gemellaro zum Gegenstande einer umfassenden Monographie [3]) gemacht worden. Aus triassischen Gesteinen von alpiner Ausbildung treten hier nämlich graue und weisse Fusulinenkalke hervor, die namentlich einen ausserordentlichen Reichthum an Ammoneen mit mehr oder weniger hochentwickelter, zum Theil völlig ammonitischer Lobirung beherbergen. Neben *Medlicottia, Popanoceras* und anderen, mit der artinskischen Etage gemeinsamen Formen (XXXII, 3—6), finden wir hier noch zahlreiche Arten der neuen Gattungen *Waagenoceras, Stacheoceras, Daraelites, Adrianites* u. s. w., im Ganzen 17 Gattungen mit 54 Species. Dazu kommen zahlreiche Nautilen von carbonisch-triassischem Charakter, eine ganze Reihe von Orthoceren, ein *Gyroceras*, sodann ein Heer von Gastropoden (*Bellerophon, Pleurotomaria, Loxonema, Naticopsis* etc.), Brachiopoden, Trilobiten u. a.

Zu **Asien** übergehend finden wir eine ähnliche fossilreiche Permfauna bei Djulfa im Araxes-Thale entwickelt. Neben Brachiopoden, unter welchen namentlich die Produciden sehr mannigfaltig sind, treten auch hier Ammoneen mit Ceratiten-ähnlichen Loben auf.

Eine ähnliche kleine Artengesellschaft ist weiter von Darwas

---

[1]) G. Stache, Zeitschr. d. deutsch. geol. Ges. 1884. S. 367.
[2]) Derselbe, Jahrbuch d. k. k. geol. Reichsanst. 1877, S. 271. 1878, S. 94.
[3]) Fauna dei calcari con Fusulina del fiume Sosio. Von 1887 an.

in Buchara bekannt geworden. Weitaus die wichtigste hierhergehörige Fauna aber, die durch eine ausgezeichnete Bearbeitung W. WAAGEN's [1]) genau bekannt geworden ist, schliesst der *Productus*-Kalk des indischen Salt-Range-Gebirges ein. Wie schon früher (S. 125) bemerkt wurde, gehört der untere Theil dieses unmittelbar von triassischen Bildungen überlagerten Kalkes dem Obercarbon an, während, wie TSCHERNYSCHEW unlängst an der Brachiopodenfauna gezeigt hat, der mittlere Theil der uralischen Artinsk-Etage gleichgestellt werden darf. Die im Vordergrund des Interesses stehenden Ammoneen sind wenig zahlreich und treten erst in der obersten Zone des Kalkes auf, zeigen aber eine ähnlich hohe Entwickelung (*Medlicottia, Popanoceras, Xenodiscus, Arcestes* etc.) wie in den vorher besprochenen Faunen. Neben ihnen erscheinen zahlreiche reich sculpturirte Nautilen, *Orthoceras* und *Gyroceras*, viele Bellerophonten und andere Schnecken, verschiedenartige Zweischaler — unter denen *Lucina, Lima* und *Myophoria* für paläozoische Schichten ungewöhnliche Erscheinungen sind — und vor allen eine grosse Schaar von Brachiopoden. Unter diesen spielen auch hier wieder die Productiden (mit *Productus, Marginifera, Strophalosia, Aulosteges* und *Chonetes*) eine Hauptrolle; aber auch *Orthis, Leptaena, Streptorhynchus, Terebratula, Rhynchonella* und andere Geschlechter sind gut vertreten. Mit dem Obercarbon sind die merkwürdige, korallenähnliche Gattung *Richthofenia*, sodann *Enteles* sowie ein paar höchst eigenthümliche und aberrante, gigantische Thecideen (*Lyttonia, Oldhamina*) gemeinsam. Dazu kommen dann noch einige Bryozoen, Korallen, Spongien, Fusulinen u. s. w. Mit dem Untercarbon sind nur wenige Species gemein (*Productus cora* und *lineatus* etc.), dagegen eine grössere Zahl mit dem Zechstein (*Streptorhynchus pelargonatus, Camarophoria Humbletonensis, Strophalosia excavata* und *horrescens, Spiriferina cristata, Polypora biarmica* u. s. w.).

Eine ganz ähnliche Entwickelung finden wir endlich auch in **Nordamerika** wieder. In Virginien und Pennsylvanien folgen über den productiven Coal-Measures gleichförmig die sogen. Upper Barren Measures mit *Callipteris conferta* und anderen ächt rothliegenden Pflanzenformen neben zahlreichen carbonischen Typen (*Sphenophyllum, Annularia longifolia* etc.). In den südlichen und westlichen Staaten dagegen, in Texas, Nebraska u. s. w., liegen unmittelbar über und in innigster Verbindung mit dem marinen Obercarbon Kalksteine, welche neben zahlreichen carbonischen Formen (namentlich Brachiopoden) auch manche unzweifelhafte Permart (wie *Aricula speluncaria* = *Pecten Hawni, Productus Cancrini, Schizodus* aff. *obscurus* etc.) und — was noch mehr in's Gewicht fällt — Ammoneen der artinskischen Stufe (*Medlicottia, Popanoceras, Ptychites*) sowie zahlreiche, von COPE schon lange als permisch angesprochene Reptilien enthalten. Man wird daher diese Schichten trotz des Widerspruches von MEEK in

---

[1]) Salt-Range fossils. Productus-limestone. Palaeontologia indica. 1879 bis 1888.

Uebereinstimmung mit H. Br. Geinitz als permisch betrachten dürfen [1]).

Es wäre endlich noch hervorzuheben, dass auch aus dem **hohen Norden,** von Spitzbergen und Neu-Schottland, ausser obercarbonischen auch permische Versteinerungen bekannt geworden sind.

Paläontologischer Charakter der Permformation.

Wie im Carbon, so spielen auch im Perm neben thierischen auch pflanzliche Ueberreste eine beträchtliche Rolle. Die Hauptelemente zur Kenntniss der permischen Flora hat das Rothliegende geliefert; aber auch der deutsche Kupferschiefer und die ihm im Alter nahe stehenden alpinen und ungarischen Pflanzenschiefer enthalten eine nicht unbeträchtliche Flora, welche sogar dadurch, dass sie sich mehr an den mesozoischen als den paläozoischen Florentypus anschliesst, in einem auffälligen Gegensatz zum Rothliegenden steht. Nach E. Weiss [2]) wäre sogar dieser Gegensatz so gross, dass wenn man die Grenze zwischen der mesozoischen und paläozoischen Formationsgruppe lediglich nach der Flora ziehen wollte, man dieselbe nicht mit der Ober- sondern mit der Unterkante des Zechsteines zusammenfallen lassen müsste. Es bedarf übrigens kaum der Bemerkung, dass wie man die Gruppen und Formationen jetzt begrenzt, jene Eigenthümlichkeit der Zechsteinflora sehr zu Gunsten der Selbständigkeit der Permformation gegenüber dem Carbon in's Gewicht fällt.

Um die Kenntniss der deutschen Permflora haben sich besonders H. Br. Geinitz, Göppert, Weiss und O. Heer verdient gemacht [3]).

Die Flora des Rothliegenden ist im Wesentlichen derjenigen der Steinkohlenformation ähnlich und setzt sich wie sie ausschliesslich aus Landpflanzen zusammen. Sie besteht vorzugsweise aus Farnen, Calamiten und Coniferen, während die im Carbon so wichtigen Sigillarien und Lepidodendren, und damit zusammenhängend auch die Stigmarien bereits fast gänzlich verschwunden sind. Unter den Farnen ist besonders *Callipteris* (verwandt mit *Alethopteris*, aber der dünne Mittelnerv der Fiederchen hört schon vor der Spitze auf) *conferta* (Fig. 26) durch weite Verbreitung und Häufigkeit wichtig. unter den Coniferen *Walchia piniformis* (XXIX, 1) und *filiciformis*. Die Cycadeen waren durch *Medullosa* und *Pterophyllum* vertreten. Die nicht seltenen, verkieselten, früher als *Araucarites*, jetzt als

---

[1]) Geinitz, Dyas von Nebraska. 1866. — Meek, Final report of the geol. Surv. of Nebraska. 1872.
[2]) Zeitschr. d. deutsch. geol. Ges. 1877. S. 252.
[3]) Geinitz, Dyas, Heft II. 1862. — Göppert, D. foss. Flora d. perm. Form. 1864—1865. — Weiss, Foss. Flora d. jüngst. Steinkohlenform. u. d. Rothlieg. im Saar-Rhein-Gebiete. 1869. — Heer, Ueber perm. Pflanzen von Fünfkirchen. Jahrb. d. ungar. geol. Anst. Bd. V. 1876.

Cordaioxylon bezeichneten Stammstücke gehören den Cordaiteen, einem Uebergangstypus zwischen Cycadeen und Farnen, an.

Auch im Zechstein spielen Landpflanzen die Hauptrolle. Man kennt hier weder Sigillarien noch Lepidodendren oder Calamiten, sondern ausser einigen Farnen (*Sphenopteris*, *Alethopteris*) wesentlich nur Coniferen, nämlich *Ullmannia*, *Voltzia*, *Schizolepis*, *Baiera* u. a., von welchen die letzte, ebenso wie *Schizolepis*, besonders für den oberen Keuper und noch jüngere Schichten charakteristisch ist.

Im Perm Australiens, Indiens und Südafrikas treten zusammen mit *Voltzia* und *Pterophyllum* noch weitere, in gleicher Weise wesentlich mesozoische Typen auf, wie vor allen die durch lange, einfache, ungetheilte Blätter ausgezeichnete (zu den Taeniopteriden gehörige) Farngattung *Glossopteris* (Fig. 27, S. 168), die Equisetidengattungen *Phyllotheca* und *Vertebraria* u. s. w.

Fig. 26. *Callipteris conferta* Brngn.

Um ein vollständiges Bild der Fauna der permischen Epoche zu erhalten, darf man nicht bloss die, wie schon oben bemerkt, verarmte deutsche Permfauna in Betracht ziehen, sondern muss in erster Linie die ungleich reicheren Faunen Indiens, Siciliens und des alpinen Bellerophonkalkes berücksichtigen.

Von niedersten Thieren sind zunächst die Foraminiferen als noch fast ebenso wichtig wie im Obercarbon zu nennen. Von Korallen ist im deutschen Zechstein kaum etwas anderes als die Cyathophyllide *Polycoelia* und die feinröhrige *Stenopora* (*Geinitzella*) mit der Hauptart *columnaris* bekannt; in der indischen Salt range dagegen sind noch *Michelinia*, *Pachypora*, *Lonsdaleia* u. a. Gattungen vorhanden. Die Echinodermen sind überall ziemlich sparsam. Dagegen spielen die Bryozoen, die, wie oben erwähnt, stellenweise (bei Gera, Pössneck etc.) riffbildend auftreten, überall eine grosse Rolle. *Fenestella* (XXXI, 3), *Polypora*, *Phyllopora*, *Acanthocladia* sind besonders verbreitete Gattungen.

Eine sehr grosse Wichtigkeit besitzen, ähnlich wie für alle älteren paläozoischen Formationen, so auch noch für das Perm die Brachiopoden. Im westeuropäischen Zechstein sind ihrer kaum 30 bekannt, im indo-uralischen Perm dagegen einige Hundert. Wie im Carbon, so treten auch hier vor allen übrigen Familien durch Häufigkeit und Formenmannigfaltigkeit die Productiden hervor. *Productus horridus* (XXXII, 1) ist ein von Polen bis nach Spitzbergen verbreitetes Leitfossil. Auch die Productidengattungen *Aulosteges* und *Strophalosia* (XXXI, 4) sind vorherrschend permische Formen, und dasselbe gilt von *Camarophoria* (*Schlotheimi* [XXXI, 7] eine besonders weit verbreitete Art). Genauere Mittheilungen über die Brachiopoden des deutschen, alpinen und asiatischen Perm sind bereits oben gemacht worden.

162　Paläozoische oder primäre Formationsgruppe.

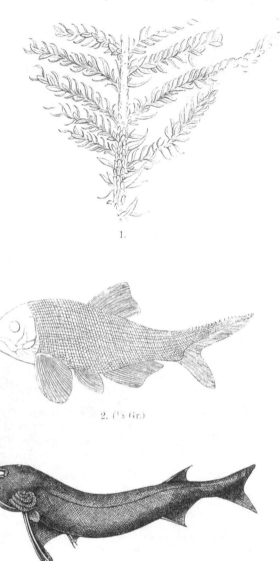

Taf. XXIX. Versteinerungen des Rothliegenden. 1. *Walchia piniformis* Sternb. 2. *Amblypterus macropterus* Bronn. 3. *Acanthodes gracilis* F. Röm.

Permische Formation. 163

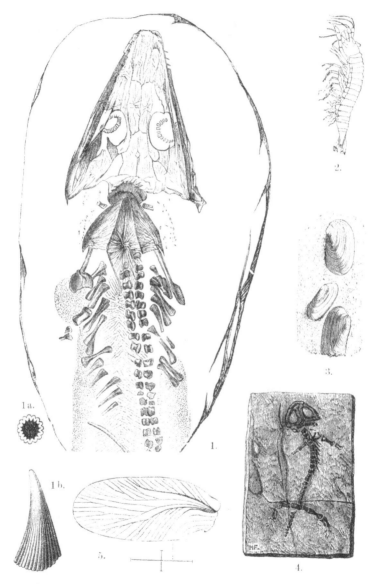

Taf. XXX. Versteinerungen des Rothliegenden. 1. *Archegosaurus Decheni* GOLDF., junges Exemplar. 1a. Zahn im Querschnitt, 1b. dessgl. von der Seite, vergr. 2. *Gampsonyx fimbriatus* JORDAN. 3. *Anthracosia carbonaria* GOLDF. 4. *Protriton petrolei* GAUDRY. 5. *Blattina anthracophila* GERM.

Taf. XXXI. Versteinerungen des Zechsteins. 1. *Platysomus gibbosus.* Agass. 2. *Palaeoniscus Freieslebeni* Agass. 3. *Fenestella retiformis* Schloth. 4. *Strophalosia Goldfussi* Münst. 5. *Terebratula (Dielasma) elongata* Schloth. 6. *Spirifer undulatus* Schloth. 7. *Camarophoria Schlotheimi* v. Buch. 8. *Gervillia ceratophaga* Schloth. 9. *Avicula (Pseudomonotis) speluncaria* Schloth.

Permische Formation. 165

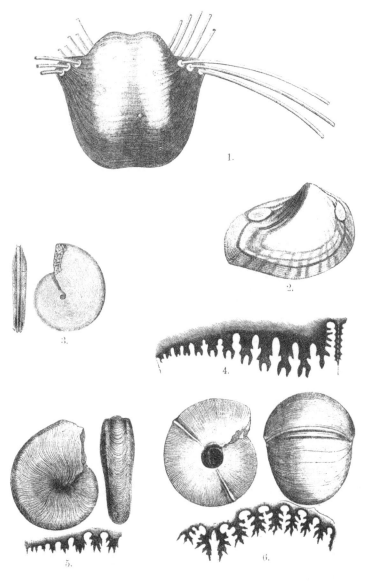

Taf. XXXII. Permische Versteinerungen. 1. *Productus horridus* Sow.
2. *Schizodus obscurus* Sow. 3. *Medlicottia Trautscholdi* Gemell. 4. Sutur von
Medlicottia primas Waag. 5. *Popanoceras multistriatum* Gemell. 6. *Cyclolobus Stachei* Gemell.

In Deutschland machen neben Brachiopoden Lamellibranchiaten mit den Gattungen *Gervillia* (*ceratophaga* [XXXI, 8]), *Pseudomonotis* (*speluncaria* [ebend. 9]), *Arca*, *Pleurophorus*, *Allorisma*, *Schizodus* (*obscurus* [XXXII, 2]) u. s. w. den Hauptbestandtheil der Zechsteinfauna aus. Andere auffällige Gattungen der Salt range wurden bereits oben namhaft gemacht.

Die Gastropoden sind ziemlich zahlreich, bieten aber, wenn man von dem massenhaften Auftreten der Gattung *Bellerophon* in den Alpen und in Indien absieht, wenig besonders Bemerkenswerthes.

Die Cephalopoden sind in Deutschland auf einige wenige Arten von *Nautilus* und *Orthoceras* beschränkt. In Südeuropa, Asien und Amerika dagegen treten nicht nur beide genannten Gattungen — die Nautilen mit stark sculpturirten, an carbonische und triassische Arten erinnernden Gehäusen —, sondern ausserdem noch *Gyroceras* und vor allem ein ganzes Heer von Ammoneen auf. Schon oben wurde wiederholt hervorgehoben, dass die letzteren theils noch ungetheilte, goniatitische, theils aber schon ceratitische (nur im Grunde der Loben gezackte, in den Sätteln noch ungezackte) oder auch völlig zerschlitzte, ammonitische Suturen besitzen (vergl. Taf. XXXII), und ebenso sind bereits oben die häufigsten Gattungen genannt worden.

Von Gliederthieren sind Ostracoden sowohl im deutschen Kohlenrothliegenden als auch im Zechstein ziemlich verbreitet. Von Phyllopoden wäre die Gattung *Estheria* zu nennen, zu den Amphipoden wird der bei Lebach nicht seltene *Gampsonyx fimbriatus* (XXX, 2) gerechnet. Die schon im Carbon ihrem Erlöschen entgegengehenden Trilobiten haben im russischen und nordamerikanischen Perm ihre letzten, der Gattung *Phillipsia* angehörigen Vertreter. Auch Myriapoden und Insecten (XXX, 5) sind im Kohlenrothliegenden in ziemlicher Anzahl bekannt.

Zu den interessantesten und eigenthümlichsten Bestandtheilen der permischen Fauna gehören die Wirbelthiere, die durch Fische, Amphibien und Reptilien vertreten sind. In Deutschland bilden die Lebacher Schichten und der Kupferschiefer deren Hauptlagerstätte.

Die Fische sind vorherrschend heterocerke Ganoiden. Dazu gehören der häringsähnliche *Palaeoniscus* und der hochrhombische, schollenförmige *Platysomus* (*Pal. Freieslebeni* und *Pl. gibbosus* [XXXI, 2 u. 1], die beiden gemeinsten Formen unseres Kupferschiefers), die grosse, schlanke, an ihren diagonal gefurchten Schuppen leicht kenntliche Gattung *Acrolepis* (Kupferschiefer), der durch fein gestrichelte Schuppen ausgezeichnete *Amblypterus* (*macropterus* [XXIX, 2] gemein in den Thoneisensteinnieren von Lebach) u. a. m. Auch die durch sehr kleine rhombische Schuppen, mit Stacheln bewehrte Flossen und Anderes ausgezeichnete Gattung *Acanthodes* (*gracilis* [ebend. 3] im Kohlenrothliegenden), *Coelacanthus* u. a. gehören hierher. Zu den Rochen gehört *Janassa*, von der sich im Kupferschiefer besonders die aus zahlreichen prismatischen Zähnen zusammengesetzten Gebisse finden, während die Gattung *Xenacanthus* oder *Pleuracanthus* (*Decheni* Leitform des Rothliegenden) mit Chagrinhaut, gewaltigem Nackenstachel, langen, mit einem Knochenschafte versehenen Flossen (sogen.

Crossopterygier-Flossen) u. s. w. einen interessanten Mischtypus darstellt.

Die Amphibien der Permzeit gehören der vom Carbon bis in den Jura reichenden Familie der Stegocephalen oder Labyrinthodonten an [1]). Es waren Thiere von sehr verschiedenem, salamander-, eidechsen-, krokodil- oder auch schlangenähnlichem Aussehen. Ihre Metamorphose und der doppelte Condylus occipitalis entscheiden über ihre Zugehörigkeit zu den Amphibien. Auch die Unterseite des Schädels ist wie bei diesen gebaut; die Oberseite desselben aber und die Schuppenbedeckung des Körpers sind reptilartig. Die Stegocephalen bilden auf diese Weise einen ausgezeichneten Collectivtypus und zugleich, wie die unvollkommene Verknöcherung ihrer Wirbelsäule zeigt, einen Embryonaltypus. Der Kopf und die Kehlbrustregion war bei allen gepanzert, bei manchen auch die Bauchseite. Weitere Eigenthümlichkeiten waren die mäandrisch gefalteten Zähne (XXXVI, 2), der knöcherne Augenring u. s. w. Im deutschen Kohlenrothliegenden ist der krokodilähnliche *Archegosaurus* (*Decheni* [XXX, 1], *latirostris*) besonders wichtig. Andere, in Sachsen, Böhmen und anderwärts vorkommende Typen sind *Branchiosaurus*, *Pelosaurus*, *Melanerpeton*, *Protriton* (XXX, 4) u. s. w.

Die permischen Reptilien endlich, wie es scheint die ältesten ihrer Art, gehören den beiden Ordnungen der Rhynchocephalen und Theromorphen an. Die ersteren sind eidechsenähnliche, in der Jetztwelt nur noch durch die neuseeländische Gattung *Hatteria* (*Sphenodon*) vertretene Thiere. Zu dieser Ordnung gehören *Palaeohatteria* [2]) aus dem Rothliegenden von Nd.-Hässlich bei Dresden, *Proterosaurus* aus dem Kupferschiefer u. a. Die durch ihre verwandtschaftlichen Beziehungen nicht nur zu anderen Reptil- und Amphibienordnungen, sondern auch zu den Säugethieren merkwürdigen, ausschliesslich auf Perm und Trias beschränkten Theromorphen dagegen sind sowohl im Rothliegenden und Kupferschiefer Mitteleuropas (*Naosaurus*, *Parasaurus*) als auch besonders im russischen und nordamerikanischen Perm zu Hause, aus welch' letzterem sie namentlich durch zahlreiche Arbeiten COPE's bekannt geworden sind.

Die carbonisch-permische Eiszeit.

Schon seit längerer Zeit kennt man im Steinkohlengebirge bezw. Perm Indiens und Australiens gewisse sehr auffällige, weit verbreitete Conglomeratbildungen. Sie werden in Indien als Talchir-Conglomerat, in der Colonie Victoria als Bacchus-Marsh-

---

[1]) BURMEISTER, Labyrinthodonten von Bernburg, Saarbrücken. 1849, 1850. — H. v. MEYER, Ueber *Archegosaurus*; Reptilien a. d. Steinkohlenf. Deutschlands. Paläontogr. I u. VI. — MIALL, On Labyrinthodonts. Report brit. Assoc. 1873, 1874. — FRITSCH, Fauna d. Gaskohle. 1879—1885. — HERM. CREDNER, Stegocephalen des Plauen'schen Grundes b. Dresden. Zeitschr. d. deutsch. geol. Ges. 1881—1890.
[2]) CREDNER. Zeitschr. d. deutsch. geol. Ges. 1888.

Schichten bezeichnet. In einer feinsandigen oder thonigen Grundmasse enthalten dieselben ohne jede Ordnung bald nur vereinzelt, bald in grosser Menge Blöcke und Geschiebe der allerverschiedensten Grösse und Gesteinsbeschaffenheit. Dabei ist an diesen Bildungen keinerlei Schichtung zu beobachten und die Geschiebe zeigen vielfach eine ganz ähnliche Politur und Schrammung, wie die Geschiebe glacialer Ablagerungen. In der That haben denn auch schon seit längerer Zeit verschiedene namhafte englische, und in neuester Zeit auch mehrere deutsche Geologen sich für die Entstehung dieser merkwürdigen Blockablagerungen durch die Thätigkeit von Gletschern ausgesprochen.

In neuerer Zeit sind nun ganz ähnliche Gebilde nicht nur in Afghanistan, sondern auch in Südafrika und Brasilien nachgewiesen worden. In Afrika werden sie als Dwyka-Conglomerat bezeichnet, und hier hat man die wichtige Beobachtung gemacht, dass auch die unmittelbare Unterlage der blockführenden Schichtenfolge geglättet und geschrammt ist, ganz wie die Felsunterlage der heutigen Gletscher und des ebenfalls glacialen Geschiebemergels des norddeutschen Diluviums.

Allenthalben fällt die Entstehung dieser Conglomerate in das Ende der Carbon-, bezw. die Permperiode. In Südaustralien nämlich liegen über den Bacchus-Marsh-Schichten — welche ihrerseits auf obercarbonen Schichten mit marinen Versteinerungen aufruhen — zunächst die kohlenführenden Newcastle beds, welche eine von der carbonischen sehr verschiedene, zahlreiche mesozoische Pflanzen (besonders *Glossopteris* [Fig. 27], daneben *Gangamopteris*, *Phyllotheca*, *Noeggerathiopsis* etc.) einschliessende Flora beherbergen. Diese Schichten, ebenso wie die sie überlagernden fisch- und amphibienführenden Hawksbury beds, werden in neuerer Zeit als permisch angesehen. Uebrigens beginnen auch die Hawksbury-Schichten mit einem als glacial gedeuteten Conglomeratlager. In Indien folgt über den Talchirconglomeraten in der Salzkette der

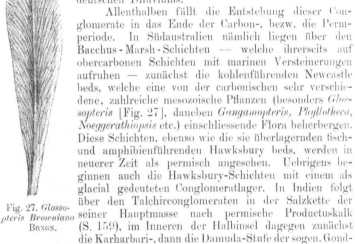

Fig. 27. *Glossopteris Browniana* Brngn.

seiner Hauptmasse nach permische Productuskalk (S. 159), im Inneren der Halbinsel dagegen zunächst die Karharbari-, dann die Damuda-Stufe der sogen. Gondwanaformation, einer mächtigen, in ihrem unteren Theile paläozoischen, im oberen aber jurassischen Schichtenfolge. Beide Stufen enthalten wesentlich die gleiche, durch *Glossopteris*, *Gangamopteris*, *Noeggerathiopsis*, *Voltzia*, *Phyllotheca*, *Vertebraria* u. s. w. charakterisirte Flora, wie die australischen Newcastle beds. Auch in Südafrika endlich liegen über dem oben genannten Dwyka-Conglomerat die kohlenführenden Ecca-Schichten mit derselben, wohl auch hier als permisch anzusprechenden *Glossopteris*-Flora[1]).

---

[1]) Es muss bemerkt werden, dass *Glossopteris* in Australien und Südasien als Seltenheit schon im Carbon auftritt. Sie reicht andererseits nach

Aus vorstehenden Mittheilungen ergiebt sich, dass auf der ganzen südlichen Hemisphäre, und von dieser nach Südasien hinüberreichend, an der Grenze von Carbon und Perm in ungeheurer Verbreitung eigenthümliche Geschiebeablagerungen mit den Merkmalen glacialer Entstehung auftreten. Es ist nun sehr bemerkenswerth, dass über denselben überall, in Afrika wie in Südasien und Australien, eine Flora folgt, welcher die bezeichnenden Typen der Steinkohlenzeit, also *Lepidodendron*, *Sigillaria*, *Calamites*, *Annularia*, *Sphenophyllum* u. s. w., bereits gänzlich fehlen, welche sich vielmehr aus ganz neuen, wesentlich mesozoischen Formen zusammensetzt. Wenn man nun mit OLDHAM, BLANDFORD, WAAGEN, NEUMAYR u. A. eine glaciale Entstehung der fraglichen Blockablagerungen annimmt, so liegt auch die weitere Annahme nahe, dass es das kältere, damals im Süden unseres Planeten eintretende Klima gewesen ist, durch welches die carbonische Flora allmählich verdrängt und für die Ahnen der mesozoischen Flora Platz geschaffen wurde. Ja, BLANDFORD und WAAGEN gehen noch einen Schritt weiter und wollen auch den Untergang der marinen paläozoischen Thierwelt mit der gegen Ende des paläozoischen Zeitalters auf der südlichen Hemisphäre eingetretenen Kälteperiode in Zusammenhang bringen [1]).

Man sieht, wie weitgehende Folgerungen an die besprochenen geschiebeführenden Ablagerungen der südlichen Continente geknüpft werden. Gerade desshalb aber wird man gut thun, noch weitere und allseitigere Untersuchungen über diesen Gegenstand abzuwarten, ehe man die glaciale Entstehung jener Bildungen als feststehende Thatsache betrachtet.

FEISTMANTEL bis in die triassischen Pflanzenschichten Indiens hinauf. Ihre Hauptentwickelung aber fällt in die zwischenliegende, permische Zeit.

[1]) WAAGEN, Die carbon. Eiszeit. Jahrb. d. Wien. geol. Reichsanst. 1889. — FEISTMANTEL, Sitzungsber. d. böhm. Ges. d. Wiss. 1887, 1888. — NEUMAYR, Erdgeschichte. II. S. 191. — SCHENCK, Glacialersch. in Südafrika. Verhandl. d. 8. deutsch. Geogr.-Tages. 1889.

III. Mesozoische oder secundäre Formationsgruppe.

Die Schichtenreihe des mesozoischen Zeitalters, des „Mittelalters in der Geschichte unserer Erde", stellt in ihrer Gesammtheit eine viele Tausend Fuss mächtige Folge von Ablagerungen dar, welche jetzt fast allgemein in drei grosse Abschnitte oder Formationen, nämlich die Trias-, die Jura- und die Kreideformation, getheilt wird. Aus Profilen, wie dem in Fig. 28 dargestellten, ist diese Auteinanderfolge der drei Formationen ohne Weiteres ersichtlich. Nur wenige Geologen schalten mit v. HAUER zwischen Trias und Jura noch eine weitere, die rhätische Formation, für die obersten Keuperbildungen ein.

In der gegenseitigen Abgrenzung der drei Formationen ist bis jetzt noch keine allgemeine Uebereinstimmung erzielt. So rechnen

Fig. 28. Profil durch die mesozoische Schichtenfolge der Gegend von Hannover. Nach HEINR. CREDNER.

1 Unterer und mittlerer Buntsandstein. 1a Röth. 2 Muschelkalk. 3 Keuper. 4 Lias. 5 Brauner Jura. 6 Weisser Jura. 7^1 Serpulit. 7 Hils (Neocom). 8 Gault. 9 Cenoman. 10 Turon. 11 Senon. 12 Diluvium und Alluvium.

manche, namentlich französische Forscher die eben erwähnten rhätischen Bildungen zum Jura, während dieselben in Deutschland zur Trias gezogen werden. Ebenso wird weiter eine marine Zwischenbildung zwischen Jura und Kreide, das Tithon, von einer Anzahl von Gelehrten mit der Kreide, von der grossen Mehrzahl der Geologen aber mit dem Jura verbunden. Auch die an der Basis der Kreide liegenden Wealdenbildungen wurden früher bald zum Jura, bald zur Kreide gestellt, werden aber jetzt fast allgemein mit der letztgenannten Formation vereinigt.

Was die petrographische Zusammensetzung der mesozoischen Ablagerungen betrifft, so macht sich im Vergleich mit den paläozoischen Schichten eine wesentliche Zunahme der kalkigen Gesteine, die von jetzt an eine Hauptrolle spielen, geltend. Daneben fällt der fast gänzliche Mangel der in den paläozoischen Formationen so verbreiteten Thonschiefer, der Kieselschiefer und Quarzite auf. Statt ihrer erlangen Thone, Letten und Schieferthone, sowie Sandsteine eine grosse Verbreitung. Dieselben stellen zusammen mit Kalksteinen, Mergeln, Dolomiten, Gyps und Steinsalz die herrschenden Gesteine der mesozoischen Formationsgruppe dar.

Die Lagerung der mesozoischen Bildungen ist im Allgemeinen eine wenig gestörte, besonders im Vergleich mit den paläozoischen Ablagerungen. Wenn eine flache Schichtenlage bei diesen eine Ausnahme bildete, so wird sie bei den mesozoischen Gesteinen Regel. Nur in höheren Kettengebirgen, wie im Jura und namentlich in den Alpen, sowie in der Nähe grösserer Verwerfungen kommen auch bei ihnen stärkere Faltungen und steile Schichtenstellungen vor.

Die eruptive Thätigkeit, welche in der Permzeit noch eine so lebhafte war, liess mit Beginn des mesozoischen Zeitalters sehr nach. Ueber grosse Flächenräume Deutschlands, Englands, Frankreichs und Russlands findet man in den mesozoischen Gebilden nicht die geringste Spur von eingelagerten Eruptivgesteinen und Tuffen, und wo solche vorhanden sind, wie im südlichen Tirol und im nördlichen Schottland, sind die betreffenden, gewöhnlich porphyrischen Gesteine auf ein enges Gebiet beschränkt.

Paläontologisch ist das mesozoische Zeitalter hauptsächlich durch das Auftreten der ersten Säugethiere, Vögel, Knochenfische und Laubhölzer ausgezeichnet. Auch die grosse Entwickelung der Saurier, der Ammoniten und Belemniten, der Hexakorallen u. s. w., ebenso wie das sich jetzt vollziehende Zurücktreten der in der ganzen paläozoischen Zeit vorherrschenden Brachiopoden gegenüber den Lamellibranchiaten und der Crinoideen gegenüber den Echinoiden und endlich das völlige Fehlen der Panzerfische und Trilobiten, der Cystideen, der rugosen und tabulaten Korallen, der Lepidodendren, Calamiten u. s. w. bilden wichtige, die mesozoische von der paläozoischen Lebewelt unterscheidende Merkmale.

A. Triasformation.

Allgemeines und Geschichtliches.

Die Trias, die älteste der mesozoischen Formationen, verdankt ihren Namen dem Umstande, dass sie in Deutschland, wo sie zuerst näher bekannt geworden ist, in drei scharf von einander getrennte Abtheilungen, nämlich von unten nach oben den Bunten

Sandstein, den Muschelkalk und den Keuper zerfällt. Schon im vorigen Jahrhundert, zu Zeiten LEHMANN's, FUCHSEL's und WERNER's unterschied man bei uns Buntsandstein und Muschelkalk als wichtige Glieder des „Flötzgebirges", während der Keuper — der Ausdruck entstammt der Gegend von Koburg — erst viel später, nämlich in den 20er Jahren dieses Jahrhunderts, durch L. v. BUCH, HAUSMANN und Andere als ein besonderes Formationsglied vom Muschelkalk abgetrennt wurde. Unter der Bezeichnung „Trias" wurden die drei genannten Schichtenfolgen zuerst im Jahre 1834 durch den schwäbischen Forscher v. ALBERTI zusammengefasst [1]).

Die Triasformation ist in keinem anderen Lande Europas so verbreitet als in Deutschland, wo sie, von Lothringen und Luxemburg bis nach Oberschlesien und vom Juragebirge bis weit in's norddeutsche Flachland hinein reichend, grössere Flächen als irgend eine andere Formation einnimmt. Auch die triassischen Schichten Englands schliessen sich, trotz des Fehlens des Muschelkalks, der deutschen Ausbildung an, und dasselbe gilt von der Trias des südlichen Schwedens. Die deutsche Entwickelungsform der Trias hat somit im Herzen Europas eine sehr ansehnliche Verbreitung. Gehen wir aber zu anderen Kontinenten über, so finden wir dort nur in wenigen Gebieten, wie im östlichen Nordamerika und in Südafrika, eine der „germanischen" einigermassen ähnliche Ausbildung der Formation wieder; in allen übrigen Gegenden aber, wo triassische Bildungen bekannt sind, folgen dieselben einer sehr abweichenden Entwickelung, nämlich derjenigen des Alpengebietes. Diesen „alpinen" Typus treffen wir in ungeheurer Verbreitung im ganzen Mittelmeergebiete, im südlichen, östlichen und nördlichen Asien, im westlichen Nordamerika, in Mexico und Peru, ja sogar auf Neuseeland und anderen australischen Inseln an, so dass derselbe den für die ganze Erde maassgebenden, normalen Entwickelungstypus der Formation darstellt, während die deutsche Trias eine verhältnissmässig sehr beschränkte Localfacies bildet. Der Unterschied beider Entwickelungen ist sowohl ein petrographischer als ein paläontologischer. Die deutsche Trias ist, abgesehen vom kalkig entwickelten Muschelkalk, wesentlich aus sandigen oder thonig-sandigen Gesteinen zusammengesetzt; in England baut sie sich sogar fast lediglich aus solchen auf. In den Alpen dagegen treten die sandigen Gesteine sehr zurück gegen mächtig entwickelte reine Kalksteine, Dolomite und Mergel. Noch beträchtlicher ist die faunistische Verschiedenheit. In Deutschland schliesst allein der Muschelkalk eine etwas reichere Fauna ein, während der Keuper und namentlich der Bunte Sandstein zu unseren versteinerungsärmsten Gebilden gehören. Aber selbst die Fauna unseres Muschelkalks ist arm im Vergleich mit den Faunen der gleichalterigen Ablagerungen des Alpengebietes. Dies gilt namentlich in Betreff der hochseebewohnenden Cephalopoden, welche in der

---

[1]) Beitrag zu einer Monographie des Bunten Sandsteins, Muschelkalkes und Keupers. — Derselbe Verfasser veröffentlichte später (1864) den „Ueberblick über die Trias".

deutschen Trias nur durch einige wenige Arten, in der alpinen aber durch eine ganze Reihe aufeinanderfolgender reicher Faunen vertreten sind. Wir stehen hier einem ganz ähnlichen Verhältnisse gegenüber, wie wir es früher beim versteinerungsarmen deutschen Zechstein im Verhältniss zu den versteinerungsreichen uralisch-indischen Permbildungen kennen gelernt haben. Wie wir schon in diesem Falle zum Schlusse gelangten, dass die letzteren im offenen Weltmeere, unser Zechstein dagegen in einem schwach salzigen Binnenmeere abgelagert sein möchte, so ist ein Gleiches auch für die beiden abweichenden Triastypen anzunehmen: **die weitverbreitete alpine Trias stellt die pelagische Entwickelung der Formation dar, die ungleich beschränktere deutsche Trias dagegen eine seichte Ufer-, Bucht- und Binnenmeerbildung.**

Für eine derartige Bildungsweise der deutschen Trias sprechen ausser ihrer überwiegend sandigen Beschaffenheit und Fossilarmuth noch zahlreiche andere geologische Thatsachen, wie die so verbreitete discordante oder Kreuzschichtung, die Thierfährten, Regentropfeneindrücke, Trocknungsrisse und Wellenfurchen auf den Schichtflächen des Bunten Sandsteins, die sich in den verschiedensten Niveaus der triassischen Schichtenfolge wiederholenden Steinsalz-Pseudomorphosen und die oft massenhaft eingelagerten Landpflanzenreste.

In Anbetracht dieser Verhältnisse könnte es in Frage kommen, ob es nicht angezeigt sei, zuerst die alpine und dann erst die deutsche Trias zu besprechen; die Thatsache, dass die Kenntniss der Formation von Deutschland ausgegangen ist, sowie der Umstand, dass dieses Lehrbuch in erster Linie die deutschen Verhältnisse berücksichtigen soll, lassen es indess zweckmässig erscheinen, mit der Besprechung der germanischen Trias zu beginnen.

Die germanische Trias.

Wie schon oben bemerkt, zerfällt dieselbe in eine untere thonig-sandige Abtheilung, den **Buntsandstein**, eine mittlere kalkige, den **Muschelkalk**, und eine obere sandig-thonige, den **Keuper**[1]). Da diese drei Glieder nicht nur petrographisch, sondern zum Theil auch paläontologisch scharf von einander getrennt sind, so empfiehlt es sich, sie gesondert zu betrachten. Vorher aber seien noch Angaben über die Verbreitung und Literatur der deutschen Trias gemacht.

Auf die ausserordentlich grosse Ausdehnung der Trias in Deutschland ist schon oben hingewiesen worden. Dieselbe ist namentlich im mittleren und südlichen Deutschland, in Thüringen, Hessen, Franken, Schwaben und Lothringen, überall die herrschende Formation. Aber auch in der südlichen Eifel und der Trier'schen Bucht, im Hannover'schen, Braunschweig'schen und Magdeburg'schen, ebenso wie

---

[1]) Die Franzosen bezeichnen den Buntsandstein als grès bigarré, den Muschelkalk mit dem deutschen Namen, den Keuper als marnes irisées.

in Nieder- und Oberschlesien nimmt sie nicht unbeträchtliche Flächenräume ein. In kleinen, sich inselförmig aus dem Diluvium heraushebenden Massen ist sie ferner in der Mark (besonders bei Rüdersdorf unweit Berlin), bei Lüneburg u. s. w. entwickelt, und durch Bohrungen ist ihr Vorhandensein in der Tiefe auch bei Cottbus, Bromberg und in der Gegend von Stade nachgewiesen. Das nördlichste Vorkommen von Trias in Deutschland findet sich auf der Insel Helgoland. Ausserhalb der Reichsgrenzen finden wir Ablagerungen der deutschen Trias einmal in Polen, wohin sie sich von Oberschlesien aus fortsetzt, und ebenso überschreitet sie auch im Westen die Grenze Deutschlands und reicht einerseits am Rande des rheinischen Schiefergebirges aus der Trierer Gegend bis ins Luxemburg'sche, andererseits am Westabfall der Vogesen nach Frankreich hinein. Weiter nach Westen zu sind auch in der Umgebung des französischen Centralplateaus rothe Triassandsteine bekannt. Endlich wären noch die kohlenführenden Keupersandsteine des südlichen Schwedens als Ausläufer der deutschen Trias zu erwähnen.

Was die Literatur über unsere Trias betrifft, so ist die grundlegende Arbeit v. ALBERTI's bereits oben erwähnt worden. Seit dem Erscheinen derselben haben sich eine grosse Zahl von Geologen mit dem Studium dieser Formation beschäftigt. Unter den älteren nennen wir QUENSTEDT [1]), E. E. SCHMID [2]), v. STROMBECK [3]), GIEBEL [4]) und BORNEMANN [5]), unter den neueren v. SEEBACH [6]), ECK [7]), NIES [8]), SANDBERGER [9]), E. WEISS [10]), SCHALCH [11]), BENECKE [12]), NOTLING [13]), BLANKENHORN [14]). Von besonderer Bedeutung für die eingehendere Kenntniss unserer Trias sind auch die von GÜMBEL [15]) in Bayern und von F. RÖMER [16]) in Oberschlesien, namentlich aber die neueren.

---

[1]) Das Flötzgebirge Württembergs. 1843.
[2]) SCHMID u. SCHLEIDEN, Die geogn. Verhältn. d. Saalthales bei Jena. 1846.
[3]) Beitr. z. Kenntn. d. Muschelkalkbild. im nordwestl. Deutschl. Zeitschr. d. deutsch. geol. Ges. 1849.
[4]) Die Versteinerungen im Muschelkalke von Lieskau bei Halle. 1856.
[5]) Ueber d. organ. Reste der Lettenkohlengruppe Thüringens. 1856.
[6]) Die Conchylienfauna d. weimarischen Trias, Zeitschr. d. deutsch. geol. Ges. 1862.
[7]) Ueber d. Format. d. bunt. Sandsteins u. d. Muschelk. in Oberschlesien. Ebend. 1865. — Derselbe, Rüdersdorf u. Umgebung. Abhandl. z. geol. Specialkarte v. Preussen. 1872.
[8]) Beitr. z. Kenntn. d. Keupers im Steigerwalde. 1868.
[9]) Gliederung d. Würzburger Trias. Würzburg. naturw. Zeitschr. 1868. N. Jahrb. f. Min. 1868. S. 234. 362, 623.
[10]) Gliederung der Trias im Saarbrückenschen. N. Jahrb. f. Min. 1869. S. 215 u. Zeitschr. d. deutsch. geol. Ges. 1869. S. 837.
[11]) Beitr. z. Kenntn. d. Trias am südöstl. Schwarzwalde. 1873.
[12]) Ueber die Trias in Elsass-Lothringen und Luxemburg. Abh. z. geol. Specialk. v. Els.-Lothr. 1877.
[13]) Die Entwickelung d. Trias Niederschlesiens. Zeitschr. d. deutsch. geol. Ges. 1880.
[14]) Die Trias am Nordrande der Eifel. Abh. z. geol. Specialkarte von Preussen. 1885.
[15]) Die geogn. Verhältn. des fränkischen Triasgebietes. Bavaria. IV. 11. 1865. — Geogn. Beschreib. d. Fichtelgebirges. 1879.
[16]) Geol. von Oberschlesien. 1870.

in Preussen[1]) und Elsass-Lothringen[2]) für die geologische Specialkarte ausgeführten Aufnahmearbeiten geworden. Dank denselben besitzen wir jetzt eine so genaue Kenntniss der Zusammensetzung der triassischen Ablagerungen in den verschiedensten Gegenden Deutschlands, wie von keiner anderen Formation.

1. Der Bunte Sandstein.

Wie schon der Name besagt, setzt sich diese Schichtengruppe vorherrschend aus buntfarbigen, und zwar ganz überwiegend aus rothen, durch Eisenoxyd gefärbten Sandsteinen, Sandsteinschiefern und Schieferletten zusammen, zu welchen örtlich noch Conglomerate, sowie bunte, kalkige, Gyps und Steinsalz führende Letten hinzukommen, welche letztere indess ganz auf die obere Abtheilung der Schichtenfolge beschränkt sind. In dieser letzteren treten auch mehrfach muschelführende Kalk- oder Dolomitbänke auf, welche im Uebrigen dem Buntsandstein vollständig fehlen.

Im nördlichen und mittleren Deutschland, am Harz, in Thüringen, Hessen u. s. w., folgt der Bunte Sandstein überall mit völlig gleichförmiger Lagerung über dem Zechstein. Ja die Verbindung zwischen den obersten Zechsteinletten und den untersten thonigen Schichten des Buntsandsteins ist meist eine so innige, dass die Trennung beider sehr schwierig und bis zu einem gewissen Grade willkürlich ist. Anders ist es im südwestlichen und westlichen Deutschland, wo in der Eifel, im Schwarz- und Odenwalde und in den Vogesen das Auftreten des Buntsandsteins vielfach mit einer deutlichen Transgression zusammenfällt, in Folge welcher derselbe stellenweise, wie am Oden- und Schwarzwalde, unmittelbar auf krystallinischen Schiefern aufruht. Da diese Transgression die ganze Buntsandsteinzeit über angedauert hat, so fehlt in den genannten Gegenden vielfach der untere, oder auch der untere nebst dem mittleren Buntsandstein.

Wesentlich auf Grund petrographischer Unterschiede wird der Bunte Sandstein in ganz Deutschland in drei Abtheilungen gegliedert, nämlich von unten nach oben 1. den unteren Buntsandstein, 2. den mittleren oder Hauptbuntsandstein und 3. den oberen Buntsandstein oder Röth.

Der untere Buntsandstein besteht aus einer einige 100 Fuss mächtigen Folge rother, grünlicher, gelblicher, weisslicher oder gefleckter, feinkörniger, feinglimmeriger, thoniger Sandsteine, Sandsteinschiefer und Schieferletten. Feste, als Baumaterial verwerthbare Sandsteine treten in dieser Abtheilung in Mitteldeutschland

---

[1]) Vergl. die Erläuterungen zu den auf Thüringen, die Umgebung des Harzes, die Saargegend u. s. w. bezüglichen Blätter der preuss. geol. Specialkarte, sowie zahlreiche, die Trias behandelnde Aufsätze im Jahrbuche der preuss. geologischen Landesanstalt.
[2]) Erläuterungen z. geol. Uebersichtskarte von Deutsch-Lothringen; dessgl. z. Uebersichtskarte der südl. Hälfte des Grossherzogth. Luxemburg. Herausgeg. von der geol. Landesuntersuchung von Elsass-Lothringen. 1887.

nur ganz untergeordnet, in Süddeutschland dagegen in ziemlicher Mächtigkeit auf. Sehr bezeichnend sind allenthalben in den hierhergehörigen Sandsteinen rundliche oder auch eckige Einschlüsse von dunkelrothem Letten, sogen. Thongallen. Eine andere äusserst charakteristische, aber auf das Gebiet im Norden, Osten und Südosten des Harzes beschränkte, ausserdem nur noch bei Rüdersdorf unweit Berlin bekannte Bildung im unteren Buntsandsteine sind die Rogensteine, eigenthümliche, oolithische, mehr oder weniger dolomitische Kalksandsteine, welche bald nur in einzelnen Bänken, bald (wie bei Bernburg, Artern, Sangerhausen) in mächtigen Lagerzonen auftreten (vergl. das Profil Fig. 30) und die Hauptveranlassung für die in den 60er Jahren von BEYRICH, ECK u. A. zuerst am Südharze durchgeführte Trennung von unterem und mittlerem Buntsandstein gewesen sind. Wellenfurchen, Trocknungsrisse und Regentropfeneindrücke sind in dieser Abtheilung des Bunten Sandsteins besonders verbreitet; Conglomerate dagegen fehlen hier so gut wie gänzlich. Im östlichen Hessen, besonders im sogen. Riechelsdorfer Gebirge sowie am Spessart, besteht die tiefste, unmittelbar über dem Zechstein liegende Zone aus dunkelrothen, krümelig-bröckeligen Letten, den sogen. Bröckelschiefern.

Versteinerungen sind im unteren Buntsandstein überall sehr selten. In der Gegend von Halle und anderweitig sind gewisse Schichten mit Abdrücken des kleinen Phyllopoden *Estheria minuta* erfüllt (sogen. Estherien-Schiefer im oberen Theile des unteren Buntsandsteins); in Hessen ist stellenweise an der obersten Grenze der Stufe ein auch in den mittleren Buntsandstein aufsteigendes Fossil, die kleine, meist schlecht erhaltene *Gervillia Murchisoni* GEIN. (XXXIII, 4) nicht selten. Aus Oberschlesien führt ECK *Lingula tenuissima* und *Pecten* sp. auf.

Der mittlere oder Hauptbuntsandstein stellt eine mitunter bis 1000 Fuss mächtig werdende Folge mehr oder weniger grobkörniger, cämentfreier oder doch -armer Quarzsandsteine dar. Conglomerate können in allen Horizonten auftreten, spielen indess gewöhnlich nur eine untergeordnete Rolle. Schieferletten und Sandsteinschiefer fehlen zwar nirgends zwischen den massigen Sandsteinbänken, treten aber im Ganzen sehr gegen diese zurück. Eine sehr verbreitete Erscheinung ist namentlich in dieser Abtheilung des Bunten Sandsteins in ganz Deutschland die discordante oder Kreuzschichtung (Fig. 29), und auch Wellenfurchen sind nicht selten. Im oberen Niveau, an der Grenze gegen den Röth, enthalten die hier meist hellfarbigen, feinkörnigen Sandsteine in Thüringen, einem Theile von Hessen und Franken, am Spessart und Odenwald (besonders bei Hildburghausen, Jena, Karlshafen a. d. Weser, Kissingen u. s. w.) die als *Chirotherium*-Fährten bekannten Fussspuren von Amphibien, wahrscheinlich Stegocephalen (vergl. XXXIII, 2). In den Vogesen entsprechen dem Hauptbuntsandstein die mächtigen blassrothen, nach oben conglomeratisch werdenden, schon lange als Vogesensandstein (Grès des Vosges, VOLTZ) bezeichneten Sandsteine.

Ausser den eben erwähnten Kriechspuren enthält der mittlere Buntsandstein kaum andere Versteinerungen als Labyrinthodontenreste. Namentlich bei Bernburg schliesst er zahlreiche Ueberbleibsel derselben, besonders wohlerhaltene Schädel von *Trematosaurus Braum* Burm. ein.

Der obere Buntsandstein oder Röth endlich setzt sich wesentlich aus bunten Letten oder Mergeln zusammen, welche namentlich in Thüringen häufig Gypsstöcke, und im Norden des Harzes (bei Juliushall [Harzburg], Salzgitter, Schöningen u. s. w.) auch Salzlager einschliessen. Aber auch wo letztere nicht bekannt sind,

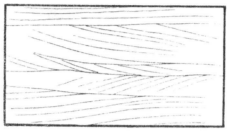

Fig. 29. Kreuzschichtung im mittleren Buntsandstein.
Spiegelslust bei Marburg.

pflegen Steinsalzpseudomorphosen auf den Schichtoberflächen nicht selten zu sein. Ausserdem enthält der untere Theil des Röths in Hessen und Thüringen als eine häufige Erscheinung dünne Zwischenschichten von hellfarbigem quarzitischem Sandstein, der obere Theil der Schichtenfolge dagegen in Thüringen dolomitische Kalkbänke, den sogen. Rhizocorallium-Dolomit, der dadurch wichtig ist, dass er die einzige, einigermassen in Betracht kommende Fauna des Buntsandsteins einschliesst. Ausser den schlangenförmig gewundenen Wülsten des jetzt als Hornschwamm gedeuteten *Rhizocorallium jenense* findet sich hier als wichtigstes, fast durch ganz Deutschland verbreitetes Leitfossil *Myophoria costata* (XXXIII, 3), ferner *My. vulgaris*, *Gervillia socialis*, *Lingula tenuissima*, *Myacites mactroides*, *Myoconcha Thielaui*, *Pecten discites* und andere Muschelkalkarten. Von besonderem Interesse, aber nur örtlich (wie besonders bei Jena) etwas häufiger ist ein Ammonit, *Amm. (Beneckeia) tenuis*, der Vorläufer von *B. Buchi* aus dem unteren Muschelkalk.

In Lothringen, im Saargebiet und der Eifel wird der Röth vorherrschend aus feinkörnigen, glimmerig-thonigen Sandsteinen mit zahlreichen Pflanzenresten, dem sogen. Voltzien-Sandstein zusammengesetzt (vergl. Profil Fig. 30). Die verbreitetste Pflanze ist die Abietide *Voltzia heterophylla* (XXXI, 1), daneben treten *Equisetum Mougeoti*, *Anomopteris*- und *Caulopteris*-Arten u. s. w. auf[1]). In

---

[1]) Schimper u. Mougeot, Monogr. des plantes foss. du grès bigarré des Vosges. 1844.

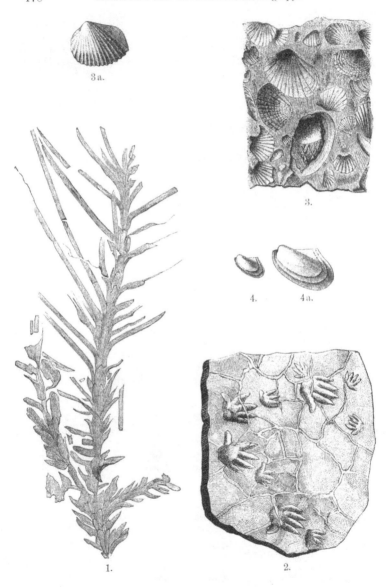

Taf. XXXIII. Versteinerungen des Buntsandsteins. 1. *Voltzia heterophylla* Brongn. 2. *Chirotherium*-Fährten (stark verklein.). 3. Gesteinsstück mit Steinkernen und Abdrücken von *Myophoria costata* Zenk. 3a. Dieselbe Art. 4. *Gervillia Murchisoni* Gein. 4a. Vergr.

Lothringen, wie auch in der Haardt, in den Vogesen und im Schwarz- und Odenwalde ist die unterste, in der Regel nur einige Meter mächtige Zone des Röths durch Knollen und Schnüre von Dolomit und Carneol, die sogen. Carneolbank, ausgezeichnet.

Am Südrande der Ardennen und bei Malmédy endlich treten als eine von der sonstigen Entwickelung des Röths sehr abweichende Uferbildung mächtige, grobe Conglomerate auf.

Als eine sehr interessante Erscheinung ist schliesslich noch das Vorkommen von Bleiglanz in Körnern und kleinen Knollen im Buntsandstein von Mechernich und Commern in der nördlichen Eifel und in beschränkterem Maasse auch bei St. Avold in Lothringen zu erwähnen. Am erstgenannten Orte hat dieses merkwürdige Vorkommen (das sogen. Knottenerz) den wichtigsten, schon von den alten Römern betriebenen Bleierzbergbau Deutschlands in's Leben gerufen.

2. Der Muschelkalk.

Im Gegensatz zum Bunten Sandstein und Keuper bildet der Muschelkalk eine wesentlich kalkige Schichtenfolge. Durchschnittlich etwa 1000 Fuss mächtig, besteht dieselbe in ihrem unteren und oberen Theile aus meist dünnschichtigen, hellgrauen Kalksteinen mit zwischengeschalteten grünlichgrauen Mergeln, im mittleren Theile dagegen aus gyps- und salzführenden Mergeln und Dolomiten. Nur am äussersten Westrande seiner Verbreitung, in einer von der kölnischen Rheinbucht bis in die Reichslande reichenden Zone, ist der untere Theil des Muschelkalks durch sandige Gesteine, den Muschelsandstein, vertreten. Die Versteinerungen des Muschelkalks sind keineswegs gleichmässig durch die ganze Schichtenfolge vertheilt, vielmehr gewöhnlich an bestimmte Bänke gebunden, in denen sie, wenn auch meist nur mit wenigen Arten, so doch oft in solcher Häufung auftreten, dass der Name „Muschelkalk" ganz gerechtfertigt erscheint.

In seiner Verbreitung steht der Muschelkalk zwar dem Buntsandstein nach; immerhin nimmt er namentlich in Thüringen, Franken, Schwaben und Lothringen recht erhebliche Flächen ein, und auch im Norden und Nordwesten des Harzes und in Schlesien spielt er eine nicht unbeträchtliche Rolle. Sein nördlichstes Vorkommen liegt auf Helgoland. Von Lothringen aus reicht er im Westen und Süden der Vogesen bis in das Département du Jura hinein. Auch am Morvan, im Nordosten des französischen Centralplateaus, kann er noch in Gestalt wenig mächtiger, grauer, zwischen Voltziensandstein und Keuper eingeschalteter Kalksteine und Dolomite wiedererkannt werden. Weiter nach Westen zu aber ist er, wenigstens in kalkiger Gestalt, ebensowenig bekannt als in England. Dagegen tritt überraschender Weise in der Gegend von Toulon und Montpellier vereinzelt noch einmal ächter Muschelkalk auf.

In ganz Deutschland zerfällt der Muschelkalk in drei Abtheilungen, nämlich: 1. den unteren Muschelkalk oder Wellenkalk, 2. den mittleren Muschelkalk oder die Anhydritgruppe v. ALBERTI's und 3. den oberen Muschelkalk (Hauptmuschelkalk QUENSTEDT's, Friedrichshaller Kalk v. ALBERTI's). Im Allgemeinen bleiben sich die Zusammensetzung wie auch der organische Inhalt der ganzen Schichtenfolge überall auffallend ähnlich.

Der untere Muschelkalk oder Wellenkalk besteht aus dünn und wellig geschichteten, etwas mergeligen Kalksteinen mit fältelig-runzeliger Oberfläche. In den tiefsten Lagen treten vielfach gelbe dolomitische Bänke, der sogen. Wellendolomit auf. Darüber folgt der untere oder Hauptwellenkalk mit Bänken voll *Natica* (*Turbo*) *gregaria* und *Dentalium torquatum*. Der obere Wellenkalk ist durch Einlagerungen von Schaumkalk ausgezeichnet, einem gelblichgrauem, porösem, durch Auslaugung oolithischer Schichten entstandenem Kalkstein. Dieses ebenso leicht zu bearbeitende als dauerhafte und daher einen sehr geschätzten Werkstein liefernde Gestein tritt theils in einzelnen stärkeren Bänken, theils in mächtigeren Lagerzonen auf. In Thüringen lassen sich meist zwei Hauptschaumkalkzonen unterscheiden, die durch eine 60—80 Fuss mächtige Folge von Wellenkalk getrennt werden. Die untere dieser Zonen entspricht dem, was E. SCHMID im südlichen Thüringen als Terebratulakalk (nach den darin oft massenhaft angehäuften Schalen von *T. vulgaris* [XXXIV, 7]) bezeichnet hat. Den Schluss des unteren Muschelkalks bilden mit Tausenden von Exemplaren von *Myophoria orbicularis* bedeckte Wellenkalkschichten, die sogen. *Orbicularis*-Platten.

Der untere Muschelkalk Elsass-Lothringens, der Saar- und Moselgegend und der nördlichen Eifel ist, wie zuerst E. WEISS für das Saargebiet zeigte, nicht wie gewöhnlich aus Wellenkalk, sondern aus grauen, dolomitisch-mergeligen Sandsteinen zusammengesetzt. Nur die Schichten mit *Myoph. orbicularis* bestehen wenigstens stellenweise noch aus Kalken. Früher rechnete man diese, vielfach auch durch eine rothe Färbung abweichenden Sandsteine allgemein zum Röth, bis WEISS durch Auffindung der gewöhnlichen Muschelkalkfossilien nachwies, dass hier nur eine abweichende sandige Facies des unteren Muschelkalks, sogen. Muschelsandstein vorliege (vergl. S. 185, Fig. 30). Auch in der Gegend von Baireuth findet sich nach GÜMBEL eine ähnliche sandige Ausbildung des unteren Wellenkalks wieder.

Paläontologisch ist der untere Wellenkalk ausser dem hier besonders häufigen, aber schon im oberen Röth vorkommenden *Rhizocorallium jenense*, *Terebratula vulgaris*, *Lima lineata*, *Myophoria cardissoides*, *Chemnitzia scalata* (XXXIV, 8) u. s. w. besonders durch ein paar seltene Ammoniten (*Strombecki*, *Buchi*, *Ottonis*, *Damesi*) ausgezeichnet. Der obere, schaumkalkführende Wellenkalk, eines der versteinerungsreichsten Niveaus des ganzen Muschelkalks, enthält neben *Myophoria vulgaris* (XXXIV, 5), *cardissoides* und *elegans*, *Gervillia costata*, *Monotis Alberti*, *Pecten discites* (ebend. 3) und *laevi-*

gatus, *Nucula Goldfussi*, *Spiriferina fragilis* und *hirsuta*, *Athyris trigonella*, *Terebratula vulgaris* (ebend. 7), *Ecki* und *angusta*, *Ammonites* (*Beneckeia*) *Buchi* und zahlreichen sonstigen Arten noch einige wichtige andere, allerdings mehr oder weniger seltene Ammoniten, wie *Ptychites dux* und *Ceratites antecedens* und *trinodosus* [1]).

Der mittlere Muschelkalk besteht überwiegend aus Dolomiten, die zum Theil Hornsteinknollen führen, zum Theil zelligcavernös sind (Zellendolomit), gelbgrauen, ebenschichtigen, dolomitischen Mergeln und Kalken, sowie Anhydrit-, Gyps- und Steinsalzstöcken. Salzlager spielen sowohl an einigen Punkten Thüringens (Erfurt, Gotha, Stotternheim u. s. w.) als auch namentlich in Süddeutschland (Rappenau bei Wimpfen in Baden, wo in den 20er Jahren das erste süddeutsche Steinsalz erbohrt wurde, Friedrichshall in Württemberg, Stetten in Hohenzollern, Schweizerhall in der Schweiz) eine Rolle. In der Gegend von Ettelbrück im Luxemburg'schen ist, ähnlich wie im ganzen linksrheinischen Gebiete der Wellenkalk, auch der mittlere Muschelkalk durch sandige Schichten ersetzt. Versteinerungen sind in dieser Abtheilung des Muschelkalks sehr sparsam.

Der obere Muschelkalk setzt sich allenthalben aus zwei Hauptgliedern zusammen, nämlich zuunterst aus dem sogen. Trochitenkalk, einem sehr harten, oft fast ganz aus Stielgliedern von *Encrinus liliiformis* (XXXV, 2) bestehenden Kalkstein, der häufig von oolithisch-glaukonitischen Kalken begleitet wird, und darüber aus den sogen. Nodosenschichten, dünnbankigen, mit grauen Thonen und Schieferletten wechsellagernden Kalksteinen, welche als bezeichnendste Versteinerung allenthalben *Ceratites nodosus* (ebend. 1) einschliessen. Im südwestlichen Deutschland kommt dazu noch eine wenig mächtige oberste, aus Dolomiten und dünnplattigen Kalken mit *Trigonodus Sandbergeri* (XXXIV, 6) bestehende Schichtenfolge, die sogen. Trigonodus-Schichten.

Von allen drei Abtheilungen des Muschelkalks ist diese die versteinerungsreichste. *Encrinus liliiformis*, *Lima striata* (XXXIV, 2), *Gervillia socialis* (ebend. 1), *Terebratula vulgaris* (ebend. 7) und *cycloides*, *Pecten discites* (ebend. 3), *Myophoria vulgaris* (ebend. 5) erfüllen oftmals ganze Bänke. Besonders bezeichnend, weil nur in den Nodosenschichten gekannt, sind *Ceratites nodosus* (XXXV, 1) mit breitem Rücken und starken, einfachen, an der Rückenkante mit einer knotenförmigen Anschwellung endigenden Rippen, sowie der grössere, scharfrückige *C. semipartitus* und der kleinere *C. enodis*. Auch der grosse *Nautilus bidorsatus* (XXXIV, 9) hat seine Hauptverbreitung im oberen Muschelkalk.

Etwas abweichend ist die Entwickelung des Muschelkalks in Oberschlesien und den angrenzenden Theilen Polens durch die sich hier findende dolomitische Ausbildung des ganzen oberen, mittleren und der oberen Hälfte des unteren Muschelkalks. Die der letzteren (der schaumkalkführenden Abtheilung anderer Gegenden) entsprechenden

---

[1]) Diese letzte wichtige Species des alpinen Muschelkalks ist neuerdings in einem Exemplar von Rüdersdorf bekannt geworden.

182 Mesozoische oder secundäre Formationsgruppe.

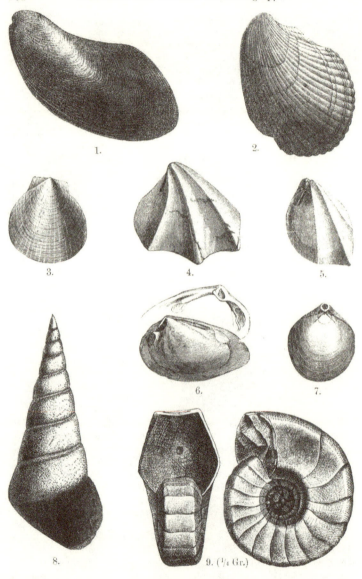

Taf. XXXIV. Versteinerungen des Muschelkalks. 1. *Gervillia socialis* Schloth. 2. *Lima striata* Schl. 3. *Pecten discites* Schl. 4. *Myophoria pes anseris* Schl. 5. *Myophoria vulgaris* Schl. 6. *Trigonodus Sandbergeri* v. Alb. 7. *Terebratula (Coenothyris) vulgaris* Schl. 8. *Chemnitzia scalata* Schl. 9. *Nautilus bidorsatus* Schl.

Triasformation.

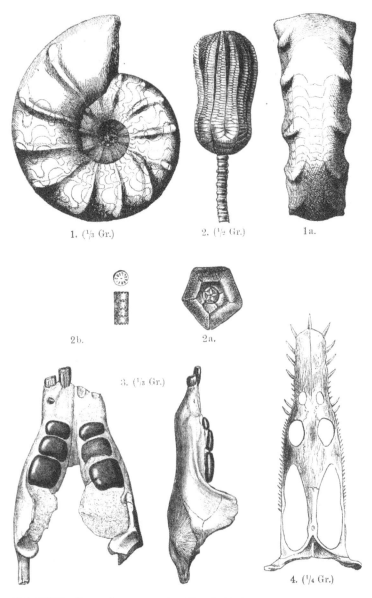

1. (⅓ Gr.)   2. (½ Gr.)   1a.

2b.   3. (⅓ Gr.)   2a.

4. (¼ Gr.)

Taf. XXXV. Versteinerungen des Muschelkalks. 1, 1a. *Ceratites nodosus* DE HAAN. 2. *Encrinus liliiformis* LAM. 2a. Kelch von unten. 2b. Säulenstück. 3. *Placodus gigas* AGASS. 4. *Nothosaurus mirabilis* v. MÜNST.

Schichten sind nicht nur durch ihre Erzführung (Brauneisen, Bleiglanz und Galmei) wichtig, sondern auch durch das Vorkommen von Gyroporellen und anderen mit dem alpinen Muschelkalk gemeinsamen Versteinerungen (besonders *Athyris trigonella*, *Spiriferina Mentzeli*, *Terebratula angusta* und *Rhynchonella decurtata* [vergl. Taf. XXXVIII] — Arten, die übrigens auch anderweitig, namentlich in Franken, nicht fehlen — von Interesse.

Als eine auch den Kalksteinen anderer Formationen nicht fehlende, aber namentlich im Muschelkalk verbreitete, als Druckerscheinung zu deutende Bildung seien noch die zapfenförmigen Stylolithen erwähnt.

Betreffs des Einflusses des Muschelkalks auf die Oberflächengestaltung sei noch hervorgehoben, dass grosse, flachgelagerte Ausbreitungen desselben eintönige, wasserarme Plateaus mit tief eingerissenen, engen Thälern, kleinere Muschelkalkschollen dagegen bastionenförmige, steil in die Thäler abstürzende Berge bilden (vergl. das Profil Fig. 30). Wo solche Schollen aus dem gesammten Muschelkalk bestehen, da bedingen die harten Gesteine des oberen Muschelkalks über der ersten Wellenkalkterrasse noch eine höhere zweite Terrasse. Wo endlich, wie im Profile Fig. 31, die Muschelkalkschichten eine stärkere Aufrichtung erlitten haben, macht sich stets die verschiedene Härte und Wetterfestigkeit der verschiedenen Gesteinsglieder geltend. Die verhältnissmässig festen Wellenkalke, namentlich die Schaumkalkzonen, und ebenso im oberen Muschelkalk die Trochitenkalke, bedingen bald nur schwächere, kantenförmige, bald höhere rückenförmige Erhebungen, während die leicht auswaschbaren Gesteine des mittleren Muschelkalks — ebenso wie diejenigen des Röths — die Bildung muldenförmiger, häufig mit Thälern zusammenfallender Bodensenkungen veranlassen.

3. Der Keuper.

Die oberste Schichtengruppe der Trias, der Keuper (bei den Franzosen marnes irisées), besteht aus bunten, vorherrschend roth gefärbten Letten, welche in der Mitte der Schichtenfolge in grosser Verbreitung Einlagerungen von Gyps und seltener auch von Steinsalz enthalten, aus hellfarbigen Sandsteinen und aus unreinen, meist wenig mächtigen Kalken und Dolomiten, zu welchen endlich in der unteren Abtheilung als eine untergeordnete Bildung noch unreine Steinkohlenflötzchen hinzukommen. Die Grenze dieser Schichtengruppe gegen den Muschelkalk pflegt wenig scharf, die gegen den Lias dagegen sehr scharf zu sein. Wie schon die Gesteinsbeschaffenheit, noch deutlicher aber die spärliche und eintönige Fauna zeigt, welcher die hochseebewohnenden Cephalopoden so gut wie ganz fehlen [1]), stellt der Keuper in seiner Gesammtheit gleich dem Bunt-

---

[1]) Als einen ganz vereinzelt dastehenden Fund hat ZIMMERMANN aus dem Thüringer Grenzdolomit einen *Ceratites Schmidi* (Zeitschr. d. deutsch. geol. Ges.

Triasformation. 185

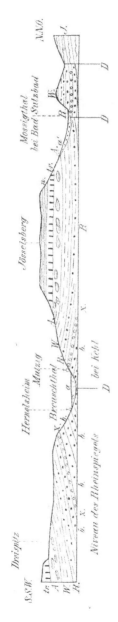

Fig. 30. Profil durch die Trias der Gegend von Mutzig und Sulzbad am Ostrande der Vogesen. Nach BENECKE.
b Vogesen- (Haupt-) Buntsandstein. x Hauptconglomerat desselben. R Röth (= Voltziensandstein). W Muschelsandstein. A Anhydritgruppe mit Gypslagern. tr Trochitenkalk. n Nodosenschichten. J Jurassische Bildungen. a Thal-, a′ Gehänge-Alluvium. D Verwerfung.

Fig. 31. Profil durch die Trias der Gegend von Oberheldrungen in Thüringen. (Längen = 1:30,000, Höhen = 1:15,000.)
su Unter. Buntsandst. z Rogensteinlager desselben. sm Mittl. Buntsandst. so Röth. mu Wellenkalk. x Schaumkalklager desselben. mm Mittl. Muschelkalk. mn Trochitenkalk. mo1 Nodosenkalk. mo2 Grenzdolomit. ku1 Gypskeuper. y Gypslager desselben. ku2 Steinmergel. d Diluvium.

sandstein eine Seichtmeerablagerung dar. Die Hauptverbreitung des deutschen Keupers liegt in Franken und Schwaben; aber auch in Elsass-Lothringen und Luxemburg nimmt er ansehnliche Flächenräume ein. Demnächst wären die Mitte des thüringischen Beckens, die Senke zwischen Teutoburger Wald und Wesergebirge, und Oberschlesien als seine wichtigsten Verbreitungsgebiete zu nennen. Im Ganzen fallen die Grenzen der Verbreitung des deutschen Keupers mit denen des deutschen Reiches zusammen. Ausserhalb derselben finden wir nur im südlichsten Theile von Schweden, in Schonen, ein grösseres Gebiet von oberem Keuper, welches indess nur eine äusserste Fortsetzung der deutschen Keuperbildungen darstellt.

Zusammenhängend mit ihrer geringen Festigkeit bedingen die Keupergesteine überall weiche, sanft wellige Oberflächenformen; nur die etwas härteren Sandsteine bilden stärker hervortretende Kanten, Rücken oder Stufen.

Wie der Buntsandstein und Muschelkalk, so wird auch der Keuper in drei, trotz mannigfacher örtlicher Verschiedenheiten überall mit grosser Bestimmtheit wiederzuerkennende Abtheilungen getrennt, nämlich den unteren oder Kohlenkeuper, den mittleren, Haupt- oder Gypskeuper und den oberen Keuper oder das Rhät.

Der untere oder Kohlenkeuper, auch Lettenkohlengruppe genannt, besteht aus grauen Thonen und Schieferletten, weisslichen, gelblich-, bräunlich- oder grünlichgrauen Sandsteinen und dolomitischen Kalksteinen. Dazu treten in Thüringen und dem südwestlichen Deutschland noch schwache, fast immer unbauwürdige Flötze einer unreinen lettigen Steinkohle, welche der in Rede stehenden Stufe den Namen Lettenkohle eingetragen hat. An der oberen Grenze liegt ein verschieden ausgebildeter, bald dichter, bald poröser oder löcheriger, mitunter auch oolithischer, gelblicher, dolomitischer Kalk, der durch ganz Deutschland verbreitete Grenzdolomit. Derselbe enthält ausser anderen Fossilien als wichtige Leitform die der *M. costata* des Röths ähnliche *Myophoria Goldfussi* (XXXVI, 4). Von anderen Versteinerungen des Kohlenkeupers wären besonders *Estheria minuta* (XXXVII, 4) und *Lingula tenuissima* zu nennen. Die erstere ist, zusammen mit anderen kleinen, der Gattung *Bairdia* angehörenden Schalenkrebsen, in den Schieferthonen oft massenhaft vorhanden (Estherien- oder Bairdienschichten). Von Mollusken pflegen ausser der genannten *Myophoria Goldfussi* nur noch *M. transversa*, *Anoplophora lettica* und *donacina* und ein paar Gervillien — gewöhnlich in wenig guter Erhaltung — vorhanden zu sein. Häufiger sind in Thüringen und in Schwaben kleine Fischzähne und -Schuppen (*Acrodus*, *Hybodus*), sowie die grösseren, sehr charakteristischen Zähne der Dipnoër-Gattung *Ceratodus* (XXXVI, 3) und Reste von Labyrinthodonten und Sauriern (*Mastodonsaurus* [ebend. 1],

---

1883) beschrieben. Derselbe Forscher hat soeben (Jahrb. d. preuss. geol. Landesanstalt f. 1889) aus gleichem Niveau auch einen neuen, von *bidorsatus* verschiedenen *Nautilus*, *N. jugatonodosus* bekannt gemacht.

Nothosaurus). Auch Pflanzenreste sind recht verbreitet, aber meist schlecht erhalten. QUENSTEDT betrachtet den Kohlenkeuper als oberstes Glied des Muschelkalks.

Der mittlere oder Hauptkeuper, die mächtigste Abtheilung des gesammten Keupers, besteht im nördlichen Deutschland aus grellfarbigen, rothen und grünen, bröckeligen Letten, die in ihrer unteren Hälfte, dem Gypskeuper im engeren Sinne, stets Einlagerungen von Gyps enthalten, während ihre obere, unter dem Namen Steinmergel bekannte Hälfte gypsfrei ist. Steinsalzpseudomorphosen sind in der gypsführenden Abtheilung sehr verbreitet; Steinsalzlager dagegen sind in diesem Niveau wohl in Lothringen (so besonders bei Dieuze), aber nicht in Norddeutschland bekannt. Auch in Süddeutschland beginnt der mittlere Keuper mit bunten, gypsführenden Letten. Darüber folgen aber Sandsteine, und zwar zuunterst der pflanzenreiche Schilfsandstein (mit *Equisetum arenaceum* [XXXVII, 2], *Pterophyllum Jaegeri* [ebend., 1]) u. s. w., höher aufwärts aber, über einer neuen Zone gypsführender Lettenschiefer (den Lehrberg- oder Berggypsschichten), in Schwaben der weisse Stubensandstein, welcher bei Stuttgart die berühmte, das Stuttgarter Museum zierende Gruppe von *Aëtosaurus ferratus*, *Belodon Kapffi* und andere Saurierreste geliefert hat, in Franken der *Semionotus*-Sandstein, mit dem namentlich bei Koburg in trefflicher Erhaltung vorkommenden Ganoidfische *S. Bergeri*. In Lothringen endlich liegt über dem Schilfsandstein noch einmal eine ansehnliche Zone von bunten gypshaltigen Mergeln.

Versteinerungen sind im mittleren Keuper, abgesehen von den Pflanzen und Sauriern der genannten süddeutschen Sandsteine, selten. Um so interessanter ist das Auftreten einer Anzahl von Zweischalern, die auch aus den Raibler Schichten der Alpen bekannt sind (besonders *Corbula Rosthorni* und *Myophoria Kefersteini* [XL, 8]), in einer bleiglanzführenden Kalkbank (Corbulabank) im unteren Theil der gypsführenden Letten Thüringens, Frankens u. s. w.

Der obere Keuper oder das Rhät (GÜMBEL) wird vorwiegend aus hellfarbigen, dichten Sandsteinen und grauen, sich besonders nach oben zu reiner entwickelnden Lettenschiefern zusammengesetzt. Die letzteren schliessen namentlich bei Baireuth, Culmbach, Bamberg u. a. O. trefflich erhaltene Pflanzenreste (Cycadeen, Farne, Equiseten) ein. Die Sandsteine dieser Stufe dagegen enthalten auf ihren Schichtflächen häufig Exemplare von *Avicula contorta* (XXXVI, 5), *Protocardium rhaeticum*, *Modiola minuta*, *Taeniodon Ewaldi* und *praecursor*, *Anodonta ? postera*, *Gervillia praecursor* u. s. w.[1]).

Diese rhätische oder *Contorta*-Fauna ist zwar nicht reich, aber dadurch, dass sie nicht bloss über ganz Deutschland, England und Centralfrankreich, sondern auch das Alpengebiet verbreitet ist und damit einen festen Vergleichungshorizont zwischen alpinem und

---

[1]) Für die Kenntniss dieser Fauna im Braunschweig'schen und Hannover'schen ist besonders der Aufsatz von SCHLÖNBACH im N. Jahrb. f. Min. 1862 S. 146 wichtig.

188 Mesozoische oder secundäre Formationsgruppe.

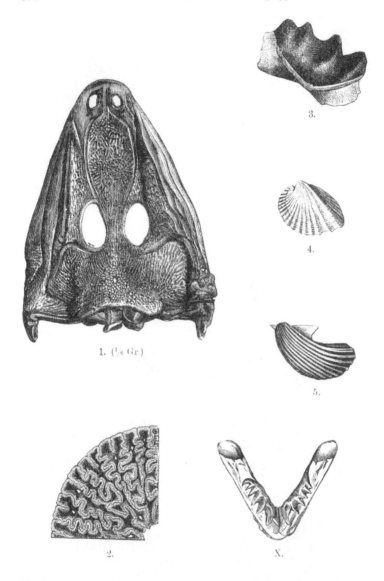

Taf. XXXVI. Versteinerungen des Keupers. 1. Schädel von *Mastodonsaurus giganteus* Jaeg. 2. Stück eines Zahnes von *Mastodonsaurus* im Querschnitt. 3. *Ceratodus Kaupi* Agass., Unterkieferzahn. X. Unterkiefer des lebenden *Ceratodus Forsteri*. 4. *Myophoria Goldfussi* v. Alb. 5. *Avicula contorta* Portl.

Triasformation. 189

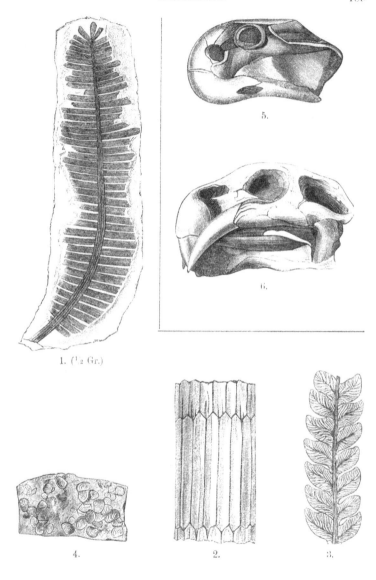

Taf. XXXVII. Versteinerungen des Keupers (1–4) und der Karooformation (5, 6). 1. *Pterophyllum Jaegeri* Brongn. 2. *Equisetum arenaceum* Brongn. 3. *Neuropteris remota* Presl. 4. Gesteinstück mit *Estheria minuta* v. Alb. 5. *Oudenodon Baini* Owen. 6. *Dicynodon feliceps* Owen.

Mesozoische oder secundäre Formationsgruppe.

Uebersicht über die Gliederung der ger-

Stufen	Thüringen, Harz	Hessen, Franken
Oberer Keuper (Rhät)	Dunkle Schiefer und helle Quarzsandsteine	desgl.
Mittlerer (Gyps-) Keuper	Gypsfreie (Stein-) Mergel Bunte, gypsführende Mergel	Sandsteine Gypsfreie Mergel Bunte, gypsführ. Mergel
Unterer Keuper (Kohlenkeuper, Lettenkohlengruppe)	Grenzdolomit Dunkle Thone, Sandsteine, unreine Kalkst.	Grenzdolomit desgl.
Oberer Muschelkalk	Nodosenschichten Trochitenkalk	*Trigonodus*-Schichten Nodosenschichten Trochitenkalk
Mittlerer Muschelkalk (Anhydritgruppe)	Dolomit. Mergel mit Gyps und Salz, Zellendolomit	desgl.
Unterer Muschelkalk (Wellenkalk)	*Orbicularis*-Schichten Wellenkalk mit Schaumkalkeinlagerungen Wellenkalk ohne solche	desgl.
Oberer Buntsandstein (Röth)	Bunte, gypsführende Mergel	desgl.
Mittlerer (Haupt-) Buntsandstein	Chirotheriumsandstein Grobkörn. Quarzsandstein	desgl.
Unterer Buntsandstein	Feinkörn. thon. Sandsteine m. Rogensteinen	Feinkörn. thonige Sandsteine

manischen Trias in einigen Gegenden.

Schwaben	Lothringen, Saargegend	England
Thone u. Sandst. mit *Avicula contorta* etc. Bone bed m. *Microlestes* etc.	Sandsteine und Thone mit *Avicula contorta*	Zone der *Avicula contorta* Bone bed
Stubensandstein Schilfsandstein Gypsführende Letten	Obere, bunte Mergel Schilfsandstein Bunte, gypsführ. Mergel	Bunte Mergel mit Gyps- und Salzeinlagerungen
Grenzdolomit Dunkle Schieferthone Sandsteine, unr. Kalke	Grenzdolomit Bunte Mergel, dunkle Thone u. s. w.	
desgl.	desgl.	
desgl.	desgl.	fehlt (?)
Orbicularis-Schichten Wellenkalk	*Orbicularis*-Schichten Muschelsandstein	
Rothe Schieferthone u. thon. Sandst., unten mit Dolomitknauern, zuunterst Karneolbank	Voltziensandstein	
Grob- u. feinkörn. hellrothe Sandsteine	Vogesensandstein	Rothe Sandsteine, Schieferthone und Conglomerate
Weisse, feinkörn. thonig. Sandsteine	fehlt	

ausseralpinem Keuper abgiebt[1]), von grosser Wichtigkeit. Auch die mächtigen kohlenführenden Sandsteine und Schiefer Schonens gehören der rhätischen Stufe an. Eine Eigenthümlichkeit des Rhäts sind ein paar nur einen oder einige Zoll mächtige, fast lediglich aus Zahn- und Knochenresten von Fischen und Reptilien bestehende Schichten, das sogen. Bone bed. In der Nähe von Stuttgart wurden in demselben auch die Zähnchen von *Microlestes antiquus*, dem ältesten bis jetzt bekannten, zu den Beutelthieren gehörigen Säugethiere aufgefunden.

Es ist noch hervorzuheben, dass einige Geologen mit Rücksicht auf die nahe Verwandtschaft der rhätischen und jurassischen Flora die rhätischen Bildungen zum Lias ziehen oder, wie es vielfach in Frankreich geschieht, als eine besondere Gruppe, den Infralias, ausscheiden. Diese Classification findet indess in der Molluskenfauna der fraglichen Schichten keine Stütze und hat daher auch keine allgemeinere Annahme gefunden.

Die Trias Englands, des östlichen Nordamerika und Südafrikas.

In allen diesen Gebieten finden wir triassische Ablagerungen in einer Entwickelung, welche sich der germanischen mehr oder weniger eng anschliesst.

In **England,** wo die Trias im Centrum des Landes eine ziemlich beträchtliche, aus der Gegend von Newcastle und Liverpool bis nach Devonshire reichende Verbreitung besitzt, ist der Buntsandstein durch ganz ähnliche rothe Sandsteine mit Kreuzschichtung und Chirotherienfährten wie bei uns, den New[2]) red sandstone, vertreten. Der Muschelkalk fehlt in England; allein angesichts der Thatsache, dass dort zwischen dem Buntsandstein und Keuper keine Spur einer Schichtungs- oder Erosionsdiscordanz wahrzunehmen ist, fragt es sich, ob derselbe nicht vielleicht (ähnlich wie in Lothringen) durch buntsandsteinähnliche Schichten vertreten ist. Muss diese Frage bei dem völligen Mangel charakteristischer Versteinerungen offen bleiben, so steht das Vorhandensein des Keupers in England längst ausser Zweifel. Derselbe besteht dort, wie bei uns, aus bunten Mergeln mit Gyps und Steinsalz (in Lancaster u. s. w.), Sandsteinen und dolomitischen Kalken. Darüber folgt die sehr entwickelte rhätische Stufe, zuunterst Kalke und Mergel mit *Protocardium rhaeticum, Lima praecursor, Myophoria postera* u. a. Arten, dann das Bone bed, schwarze Schiefer mit Fischresten und *Avicula contorta, Pecten valoniensis, Protocardium rhaeticum* u. s. w., zuoberst endlich graue Mergel mit Resten von *Microlestes*.

---

[1]) Oppel u. Süss, Ueber die muthmasslichen Aequivalente der Kössener Schichten in Schwaben. Sitzungsber. d. Wien. Akad. 1856.
[2]) Als New red sandstone wird derselbe bezeichnet im Unterschiede vom devonischen Old red sandstone.

Auch die das französische Centralplateau umsäumenden Triasbildungen bestehen vorwiegend aus rothen, oft gypsführenden Sandsteinen und Conglomeraten, welche den gleichen Gesteinen der deutsch-englischen Trias sehr ähnlich sind. Mit Ausnahme einiger Punkte am Morvan fehlt auch hier der Muschelkalk, während sich die rhätische Stufe an der Basis des Lias meist gut zu erkennen giebt.

Auch im östlichen und mittleren Theile Nordamerikas, am Ostabhange der Alleghanies und in den Rocky Mountains, treten im Gegensatz zu Californien, wo triassische Schichten von alpinem Typus entwickelt sind, Triasablagerungen auf, die denen Englands und Deutschlands vergleichbar sind und die auch in Amerika als New red sandstone bezeichnet werden. Es sind rothe, mitunter von Conglomeraten begleitete, hie und da unreine Kalkbänke einschliessende Sandsteine, Sandsteinschiefer und Letten, auf deren Schichtflächen sich wie bei uns Wellenfurchen, Regentropfeneindrücke und Fussabdrücke finden. Bei Richmond schliessen diese Schichten auch werthvolle Steinkohlenflötze und Sphärosiderite ein. Noch mehr aber als diese sind zahlreiche Lager und Decken von dioritischen und melaphyrartigen Gesteinen — welchen unter anderem die berühmten Pallisaden des Hudsonflusses bei New-York, ein mächtiges, in 130 Meter hohe Säulen abgesondertes Dioritlager, angehören — für uns eine fremdartige Erscheinung. Organische Reste sind auch hier im Allgemeinen selten. Unter den Pflanzen sind *Voltzia heterophylla*, *Equisetum columnare* und andere, auch in der deutschen Trias verbreitete Formen zu nennen. Eine reiche, speciell derjenigen von Lunz in den österreichischen Alpen nahestehende Keuperflora ist unlängst aus Virginien bekannt geworden [1]). Die Schichten des Connecticut-Thales und von New-Jersey schliessen ausser Pflanzenresten auch eine ziemlich reiche Fauna von Ganoidfischen ein [2]). Neben denselben kommen noch Reptilreste vor. Endlich haben sich in Nord-Karolina auch Ueberbleibsel eines Beutelthieres (*Dromatherium*) gefunden.

In Südamerika kommen nach STELZNER in der argentinischen Republik triassische Schichten vom Charakter des New red sandstone vor, und auch die in Südafrika weit verbreiteten, mächtigen Karoosandsteine, die grösstentheils triassischen Alters zu sein scheinen, tragen einen ganz ähnlichen Charakter. Diese Sandsteine sind die Hauptfundstätte der höchst merkwürdigen, von OWEN beschriebenen, als Anomodontien oder Theromorphen bekannten Reptilien (vergl. die Abbildungen Taf. XXXVII. Fig. 5 u. 6).

Die alpine Trias.

Zu beiden Seiten der Centralzone der Alpen zieht sich eine breite, vorherrschend aus mächtigen Kalkmassen aufgebaute Zone hin.

---

[1]) FONTAINE i. d. Monographes of the United States Geolog. Survey. VI. 1883.
[2]) NEWBERRY, ebendas. XIV. 1888.

L. v. Buch und Humboldt sahen diese Kalkzüge, die Kalkalpen, bei ihren ersten Bereisungen noch als dem Zechstein gleichstehend an; Dank den vielen, seit jener Zeit ausgeführten Arbeiten wissen wir aber jetzt, dass dieselben sehr verschiedene Formationen vertreten, die indess alle jüngeren Alters sind, als man es ihnen ursprünglich zuschrieb. Die ersten Triasversteinerungen wurden bei Recoaro in den vicentinischen, und bei St. Cassian in den südtiroler Alpen aufgefunden. Bei Recoaro, wo Buntsandstein und Muschelkalk in einer der deutschen überraschend ähnlichen Entwickelung vorhanden sind, erkannte schon Buch die Zugehörigkeit der betreffenden Versteinerungen zum Muschelkalk. Die Fauna von St. Cassian dagegen wusste man bei ihrer eigenthümlichen, von allem bis dahin Bekannten sehr abweichenden Zusammensetzung lange nicht recht zu deuten. Neben Orthoceren, Murchisonien, Spiriferen und manchen anderen Fossilien von paläozoischem Charakter fanden sich dort Cephalopoden mit ceratitischer und selbst mit ammonitischer Lobenlinie, wie man sie damals nur aus Jura und Kreide kannte, so dass eine Autorität wie Bronn die Fauna für zusammengeschwemmt erklärte. Unter diesen Umständen war es von grosser Wichtigkeit, als man später in den Nordalpen in den sogen. Hallstätter Kalken eine Ammonitenfauna kennen lernte, deren Arten zum Theil specifisch mit solchen von St. Cassian übereinstimmten und dadurch die Altersgleichheit der betreffenden nord- und südalpinen Ablagerungen bekundeten. Jetzt werden beide Faunen tieferen Keuperhorizonten zugerechnet. Erst viel später fand man auch in den Nordalpen (und zwar bei Reutte unweit der bayerisch-tiroler Grenze) ächte Muschelkalkversteinerungen. Ein weiterer bedeutender Fortschritt wurde durch die Arbeiten von Oppel und Suess erzielt, welche 1856 in unzweifelhafter Weise die Gleichalterigkeit der obersten Keuperbildungen Schwabens mit den auf beiden Seiten der Alpen weit verbreiteten Kössener Schichten nachwiesen und damit einen wichtigen Horizont für die Vergleichung der alpinen und deutschen Trias kennen lehrten[1]). Von da an widmeten sich v. Hauer, Escher von der Linth, v. Richthofen, Gümbel u. A. mit aller Kraft der Erforschung der alpinen Trias, deren Kenntniss unter solchen Umständen so rasche Fortschritte machte, dass v. Hauer bereits 1858 nicht nur eine vollständige Gliederung der lombardischen Trias durchführen, sondern auch deren einzelne Glieder in wesentlich zutreffender Weise mit denen der südtiroler und kärnthener Trias parallelisiren konnte[2]).

Trotz des rastlosen Eifers aber, mit welchem das Studium der alpinen Trias in den letzten 30 Jahren betrieben worden ist, bietet dieselbe noch immer manches ungelöste Räthsel. Dies hängt zum Theil mit den vielfach sehr gestörten Lagerungsverhältnissen, besonders aber mit dem sehr häufigen und oft sehr jähen Faciëswechsel der triassischen Schichten der Alpen zusammen. Ein und dasselbe

---

[1]) Sitzungsber. d. Wien. Akad. 1856.
[2]) Erläuter. zu einer geol. Uebersichtskarte der Lombardei. Jahrb. d. geol. Reichsanst. IX. S. 445.

Formationsglied kann in geringer Entfernung als, versteinerungsführender Schieferthon oder Mergel, als Eruptivtuff, als geschichteter Cephalopodenkalk oder endlich in Form mächtiger, fast schichtungsloser Kalke und Dolomite entwickelt sein. Es ist das Verdienst von v. Mojsisovics, zuerst nachdrücklich auf die grosse Rolle aufmerksam gemacht zu haben, welche dieser Facieswechsel, und in Verbindung mit demselben auch der Faunenwechsel, in der alpinen Trias spielt [1]). Dadurch hat manches, bis dahin schwer zu Verstehende eine befriedigende Erklärung gefunden. Die Parallelisirung der alpinen mit der ausseralpinen Trias dagegen ist bis auf den heutigen Tag sehr unsicher. Wie Mojsisovics mit Recht bemerkt hat, kennen wir mit voller Sicherheit in den Alpen nur die Aequivalente von drei Horizonten der deutschen Trias, nämlich des Röths, des unteren Muschelkalks und der rhätischen Stufe (*Contorta*-Zone), während wir z. B. darüber, wo in den Alpen die Aequivalente unseres Muschelkalks aufhören und die des Keupers beginnen, noch sehr im Unklaren sind. Früher liess man den alpinen Keuper ziemlich allgemein mit dem (südtiroler) Buchensteiner Kalk, oder doch wenigstens mit den darüber folgenden Wengener Schichten beginnen; neuerdings macht sich aber, wie es scheint mit gutem Grunde, das Bestreben geltend, die untere Keupergrenze viel höher hinaufzurücken, so dass mindestens ein Theil, wenn nicht vielleicht die ganze norische Stufe von Mojsisovics noch dem Muschelkalk zufallen würde [2]). Angesichts dieser Umstände soll im Folgenden von jeder schärferen Parallelisirung der alpinen und deutschen Trias abgesehen, vielmehr der Gliederung der ersteren die von Mojsisovics vorgeschlagene Eintheilung in fünf Stufen, nämlich den alpinen Buntsandstein, den Muschelkalk, die norische, karnische und rhätische Stufe zu Grunde gelegt werden, wobei es dahingestellt bleibt, inwieweit die beiden ersten Stufen sich mit den gleichnamigen deutschen Gruppen decken.

Bemerkenswerth ist, dass die Trias viel besser in den Ostalpen (östlich vom Rheinthale) entwickelt ist, als in den Westalpen, woselbst umgekehrt Jura und Kreide eine grössere Rolle spielen. Damit zusammenhängend sind es besonders österreichische und deutsche Geologen, die sich um die Kenntniss der alpinen Trias verdient gemacht haben. Für die triassischen Ablagerungen der bayerischen Alpen sind vor Allem Gümbel's Arbeiten [3]) wichtig geworden, für die der tiroler und lombardischen Alpen die Untersuchungen v. Richthofen's und Benecke's [4]), für die der österreichischen Alpen endlich

---

[1]) Ueber d. Gliederung d. ober. Triasbild. i. d. östl. Alpen. Jahrb. d. geol. Reichsanstalt. 1869. — Faunen u. Faciesgeb. d. Triasper. i. d. Ostalpen. Ebend. 1874. — Ueber d. heteropischen Verhältnisse d. lombardischen Trias. Ebend. 1880. — Die Dolomitriffe von Südtirol und Venetien. Wien 1878.
[2]) Vergl. v. Wöhrmann, Jahrb. d. geol. Reichsanstalt. 1888, S. 69; 1889, S. 180.
[3]) Geogn. Beschreib. d. bayer. Alpengeb. 1858—1861. Vergl. auch das sehr empfehlenswerthe Werkchen desselben Verf.: Kurze Anleitung zu geol. Beobachtungen in den Alpen (aus den Schriften d. deutsch. Alpenvereins) 1878.
[4]) v. Richthofen, Geogn. Beschreib. d. Umgebung von Predazzo etc. in

diejenigen von BITTNER, v. HAUER, PICHLER, STACHE, STUR, SUESS, TOULA u. A., besonders aber die von MOJSISOVICS, welchem wir auch die umfangreichsten paläontologischen Arbeiten über die alpine Trias verdanken [1]).

1. Der alpine Buntsandstein.

Dem Buntsandstein werden in den Alpen röthliche, sandige, glimmerreiche Schiefer, die sogen. Werfener Schichten (nach Werfen im Salzburg'schen) gleichgestellt. Dieselben schliessen vielfach Gyps und Steinsalz und im oberen Theile auch uureine Kalksteine ein. Ihre Abgrenzung gegen den dem Perm zugehörigen Grödner Sandstein bezw. den Verrucano ist schwierig. Leitversteinerungen sind *Avicula* (*Posidonia*) *Clarai* (kenntlich an ihren dicken, von feinen Radialstreifen durchsetzten Anwachsringen), *Naticella costata* und *Ceratites* (*Tirolites*) *cassianus* (XXXVIII, 1—3). Im obersten Theile der Schichtenfolge treten vielfach kalkige Bänke mit *Myophoria costata*, dem Leitfossil des deutschen Röths, und anderen Versteinerungen auf, die sogen. Myophorienschichten. Der ganze Buntsandstein der Alpen entspricht einer einzigen Zone von MOJSISOVICS, nämlich der der *Nat. costata* und des *Tir. cassianus*.

2. Der alpine Muschelkalk.

Die hierher gehörigen kalkigen Gesteine werden mit verschiedenen Namen, als Virgloria-Kalk (nach dem gleichnamigen Pass am Rhätikon), als Recoaro-Kalk, als Guttensteiner und Reiflinger Kalk, als Mendola-Dolomit u. s. w. bezeichnet. MOJSISOVICS unterscheidet einmal eine normale, meist thonige Sedimentreihe, innerhalb welcher sich wiederum besondere Cephalopoden-, Brachiopoden- und Zweischalerfacies unterscheiden lassen, und zweitens hellfarbige, thonarme Kalke und Dolomite von stockförmiger Entwickelung, nach MOJSISOVICS alte Korallenriffe. Er nimmt weiter einen unteren Muschelkalk, die Zone des *Ceratites binodosus*, und einen oberen, die Zone des *Cer. trinodosus* (XXXVIII, 5) an. Zur unteren Zone gehören die bekannten brachiopodenreichen Kalke von Recoaro und Reutte mit *Athyris trigonella*, *SpiriferinaMentzeli*, *Terebratula vulgaris* und *angusta* und anderen, auch im Wellenkalk Oberschlesiens, Frankens u. s. w. vorkommenden Arten (ebend. 6—9). Von sonstigen Formen des deutschen Muschelkalks wären aus dieser Zone noch *Gervillia socialis* und *costata*, *Myophoria vulgaris*, *Pecten discites* und *laevigatus*, *Encrinus liliiformis* und *gracilis* u. a. zu nennen, und

---

Südtirol. 1860. — BENECKE, Trias u. Jura i. d. Südalpen. Geogn.-paläontol. Beitr. I. 1. 1866. — Ueber d. Umgeb. von Esino i. d. Lombardei. Ebend. II. 3. 1876. — Vergl. weiter LEPSIUS, Das westl. Südtirol. 1878, mehrere Aufsätze GÜMBEL's in d. Sitzungsber. d. bayer. Akad. und Anderes.
[1]) Das Gebirge um Hallstatt. Abh. d. geol. Reichsanst. VI. 1875 (noch unvollst.). — Die Cephalopoden der mediterranen Triasprovinz. Ebend. X. 1882.

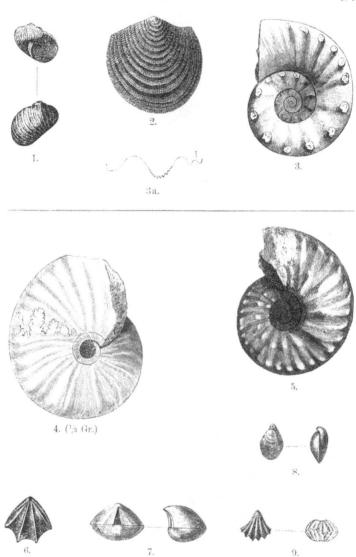

Taf. XXXVIII. Versteinerungen des alpinen Buntsandsteins (oben) und Muschelkalks (unten). 1. *Naticella costata* Münst. 2. *Avicula (Posidonia) Clarai* Emmr. 3. *Ceratites (Tirolites) cassianus* Quenst. 3a. Sutur. 4. *Ptychites Studeri* v. Hau. 5. *Ceratites trinodosus* Mojs. 6. *Athyris trigonella* Schloth. 7. *Spiriferina Mentzeli* Dunk. 8. *Terebratula angusta* Schl. 9. *Rhynchonella decurtata* Girard.

198 Mesozoische oder secundäre Formationsgruppe.

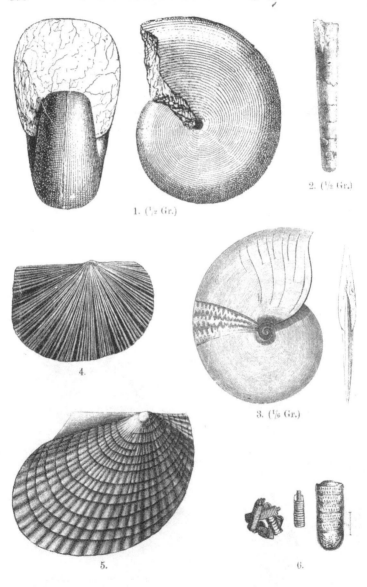

Taf. XXXIX. Versteinerungen der alpinen norischen Stufe.
1. *Cladiscites tornatus* Bronn. 2. *Orthoceras lateseptatum* v. Hau. 3. *Pinacoceras Metternichi* v. Hau. 4. *Daonella Lommeli* Wissm. 5. *Monotis (Pseudomonotis) salinaria* Schloth. 6. *Diplopora annulata* Schafh.

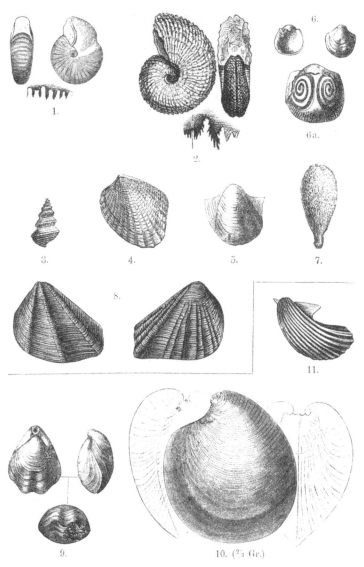

Taf. XL. Versteinerungen der alpinen karnischen (oben) und rhätischen Stufe (unten). 1. *Lobites delphinocephalus* v. Hau. 2. *Trachyceras aon* Münst. 3. *Murchisonia Blumi* Klipst. 4. *Cardita crenata* Münst. 5. *Cassianella gryphaeata* Münst. 6. *Koninckina Leonhardi* Wissm. 6a. Grosse Klappe vergr. 7. Stachel von *Cidaris dorsata* Braun. 8. *Myophoria Kefersteini* Münst. 9. *Terebratula gregaria* Süss. 10. *Megalodon scutatus* Schafh. 11. *Avicula contorta* Portl.

auch das Hauptleitfossil der oberen Zone, *Cer. trinodosus*, ist, wie schon oben erwähnt, in einem Exemplar auch im Schaumkalk von Rüdersdorf bei Berlin aufgefunden worden. Die grosse Masse der übrigen Fossilien des alpinen Muschelkalks, unter welchen namentlich Ammoniten aus den Gattungen *Ceratites, Trachyceras, Arcestes, Ptychites, Pinacoceras, Megaphyllites* u. s. w. eine grosse Rolle spielen, ist im mitteleuropäischen Muschelkalk ganz unbekannt, ebenso wie umgekehrt der wichtigste und verbreitetste Ammonit des letzteren, *Cer. nodosus*, noch nie in den Alpen gefunden worden ist — eine Hauptschwierigkeit für jede weitergehende Parallelisirung des alpinen und deutschen Muschelkalks.

3. Norische Stufe.

Diese Stufe ist dadurch ausgezeichnet, dass während der Zeit ihrer Entstehung die Ostalpen in zwei ganz getrennte Meeresprovinzen zerfielen. Die eine, die juvavische Provinz, umfasste das Salzkammergut und das Salzburgische und setzte sich von da nach den Karpathen zu fort, die zweite, die mediterrane Provinz, begriff das ganze übrige Alpengebiet. Jede dieser beiden Provinzen hatte ihre besondere Entwickelung, jede ihre besondere Fauna. So gehören die in beiden sehr zahlreichen Ammoniten nicht nur verschiedenen Arten, sondern zum Theil sogar verschiedenen Gattungen an.

Für die mediterrane Provinz unterscheidet MOJSISOVICS 1. die Zone der Buchensteiner Schichten oder des *Trachyceras Reitzi* und 2. die der Wengener Schichten oder des *Trach. Archelaus* und der *Daonella Lommeli* (XXXIX, 4). In ihrer typischen Entwickelung in Südtirol sind die ersteren graue Knollen- oder Plattenkalke mit Hornsteinausscheidungen, die letzteren (benannt nach Wengen in Südtirol) dunkle, schieferige und mergelige, innig mit Eruptivtuffen verbundene, als Hauptleitmuschel die eben genannte *Daonella Lommeli* einschliessende Sandsteine [1]). Daneben aber spielt, namentlich in der oberen Zone, wiederum die Rifffacies eine grosse Rolle. So gehören nicht nur die verbreiteten und mächtigen südtiroler Dolomite (Schlerndolomit), sondern auch der gastropodenreiche lombardische Esinokalk und der Wettersteinkalk der bayerischen Alpen in das Niveau der Wengener Schichten. Die Hauptrolle für die Entstehung dieser Riffkalke wie auch des ähnlichen jüngeren Haupt- und Dachsteindolomites haben nicht sowohl Korallen, als vielmehr gesteinsbildende Algen gespielt, die von GÜMBEL u. A. als Gyroporellen und Diploporen beschrieben worden sind (vergl. Taf. XXXIX, Fig. 6). Als ein sandig-thoniges, pflanzenführendes Aequivalent der Wengener Schichten der bayerischen Alpen gelten die (nach der Partnachklamm benannten) Partnachschichten.

In der juvavischen Provinz folgen über dem Muschelkalk

---

[1]) Vielleicht nur eine Varietät von *D. Lommeli* stellt *D. franconica* aus dem Nodosenkalk von Würzburg dar.

zunächst die mergeligen Zlambachschichten (Zone des *Choristoceras Haueri*), dann die bunten, rothen, cephalopodenreichen, als Marmor- oder Knollenkalke entwickelten Kalksteine von Berchtesgaden, Hallein, Hallstatt, Aussee u. s. w., der sogen. Hallstätter Kalk, dessen grösserer, der norischen Stufe zufallender Theil von MOJSISOVICS in vier paläontologische Zonen zerlegt wird (vergl. die Tabelle S. 204). *Pinacoceras Metternichi*, *Cladiscites tornatus*, *Arcestes intuslabiatus*, Arten von *Trachyceras*, *Megaphyllites* u. s. w., *Orthoceras dubium* u. a., Nautilen und Halobien — nach MOJSISOVICS eine auf die juvavische Provinz beschränkte Zweischalergattung — *Monotis salinaria* u. s. w. sind hier hervorragende Formen (vergl. Taf. XXXIX).

4. Karnische Stufe.

Die während der ganzen norischen Zeit bestehende Trennung der mediterranen und juvavischen Provinz setzte sich noch bis in die älteste Phase der karnischen Zeit fort. Diese Phase wird in der mediterranen Provinz durch die Schichten von St. Cassian vertreten, graue oder braune, tuffige Kalkmergel, welche eine überaus reiche, über 200 Gastropoden, etwa 80 Brachiopoden, 70 Conchiferen, 37 Ammoniten, fast ebenso viele Echiniden, Korallen u. s. w. enthaltende Fauna einschliessen [1]). Zwischen den Mergeln treten bei St. Cassian hie und da kalkige oder dolomitische Korallenbänke auf, die zum Theil unmittelbar mit den benachbarten gleichalterigen, schichtungslosen Riffdolomiten zusammenhängen (vergl. die Ansicht Fig. 32, welche vortrefflich das Ineinandergreifen der Riff- und Mergelfacies veranschaulicht). Das Zonenfossil von MOJSISOVICS für die Cassianer Schichten ist *Trachyceras aon* (XL, 2). Als andere wichtige Arten seien *Arcestes Gaytani*, *Megaphyllites jarbas*, *Cassianella gryphaeata*, *Cardita crenata*, *Nucula lineata*, *Encrinus cassianus*, *Cidaris dorsata*, *Koninckina Leonhardi* u. s. w. — wie alle Cassianer Fossilien förmliche Zwergformen — aufgeführt (vergl. den oberen Theil von Taf. XL).

In der juvavischen Provinz gehört der oberste Theil des Hallstätter Marmors, MOJSISOVICS' Zone des *Tropites subbullatus*, der ältesten Phase der karnischen Stufe an. Mit der nun folgenden zweiten Zone dieser Stufe erreichte die Trennung der beiden Meeresprovinzen ihr Ende. Denn die Ablagerungen dieser Zone, die Raibler Schichten (nach dem Dorfe Raibl in Kärnthen), dunkle, bituminöse, mergelige Schiefer und Kalke, besitzen sowohl in der Lombardei, Südtirol und Kärnthen, als auch in Nordtirol, Vorarlberg u. s. w. eine sehr grosse Verbreitung, vermöge welcher sie einen besonders wichtigen Orientirungshorizont abgeben. Die namentlich aus Zweischalern bestehende Fauna hat einen ausgeprägt litoralen Charakter

---

[1]) Diese zuerst durch den Grafen MÜNSTER (Beitr. z. Petrefactenkunde. IV. 1841) bearbeitete Fauna ist später von LAUBE zum Gegenstande einer Monographie gemacht worden (Denkschrift. d. Wien. Akad. 1865—1869).

und ist in vieler Beziehung der Cassianer Fauna noch sehr ähnlich. Das Zonenpetrefact Mojsisovics' ist *Trachyceras aonoides*. Andere besonders verbreitete Arten sind *Myophoria Kefersteini* und *Whatleyae*.

Fig. 32. Ansicht der Dolomitriffe des Sett Sass in Südtirol.
WS Wengener Schichten. *CM* Cassianer Mergel. *CR* Cipitkalk. *CD* Ungeschichteter Riffdolomit. (Links das sogen. Richthofenriff mit zungenförmigen, in die gleichalterigen Mergel eindringenden Ausläufern.)

Cardita Guembeli (besonders in den bayerischen Alpen verbreitet, weshalb diese Schichten hier auch als Cardita-Schichten bezeichnet werden), *Halobia rugosa*, *Gervillia bipartita* u. s. w.[1]). Ein

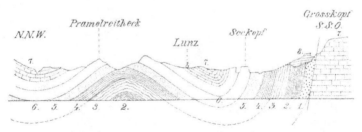

Fig. 33. Profil durch die Triasschichten der Gegend von Lunz in den niederösterreichischen Alpen. Nach Bittner.
1 Werfener Schiefer. *2* Guttensteiner Kalk. *3* Reiflinger Kalk. *4* Reingrabener Schichten. *5* Lunzer Sandstein. *6* Opponitzer Kalk. *7* Hauptdolomit und Dachsteinkalk. *8* Kreide.

paar Arten, wie *Myoph. Kefersteini* und *Corbula Rosthorni*, sind, wie schon S. 187 erwähnt, auch im deutschen Gypskeuper wiedergefun-

---

[1]) Vergl. Deecke, Neues Jahrb. f. Min. Beilageband III. S. 3. 1885. — v. Wöhrmann, Jahrb. d. geol. Reichsanst. 1888. S. 69; 1889. S. 180.

den worden. Als eine locale kohlenführende Sandsteinfacies der Raibler Schichten mit einer reichen Flora, welche viele Arten des deutschen Kohlenkeupers (*Equisetum arenaceum*, *Pterophyllum Jaegeri*) enthält, ist nach den österreichischen Geologen auch der **Lunzer Sandstein** in den niederösterreichischen Alpen zu betrachten (vergl. das Profil Fig. 33). Anderweitig kommen in diesem Niveau auch Gypse und Rauchwacken vor. Auch der Schweizer **Röthidolomit** gehört vielleicht hierher.

Mit der dritten und letzten karnischen Zone endlich beginnt eine oft mehrere 1000 Fuss mächtig werdende Folge hellfarbiger, theils dünnschichtiger bis plattiger, theils klotziger, fast ungeschichteter Kalke und Dolomite, welche als oberstes Glied der Trias sehr verbreitet sind und oft die Hauptmasse der Kalkalpen ausmachen. Der karnischen Stufe gehört von dieser Schichtenfolge der sogen. **Hauptdolomit** und **untere Dachsteinkalk** (nach dem Dachsteingebirge), MOJSISOVICS' Zone der *Avicula exilis* und des *Turbo solitarius* an. Im Allgemeinen sind Versteinerungen in dieser Zone selten. Am häufigsten sind Steinkerne grosser Megalodonten, *M. Guembeli*, *complanatus* u. a., meist unter dem alten Sammelnamen *M. triqueter* (vergl. Taf. XL, Fig. 10 den ähnlichen *M. scutatus*) oder auch als „Dachsteinbivalve" aufgeführt. Auch Gyroporellen spielen in manchen Schichten eine grosse Rolle.

5. Rhätische Stufe.

Derselben fällt der **obere Dachsteinkalk** (mit *Megalodon scutatus* [XL, 10], gewöhnlich ebenfalls als *triqueter* bezeichnet) zu. Daneben aber treten, gewöhnlich in etwas tieferem Horizonte, in grosser Verbreitung graue, oft breccienartige, versteinerungsreiche Mergel, die sogen. **Kössener** oder *Contorta*-**Schichten** (nach der besonders bezeichnenden *Avicula contorta* [ebend. 11] auf. Ja diese letzteren sind um so wichtiger, als sie, wie bereits früher hervorgehoben, nicht nur auf das alpine Gebiet beschränkt, sondern über ganz Westeuropa verbreitet sind. Die mehr oder weniger vollständige, bis dahin zwischen dem germanischen Ablagerungsbecken und dem südeuropäischen Triasmeere bestehende Trennung hörte also damals auf und es traten für das ganze westliche Europa wesentlich gleiche Absatzbedingungen ein — ein Verhältniss, welches auch während der nächstfolgenden Jurazeit fortdauerte.

Die ganze rhätische Stufe entspricht nur einer einzigen Zone von MOJSISOVICS, nämlich derjenigen der *Avicula contorta*. Ausser diesem Leitfossil wären als häufige Arten *Gervillia inflata*, *Protocardium rhaeticum*, *Modiola minuta*, *Anatina praecursor*, *Terebratula gregaria* (XL, 9) und *norica*, *Athyris oxycolpos*, *Choristoceras Marshi*, *Thamnastraea rhaetica* u. a. zu nennen [1].

---

[1] Vergl. v. DITTMAR. Die *Contorta*-Zone. 1864.

Gliederung der alpinen Trias nach E. v. Mojsisovics.

Stufen	Hauptfacies		Paläontologische Zonen		Hauptfacies
Rhätisch	Dachsteinkalk	Kössener Sch.	*Avicula contorta*		
	Hauptdolomit	Plattenkalk	*Turbo solitarius* und *Avicula exilis*		
Karnisch	Raibler Schichten		*Trachyceras aonoides*		
	Riff-Facies				
Norisch	Hallstätter Marmor		*Tropites subbullatus*	*Trachyceras aon*	St. Cassianer Schichten
			Didymites tectus		
			Arcestes ruber	*Trachyceras archelaus* und *Daonella Lommeli*	Wengener (Partnach-) Schichten
	Zlambachschichten		*Pinacoceras Metternichi*		
			Pinacoceras parma		
			Choristoceras Haueri	*Trachyceras Reitzi* und *Curionii*	Buchensteiner Schichten
Muschelkalk	Reiflinger Kalk		*Ceratites trinodosus*		
	Guttensteiner Kalk		*Ceratites binodosus*		
Buntsandstein	Werfener Schichten		*Tirolites cassianus* und *Natirella costata*		
					Riff-Facies

Jurensische Provinz — *Mediterrane Provinz*

Wie schon oben hervorgehoben, finden sich Triasbildungen von alpiner Entwickelung über ganz Südeuropa verbreitet: in den See-alpen, im Apennin, auf Sicilien, den Balearen, Spanien, der Balkanhalbinsel, im Bakonywald und den Karpathen. Auch die kleine, eine mächtige Folge von rothen Sandsteinen und Mergeln überdeckende Kalkscholle des Bogdoberges in der süd-russischen Kirgisensteppe stellt eine der Denudation entgangene, über Buntsandsteinäquivalenten auftretende Muschelkalkpartie von alpinem Typus dar. Weiter aber folgen demselben Typus auch die Daonellen führenden Ablagerungen von Djulfa am Araxes, und ebenso zeigt Alles, was man von Trias in Turkestan, Centralasien und im Himalaya kennt, in Gestein und Versteinerungen eine überraschende Aehnlichkeit mit den gleichalterigen Schichten der Ostalpen. Speciell im Himalaya haben sich alle Hauptglieder der alpinen Trias, vom Buntsandstein an bis zum Rhät, mit ganz ähnlichen Faunen wie in Europa nachweisen lassen. Trotzdem haben gewisse Eigenthümlich-keiten der indischen Trias Mojsisovics veranlasst, für diese eine eigene indische Triasprovinz aufzustellen, welcher wahrschein-lich auch die centralasiatischen Vorkommnisse zuzurechnen sind, während der Bogdoberg von ihm als äusserster östlicher Ausläufer der mediterranen Trias angesehen wird.

Eine sehr grosse Verbreitung besitzen triassische Bildungen gleichen Charakters auch im Norden von Asien, auf Spitzbergen und in Sibirien[1] und daran anschliessend in Japan, sodann im westlichen Nordamerika in Alaska, Britisch-Columbien, Californien, Nevada und Wyoming, weiter südlich in Colum-bia und Peru und endlich auf Neuseeland und Neucaledonien und Timor. In diesem ganzen, ungeheueren Gebiete herrschen cephalopodenreiche obertriassische Kalke mit *Ceratites*, *Dinarites*, *Trachyceras*, *Hungarites*, *Meekoceras* etc., Encrinen, Daonellen, Ha-lobien, *Monotis*-Arten und anderen charakteristischen Gestalten der alpinen Trias. Eine besonders auffällige Erscheinung ist die grosse Häufigkeit und Verbreitung einander sehr nahe stehender, der alpinen *salinaria* nächstverwandter *Pseudomonotis*-Arten in Sibirien und im ganzen circumpacifischen Gebiete (*Ps. ochotica* in Sibirien und Japan, *subcircularis* in Nord- und Südamerika, *Richmondiana* in Australien). Die nahen paläontologischen Beziehungen, welche alle diese triassi-schen Ablagerungen zu einander zeigen, sowie gewisse Abweichungen von den gleichalterigen Bildungen Indiens und Europas, mit welchen sie nicht eine einzige Species gemein haben, haben Mojsisovics ver-anlasst, für dieselben eine weitere, vierte, die arktisch-pacifische Triasprovinz zu unterscheiden.

---

[1] Mojsisovics, Arctische Triasfaunen. Mém. Acad. St. Pétersb. 1886, 1888.

Paläontologischer Charakter der Triasformation.

Die triassische Flora schliesst sich im Ganzen nahe an die des Zechsteins an. Sie besteht vorherrschend aus Cycadeen und Coniferen. Von ersteren wären als besonders verbreitete Gattungen *Pterophyllum* (XXXVII, 1 — mit parallelen, gleichstarken Nerven auf den Fiedern), *Nilssonia* (mit einzelnen stärker vortretenden Nervenrippen), *Zamites*, *Dioonites* etc., unter den letzteren namentlich die Gattung *Voltzia* (mit *heterophylla* [XXXIII, 1], der wichtigen Leitform des Röths) zu nennen. Auch einige Farne, wie *Anomopteris*, *Caulopteris*, *Taeniopteris* etc. sind nicht unwichtig, während von sonstigen Gefässkryptogamen nur noch einige Equisetaceen, darunter namentlich *Equisetum* (*Mougeoti* und *arenaceum* [XXXVII, 2] im Buntsandstein und Keuper) eine Rolle spielen. Als grosse Seltenheit kommt im deutschen Buntsandstein noch eine *Sigillaria* vor. Unter den Meerespflanzen wären endlich noch gewisse Kalkalgen (*Gyroporella*, *Diplopora* [XXXIX, 6]) wegen ihrer grossen Bedeutung für den Aufbau der obertriassischen alpinen Riffkalke zu erwähnen.

In der Fauna ist unter den Spongien ausserhalb der Alpen nur *Rhizocorallium jenense* mit seinen cylindrischen, schlangenförmig gebogenen, die Schichtflächen des Muschelkalks bedeckenden Wülsten wichtig, während in den Alpen, namentlich bei St. Cassian, Kalkschwämme aus der Gruppe der Pharetronen nicht selten sind.

Korallen kommen ausseralpin nur im Muschelkalk, und auch hier nur als Seltenheiten vor; in den Alpen dagegen sind sie viel verbreiteter und namentlich in den obertriassischen Riffkalken häufig (*Rhabdophyllia*, *Calamophyllia* etc.). Wie es scheint, schliessen sie sich in ihrem Bau durchweg den jüngeren Hexacorallien an.

Unter den Crinoiden begegnen wir nur articulaten Formen, während die tesselaten Paläocrinoiden bereits gänzlich verschwunden sind. Die Gattung *Encrinus* ist als die wichtigste zu nennen (*gracilis* im unteren, *liliiformis* [XXXV, 2] im oberen Muschelkalk, *cassianus* etc. bei St. Cassian).

Unter den Echinoiden, die alle zu der durch normalen Schalenbau ausgezeichneten Abtheilung der Regulären gehören, wäre besonders *Cidaris* (sehr artenreich bei St. Cassian) zu nennen.

Unter den Mollusken ist als besonders bemerkenswerth hervorzuheben das Zurücktreten der Brachiopoden gegenüber den von jetzt an herrschenden Conchiferen. Im Uebrigen zeigt aber gerade die triassische Brachiopodenfauna noch mancherlei paläozoische Anklänge. Neben zahlreichen Spiriferinen finden wir hier die letzten Vertreter der wichtigen paläozoischen Gattungen *Cyrtina*, *Retzia* und *Athyris* (die letztere noch mit einigen 15 Arten: *trigonella* [XXXVIII, 6] im deutschen und alpinen Muschelkalk, *oxycolpos* in der rhätischen Stufe). Der Trias eigenthümlich ist die jetzt zu den Spiriferiden (früher in die Nähe von *Productus*) gestellte Gattung *Koninckina*

(XL, 6) und ein paar andere. Eine andere interessante Erscheinung sind in der alpinen Obertrias einige Species von *Thecidium*, einem sich erst in späteren Formationen artenreicher entwickelnden Geschlechte. Die verbreitetsten Gattungen sind in der Trias, wie in allen mesozoischen Formationen, *Terebratula* (*vulgaris* [XXXIV, 7], *angusta*, *gregaria*, *norica* etc.) und *Rhynchonella*.

Die Conchiferenfauna ist, namentlich im Vergleich mit den paläozoischen Formationen, reich und mannigfaltig. Unter den Einmusklern sind besonders die Gattungen *Pecten, Hinnites, Lima, Monotis, Halobia, Daonella* etc., unter den Zweimusklern *Gervillia, Myophoria* (in und ausserhalb der Alpen ungemein formenreich), *Anoplophora, Cardita, Megalodon* (nur in den obersten alpinen Triaskalken, hier aber überaus wichtig) etc. sehr artenreich und durch die von ihnen gelieferten Leitfossilien wichtig. Vertreter der höchstorganisirten Abtheilung der Sinupalliata sind aber noch selten. In Deutschland gehört dazu *Homomya* (früher *Myacites*) *musculoides* im Muschelkalk.

Die Gastropoden sind namentlich in den Alpen (St. Cassian, Esinokalk) sehr mannigfaltig. Durch Typen wie *Murchisonia* und *Loxonema* erinnern sie noch an die paläozoischen Faunen, während sie sich durch *Cerithium*, *Emarginula* und andere an die späteren Schneckenfaunen anschliessen.

Viel wichtiger sind die Cephalopoden. Im alpinen Keuper treten die letzten Arten der paläozoisch so wichtigen Gattung *Orthoceras* (XXXIX, 2) auf. Von sonstigen Nautiloiden ist noch *Nautilus* wichtig. In Deutschland ist die Gattung — abgesehen von dem oben erwähnten, erst ganz kürzlich beschriebenen *jugatonodosus* — nur durch *N. bidorsatus* im Muschelkalk vertreten, in den Alpen dagegen durch zahlreiche kantige, reich ornamentirte, dadurch an die carbonischen und permischen Formen erinnernde Arten. Sehr interessant sind weiter als Vorläufer der ächten, vom Jura an so wichtig werdenden Belemniten die Gattungen *Atractites* und *Aulacoceras*. Sehr viel wichtiger aber sind die sich hier zum ersten Male reich entfaltenden Ammoniten, die namentlich in der alpinen Trias überall eine grosse Rolle spielen und, wie im Jura und der Kreide, die Hauptleitfossilien abgeben.

Die wichtigste Gattung ist *Ceratites*, ausgezeichnet durch weitnabelige, rippen- und knotentragende Gehäuse und eigenthümliche Sutur, bestehend aus ganzrandigen Sätteln und nur im Grunde schwach gezähnelten Loben. In der deutschen Trias ist dieselbe nur im Muschelkalk (*antecedens* im Wellenkalk, *nodosus* [XXXV, 1], *semipartitus*, *enodis* im oberen Muschelkalk) und als Seltenheit auch im Kohlenkeuper vorhanden, in den Alpen dagegen in der ganzen Trias (*Ceratites* [*Tirolites*] *cassianus* im Buntsandstein, *bi*- und *trinodosus* [XXXVIII, 5] im Muschelkalk). Ausschliesslich alpin ist die verwandte Gattung *Trachyceras* mit hochmündigem, mit zahlreichen Knotenreihen verziertem Gehäuse (*aon* [XL, 2], *aonoides*; norisch und karnisch). Andere wichtige und charakteristische Gattungen der alpinen Trias sind *Arcestes* mit kugeligem, ganz involutem Gehäuse und stark zerschlitzter Sutur (*Gaytani* etc.), *Cladiscites* mit subquadratischem Querschnitt der Windungen und Spiralstreifung (*tornatus* [XXXIX, 1] etc.), *Pinacoceras* mit scheibenförmigem, scharfrückigem Gehäuse und sehr zahlreichen Loben (*Metternichi* [XXXIX, 3] *parma* etc.). In die Verwandtschaft dieser Gattung gehört auch *Beneckeia Buchi* aus deutschem Muschelkalk. Weiter wären zu nennen *Ptychites* (*Studeri* [XXXVIII, 4] alpiner, *dux* deutscher Muschelkalk), *Tropites*, *Megaphyllites*, *Monophyllites* und andere. Die beiden letztgenannten gehören der sich erst im Jura reicher entwickelnden wichtigen Familie der Phylloceratidae an. Wie diese, so hat auch eine zweite grosse, wesentlich der Jura- und Kreidezeit angehörige Familie, die der Lytoceratidae, ihre Vorläufer schon in der Trias.

Die Crustaceenfauna der Trias bietet nicht viel Bemerkenswerthes. Von Ostracoden wäre *Bairdia*, von Phyllopoden *Estheria* (*minuta* [XXXVII, 4] im Buntsandstein und Keuper) zu nennen; ein ächter, langschwänziger Decapode ist *Pemphix* (*Sueurii* im oberen Muschelkalk).

Unter den Fischen herrschen neben Selachiern (*Hybodus*, *Acrodus* etc.), deren Zähne namentlich im Kohlenkeuper nicht selten sind, noch heterocerke Ganoiden, welche besonders der im Perm noch nicht mit Sicherheit bekannten Ordnung der mit grossen, glänzenden Schmelzschuppen bedeckten Lepidosteiden angehören (*Semionotus*, *Dapedius*, *Colobodus*, *Lepidotus* etc.). Sehr bezeichnend ist weiter die gewaltige Dipnoergattung *Ceratodus*, deren charakteristische, am Rande tief ausgezackte, denen des lebenden *C. Forsteri* (XXXVI, X) sehr ähnliche Mahlzähne namentlich im deutschen Kohlenkeuper häufig sind (vergl. ebend. 3). Endlich wäre noch hervorzuheben, dass die Gattungen *Saurichthys* und *Belonorhynchus* trotz ihrer noch unvollkommen verknöcherten Wirbelsäule wahrscheinlich die ältesten Vertreter der höchststehenden, in der Jetztzeit herrschenden Abtheilung der Fische, der Knochenfische oder Teleostei bilden.

Die Amphibien der Trias waren durch eine besondere Gruppe von Stegocephalen, die gewaltigen, durch das Fehlen von Bauchschuppen und Scleroticalring, durch die ausgezeichnete „Labyrinthstructur" der Zähne und andere Merkmale charakterisirten Labyrinthodonten vertreten. Dahin gehört *Trematosaurus* aus dem Buntsandstein (namentlich von Bernburg), *Mastodonsaurus* (mit breit dreieckigem, flachem Schädel, grossen Augen, kleinen Nasenlöchern und deutlichen sogen. Lyren [XXXVI, 1]) aus dem Muschelkalk und Kohlenkeuper, *Capitosaurus* aus dem Keuper u. a.

Die Reptilien waren namentlich im Vergleich zum Perm bereits sehr mannigfaltig entwickelt. Fast alle in mesozoischer Zeit überhaupt auftretenden Abtheilungen besassen schon in der Trias ihre Vertreter.

So war die im Jura so wichtig werdende Ordnung der Ichthyosaurier mit der Hauptgattung *Ichthyosaurus* schon in der Trias vorhanden (*I. atavus* im süddeutschen Muschelkalk).

Das Gleiche gilt von den Plesiosauriern (Sauropterygiern). Zu diesen gehört die sich namentlich im Muschelkalk von Baireuth findende Gattung *Nothosaurus* (XXXV, 4) mit sehr langem, schmalem Schädel, dessen auffallend grosse, eiförmige Schläfengruben nur durch einen sehr schmalen Parietelknochen getrennt werden. Auch von *Plesiosaurus* selbst sind im englischen und französischen Rhät Spuren aufgefunden worden. Zu den schon im Perm vorhandenen Rhynchocephalen stellt man jetzt die Gattungen *Telerpeton* und *Hyperodapedon* aus dem rothen Keupersandstein von Elgin in Schottland. Erstere galt früher, so lange man den genannten Sandstein noch zum Devon (Old Red) rechnete, als ältestes Reptil.

Die merkwürdigen, durch die hohe Wölbung ihres Schädels und die seitlich liegenden Augen ein so auffällig säugethierartiges Ansehen erlangenden Theromorphen sind recht eigentliche Charakterformen der Trias, wenn auch die beiden Hauptgruppen der *Anomodontia* und *Theriodontia* wesentlich auf die südafrikanische Karooformation und die indischen Panchetschichten beschränkt sind. Zur erstgenannten Gruppe, die sich durch zahnlose, hornige Unterkiefer und ebensolche oder mit grossen, hauerartigen Eckzähnen bewaffnete Oberkiefer auszeichnet, gehören z. B. *Dicynodon* (angeblich auch bei Elgin vorkommend) und *Oudenodon* (XXXVII, 5, 6). Für die zweite Gruppe, die *Theriodontia*, ist namentlich die den übrigen Reptilien völlig fremde Differenzirung des Gebisses in Schneide-, Eck- und Backenzähne charakteristisch. Zu den Theromorphen stellt man jetzt meist auch die eigenthümliche, besonders durch ihre Bezahnung ausgezeichnete Gattung *Placodus* (XXXV, 3), von der sich ganze Schädel im Muschelkalk von Baireuth, die sehr charakteristischen, schwarzen, schmelzbedeckten, bohnförmigen Gaumenzähne aber auch im Muschelkalk anderer Gegenden nicht selten finden.

Die Crocodilier waren durch *Belodon* (schwäbischer Stubensandstein, auch Nord-Carolina) und andere Geschlechter vertreten. Zu den Dinosauriern endlich rechnet man das gewaltige *Zanclodon* und die kleine Schuppenechse *Aëtosaurus* (*ferratus*), beide aus dem Stuttgarter Stubensandstein. Noch nicht waren dagegen in der Trias vertreten die Ordnungen der Pterosaurier, Lacertilier und Ophidier.

Endlich gehören dem Keuper auch die ältesten, bis jetzt bekannten Säuge- und zwar Beutelthierreste an. Als solche sind die kleinen, zweispitzigen, spitzkronigen, als *Microlestes antiquus* zuerst aus dem schwäbischen Bonebed, später auch aus den gleichalterigen Schichten Englands beschriebenen Zähnchen zu erwähnen. Auch die aus England als *Hypsiprymnopsis* und aus Nord-Carolina als *Dromatherium* beschriebenen Reste rühren von Beutelthieren her.

B. Juraformation.

Allgemeines und Geschichtliches.

Die Juraformation, die zweite der drei grossen mesozoischen Formationen stellt eine stellenweise mehrere tausend Fuss mächtig werdende, überwiegend aus tieferem Meere abgelagerte und daher vorherrschend kalkige oder thonig-kalkige Schichtenfolge dar. Sandige und namentlich conglomeratische Gesteine dagegen, wie sie in der Trias eine solche Rolle spielen, treten hier sehr zurück, und vulkanische Tuffe sowie Einlagerungen eruptiver Bildungen fehlen, wenigstens im mittleren Europa, gänzlich. Damit steht im Zusammenhang, dass die Aufeinanderfolge der jurassischen Ablagerungen oft über grosse Flächen eine ausserordentlich regelmässige ist. Auch die Lagerung ist meist eine sehr ungestörte. Auf grosse Strecken liegen die Schichten noch nahezu wagerecht, ohne von stärkeren Faltungen und Verwerfungen betroffen zu sein; nur in jüngeren Kettengebirgen, wie im Schweizer Juragebirge und in den Alpen, finden wir die jurassischen Schichten auf weite Erstreckung stark aufgerichtet, zusammengefaltet, überkippt und verworfen.

Der Name Juraformation für Ablagerungen dieser Epoche ist zuerst von Al. Brongniart und Humboldt angewandt worden und dem westschweizerischen Juragebirge entlehnt, in welchem jurassische Bildungen in ausgezeichneter Weise entwickelt sind. In England werden statt jenes Namens seit langer Zeit die Ausdrücke Lias und Oolite gebraucht. Ersterer ist eine Lokalbezeichnung für gewisse kalkig-thonige Gesteine, welche einen Theil der jetzt mit diesem Namen belegten Schichtenreihe ausmachen. Der Name Oolite dagegen spielt auf die oolithischen Kalk- und Eisensteine an, welche namentlich im englischen Jura sehr verbreitet, aber auch in Frankreich und Norddeutschland nicht selten sind.

Sowohl in England als auch in Frankreich und Deutschland beherbergt die Juraformation in den verschiedensten Niveaus eine ausserordentliche Fülle zum Theil prachtvoll erhaltener Versteinerungen. Daraus erklärt sich, dass sie schon seit langer Zeit eine Lieblingsformation der Geologen ist und dass die vertikale Vertheilung der jurassischen Versteinerungen früher bekannt geworden ist als diejenige vieler anderen Formationen. Ihren Ausgang hat die Kenntniss des Jura von England genommen, wo William Smith, der Vater der englischen Geologie, schon in den ersten Jahrzehnten unseres Jahrhunderts die Hauptglieder der Formation von einander trennte und deren Altersfolge richtig erkannte, so dass seine Nachfolger, Conybeare und Phillips, bereits 1822[1]) eine durchaus zutreffende und im Wesentlichen bis auf den heutigen Tag festgehaltene Gliederung der eng-

---

[1]) Outlines of the geology of England and Wales.

lischen Juraformation aufzustellen vermochten. Nur wenige Jahre später veröffentlichte PHILLIPS die ersten Beschreibungen und Abbildungen einer grossen Zahl von Leitversteinerungen des englischen Jura [1]). Aus dieser wichtigen Rolle, welche England für die Entwickelung unserer Kenntniss der Juraformation gespielt hat, erklären sich die allgemein üblich gewordenen englischen Namen so vieler Jurastufen.

In Frankreich ging die Erforschung der Formation von D'ORBIGNY aus. Derselbe theilte den Jura in 10 Unterabtheilungen, die er auch in verschiedenen anderen Ländern nachwies, und machte zugleich eine Menge von Abbildungen und Benennungen jurassischer Versteinerungen bekannt [2]).

In Deutschland hat sich zuerst L. v. BUCH eingehender mit dem Studium des Jura beschäftigt und die bei uns bis jetzt übliche Dreitheilung in unteren, mittleren und oberen, oder (nach den vorherrschenden Farben der diese Abtheilungen zusammensetzenden Gesteine) in schwarzen, braunen und weissen Jura durchgeführt. BUCH's Schrift über diesen Gegenstand [3]) wurde die Grundlage für die späteren Arbeiten von FRIEDR. AUGUST QUENSTEDT, der den Jura Schwabens nach den darin enthaltenen organischen Resten, deren vertikale Vertheilung er mit einer bis dahin noch nirgends erreichten Genauigkeit feststellte, in 18 Stufen zerlegte. Schon das 1843 erschienene „Flötzgebirge Württembergs" war zum grossen Theile den Jurabildungen gewidmet, und auch seine „Cephalopoden" [4]) (1846—1849) behandeln ganz überwiegend schwäbische Juraammoniten. 1858 folgte dann das später in zweiter Auflage erschienene Hauptwerk „Der Jura" mit 100 Tafeln, 1883—1888 endlich das erst kurz vor dem Tode des Verfassers abgeschlossene grossartige Tafelwerk „Die Ammoniten des schwäbischen Jura".

Eine von der seines Lehrers QUENSTEDT etwas abweichende Richtung schlug A. OPPEL ein. Mit ebenso viel Scharfsinn als Erfolg war er bestrebt, die von jenem begründete und von ihm selbst vervollständigte Gliederung des Jura, für welchen er einige 30 paläontologische Zonen aufstellte, auch auf andere Länder, namentlich England und Frankreich, zu übertragen.

Nach OPPEL's frühzeitigem Tode haben eine grosse Zahl von Geologen, zum Theil seine Schüler, rastlos an der Erforschung der Juraformation fortgearbeitet, so dass deren Detailgliederung und die horizontale Verfolgung der verschiedenen Juraniveaus jetzt auf eine Höhe gebracht ist, wie bei keiner anderen Formation. Unter den nach dieser Richtung verdienten Forschern seien hier nur die bedeutendsten, BENECKE, NEUMAYR und WAAGEN, genannt.

Als ein erstes Ergebniss der Untersuchungen dieser Forscher ist die ganz überraschend weite Verbreitung vieler OPPEL-

---

[1]) Illustrations of the geology of Yorkshire. 1834—1836.
[2]) Paléontologie française. Terrain jurassique. 1840—1846.
[3]) Ueber den Jura in Deutschland. Abh. d. Berl. Akad. 1839.
[4]) 1. Band der „Petrefactenkunde Deutschlands".

scher Zonen hervorzuheben. So hat WAAGEN [1]) im Jura von Cutch in Indien eine ganze Reihe derselben in der gleichen Aufeinanderfolge wie in Europa nachzuweisen vermocht, und auch für Südamerika scheint die OPPEL'sche Detailgliederung Gültigkeit zu haben. Wenn sich in anderen Fällen keine derartige Uebereinstimmung zeigt, so darf man nicht vergessen, dass dieselbe natürlich nur für ammonitenführende Hochmeerablagerungen zu erwarten ist, während sie bei allen Küstenablagerungen, wie Korallenkalken u. s. w., für deren faunistischen Charakter allerhand örtliche Bedingungen maassgebend waren, von vornherein ausgeschlossen ist.

Ein weiteres sehr wichtiges Ergebniss der neueren Juraforschungen ist der Nachweis verschiedener, durch abweichende Faunen ausgezeichneter jurassischer Meeresprovinzen. Nachdem schon vorher MARCOU eine normannisch-burgundische von einer hispano-alpinen Juraprovinz getrennt hatte, hat später namentlich NEUMAYR diesen Gegenstand mit grösster Sachkenntniss und ungewöhnlichem Scharfsinn weiterverfolgt. NEUMAYR unterscheidet in Europa von Süden nach Norden drei grosse, im Allgemeinen ostwestlich verlaufende Juraprovinzen. Es sind das 1. die mediterrane, welche die Ablagerungen der Alpen- und Karpathenländer, der Cevennen, Italiens, Spaniens und der Balkanhalbinsel umfasst. Ihre Fauna ist besonders durch die ausserordentliche Häufigkeit von Ammoniten aus den Gattungen *Phylloceras*, *Lytoceras* und *Simoceras* gekennzeichnet. Daneben sind Terebrateln aus der Gruppe der merkwürdigen *T. diphya* dieser Provinz eigenthümlich. 2. Die mitteleuropäische Provinz. Sie begreift die ganzen ausseralpinen Juraschichten Frankreichs, Deutschlands, Englands und des baltischen Gebietes. *Phylloceras* und *Lytoceras* sind hier sehr viel seltener, dagegen *Harpoceras*, *Oppelia*, *Peltoceras* und *Aspidoceras* sehr zahlreich. Korallenriffe sind in grosser Verbreitung und Mächtigkeit vorhanden. 3. Der russischen oder borealen Provinz endlich gehören die jurassischen Schichten Mittel- und Nordrusslands, von Novaja Semlja, Spitzbergen und Grönland an. *Lytoceras*, *Phylloceras* und *Haploceras* fehlen hier, ebenso wie Riffkorallen, gänzlich. Sehr charakteristisch und verbreitet sind dagegen das Ammonitengeschlecht *Cardioceras* und die Zweischalergattung *Aucella*.

NEUMAYR sucht die Gründe für die Faunenverschiedenheit der drei Provinzen in klimatischen, damals schon ausgebildeten Unterschieden. Mit anderen Worten: die Meeresprovinzen sind für ihn nichts anderes als Klimazonen. Bei dem Interesse, welches dieser Gegenstand hat, soll demselben weiter unten, nach Besprechung der Entwickelung der Jurabildungen in den verschiedenen Gebieten, ein besonderer Abschnitt gewidmet werden.

Dem genannten Forscher verdanken wir weiter auch den Versuch einer kartographischen Reconstruction der Meere und Festländer der Jurazeit — der erste derartige, für eine so entlegene Epoche der Erdgeschichte und für die ganze Erde aus-

---

[1]) Palaeontologia Indica. 1871.

geführte Versuch [1]). Als wichtigstes Resultat dieser ebenso interessanten als kühnen Arbeit sei die ausserordentlich weite Verbreitung der oberen Juraablagerungen im Vergleich zum Lias hervorgehoben. Dass dies in Europa der Fall sei, war bereits lange bekannt. Schon lange wusste man nämlich, dass der Lias zwar in ganz Westeuropa entwickelt ist, aber schon bei Regensburg und Passau, bei Hohnstein in Sachsen, im ganzen (ausserkarpathischen) Mähren, in Oberschlesien, bei Krakau und im baltischen Gebiete vollständig fehlt, wo vielmehr der Jura überall mit Bildungen der mittleren oder oberen Abtheilung der Formation beginnt, welche dort unmittelbar auf weit älteren Gesteinen aufruhen. Nach NEUMAYR wiederholt sich nun aber dieselbe Erscheinung auch weiter nach Osten zu im ganzen europäischen und asiatischen Russland, im nordwestlichen und arktischen Nordamerika, auf Ostgrönland und Spitzbergen und ebenso in Kleinasien, Persien, Indien und Ostafrika: überall beginnt hier der Jura bei vollständiger Abwesenheit des Lias gleich mit irgend einem Gliede der mittleren oder oberen Abtheilung der Formation. Offenbar waren also alle genannten Gegenden während der ganzen Liasepoche und zum Theil auch noch während eines Theiles der mittleren Jurazeit Festland. Erst dann griff das Meer allmählich um sich, um im Laufe der zweiten Hälfte der mittleren oder auch erst während der oberen Jurazeit das ganze bezeichnete ungeheure Gebiet zu überfluthen. Es ist das eine der grössten, vielleicht die grösste Meerestransgression, die wir in der ganzen Erdgeschichte kennen. Seine allergrösste Verbreitung erreichte das Jurameer in der Oxfordzeit. In den späteren Phasen der Juraperiode tauchte in Mitteleuropa und anderweitig das Land allmählich wieder aus dem Meere hervor.

Die allgemeine Gliederung der Juraformation in Deutschland und England wird durch nachstehendes Schema veranschaulicht:

England			L. v. Buch, Quenstedt	Oppel
Oolite	Upper	Purbeck beds Portland beds Kimmeridge Clay	Oberer oder weisser Jura	Malm
	Middle	Coral rag Oxford Clay u. Kelloway rock	Mittlerer oder brauner Jura	Dogger
	Lower	Great Oolite Inferior Oolite		
Lias			Unterer oder schwarzer Jura (Lias)	Lias

[1]) Die geograph. Verbreitung der Juraformation. Denkschr. d. Wiener Akad. 1885.

Während wir also in Deutschland seit Buch's Zeiten drei Hauptabtheilungen annehmen, unterscheiden die Engländer deren zwei oder, wenn man will, vier. Die Grenze zwischen mittlerem und oberem Jura legen Buch und Quenstedt zwischen Kelloway und Oxford, Oppel dagegen in Uebereinstimmung mit den Engländern zwischen Great Oolite und Kelloway. Die Oppel'schen Ausdrücke Dogger und Malm sind englische Localbezeichnungen. Was endlich die Eintheilung der Franzosen betrifft, so schliessen sich dieselben den Engländern an, indem sie gleich diesen nur zwei Hauptabtheilungen, nämlich 1. das système liasique und 2. das système oolithique annehmen. Indess wird, wie schon früher hervorgehoben, in Frankreich auch die rhätische Stufe unseres Keupers unter der Bezeichnung „Infra-Lias" allgemein noch zum Lias gerechnet. Genauere Angaben über die französische Eintheilung und Benennung der jurassischen Bildungen sollen weiter unten gemacht werden.

Verbreitung und Entwickelung der Juraformation.

I. Mitteleuropäischer Jura.

Aus dem, was im Vorstehenden über die Verbreitung der von Neumayr zur „mitteleuropäischen Provinz" zusammengefassten Jurabildungen bemerkt worden ist, ergiebt sich, dass hierher vor allem die ausseralpinen Theile von Deutschland, England und Frankreich gehören. Da, wie oben ausgeführt, die Kenntniss der Juraformation gerade von diesen Ländern ausgegangen ist, so ist es nöthig, sie zuerst in's Auge zu fassen.

In Deutschland lassen sich drei grössere Verbreitungsgebiete der Juraformation unterscheiden: das fränkisch-schwäbische, das nordwestdeutsche und das oberschlesische.

Der fränkisch-schwäbische Jura bildet einen grossen Bogen, dessen einer Schenkel mit südöstlichem Streichen aus der Gegend von Koburg bis nach Regensburg verläuft, während sich der andere von dort mit südöstlichem Streichen bis an den Fuss des Schwarzwaldes erstreckt. Der nördliche Schenkel stellt eine grosse Mulde dar, deren Mitte aus oberen Jurabildungen besteht, während nach den Rändern zu in normaler Reihenfolge zuerst mittlerer, dann unterer Jura und endlich Keuperschichten erscheinen. Der längere westliche Schenkel dagegen ist aus einer ebenfalls regelmässig der Trias aufgesetzten, aber einseitig und zwar flach nach Süden geneigten Folge jurassischer Gesteine zusammengesetzt. Dem entsprechend erscheint der, eine flache Hügellandschaft bildende Lias hier nur am Nordrande des Jurazuges. Darüber folgt dann zunächst eine schmälere Zone mittleren Juras, dann aber mit schroffem Anstiege die oberen Jurakalke, deren flach gegen die Donau geneigte Platte das Plateau der schwäbischen oder rauhen Alb bildet (vergl. Fig. 34).

Juraformation.

Der nordwestdeutsche Jura umfasst eine aus der Gegend von Helmstedt und Quedlinburg in westlicher Richtung bis nach dem Teutoburger Walde reichende Zone, bildet aber keinen zusammenhängenden Zug wie der süddeutsche Jura, sondern eine Reihe schmaler Bänder oder auch geschlossener elliptischer Ringe, Theile nordwest-

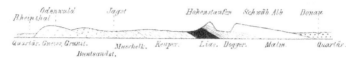

Fig. 34. Profil durch die Trias und den Jura Schwabens.

lich streichender Sättel und Mulden, an deren Zusammensetzung ausserdem die Trias und zuweilen auch Kreideschichten Antheil nehmen. Den ansehnlichsten dieser Jurazüge stellt die Weserkette dar, welche da, wo sie von der Weser durchbrochen wird, an der

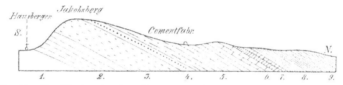

Fig. 35. Profil durch die oberen Jurabildungen der Porta Westfalica. Nach Heinr. Credner.
1 Bathbildungen. 2 Kelloway. 3 Oxford. 4 Korallenoolith. 5 Kimmeridge. 6 Unter. Portland. 7 Ober. Portland (Eimbeckhäus. Plattenkalk). 8 u. 9 Wealdenbildungen.

Porta Westfalica, das grossartigste Profil durch den norddeutschen Jura bietet (vergl. Fig. 35).

Das im Unterschiede von den beiden besprochenen Gebieten nur aus mittlerem und oberem Jura bestehende oberschlesischpolnische Juragebiet bildet einen über 30 Meilen langen, indess im Norden nur hie und da aus dem Diluvium hervortretenden, von Krakau bis nach Kalisch reichenden, sich im Südwesten an die oberschlesische Triasausbreitung anlehnenden Zug.

Ausser diesen grösseren Verbreitungsgebieten sind in Deutschland noch eine Reihe kleinerer Juravorkommen vorhanden. So tritt namentlich an der Odermündung, in der Gegend von Kammin und Kolberg, mittlerer und oberer Jura auf. Auch bei Thorn und Inowrazlaw finden sich vereinzelte, aus dem Diluvium herausragende Partieen von oberem Jura, bei Dobbertin in Mecklenburg eine solche von Lias. Dem letzteren gehören auch eine Reihe kleinerer, zwischen grösseren Verwerfungsspalten in das Niveau älterer Formationen eingesunkene und dadurch der Denudation entgangene Juraschollen in Mitteldeutschland, wie namentlich bei Gotha, Eisenach, Göttingen, Wabern u. s. w. an. Auch bei Hohnstein in Sachsen und an ein paar Punkten in Böhmen treten längs der grossen Ueberschiebung, welche das Lausitzer Granitgebirge von dem südlich angrenzenden böhmischen Kreidegebiete trennt, einige überkippte Juraschollen auf. Alle diese Vorkommen sind als Zeugen der ehemaligen weit grösseren Verbreitung der Juraformation in diesen Gegenden von grossem Interesse. Auch an den Rändern der oberrheinischen Tiefebene endlich sind verschiedene, auf eine ehemalige Verbindung zwischen schwäbischem und lothringischem Jura hinweisende Reste dieser Formation vorhanden.

Nur eine Fortsetzung des schwäbischen Jura jenseits des Rheins, auf schweizerischem Gebiete, stellt das von Basel bis über Genf hinaus reichende Schweizer Juragebirge dar. Im Gegensatze zu dem einfachen Bau des schwäbischen Jura stellt dasselbe ein stark gefaltetes Kettengebirge dar, dessen verwickelter Bau indess schon frühzeitig durch die trefflichen Arbeiten Thurmann's klargelegt worden ist [1]).

In Frankreich umgeben die Jurabildungen einmal als ein ziemlich geschlossener Ring das sogenannte Centralplateau. Mit übergreifender Lagerung zum Theil unmittelbar auf dessen krystallinischen Gesteinen aufruhend, fallen sie hier überall vom alten Gebirgskerne ab, so dass auf eine erste innerste, dem Urgebirge anlagernde Zone von Lias eine zweite Zone von mittlerem, dann eine dritte äussere Zone von oberem Jura folgt. Ausserdem aber sind in Frankreich noch zwei andere Jurazüge vorhanden, die zusammen mit dem im Norden des Centralplateaus verlaufenden Bande die Umrahmung des grossen nordfranzösischen Kreide- und Tertiärbeckens bilden. Dessen Mitte zufallend, erstreckt sich der eine, östliche Zug von der Nordostecke des Centralplateaus durch Burgund, Lothringen und Luxemburg bis über die Maas hinaus, um zuletzt nach längerer Unterbrechung noch einmal bei Boulogne s. M. wieder zu erscheinen, während der westliche Zug von der Nordwestecke des Centralmassivs aus am Ostrande des alten bretonischen Gebirgskernes entlang bis an den Kanal reicht.

In England endlich bildet der Jura eine breite, Nordnordost streichende, im Westen von Keuper unterlagerte und im Osten von Kreidebildungen bedeckte Zone, welche (als Fortsetzung des eben erwähnten, bretonisch-normannischen Jurazuges) von Lyme Regis und Portland am Kanal über Bath und Oxford sich bis Whitby an der Nordseeküste erstreckt. Alle drei Hauptabtheilungen der Formation sind hier deutlich entwickelt.

Da in allen genannten Gebieten, soweit daselbst die jurassischen Bildungen vollständig vorhanden sind, eine Gliederung in unteren, mittleren und oberen Jura sich deutlich zu erkennen giebt, so sollen diese drei Hauptabtheilungen auch im Folgenden gesondert besprochen werden, und zwar in der Abgrenzung, die ihnen L. v. Buch und Quenstedt gegeben haben.

---

[1]) Essai sur les soulèvements du Porrentruy. 1832.

1. Der Lias oder untere (schwarze) Jura.

Nach dem Vorgange von Buch und Quenstedt wird derselbe jetzt allgemein in eine untere, mittlere und obere Abtheilung getrennt. d'Orbigny schlug für dieselben die unbequemen und daher ausserhalb Frankreichs nirgends üblich gewordenen Bezeichnungen Sinémurien, Liasien und Toarcien vor. Von petrographischen Merkmalen ausgehend, hat Quenstedt eine jede dieser drei Abtheilungen in zwei weitere Stufen zerlegt. Er erhielt auf diese Weise für den ganzen Lias sechs Stufen, die er mit den griechischen Buchstaben α, β, γ, δ, ε und ζ bezeichnete. Eine noch weitergehende Gliederung in 14 Zonen schlug später Oppel vor. Er wählte dabei als Zonenpetrefacten Formen von möglichst grosser Verbreitung und verhältnissmässiger Häufigkeit. Die Oppel'sche Gliederung ist jetzt überall angenommen; nur verwenden die neuesten Autoren auch da, wo es von Oppel selbst noch nicht geschehen war, als Zonenfossilien Ammoniten. Es geschieht dies, weil jede Gliederung, die allgemeine Gültigkeit haben soll, auf pelagische Ablagerungen berechnet sein muss, in diesen aber in der ganzen mesozoischen Zeit und ganz besonders im Jura überall die hochseebewohnenden Ammoniten die Hauptrolle spielten.

Es sei zunächst die Entwickelung des Lias in **Schwaben**[1]) nach Quenstedt besprochen:

1. Unterer Lias, 30—35 M. mächtig.

Lias α. a. Psilonotenkalke mit *Ammonites planorbis* Sow. = *psilonotus* Quenst.

b. Angulatensandsteine, zuunterst die Cardinien-(Thalassiten)-Zone mit massenhaften Cardinien (*Cardinia Listeri* u. a. [vgl. XLI, 5]), darüber die Angulatensandsteine mit *Amm. angulatus* (XLI, 1).

c. Arietenschichten, beginnend mit den Arieten- oder Gryphitenkalken, dunkeln Kalken voll *Gryphaea arcuata* (XLI, 4) und zahlreichen arieten Ammoniten (besonders *A.* [*Arietites*], *Bucklandi* [XLI, 2] *Conybeari*, *spiratissimus*), *Lima gigantea* (ebend. 3), *Avicula inaequivalvis*, *Nautilus aratus*, *Spiriferina Walcotti* (ebend. 7) u. s. w., abschliessend mit der Pentacrinenbank (mit *Pentacrinus tuberculatus* — ebend. 6 —) und dem sogen. Oelschiefer.

Oppel unterscheidet für diese Stufe 4 Zonen: 1. die des *Ammonites planorbis*, 2. die des *A. angulatus*, 3. die des *A. Bucklandi* und 4. die des *Pentacr. tuberculatus*.

Lias β. *Turneri*-Thone. Zähe Thone, unten versteinerungsleer, oben Kalke mit *Amm. obtusus* Sow. = *Turneri* Ziet. und Thone mit *Amm. oxynotus*. Oppel unterscheidet: 1. Z. d. *Amm. obtusus*, 2. Z. d. *A. oxynotus*, 3. Z. d. *A. raricostatus*.

---

[1]) Ausser den schon früher genannten Werken von Quenstedt und Oppel seien nachfolgende Schriften als wichtig für die Kenntniss des schwäbischen Jura genannt:
Waagen, Der Jura in Franken, Schwaben und der Schweiz. 1864.
Fraas, Geogn. Beschr. v. Württemberg, Baden und Hohenzollern. 1882
Engel, Geogn. Wegweiser durch Württemberg. 1883.

2. Mittlerer Lias, 15—20 M. mächtig.

Lias γ. *Numismalis*-Mergel. Graue, harte Steinmergel mit *Terebratula numismalis* (XLII, 7). Ausserdem *Amm. (Aegoceras) Jamesoni, A. ibex* u. a.
OPPEL: 1. Z. d. *A. Jamesoni*, 2. Z. d. *A. ibex*, 3. Z. d. *A. Davoei*.

Lias δ. Amaltheenthone. Fette Thone mit verkiestem *Amm. (Amaltheus) margaritatus* MONTF. = *amaltheus* SCHL. (XLII, 3), sowie *Pentacr. basaltiformis, Belemnites paxillosus* (ebend. 4) u. s. w., dann Kalke mit *Amm. (Amalth.) spinatus* BRUG. = *costatus* SCHL.[1]).
OPPEL: 1. Z. d. *A. margaritat.*, 2. Z. d. *A. spinatus*.

3. Oberer Lias, 10 M. mächtig.

Lias ε. Posidonienschiefer, sehr bitumenreiche, blätterige Schiefer voll *Posidonia Bronni* (XLIII, 5), *Belemnites acuarius, Amm. communis, bollensis* u. s. w., *Pentacr. briareus*, Resten von Sauriern (*Ichthyosaurus, Plesiosaurus, Teleosaurus*), Fischen (*Dapedius*) und nackten Cephalopoden, von welch' letzteren ausser dem Schulp oft auch noch der Tintenbeutel mit eingetrockneter Tintensubstanz erhalten ist (vergl. XLIII, 4). Als Fundorte für ausgezeichnet erhaltene Saurierskelette sind berühmt Holzmaden in Württemberg und Banz unweit Koburg.

OPPEL: Zone der *Posidonia Bronni*.

Lias ζ. *Jurensis*-Mergel. Graue Kalkmergel mit *Ammonites (Harpoceras) radians* (XLIII, 3) und *A. (Lytoceras) jurensis*.
OPPEL: Z. d. *A. jurensis*.

Die Entwickelung des Lias in **Franken**, im **Schweizer Juragebirge**, in den **Reichslanden** und im **Luxemburg**'schen [2]) schliesst sich im Allgemeinen nahe an die schwäbische Ausbildung an. Als eine eigenthümliche Bildung in Luxemburg und den angrenzenden Gegenden Lothringens wäre der bis 100 M. mächtig werdende weisse, conglomeratische Luxemburger Sandstein zu nennen, eine wesentlich den Angulatenschichten entsprechende, aber zum Theil noch in höhere Niveaus des QUENSTEDT'schen α hinaufreichende Küstenbildung.

Auch der Lias des **nordwestlichen Deutschland** ist dem süddeutschen ausserordentlich ähnlich [3]). v. SEEBACH unterscheidet

---

[1]) Durch seine weite Verbreitung (Schwaben, Franken, bayer. Alpen, Gotha, Normandie, England, Portugal, Sicilien) merkwürdig ist das sogen. Leptaenenbett, eine mit kleinen, glatten Brachiopoden (*Koninckella* u. a.) erfüllte Schicht an der Grenze von mittlerem und oberem Lias.

[2]) Aus der neueren deutschen Litteratur über den Jura der Reichslande seien hier genannt:
LEPSIUS, Beitr. z. Kenntniss d. Juraform. im Unter-Elsass. 1875.
BENECKE, Abriss d. Geol. v. Elsass-Lothringen. 1878.
STEINMANN, Geol. Führer d. Umgeg. v. Metz. 1882.
VAN WERWECKE, Erläut. z. geol. Uebersichtsk. d. südl. Luxemburg. 1887.
SCHUMACHER, STEINMANN, VAN WERWECKE, dessgl. zur Uebersichtsk. v. Deutsch-Lothringen. 1887.
Für den fränkischen und südbadischen Jura sind zu nennen:
v. AMMON, Die Juraabl. zw. Regensburg u. Passau. 1875.
SCHALCH, Glieder. d. Liasform. d. Donau-Rheinzuges. N. Jahrb. f. Min. 1880. I.

[3]) Aus der Litteratur über den nordwestdeutschen Jura seien hier nur aufgeführt:
F. A. RÖMER, Versteinerungen d. norddeutsch. Oolithengebirges. 1836. Nachtrag. 1839.

für denselben im Ganzen 9 Zonen, deren Namen und Verhältniss zu den QUENSTEDT'schen Stufen aus der Tabelle S. 223 ersichtlich sind. Von den süddeutschen Verhältnissen abweichend ist indess das Auftreten oolithischer Eisensteine im Niveau der *Brevispina*-Schichten bei Schöppenstedt, Harzburg, Salzgitter, Markoldendorf und anderen Orten [1]). Aehnliche Eisensteine stellen sich in Norddeutschland stellenweise auch in tieferen und höheren Niveaus, so z. B. bei Harzburg in den Arietenschichten ein. Die süddeutschen Steinmergel, QUENSTEDT's γ, fehlen in Norddeutschland; dagegen sind sowohl die Amaltheenthone als auch der durch seine petrographische Beschaffenheit leicht kenntliche und überall ein wichtiges Orientirungsniveau abgebende Posidonienschiefer ganz ähnlich entwickelt wie in Süddeutschland. Durch grossen Ammonitenreichthum (besonders *Harpoceras*-Arten) ausgezeichnet ist der bis jetzt nur aus der Gegend nördlich Goslar bekannte, unter den *Jurensis*-Schichten liegende „Dörntener Schiefer" [2]).

In **Norddeutschland** ist ein sehr interessantes Vorkommen vom oberen Lias mit zahlreichen Insektenresten bei Dobbertin in Mecklenburg bekannt geworden [3]). Das östlichste in Deutschland bekannte Liasvorkommen liegt bei Kammin und ist durch Tiefbohrung aufgefunden worden.

Auch in **England** und **Frankreich** ist die Entwickelung des Lias eine sehr ähnliche. In England wird derselbe in der Regel, ebenso wie in Deutschland, mit der Zone des *Amm. jurensis* abgeschlossen; in Frankreich dagegen wird auch die darüber folgende, bei uns als Basis des mittleren Jura betrachtete Zone des *Amm. opalinus* zum Lias gezogen. Als eine Eigenthümlichkeit des englischen Lias ist das Auftreten von oolithischen Eisencarbonatlagern im Niveau des *Amm. spinatus* zu erwähnen — dieselben liefern das berühmte Clevelander Eisen. Durch besonders grossen Versteinerungsreichthum, namentlich auch Fische und grosse Saurier, ist Lyme Regis (unweit des Kanals) bekannt.

Einem höheren, dem Posidonienschiefer entsprechenden Niveau gehören die ebenfalls zahlreiche Fische und Saurier einschliessenden Schiefer (Alum-shale) von Whitby in Yorkshire an. In Frankreich

---

DUNKER u. KOCH, Beitr. z. Kenntn. d. nordd. Oolithengeb. 1837.
v. STROMBECK, Ob. Lias u. braun. Jura bei Braunschweig. Zeitschr. d. deutsch. geol. Ges. 1853.
F. RÖMER, Die jurass. Weserkette. Zeitschr. d. deutsch. geol. Ges. 1857.
v. SEEBACH, Der hannoversche Jura. 1864.
D. BRAUNS, Der untere Jura im nordwestl. Deutschl. 1871. Der mittlere Jura. 1869. Der obere Jura. 1874.
H. RÖMER, Geol. Verhältn. d. Stadt Hildesheim. Abh. z. geol. Specialkarte v. Preussen. 1883.
v. DECHEN, Erläut. z. geol. Karte d. Rheinprovinz etc. II. 1884. S. 365.
[1]) SCHLÖNBACH, Ueber d. Eisenstein d. mittl. Lias etc. Zeitschr. d. deutsch. geol. Ges. 1863. S. 465.
[2]) DENCKMANN, Geogn. Verh. d. Umgeg. v. Dörnten. Abh. z. geol. Specialkarte v. Preussen. 1887.
[3]) E. GEINITZ, Zeitschr. d. deutsch. geol. Ges. 1880. S. 510.

Taf. XLI. Versteinerungen des unteren Lias. 1. *Schlotheimia angulata* Schloth. 2. *Arietites Bucklandi* Sow. 3. *Lima gigantea* Sow. 4. *Gryphaea arcuata* Lam. 5. *Cardinia hybrida* Sow. 6. *Pentacrinus tuberculatus* Mill., Säulenstück von der Seite und von oben. 7. *Spiriferina Walcotti* Sow.

Juraformation. 221

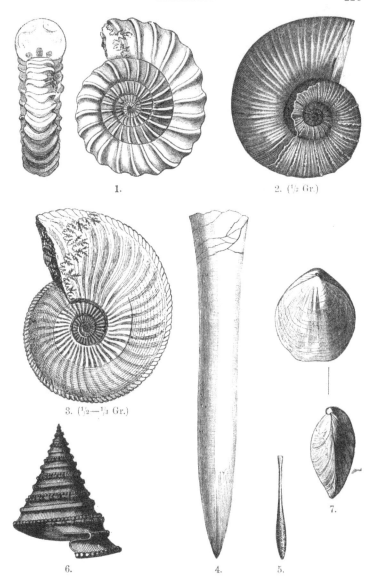

Taf. XLII. Versteinerungen des mittleren Lias. 1. *Aegoceras capricornum* Schl. 2. *Lytoceras fimbriatum* Sow. 3. *Amaltheus margaritatus* Montf. 4. *Belemnites paxillosus* Schl. 5. *Bel. clavatus* Blainv. 6. *Pleurotomaria bitorquata* Deslongch. 7. *Terebratula numismalis* Lam.

222   Mesozoische oder secundäre Formationsgruppe.

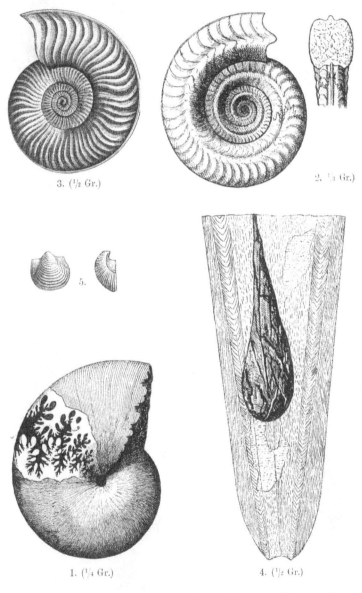

Taf. XLIII. Versteinerungen des oberen Lias. 1. *Phylloceras heterophyllum* Sow. 2. *Harpoceras (Hildoceras) bifrons* Brug. 3. *Harpoceras radians* Rein. 4. *Geotheutis bollensis* Ziet. 5. *Posidonia Bronni* Voltz.

Gliederung des Lias in Mitteleuropa.

v. Buch, d'Orbigny	Quenstedt	Oppel's Zonen	Englische Zonen	v. Seebach
Oberer Lias (Etage Toarcien)	ζ) *Jurensis-Mergel*	*Amm. jurensis*	*Amm. jurensis*	*Jurensis*-Schichten
	ε) *Posidonienschiefer*	*Posidonia Bronni*	*bifrons* „ „ *serpentinus*	Posidonienschiefer
Mittlerer Lias (Et. Liasien)	δ) *Amaltheenthone*	*Amm. spinatus* „ *margaritatus*	*spinatus* „ „ *margaritatus*	Amaltheenschichten
	γ) *Numismalis-Mergel*	*Davoei* *ibex* *Jamesoni*	*capricornus* oder *Henleyi* „ *ibex* „ *Jamesoni*	*Capricornus*-Schichten
Unterer Lias (Et. Sinémurien)	β) *Turneri-Thone*	*raricostatus* *oxynotus* *obtusus*	*raricostatus* „ *oxynotus* „ *obtusus*	*Bverispino*-Schichten *Planicosta*-Schichten
	α) Gryphiten- oder Arietenkalk Angulatensandstein *Psilonotus*-Schichten	*Pentacrin. tuberculatus* *Amm. Bucklandi* „ *angulatus* „ *planorbis*	*semicostatus* *Bucklandi* *angulatus* *planorbis*.	Arietenschichten Angulatenschichten *Psilonotus*-Schichten

sind namentlich die oolithischen Eisensteine von la Verpillière (unweit Lyon) seit langer Zeit durch eine Fülle prachtvoll erhaltener Versteinerungen aus der Zone des *Amm. bifrons* (XLIII, 2) berühmt.

2. Der mittlere oder braune Jura (Dogger).

Quenstedt theilt in Württemberg auch diese Schichtenfolge in 6 Stufen (α bis ζ) ein. Oppel nimmt für dieselbe 11 Zonen an, denen man jetzt noch die weitere des *Amm. Sowerbyi* zufügt. Die obere Grenze des mittleren Jura zieht Oppel etwas anders als Quenstedt, indem er seinen Dogger mit der Zone der *Terebratula lagenalis* abschliesst und die darüber liegenden Schichten dem oberen Jura zurechnet. Es entspricht dies der englischen (und zugleich der französischen) Classification, da auch die Engländer eine Hauptgrenze, nämlich die zwischen ihrem Lower und Middle Oolite, zwischen Great Oolite und Kelloway rocks ziehen (vergl. die Tabelle S. 213). Dass die französischen und manche englischen Geologen die untere Doggergrenze erst mit der *Murchisonae*-Zone beginnen lassen, wurde bereits oben erwähnt. Eine noch andere Grenzziehung hat unlängst Vaček vorgeschlagen [1]). Gestützt auf eine mehrorts beobachtete Denudationsdiscordanz zwischen der *Sowerbyi*-Zone und den tieferen Jurahorizonten, welche auf eine der Ablagerung der genannten Zone vorangegangene Festlandszeit hinweist, will dieser Autor die untere Doggergrenze zwischen die *Murchisonae*- und *Sowerbyi*-Zone verlegt wissen. Mit Neumayr halten wir indess auch in diesem Falle zunächst noch an der Quenstedt'schen Abgrenzung fest.

In **Schwaben** gliedert sich der braune Jura nach Quenstedt folgendermassen:

1. Unter. braun. Jura.

α. *Opalinus*-Thone. Dunkle Thone mit *Ammonites* (*Harpoceras*) *opalinus* (XLIV, 1). Zuunterst Zone mit *Amm. torulosus* und *opalinus*, *Nucula Hammeri* u. s. w., in der Mitte kalkige Bänke mit *Lucina plana*, *Astarte opalina*, *Pentacrinus opalinus*, zuoberst *Trigonia navis* (ebend. 2) und *Amm. opalinus* in Kalkknollen.
Oppel unterscheidet: 1. Zone des *Amm. torulosus*, 2. Z. d. *Trigonia navis*.

β. Gelbliche Sandsteine und Rotheisenoolithe (von Aalen). Hauptfossilien: *Amm.* (*Harpoceras*) *Murchisonae* und *Pecten personatus*.
Oppel: Z. d. *Amm. Murchisonae*.

2. Mittl. braun. Jura.

γ. Blaue Kalke, versteinerungsarm. Etwa in der Mitte der Schichtenfolge Lager mit *Amm.* (*Hammatoceras*) *Sowerbyi*.
Oppel: Z. d. *Amm. Sauzei*.

δ. Versteinerungsreiche Thone, Kalke und Eisenoolithe. Zuunterst *Giganteus*-Thone mit dem riesigen *Belemnites giganteus* (XLV, 5). Dann

---

[1]) Fauna der Oolithe vom Cap San Vigilio. Abh. d. geol. Reichsanstalt. 1886.

Ostreenkalke mit der gefalteten *Ostrea Marshi* (XLIV, 5) und der glatten *eduliformis*, *Trigonia costata* (ebend. 3) u. s. w. Weiter Coronatenschicht mit *Amm. (Stephanoceras) Humphriesianus*, *Blagdeni* (XLV, 3) und *Braikenridgi*, zuoberst Bifurcatenschicht mit *Amm. bifurcatus* u. s. w. Häufige Versteinerungen dieser Stufe sind auch *Pholadomya Murchisoni* (XLIV, 6), *Lima proboscidea*, *Modiola modiolata*, *Terebratula perovalis* u. a.
Oppel: Z. d. *Amm. Humphriesianus.*

3. Ober. braun. Jura.

ε. Thone und Eisenoolithe. Unten Zone des *Amm. (Parkinsonia) Parkinsoni* (XLV, 4), höher aufwärts Kalkbank mit *Rhynchonella varians* (XLVI, 2), oben Zone mit *Amm. (Macrocephalites) macrocephalus* — ebend. 7.
Oppel: Z. d. *Amm. Parkinsoni*, Z. d. *Terebratula digona* (ebend. 3), Z. d. *Ter. lagenalis.*

ζ. Ornatenthone, dunkle, fette Thone mit zahlreichen verkiesten Ammoniten: *Jason*, *anceps*, *hecticus*, *ornatus* (XLVI, 8), *athleta* u. s. w.
Oppel: Z. d. *Amm. macrocephalus*, Z. d. *A. anceps*, Z. d. *A. athleta.*

Die Ausbildung des mittleren Jura in **Franken** ist der schwäbischen fast völlig gleich.

In Lothringen und Luxemburg gliedern Steinmann und van Werweke jetzt wie folgt [1]):

Unterer Dogger.

1. Thonige Schichten mit *Astarte Voltzi* (XLIV, 4) und *Amm. striatulus*.
2. Thonig-sandige Schichten mit *Trigonia navis* und *Amm. Murchisonae*. In diesem Niveau liegen die technisch so wichtigen, als „Minette" bekannten oolithischen Rotheisensteine Lothringens und Luxemburgs.

Mittlerer Dogger.

3. Sandmergel mit *Amm. Sowerbyi*.
4. Korallenreiche Kalke mit *Amm. Humphriesianus*.

Oberer Dogger.

a. Vesullian [2]).

5. Mergel von Longwy.
6. Oolithkalk von Jaumont.
7. Mergeloolith von Gravelotte mit *Amm. Parkinsoni*.

b. Bathian.

8. Thone und Mergelkalke mit *Ostrea Knorri* und *Rhynchonella varians*
1. und 2. sind $= \alpha + \beta$ Quenst., 3. $= \gamma$, 4. $= \delta$, 5.—7. $=$ Unter-ε, 8. $=$ Mittel-ε.

Im **nordwestlichen Deutschland** unterscheidet v. Seebach für den Dogger folgende Abtheilungen:

1. Schichten mit *Amm. opalinus*.
2. Schichten mit *Inoceramus polyplocus*.
3. Coronatenschichten.
4. *Parkinsoni*-Schichten.
5. Schichten mit *Ostrea Knorri*.

---

[1]) Vergl. ausser den schon früher genannten Arbeiten dieser Forscher: Branco, Der untere Dogger Deutsch-Lothringens. 1879.
[2]) N. Jahrb. f. Min. 1880. II. S. 251, 367.

226   Mesozoische oder secundäre Formationsgruppe.

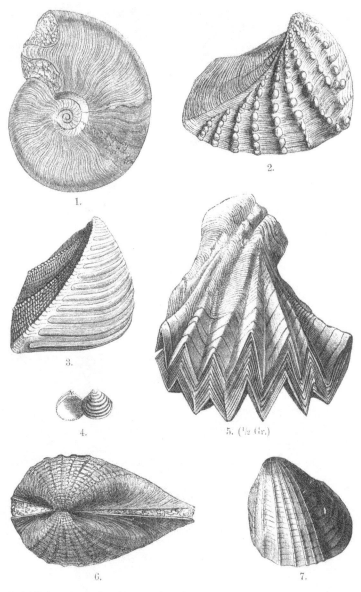

Taf. XLIV. Versteinerungen des Unteroolith. 1. *Harpoceras opalinum* Rein. 2. *Trigonia naris* Lam. 3. *Tr. costata* Park. 4. *Astarte Voltzi* Ziet. 5. *Ostrea Marshi* Sow. 6. *Pholadomya Murchisoni* Sow. 7. *Phol. deltoidea* Agass.

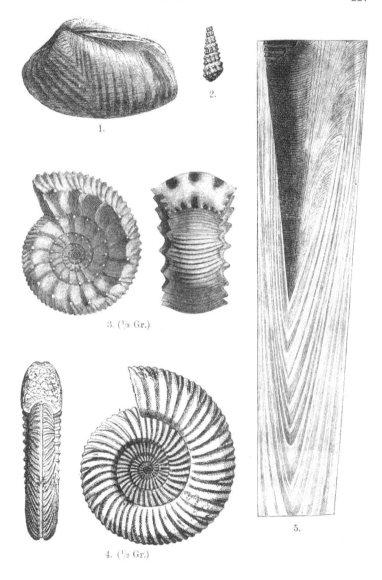

Taf. XLV. Versteinerungen des Unteroolith. 1. *Goniomya Duboisi* Agass.
2. *Cerithium armatum* Gf. 3. *Stephanoceras Blagdeni* Sow. 4. *Parkinsonia Parkinsoni* Sow. 5. *Belemnites giganteus* Schloth., Medianschnitt durch das obere Ende der Scheide, mit vollständiger Alveole.

228 Mesozoische oder secundäre Formationsgruppe.

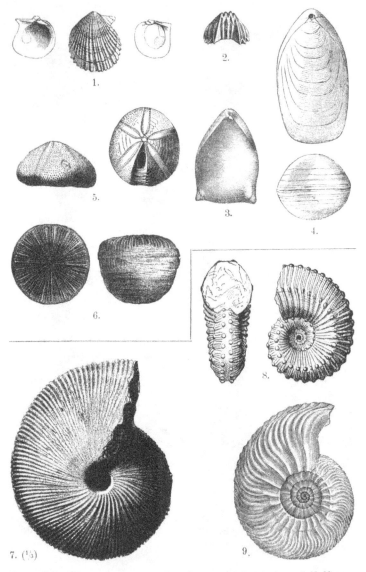

Taf. XLVI. Versteinerungen des Grossoolith (oben) und Kelloway (unten). 1. *Pseudomonotis echinata* Sow. 2. *Rhynchonella varians* Schl. 3. *Terebratula digona* Sow. 4. *T. lagenalis* Schl. 5. *Echinobrissus clunicularis* Lwyd. 6. *Montlivaultia caryophyllata* Lamx. 7. *Macrocephalites macrocephalus* Schloth. 8. *Cosmoceras ornatum* Schl. 9. *Cardioceras cordatum* Sow.

Gliederung des mittleren Jura Mitteleuropas.

Quenstedt		Deutschland – Oppel	Deutschland – v. Seebach	Deutschland – Neuere Autoren	Frankreich	England
Malm	ζ,ε	Amm. athleta „ anceps „ macrocephalus	Ornatenthon Macrocephalenschichten	Amm. athleta „ Jason „ macrocephalus	Callovien	Kelloway-rocks (Middle Oolite)
Dogger	δ	Terebr. lagenalis digona Amm. Parkinsoni	Sch. m. Monot. echinata „ Ostrea Knorri Parkinsoni-Schichten	„ aspidoides „ ferrugineus „ Parkinsoni	Bathonien	Great Oolite (Bath)
Dogger	γ	„ Humphriesian.	Coronatenschichten	„ Humphriesian.	Bajocien oder Bajeux-Gruppe	Inferior Oolite
Dogger	β	„ Sauzei	Schichten m. Inoceramus polyplocus	„ Sauzei „ Sowerbyi		
Dogger	α	„ Murchisonae		„ Murchisonae		
Dogger		Trigonia navis Amm. torulosus	Opalinus-Schichten	„ opalinus		

(Unt. br. Jura | Mittl. braun. Jura | Oberer brauner Jura)

6. Feste Eisenkalkbänke mit *Monotis (Pseudomonotis) echinata* (XLVI, 1). (Wohl auch mit einem englischen Ausdruck als Cornbrash bezeichnet.)
7. Macrocephalenschichten.
8. Ornatenthone.

v. SEEBACH's 1. entspricht = α QUENST. Die den süddeutschen *Murchisonae*-Schichten gleichstehenden Schichten sind in der Weserkette nicht als solche entwickelt: es fehlen hier die Cephalopoden fast gänzlich, so dass v. SEEBACH einen *Inoceramus* zur Leitform machen musste. SEEBACH's 2. ist $= \beta + \gamma$, 3. $= \delta$, 4. $=$ *Parkinsoni*-Zone (Unter-ε), 5. $+$ 6. $=$ Bath (Mittel-ε), 7. $=$ *Macrocephalus*-Zone (Ober-ε) und 8. $= \zeta$. Die beiden letztgenannten Stufen werden übrigens von SEEBACH ähnlich wie von OPPEL zum oberen Jura gestellt.

Im **östlichen Deutschland** fehlt, wie schon früher bemerkt, der Lias und ebenso der untere Theil des mittleren Jura. In Schlesien gehören die tiefsten jurassischen Schichten dem *Parkinsoni*-Horizonte an. Ebenso verhält es sich an der Ostsee, bei Kammin u. s. w., da auch hier die ältesten zu Tage tretenden Juraschichten etwa der Zone der *Ostrea Knorri* (dem englischen Bath) gleichstehen[1]).

Die Gliederung des mittleren Jura in **England** und **Frankreich** endlich ist aus der Tabelle S. 229 zu ersehen. Auch in diesen Ländern ist die Ausbildung des Doggers im Allgemeinen sehr ähnlich; nur erlangen hier, wie schon im Reichslande, oolithische Kalksteine, die in Schwaben so gut wie gänzlich fehlen, eine grosse Entwickelung. Der Great Oolite wird in England auch als Bath (nach der gleichnamigen Stadt) bezeichnet; die französische Bezeichnung Bajocien hat ihren Namen von Bajeux unweit Caen.

3. Der obere oder weisse Jura (Malm).

Die obere Abtheilung der Juraformation wird in Mitteleuropa überwiegend aus mächtigen, hellfarbigen, vielfach oolithischen Kalksteinen zusammengesetzt. Infolge des Umstandes, dass namentlich vom Coralrag an neben tieferen Meeresablagerungen an vielen Orten auch Seichtwasser- und Küstenbildungen auftreten, wechselt der paläontologische Charakter der oberjurassischen Kalke im Allgemeinen viel häufiger und beträchtlicher als derjenige der älteren Juraablagerungen Mitteleuropas. Während in den in tieferem Meere gebildeten Ablagerungen Ammoniten und daneben nicht selten auch Spongien die Hauptrolle spielen, so herrschen in den Flachmeer- und Uferabsätzen bald Riffkorallen, Crinoiden und Seeigel, bald dickschalige Muscheln und Schnecken vor. Eine sehr eigenartige, offenbar in tiefen, ruhigen Meeresbuchten entstandene Bildung stellen die berühmten lithographischen Kalksteine von Solenhofen und Pappenheim in Franken und von Cirin im südöstlichen Frankreich dar, sehr

---

[1]) Durch Tiefbohrung ist zwar bei Kammin das Vorhandensein von kohlenführendem Unterlias, ganz wie derselbe auch auf Bornholm und in Schonen entwickelt ist, nachgewiesen; allein höhere Liasbildungen fehlen dort ebenso, wie der gesammte untere Theil des Dogger.

fein- und gleichkörnige, plattige bis schieferige Kalke, die eine Fülle verschiedener Kruster, stielloser Crinoiden, Würmer, Quallen und nackter, schulptragender Cephalopoden, einige Ammoniten und Belemniten, sowie Reste von landbewohnenden Sauriern, Vögeln und Insekten in zum Theil unübertrefflich feiner Erhaltung einschliessen. Als eine besondere, namentlich an der obersten Grenze der Juraformation mehrfach auftretende Entwickelungsform wären endlich noch brackische, neben Meeresmuscheln auch Süsswasserconchylien enthaltende Bildungen zu erwähnen.

Für die verschiedenen Glieder des oberen Jura sind noch mehr als für die älteren Jurastufen englische Namen gebräuchlich geworden. Früher unterschied man allgemein von unten nach oben Oxford, Coralrag (Corallien), Kimmeridge, Portland und Purbeck. Seit aber OPPEL, MÖSCH und namentlich WAAGEN [1]) gezeigt haben, dass die früher überall dem Coralrag zugerechneten Korallenkalke des oberen Jura in verschiedenen Gegenden sehr verschiedene Niveaus einnehmen, haben manche Autoren die Unterscheidung des Coralrag als einer besonderen Jurastufe aufgegeben. Das Purbeck, eine im südlichen England und nordwestlichen Deutschland zwischen Portland und Wealden eingeschaltete Süsswasserbildung, ziehen wir mit BEYRICH, STRUCKMANN u. A. wegen ihrer sich an die des Wealden anschliessenden Verbreitung gleich diesem zur Kreideformation.

In **Süddeutschland** hat QUENSTEDT auch den weissen Jura in 6 Stufen (α bis ζ) eingetheilt, aber mehr der Uebereinstimmung mit der Gliederung des braunen und schwarzen Jura wegen, als weil diese Sechstheilung naturgemäss wäre. Ueber den dunklen Kellowaythonen (dem braunen ζ Qu.) folgen in Schwaben mächtige, lichte, lockere Mergel. Dies sind die *Impressa*-Mergel, QUENST.'s α, mit *Terebratula impressa* (XLVII, 7) als Leitfossil und dem *Transversarius*-Horizont (*Amm. transv.*) an der Basis. Als ζ dagegen nahm QUENSTEDT den oben erwähnten lithographischen Kalk und die ihm in Schwaben entsprechenden dünnplattigen sogen. Krebsscheerenkalke von Nusplingen. Die zwischen α und ζ in der Mitte liegenden compacten Kalke und Dolomite wurden in 4 weitere, nicht immer leicht zu trennende Stufen zerlegt. Den Hauptanhalt dafür gab das Auftreten von grossen Spongienanhäufungen in einiger Höhe über der Oberkante von α. Diese Schwamm- oder Scyphienkalke wurden γ genannt, die geschichteten zwischen ihnen und α liegenden Kalke β, die geschichteten über γ lagernden Kalke δ, während endlich die noch höheren, namentlich bei Nattheim trefflich entwickelten Korallenkalke als ε bezeichnet wurden.

Im **nordwestlichen Deutschland,** wo die oberen Jurabildungen eine weit mehr mit der englisch-französischen als mit der süddeutschen übereinstimmende Entwickelung zeigen, gliedern KARL v. SEEBACH,

---

[1]) Versuch einer allgemeinen Classification der Schichten des oberen Jura. 1865.

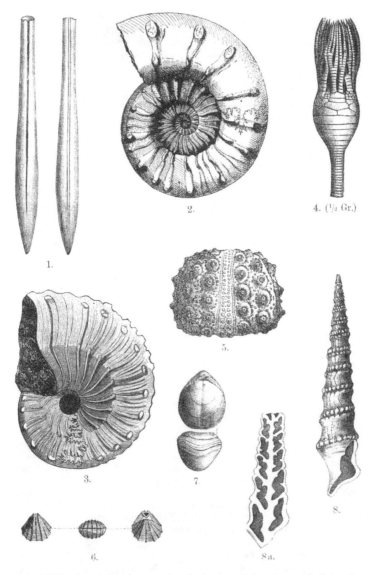

Taf. XLVII. Versteinerungen des Oxford und Coralrag. 1. *Belemnites hastatus* Blainv. 2. *Aspidoceras perarmatum* Sow. 3. *Oppelia flexuosa* v. Buch. 4. *Apiocrinus Roissianus* d'Orb. 5. *Hemicidaris crenularis* Lam. 6. *Megerlea pectunculus* Schl. 7. *Terebratula impressa* Bronn. 8. *Nerinea tuberculosa* A. Röm. 8a. Dieselbe im Längsschnitt.

Juraformation.

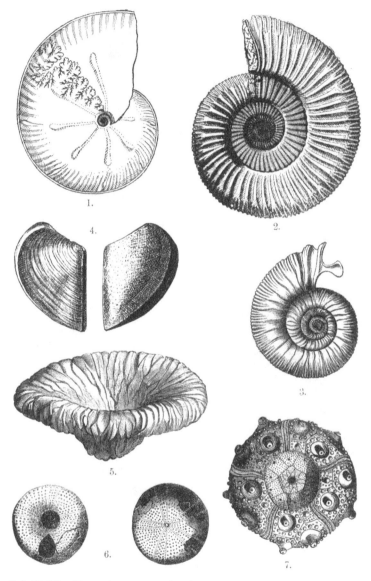

Taf. XLVIII. Versteinerungen des Kimmeridge. 1. *Oppelia tenuilobata* Oppel. 2. *Perisphinctes Tiziani* Opp. 3. *Per. polyplocus* Rein. 4. *Aptychus laevis* v. Mey. 5. *Cnemidiastrum rimulosum* Gf. 6. *Holectypus orificatus* Schl. 7. *Cidaris coronata* Gf.

234 Mesozoische oder secundäre Formationsgruppe.

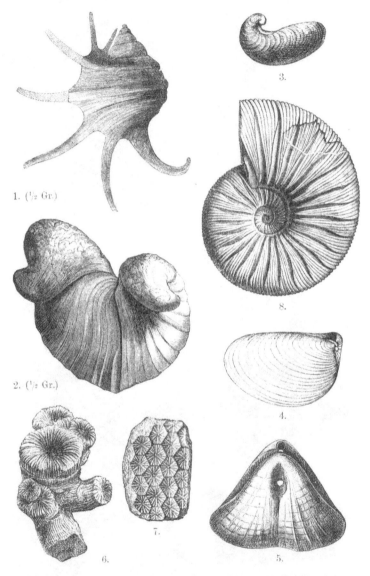

Taf. XLIX. Versteinerungen des Kimmeridge und Portland bezw. Tithon. 1. *Pteroceras Oceani* Brgn. 2. *Diceras arietinum* Lam. 3. *Exogyra virgula* Sow. 4. *Aucella mosquensis* v. Buch. 5. *Terebratula diphya* Colonna. 6. *Thecosmilia trichotoma* Gf. 7. *Isastraea helianthoides* Gf. 8. *Perisphinctes virgatus* v. Buch.

Gliederung des oberen Jura in Mitteleuropa.

	England, Frankreich	Norddeutschland	Zonen Oppel's	Zonen Neumayr's	Quenstedt
Upper Oolite	Portland (Portlandien)	Einbeckhäuser Plattenkalk Sch. m. *Amm. gigas*	*Trigonia gibosa*	*Amm. lithographicus*	λ ρ
	Kimmeridge (Kimméridien)	Sch. m. *Exogyra virgula* „ „ *Pterocerus Oceani* Nerineenschichten und Zone d. *Terebr. humeralis*	*Pterocerus Oceani* *Astarte supracorallina* *Diceras arietinum*	„ *eudoxus* „ *tenuilobatus*	ο ζ η
Middle Oolite	Coralrag (Corallien)	Korallen- { m. *Nerinea visurgis* Oolith { m. *Ostrea rastellaris*	*Cidaris florigemma*	„ *bimammatus*	ς
	Oxford (Oxfordien)	Hersumer Schichten mit *Amm. perarmatus*	*Amm. biarmatus*	„ *transversarius* „ *perarmatus*	8
	Kelloway (Callovien)				

Heinr. Credner[1]) und Struckmann[2]) im Anschluss an die englische Eintheilung folgendermassen:

1. **Oxfordschichten** = Hersumer-Schichten Seebach's, dunkle, kalkig-sandige Schichten mit *Amm. perarmatus* (XLVII, 2), *cordatus* (XLVI, 9) etc., *Gryphaea dilatata* u. s. w.

2. **Korallenoolith (Corallien)**. Korallenreiche Kalke, zerfallend in a) Schichten mit *Ostrea rastellaris* und b) Schichten mit *Nerinea visurgis*.

3. **Kimmeridgekalke** mit a) Nerineenschichten nebst Zone der *Tereb. humeralis*, b) *Pteroceras*-Schichten mit *Pteroceras Oceani* (XLIX, 1), *Cyprina Brongniarti*, *Pholadomya multicostata* u. s. w. und c) Schichten mit *Exogyra virgula* (XLIX, 3), einer kleinen, die oolithischen Bänke zu Tausenden erfüllenden Auster, ferner *Ostrea multiformis*, *Terebratula subsella* u. s. w.

4. **Portland** mit a) Oolithkalke und Mergelthone mit *Ammonites gigas* und *portlandicus* und anderen, weniger bezeichnenden Arten und b) Eimbeckhäuser Plattenkalk mit *Corbula inflexa*, *alata* u. a., *Modiola lithodomus*, Paludinen, Cyrenen u. s. w.

Die englische und französische Eintheilung des oberen Jura, die Zonengliederung Oppel's und Neumayr's (Erdgeschichte II, S. 319) und die Beziehungen dieser Gliederungen zur norddeutschen und Quenstedt'schen Eintheilung ergeben sich aus der auf S. 235 stehenden vergleichenden Tabelle.

II. Der alpine Jura.

Die auffällige Verschiedenheit der alpinen von der ausseralpinen Trias wiederholt sich in ähnlicher, wenngleich weniger schroffer Weise auch im Jura. In paläontologischer Hinsicht macht sich dieser Unterschied nach Neumayr namentlich in der grossen Entwickelung der Ammonitengeschlechter *Phylloceras*, *Lytoceras*, *Haploceras* und *Simoceras* im ganzen alpinen Gebiete geltend, welche hier, im Gegensatz zu den vereinzelten Arten dieser Gattungen im mitteleuropäischen Jura, in allen Ammonitenschichten, ganz unabhängig von den Faciesverhältnissen, in grosser Artenfülle auftreten. Aber auch in der Gesteinsentwickelung machen sich vielfache Unterschiede zwischen alpinem und ausseralpinem Jura geltend. Als eine solche, ausserhalb der alpinen Region völlig unbekannte, im alpinen Jura aber in verschiedenen Horizonten sich wiederholende Ausbildung sind vor allem rothe, ammonitenreiche Marmorkalke, die den Hallstätter Triaskalken sehr ähnlich sind, zu nennen. Nach einem Hauptvorkommen im Lias von Adneth unweit Salzburg wird diese Ent-

---

[1]) Ueber d. Glieder. d. ober. Juraform. u. d. Wealdbildung i. nordwestl. Deutschl. 1863.
[2]) Der obere Jura der Umgegend von Hannover. 1878. — Derselbe, Zeitschr. d. deutsch. geol. Ges. 1887. S. 32.

wickelungsform wohl als Adnether Facies bezeichnet. Eine andere eigenthümlich alpine Facies ist die sogen. Hierlatzfacies (nach dem H.-Berge im Salzkammergut). Es sind das weisse oder röthliche, dichte, oft von Breccien begleitete Kalke, welche vielfach ausserordentliche Massen von Brachiopoden und Crinoidenresten einschliessen. Eine weitere auffällige Bildung, die oft in mächtiger Entwickelung die ganze obere Hälfte des Jura sammt der unteren Kreide vertritt, sind die Aptychenschiefer, sehr einförmige, dünnschichtige, graue oder auch bunte Kalkschiefer, welche von Versteinerungen fast nichts als die bekannten zweiklappigen, flach-deckelförmigen, als Aptychen bezeichneten (XLVIII. 4) Ammonitenorgane einschliessen.

Die Gliederung des alpinen Jura stimmt im Allgemeinen sehr nahe mit der mitteleuropäischen überein; namentlich im Lias und Unteroolith ist die Aufeinanderfolge der Zonen ganz dieselbe wie in Deutschland und England. Es muss indess hervorgehoben werden, dass im mittleren und oberen Jura überall eine auffällige Lückenhaftigkeit der Schichtenfolge sich geltend macht. Dieselbe bringt es mit sich, dass abgesehen von einigen wenigen, allgemeiner verbreiteten Zonen die übrigen nur von wenigen oder gar nur von einem einzigen Punkte bekannt sind.

Der Lias ist im grössten Theile des alpinen Gebietes gut entwickelt. Er tritt besonders als rother Ammonitenkalk mit Arietiten, Aegoceraten, Amaltheen u. s. w. auf. Daneben sind sehr verbreitet die sogen. Fleckenmergel, graue, gefleckte, plattige Mergelkalke mit zahlreichen eingeschlossenen Ammoniten. Im unteren und mittleren Lias spielen daneben auch Hierlatzkalke eine Rolle. Als eine sandig-mergelige, stellenweise (besonders bei Fünfkirchen in Ungarn) kohlenführende Uferbildung wären endlich noch die sogen. Grestener Schichten zu erwähnen[1]).

Der mittlere Jura ist im alpinen Gebiete viel spärlicher und versteinerungsärmer entwickelt. Der Zone mit *Amm. Murchisonae* gehören die versteinerungsreichen oolithischen sogen. Gardakalke (Hauptlokalität Cap San Vigilio am Gardasee[2]) an, der Bathstufe die Klausschichten mit der weit verbreiteten *Posidonia alpina*; als Vertreter des Kelloway endlich werden die brachiopodenreichen Vilser Kalke (nach Vils bei Füssen) angesehen.

Auch der untere Teil des oberen Jura ist in den Alpen nur schwach und sporadisch vertreten. Erst die jüngeren, meist in Form von Ammoniten- und Aptychenkalken, mitunter aber auch als Korallenriffe oder in noch anderer Ausbildung auftretenden Ablagerungen gewinnen sowohl in den Nord- als auch besonders in den Südalpen eine grosse Entwickelung und Verbreitung. In den Südtiroler und venetianischen Alpen sind dieselben namentlich durch die Arbeiten

---

[1]) NEUMAYR, Zur Kenntniss d. Fauna d. unterst. Lias in d. Nordalpen. Abhandl. d. geol. Reichsanst. 1879. — ROTHPLETZ, Monograpie der Vilser Alpen. Palaeontographica. 1886.
[2]) VAČEK, Die Fauna der Oolithe von Cap S. Vigilio. Abhandl. d. geol. Reichsanst. 1886.

von BENECKE genauer bekannt geworden, der hier zuerst an der Basis der fraglichen Kalke einen fast allenthalben entwickelten Horizont mit *Ammonites* (*Aspidoceras*) *acanthicus* ausschied und auf Grund zahlreicher identischer Arten der mitteleuropäischen Zone mit *Amm.* (*Oppelia*) *tenuilobatus* (XLVIII, 1), also dem Kimmeridge gleichstellte [1]). Ueber diesem, später in ungeheuerer Verbreitung von der Tatra und dem Balkan bis nach Sicilien und Algerien verfolgtem Gliede folgen nun, ebenfalls in sehr grosser horizontaler Verbreitung, weisse oder röthliche Marmorkalke, welche ausser durch zahlreiche Ammoniten (*ptychoicus, lithographicus* u. a.) besonders durch die eigenthümliche gelochte *Terebratula diphya* (XLIX, 5) ausgezeichnet werden. Es sind diese Diphyakalke und ausserdem die ammoniten- und nerineenreichen, ihrem organischen Inhalte nach besonders durch ZITTEL bekannt gewordenen [2]) Stramberger Kalke (nach der Hauptlokalität Stramberg in Mähren), welche zusammen das Tithon OPPEL's [3]) ausmachen. Dasselbe stellt eine ununterbrochene Folge ammonitenreicher Ablagerungen dar, welche unmerklich aus dem oberen Jura in die untere Kreide hinüberführend, die scharfe, in Mitteleuropa zwischen beiden Formationen bestehende Grenze vollständig überbrücken. Die tithonischen Bildungen werden jetzt dem süddeutschen lithographischen Kalk (mit dem sie *Ammonites lithographicus* und *steraspis* gemein haben) nebst dem Portland gleichgestellt und in zwei Stufen zerlegt, nämlich eine untere, die Diphyakalke mit *Terebr. diphya, Amm. lithographicus, cyclotus* u. a., und eine obere, den Stramberger Kalk mit *Amm. transitorius* u. a., *Terebrat. janitor*, *Diceras Luci* u. s. w. Die letztgenannten jüngsten, am schönsten bei Stramberg und an der Porte de France bei Grenoble entwickelten Juraschichten haben mit der Kreide etwa ein Dutzend Species gemein.

III. Der russische Jura.

Nachdem L. v. BUCH 1840 aus der Gegend von Moskau die ersten russischen Juraversteinerungen beschrieben hatte, wurde diese Formation sehr bald durch die Arbeiten von MURCHISON [4]) und dem Grafen KEYSERLING [5]) in einer sehr grossen Verbreitung im mittleren und nördlichen europäischen Russland nachgewiesen. Wie

---

[1]) BENECKE, Trias und Jura in den Südalpen. 1866. — Vergl. auch NEUMAYR, Die Fauna der Schichten mit *Aspidoceras acanthicum*. Abhandl. d. geol. Reichsanst. 1873. — FAVRE, Monogr. d. l. zone à *Ammonites acanthicus* des Alpes suisses. Abh. d. schweiz. pal. Ges. 1877. — C. MÖSCH, Der Jura in den Alpen der Ostschweiz. 1872.

[2]) Cephalopoden und Gasteropoden der Stramberger Schichten. Mittheil. a. d. Museum d. bayer. Staates. 1868, 1873. — Derselbe, Fauna der älteren Tithonbildungen. Ebend. 1870.

[3]) Zeitschr. d. deutsch. geol. Ges. 1865. S. 535.

[4]) MURCHISON, DE VERNEUIL u. KEYSERLING, Russia and the Ural Mountains. 1845. Der zweite, paläontol. Band enthält unter Anderem die Beschreibung der jurassischen Versteinerungen durch d'ORBIGNY.

[5]) Wissenschaftl. Beobacht. auf einer Reise in das Petschoraland. 1846.

schon früher angedeutet, fehlt in diesem ganzen Gebiete der Lias und alle tieferen Stufen des mittleren Jura. Die ältesten bekannten jurassischen Schichten gehören der Zone des *Amm. macrocephalus* oder stellenweise auch dem Ornatenthone an. Während aber diese Bildungen ebenso wie die darüberfolgenden Oxfordäquivalente (mit *Amm.* (*Cardioceras*) *cordatus* und *alternans*) noch eine grosse faunistische Aehnlichkeit mit den gleichalterigen Ablagerungen Mitteleuropas aufweisen, so nimmt diese Uebereinstimmung in den höheren Schichten immer mehr ab, so dass die genauere Parallelisirung der jüngsten russischen Jurabildungen erst in allerneuester Zeit gelungen ist. Nach Nikitin und Pawlow, welchen wir diese Feststellungen in erster Linie verdanken, liegen über den Oxfordschichten zunächst Ammonitenschichten, in welchen bei Ssimbirsk (an der unteren Wolga) *Amm. eudoxus* und *Exogyra virgula*, also bezeichnende Kimmeridge-Versteinerungen nachgewiesen worden sind. Darüber folgt dann die sogen. Wolgastufe Nikitin's. Der untere Teil derselben, die sogen. Virgatenschichten, sind besonders durch *Amm.* (*Perisphinctes*) *virgatus* (XLIX, 8) eine Form mit sehr eigenthümlichen Büschelrippen, sowie durch verschiedene Arten der durch die grosse Ungleichheit ihrer beiden Klappen merkwürdigen Muschelgattung *Aucella* (*A. Pallasi, mosquensis* [XLIX, 4] u. a.) ausgezeichnet. Auch in den oberen Wolgaschichten ist neben zahlreichen eigenthümlichen Ammoniten und Belemniten besonders die grosse Zahl von *Aucella*-Arten (*Fischeriana* u. s. w.) auffällig. Wie nun der den beiden russischen Paläontologen gelungene Nachweis des Auftretens verschiedener charakteristischer Arten der Wolgaschichten (*Amm. catenulatus, Belemn. lateralis* Phill. = *corpulentus* Nikit., *Aucella Pallasi* u. s. w.) im englischen Portland dargethan hat, steht die ganze untere und noch ein Theil der oberen Wolgastufe dem ebengenannten Gliede des englischen Jura gleich, während die hangenden Wolgaschichten der neocomen Kreide zufallen.

Nach Neumayr liegen die paläontologischen Eigenthümlichkeiten des russischen Jura darin, dass ihm die im alpinen Gebiete so reich, in Mitteleuropa aber nur spärlich vertretenen Ammonitengattungen *Phylloceras, Lytoceras, Haploceras* und *Simoceras*, ebenso wie canaliculate Belemniten und Riffkorallen, gänzlich fehlen; dass ferner die Ammonitengattungen *Oppelia* und *Aspidoceras* nur sparsam auftreten, während umgekehrt das Ammonitengeschlecht *Cardioceras*, die Gruppen des *Belemnites excentricus* und *absolutus* und vor allem Aucellen eine sehr grosse Entwickelung erlangen.

Eine sehr bemerkenswerthe Thatsache ist die ausserordentlich weite Verbreitung jurassischer Bildungen von russischem Typus in der ganzen borealen Region Europas, Asiens und Nordamerikas. Auf Novaja Semlja, Spitzbergen, durch ganz Sibirien, Kamtschatka, die Aleuten und Alaska, in Dakota im Vereinigten-Staatengebiete, auf der Patriksinsel im arktischen Archipel Nordamerikas und an der Ostküste Grönlands, in diesem ganzen ungeheuren Gebiete finden wir ähnliche, namentlich durch das massenhafte Auftreten von Aucellen gekennzeichnete Jurabildungen.

Sonstige Verbreitung der Juraformation und klimatische Zonen der Jurazeit.

Der Nachweis, dass um den ganzen Nordpol unserer Erde herum jurassische Bildungen vom Charakter der centralrussischen entwickelt sind, ist von grosser Bedeutung. Diese Bedeutung wird noch dadurch erhöht, dass auch die beiden anderen Entwickelungstypen, die wir im Vorangegangenen in Europa kennen gelernt haben, nämlich der mitteleuropäische und der alpine, eine ähnlich grosse Verbreitung besitzen. Was zunächst die mitteleuropäische Ausbildung betrifft, so gehören derselben ausser den Juraablagerungen Englands, des nordwestlichen Spanien und Portugal, des ganzen ausseralpinen Frankreich und Deutschland, der im Norden der Alpen und Karpathen gelegenen Theile Oesterreich-Ungarns und von Russisch-Polen auch die in Südrussland und am Nordrande des Kaukasus auftretenden, sowie nach grosser Unterbrechung die in Japan und Californien bekannt gewordenen Jurabildungen an. Was aber den alpinen Typus betrifft, so folgen demselben nicht nur die jurassischen Schichten der Alpen- und Karpathenländer, Italiens, der iberischen und Balkanhalbinsel, sondern auch alles, was man an Jura in der Krim, im inneren Kaukasus, in Kleinasien und Vorderindien, Centralafrika (Mombassa) und Madagascar, ferner in Mexico, Guatemala, Peru u. s. w. kennen gelernt hat. Alle drei Juraentwickelungen nehmen also, wenn man ihre Gesammtverbreitung ins Auge fasst, ausserordentlich breite, in der Richtung der Breitenkreise um die ganze Erde herumlaufende Gürtel ein. Speciell der Gürtel mit alpiner Entwickelung reicht etwa vom 30. Grade nördlicher bis zum ebensovielten Grade südlicher Breite, hat also eine Breite von vollen 60 Breitengraden! Waren in der Jurazeit wirklich drei derartige, von Norden nach Süden auf einander folgende und über den ganzen Erdenrund sich ausdehnende Zonen vorhanden, innerhalb welcher überall ein wesentlich gleicher allgemeiner Faunentypus herrschte, so liegt der Schluss Neumayr's, dass diese drei homöozoischen Zonen mit damals bereits zur Entwickelung gelangten klimatischen Unterschieden zusammenhängen, oder mit anderen Worten, dass jene drei Gürtel mit Klimazonen zusammenfallen, in der That sehr nahe. Schon das Fehlen der riffbildenden Korallen in der ganzen nördlichen oder borealen Zone ist in dieser Beziehung ein wichtiger Fingerzeig, insofern nämlich alle heutigen riffbildenden Korallen zu ihrem Fortkommen einer hohen, tropischen Wassertemperatur bedürfen. Was aber am meisten für Neumayr's Annahme spricht, das ist die Thatsache, dass alles, was von Jurabildungen im Süden des äquatorialen Juragürtels, also jenseits des 30. Grades südlicher Breite bekannt ist, nicht den Charakter der alpinen, sondern denjenigen der mitteleuropäischen oder, um es anders auszudrücken, der gemässigten Jurazone an sich trägt. Sowohl die bis jetzt in Südaustralien und Neuseeland als auch die in der Capcolonie und in Chile, Bolivia und Argentinien aufgefundenen

Juraablagerungen weichen nämlich faunistisch ganz vom alpinen oder äquatorialen Typus ab, erinnern vielmehr in auffälliger Weise an die Juraentwickelung Schwabens, Frankens und Englands[1]). Sind, wie wir annehmen müssen, alle diese durch NEUMAYR's Scharfsinn aufgedeckten Thatsachen richtig, folgt in der That auf die tropische Jurazone im Süden wieder ein Gürtel mit dem faunistischen Charakter des mitteleuropäischen Jura, also eine südliche gemässigte Jurazone, so scheinen Zweifel an der Richtigkeit der NEUMAYR'schen Deutung nicht möglich zu sein: wir müssen in der That annehmen, dass sich Klimazonen auf unserer Erde schon in der Jurazeit herausgebildet hatten.

Paläontologischer Charakter der Juraformation.

Die jurassische Flora setzt sich, ebenso wie die triassische, neben Farnen und Equisetaceen vorwiegend aus Cycadeen und Coniferen zusammen. Unter den letzteren gehören *Baiera*, *Araucaria*, *Gingko* u. a. zu den häufigeren Erscheinungen, unter den Cycadeen *Zamites*, *Podozamites*, *Dioonites* u. s. w.

Von der ungemein reichen Fauna sind zunächst die Spongien als sehr entwickelt zu erwähnen. Namentlich im oberen Jura treten sie oftmals geradezu felsbildend auf. Von Lithistiden seien hier nur die Gattungen *Cnemidiastrum* (XLVIII, 5), *Hyalotragos* und *Cylindrophyma*, von Hexactinelliden *Tremadictyon* und *Craticularia* genannt.

Auch die Korallen treten namentlich im oberen Jura in grosser Mannigfaltigkeit auf. Am häufigsten sind zusammengesetzte, riffbildende Formen (wie *Thamnastraea*, *Isastraea* [XLIX, 7], *Latimaeandra*, *Thecosmilia* [XLIX, 6], *Calamophyllia* u. a.), die indess bereits auf die wärmeren Meere beschränkt waren. Von Einzelkorallen sei *Montlivaultia* (XLVI, 6) genannt.

Sehr reich entwickelt sind die Echinodermen, bei denen namentlich das plötzliche starke Hervortreten der Echinoiden neben den bis dahin vorherrschenden Crinoiden bemerkenswerth ist. Unter den letzteren ist die Gattung *Pentacrinus* (XLI, 6) (mit fünfblättriger Zeichnung der Stengelglieder und ausserordentlich reich verzweigter Krone) an erster Stelle zu nennen, dann die namentlich im oberen Jura verbreiteten Geschlechter *Eugeniacrinus*, *Apiocrinus* (XLVII, 4) und der stiellose *Antedon* (*Comatula*).

Unter den Echinoiden sind besonders wichtig die zur Abtheilung der Regulares (radiär gebauten) gehörigen Gattungen *Cidaris* (*coronata* [XLVIII, 7], *florigemma* etc.), *Acrosalenia* und *Hemicidaris* (XLVII, 5) sowie die zu den Irregulares (symmetrisch gebauten) gehörigen *Echinobrissus* (XLVI, 5), *Holectypus* (XLVIII, 6), *Collyrites* u. a.

---

[1]) GOTTSCHE, Palaeontograph. Suppl. Bd. III. 1878. — STEINMANN, N. Jahrb. f. Min. 1882. I. S. 169. — Ebend. Beilageband I. 1881. S. 239.

Unter den Mollusken zeigen die Brachiopoden selbst im Vergleich zur Trias eine wesentliche Abnahme ihrer früheren Formenmannigfaltigkeit. Im Wesentlichen sind nur zwei Familien durch Artenreichthum und grosse Häufigkeit einzelner Species ausgezeichnet, nämlich die Terebratuliden (mit den Hauptgattungen *Terebratula* und *Waldheimia*, im oberen Jura auch *Megerlea* [XLVII, 6] u. a.) und die Rhynchonelliden. Als letzte Nachzügler der paläozoischen Zeit finden sich im Lias noch einige Spiriferiden (*Spiriferina Walcotti* [XLI, 7] u. a.).

Von grosser Bedeutung sind die Conchiferen. Unter den Einmusklern ist besonders das Erscheinen massenhafter, hier zum erstenmale oft förmliche Bänke bildender, grosser ächter Austern (*Ostrea*, *Gryphaea*, *Exogyra*) hervorzuheben. Manche, wie *Gr. arcuata* (XLI, 4), *Ex. virgula* (XLIX, 3) u. s. w., sind wichtige Leitformen. Auch *Lima* (XLI, 3) und *Pecten*, sowie unter den Heteromyariern *Avicula*, *Pseudomonotis* (XLVI, 2), *Aucella* (XLIX, 4), *Posidonia* (XLIII, 5), *Gervillia* u. a. sind sehr verbreitet. Unter den Homomyariern ist namentlich *Trigonia* (*navis* [XLIV, 2], *costata* [ebenda 3], *clavellata* etc.) wichtig, von Dimyariern seien nur *Astarte* (XLIV, 4), *Diceras* (XLIX, 2), *Cyprina* und *Isocardia* aufgeführt, von Sinupalliaten, die noch spärlich entwickelt sind, *Pholadomya* (XLIV, 6, 7). *Goniomya* (XLV, 1) und *Pleuromya*.

Die Gastropoden zeigen, obwohl reich vertreten, wenig Eigenthümliches. Sehr artenreich ist besonders *Pleurotomaria* (XLII, 6). Im oberen Jura spielt die thurmförmige, durch zahlreiche innere Spiralfalten ausgezeichnete Gattung *Nerinea* (XLVII, 8) eine hervorragende Rolle. Im mitteleuropäischen Kimmeridge ist die Gattung *Pteroceras* mit der Leitform *Pt. oceani* (XLIX, 1) wichtig.

Weitaus am wichtigsten sind unter den Mollusken die Cephalopoden und unter diesen wiederum die sich im Jura zu wunderbarer Formenfülle entwickelnden, überall die hauptsächlichsten Leit- und Zonenfossilien abgebenden Ammoniten. Von triassischen Ammonitenfamilien setzen wesentlich nur die Phylloceratiden und Lytoceratiden mit den beiden Hauptgattungen *Phylloceras* (XLIII, 1) (= Gruppe der Heterophylli L. v. BUCH, mit involutem Gehäuse und sehr charakteristischen, blattförmig erweiterten Sattelköpfen der Lobenlinie) und *Lytoceras* (XLII, 2) (= Fimbriati D'ORBIGNY, evolute Gehäuse mit „gewimperter" Querstreifung der Schale und grossem, symmetrisch zweitheiligem vorderem Seitenlobus) in den Jura fort. Alle übrigen Familien und Geschlechter sind neu. Für den Lias sind besonders wichtig die Gattungen *Arietites* (XLI, 2) (= Arietes v. BUCH, nur im unteren Lias, mehr oder weniger evolut, mit einfachen, geraden, sich nicht auf den Rücken fortsetzenden Rippen; Rücken mit einem von zwei Kanälen eingefassten mittleren Kiel), *Aegoceras* (XLII, 1) (= Capricorni v. B., evolut mit einfachen, auf dem Rücken schildförmig abgeplatteten Rippen), *Amaltheus* (XLII, 3) (Amalthei v. B., meist scheibenförmig, ziemlich stark involut, mit gekerbtem Kiel) und *Harpoceras* (XLIII, 2, 3; XLIV, 1) (Falciferi v. B., flache, hochmündige, gekielte Gehäuse mit sichelförmigen Rippen oder Streifen).

Amaltheus reicht vom Lias bis in die Kreide. *Harpoceras* bis in den oberen Jura. Im mittleren Jura sind von besonderer Wichtigkeit *Stephanoceras* (XLV. 3) (= Coronati v. B., dicke, breitrückige Gehäuse mit einfach beginnenden, sich aber später unter Knotenbildung gabelnden Rippen). *Macrocephalites* (XLVI, 7) (= Macrocephali v. B., sehr dick aufgeblähte Gehäuse), *Parkinsonia* (XLV, 4) (flache, weitnabelige Gehäuse, Rippen auf dem Rücken an einer glatten Furche aufhörend), *Cosmoceras* (XLVI, 8) (= Ornati v. B., mit stark verzierten, Knoten und Dornen tragenden Gehäusen). Im oberen Jura sind hauptsächlich zu Hause *Perisphinctes* (XLVIII, 2, 3; XLIX, 8) (= Planulati v. B., flache, weitnabelige, wenig involute Gehäuse mit sich jenseits der Mitte der Seiten gabelnden Rippen), *Oppelia* (XLVII, 3; XLVIII, 1) (= Flexuosi v. B., Denticulati QUENSTEDT, flache, hochmündige, stark involute, meist schwach sculpturirte Formen), *Aspidoceras* (XLVII, 2) (= Armati v. B., dicke, rundrückige, meist glatte Formen mit mehreren Knotenreihen).

Gegen diese und noch sehr viele andere, in neuerer Zeit unterschiedene Gattungen von Ammoniten treten die Nautilen sehr zurück. Im Gegensatz zu den zum Theil reich verzierten und kantigen Arten der Trias sind die jurassischen Formen von normaler, gerundeter, mehr oder weniger involuter Gestalt. Dagegen erlangen die in der Trias nur durch ein paar vereinzelte Vorläufer vertretenen Belemnitiden im Jura eine sehr grosse Entwickelung. Namentlich die Gattung *Belemnites* selbst ist mit zahlreichen, zum Theil sehr grossen (bis 1 Meter lang werdenden) Arten durch alle Abtheilungen der Formation hindurch verbreitet. Einige der wichtigsten Arten sind *paxillosus* (XLII. 4), *acuarius, clavatus* (XLII. 5) (Lias), *giganteus* (XLV, 5), *canaliculatus* (mittl. J.), *hastatus* (XLVII. 1) (ob. J.). Von grossem Interesse ist endlich das Auftreten von nackten, mit den heutigen Loliginiden verwandten, tintenbeuteltragenden Cephalopoden im Posidonienschiefer des Lias und im lithographischen Kalk (*Geotheutis* [XLIII. 4] u. a.).

Eine reiche Crustaceen- und Insectenfauna beherbergt namentlich der lithographische Kalk. Unter den ersteren sind zumal langschwänzige Decapoden (*Penaeus, Aeger, Eryon* etc.) reich entwickelt, während die kurzschwänzigen durch die kleine Gattung *Prosopon* und Verwandte vertreten waren. Für die bereits sehr mannigfaltigen Insecten sind auch die Liasschichten von Schambelen in der Schweiz und Dobbertin in Mecklenburg wichtige Fundstätten.

Von erheblicher Bedeutung ist neben diesen niederen Thieren die Wirbelthierfauna. Unter den Fischen sind die heterocerken Ganoiden fast verschwunden. Unter den homocerken Ganoiden sind am verbreitetsten die merkwürdigen, hochrhombischen Pycnodonten (*Gyrodus, Microdon*) und die Lepidosteidae (der grosse *Lepidotus* [Fig. 36, folg. S.], *Dapedius*, der langgestreckte, durch stark vorragenden Oberkiefer auffällige *Aspidorhynchus* u. a.). Von Selachiern wären *Hybodus, Acrodus* u. a. zu nennen. Die zuerst in der Trias auftretenden Knochenfische zeigen im Jura keine wesentliche Fortentwickelung. Vielfach wird ihnen die kleine, häringsähnliche Gattung *Leptolepis* (Fig. 37) zugerechnet.

Am wichtigsten von allen Wirbelthieren sind die Reptilien, welche zu keiner Zeit vorher oder nachher so reich entwickelt waren

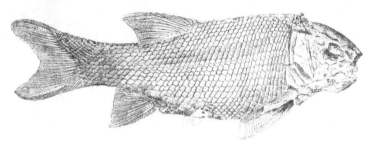

Fig. 36. *Lepidotus notopterus* Agass. (¹/₆—¹/₅ nat. Gr.)

als in der Juraepoche, welche man daher passend als das Reptilalter der Erdgeschichte bezeichnet hat.

Die gewissermassen auf der Grenze zwischen Amphibien und Reptilien stehenden paläozoisch-triassischen Stegocephalen waren be-

Fig. 37. *Leptolepis sprattiformis* Agass.

reits verschwunden. Dagegen erreichen die bereits in der Trias erscheinenden beiden Ordnungen der Ichthyosaurier und Plesiosaurier jetzt ihre Hauptentwickelung. Die bekanntesten und wichtigsten Gattungen dieser grossen, nicht über die mesozoische Zeit hinausreichenden Meeressaurier sind *Plesiosaurus* und *Ichthyosaurus* (Fig. 39 und 38). Der erstere ist durch auffallend langen, schlangenartigen Hals und kleinen Kopf, der letztere durch grossen, spitzen Kopf, kurzen Hals, mächtigen Schwanz und einen das Auge umgebenden Kranz von Knochenplatten, den sog. Scleroticalring, ausgezeichnet. *Plesiosaurus* wurde gegen 30, *Ichthyosaurus* bis 40 Fuss lang. Beide waren nackthäutig, bei beiden waren die Extremitäten zu Ruderfüssen umgewandelt, beide besassen biconcave Wirbel, zahlreiche Bauchrippen und grosse, konische, gefurchte Zähne.

Eine andere, höchst merkwürdige, ganz auf Jura und Kreide beschränkte Saurierordnung stellen die Pterosaurier oder Flugsaurier dar. Sie besassen gleich den Vögeln pneumatische Knochen, einen, eine geschlossene Kapsel bildenden Hinterkopf, langen Hals und (wie die Flugvögel) ein gekieltes Brustbein, während ihre sonstige Organisation durchaus reptilartig war. Die Kiefer der jurassischen Formen sind stets bezahnt, die Zehen mit Krallen bewehrt. Die

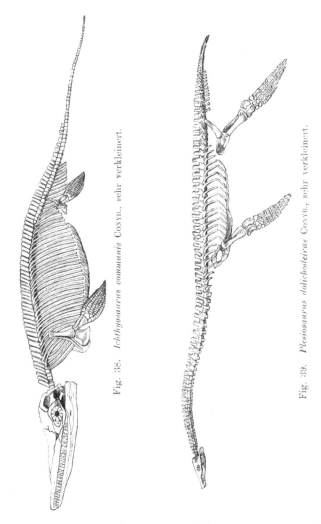

Fig. 38. *Ichthyosaurus communis* Conyb., sehr verkleinert.

Fig. 39. *Plesiosaurus dolichodeirus* Conyb., sehr verkleinert.

Haupteigenthümlichkeit dieser abenteuerlichen Geschöpfe aber liegt in der ungeheueren Verlängerung des äusseren Fingers der Vorderextremität. Derselbe diente zum Ausspannen einer, hinten am Hinterfusse befestigten Flughaut, die sich an einigen besonders gut erhaltenen Exemplaren aus dem Solenhofener Kalk — der Hauptfundstätte der jurassischen Flugsaurier — noch hat im Abdruck beobachten lassen [1]). Die beiden Hauptgattungen sind der kurz- und spitz-

Fig. 40. *Pterodactylus spectabilis* H. v. Mey., etwas verkleinert.

schwänzige *Pterodactylus* (Fig. 40) und der lang- und steifschwänzige *Rhamphorhynchus* (Fig. 41).

Als eine weitere bemerkenswerthe Thatsache ist die starke Entwickelung der in der Trias noch spärlichen Schildkröten her-

Fig. 41. Verkleinerte Ansicht einer Restauration von *Rhamphorhynchus phyllurus* Marsh. Nach Marsh.

vorzuheben. Dieselben kommen namentlich im oberen Jura von Solothurn, Solenhofen und Hannover in ziemlicher Häufigkeit vor.

---

[1]) Zittel, Palaeontographica. 1882.

Neben denselben waren durch ziemlich grosse Verbreitung und Mannigfaltigkeit noch die Crocodilier ausgezeichnet. Hierher gehören die gavialartigen, aber von den lebenden Formen durch das embryo-

Fig. 42. *Archaeopteryx macrura* R. Owen.
Auf etwa ⅓ verkleinerte Darstellung des Exemplares des Berliner Museums.

nale Merkmal biconcaver Wirbel abweichenden Gattung *Mystriosaurus* und *Teleosaurus*.

Ziemlich mannigfaltig waren endlich auch die Dinosaurier entwickelt. Hierher gehört der langhalsige, mit kurzen Vorder- und ungemein langen Hinterextremitäten versehene, in der Beckenbildung vogelähnliche *Compsognathus* aus dem Solenhofener Kalk: ferner die amerikanischen *Brontosaurus*, *Atlantosaurus* (über 100 Fuss lang werdend) u. a. Doch ist es noch unsicher, ob die letzteren nicht eher der Kreide als dem Jura angehören.

Von besonderem Interesse ist ferner das Auftreten des ältesten bekannten Vogels in der Gattung *Archaeopteryx* im Solenhofener Kalk (Fig. 42). Wie die bis jetzt aufgefundenen Exemplare [1]) zeigen, darf dies Geschöpf im Wesentlichen als ächter Vogel angesprochen werden: das Gefieder, die geschlossene Schädelkapsel und der Bau des Fusses sind dafür ausreichende Beweise. Indess bilden die biconcaven Wirbel, der Scleroticalring des Auges, die Zähne, der lange eidechsenartige Schwanz, die sehr dünnen, am Ende zugespitzten Rippen, ausser welchen noch 12—13 Paar Bauchrippen vorhanden waren, die drei freien, krallentragenden Finger der Vorderextremität u. s. w. Merkmale, die theils embryonaler Natur, theils für die Reptilien bezeichnend sind, so dass das merkwürdige Thier die grosse, in der Jetztzeit zwischen Vögeln und Reptilien bestehende Kluft zum guten Theil überbrückt.

Was endlich die jurassischen Säugethiere betrifft, so sind, ebenso wie in der Trias, von solchen bis jetzt nur Beutelthiere bekannt geworden, von welchen sich Reste im englischen Jura gefunden haben.

C. Kreideformation.

Allgemeines und Geschichtliches.

Die Kreide- oder cretacische Formation, das jüngste der drei grossen mesozoischen Systeme, stellt eine mächtige und vielgliederige, über die ganze Erde verbreitete, indess in verschiedenen Gebieten sehr verschieden ausgebildete Schichtenfolge dar. Der Name stammt aus England, wo ebenso wie in Nordfrankreich und im Ostseegebiete die weisse Schreibkreide in der oberen Abtheilung der Formation eine grosse Rolle spielt. Neben diesem auffälligen Gestein nehmen aber schon in den genannten Gebieten noch sehr verschiedene andere kalkige, thonige und sandige Gesteine an der Zusammensetzung der Formation Theil, und in anderen Gegenden, wie in Sachsen und Böhmen, in den Alpen u. s. w., fehlt die weisse Kreide gänzlich, so dass der, übrigens bei den Geologen aller Länder eingebürgerte Ausdruck Kreide für die in Rede stehende Formation keineswegs glücklich erscheint.

Gleich dem Jura wurde auch die Kreideformation zuerst in England genauer bekannt. Schon W. Smith und seine unmittel-

---

[1]) Das eine wird in London, das zweite, vollständigere im Berliner Museum aufbewahrt. Das letztere ist von W. Dames monographisch bearbeitet worden. (Dames u. Kayser, Paläontol. Abhandl. 1884.)

baren Nachfolger trennten dort (um das Jahr 1820 herum) eine untere, glauconitisch-sandige Schichtenfolge, den Greensand, von der Schreibkreide und den sie begleitenden Mergeln, dem Chalk, ab und schieden ausserdem ein dem Grünsand eingelagertes thoniges Gebilde als Gault aus. Der über diesem liegende, obere Theil des Grünsandes wurde als Upper, der darunter befindliche als Lower Greensand bezeichnet. Endlich wurde schon damals eine mächtige, indess nur im südlichen England entwickelte Süsswasserbildung mit dem Namen Wealden beds belegt.

In sehr ausgezeichneter Weise ist die Kreideformation auch in Frankreich entwickelt, wo sie sowohl im Norden, wie auch im Süden des Landes, freilich in beiden Gebieten in sehr verschiedener Ausbildung auftritt. Sie ist hier in umfassender Weise zuerst durch D'Orbigny[1]) erforscht worden. Derselbe unterschied ursprünglich (zu Anfang der 40er Jahre) für die untere Abtheilung der Formation drei Glieder, nämlich das Néocomien, das Aptien und das Albien, für die obere Abtheilung aber vier Glieder, nämlich das Cénomanien, das Turonien, das Sénonien und das Danien. Später (1850) fügte er für die, von ihm früher als oberes Néocomien classificirten Schichten noch das Urgonien hinzu, so dass nunmehr jede der beiden Hauptabtheilungen der Kreide in vier Etagen zerfiel.

In Deutschland hat man zwar schon lange einzelne Glieder der Kreideformation, wie den Quadersandstein, den Plänerkalk und Hils, mit besonderen Namen unterschieden; allein der vielfache, gerade den norddeutschen Kreidebildungen eigene Facieswechsel, sowie die im Allgemeinen ungünstigen Aufschlüsse haben uns erst verhältnissmässig spät zu einer richtigen Auffassung und Gliederung dieser Ablagerungen gelangen lassen. Unter den Ersten, die sich in Deutschland eingehender mit dem Studium der Kreideformation beschäftigt und ihre Versteinerungen beschrieben haben, sind besonders H. Br. Geinitz[2]), Fr. A. Römer[3]) und Reuss[4]) zu nennen. Das sogen. Wälderthongebirge des nordwestlichen Deutschland, eine an der Basis der Kreideformation liegende, dem englischen Wealden entsprechende Brack- und Süsswasserbildung, fand etwa um dieselbe Zeit eine Bearbeitung durch W. Dunker[5]). Um die weitere Erforschung der norddeutschen Kreide haben sich Beyrich, Ewald, F. Römer, v. Strombeck, Heinr. Credner u. A. und in neuester Zeit besonders Schlüter sehr verdient gemacht. Im Wesentlichen haben wir uns in Deutschland der D'Orbigny'schen Gliederung angeschlossen, indess mit der Abweichung, dass wir die Bezeichnung Neocom in der älteren, weiteren Fassung D'Orbigny's gebrauchen,

---

[1]) Paléontologie française. Terrain crétacé. 1840—1846.
[2]) Charakteristik d. Schichten und Petrefacten d. Sächs.-Böhm. Kreidegebirges. 1839—1843. — Das Quadersandsteingebirge oder Kreidegebirge in Deutschland. 1849—1850.
[3]) Die Versteinerungen d. norddeutsch. Kreidegebirges. 1840—1841.
[4]) Die Versteinerungen d. böhm. Kreideform. 1845—1846.
[5]) Monographie der norddeutschen Wealdenbildung. 1846.

ferner, dass wir statt der Ausdrücke Aptien und Albien eine Gaultstufe in einer weiteren Ausdehnung annehmen, als sie diesem Namen in England gegeben wird, und dass wir das Danien, von dem es noch zweifelhaft erscheint, ob es mehr als eine besondere Facies des obersten Senon darstellt, mit diesem letzteren vereinigen. Daraus ergiebt sich folgende allgemeine Gliederung der Kreideformation in England, Frankreich und Deutschland:

	England	Frankreich	Deutschland	
Chalk	Upper	Danien	Senon	Obere Kreide
		Sénonien		
	Middle	Turonien	Turon	
	Lower	Cénomanien	Cenoman	
	Upper Greensand			
	Gault	Albien	Gault	Untere Kreide
	Lower Greensand	Aptien	Hils oder	
		Néoco-		
	Wealden	mien	Neocom | Weal-den	

In England hält man bis heute an obiger Eintheilung fest. In Frankreich und der Schweiz dagegen ist die Gliederung der Kreide seit d'Orbigny immer detaillirter geworden. Indess stimmen die verschiedenen französischen Autoren in ihrer Eintheilung noch sehr wenig überein, und manche haben die alte Gliederung bis auf den heutigen Tag beibehalten. In Deutschland ist jetzt neben der d'Orbigny'schen Eintheilung eine paläontologische Zonengliederung üblich geworden. Durch die Arbeiten v. Strombeck's angebahnt, ist dieselbe durch Schlüter [1]) namentlich für die obere Kreide strenger durchgeführt worden. Wie ähnliche, in den letzten Jahrzehnten in Frankreich, der Schweiz und England ausgeführte Gliederungsversuche ergeben haben, ist die Schlüter'sche Eintheilung im Wesentlichen auch für die genannten Länder gültig; und so unterliegt es denn keinem Zweifel, dass wir mit der Zeit zu einer ähnlichen allgemeinen Zonengliederung der Kreideformation gelangen werden, wie sie für den Jura schon länger durchgeführt ist.

Die Abgrenzung der cretacischen Schichten gegen das Tertiär ist in ganz Mittel- und Nordeuropa eine sehr scharfe. Auch

---

[1]) Zeitschr. d. deutsch. geol. Ges. 1876. S. 457.

die Trennung vom Jura ist meist sehr deutlich, was damit zusammenhängt, dass im grössten Theile Europas die allertiefsten Schichten der untersten oder neocomen Kreide nicht zur Ablagerung gelangt sind, die Formation vielmehr sogleich mit jüngeren, übergreifend auf älteren Bildungen aufliegenden Neocomschichten beginnt. Nur im alpinen Gebiete, sowie in einem Theile des nordwestlichen Deutschland und südlichen England findet ein lückenloser Uebergang vom Jura in die Kreide statt — ein Uebergang, der im erstgenannten Gebiete durch marine, in den beiden letztgenannten aber durch brackisch-limnische Gebilde vermittelt wird, und hier ist denn auch die Verbindung zwischen der älteren und jüngeren Formation eine so innige, dass über ihre gegenseitige Abgrenzung noch keine allgemeine Einigung erzielt worden ist. Genauere Mittheilungen über diesen Gegenstand sollen weiter unten gemacht werden.

Ganz allgemein theilt man die Kreideformation in eine untere und eine obere Abtheilung. Manche Geologen betrachten beide als gesonderte Systeme und beschränken den Namen Kreide auf das obere, während sie das untere als subcretacisch (oder infracretacisch) bezeichnen. Die Grenze zwischen beiden Formationsabtheilungen ist nur in einigen Gegenden Englands, wo der Gault nach oben ganz allmählich in den Grünsand übergeht, undeutlich; im ganzen übrigen Europa dagegen ist die Trennung zwischen unterer und oberer Kreide ausserordentlich scharf. Dies hängt mit einer grossen, sich mit Beginn der oberen Kreide geltend machenden Transgression zusammen. Die Thatsache, dass diese Transgression nicht nur in ganz Europa, sondern auch in anderen Welttheilen zu beobachten ist, zeigt, dass wir es hier mit einer der gewaltigsten in der geologischen Geschichte bekannten, sich fast über die ganze Erde erstreckenden Veränderung in der Vertheilung von Wasser und Land zu thun haben. Ungeheure Flächen, die lange Perioden hindurch Festland gewesen waren, wurden damals vom Meere überfluthet und von Kreidesedimenten bedeckt. Als Beispiele für diesen grossartigen Vorgang sei das Auftreten des Cenoman bei Essen und Namur unmittelbar auf carbonischen, bei Dresden und Regensburg unmittelbar auf archäischen Gesteinen genannt. Auch im südwestlichen England, an den Rändern des französischen Centralplateaus, in Kleinasien, Persien u. s. w., in Hinterindien und Ostasien, fast in ganz Nordamerika, in Brasilien, im westlichen Australien und Ostafrika ist dieselbe Erscheinung zu beobachten; überall in diesen Gegenden treten Ablagerungen der oberen Kreide unmittelbar auf weit älteren Gesteinen auf.

Uebrigens machte sich diese mächtige Transgression keineswegs plötzlich und unvermittelt geltend; vielmehr gingen ihr schon in der älteren Kreideepoche ähnliche, wenn auch schwächere Meeresschwankungen voraus. So wurden grosse Gebiete Mitteleuropas, welche während der ersten Phase des Neocom noch Festland waren und den grossen deutsch-englischen Wealden-See trugen, in der mittleren Neocomzeit in Meeresboden verwandelt — ein Umstand, mit dem das oben erwähnte Fehlen der tiefsten marinen Neocomschichten in Nordfrankreich, Deutschland und England zusammenhängt; und ebenso ist in einigen Gegenden Englands ein Uebergreifen des Gault über den unteren Grünsand hinüber auf das Gebiet weit älterer Gesteine festgestellt. In ähnlicher Weise spielten sich aber auch in nachcenomaner Zeit noch mannigfache Bodenbewegungen und damit zusammenhängend kleinere Transgressionen ab, wie schon das bei Aachen und anderweitig zu beobachtende Auftreten senoner Ablagerungen auf sehr viel älteren Schichten beweist.

Eine andere, nicht minder bedeutsame Erscheinung des Kreidesystems ist die auffällige Verschiedenheit zwischen einer nördlichen und südlichen Entwickelung desselben. Die nordische Kreide, welcher in Europa ganz Nordfrankreich, England, das ausseralpine Deutschland, Dänemark, das südliche Skandinavien und Russland angehören, zeichnet sich paläontologisch durch das fast gänzliche Fehlen der in der südeuropäischen Kreide zu ausserordentlicher Entwickelung gelangenden Conchiferen aus den merkwürdigen Familien der Caprotinen und Rudisten, durch den Mangel riffbildender Korallen, durch die Seltenheit der Ammonitengattungen *Lytoceras*, *Phylloceras* und *Haploceras*, durch das massenhafte Auftreten von Belemnitellen und Inoceramen und noch andere Merkmale aus. Die südeuropäische Ausbildung dagegen, welcher das ganze südliche Europa mit Einschluss der Alpen- und Karpathenländer angehört, ist ausser durch Rudisten und Caprotinen durch die Häufigkeit der oben genannten Ammonitengattungen sowie auch durch die sogen. Kreideceratiten (Gattung *Buchiceras*), ferner durch die eigenthümliche Gruppe der dilatatenBelemniten (Gattung *Duvalia*), durch die Schneckengeschlechter *Actaeonella*, *Nerinea* u. a., durch die Korallengattung *Cyclolites* u. s. w. gekennzeichnet. Der Umstand, dass der Gegensatz zwischen nördlicher und südlicher Kreideentwickelung sich in übereinstimmender Weise auch in Nordamerika wiederholt, wo die Kreide von New-Jersey, Tennessee, Kansas, Dakota und Californien der nordeuropäischen Ausbildung, dagegen diejenige von Texas und Alabama, und ebenso die von Mexiko, Westindien und Columbia (mit Rudisten, Actäonellen, *Buchiceras* u. s. w.) der südeuropäischen Entwickelung entspricht, hat F. RÖMER schon in den 50er Jahren bestimmt, diese Unterschiede auf klimatische Verschiedenheiten zurückzuführen[1]). Nachdem wir oben gesehen haben, dass sich Klimazonen sehr wahrscheinlich schon in jurassischer Zeit ausgebildet hatten, kann ihr Wiedererscheinen in der Kreidezeit in keiner Weise auffallen, musste vielmehr von vornherein erwartet werden.

Die Lagerungsverhältnisse der cretacischen Schichten sind, ähnlich wie die der jurassischen Ablagerungen, im Allgemeinen in ganz Nord- und Mitteleuropa sehr einfache, ungestörte. Nur in einigen beschränkten Gebieten, wie im Norden des Harzes und am Teutoburger Walde, kommen steile Schichtenstellungen, ja selbst Ueberkippungen vor. In viel grösserer Ausdehnung kehren ähnliche

---

[1]) Die Kreidebildungen von Texas. 1852.

gestörte Lagerungen in Verbindung mit starken Faltungen bei den Kreidebildungen der Alpen und anderer ähnlicher höherer Kettengebirge wieder. Die eruptive Thätigkeit endlich war wie in der Jurazeit so auch während der Kreideperiode eine überaus geringfügige. In Europa scheinen Eruptionen in dieser Zeit überhaupt so gut wie gar nicht stattgefunden zu haben; dagegen sind aus Indien und Chile basaltische und porphyrische Gesteine spätcretacischen Alters bekannt geworden.

Verbreitung und Entwickelung der Kreideformation.

Bei der Unabhängigkeit, welche die obere Kreide in ihrer Verbreitung von der unteren Kreide zeigt, scheint es zweckmässig, beide Formationsabtheilungen gesondert zu besprechen. Ebenso empfiehlt es sich aber auch, die nördliche und die südliche Entwickelung der Formation getrennt zu behandeln.

I. Untere Kreide.

Untere Kreidebildungen Deutschlands, Nordfrankreichs und Englands.

Die Verbreitung der unteren Kreide ist in Deutschland eine ziemlich beschränkte. Dieselbe tritt hier nämlich nur im Norden des Harzes, im Braunschweigschen und Hannoverschen bis an den Nordrand des Wesergebirges, sowie im Teutoburger Walde auf. In der Fortsetzung der letzteren heben sich ältere Kreidebildungen noch in der Gegend von Bentheim (unweit der holländischen Grenze) aus dem Diluvium hervor.

Im nördlichen Frankreich nimmt die Kreideformation einen sehr grossen Theil des flachen Gebietes zwischen den älteren Gebirgskernen der Ardennen, des Centralmassivs und der Bretagne ein. Unmittelbar auf obere Juraschichten aufgelagert, fallen die Kreideschichten mit ganz geringer Neigung gegen die Mitte des Beckens, um hier von Tertiär überlagert zu werden.

Nur eine Fortsetzung dieses nordfranzösischen Kreidegebietes stellt die englische Kreideregion dar. Dieselbe nimmt, freilich vielfach durch überliegendes Tertiär oder noch jüngere Bildungen bedeckt, den ganzen Raum im Osten des früher erwähnten, vom Kanal in nördlicher Richtung bis an die Ostküste der Insel reichenden Jurazuges ein, dessen jüngsten Schichten die cretacischen Sedimente unmittelbar mit flacher östlicher Neigung aufgelagert sind. Es liegt auf der Hand, dass innerhalb dieses grossen „anglo-gallischen" Kreidebeckens die unteren Kreideschichten wesentlich auf dessen Aussenränder beschränkt sein müssen. Indessen tritt in Südengland in Folge einer hier vorhandenen Sattelerhebung auch im Inneren des Beckens eine grössere Partie von unterer Kreide zu Tage, und gerade in dieser Partie ist die eigenthümliche Facies des Wealden entwickelt, die sich in grösserer Verbreitung sonst nur noch im nordwestlichen Deutschland wiederfindet. Da diese brackisch-limnischen Bildungen wenigstens in ihrem untersten Theile die ältesten Kreidebildungen Mitteleuropas darstellen, so sollen sie zuerst besprochen werden.

Die **Wealden-** oder **Wälderthonbildungen** erstrecken sich in Deutschland vom Braunschweigischen aus bis nach Bentheim unweit der holländischen Grenze und sind zumal im Deister, Osterwald, Süntel, den Bückeburger Bergen und im Teutoburger Walde entwickelt[1]). Als die ältesten, in so grosser Verbreitung und Mächtigkeit auftretenden Süsswasserablagerungen dürfen sie ein ganz besonderes Interesse beanspruchen. Der Süsswassercharakter ist ganz unzweifelhaft: in England erfüllen Unionen und Paludinen, bei uns Cyrenen und Melanien ganze Bänke.

In England folgen über den marinen Portlandschichten die **Purbeck beds**, eine sich allmählich aussüssende, im oberen Theile bereits ächte Süsswasserformen (wie *Unio, Cyclas, Cyrena, Planorbis* und *Limnaea*) enthaltende Kalkbildung. Die Mehrzahl der englischen Geologen rechnen diese Schichtenfolge, welche bei Swanage auch Beutelthierreste beherbergt, noch zur Juraformation; indess hat einer der besten jetzigen Kenner des englischen Wealden, TOPLEY, die Trennung des Purbeck vom Wealden und damit von der Kreide erst kürzlich wieder als einen Missgriff bezeichnet. Ueber dem Purbeck folgen die **Hastings sands**, eisenschüssige Sandsteine, Thone und Mergel mit zahlreichen Süsswasserconchylien, Fischen und Saurierresten, unter denen besonders solche der merkwürdigen Gattung *Iguanodon* (L, 1) bemerkenswerth sind. Den Schluss endlich bildet der **Weald clay**, eine bis über 300 Fuss mächtig werdende Thonbildung mit einzelnen darin eingeschalteten, ganz mit einem kleinen Schalenkrebse, *Cypris* oder *Cypridea valdensis*, und *Paludina* erfüllten Kalkbänken.

In Deutschland entspricht dem Purbeck: 1. der **Münder Mergel**, 300—400 Fuss mächtig werdende, bunte, keuperähnliche, Gyps und Salz führende, sehr petrefactenarme Mergel; 2. der sogen. **Serpulit**, ein nur wenige bis 60 Fuss mächtig werdender, von zahllosen gewundenen Röhrchen einer marinen Serpel (*Serpula coacervata*) durchzogener Kalkstein. Daneben führt derselbe nur noch die schon in den jurassischen Eimbeckhäuser Plattenkalken auftretende und auch im Münder Mergel vorhandene *Corbula inflexa*, einige Cy-

---

[1]) Ausser der trefflichen, schon oben erwähnten Monographie von DUNKER ist für die Kenntniss unseres Wealden noch als wichtig zu nennen die Schrift von STRUCKMANN, Die Wealdenbildungen der Umgegend von Hannover. 1880. — Der englische Wealden ist zuerst durch MANTELL und FITTON (1822, 1824) genauer bekannt geworden.

Kreideformation. 255

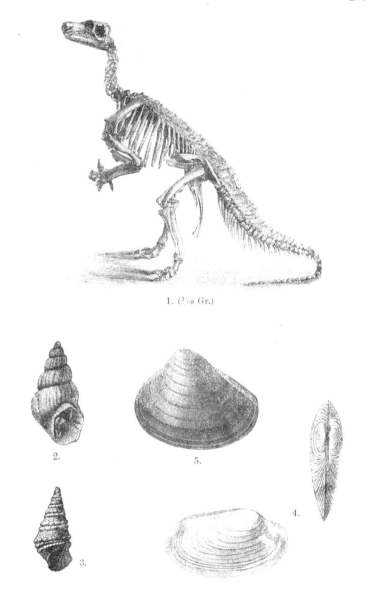

1. (1/60 Gr.)

Taf. L. Versteinerungen der Wealdenbildungen. 1. *Iguanodon bernissartensis* BOULGR., restaurirt nach DOLLO. 2. *Paludina fluviorum* SOW. 3. *Melania strombiformis* SCHLOTH. 4. *Unio plenus* A. RÖM. 5. *Cyrena Bronni* DUNK.

renen, Melanien und wenige andere Versteinerungen. Den Hastings sands entspricht der Deistersandstein, ein bis 150 Fuss mächtig werdender, hellfarbiger, ein ausgezeichnetes Baumaterial liefernder Sandstein. Paläontologisch ist derselbe durch Chirotherium-ähnliche, von Iguanodonten oder verwandten Dinosauriern herrührende Fährten, sowie Skeletreste von *Iguanodon*, Crocodilen und Schildkröten interessant, in technischer Beziehung aber durch werthvolle (namentlich in der Gegend von Obernkirchen abgebaute) Steinkohlenflötze wichtig. Die die Kohle begleitenden Schieferthone schliessen die Reste einer reichen, zuletzt von Schenk [1]) bearbeiteten Flora ein, die besonders aus Cycadeen, Coniferen und Farnen zusammengesetzt, noch einen ganz jurassischen Charakter zeigt. Ausserdem enthalten die kohlenführenden Schichten noch grosse Ganoidfische (*Lepidotus*) und Iguanodontenreste. Dem englischen Weald clay endlich entspricht unser Wälderthon, dunkelgraue, 70—100 Fuss mächtige Schieferthone mit darin eingeschalteten Kalkplatten, die mit Exemplaren von *Cyrena* (L, 5). *Cyclas*, *Paludina* (ebend. 2) und besonders *Melania strombiformis* (ebend. 3) bedeckt sind, während die Thone schichtweise mit zahllosen Schälchen von *Cypris* erfüllt sind.

Demnach ergiebt sich für die deutschen und englischen Wealdenbildungen folgende Gliederung:

		Deutschland	England
Wealden	Oberer	Wälderthon	Weald clay
	Mittlerer	Deistersandstein (mit Kohlenflötzen)	Hastings sands
	Unterer	Serpulit Münder Mergel	Purbeck

Wie bereits früher angedeutet, gehen die Ansichten über die natürlichste Classification des Wealden noch aus einander. v. Dechen, Struckmann und Andere rechnen denselben zum Jura, v. Strombeck, Beyrich und Andere dagegen zur Kreide. Struckmann macht für seine Ansicht namentlich die grosse Zahl der dem Wealden und den obersten Jurastufen gemeinsamen Arten geltend. Mit Beyrich muss man indess den Nachdruck darauf legen, dass — wie zuerst Strombeck festgestellt hat — überall, wo in Norddeutschland Wealdenbildungen entwickelt sind, das Neocom mit jüngeren Schichten beginnt als da, wo kein Wealden vorhanden ist. Wenn schon aus diesem Verhalten hervorgeht, dass Wealden und tieferes Neocom stellvertretende Bildungen sind, so wird dies noch weiter bewiesen

---

[1]) Die fossile Flora der nordwestdeutschen Wealdenformation. Palaeontographica. 1871.

durch das sowohl bei uns als auch in England beobachtete gelegentliche Auftreten von Lagen mit marinen Neocomversteinerungen inmitten der Süsswasserschichten.

Einige Autoren stellen zwar die oberen Wealdenschichten zur Kreide, belassen aber Münder Mergel und Serpulit beim Jura. Dagegen spricht aber nicht nur die enge paläontologische Verbindung dieser beiden Glieder mit den hangenden Wealdenstufen, sondern auch ihre Verbreitung, die sich an diejenigen der letzteren und nicht an die des Jura anschliesst.

Es sei endlich noch bemerkt, dass eine schwache Entwickelung von Purbeck (mit *Corbula inflexa*) auch aus der Gegend von Neuchâtel bekannt geworden ist, und dass sich ähnliche altcretacische Süsswasserbildungen auch in Portugal und den peruanischen Anden wiederholen.

Das **Neocom** (so benannt 1832 durch Thurmann nach Neocomum, dem lateinischen Namen von Neuchâtel) wird in Norddeutschland seit lange mit dem Localausdruck **Hils** bezeichnet. Die genauere Kenntniss und Gliederung unseres Hils verdanken wir vorzüglich v. Strombeck[1]). Der norddeutsche Hils beginnt mit einem kalkigen Conglomerat, welches häufig Sphärosideritknollen einschliesst, dem sogen. Hilsconglomerat. Strombeck unterscheidet innerhalb desselben von unten nach oben: 1. Schichten ohne, 2. Schichten mit *Toxaster complanatus* (LI, 4), *Ammonites* (*Olcostephanus*) *astierianus* (ebend. 2), *Amm.* (*Hoplites*) *radiatus* u. a., *Ostrea macroptera* und zahlreichen Brachiopoden, 3. versteinerungsarme Thone. Ueber dieser Schichtenreihe folgt der Hilsthon. Derselbe wird eingetheilt: 1) in den Elligser Brink-Thon mit *Belemnites subquadratus* und *pistilliformis*, *Amm.* (*Hoplites*) *noricus* (LI, 1). *Thracia Phillipsi* u. s. w.; 2. Thone mit *Exogyra Couloni* (ebend. 3); 3. Thone mit *Crioceras Emerici* (LIII, 3) — ebenso wie *Toxast. compl.* und *Amm. astier.* und *noricus* eine weitverbreitete, wichtige Leitversteinerung.

Diese Schichtenfolge ist jedoch nur für das Braunschweig'sche gültig. Weiter nach Westen zu entwickelt sich statt des Hilsconglomerates Wealden und statt des Hilsthones Sandstein (Hilssandstein), der vielfache Einlagerungen von körnigem Rotheisenstein enthält. Dies ist namentlich bei Salzgitter der Fall, wo diese Eisensteine zugleich eine reiche Ammonitenfauna einschliessen[2]). Hier wie im Hilssandstein ist neben den Ammoniten der grosse *Pecten crassitesta* eine bezeichnende Versteinerung. Auch von Braunschweig aus nach Osten gehen Hils-Conglomerat und -Thon in Sandstein über, so dass sich die Entwickelung des Hils in Norddeutschland durch folgendes Schema veranschaulichen lässt:

---

[1]) Neues Jahrb. f. Min. 1857. S. 639 u. Zeitschr. d. deutsch. geol. Ges. 1861. S. 20. — Vergl. auch G. Böhm, ebend., 1877. S. 215.
[2]) Neumayr u. Uhlig, Palaeontographica. 1881. — Vergl. auch Weerth, Fauna d. Neocomsandst. d. Teutoburg. Waldes. Paläont. Abhandl. 1884.

258 Mesozoische oder secundäre Formationsgruppe.

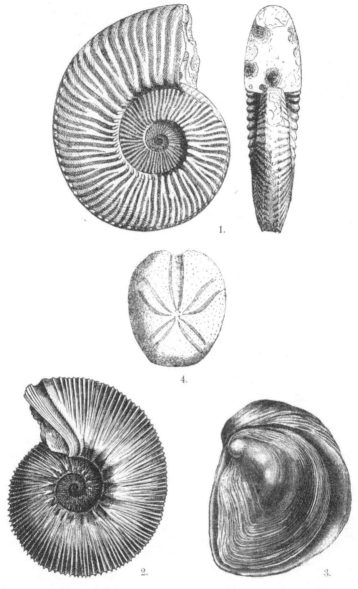

Taf. LI. Versteinerungen des Neocom. 1. *Hoplites noricus* Schloth.
2. *Olcostephanus astierianus* d'Orb. 3. *Exogyra Couloni* d'Orb. 4. *Toxaster complanatus* Agass.

	Westen		Osten
	Teutoburger Wald, Deister, Süntel	Goslar, Braunschweig'sches	Quedlinburg, Halberstadt
Oberer Hils	Sandstein, zum Theil mit Eisensteinen	Hilsthon	Sandstein
Unterer Hils	Wealden	Hilsconglomerat Lücke	Sandstein Lücke

Auch in England ist das Neocom ähnlich ausgebildet. Auch hier liegt im Gebiete der Wealdenentwickelung, also im Süden des Landes, über dem Weald nur oberstes Neocom, nämlich die sogen. Punfieldbeds (mit *Exogyra Couloni* und anderen Versteinerungen) und die die Basis des Lower Greensand ausmachenden Atherfieldbeds (mit *Exogyra Couloni*, *Terebratula sella* u. s. w.). In Nordengland dagegen, in Yorkshire, Lincolnshire etc., wo der Weald fehlt, finden wir ausser höheren Neocomschichten auch solche, die unserem Hilsconglomerat gleichstehen. Im Ganzen entspricht hier der grösste Theil dessen, was als Speeton clay bezeichnet wird, dem Neocom. Die tiefsten Schichten enthalten, wie in Norddeutschland, *Amm. asterianus* und *Toxast. complanatus*, die höheren *Amm. noricus*, und noch höher liegt *Crioc. Emerici*.

Weiter finden wir auch in Nordfrankreich und im Schweizer Juragebirge, trotz einiger sich in letzterem Gebiete geltend machender alpiner Einflüsse, wesentlich die gleiche Neocomentwickelung wieder. Besonders verbreitet sind nämlich auch hier überall Schichten, die in der Schweiz als Hauterive-Stufe bezeichnet werden und als Leitversteinerungen *Belemnites dilatatus* (LIII, 6), *Amm. asterianus* und *radiatus* und *Toxast. complanatus* einschliessen. Darunter liegt dann bei Neuchâtel und anderweitig als tiefstes Neocom noch das sogen. Valenginien, mit *Belemn. dilatatus* und *pistilliformis*, *Ostrea macroptera* und anderen, sich zum Theil auch in unserem deutschen Hilsconglomerat wiederfindenden Formen.

Wie indess schon früher hervorgehoben und wie die Worte „Lücke" in dem obenstehenden, die Entwickelung des norddeutschen Hils veranschaulichenden Schema andeuten sollen, ist das Neocom in ganz Mitteleuropa unvollständig entwickelt, indem hier die tiefsten Horizonte desselben, das wirkliche Unterneocom, nirgends zum Absatz gelangt ist. Um dieses kennen zu lernen, muss man sich etwas weiter nach Süden, in die Gegend von Grenoble, begeben. Wie nämlich Lory, Hébert und Andere gezeigt haben, greift hier das Valenginien in das Gebiet der alpinen Kreideentwickelung hinein, folgt aber nicht unmittelbar über dem obersten Jura (Tithon), sondern wird von demselben durch den Horizont mit *Belemnites latus* und die noch tiefere Zone der *Teberatula diphyoides* und des *Hoplites occitanicus*, die sogen. Berrias-Stufe, getrennt. Classificirt man diese beiden tiefsten Zonen der Kreide als unteres Neocom, so wird die Hauterive-Stufe sammt dem ihr nahestehenden Valenginien Mittelneocom, und dann muss man auch das ihr parallel stehende Hilsconglomerat und das gleichalterige sogen. Lower Neocomian Englands als Mittelneocom classificiren, während der Hilsthon und die ihm gleichstehenden Ablagerungen Englands und Frankreichs zum Oberneocom werden [1]).

Danach lässt sich die Entwickelung des Neocom in den besprochenen Gebieten durch folgende Tabelle veranschaulichen:

	Nordfrankreich, England, Norddeutschland	Gegend von Neuchâtel etc.	Gegend von Grenoble etc.
Ober-neocom	Schichten mit *Crioceras Emerici* (Hilsthon)	Kalke mit *Requienia* u. *Radiolites*	Barrême-Stufe = Wernsdorfer Sch. m. *Macroscaph. Ivanii*
Mittel-neocom	Schichten mit *Ammon. astierianus* u. *radiatus*, *Toxaster complanatus*, *Ostrea macroptera* etc. (Hilsconglomerat)	Hauterive-Stufe m. *Belemnites dilatatus*, *Amm. astierian.*, *Toxast. complanat.* etc. Valenginien m. *Belemn. dilatatus*, *Ostrea macroptera*	Schichten mit *Belemn. dilatatus*, *Amm. astierian.* u. *radiat.*, *Toxaster complanatus* etc.
Unter-neocom	fehlt	fehlt	Zone mit *Belemnites latus* Berrias-Stufe mit *Amm. occitanic.* u. *Terebr. diphyoides*

Der **Gault**, der bei uns so begrenzt wird, dass er ausser dem, was darunter in England verstanden wird, nämlich den Aequivalenten des Albien, noch die Aequivalente des Aptien mitumfasst, besteht in Deutschland, England und Frankreich vorwaltend aus dunklen Thonen und Mergeln, ausser welchen in manchen Gegenden noch Sandsteine eine grössere Rolle spielen. Vor allem ist diese Abtheilung durch die grosse Menge reich verzierter Ammoniten, der hakenförmig gekrümmten Hamiten und von Belemniten ausgezeichnet, während von anderen Thierabtheilungen nur Gastropoden und Conchiferen reichlicher vertreten zu sein pflegen. Durch besonderen Versteinerungsreichthum und herrliche Erhaltung mit glänzender Perlmutterschale

---

[1]) Die meisten französischen Autoren classificiren allerdings die Schichten mit *Belemnites dilatatus*, also Valenginien und Hauterivien, als Oberneocom, während sie die Schichten mit *Crioceras Emerici*, unser Oberneocom oder D'Orbigny's Urgonien, nach dem Vorgange von Coquand und Leymerie mit dem Aptien D'Orbigny's zum sogen. **Urgo-Aptien** verbinden und dieses als eine besondere Etage der unteren Kreide zwischen Neocom und Albien einschieben.

sind seit lange berühmt die Gaultthone von Folkestone im südlichen England.

Wie die Gliederung des Hils, so beruht auch die des **norddeutschen Gault** ganz auf den Arbeiten von v. STROMBECK [1]). Derselbe unterscheidet für das Gebiet im Norden des Westharzes und das Braunschweig'sche von oben nach unten:

Oberer Gault.

1. Flammenmergel, ein heller, etwas kieseliger, von dunklen Flecken und Flammen durchzogener Mergel, mit Turriliten (LII, 3), *Ammonites* (*Schönbachia*) *inflatus*, *A.* (*Hoplites*) *lautus*, *auritus* u. a. und der sehr ungleichklappigen *Aricula* (*Aucella*) *gryphaeoides* (ebend. 5).
2. Minimusthon. Mit *Belemnites minimus*, *Amm.* (*Hoplites*) *lautus* und *splendens*.

Mittlerer Gault.

1. Thon mit *Amm.* (*Hopl.*) *tardefurcatus*.
2. Thon mit *Amm.* (*Acanthoceras*) *Milletianus*.

Unterer Gault [2]).

1. Weisse Mergel mit *Belemn. Ewaldi* und *Amm.* (*Placenticeras*) *nisus*. Gargasmergel = Aptien supérieur.
2. Thon mit *Amm.* (*Acanthoc.*) *Martini*, *A.* (*Hoplit.*) *Deshayesi* u. a.
3. Dunkelblauer, versteinerungsarmer Thon.
4. Dunkelblauer, zäher Thon mit *Belemn. Brunsricensis* = Speeton clay (v. STROMB.). — 2—4 = Aptien inférieur.

Diese Ausbildung gilt aber nur für die oben angegebene Gegend. Sowohl im Westen, im Deister und Teutoburger Wald, als auch im Osten, in der Gegend von Quedlinburg und Halberstadt, ist statt der Thone lichter Sandstein entwickelt, der wie viele andere ähnliche, in der deutschen Kreide so verbreitete Sandsteine als Quader und zwar als Gaultquader bezeichnet wird. Die Entwickelung des Gault im nördlichen Deutschland lässt sich demnach durch folgendes Schema darstellen:

Westen		Osten
Teutoburg. Wald, Deister u. s. w.	Braunschweig'sches	Gegend von Halberstadt
Sandstein	Flammenmergel Thon	Sandstein

Die englischen und nordfranzösischen Aequivalente dieser Schichtenfolge sind aus folgender Zusammenstellung ersichtlich:

---

[1]) Neues Jahrb. f. Min. 1857. S. 639. — Zeitschr. d. deutsch. geol. Ges. 1861. S. 20.
[2]) Vergl. EWALD, Ueber die foss. Faun. d. unt. Gaults bei Ahaus. Monatsberichte d. Berl. Akad. 1860. S. 332.

262 Mesozoische oder secundäre Formationsgruppe.

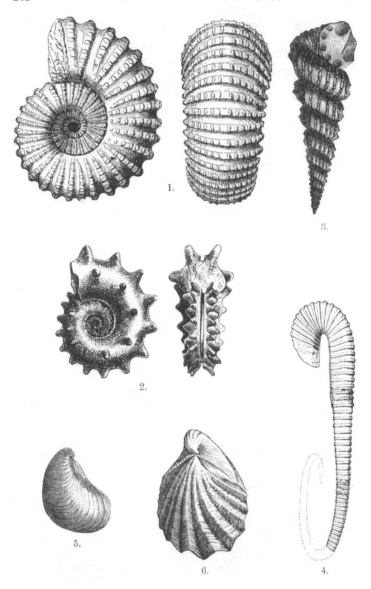

Taf. LII. Versteinerungen des Gault. 1. *Acanthoceras mammillare* Schl. 2. *Hoplites tuberculatus* Sow. 3. *Turrilites catenatus* d'Orb. 4. *Hamites rotundus* Sow. 5. *Avicula (Aucella) gryphaeoides* Sow. 6. *Inoceramus sulcatus* Park.

England	Nord-frankreich	Deutschland
Eigentl. Gault mit *Amm. inflatus, auritus, lautus, interruptus.*	Albien	Gault
Folkstone beds mit *Amm. mammillaris* (LII, 1).		
Sandgate beds mit Conchiferen, Brachiopoden etc.	Aptien	
Hythe beds mit *Amm. Martini, Deshayesi* u. a., *Exogyra Couloni*, Brachiopoden.		

Untere Kreidebildungen Südeuropas.

Wie schon früher bemerkt, gehört hierher die Kreide der Alpen und Karpathen, Südfrankreichs, Italiens, Spaniens sowie des ganzen Mittelmeerbeckens überhaupt. Besonders auszeichnend für die älteren Kreideschichten dieses ganzen Gebietes ist das Auftreten der eigenthümlichen Requienien (LIII, 2) mit ihrer widderhornähnlich gedrehten grossen und deckelförmigen kleinen Klappe sowie der ältesten Rudisten (Sphäruliten), in zweiter Linie zahlreiche grosse Ammonitiden mit freien Windungen (*Crioceras* [LIII, 3], *Ancyloceras*, *Macroscaphites* [ebenda 4], *Hamites* [ebenda 5] etc.), viele Arten von *Phylloceras*, *Lytoceras* u. s. w.

Das tiefste Neocom der südeuropäischen Kreide stellen die schon S. 259 erwähnten Berriasschichten mit der durchlochten *Terebratula diphyoides* — einer Mutation der tithonischen *diphya* —, *Hoplites*, *Olcostephanus*, *Perisphinctes* u. s. w. und der darüber liegende Horizont mit *Belemnites latus* dar. Beide bilden zusammen das untere Neocom. Das mittlere Neocom oder die Schichtenzone mit *Belemnites dilatatus* wird in den ganzen Westalpen von dem aus dem Jura in dieses Gebiet übergreifenden Valenginien mit *Pygurus rostratus* und *Vola atava*, sowie aus den Aequivalenten des schweizerischen Hauterivien, den Spatangenkalken mit *Toxaster cordiformis*, *Olcostephanus astierianus* (LI, 2), *Hoplites neocomiensis*, *Belemnites pistilliformis* und anderen mitteleuropäischen Versteinerungen gebildet. Das obere Neocom endlich erscheint einmal in Form von Kalksteinen mit *Macroscaphites Ivanii* (LIII, 4) und *Crioceras Emerici* (ebenda 3) — letzteres auch im Oberneocom Mitteleuropas —, zahlreichen Arten von *Phylloceras* und *Lytoceras*, *Haploceras*, *Aspidoceras*, *Acanthoceras* u. s. w., und diese Entwickelung wird nach einem Hauptpunkte in Südfrankreich als Barrêmien oder nach einem anderen in den schlesischen Karpathen als die der Wernsdorfer Schichten [1] bezeichnet; da-

---

[1] Uhlig, Die Cephalopodenfauna d. Wernsdorf. Schicht. Denkschr. d. Wien. Akad. 1883.

264   Mesozoische oder secundäre Formationsgruppe.

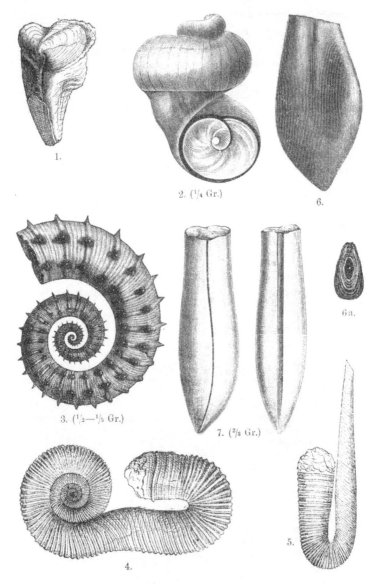

Taf. LIII. Versteinerungen der alpinen unteren Kreide. 1. *Monopleura trilobata* d'Orb. 2. *Requienia ammonia* Gf. 3. *Crioceras Emerici* Lév. 4. *Macrocaphites Ivanii* d'Orb. 5. *Hamulina subcylindrica* d'Orb. 6. *Belemnites (Duvalia) dilatatus* Blainv. 6a. Derselbe im Querschnitt. 7. *Bel. latus* Blainv.

neben aber treten sowohl im Schweizer Jura, welcher in der Oberneocomzeit ein Zubehör der südeuropäischen Kreideregion bildete, als auch im Algäu, in Vorarlberg und anderen Theilen der Alpen weisse, in hohen, schroffen Felsen ansteigende Kalke auf. Es sind das die mächtigen, über ganz Südeuropa und Nordafrika (Algerien, Marocco u. s. w.) verbreiteten sogen. Caprotinen- oder Schrattenkalke, deren oberer Theil allerdings schon der jüngeren Kreide angehört. In dem untersten, dem Neocom zuzurechnenden Theile dieser Kalke ist die Hauptleitversteinerung derselben, *Requienia* (*Caprotina*) *ammonia*, noch nicht vorhanden. Dieselbe erscheint erst höher aufwärts, und diese Hauptmasse des Caprotinenkalks, die ausser dem genannten Fossil noch *Requ. gryphaeoides* u. a., *Sphaerulites Blumenbachi*, *Monopleura trilobata* (LIII, 1) u. s. w. einschliesst, entspricht dem, was die französischen Geologen jetzt meist als Aptien bezw. Urgoaptien bezeichnen, während D'ORBIGNY die Gesammtheit des Caprotinenkalkes mit dem Namen Urgonien belegte [1]).

Der Caprotinenkalk ist aber nur eine Entwickelungsform des Aptien oder des unteren Gault. Eine andere stellen die südfranzösischen Gargasmergel mit *Ancyloceras Matheronianum*, *Acanthoc. Martini*, *Plicatula placuna*, *Exogyra Couloni* u. s. w. dar, eine noch andere der mit Millionen von Gehäusen einer linsengrossen Foraminifere, *Orbitolina lenticularis*, erfüllte Orbitolinenkalk. Der obere Gault oder das Albien endlich tritt im alpinen Gebiet hauptsächlich als Grünsandstein mit den bezeichnenden Versteinerungen des englischen Gault auf. Er ist zwar von Südfrankreich durch die Schweiz bis in die Karpathen und bis nach Griechenland verfolgt worden, ist hier indessen nirgends so versteinerungsreich und vollständig entwickelt wie in Mitteleuropa.

Endlich sei als eine in den Südalpen ziemlich verbreitete Facies der unteren Kreide noch der sogen. Biancone genannt, weisse, dünnschichtige, sehr versteinerungsarme Kalksteine.

II. Obere Kreide.

Obere Kreidebildungen Deutschlands, Englands und Nordfrankreichs.

In Deutschland lassen sich folgende Verbreitungsgebiete der oberen Kreide unterscheiden:

1. Das kleine, ausschliesslich aus Senon bestehende Gebiet von Aachen und Mastricht.

---

[1]) VAČEK, Jahrb. d. Wien. Reichsanst. 1879. S. 659. — Vergl. auch dessen Neocomstudie, ebend. 1880. S. 493.

Von weiteren Schriften über die Geologie der südeuropäischen und insbesondere der südfranzösischen unteren Kreide sind besonders diejenigen von COQUAND, HÉBERT, TORCAPEL, CAREZ, TOUCAS u. A., die fast alle im Bulletin d. l. soc. géol. de France erschienen sind, wichtig; für die paläontologische Kenntniss derselben Ablagerungen dagegen die von COQUAND, LORIOL und PICTET.

2. Das **nordwestdeutsche**, im Norden des niederrheinischen Schiefergebirges und des Harzes liegende, vom Rhein bis in die Nähe der Elbe reichende Gebiet, also das sogen. westfälische Kreidebecken, Teutoburger Wald und Wesergebirge und die Gegend von Hannover, Braunschweig, Goslar und Halberstadt. Diesem Gebiete kann man auch die kleinen, vereinzelten Kreideschollen des Ohmgebirges unweit Stadt Worbis [1]) zurechnen.

3. Das **sächsisch-böhmische** Gebiet. Hierher gehören ausser der grossen nordböhmischen Kreideregion und dem damit unmittelbar zusammenhängenden sächsischen Elbsandsteingebirge noch die Kreidevorkommen von Löwenberg und anderen Punkten in Niederschlesien und von Regensburg [2]) und Passau an der Donau.

4. Das **oberschlesische** Kreidegebiet mit den sich aus dem Diluvium heraushebenden Vorkommen in der Gegend von Oppeln und Leobschütz [3]).

5. Das **baltische** Kreidegebiet. Ausser den kleineren Kreidepartien von Rügen, an der Odermündung, in Pommern, Mecklenburg, Holstein, bei Lüneburg [4]) u. s. w. gehören hierher nach ihrer ganzen Ausbildung auch die ausgedehnteren Vorkommen auf den dänischen Inseln und im südlichen Schweden.

Im **nordwestlichen Deutschland** bestehen die beiden unteren Hauptabtheilungen der oberen Kreide, Cenoman und Turon, aus weisslichen, dünnschichtigen, mergeligen und zum Theil etwas kieseligen Kalken, dem Pläner; so im ganzen Gebiet zwischen Teutoburger Wald und Harz. Das Senon dagegen setzt sich in dieser Region ganz überwiegend aus lichten Sandsteinen, dem Quadersandstein zusammen. Eigentliche Schreibkreide fehlt hier; doch kommt in der Nähe von Peine, Lehrte u. s. w. wenigstens etwas Annäherndes vor.

Wie für die genauere Kenntniss der älteren Kreide, so sind auch für diejenige der jüngeren cretacischen Bildungen des in Rede stehenden Gebietes besonders die Arbeiten von v. Strombeck, sowie die späteren, in erster Linie die westfälische Kreide betreffenden Untersuchungen Schlüter's wichtig geworden [5]).

---

[1]) v. Seebach, Erläuter. z. Blatte Worbis d. geol. Spezialkarte v. Preussen.
[2]) Beyrich, Zeitschr. d. deutsch. geol. Ges. 1849. S. 411; 1850. S. 103.
[3]) F. Römer, Geol. v. Oberschlesien. 1870.
[4]) v. Strombeck, Zeitschr. d. deutsch. geol. Ges. 1863. S. 97.
[5]) v. Strombeck, Glieder. d. Pläners im nordw. Deutschland. N. Jahrb. f. Min. 1857. S. 785. — Derselbe, Beitr. z. Kenntn. d. Pläners üb. d. westfäl. Steinkohlenf. Zeitschr. d. deutsch. geol. Ges. 1859. S. 27. — Schlüter, Verbreit. d. Cephalop. i. d. ob. Kreide Norddeutschl. Ebend. 1876. S. 457.

Von sonstiger geol. Litteratur über die obere Kreide dieses Gebietes seien noch genannt: Beyrich, Kreidef. zw. Halberstadt, Blankenb. u. Quedlinb. Ebend. 1849. S. 288. — Derselbe, Bemerk. z. ein. geogn. Karte d. nördl. Harzrandes. Ebend. 1851. S. 567. — F. Römer, Ueber d. geogn. Zusammens. d. Teutoburg. Wald. N. Jahrb. 1850. S. 385. — Derselbe, Die Kreidebildungen Westfalens. Zeitschr. d. deutsch. geol. Ges. 1854. S. 99. — Ewald, Geogn. Uebersichtskarte d. Prov. Sachsen. 1865—1869. — v. Dechen, Erläuter. z. geol. Karte d. Rheinprov. etc. II. 1884. S. 424.

Von paläontol. Schriften seien nur genannt: Schlüter, Cephalop. d. ob.

Unterer Pläner oder Cenoman. Derselbe beginnt in der Regel mit oftmals conglomeratischen und glauconitischen Sanden und Mergeln, die *Pecten asper* (LV, 2), *Catopygus carinatus*, *Ostrea diluviana* u. s. w. enthalten. Es ist das die sogen. Tourtia, so benannt mit einer belgischen, für Ablagerungen dieses Alters in der Gegend von Namur gebrauchten Bezeichnung. Für die darüber folgenden Mergelkalke sind zwei Ammoniten wichtig: für die unteren der weit verbreitete (auch in Nordafrika, Indien und Südamerika vorkommende) *Amm.* (*Schlönbachia*) *varians* (LIV, 2) mit gekieltem Rücken und gespalteten, am Ende geknoteten Rippen, für die oberen Mergel dagegen der grosse, dicke *Amm.* (*Acanthoceras*) *rotomagensis* (ebenda 1) mit knotigem Rücken und wenig gespalteten, aber ebenfalls mehrfach geknoteten Rippen. Im ganzen Cenoman ist ausserdem nicht selten *Amm.* (*Acanthoc.*) *Mantelli*. Sehr verbreitet ist auch die schneckenförmig gebaute, reich verzierte Ammonitengattung *Turrilites* (*costatus*, *tuberculatus* u. a.).

Oberer Pläner oder Turon. v. STROMBECK unterscheidet hier: 1. Schichten mit *Inoceramus mytiloides* = *labiatus* (LV, 4) (schmal, langgestreckt), sogen. Mytiloidespläner, häufig mehr oder weniger lebhaft roth gefärbt, mit verhältnissmässig armer Fauna. 2. Schichten mit *Inoc. Brongniarti* (LVI, 5) (gross, sehr dickschalig, mit starken concentrischen Anwachswülsten), Brongniartipläner. 3. Schichten mit *Galerites* (= *Echinoconus*) *albogalerus* (LVI, 7), *Micraster breviporus*, *Holaster planus* und anderen Seeigeln und *Terebratula Becksi*, Galeritenpläner. 4. Schichten mit *Scaphites Geinitzi* (LVI, 2), Scaphitenpläner. In diesem letzteren, von Westfalen bis nach Schlesien verbreiteten Niveau sind ausserdem noch häufig *Spondylus spinosus* (LVI, 4), der grosse *Amm.* (*Pachydiscus*) *peramplus* (ebend. 1), *Micraster cor testudinarium* (LVIII, 2), *Terebratula semiglobosa*, *Rhynchonella plicatilis* u. s. w. 5. Schichten mit *Inoc. Cuvieri* (LVI, 6) (breit, von gerundet quadratischem Umriss, mit kurzem Flügel), *Epiaster brevis* u. s. w., Cuvieripläner.

SCHLÜTER nimmt für diese Schichtenfolge nachstehende Zonen an:

Cenoman.
1. Zone des *Pecten asper* und *Catopygus carinatus*.
2. Z. d. *Ammonites varians* und *Hemiaster Griepenkerli*.
3. Z. d. *Amm. rotomagensis* und *Holaster subglobosus*.

Turon.
1. Zone des *Actinocamax plenus*, bisher nur in Westfalen nachgewiesen.
2. Z. d. *Inocer. labiatus* und *Ammonites nodosoides*.
3. Z. d. *Inocer. Brongniarti* und *Amm. Woollgari*.
4. Z. d. *Heteroceras Reussianum* und *Spondylus spinosus*.
5. Z. d. *Inocer. Cuvieri* und *Epiaster brevis*.

deutsch. Kreide. Paläontogr. 1871—1877. — Derselbe, Ueber Inoceramen. Ebend. 1877. — Derselbe, Foss. Echinod. d. nördl. Deutschl. Verh. naturhist. Ver. Rheinl.-Westf. 1869. — Derselbe, Die regul. Echiniden d. nordd. Kreide. Abh. z. geol. Specialkarte v. Preussen. 1883. — v. D. MARCK, Foss. Fische d. westf. Kreide. Paläontogr. 1863—1873. — Derselbe u. SCHLÜTER, Fische und Krebse. Ebend. 1868. — v. D. MARCK u. HOSIUS, Flora. Ebend. 1880. — SCHLÖNBACH, Brachiop. d. nordd. Cenom. BENECKE's geogn. Beitr. 1867.

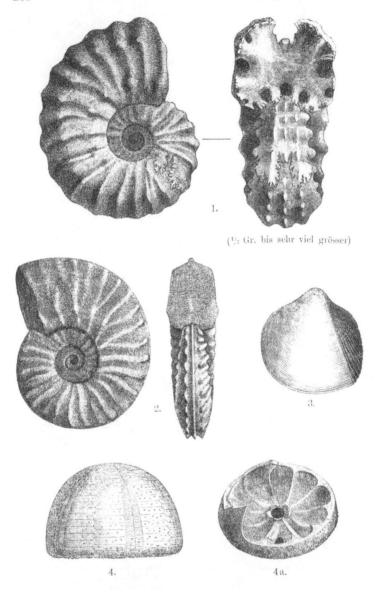

Taf. LIV. Versteinerungen des Cenoman. 1. *Acanthoceras rotomagense* Defr. 2. *Schlönbachia varians* Sow. 3. *Protocardium hillanum* Sow. 4. *Discoidea cylindrica* Agass. 4a. Dieselbe zerbrochen, die charakteristischen inneren Leisten zeigend.

Kreideformation.

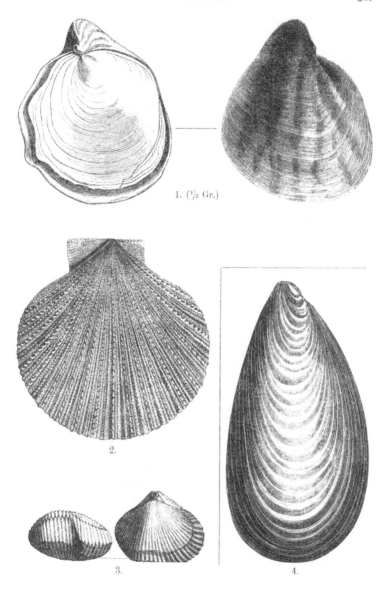

Taf. LV. Versteinerungen des Cenoman (1—3) und Turon (4). 1. *Exogyra columba* Desh. 2. *Pecten asper* Lam. 3. *Rhynchonella compressa* Lam. 4. *Inoceramus labiatus* Schl. (= *mytiloides* Mant.)

270 Mesozoische oder secundäre Formationsgruppe.

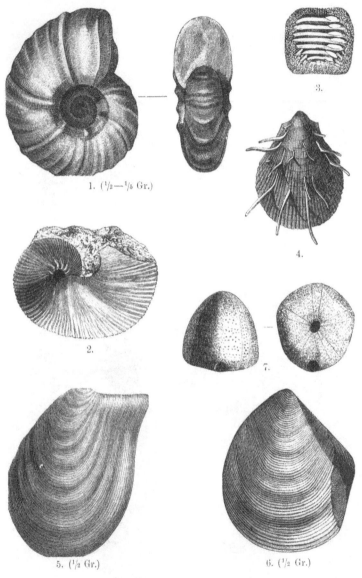

Taf. LVI. Versteinerungen des Turon. 1. *Pachydiscus peramplus* Mant.
2. *Scaphites Geinitzi* d'Orb. 3. Zahn von *Ptychodus latissimus* Agass. 4. *Spondylus spinosus* Sow. 5. *Inoceramus Brongniarti* Sow. 6. *Inocer. Cuvieri* Sow.
7. *Galerites* (*Echinoconus*) *albogalerus* Klein, v. d. Seite u. v. unt. (auch im Senon).

Dass Schlüter keine besonderen Galeritenschichten unterscheidet, erklärt sich daraus, dass dieselben nur eine besondere Facies des Brongniartipläners darzustellen scheinen [1]).
Senon. Dasselbe stellt eine mächtige, vielgliederige, versteinerungsreiche Schichtenfolge von sehr wechselnder Entwickelung dar. Früher unterschied man in Deutschland allgemein nur zwei Stufen: 1. das Untersenon mit *Belemnitella* (*Actinocamax*) *quadrata* (LVIII, 1) (mit rauh gekörnter Oberfläche und kurzer Alveole), die Quadratenkreide, und 2. das Obersenon mit *Belemnitella mucronata* (LIX, 1) (mit verzweigten Gefässeindrücken und langer Alveole), die Mucronatenkreide. Viel detaillirter ist die Eintheilung von Schlüter. Zunächst trennt derselbe die tiefsten, in Westfalen mit zahlreichen Bohrlöchern und Schächten in einer Mächtigkeit bis mehr als 1500 Fuss durchsunkenen, grauen, mergeligen Schichten unter dem Namen Emscher Mergel (oder kurz „Emscher") als ein selbständiges, und zwar als das mächtigste Glied der norddeutschen Kreide vom übrigen Senon ab. Die Hauptversteinerungen dieser auch am nördlichen Harzrande, in Schlesien, Böhmen, Frankreich, England und den Alpen nachgewiesenen, wahrscheinlich auch in Nordamerika (Texas) und Ostasien vorhandenen Schichtenfolge sind *Ammonites* (*Schlönbachia*) *Margae* (LVII, 1), *Amm.* (*Schlönbachia*) *Texanus*, *Amm. Emscheris* u. a., *Nautilus neubergicus* und *leiotropis*, der durch seine Grösse und die starken Rippen, die von der Mittellinie nach beiden Seiten ausstrahlen, ausgezeichnete *Inoceramus digitatus* (ebend. 2) u. s. w.[2]). Die meisten Geologen classificiren den Emscher als tiefste Zone des Senon.

Die darüber liegende Schichtenfolge theilt Schlüter folgendermassen ein:

Untersenon = Untere Quadratenkreide (= Santonien).
1. Zone des *Marsupites ornatus* [LVII, 3] (eines stiellosen, an der charakteristischen Zeichnung seiner Kelchtafeln leicht kenntlichen Crinoiden). Hierher gehören die westfälischen Sandmergel von Recklingshausen und wahrscheinlich auch die versteinerungsreichen Mergel des Salzberges bei Quedlinburg [3]).
2. Z. d. *Pecten muricatus*. Ausser dieser Art noch *Vola quadricostata*, *Inoceramus lobatus*, *Trigonia aliformis* (LVII, 6), *Pinna quadrangularis*, Blätter von *Credneria* (LX, 4) u. s. w.). Hierher sind zu stellen die Schichten von Haltern in Westfalen u. s. w.
3. Z. d. *Scaphites binodosus*, mit *Exogyra laciniata*, *Inocer. lingua*, *Scaph. inflatus* u. a. Typisches Vorkommen die Sandkalke von Dülmen in Westfalen.

---

[1]) U. Schlönbach, Ueber d. nordd. Galeritenschichten u. ihre Brachiopodenfauna. Sitzungsber. d. Wien. Akad. 1868.
[2]) Zeitschr. d. deutsch. geol. Ges. 1874. S. 775. — Vergl. auch Müller, Beitr. z. Kenntn. d. ob. Kreide a. nördl. Harzrande. Jahrbuch d. preuss. geol. Landesanst. f. 1887. S. 372.
[3]) D. Brauns, Der senon. Mergel d. Salzberges. Zeitschr. f. ges. Naturw. 1876. — S. 325. — Eine ungefähr gleichalterige reiche Uferfauna, sowie eine interessante kleine, *Cyrena* und *Paludina* enthaltende Süsswasserfauna aus derselben Gegend hat unlängst Frech beschrieben. Zeitschr. d. deutsch. geol. Ges. 1887. S. 141.

272 Mesozoische oder secundäre Formationsgruppe.

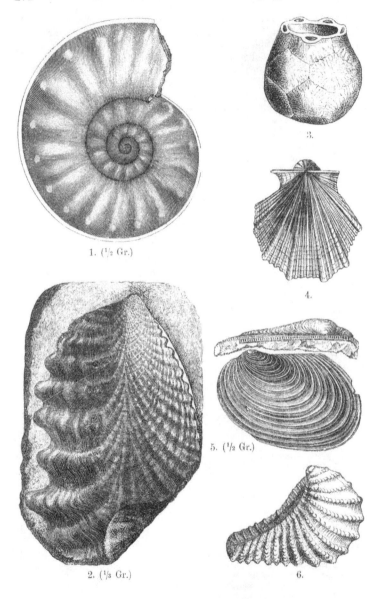

Taf. LVII. Versteinerungen des Senon. 1. *Schlönbachia Margae* SCHLÜT. 2. *Inoceramus digitatus* Sow. 3. *Marsupites ornatus* Sow. 4. *Pecten* (*Vola*) *quinquecostatus* Sow. 5. *Inoceramus Cripsi* MANT. 6. *Trigonia aliformis* PARK.

Kreideformation. 273

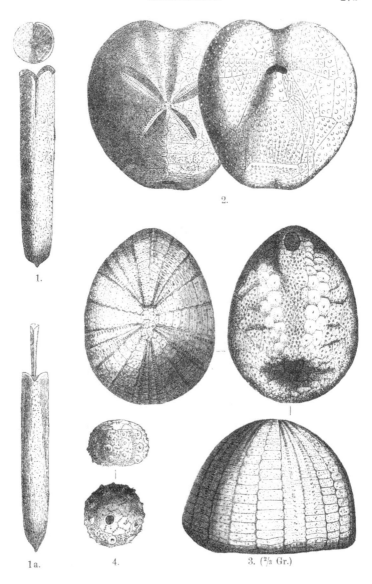

Taf. LVIII. Versteinerungen des Senon. 1. *Actinocamax quadratus* Blainv. 1a. Desgl. mit zerdrückter, aus der Scheide hervorragender Alveole. 2. *Micraster cor testudinarium* Goldf. 3. *Echinocorys* (= *Ananchytes*) *ovata* Leske. 4. *Salenia scutigera* Gray.

Kayser, Formationskunde. 18

274 Mesozoische oder secundäre Formationsgruppe.

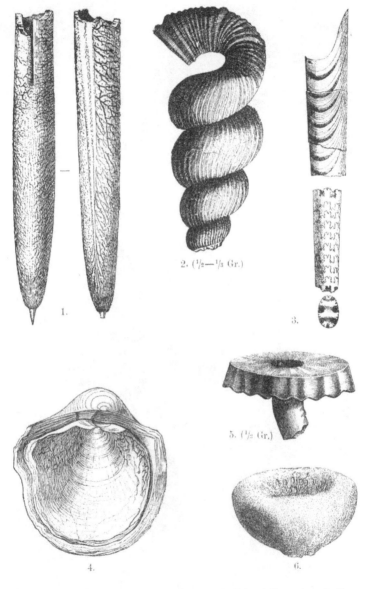

Taf. LIX. Versteinerungen des Senon. 1. *Belemnitella mucronata* Schl.
2. *Heteroceras polyplocum* A. Röm. 3. *Baculites anceps* Lam. 4. *Gryphaea vesicularis* Lam. 5. *Coeloptychium agaricoides* Gf. 6. *Callopegma acaule* Zitt.

Kreideformation.

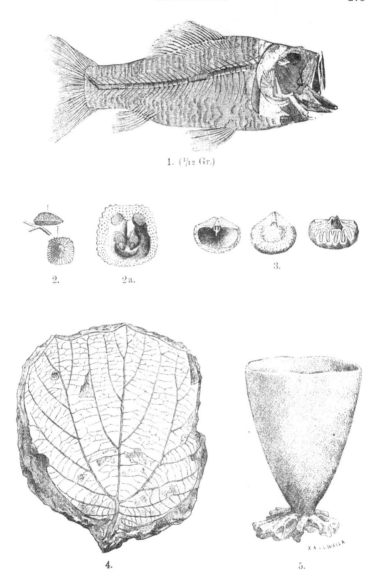

1. (¹/₁₂ Gr.)

2.   2a.   3.

4.   5.

Taf. LX. Versteinerungen des Senon. 1. *Sardinioides Monasteri* v. d. Marck. 2. *Crania ignabergensis* Retz. 2a. Innenseite der Unterschale, vergr. 3. *Thecidium digitatum* Gf. 4. *Credneria triacuminata* Hampe. 5. *Coscinopora infundibuliformis* Gf.

Obersenon = Cöloptychienkreide (= Campanien).

Die merkwürdige, pilzförmige Schwammgattung (Hexactinellide) *Coeloptychium* (LIX, 5) ist ganz auf diese oberste Abtheilung der Kreide beschränkt, hier aber von Irland bis nach dem südöstlichen Russland verbreitet.
1. Z. d. *Becksia Soekelandi* (einer anderen Hexactinellide) = Obere Quadratenkreide. Häufige Formen sind neben *Actinoc. quadratus Inoceram. Cripsi* (LVII, 5) (durch das ganze Senon hindurchgehende, flache, sehr in die Quere ausgedehnte, breitflügelige Art), *Vola quinquecostata* (LVII, 4), *Gryphaea vesicularis* (LIX, 4), *Coeloptychium agaricoides* (ebend. 5), *Ananchytes (Echinocorys) vulgaris* u. a.
2. Z. d. *Amm. Coesfeldensis* und *Micraster glyphus* = Untere Mucronatenkreide. Hierher die Mergel, Kalke und Mergelsandsteine von Kösfeld, Darup, Borup u. s. w., etwa 200 Fuss mächtig. *Ananchytes vulgaris*, *Vola quinquecostata*, *Gryphaea vesicularis*, *Pholadomya Esmarki*, *Terebratula obesa*, *Belemnitella mucronata* u. a. m.
3. Z. d. *Heteroceras polyplocum* (LIX, 2) (gebaut wie *Turrilites*, aber die letzten Umgänge frei werdend; grosse, längsgerippte Art) und *Scaphites pulcherrimus* = Obere Mucronatenkreide. *Belemn. mucronata*, *Amm. Wittekindi*, *Baculites anceps* (LIX, 3), *Ananch. ovata* (LVIII, 3), sowie zahlreiche Fische, Krebse und Pflanzen (berühmte Fundstätten für Fische und Pflanzen sind die Plattenkalke der Baumberge und von Sendenhorst). Hierher die mürben gelblichen Sandsteine und Mergel von Haldem und Lemförde in Westfalen, Ahlten bei Hannover u. s. w., etwa 100 Fuss mächtig werdend. Diese Zone enthält die jüngsten deutschen Ammoneen, von denen SCHLÜTER 6 Ammoniten, 5 Scaphiten, 1 *Ancyloceras*, 2 Hamiten, 1 *Heteroceras* und 2 Baculiten angiebt, sowie auch die jüngsten Belemniten (*B. mucronata*).

Im **östlichen Deutschland** ist namentlich das sächsische Kreidegebiet durch die langjährigen Untersuchungen von H. BR. GEINITZ für die Kenntniss der Formation wichtig geworden [1]). Das Cenoman beginnt hier bei Plauen, Tharandt u. s. w. mit ächter Tourtia, sandig-conglomeratischen Bildungen bezw. Muschelbreccien, welche unmittelbar, zum Theil in taschenförmigen Vertiefungen, auf dem Syenit des Plauen'schen Grundes aufliegen. Die höheren Schichten dagegen sind vorherrschend sandig, als Quadersandstein (Unterer Quaders. GEINITZ) entwickelt. Sie führen *Exogyra columba* (LV, 1) (die in ausgezeichneter Erhaltung auch in den gleichalterigen Sandsteinen bei Regensburg vorkommt), ferner *Pecten aequicostatus*, *Ostrea carinata*, *Pectunculus obsoletus*, *Amm. rotomagensis* u. s. w. Eine interessante Localbildung sind die an der Basis der Schichtenfolge liegenden Schieferthone von Niederschöna und anderen Punkten mit den ältesten deutschen Laubholzresten (*Credneria*, *Magnolia*, *Aralia*, *Laurus*, *Salix* etc.).

Das **Turon** ist bei Strehlen unweit Dresden, Weinböhla, Meissen, auch an verschiedenen Punkten in Böhmen, als Pläner mit den bezeichnenden Versteinerungen (*Spondylus spinosus*, *Inoceramus Brongniarti* u. a., *Amm. peramplus* [LVI, 1] und *Woollgari*, *Bacu-*

---

[1]) Das Elbthalgebirge in Sachsen. Paläontogr. XX. 1871—1875. — Ueber die böhmische Kreide handeln: GÜMBEL, N. Jahrb. 1867. S. 795. — A. FRITSCH, Studien i. Gebiete d. böhm. Kreidef., Archiv d. böhm. Landesdurchforsch. 1878. 1883. — SCHLÖNBACH u. FRITSCH, Die Cephalop. d. böhm. Kreidef. 1872.

lites baculoides, *Micraster breviporus*, *Scaphites Geinitzi*, *Rhynchonella plicatilis* u. s. w.) entwickelt; gewöhnlich aber treten auch in diesem Niveau Sandsteine (Mittelquader GEIN.) auf, besonders in Böhmen. Neben grossen Exemplaren von *Exogyra columba* enthalten sie *Inoceramus labiatus* und *Brongniarti*, *Amm. Woollgari* und andere Leitformen des Turon.

Das Senon endlich wird an der Basis von einer wenig mächtigen, thonig-mergeligen Zone mit *Baculites anceps*, *Micraster cor anguinum* u. s. w., den sogen. Baculitenschichten gebildet. Der Rest der Schichtenfolge aber besteht wiederum aus mächtigen Sandsteinen (Oberquader) mit *Pecten quadricostatus*, *Rhynchonella octoplicata*, *Asterias Schultzei* u. a., welche die Hauptmasse der berühmten Sandsteinbildung der sächsischen Schweiz ausmachen.

In Niederschlesien besteht das Cenoman und Senon aus Sandsteinen, das Turon dagegen, wie im westlichen Deutschland, aus Pläner. Bemerkenswerth ist die Kohlenführung der obersten Senonschichten (des Ueberquaders) in der Gegend von Löwenberg. In Begleitung der Kohle treten zahlreiche Landpflanzenreste — besonders berühmt ist in dieser Hinsicht Kieslingswalde in der Grafschaft Glatz — und neben marinen auch einige brackische Conchylien (*Cyrena cretacea* u. s. w.) auf. Von technischer Bedeutung ist auch das dem gleichen Niveau angehörige Vorkommen von plastischen Thonen, aus welchen das bekannte Bunzlauer Geschirr verfertigt wird [1]).

In Oberschlesien ist das Cenoman ebenfalls aus Sandsteinen mit *Amm. rotomagensis*, *Exogyra columba* u. s. w., Turon und Senon dagegen wesentlich aus Kalkmergeln mit bezeichnenden Versteinerungen zusammengesetzt [2]).

Darnach lässt sich die allgemeine Entwickelung der Kreide in den vorstehend besprochenen Gegenden Deutschlands durch folgende Tabelle zur Darstellung bringen:

	Westfalen, Hannover, Harzrand	Sachsen	Niederschlesien	Oberschlesien
Senon	Sandstein	Quader	Sandstein	Kalkmergel
Turon	Pläner	Pläner / Quader	Pläner	Kalkmergel
Cenoman	Pläner	Quader / Tourtia	Sandstein	Sandstein

[1]) Erläut. z. geogn. Karte v. Niederschlesien, herausg. v. J. ROTH. 1867. — WILLIGER, Die Löwenberg. Kreidemulde. Jahrb. d. preuss. geol. Landesanst. f. 1881.
[2]) F. RÖMER, Geologie von Oberschlesien. 1870.

Das kleine Kreidegebiet von **Aachen** und **Mastricht** besteht ausschliesslich aus Senon, welches in seinem unteren Theile alle Merkmale einer Strand- und Dünenbildung zeigt. HOLZAPFEL, dem wir eine neue umfassende Bearbeitung der reichen Molluskenfauna der Aachener Kreide verdanken [1]), gliedert diese folgendermassen:

Obersenon (mit *Belemn. mucronata*).
2. M a s t r i c h t e r S c h i c h t e n, weiche, gelbliche sog. Tuffkreide. Bei Aachen selbst nur noch in kleinen Ueberresten, dagegen ausgezeichnet entwickelt bei Mastricht, wo das sehr versteinerungsreiche Gestein (zahlreiche Bryozoen, *Hemipneustes* und andere Seeigel, Schnecken, Muscheln, Brachiopoden, Foraminiferen) am Petersberge seit alter Zeit gewonnen wird. Von hier stammt auch der berühmte *Mosasaurus*.
1. K r e i d e m e r g e l, zuoberst mit Feuersteinen. *Gryphaea vesicularis*, *Crania ignabergensis* (LX, 2) und andere Brachiopoden, *Nautilus* u. s. w.

Untersenon (mit *Actinoc. quadratus*).
2. G r ü n s a n d mit reicher Fauna (*Vola quadricostata*, *Baculites incurvatus*, *Pectunculus dux* u. s. w.).
1. A a c h e n e r S a n d mit zahlreichen Pflanzenresten [2]), *Inocer. lobatus*, *Actaeonella*, *Pyrgulifera* u. s. w.

Das **baltische Kreidegebiet** endlich ist vor Allem durch die weisse Schreibkreide ausgezeichnet, deren südlichstes Vorkommen bei Lüneburg liegt. Dieselbe stellt eine erdige, theils aus amorphen Kalktheilchen, theils aus zahllosen kleinsten Schälchen von Foraminiferen (besonders Globigerinen) und zerriebenen Resten von Bryozoen, Mollusken, Korallen u. s. w. bestehende, dem heutigen Globigerinenschlamm der Tiefsee ähnliche Masse dar. Ein besonders bekanntes und ausgezeichnetes Vorkommen bietet die Nordostküste von Rügen. Hier, wie überall in der ächten Schreibkreide, sind eine charakteristische Erscheinung zahlreiche schichtförmig angehäufte Flint- oder Feuersteinknollen, die ihre Entstehung der Concentrirung der im kalkigen Gesteinsabsatze in Gestalt von Radiolarien-, Spongien- und Diatomeenresten enthaltenen Kieselsäure verdanken. Die Kreide von Rügen mit *Ananchytes ovata*, *Micraster Leskei*, *Galerites vulgaris*, *Cidaris vesiculosa*, verschiedenen Arten von *Cyphosoma*, *Gryphaea vesicularis*, *Spondylus fimbriatus*, *Terebratula carnea*, *Belemnit. mucronata*, zahlreichen Bryozoen u. s. w. gehört dem Senon an [3]); doch sind durch Bohrungen bei Greifswald im Liegenden des letzteren sowohl Turon und Cenoman als auch Gault (mit *Belemn. minimus*) nachgewiesen worden (Zeitschr. d. deutsch. geol. Ges. 1874, S. 974). Auch die kleinen Mecklenburger Kreidevorkommen gehören zwar vorherrschend dem Senon, indess zum Theil auch dem Turon und Cenoman an [4]), während auf Wollin nur Turon (*Inoc. Brongniarti*) entwickelt ist.

---

[1]) Paläontogr. 1887–1889.
[2]) Eine Aufzählung derselben nach DEBEY und v. ETTINGSHAUSEN findet sich in v. DECHEN, Erläut. z. geol. Karte d. Rheinprov. etc. II. S. 427.
[3]) v. HAGENOW, Monogr. d. Rügen'schen Versteinerungen. N. Jahrb. 1839, 1840, 1842. — MARSSON, Die Bryozoen d. weiss. Schreibkr. d. Ins. Rügen. Paläont. Abh. 1887.
[4]) F. GEINITZ, Uebers. ü. d. Geol. v. Mecklenb. 1885 und 9. Beitr. z. Geol. Mecklenb. 1887.

Viel ausgedehnter sind die senonen Kreidebildungen Dänemarks und Südschwedens. Für diese unterscheidet Lundgren [1]) von oben nach unten:

1. Jüngste Kreide (Danien). Flintführender Saltholmskalk (bei Malmö) und darunter Faxekalk mit *Dromia rugosa, Ananchytes sulcatus, Cidaris Forchhammeri, Nautilus danicus, Cypraea* und anderen, in mesozoischen Bildungen — abgesehen von der allerjüngsten Kreide — ungewöhnlichen, erst im Tertiär häufiger werdenden Formen.
2. Schichten mit *Belemnitella mucronata*. Köpinger Grünsand u. s. w.
3. Schichten mit *Actinoc. subventricosus*. Trümmerige Kreide von Ignaberga, Tosterup u. s. w.
4. Schichten mit *Actinoc. quadratus*.
5. Schichten mit *Actinoc. verus* und *westfalicus*, nach Schlüter = Emscher.

Es ist endlich noch zu bemerken, dass von der weitgehenden Zerstörung dieser nordischen Kreidebildungen die zahllosen, im norddeutschen Diluvium zerstreuten Feuersteine und vielen sonstigen Kreidegeschiebe herzuleiten sind. Ein Theil derselben stammt allerdings sehr wahrscheinlich von ehemals in Norddeutschland selbst anstehend vorhanden gewesenen Vorkommen her [2]).

Ueber die allgemeine Gliederung der ebenfalls zum grossen Theil aus Schreibkreide bestehenden oberen Kreidebildungen **Englands** giebt die Tabelle auf S. 250 Auskunft [3]). Dem Senon gehören die bekannten steil abstürzenden Kreidefelsen von Dover, Norwich u. s. w. an. Sie sind reich an Flintknollen, während die turone Schreibkreide von denselben frei ist. Das Cenoman endlich besteht theils aus grauen Kreidemergeln, theils aus Grünsand.

Im **nördlichen Frankreich** wird die obere Kreide jetzt in folgender Weise eingetheilt:

Senon.

1. Danien. a) Pisolithischer Kalk von Meudon bei Paris, ein gelbliches, concretionäres Gestein mit *Nautilus danicus, Cidaris Forchhammeri* u. s. w. b) Baculitenkalk mit *Baculites anceps* u. s. w. Beide sind nur local in Vertiefungen der älteren Kreideschichten zur Ablagerung gelangt.
2. Campanien. a) Kreide mit *Belemn. mucronata*. b) Kreide mit *Actinoc. quadratus*.
3. Santonien. Kreide mit *Microst. cor anguinum, Inocer. digitatus* u. s. w. (Emscher zum Theil).

Turon.

1. Angoumien. Kreide mit *Amm. peramplus, Scaphites Geinitzi, Spondylus spinosus, Inocer. Brongniarti, Micrast. breviporus* u. s. w.
2. Ligérien. Kreide mit *Inoc. labiatus*.

---

[1]) Öfversigt af Sveriges mesoz. bildningar. 1888. — Vergl. auch Zeitschr. d. deutsch. geol. Ges. 1888. S. 725.
[2]) Dames, Zeitschr. d. deutsch. geol. Ges. 1874. S. 761. — Schröder, ebend. 1882. S. 243. — Nötling, Paläont. Abh. 1885.
[3]) Weitaus die wichtigste Arbeit über die obere Kreide Englands ist die Schrift von Ch. Barrois, Recherches s. l. terr. crétacé supér. de l'Angleterre et de l'Irlande. 1876.

Cenoman.

1. Carentonien. Kreidemergel mit *Belemn. plenus, Exogyra columba, Radiolites* u. s. w.
2. Rotomagien. Mergel oder Sand mit *Amm. rotomagensis, varians* und *Mantelli, Turrilit. costatus* u. s. w.
3. Tourtia. Grünsand mit *Pecten asper* u. s. w.

Obere Kreidebildungen Südeuropas.

Für die südliche Ausbildung der oberen Kreide ist in erster Linie die ausserordentliche Entwickelung der Rudisten charakteristisch, deren dickschalige, schwere Gehäuse in den Seichtwasserbildungen der ganzen äquatorialen Zone in Südeuropa ebenso wie in Nordafrika, Kleinasien, Indien, Mexico u. s. w. in grosser Masse, oft geradezu gesteinsbildend auftreten. Zu der in der unteren Kreide allein vorhandenen Gattung *Sphaerulites* (LXI, 4) gesellen sich jetzt noch die Geschlechter *Radiolites* und *Hippurites* (ebend. 3). Als weitere Charaktergestalten der oberen südlichen Kreide sind die Muschelgattung *Caprina* (*C. adversa* [ebend. 2], oberes Cenoman), die Ammonitengattung *Buchiceras* (ebend. 1), die Schneckengeschlechter *Actaeonella* (ebend. 5), *Glauconia* (ebend. 6) und *Nerinea*, sowie die eigenthümliche Koralle *Cyclolites* (ebend. 8) zu nennen.

In den westlichen Alpen sind ein wichtiges Glied der oberen Kreide die Seewenschichten, fossilarme, dem Cenoman und Turon, vielleicht auch noch dem Senon angehörige Kalke und Mergel (*Amm. rotomagensis* u. a., bezeichnende Inoceramen u. s. w.). Daneben spielen Hippuritenkalke, die vielfach für sich allein die ganze obere Kreide zusammensetzen, eine grosse Rolle. Weiter gehören hierher die kalkig-mergeligen Gosaubildungen (nach der Gosau bei Hallstatt) mit zahlreichen Hippuriten (*organisans, cornu vaccinum*), Nerineen, Actäonellen, *Cyclolites* u. s. w. Etwa ein Viertel der reichen Fauna kommt auch ausserhalb der Alpen vor. Die tieferen Schichten gehören dem Turon an, die höheren dem Senon, *Amm. Margae* und *texanus* und einige andere Species weisen auch auf eine Vertretung des Emscher Mergels hin [1]). Auch der bekannte schöne Marmorkalk des Untersberges bei Salzburg stellt nur eine besondere Ausbildungsform der Hippuritenkalke dar. In den bayerischen Alpen treten weiter im Niveau des Turon und Senon, ähnlich wie schon in der unteren Abtheilung der südlichen Kreide, Orbitolinenschichten (mit *Orb. concava*) auf. An einigen Orten, wie bei Berchtesgaden, sind endlich auch jungsenone Ablagerungen mit *Belemn. mucronata* nachgewiesen.

In den Südalpen besitzt neben Hippuritenkalken die sogen. Scaglia, weisse und röthliche, dichte, dünnbankige Kalksteine mit *Inoceramus Cuvieri, Ananchytes ovata, Cardiaster italicus* u. s. w.,

---

[1]) Die Cephalopoden der Gosaubildungen sind durch v. HAUER und durch REDTENBACHER, die Gastropoden durch ZEKELI, die Conchiferen durch ZITTEL, die Reptilien durch SEELEY bearbeitet worden.

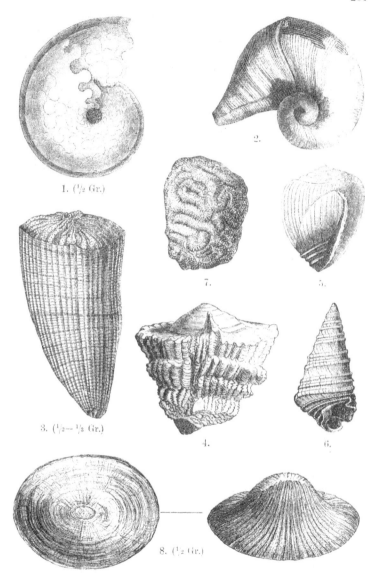

Taf. LXI. Versteinerungen der oberen alpinen Kreide. 1. *Buchiceras Ewaldi* v. Buch. 2. *Caprina adversa* d'Orb. 3. *Hippurites cornu vaccinum* Gf. 4. *Sphaerulites angeiodes* Lam. 5. *Actaeonella gigantea* Sow. 6. *Glauconia Kefersteini* Gf. 7. *Leptoria Konincki* Reuss. 8. *Cyclolites undulata* Lam.

namentlich in den lombardisch-venetianischen Alpen eine grosse Verbreitung. Eine sehr interessante jungcretacische, in Istrien, Krain und Dalmatien unmittelbar auf Rudistenkalken aufliegende, zum Theil kohlenführende Brack- und Süsswasserbildung (mit *Cyrena*, der Melanidengattung *Stomatopsis*, Characeenresten) stellen die sogen. Cosina-Schichten oder die Liburnische Stufe STACHE's dar [1]). Uebrigens kommen ähnliche Süsswasserablagerungen mit *Unio*, *Melania*, *Helix*, *Auricula* u. s. w. auch als Einschaltungen in der oberen marinen Kreide bei Ajka im Bakony sowie in der Provence vor.

Als eine besondere Facies der südeuropäischen Kreide sei schliesslich der Wiener oder Karpathen-Sandstein genannt, überaus mächtige, den tertiären Flyschsandsteinen gleichende, fossilfreie Sandsteine, die in Niederösterreich, den Karpathen und in Bosnien sehr verbreitet, nach Ansicht der Wiener Geologen die gesammte Kreide vertreten.

Aussereuropäische Kreidebildungen.

Ueber dieselben seien wenigstens einige Andeutungen gegeben. Sehr verbreitet ist die Kreide in Nordafrika. Sie zeigt hier im Atlas eine vollständig mediterrane Entwickelung — namentlich sind dort Rudistenkalke sehr verbreitet. In der Libyschen Wüste dagegen tritt nach ZITTEL [2]) als jüngste Bildung, unmittelbar unter dem Eocän, Schreibkreide auf, die unter vielen eigenthümlichen Arten auch *Ananchytes ovata* einschliesst, als älteste dagegen ein grauer oder röthlicher, nur Kieselhölzer einschliessender Sandstein, der auch weiter östlich, in Syrien und Arabien, sehr verbreitete sogen. Nubische Sandstein, cenomanen oder unterturonen Alters. Auch in Syrien, Palästina, Persien, Arabien, im Kaukasus u. s. w. sind obere Kreidebildungen mit Rudisten, Nerineen, *Buchiceras* etc. sehr verbreitet. Sehr berühmt sind die fischführenden Senonschichten von Sahel Alma und Hakel am Libanon.

Weiter spielen cretacische Bildungen auch im ganzen südlichen und östlichen Asien eine nicht unwichtige Rolle. In Vorderindien ist namentlich die sehr versteinerungsreiche obere Kreide von Pondicherry (im Süden der Ostküste) durch die Arbeiten von STOLICZKA und Anderen berühmt geworden. Gleich den Kreidevorkommen im Osten des Continentes (japanische Insel Jesso, Sachalin etc.), sowie auf den Aleuten, der Vancouver-Insel u. s. w. zeigt dieses indopacifische Kreidegebiet mancherlei Eigenthümlichkeiten.

In Nordamerika macht sich, wie schon früher hervorgehoben, ein ähnlicher Gegensatz zwischen nördlicher und südlicher Kreideausbildung geltend wie in Europa. Auf Jamaika, in Mexico, Texas und Süd-Californien treten Rudisten, Nerineen, *Buchiceras* und andere bezeichnende Formen der cretacischen Aequatorialregion auf, während

---

[1]) Die liburnische Stufe. Abh. d. geol. Reichsanst. 1889.
[2]) Beitr. z. Geol. u. Paläont. d. lib. Wüste. Paläontogr. 1883.

weiter nördlich eine der mitteleuropäischen entsprechende Entwickelung herrscht. Besonders verbreitet ist hier das Cenoman (Dakota-Gruppe) und noch jüngere Kreidebildungen, während untercretacische Ablagerungen besonders im äussersten Westen (Shasta-Gruppe in Californien) entwickelt sind. Die mächtige, als Laramie-Gruppe bekannte Süsswasserbildung im Gebiete der Rocky Mountains gehört wohl eher dem ältesten Tertiär als der Kreide an.

Sehr entwickelt sind untere Kreidebildungen an der Westküste Südamerikas, besonders in Columbien, während in Brasilien die obere Kreide (auch hier mit *Buchiceras*) sehr verbreitet ist.

In Südafrika gehören die Uintenhaage-Schichten dem Neocom an, und ungefähr das gleiche Alter dürften auch die auf Neuseeland in grosser Verbreitung nachgewiesenen Ablagerungen mit *Crioceras australe* haben.

Paläontologischer Charakter der Kreideformation.

Die Flora der unteren Kreide besteht, ebenso wie die ihr sehr ähnliche jurassische Flora, ganz vorherrschend aus Cycadeen, Coniferen und Farnen, während — wie die reichen Pflanzenanhäufungen im Wealden, in den Wernsdorfer Schichten u. s. w. lehren — angiosperme Dicotylen oder Laubhölzer damals in Europa noch so gut wie gänzlich fehlten. Erst in der oberen Kreide tritt ein vollständiger Umschwung ein, indem mit Beginn derselben in ganz Europa plötzlich eine Fülle von Laubhölzern erscheint. Bei Aachen, Haldem (Westfalen), Blankenburg, Niederschöna (Sachsen), Moletein (Mähren), überall sind sie das herrschende Florenelement, gegen welches namentlich die bis dahin so wichtigen Cycadeen erheblich zurücktreten. Neben manchen erloschenen Angiospermengattungen, wie *Crednerin* (LX, 4), treffen wir viele noch jetzt lebende Formen, wie *Salix*, *Populus*, *Aralia*, *Ficus* u. s. w. an.

Die bis vor Kurzem ganz allgemeine Ansicht, dass Laubhölzer in der unteren Kreidezeit noch vollständig fehlten, hat sich übrigens jetzt als irrig erwiesen, indem es nämlich in neuester Zeit gelungen ist, in den nordamerikanischen Staaten Maryland und Virginia in der sogen. Potomac-Formation, welche ungefähr unserem Wealden gleichzustellen ist, zusammen mit Farnen und Nadelhölzern auch eine ganze Reihe von Angiospermen aufzufinden. Nur einige wenige unter denselben scheinen auf noch heutzutage existirende Gattungen (*Hymenaea*, *Ficus*) bezogen werden zu können; die grosse Mehrzahl gehören ausgestorbenen, wenn auch an heutige Geschlechter (*Salix*, *Platanus*, *Populus*, *Ulmus*, *Aralia*, *Hedera* u. a.) erinnernden Formen von alterthümlichem Typus an [1]). Nach diesen hochinteressanten

---

[1]) W. M. FONTAINE. The Potomac or younger mesozoic flora. Monogr. of the United States geol. survey, vol. XV. 1889. — Vergl. auch Zeitschr. d. deutsch. geol. Ges. 1889. S. 27.

Auffindungen scheint es, als ob die Laubhölzer sich von der nordamerikanischen Region aus, in welcher sie schon zu Anfang der Kreideperiode vorhanden waren, weiter verbreitet hätten. Wie einige ältere Litteraturangaben beweisen, hatten sie bereits in der älteren Kreidezeit vereinzelt schon in anderen Gebieten, wie in Grönland und Portugal, Fuss gefasst; als herrschendes Element der Flora aber finden wir sie auf der ganzen Erde erst von der jüngeren Kreidezeit an.

Was die Fauna, und zwar zunächst die niedersten Thiere betrifft, so wäre hier einmal auf den grossen Antheil hinzuweisen, welchen die Foraminiferen an der Zusammensetzung mancher Kreidegesteine nehmen; so namentlich *Globigerina* und andere an der der weissen Kreide und *Orbitolina* an derjenigen der gleichnamigen alpinen Schichten.

Sodann wäre die cretacische Spongienfauna als so reich wie kaum eine andere zu nennen. Dies gilt sowohl für die Kalkschwämme als auch besonders für die Kieselschwämme, von welchen namentlich Hexactinelliden und Lithistiden in der oberen Kreide den Höhepunkt ihrer Entwickelung erreichen. Als eine besonders ausgezeichnete Charaktergestalt der oberen (Cöloptychien-) Kreide sei die Hexactinellidengattung *Coeloptychium* genannt.

Die Korallen bieten im Allgemeinen wenig Eigenthümliches. Grössere Anhäufungen zusammengesetzter, riffbildender Formen finden sich nur in der cretacischen Aequatorialzone (wie besonders in den Gosaubildungen), während ausserhalb derselben, namentlich in den in grösserer Meerestiefe gebildeten Ablagerungen, nur Einzelformen — so in der Schreibkreide besonders *Caryophyllia* — anzutreffen sind.

Unter den Echinodermen treten die Crinoideen — einer der wichtigsten Typen unter denselben ist die stiellose Gattung *Marsupites* (LVII, 3) — und Asteroideen sehr zurück gegen die sich in der Kreidezeit zu grossem Formenreichthum entwickelnden Echinoideen. Unter den regulären Seeigeln setzen die Gattungen *Cidaris*, *Acrocidaris* u. a. aus dem Jura als wichtige Gestalten auch in die Kreide fort, wo sie, ähnlich wie die kleine, neu hinzutretende Gattung *Salenia* (LVIII, 4), namentlich in der Schreibkreide verbreitet sind. Besonders wichtig aber sind durch ihre grosse Häufigkeit die irregulären oder symmetrischen Seeigel und unter ihnen wieder namentlich die durch ihren mehr oder weniger ausgesprochen herzförmigen Umriss ausgezeichneten Spatangiden. In der unteren Kreide gehört dazu die Gattung *Toxaster* (*complanatus* [LI, 4] im Neocom), in der oberen *Holaster*, *Ananchytes* = *Echinocorys* (*ovata* [LVIII, 3], sehr gemein im Senon), *Hemipneustes*, *Cardiaster*, *Infulaster*, *Epiaster* und besonders *Micraster* (*cor anguinum*, *cor testudinarium* [ebend. 2], *glyphus* u. a. im Turon und Senon). Von sonstigen Irregulären seien als besonders wichtig genannt *Galerites* = *Echinoconus* (*albogalerus* [LVI, 7], *vulgaris* u. a., häufig im Turon und Senon) und *Discoidea* (*cylindrica* [LIV, 4] im Cenoman).

Die Bryozoen entfalten besonders in der Schreibkreide, aber auch bei Mastricht, im Essener Grünsande und anderweitig einen grossen Reichthum.

Die Brachiopoden sind im Ganzen denen der jüngeren Jurabildungen ähnlich. *Terebratula* und *Rhynchonella* sind auch hier die wichtigsten Gattungen. Durch grösseren Artenreichthum als in irgend einer anderen Formation ist in den jüngsten Kreideablagerungen die alte Gattung *Crania* (LX, 2) ausgezeichnet. Verhältnissmässig häufig sind auch *Argiope* und *Thecidium* (ebend. 3), der Kreide eigenthümlich endlich die extrem langschnäbelige Gattung *Lyra*, der Orthisähnliche *Trigonosemus* u. a.

Unter den Conchiferen seien als für die Kreideformation charakteristisch grosse Austern, namentlich Gryphäen (*vesicularis* [LIX, 4] Senon) und Exogyren (*Couloni* [LI, 3] Neocom, *columba* [LV, 1] Cenoman), sodann unter den Pectiniden die durch starke Ungleichklappigkeit und Radialrippung ausgezeichnete Gattung *Vola* oder *Neithea* (*quinquecostata* [LVII, 4] obere Kreide), ferner das verbreitete Geschlecht *Inoceramus* (LII, 6; LVI, 5. 6; LVII, 2 u. 5) mit vielen Leitarten genannt. Auch *Trigonia* (LVII, 6) ist noch eine wichtige Gestalt. Vor allen anderen Formen aber sind als cretacische Leitgestalten ersten Ranges zu nennen die eigenthümlichen, ganz auf die Kreide beschränkten Rudisten (*Hippurites* [LXI, 3], *Radiolites*, *Sphaerulites* [ebend. 4] — die beiden ersten nur in der oberen, die letzte auch in der unteren Kreide —) mit ihren oft mehrere Fuss lang werdenden, dickschaligen, gedeckelten Trichtern ähnlichen Gehäusen. Auch die merkwürdige, widderhornartige *Requienia* (*ammonia* [LIII, 2] u. a. in der unteren Kreide), *Caprina* (LXI, 2), *Monopleura* (LIII, 1) und andere, zur Familie der *Chamidae* gehörige Gattungen gehören ausschliesslich der Kreide an.

Unter den Gastropoden wären die Geschlechter *Actaeonella* (LXI, 5) — dicke, *Conus*-ähnliche, aber mit Spindelfalten versehene Formen — und *Glauconia* oder *Omphalia* (ebend. 6) als charakteristische Erscheinungen der cretacischen Aequatorialregion — aber gleich den Rudisten, vereinzelt auch in Mitteleuropa vorhanden — namhaft zu machen. In den jüngsten Kreideschichten treten eine Anzahl von Gattungen, wie *Cypraea*, *Conus*, *Voluta*, *Fusus*, *Mitra*, *Murex* u. a. auf, die diesen Ablagerungen ein tertiäres Gepräge verleihen.

Viel wichtiger als die Schnecken sind für die Kreide die Cephalopoden. Wir finden hier die zeitlich letzten Ammoniten und Belemniten. Die ersteren zeichnen sich namentlich durch die grosse Menge sogen. Nebenformen, d. h. Formen mit freien Windungen (*Crioceras* [LIII, 3]) oder mit haken-, stab- oder schneckenförmigem (*Hamites* [LII, 4] u. a., *Baculites* [LIX, 3], *Turrilites* [LII, 3] und verwandte) oder sonst abweichend gebautem Gehäuse (*Scaphites* [LVI, 2]) aus. Unter den regelmässig gebauten Gattungen sind die wichtigsten *Hoplites* ([LI, 1; LII, 2] untere Kreide, reich verzierte, ziemlich stark involute Gehäuse mit mehrfach gespaltenen Rippen und deutlicher Rückenfurche), *Haploceras* und *Desmoceras* (untere Kreide, glatte Gehäuse mit gerundeten Umgängen; bei *Desm.* Einschnürungen wesentlich), *Acanthoceras* ([LII, 1; LIV, 1] untere und obere Kreide, kantige, dicke Gehäuse mit steifen, vielfach geknoteten Rippen), *Schloenbachia* ([LIV, 2] untere und obere Kreide, mit scharfem Kiel und kräftigen, gespalteten und geknoteten Rippen), *Buchiceras* ([LXI, 1] nur obere Kreide der Aequatorialregion, scheibenförmige Gestalten mit ceratitischer Lobenlinie), *Pachydiscus* ([LVI, 1] Turon, Senon, sehr grosse, aufgeblähte Gehäuse). In der unteren Kreide südlicher Gegenden sind auch die auffallend langlebigen Gattungen *Phylloceras* und *Lytoceras* noch in ziemlicher Anzahl vorhanden.

Unter den Belemniten sind für die untere südliche Kreide die seitlich zusammengedrückten, platten Formen (Gatt. *Duvalia* [LIII, 6]) charakteristisch, für die nordische Kreide die Formen der Gruppe der *Absoluti* (ausgezeichnet durch ihren Siphonalkanal) und *Excentrici* (mit stark excentrischer Alveole). In der oberen Kreide tritt statt der ächten Belemniten die Gattung *Belemnitella* (*mucronata* [LIX, 1], weit verbreitetes Leitfossil der jüngsten Kreideschichten) und deren Subgenus *Actinocamax* (*quadratus* [LVIII, 1] in der senonen „Quadraten"-Kreide u. a.) auf.

Mit zahlreichen, zum Theil sehr gross werdenden Arten ist auch die Gattung *Nautilus*, zumal in der oberen Kreide, vertreten.

Bei den Crustaceen ist besonders die stärkere Entwickelung der brachyuren Decapoden (*Dromiopsis* u. a.) neben den macruren (unter diesen ist besonders häufig *Calianassa*) bemerkenswerth.

Zu den Wirbelthieren übergehend sehen wir, dass unter den Fischen die im Jura noch spärlichen Teleostier (Knochenfische) hier, und zwar besonders mit Beginn der oberen Kreide, zum ersten Male in grosser Häufigkeit und Mannigfaltigkeit auftreten (vergl. LX, 1). Einige besonders wichtige Fundorte in Westfalen und am Libanon wurden bereits oben genannt.

Unter den Reptilien treffen wir in der Kreide die letzten Ichthyosaurier, Plesiosaurier und Pterosaurier, welche letztere in der Kreide von Kansas in Nordamerika durch eine zahnlose Riesenform von 8 m Flügelspannweite (*Pteranodon*) vertreten waren. Neben denselben waren auch Schildkröten und Crocodilier — unter diesen ist *Goniopholis* eine charakteristische Gestalt — reichlich und zum Theil durch eigenthümliche Typen vertreten [1]). Besonders eigenartige Reptilien der Kreidezeit aber waren die riesigen, zu den Pythonomorphen gehörigen, schlangenähnlichen Meeresechsen. Ihre Reste finden sich besonders zahlreich in der Kreide von Kansas. Von europäischen Formen gehört zu denselben der bekannte, gewaltige *Mosasaurus* aus der Tuffkreide von Mastricht. Nordamerikanische Arten dieser Gattung sollen bis 70 Fuss Länge erreichen. Eine nicht minder interessante, gleichfalls völlig erloschene, in der Kreide aber ihre reichste Entwickelung entfaltende Reptilordnung endlich, die Dinosauria, waren namentlich durch die Gattung *Iguanodon* (L, 1) vertreten. Früher war dieselbe nur in unvollständigen Resten aus dem englischen (und deutschen) Wealden bekannt; vor Kurzem aber haben sich bei Bernissart in Belgien in einer in das

---

[1]) Koken, Dinosaurier, Crocodiliden u. Sauropterygier d. nordd. Wealden. Paläontol. Abh. 1887.

Kohlengebirge eingesunkenen Kreidescholle eine Anzahl vollständiger, jetzt im Brüsseler Museum aufgestellter Skelete gefunden [1]). Fast 10 m Länge erreichend, waren diese mächtigen Thiere besonders durch die gewaltige Stärke der Hinterextremitäten und des langen

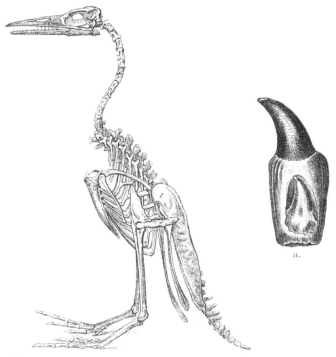

Fig. 43. *Hesperornis regalis* MARSH, restaurirt, in 1/9 natürl. Grösse. (Nach MARSH.)

Fig. 43a. Zahn desselben Vogels mit jungem Ersatzzahne in etwa 5 facher Vergrösserung.

Schwanzes, sowie durch sehr vogelähnliche Beckenbildung ausgezeichnet. Sehr charakteristisch sind auch die spatelförmigen, zweischneidigen Zähne mit schräger Kaufläche und gezackten Rändern. Eine letzte Merkwürdigkeit der höheren Kreidefauna endlich bilden die bezahnten, von MARSH als Odontornithen beschriebenen [2]) Vögel der Kreide von Kansas. Von besonderem Interesse ist, dass diese mit der jurassischen *Archaeopteryx* die bezahnten Kiefer und

---

[1]) DOLLO, Bull. Musée roy. d'hist. nat. de Belgique. 1882, 1883.
[2]) Odontornithes, a monograph on the extinct toothed birds of North America. Report geol. explorat. of the 40. parallel. vol. VII. 1880.

biconcaven Wirbel theilende Formen bereits in aller Schärfe eine Trennung in die beiden heutigen Hauptgruppen der Vögel, die Lauf- und Flugvögel, erkennen lassen. Den ersteren gehört die storch- grosse *Hesperornis* (Fig. 43) mit ungekieltem Brustbein, rudimentärer,

Fig. 44. *Ichthyornis victor* MARSH, restaurirt, in nicht ganz ⅓ natürl. Grösse. (Nach MARSH.)

nur aus einem Humerusstummel bestehender Vorderextremität, mas- siven Knochen und ohne Pygostyl (Pflugscharbein) an. Zu den Flug- vögeln dagegen gehört die etwa mövengrosse *Ichthyornis* (Fig. 44) mit grossem, gekieltem Brustbein, pneumatischen Knochen, wohl ent- wickelter Vorderextremität und Pygostyl.

IV. Neozoische Formationsgruppe.

Die neo- oder cänozoische Formationsgruppe umfasst die Gesammtheit derjenigen Gesteinsbildungen, welche, erst nach Ablagerung der Kreide entstanden, dem jüngsten Abschnitte der Erdgeschichte, der Neuzeit derselben angehören. Die Ablagerungen dieses langen Zeitraumes werden allgemein in zwei grosse Systeme zerlegt, nämlich in ein älteres, die Tertiärformation, und ein jüngeres, die Quartärformation.

Die Grenze der neozoischen Formationsgruppe gegen die mesozoische ist fast überall von grosser Schärfe. Ja man kann sagen, dass kaum ein anderer, in der Erdgeschichte zu machender Schnitt so bedeutend und so naturgemäss ist, wie der zwischen Kreide und Tertiär. Dies hängt damit zusammen, dass an der Scheide zwischen beiden Formationen so grosse und allgemeine Aenderungen sowohl in der Vertheilung von Wasser und Land als auch in der Entwickelung des organischen Lebens eintraten, wie kaum zu einer anderen Zeit der geologischen Geschichte. Hand in Hand mit grossartigen, sich damals abspielenden Bodenbewegungen ging das Hervortreten ungeheuerer Massen von Eruptivgesteinen, deren grosse Häufigkeit und Verbreitung in der Tertiärschicht in grellem Gegensatze zu ihrer fast völligen Abwesenheit in den cretacischen Schichten steht. Gleich denen der Jetztzeit haben diese Eruptivgesteine nebst den sie begleitenden Tuffen ihren Ausgang in den meisten Fällen von Vulkanen und Kratern genommen, und auch in petrographischer Beziehung sind die Trachyte, Rhyolithe, Andesite, Basalte und sonstigen Eruptivgesteine der ganzen neozoischen Zeit von denen der Gegenwart in keiner Weise verschieden.

Die Sedimente der neozoischen Periode unterscheiden sich von den Gesteinen der älteren Formationen durch ihre in der Regel lockere, weiche, unverfestigte Beschaffenheit. Nur im älteren Tertiär finden sich in manchen Gebieten noch harte, denen älterer Perioden ähnliche Kalke, quarzitische Gesteine und Schiefer; im Uebrigen aber sind überall mürbe, leicht zerbröckelnde Kalke, Mergel, Thone, Sande und Conglomerate die herrschenden Gebilde. Hervorzuheben ist auch, dass in grösserer Meerestiefe entstandene Ablagerungen, eigentliche Tiefseebildungen, die der Schreibkreide oder dem Globigerinenschlamm unserer heutigen Meere vergleichbar wären, unter den neozoischen Ablagerungen so gut wie unbekannt sind. Dieselben stellen vielmehr ganz überwiegend Flachmeer- oder gar Strandbildungen dar. Neben diesen Meeresabsätzen aber spielen von Beginn der Tertiärzeit an brackische, limnische, fluviatile und selbst äolische oder sonstige Festlandsbildungen (wie die diluvialen Moränenablagerungen) eine bedeutende Rolle.

Die Lagerung der neozoischen Schichten ist im Allgemeinen eine noch ungestörtere als die der mesozoischen Gesteine. In der Regel liegen dieselben noch jetzt ganz oder doch nahezu wagerecht. Nur die am Aufbau der grossen Kettengebirge theilnehmenden Tertiärschichten machen davon eine Ausnahme.

In paläontologischer Beziehung sind die Ablagerungen des letzten grossen geologischen Zeitalters durch das mehr oder weniger vollständige Fehlen der noch in der Kreide so reichlich vorhandenen grossen Meeressaurier, der Dinosaurier, Pterodactylen u. s. w., ferner der Ammoniten und Belemniten, der Rudisten, Inoceramen, Trigonien u. s. w., ferner durch das erhebliche Zurücktreten der Brachiopoden gegen die sich jetzt reich entfaltenden siphonostomen Schnecken und sinupalliaten Muscheln, durch das starke Vortreten der kurzschwänzigen Decapoden und Knochenfische, durch die Entwickelung von Schlangen und normalen Vögeln, vor Allem aber durch das nach unserem heutigen Wissen völlig unvermittelte und plötzliche massenhafte Erscheinen von placentalen Säugethieren ausgezeichnet. Dazu kommt dann im Diluvium noch der Mensch hinzu.

Die neozoische Flora endlich besteht überwiegend aus angiospermen Dicotyledonen und Monocotylen und gehört dem dritten und letzten grossen Vegetationsreiche Ad. Brongniart's, dem Reiche der Angiospermen an.

A. Tertiärformation.

Allgemeines und Geschichtliches.

Die Tertiärformation stellt in ihrer Gesammtheit eine sehr mächtige, über alle Kontinente und Zonen verbreitete, aber im Einzelnen petrographisch und paläontologisch überaus mannigfaltig entwickelte Schichtenreihe dar. Dass unter den ihr zugehörigen Ablagerungen eigentliche küstenferne Tiefseebildungen so gut wie gänzlich fehlen, vielmehr die grosse Masse der Tertiärschichten Küsten- und Flachmeergebilde darstellen, ist bereits oben erwähnt worden. Ebenso wurde auch schon auf den in allen grösseren Tertiärgebieten zu beobachtenden, sich oft vielfältig wiederholenden Wechsel von marinen mit Brack- und Süsswasserabsätzen hingewiesen. Diese sehr charakteristische Erscheinung erklärt sich gewiss in vielen Fällen aus der grossen Häufigkeit von kleineren und grösseren Bodenbewegungen während der Tertiärzeit. Ein und derselbe Theil der Erdoberfläche war während eines Abschnittes dieser Epoche Meeresgrund und wurde in dieser Zeit mit marinen Sedimenten bedeckt, während des nächstfolgenden Abschnittes aber wieder Festland, und dann wurden in den sich auf dem jungen Festland entwickelnden Lagunen, Süsswasserseen und Sümpfen brackische und limnische Schichten abgelagert, während vielleicht in einem noch späteren Abschnitt, in Folge eines Wiedervordringens des Meeres, über den letzteren wieder marine Sedimente ausgebreitet wurden. In anderen Fällen aber mag jener häufige Wechsel von Meeres- und Binnenablagerungen damit zusammenhängen, dass, wie schon hervorgehoben, ein grosser Theil der Tertiärschichten in der Nähe der Meeresküste gebildet worden ist, in Becken, in welchen auch ohne grössere Verticaloscillationen leicht eine Veränderung im gegenseitigen Stande von Land und Meer eintreten und das letztere vorübergehend in Gebiete eindringen konnte, die es auf die Dauer nicht zu behaupten vermochte.

Mit diesen Thatsachen steht der gerade bei tertiären Bildungen besonders häufige, alle möglichen Localeinflüsse abspiegelnde Facieswechsel in innigstem Zusammenhang. Ebenso hängt damit aber auch die verhältnissmässig beschränkte Verbreitung der meisten Tertiärablagerungen zusammen, die nicht mehr, wie diejenigen älterer Formationen, mit wenig veränderten Merkmalen oft über ganze Länder verbreitet sind, sondern meist nur kleinere becken- oder buchtenähnliche Räume — die Ausfüllungen ehemaliger Binnenseen oder seichter Meeresbusen — einnehmen.

Die geringe Verbreitung der meisten Tertiärbildungen erklärt die grossen Schwierigkeiten, mit denen genauere Parallelisirungsversuche der Schichten verschiedener Ablagerungsbecken verbunden zu sein pflegen. Dasjenige Mittel, welches sonst in erster Linie und mit grösstem Erfolge zur Ermittelung des Alters getrennter Ablagerungen angewandt wird, nämlich die Beobachtung der Lagerungsverhältnisse, ist hier in der Regel nicht anwendbar. Man ist aus diesem Grunde gezwungen, sich eines anderen, indirekten Weges zu bedienen um das Alter einer gegebenen Tertiärbildung festzustellen, und dies ist, wie alsbald näher ausgeführt werden soll, die Vergleichung ihrer marinen Conchylienfauna mit der heutzutage in den benachbarten Meeren lebenden Fauna.

Unsere Kenntniss der Tertiärformation ist verhältnissmässig neu. Bis zu Anfang dieses Jahrhunderts hatte man den losen Sanden, lockeren Mergeln und plastischen Thonen, aus welchen das Tertiär vieler Gebiete besteht, kaum Beachtung geschenkt, sie vielmehr mit dem sogen. aufgeschwemmten Lande — im Wesentlichen unserem jetzigen Quartär — vereinigt. Erst in den beiden ersten Jahrzehnten unseres Jahrhunderts lernte man allmählich durch die Untersuchungen von G. Cuvier und Alex. Brongniart [1]) aus der Umgebung von Paris eine ansehnliche, sehr versteinerungsreiche Schichtenfolge kennen, die sich durch ihre aus lauter ausgestorbenen Arten zusammengesetzte Fauna als ein in gleicher Weise von der unterliegenden Kreide wie von den überliegenden diluvialen und alluvialen Bildungen verschiedenes, selbständiges Glied der geologischen Formationsreihe erwies. Die zahlreichen, etwa 40 verschiedene Arten umfassenden Säugethierreste dieser, von den beiden genannten Gelehrten mit dem Namen Tertiär bezeichneten Schichtenfolge wurden von Cuvier in dem berühmten Werke beschrieben, welches den Titel führt: „Recherches sur les ossements fossiles de quadrupèdes" [2]). Die ausgezeichnet erhaltene, mehrere 1000 Arten umfassende Conchylienfauna dagegen wurde von Lamarck [3]) und später von Deshayes [4]) bearbeitet. Auch unter den Conchylien findet sich kaum eine einzige, noch jetzt lebende Species, und die nächsten heutigen Verwandten der Pariser Arten leben in den tropischen Meeren.

Nach den Pariser wurden zunächst die denselben sehr ähnlichen südenglischen Tertiärbildungen studirt, dann diejenigen Italiens und Südfrankreichs, welche beide ebenfalls eine sehr reiche, aber der jetzt lebenden sehr viel näher stehende marine Conchylienfauna beherbergen. Dies gilt besonders für die in Italien an den Rändern des Apennin vom Po bis nach Calabrien verbreiteten, sogen. Subapenninbildungen, deren zum überwiegenden Theile aus recenten Species bestehende Molluskenfauna durch Brocchi [5]) bekannt wurde, während die nach der Zahl der noch lebenden Arten zwischen den Pariser und den Subapenninbildungen in der Mitte stehende Fauna der Gegend von Bordeaux und Dax durch Basterot [6]) bearbeitet wurde. Mit anderen, älteren, gleichfalls eine Fülle organischer Reste einschliessenden italienischen Tertiärbildungen, nämlich denen des vicentinischen Gebietes, hatte sich mittlerweile Al. Brongniart [7]) beschäftigt und sie als den ihm so wohlbekannten Pariser Ablagerungen nahestehend erkannt.

Durch Vergleichung aller dieser Faunen unter einander und mit den Faunen der heutigen Meere gelangte nun Deshayes zu einer allgemeinen Gliederung der Tertiärformation [8]). Er stellte den Satz auf, dass das Alter einer Tertiärablagerung beurtheilt werden könne nach dem Procentsatze der ihr zukommenden, noch jetzt lebenden Species. Je älter eine Fauna sei, desto geringer, je jünger, desto grösser sei die Zahl ihrer recenten Arten. In weiterer Verfolgung dieses Gedankens schlug dann Ch. Lyell eine Eintheilung der Ter-

---

[1]) Essai s. l. Géographie minéralogique des environs de Paris. 1810—1811. 2. Aufl. (descr. géol. d. env. d. P.) 1822. 3. Aufl. 1835.
[2]) 4 Bände. 1812. Neue Ausgabe in 5 Bänden. 1821—1825. Letzte Ausgabe. 1836.
[3]) Mém. s. l. fossils d. envir. d. Paris. 1818—1822.
[4]) Descr. des coquilles foss. d. environs de Paris. 3 Bde. 1824—1837.
[5]) Conchiliologia fossile subapennina. 2 Bde. 1814.
[6]) Descr. d. coqu. foss. d. envir. d. Bordeaux. 1825.
[7]) Mém. s. l. terr. de sédim. supér. calcaréo-trappéen du Vicentin. 1823.
[8]) Bullet. d. l. Soc. géol. de France. 1830.

tiärbildungen in drei Hauptabtheilungen vor, deren Benennungen er auf das Mengenverhältniss der diesen Abtheilungen zukommenden recenten Species gründete [1]). Es sind das von oben nach unten:

1. Pliocän [2]) = Subapenninbildungen und englischer Crag, mit 35 bis 50 Proc. noch lebender Arten.
2. Miocän [2]) = Ablagerungen der Loire- und Girondegegend (Bordeaux etc.), mit 17 Proc. noch lebender Arten.
3. Eocän [2]) = Paris-Londoner Becken und Vicentiner Gebiet, mit nur 3½ Proc. lebender Arten.

Der Vollständigkeit wegen sei schon hier bemerkt, dass diesen drei Abtheilungen noch eine vierte, das Pleistocän [2]), für noch jüngere, schon der Quartärformation zufallende Bildungen zugefügt wurde. Dasselbe sollte 90—95 Proc. lebender Conchylienarten, also eine mit der jetzigen fast ganz übereinstimmende Fauna besitzen. Wenn sich auch das dieser Gliederung zu Grunde liegende Princip in der Folgezeit als im Wesentlichen richtig erwiesen hat, so lassen sich doch die von Lyell ursprünglich für die einzelnen Abtheilungen angenommenen Procentzahlen der noch lebenden Arten heutzutage nicht mehr festhalten. So muss man für das Pliocän statt 35—50 40—90, für das Miocän nicht 17, sondern 10—40 Proc. recenter Formen annehmen.

Bei der zu Ende der 40er Jahre durch E. Beyrich ausgeführten Untersuchung der norddeutschen Tertiärablagerungen und ihrer Vergleichung mit dem französischen und belgischen Tertiär ergab sich endlich die Nothwendigkeit, für eine Reihe in der Mark Brandenburg entwickelter Bildungen zwischen Eocän und Miocän noch eine weitere Abtheilung einzuschieben, die den Namen Oligocän [3]) erhielt (1854) und jetzt als viertes Hauptglied der Tertiärformation allgemein angenommen ist. Fasst man mit M. Hörnes die beiden sich faunistisch nahestehenden oberen Glieder als Neogen zusammen, die beiden älteren dagegen als Paläogen (auch wohl Eogen), so ergiebt sich für die Gesammtheit der Tertiärbildungen folgende Gliederung:

B. **Jungtertiär** oder **Neogen** { 2. Pliocän
{ 1. Miocän.

A. **Alttertiär** oder **Paläogen** { 2. Oligocän
{ 1. Eocän.

Eine sehr viel weiter gehende Eintheilung hat später Mayer-Eimar versucht; indess haben die von ihm vorgeschlagenen Abtheilungen (Garumnien, Suessonien, Londinien u. s. w.), denen er übrigens

---

[1]) Anhang zu Bd. II. der Principles of Geology. 1. Aufl. 1832.
[2]) Abgeleitet von καινός (neu) und πλείων (mehr), bezw. μείων (weniger), bezw. ἕως (die Morgenröthe, der Anfang der Neuzeit). Pleistocän von καινός und πλεῖστον (das Meiste).
[3]) Ueber d. Stellung der hessischen Tertiärbildungen. Monatsber. d. Berl. Akad. 1854. S. 640. — Vergl. auch Beyrich, Ueber d. Abgrenzung d. oligocän. Tertiärzeit. Ebend. 1858. S. 51.

zu wiederholtenmalen noch weitere zugefügt hat, in Deutschland so wenig Eingang gefunden, dass wir hier von ihrer Aufzählung Abstand nehmen können.

Die Vertheilung von Wasser und Land war in der Tertiärzeit im Allgemeinen noch eine wesentlich andere als heutzutage. Dies geht schon daraus hervor, dass während des ersten Abschnittes dieser Epoche ein grosses, sich vom atlantischen Ocean über das jetzige Mittelmeer bis in die Himalayaregion erstreckendes Meer vorhanden war und dass vermuthlich während der ganzen Tertiärzeit eine feste Verbindung von Nordamerika mit der alten Welt, und zwar sowohl über Island und die Faröer mit dem nordwestlichen Europa, als auch über die heutige Beringsstrasse mit dem nordöstlichen Asien bestand. Ebenso spricht eine Reihe von Thatsachen für eine in jener Zeit zwischen Indien und Afrika, vielleicht auch zwischen diesem und Südamerika bestehende Festlandsverbindung, und sehr wahrscheinlich ist eine solche während der älteren Tertiärzeit auch zwischen Australien und dem südöstlichen Asien vorhanden gewesen. Eine Karte der tertiären Festländer und Meere bietet demnach ein in vielen Beziehungen von der heutigen noch sehr abweichendes Bild. Uebrigens hat, wie sich weiter unten zeigen wird, die Vertheilung von Wasser und Land im Laufe der Tertiärzeit wiederholt gewechselt und ist allmählich der heutigen immer ähnlicher geworden.

Es wäre weiter hervorzuheben, dass die Tertiärperiode die Zeit der bedeutendsten Gebirgserhebungen unserer Erde ist. Die Aufthürmung der Alpen, der Karpathen, des Apennin, des Kaukasus, Atlas, Himalaya, der nord- und südamerikanischen Cordilleren und vieler anderer unserer höchsten Gebirge fällt in das Tertiär hinein. Wie bedeutend in vielen Fällen der Betrag der seit Beginn der Tertiärzeit stattgehabten Hebung — oder vielleicht richtiger der Betrag der seit jener Zeit stattgefundenen allgemeinen Senkung des Meeresspiegels ist, geht daraus hervor, dass die alttertiären marinen Nummulitenschichten in den Westalpen bis zu 11000, im Himalaya sogar bis zu 16000 Fuss Meereshöhe emporsteigen.

Was endlich die klimatischen Verhältnisse der Tertiärzeit betrifft, so waren auch diese im Laufe derselben grossen Veränderungen unterworfen. Dass sich aber Klimazonen nicht, wie noch vielfach angenommen wird, erst in dieser Periode der Erdgeschichte ausbildeten, sondern schon viel früher zur Entwickelung gelangt waren, haben wir bereits bei Besprechung der Jura- und Kreideformation kennen gelernt. In der älteren Tertiärzeit war, wie sowohl deren Conchylienfauna als auch besonders die Flora beweist, das Klima in Mitteleuropa ein ausgesprochen tropisches. Später machte sich aber eine allmähliche Abnahme der Temperatur geltend, so dass letztere gegen Ende der Tertiärzeit in unseren Gegenden nur noch um weniges günstiger war als heutzutage.

Alttertiär oder Paläogen.

I. Eocän.

Wie schon früher hervorgehoben, erfolgte nach Schluss der Kreidezeit ein sich fast über die ganze Erde geltend machender Rückzug des Meeres. In Folge dessen nehmen die Ablagerungen des ältesten Tertiär oder Eocän überall einen erheblich geringeren Flächenraum ein als die Kreidebildungen. In Europa lassen sich zwei grosse Eocängebiete unterscheiden. Das eine umfasst die marinen Vorkommen im südlichen England, nördlichen Frankreich und Belgien und wird als das anglo-gallische Eocänbereich bezeichnet. Dass dieses Gebiet ehedem eine noch grössere Verbreitung besass, zeigen vereinzelte Schollen von marinem Eocän in der Bretagne, bei Kopenhagen, sowie die seltenen, sich im südlichen Schweden, auf Bornholm und in Norddeutschland findenden diluvialen Eocängeschiebe. Eine erheblich grössere Verbreitung besitzt das südeuropäische oder alpine Eocänbereich. Es umfasste das ganze südliche Europa mit Einschluss des südlichen und südwestlichen Frankreich, der Alpen und Karpathen und dehnte sich gegen Süden bis weit nach Nordafrika, in die Sahara, libysche Wüste und Aegypten aus, während es sich nach Osten über den Kaukasus, Kleinasien, Arabien und Persien bis in das Gebiet des Tianschan, Himalaya und von da über Java und Sumatra bis nach Borneo und den Philippinen verbreitete. So bestand denn, wie schon oben angedeutet, in der Eocänzeit eine breite Meeresverbindung zwischen dem atlantischen und stillen Ocean, das centrale Mittelmeer NEUMAYR's, als dessen letzter Rest das heutige mittelländische Meer erscheint. Doch war nicht das ganze angegebene Gebiet offene Meeresfläche; vielmehr ragten die Alpen, ein Theil der Karpathen und Apenninen u. s. w. als mehr oder weniger umfangreiche Inseln aus derselben hervor.

Das **Pariser Tertiärbecken**, von welchem, wie vorhin erwähnt, das Studium der Tertiärformation ausgegangen ist, besteht aus einer mächtigen, übrigens keineswegs durchaus marinen, sondern mehrfache Einschaltungen von Brack- und Süsswasserbildungen enthaltenden Schichtenfolge. Nur der untere Theil derselben gehört dem Eocän, der obere dagegen dem Oligocän an. Aus der Fülle der marinen Gastropoden und Conchiferen, deren Gesammtzahl auf $2^{1}/_{2}$ Tausend geschätzt werden kann, ragen namentlich die Gattungen *Cerithium*, *Pleurotoma* und *Fusus* durch grossen Artenreichthum hervor. Das fast $1/_{2}$ Meter lang werdende *Cerithium giganteum* stellt eine der grössten überhaupt bekannten Schnecken dar. Die ganze Schichtenfolge gliedert sich von unten nach oben in folgender Weise:

Untereocän.

Mergel von Meudon. Eine ganz beschränkte, unmittelbar über dem jung-senonen Pisolithkalk liegende Süsswasserbildung.

296 Neozoische Formationsgruppe.

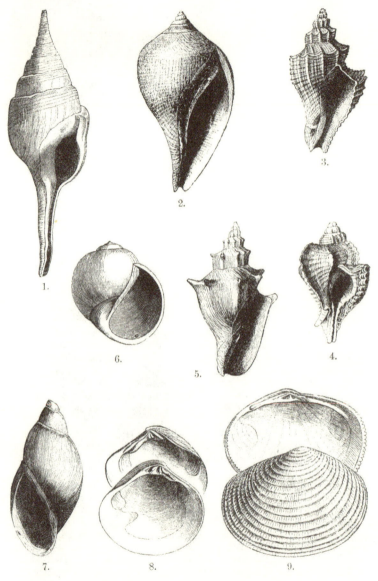

Taf. LXII. Eocäne Mollusken. 1. *Fusus longaevus* Lam. 2. *Fusus bulbiformis* La. 3. *Fusus subcarinatus* La. 4. *Murex tricarinatus* La. 5. *Voluta muricina* La. 6. *Natica patula* La. 7. *Physa gigantea* Mich. 8. *Cytherea semisulcata* La. 9. *Corbis* (= *Fimbria*) *lamellosa* La.

Tertiärformation.

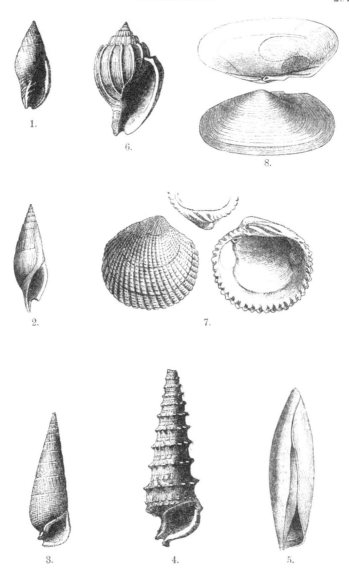

Taf. LXIII. Eocäne Mollusken. 1. *Mitra labratula* Lam. 2. *Rostellaria fissurella* La. 3. *Cerithium nudum* La. 4. *C. serratum* Brngn. 5. *Terebellum sopitum* Brander. 6. *Harpa mutica* La. 7. *Cardita imbricata* La. 8. *Psammobia effusa* Desh.

Sand von Bracheux. Zuunterst mit Süsswasser-Conchylien (*Physa gigantea* [LXII, 7] etc.) und den ältesten Säugethierresten (*Arctocyon* etc.) — Schichten von Rilly —, darüber mit marinen Formen (*Ostrea bellovaccina* etc.)

Plastische Thone (argile plastique) und Braunkohlen (lignite) von Soissons mit Süsswasser-Conchylien.

Mitteleocän.

Sande von Cuise, bis 50 M. mächtige, versteinerungsreiche Meeres-Sande. Neben *Nerita conoidea*, *Turitella hybrida* u. a. ist besonders *Nummulites planulatus* bemerkenswerth.

Grobkalk (Calcaire grossier). Dieses bekannteste, fossilreichste Glied des Pariser Eocän stellt einen bis 30 M. mächtigen, bald sandigen, bald mergeligen, bald glauconitischen, mit Meeres-Conchylien überfüllten Kalkstein dar, der das Baumaterial für Paris liefert. Die untersten Lagen sind voll Nummuliten (*laevigatus* [LXIV, 6] *scaber*). Austern, Echinodermen, *Cerithium giganteum*; die mittleren enthalten neben zahlreichen Foraminiferen aus der Gruppe der Milioliden *Turitella imbricataria*, *Fusus bulbiformis* (LXII, 2) und *Noae*, *Conus deperditus*, *Cassis cancellata*, *Corbis lamellosa* (ebend. 9), *Cardium porulosum*, *Cardita planicosta*, *Crassatella ponderosa* und viele andere; in den obersten Schichten zahlreiche Cerithien (Taf. LXIII) u. a. Ein Hauptfundort ist Grignon.

Obereocän.

Sand von Beauchamp oder Sable moyen. Ein bis 15 M. mächtiger, sehr versteinerungsreicher Meeressand. Auch hier fehlen Nummuliten nicht. Oertlich treten auch Süsswasserkalke (Calc. de St. Ouen) mit *Limnaeus longiscatus* auf. Zuoberst Horizont mit *Cerithium concavum*.

Eine recht ähnliche Entwickelung zeigt auch das belgische Eocän, dessen Zusammensetzung in seinen Hauptpunkten bereits durch A. DUMONT bekannt geworden ist. Von ihm rühren die Namen système heersien, landenien u. s. w. für die einzelnen Abtheilungen her[1]). Das tiefste Glied der ganzen Schichtenreihe ist das Montien, der unmittelbar auf dem jüngsten Senon auflagernde Grobkalk von Mons, welcher neben einigen Kreideseeigeln (*Cidaris Tombecki* u. a.) zahlreiche Arten der darüber liegenden Tertiärschichten enthält. Er steht dem Mergel von Meudon im Pariser Becken gleich.

Im **Londoner Becken,** der jenseits des Kanals liegenden Fortsetzung des Pariser Beckens, fehlen Zeitäquivalente des eben erwähnten Kalkes von Mons. Die ältesten, unmittelbar auf der stark denudirten Kreide auflagernden Tertiärschichten, die Thanetsande, haben etwa das Alter der Sande von Bracheux. Im Einzelnen ist die Gliederung des eocänen Theiles der Schichtenreihe folgende:

Untereocän.

Thanetsand, Meeressand mit *Cyprina Morrisii* etc.
Woolwich- und Reading-Schichten, brackisch-limnische Sande und Thone mit *Melania inquinata*, *Cyrena cuneiformis*, *Cerithium* etc.

---

[1]) Vergl. MOURLON, Géol. de la Belgique. 1880.

Mitteleocän.

Londonthon[1]). Dieses bekannte Hauptglied des englischen Eocän besteht aus einem zähen, bis 200 M. mächtig werdenden Thon, welcher ausser eingeschwemmten Resten von Pflanzen, Reptilien u. s. w. besonders eine reiche Gastropodenfauna (zumal Arten von *Pleurotoma*, *Fusus*, *Conus* etc.) einschliesst und gleich anderen ähnlichen Pleurotomenthonen eine in etwa 200 M. Tiefe abgesetzte Meeresbildung darstellt.

Bagshot- und Bracklesham-Schichten. Erstere bis über 200 M. mächtige, bei London über dem Londonthone liegende, fast versteinerungsleere Sande, letztere Thone und Sande, die nur in Hampshire entwickelt, eine mit der des Grobkalkes übereinstimmende marine Fauna (*Cerith. giganteum*, *Turritella imbricataria*, *Conus deperditus*, *Cardita planicosta*, *Nummul. laevigatus* [LXIV, 6] etc.) einschliessen.

Obereocän.

Bartonthon. Ein bis über 100 M. mächtiger Thon mit Nummuliten (variolarius etc.) und anderen marinen Resten, entsprechend dem Sand von Beauchamp.

Untere Headon-Hill-Schichten mit *Cerithium concavum*.

Es sei weiter noch bemerkt, dass in neuerer Zeit v. Koenen, dem Vorgange Schimper's folgend, die unter dem Londonthon und dem französischen Sand von Cuise liegenden Schichten nebst ihren Aequivalenten, also alle oben als Untereocän classificirten Ablagerungen, unter der Bezeichnung Paleocän als eine selbständige Abtheilung der Tertiärformation vom Eocän abzutrennen vorgeschlagen hat [2]).

Wir lassen zum Schluss eine vergleichende Tabelle der Entwickelung des Eocän in den Hauptgebieten des anglo-gallischen Beckens folgen:

	Pariser Becken	Belgische Bucht	Londoner Becken
Obereocän	Sand von Beauchamp und Kalk v. St. Ouen	Wemmelien	Unt. Headon-Hill-Sch. Bartonthon
Mitteleocän	Grobkalk Sand von Cuise	Laekenien Bruxellien Paniselien Ypresien	Bagshot- u. Bracklesham-Schichten Londonthon

---

[1]) In der Regel wird der Londonthon als oberstes Untereocän classificirt; wenn man aber die unter ihm liegenden Schichten nicht mit v. Koenen und Anderen ganz vom Eocän abtrennen will, so erscheint es geboten, die Grenze zwischen Unter- und Mitteleocän nicht über, sondern unter dem Londonthon zu ziehen.

[2]) Ueber eine paleocäne Fauna von Kopenhagen. 1886.

	Pariser Becken	Belgische Bucht	Londoner Becken
Untereocän	Plast. Thon u. Lignit von Soissons	Landenien	Woolwich- u. Reading-Schichten
	Sand von Bracheux	Heersien	Thanetsand
	Mergel von Meudon	Montien	—

Sehr abweichend von derjenigen des anglo-gallischen Beckens ist die Entwickelung des Eocän in **Südeuropa**. Diese Verschiedenheit spricht sich schon in den Gesteinen aus, welche nicht wie in Nordeuropa von lockerer Beschaffenheit sind, sondern — offenbar in Folge der starken Dislocationen, welche die betreffenden Schichten in den südeuropäischen Kettengebirgen erfahren haben — harte, compacte Kalksteine, Sandsteine und Schiefer darstellen, wie man sie in Nordeuropa nur in älteren Formationen anzutreffen gewohnt ist. In paläontologischer Beziehung sind die südlichen Eocängebilde in erster Linie durch das massenhafte Erscheinen der Nummuliten, riesiger, linsen- bis thalergrosser, scheibenförmiger, im Innern complicirt gekammerter Foraminiferen ausgezeichnet (LXIV, 4—7). Vereinzelt schon in älteren Formationen erscheinend, erlangen dieselben mit Beginn des Eocän plötzlich eine ganz ungeheuere Entwickelung, so dass sie in milliardenfältiger Zusammenhäufung mächtige Systeme von Kalksteinen aufbauen, um indess schon in der Unteroligocänzeit wieder zu verschwinden. Ausserdem unterscheidet sich die marine Fauna des südlichen Eocängebietes durch die verhältnissmässige Grösse ihrer Conchylien, durch das Vorhandensein riffbildender Korallen und eine grosse Fülle von Seeigeln. In Frankreich sind namentlich bei Biarritz am Fusse der Pyrenäen und bei Nizza sehr versteinerungsreiche Nummulitenschichten bekannt, in der Schweiz bei Appenzell und in der Gegend von Einsiedeln. In den bayerischen Alpen bilden die oolithischen Rotheisensteine des Kressenberges bei Traunstein mit zahlreichen Nummuliten (*N. complanatus, perforatus* u. a.), *Conoclypus conoideus* (LXIV, 1), *Cerithium giganteum*, *Nerita conoidea*, *Ostrea flabellata* und anderen Arten des Pariser Grobkalkes eine lange bekannte Fundstelle für Versteinerungen. Noch viel reicher an mannigfaltigen und schön erhaltenen Conchylien. Seeigeln, Krabben und Korallen sind die ebenfalls den Nummulitenschichten angehörigen Kalke und Basalttuffe von Ronca und anderen Punkten der vicentinisch-veronesischen Alpen. Auch die durch ihre reiche Fischfauna berühmten Kalkschiefer des Monte Bolca gehören den gleichen Schichten dieses Gebietes an.

Durch womöglich noch grösseren Versteinerungsreichthum sind die Nummulitenbildungen **Nordafrikas** und **Indiens** ausgezeichnet. In Aegypten, wo Nummulitenkalke das Hauptbaumaterial für die Pyramiden geliefert haben, ist namentlich der Mokattam bei Kairo als

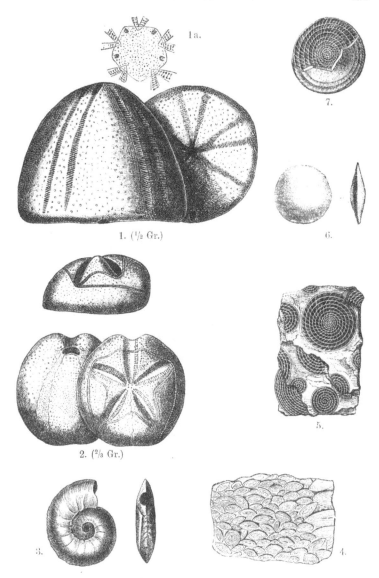

Taf. LXIV. Versteinerungen der Nummulitenschichten. 1. *Conoclypus conoideus* Gr. 1a. Scheitelapparat vergr. 2. *Linthia Heberti* Cott. 3. *Serpula spirulaea* Lam. 4. Gesteinsstück mit Querdurchschnitten von *Nummulites Lucasanus* Defr. 5. Desgl. mit Längsdurchschnitten von *Nummulites distans* Pusch. 6. *Nummulites laevigatus* Lam. 7. *Nummulites (Assilina) exponens* Sow.

Fundort herrlich erhaltener Seeigel und Krabben bekannt, und geradezu erstaunlich muss die Versteinerungsfülle der durch ZITTEL studirten Nummulitenkalke der libyschen Wüste sein. Diese letzteren beanspruchen auch dadurch ein besonderes Interesse, dass nach dem genannten Forscher in diesem Gebiete bei flacher Schichtenlagerung ein ganz allmählicher, durch keinerlei Discordanz gestörter petrographischer und paläontologischer Uebergang aus der obersten marinen Kreide in die in Rede stehenden alttertiären Bildungen stattfindet [1]).

Neben dieser vorherrschend kalkigen Entwickelung läuft aber in der ganzen südlichen Eocänregion noch eine sehr abweichende sandig-schieferige Ausbildungsform einher, der sogen. Flysch der Schweizer Alpen oder Macigno der Seealpen und Apenninen. Es sind das ausserordentlich mächtige, einförmige, graue Sandsteine und Schiefer, welche von organischen Resten fast nur Fucoiden enthalten. Derartige Gesteine sind in inniger Verbindung mit Nummulitenschichten in den ganzen Alpen, im Apennin, ferner in ausserordentlicher Entwickelung in den Karpathen, in Istrien, Dalmatien, Bosnien, Griechenland, Kleinasien, dem Kaukasus und weiter östlich durch ganz Südasien hindurch bis nach Californien und Westindien verbreitet und vertreten dort nicht nur das Eocän, sondern, ohne dass eine sichere Scheidung möglich wäre, auch das Oligocän. Ja wie schon bei Besprechung der südlichen oberen Kreide hervorgehoben wurde, scheinen die Flyschsandsteine der niederösterreichischen Alpen, Karpathen und anderer Gebiete ausser dem Alttertiär noch den grössten Theil oder sogar die Gesammtheit der Kreideformation mit zu vertreten.

Auch in **Nordamerika** sind eocäne Ablagerungen sehr verbreitet. In mariner Entwickelung treten sie als sogen. Alabamaschichten namentlich im genannten und den östlich angrenzenden Staaten in grosser Ausdehnung auf. Noch interessanter aber ist die grossartige, unter dem Namen der Laramieschichten bekannte, braunkohlenführende Süss- und Brackwasserbildung, die in einer Mächtigkeit bis zu 4000 Fuss an beiden Abhängen des Felsengebirges von Mexico bis nach Britisch-Columbien verfolgt worden ist. Zu den bezeichnendsten Fossilien dieser mächtigen, zum Theil auch als cretacisch betrachteten Ablagerungen gehören die Schneckengattungen *Pyrgulifera* und *Physa* (letztere auch im Pariser Eocän), ferner Melanien, *Melanopsis*-Arten, Paludinen, Planorben, Unionen, Cyrenen und andere Süsswasserformen, *Ostrea glabra* u. s. w. Zwischen dem Felsen- und dem Wahsatchgebirge, in der als Bad Lands bekannten Wüste, schliessen ähnliche, aber, wie es scheint, etwas jüngere eocäne Seeablagerungen zahlreiche Reste von Säugethieren, namentlich von *Dinoceras* (vergl. S. 315) ein.

---

[1]) Beiträge z. Geol. u. Paläont. d. libysch. Wüste. 1883.

II. Oligocän.

War Deutschland mit alleiniger Ausnahme des auf die Alpen entfallenden Theiles während der ganzen Eocänzeit Festland, so wurde mit Beginn der oligocänen Epoche ein sehr grosser Theil von Norddeutschland vom Meere überfluthet. Von den Gestaden der heutigen Ost- und Nordsee erstreckte sich dasselbe mindestens bis in die Gegend von Stargard, Frankfurt a. d. O., Cottbus, Leipzig und Aschersleben, von dort um den Harz herum mit einer tiefen Bucht bis über Cassel hinaus, um weiter über Lemgo, Osnabrück und Düsseldorf in die Köln-Bonner Rheinbucht einzudringen und über die Niederlande und Belgien mit dem anglo-gallischen Meeresbecken in Verbindung zu treten. Das sich in der Eocänzeit über Südeuropa ausdehnende Meer bestand auch während der Oligocänzeit fort; ja es drang sogar aus der nördlichen Schweiz in die damals schon bestehende oberrheinische Tiefebene ein und erfüllte dieselbe bis in die Gegend von Frankfurt und Wiesbaden. In der Zeit der grössten oligocänen Meeresverbreitung, während des Mitteloligocän, bestand sogar sehr wahrscheinlich eine unmittelbare Verbindung zwischen dem Nord- und Südmeere in Gestalt eines schmalen, von Cassel über Ziegenhain, Marburg und das Gebiet des heutigen Vogelsberges nach Frankfurt reichenden Meeresarmes.

Das Studium des Oligocän ist ausgegangen von der Gegend von Berlin, wo 1847 bei Hermsdorf ein an marinen Versteinerungen, besonders *Pleurotoma*-Arten, sehr reicher Thon entdeckt wurde. Dieser Septarienthon (so benannt nach den darin häufig vorkommenden Septarien, grossen, im Inneren von Rissen durchzogenen Kalkconcretionen) wurde von E. BEYRICH sammt den ihm entsprechenden belgischen Bildungen, dem Rupelien supérieur DUMONT's (Hauptlocalitäten Boom und Baesele), zum Centralgliede des Oligocän, zum Mitteloligocän gemacht. Ins Unteroligocän dagegen wurden verwiesen die Thone von Latdorf unweit Bernburg und Egeln bei Magdeburg, mit einer im allgemeinen Habitus der Hermsdorfer ähnlichen, aber zum grossen Theil aus anderen Arten bestehenden, vollständig derjenigen des belgischen Tongrien inférieur (Hauptlocalität Klein-Spauwen) entsprechenden marinen Fauna. Zum Oberoligocän endlich wurden die Meeressande von Neuss, Krefeld und anderen Punkten der Rheingegend, ferner diejenigen des Doberges bei Bünde (unweit Herford) in Westfalen, von Cassel und die sogen. Sternberger Kuchen. Diese letzteren sind kalkigsandige, eisenschüssige, mit Schalthierresten erfüllte Concretionen, welche als Diluvialgeschiebe namentlich in der Gegend von Sternberg in Mecklenburg sehr verbreitet und von dort schon lange bekannt sind, während das anstehende Gestein erst kürzlich in der Gegend von Parchim aufgefunden worden ist. In Belgien ist das Oberoligocän nicht vertreten [1]).

---

[1]) Als wichtigste Literatur über das deutsche Oligocän seien hier ausser den schon S. 293 namhaft gemachten beiden Aufsätzen BEYRICH's noch ge-

Darnach lässt sich für die Oligocänablagerungen **Norddeutschlands** und **Belgiens** folgende Gliederung aufstellen:

	Norddeutschland	Belgien
Oberoligocän	Sternberger Gestein Sande von Cassel, Bünde etc.	—
Mitteloligocän	Septarien- (Rupel-) Thon und Stettiner Sand —	Thone des Rupelien sup. Sande „ „ inf. Tongrien supérieur
Unteroligocän	Thone von Egeln—Latdorf	Tongrien inférieur.

Zu dieser Tabelle ist zu bemerken, dass der **Stettiner Sand** ein örtliches, übrigens auch bei Magdeburg und Söllingen im Braunschweig'schen entwickeltes, sandiges Aequivalent des Septarienthones ist. Der Ausdruck **Rupelthon** ist dem letzteren gleichwerthig und wurde von A. v. Koenen im Anschluss an die Dumont'sche Bezeichnung Rupelien gebildet.

Das belgische, dem norddeutschen im Allgemeinen sehr ähnliche Oligocän unterscheidet sich vom letzteren besonders dadurch, dass — wie die brackische Beschaffenheit des Tongrien supérieur zeigt — dort statt der ausschliesslich marinen Entwickelung ein Wechsel von marinen und Süsswasserbildungen vorhanden ist. Ein anderer Unterschied liegt darin, dass das belgische Oligocän zwischen marinem Eocän und Miocän eingeschaltet ist, ein Umstand, der für unsere ganze Auffassung von der stratigraphischen Stellung des Oligocän und seinen Beziehungen zu den älteren und jüngeren Tertiärbildungen von grösster Wichtigkeit ist.

In Deutschland haben wir nirgends eine solche unmittelbare Unter- und Ueberlagerung durch marine Schichten. Das Oligocän stellt hier die älteste bekannte Tertiärbildung dar, und die grosse

---

nannt: Beyrich, Ueber d. Zusammenhang d. norddeutsch. Tertiärb. Abh. d. Berl. Ak. 1856. — Derselbe: Ueber d. Abgrenz. d. oligoc. Tert. Ebend. 1858. — v. Koenen, Ueber d. Parallelis. d. nordd., engl. u. französ. Oligoc. Zeitschr. d. deutsch. geol. Ges. 1867. S. 23. — Die Paläontologie behandeln: Beyrich, Die Conchyl. d. nordd. Tert. Zeitschr. d. deutsch. geol. Ges. 1853—1857. — Speyer. Oberoligoc. von Cassel. Paläontogr. 1862 u. Abh. d. preuss. geol. Landesanst. 1884. — Derselbe, Mitteloligoc. v. Söllingen i. Braunschw. Paläontogr. 1864. — Giebel, Fauna v. Latdorf. Halle 1864. — v. Koenen, Das mar. Mitteloligoc. Norddeutschl. Paläontogr. 1868 u. 1869. — Derselbe, Das nordd. Unterolig. u. seine Molluskenfauna. Abh. d. preuss. geol. Landesanst. 1889, 1890 etc.

Zerrissenheit der nur hie und da mit weiten Zwischenräumen aus der mächtigen Diluvialdecke hervortretenden, meist sehr beschränkten Tertiärvorkommen macht die Ermittelung ihres Zusammenhanges und ihrer gegenseitigen stratigraphischen Beziehungen sehr schwierig. Auch ist an den meisten Punkten nur ein einziger Horizont vertreten. Eine Ausnahme macht der oben genannte Doberg, wo Unter-, Mittel- und Oberoligocän über einander vorhanden sind, und auch neuere, in der Mark ausgeführte Tiefbohrungen haben alle drei Stufen durchsunken.

Von der Lagerung und Zusammensetzung der oligocänen Schichten in der Mark Brandenburg giebt das folgende, sich wesentlich auf die Ergebnisse von Tiefbohrungen stützende Idealprofil eine Vorstellung[1]):

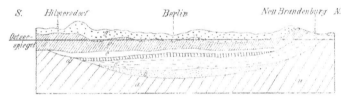

Fig. 45. Profil durch die Tertiärschichten der Mark Brandenburg. Nach G. BERENDT.

a Aelteres Gebirge. *b* Unteroligoc. Glauconitsand. *c* Mittelolig. Septarienthon. *d* Desgl. Stettiner Sand. *e* Oberolig. Quarz- bis Glimmersand. *f* Miocäne Braunkohlenbildungen. *g* Diluvium.

Am verbreitetsten ist in der Mark wie in ganz Norddeutschland der Septarienthon (ausser dem schon genannten Hermsdorf sind bekannte Versteinerungsfundpunkte Buckow, Freienwalde und Joachimsthal). Eine der wichtigsten, auch in Belgien, Hessen und im Mainzer Becken wiederkehrende Leitversteinerung ist *Leda Deshayesiana* (LXV, 6); ausserdem seien noch *Nucula Chasteli*, *Axinus obtusus* und *unicarinatus*, *Pleurotoma Selysii*, *scabra*, *turbida*, *regularis* u. a., *Fusus Konincki*, *multisulcatus* und *elongatus* und *Dentalium Kickxii* genannt. Fast überall schliesst der Septarienthon Foraminiferenreste ein. Das Unteroligocän ist in der Mark nur durch Tiefbohrungen und in wenig versteinerungsreicher Gestalt (nur *Ostrea ventilabrum*) bekannt geworden. Dagegen enthalten die gleichalterigen Vorkommen von Latdorf und Egeln eine grosse Menge wohl erhaltener Conchylien, unter denen als besonders verbreitet *Ostrea ventilabrum*, *Pecten bellicostatus*, *Spondylus Buchi*, *Cardita Dunkeri*, *Leda perovalis*, *Astarte Bosqueti*, *Arca appendiculata*, *Buccinum bullatum*, *Voluta decora*, *Pleurotoma Bosqueti*, *Beyrichi* u. a. genannt sein mögen. Auch vereinzelte Korallen, Nummuliten, Fischreste u. s. w.

---
[1]) Vergl. G. BERENDT, D. Tertiär i. Bereiche d. M. Brandenburg. Sitzungsberichte d. Berl. Akad. 1885. — Derselbe, Die bisher. Aufschlüsse d. märk.-pommer'schen Tert. Abh. d. preuss. geol. Landesanst. 1886.

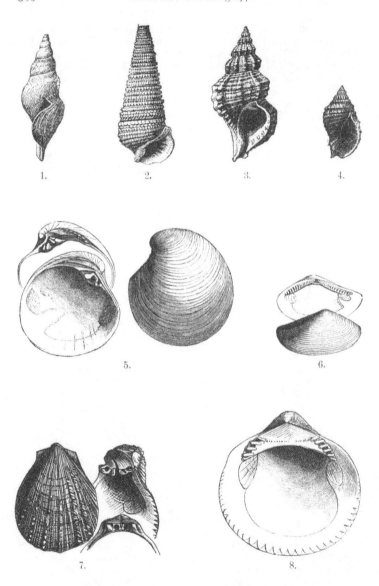

Taf. LXV. Oligocäne Mollusken. 1. *Pleurotoma belgica* Nyst. 2. *Cerithium margaritaceum* Brocchi. 3. *Tritonium flandricum* de Kon. 4. *Buccinum cassidaria* A. Braun. 5. *Cytherea incrassata* Sow. 6. *Leda Deshayesiana* Duch. 7. *Spondylus tenuispina* Sandb. 8. *Pectunculus oboratus* Lam.

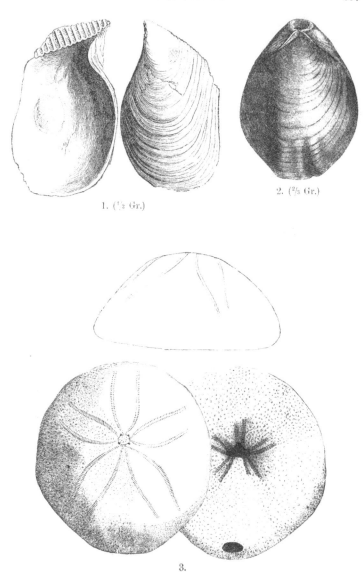

Taf. LXVI. Oligocäne Versteinerungen. 1. *Perna Soldani* DESH. 2. *Terebratula grandis* BLUMENB. 3. *Echinolampas Kleinii* GOLDF.

kommen vor. Das Oberoligocän endlich tritt in der Mark nur in sehr beschränkter Weise zu Tage. In sehr ausgezeichneter, versteinerungsreicher Form dagegen ist dasselbe am schon öfters genannten Doberge bei Bünde, sowie in der Gegend von Cassel (Wilhelmshöhe, Hohenkirchen, Kaufungen u. s. w.) vorhanden. Am Doberge sind besonders schöne Seeigel (*Echinolampas Kleinii* [LXVI, 3], *Spatangus* [*Maretia*] *Hoffmanni*), *Pectunculus obovatus* (LXV, 8) und *Philippii* und die grosse *Terebratula grandis* (LXVI, 2) häufig; bei Cassel ausser diesen Mollusken noch *Cyprina rotundata*, *Pecten janus*, *Muensteri* und *subdecussatus*, *Cardium cingulatum*, *Pleurotoma subdenticulata* und *Duchastelii* u. s. w.

Die früher für unteroligocän gehaltenen Braunkohlenbildungen der Mark, Priegnitz und Mecklenburgs haben sich in neuerer Zeit als dem Miocän angehörig erwiesen[1]). Dagegen gehören die (sogen. subhercynen) Braunkohlenbildungen der Hallischen Bucht[2]) und des nördlichen Harzrandes dem Unteroligocän an, wie sich aus dem folgenden Profile ergiebt:

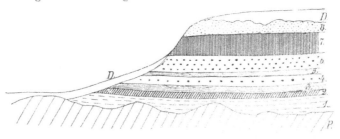

Fig. 46. Profil durch die oligocänen Braunkohlenbildungen der Gegend von Halle a. d. Saale. Nach H. LASPEYRES.

P Aelteres Gebirge (Porphyr). *1—5* Unteroligocäne Braunkohlenbildungen: *1* Kapselthon. *2* Braunkohlenquarzit (Knollenstein). *3* Unterflötz. *4* Stuben- (Quarz-) Sand. *5* Oberflötz. *6* Mitteloligocän. Sand. *7* Septarienthon. *8* Form- oder Glimmersand. *D* Diluvium.

In der Gegend von Leipzig sind beide, die ältere, unter dem Oligocän lagernde, und die jüngere, über demselben liegende bekannt[3]). Ebenso scheint es sich in Hessen zu verhalten. Denn während auch hier nach v. KOENEN die grosse Masse der braunkohlenführenden Ablagerungen dem Miocän angehören würde, so liegen gewisse Braunkohlenvorkommen (bei Kaufungen, Lichtenau u. s. w.), wie schon BEYRICH nachwies, unter dem Septarienthon.

Am unsichersten ist das Alter der Braunkohlenbildungen der Kölner Rheinbucht. Ihnen gehört auch das bekannte, von Opalen

---

[1]) BERENDT, a. a. O.
[2]) Die reiche fossile Flora derselben behandelt FRIEDRICH, Beitr. z. Kenntn. d. Tertiärflora d. Prov. Sachsen. Abh. d. preuss. geol. Landesanst. f. 1883.
[3]) CREDNER, Das Oligoc. d. Leipziger Kreises. Zeitschr. d. deutsch. geol. Ges. 1878.

begleitete Vorkommen von Blätterkohle (Dysodil) von Rott unweit Bonn an. Aehnlich wie die Blätterkohle des Habichtswaldes bei Cassel schliesst sie *Leuciscus papyraceus* und zahlreiche andere Fische (im Ganzen über 100 Arten), ausserdem aber noch Insekten, Kruster und Reste einer Flora von oberoligocänem Charakter ein.

Eine sehr eigenthümliche Oligocänbildung stellen weiter die berühmten bernsteinführenden Ablagerungen des Samlandes bei Königsberg dar. Der untere Theil derselben setzt sich aus marinen Glauconitsanden mit einer reichen, besonders aus Seeigeln, Krustern und Haifischresten bestehenden, aber auch Mollusken enthaltenden Fauna zusammen, der obere dagegen aus braunkohlenführenden Schichten. Das Ganze ist nach dem neuesten Bearbeiter der Fauna, Nötling [1]), unteroligocänen Alters. Die Lagerstätte des Bernsteins, des fossilen Harzes verschiedener Fichten (namentlich der *Pinus succinifera*), ist die unweit der Basis des Glauconitsandes liegende „blaue Erde". Das grosse wissenschaftliche Interesse des Bernsteins beruht auf der ausserordentlichen Menge der von ihm eingeschlossenen, in einzig dastehender Vollständigkeit und Feinheit erhaltenen Insekten, Spinnen und Pflanzenreste. Die Zahl der ersteren wird auf etwa 2000 geschätzt, von Pflanzen hat Conwentz [2]) unlängst allein über 100 Dicotylen beschrieben. Auf die klimatischen, damals in jenen Breiten herrschenden Verhältnisse erlaubt das Vorkommen von vier Palmenarten (darunter eine *Phoenix*), Magnolien, *Cinnamomum* u. s. w. neben *Quercus*, *Acer* u. s. w. einen Rückschluss.

Im **Pariser Becken** besteht nur das Mitteloligocän aus Meeresabsätzen, Unter- und Oberoligocän dagegen aus Brack- und Süsswasserbildungen. Die Zusammensetzung ist im Wesentlichen folgende:

Unteroligocän.
>Gyps und Mergel des Montmartre mit sparsamen Meeresconchylien, aber mit den berühmten, von Cuvier beschriebenen Säugethierresten (*Palaeotherium, Anoplotherium, Xiphodon* etc.).
>Mergel mit *Limnaea strigosa*.

Mitteloligocän.
>Sandstein von Fontainebleau mit einer derjenigen der Meeressande von Stettin und Alzey entsprechenden Fauna.

Oberoligocän.
>Oberster Theil des eben genannten Sandsteins und obere Süsswasserbildung (Mühlstein von Montmorency und Süsswasserkalk von Beauce) mit *Limnaea, Planorbis, Paludina*, zuoberst mit zahlreichen *Helix*-Arten.

Die **englischen**, fast ausschliesslich aus brackischen Kalken und Mergeln bestehenden Oligocänbildungen sind fast ganz auf die

---

[1]) Fauna d. samländ. Tert. Abh. d. preuss. geol. Landesanst. 1885—1888.
[2]) Die Flora d. Bernsteins etc. Bd. I. (Die Bernsteinconiferen, bearb. von Göppert u. Menge) 1888; Bd. II. (Die Angiospermen, von H. Conwentz) 1886.

Insel Wight und die Gegend von Hampshire beschränkt. Man unterscheidet hier:

Unteroligocän.

Mittlere und obere Headon-Schichten mit *Cytherea incrassata* (LXV, 5), *Natica*, *Buccinum*, Cerithien etc.
Osborne- und Bembridge-Schichten mit Cyrenen (*C. semistriata* u. a.). *Cytherea incrassata*, Cerithien, Melanien etc.

Mitteloligocän.

Hempstead-Schichten mit *Cyrena semistriata*, *Cerithium plicatum*, Melanien etc.

Oberoligocän.

Nicht mit Sicherheit bekannt.

Eine Art Mittelstellung zwischen den nördlichen und südlichen Oligocängebieten nimmt das **Mainzer Becken** ein [1]). Allerdings gehören nur die tieferen Theile dieses zuerst rein marinen, später aber sich allmählich aussüssenden Beckens dem Oligocän an, während die höheren Schichten in's Miocän und z. Th. sogar in's Pliocän hinaufreichen. Die Gliederung der ganzen Schichtenfolge ist von unten nach oben folgende:

Mitteloligocän.

Meeressand, sehr versteinerungsreich bei Weinheim unweit Alzey in Rheinhessen und Waldböckelheim a. d. Nahe, nach den Rändern des Beckens zu conglomeratisch werdend. *Ostrea callifera*, *Pectunculus obovatus* (LXV, 8), *Cytherea incrassata* (ebend. 5), *Natica crassatina*, *Spondylus tenuispina* (ebend. 7) etc. Reste der Meeressirene *Halitherium Schinzi*.
Septarienthon (Flörsheim am Main etc.) mit *Leda Deshayesiana* (ebend. 6) etc.
Cyrenen-Mergel und -Sand, zum Theil braunkohlenführend, schon etwas brackisch. *Cyrena semistriata = subarata*, *Cerithium plicatum* und *margaritaceum* (LXV, 2), *Perna Sandbergeri*, *Buccinum cassidaria* (ebend. 4).

Oberoligocän.

Cerithien-Schichten, brackische, bald mehr sandige, bald mehr kalkige Bildungen mit zahlreichen *Cerithium plicatum*, *submargaritaceum* u. a., *Mytilus Faujasi*, *Perna Soldani* (LXVI, 1) etc. Eine örtliche Bildung ist der Landschneckenkalk von Hochheim mit zahlreichen Arten von *Helix*.

Ein Aequivalent dieser, von SANDBERGER als miocän classificirten, Schichten stellen nach v. KOENEN gewisse, von der Wetterau durch die ganze hessische Senke bis nach Guntershausen verbreitete Quarzsande, Kiese, Thone und Knollensteine dar.

---

[1]) FR. SANDBERGER, Die Conchylien d. Mainzer Tertiärbeckens. 1863. — LEPSIUS, Das Mainzer Becken. 1883 (m. geolog. Uebersichtskarte). — Vergl. auch die von C. KOCH bearbeiteten Blätter der Gegend von Wiesbaden und Frankfurt von der geolog. Specialkarte von Preussen und die zugehörigen Erläuterungen.

Miocän.

Corbicula-Schichten. Kalkige, nur noch schwach brackische Bildungen mit *Corbicula Faujasi*, Tausenden von *Hydrobia* (*Litorinella*) *inflata* und *acuta* (LXVIII, 7), *Cerithium plicatum* etc.
Litorinellen-Schichten. Kalkig-thonige Sumpfbildungen mit zahllosen Exemplaren von *Lit. acuta, Dreissena Brardi* (LXVIII, 6), *Helix moguntina, Planorbis* etc.

Pliocän.

Eppelsheimer Sand. Fluviatile, übergreifend über den älteren Schichten lagernde Sande mit *Dinotherium giganteum*, *Rhinoceros*, *Mastodon*, *Hippotherium* etc.

Die oligocänen Schichten setzen sich aus dem eigentlichen Mainzer Becken im Rheinthale bis in's **südliche Baden** und **Elsass** fort, und hier sind unter dem Meeressande noch tiefere, unteroligocäne Schichten (Petroleumsand von Pechelbronn, Hirzbach u. s. w. mit *Anodonta*, Melanienkalk von Brunnstadt), ja wahrscheinlich auch Eocän entwickelt (Buchsweiler Kalk mit *Propalaeotherium*, *Lophiodon* etc.) [1].

Dem Oligocän scheint auch die Mehrzahl der süddeutschen, schweizer und französischen Bohnerzablagerungen anzugehören. Es sind das Anhäufungen von unreinen Brauneisenerzkörnern, welche in Begleitung von Thonen und Sanden als Ausfüllung von Vertiefungen im oberen Jurakalk auftreten und als Quellabsätze angesehen werden. In Süddeutschland sind Frohnstätten und Tuttlingen in Württemberg und Kandern in Baden Hauptfundorte derartiger Ablagerungen. Sie schliessen vielfach Reste von *Palaeotherium*, *Anoplotherium*, *Lophiodon* und anderen, mit dem Gyps des Montmartre gemeinsamen Formen ein und erweisen sich dadurch als oligocän, während die Reste anderer Bohnerzlagerstätten für ein jüngeres Alter sprechen.

Weiter südlich, im Gebiete der **Alpen, Apenninen, Karpathen** u. s. w. wird das Oligocän vorherrschend durch Flyschsandsteine vertreten, welche zusammen mit der sogen. Molasse in ziemlich ununterbrochenem Zuge die Vorberge der Kalkalpen bilden. Als eine interessante Localfacies des Flysches sind die dachschieferartigen Fischschiefer von Glarus und anderen Punkten zu erwähnen, die früher dem Eocän zugerechnet, jetzt den mitteloligocänen Amphisylenschichten des Elsasses und anderen ähnlichen Gebilden (*Meletta*-, *Lepidopides*-Schiefern) Oberbayerns und der Karpathen gleichgestellt werden.

Die schweizerisch-süddeutsche Molasse setzt sich aus mächtigen weichen conglomeratischen Sandsteinen oder groben Conglomeraten, der sogen. Nagelfluh des Rigi und vieler anderer Vorberge der Alpen, zusammen. Nur ihr unterer Theil, die ältere Molasse, gehört dem

---

[1] ANDREAE, Beitr. z. Kenntn. d. elsäss. Tert. Abh. z. geol. Specialkarte von Elsass-Lothringen. 1883—1884.

Oligocän an, während die jüngere Molasse miocänen Alters ist. Die ältere Molasse zerfällt wiederum in eine untere marine Abtheilung, deren Versteinerungen (*Ostrea callifera, Cyprina rotundata, Cytherea incrassata, Natica crassatina, Pleurotoma Selysii* u. a.) auf Mitteloligocän hinweisen, während die obere Abtheilung von brackisch-limnischer Beschaffenheit ist, vielfach Braunkohlenlager einschliesst — so besonders bei Miesbach in den bayerischen Alpen — und, wie *Cyrena semistriata, Cerithium margaritaceum* und *plicatum* und andere, z. Th. mit dem Mainzer Becken gemeinsame Arten wahrscheinlich machen, oberoligocänen Alters ist.

Sehr versteinerungsreiche, zahlreiche Korallen, Seeigel und Mollusken (*Natica crassatina* etc.) beherbergende Oligocänschichten treten im Vicentinischen, bei Castel Gomberto, Crosara und an anderen Oertlichkeiten auf.

Paläontologischer Charakter des Alttertiärs.

Die hauptsächlichsten Unterschiede der tertiären Fauna und Flora von der Fauna und Flora der Kreide sind bereits S. 290 kurz angegeben worden. Was speciell das Alttertiär betrifft, so sei über die wichtigsten paläontologischen Merkmale desselben Folgendes bemerkt:

Die alttertiäre Flora setzt sich ganz überwiegend aus Dicotyledonen, Monocotyledonen und einer Anzahl Coniferen zusammen. Unter den Dicotyledonen finden wir neben zahlreichen Tropenformen, wie Proteaceen, Araliaceen, *Cinnamomum* u. s. w., verschiedene subtropische Gattungen, wie *Ficus, Laurus, Magnolia, Juglans* u. a., und eine Menge von Geschlechtern unserer heutigen europäischen Wälder, wie *Quercus, Acer, Platanus, Ulmus, Carpinus, Salix* u. s. w. Unter den Monocotyledonen sind besonders die damals noch durch ganz Deutschland verbreiteten Palmen (*Sabal, Flabellaria, Phoenix, Chamaerops* [Fig. 47]) von Interesse. Von Coniferen ist namentlich die Gattung *Sequoia* (mit der weit verbreiteten, auch in's Neogen hinaufreichenden *S. Langsdorfi*) zu erwähnen.

In der Fauna der niedersten Thiere bildet einen besonders wichtigen Charakterzug die ausserordentliche Entwickelung der Nummuliten und, in schwächerem Maasse, einiger anderer Foraminiferengattungen, wie *Orbitoides, Miliola, Alveolina* u. a.

Unter den Cölenteraten spielen, wie schon mehrfach hervorgehoben, riffbildende Korallen nur noch in den südlicheren Meeren eine Rolle.

Von Echinodermen sind weitaus am wichtigsten die Echinoiden, die ebenfalls besonders im Mittelmeergebiet noch sehr zahlreich und mannigfaltig sind. Die regulären Formen treten noch mehr als schon in der Kreide zurück gegen die bilateral-symmetrischen, unter welchen wiederum der Familie der Spatangiden die Hauptrolle zufällt. Ihr gehören die Gattungen *Spatangus, Maretia,*

Linthia (LXIV, 2), *Brissus, Schizaster, Macropneustes* und andere an, während von anderen symmetrischen namentlich *Conoclypus* (ebend. 1) und *Echinolampas* anzuführen sind. — *E. Kleinii* (LXVI, 3) aus dem Oberoligocän ist der gemeinste deutsche fossile Seeigel.

In der Molluskenfauna machen sich unter den Conchiferen Sinupalliate, wie *Venus, Cytherea, Tellina, Corbula* u. a. (Taf. LXII, LXIII, LXV) stärker geltend als bisher. Von sonstigen Muscheln sind namentlich *Ostrea, Pecten, Arca, Pectunculus, Leda, Cardita,*

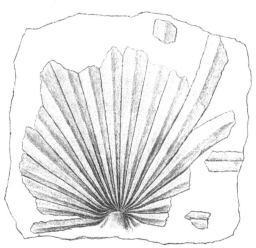

Fig. 47. *Chamaerops helvetica* HEER. Unteroligocän von Nachterstädt bei Halle a. d. S.

Lucina, Cardium, Cyrena u. a. sehr artenreich. Unter den Schnecken dagegen spielen von jetzt an die Siphonostomen die Hauptrolle. Ihnen gehören an *Pleurotoma, Fusus, Voluta, Conus, Pyrula, Murex, Strombus, Mitra, Cypraea, Borsonia, Cerithium* u. a., während von sonstigen Gastropoden *Turritella, Natica, Nerita, Melania* u. a. besonders verbreitet sind (vergl. Taf. LXII—LXV).

Unter den Krustern ist die starke Entwickelung der brachyuren Decapoden, der Krabben (*Ranina, Coeloma, Lobocarcinus, Psammocarcinus* u. s. w.), besonders hervorzuheben, unter den Fischen die immer stärker werdende Entfaltung der Haifische — von welchen sich häufig isolirte, den Gattungen *Lamna, Otodus* (s. folg. Seite), *Carcharodon* u. a. m. gehörige Zähne finden — und noch mehr der Knochenfische oder Teleostier (*Leuciscus, Meletta, Amphisyle, Semiophorus, Calamostoma, Palaeorhynchus* etc.).

Weitaus den wichtigsten Charakterzug aber wie des gesammten Tertiärs so auch des Alttertiärs bildet das hier zuerst und ganz unvermittelt stattfindende Erscheinen einer reichen Fauna placentaler Säugethiere.

Aplacentale Säuger oder Marsupialier, die bekanntlich zuerst in der oberen Trias erscheinen, waren im Gegensatze zu ihrer jetzigen Beschränkung auf Australien und Amerika in der älteren Tertiärzeit auch in der alten Welt vorhanden (*Didelphys* im Gyps des Montmartre, *Provirerra* in den Phosphoriten des Quercy u. a.), treten aber an Bedeutung ganz zurück gegen die placentalen Säugethiere[1]). In Folge ihrer sehr raschen Fortentwickelung

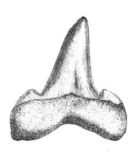

Fig. 48. *Lamna cuspidata* Ag. Oligocän. Fig. 49. *Otodus obliquus* Ag. Eocän.

während der ganzen Tertiärzeit sind gerade die Reste dieser Thiere für die Altersbestimmung der Tertiärbildungen von allergrösster Wichtigkeit.

Hauptfundstellen dafür sind der Gyps des Montmartre, die Phosphorite des Quercy in Südfrankreich und die Bohnerzlager von Frohnstetten und anderen Punkten auf der schwäbischen Alb. Alle hierher gehörigen Formen sind Collectivtypen und viele tragen zugleich embryonale Merkmale an sich.

Die Hauptrolle unter den alttertiären Säugethieren spielen die Hufthiere oder Ungulaten. Wie in der Jetztzeit, so waren dieselben schon damals in die beiden grossen Gruppen der Unpaar- und Paarhufer getrennt — eine von den Thatsachen, die darauf hinweisen, dass die fraglichen ältesten bekannten Säuger nicht in Wirklichkeit die ältesten sein können, vielmehr vortertiäre Vorläufer besessen haben müssen, bei denen die angegebene Scheidung noch nicht zur Entwickelung gelangt war.

Von Imparidigitaten oder Perissodactylen, zu welchen von lebenden Gattungen der Tapir, das Rhinoceros und das Pferd gehören, ist am wichtigsten das halb tapir-, halb rhinocerosähnliche *Palaeotherium* von Pferdegrösse oder darunter, mit tapirartigem Rüssel, dreizehiger Vorder- und Hinterextremität und rhinocerosartigem Zahnbau (Fig. 50). Dem Tapir näherstehend ist *Lophiodon*.

---

[1]) Für das Studium der tertiären Säugethiere ist besonders zu empfehlen: Gaudry, Les enchainements du monde animal etc., mammifères tertiaires. 1878.

Zu den Paridigitaten oder Artiodactylen dagegen gehören *Anoplotherium* mit pferdeähnlichem Kopf, langem Hals und Schwanz,

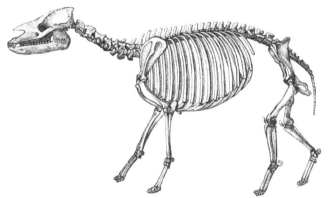

Fig. 50. *Palaeotherium magnum* Cuvier. Oligocän, Montmartre bei Paris.

44 Zähnen von Wiederkäuerbau und zweizehigem Fuss, eselsgross bis erheblich kleiner, ferner *Xiphodon*, von schlankem, gazellen-

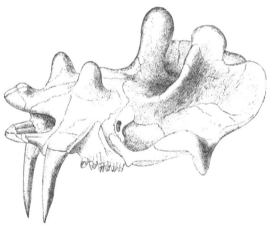

Fig. 51. Oberer Theil des Schädels von *Loxolophodon* (*Dinoceras*) *mirabilis* Marsh aus dem Eocän von Wyoming. Nach Marsh.

ähnlichem Bau, *Anthracotherium*, schweinsartig, mit starken Incisiven und Caninen und vierzehigem Fuss, *Hyopotamus*, ähnlich, aber mit abweichend gebauten Molaren, u. a. m.

Eine besondere Gruppe der Hufthiere bilden die merkwürdigen *Dinocerata* (Marsh) aus dem Eocän der Rocky Mountains, gewaltige, in der ganzen Körpergestalt, im Bau des Beckens und der fünfzehigen Extremitäten vielfach an die Proboscidier erinnernde, drei Paar Hörner tragende und mit langen, säbelartigen oberen Caninen bewehrte Thiere, deren Hauptvertreter *Loxolophodon* (*Dinoceras*) *mirabilis* ist (Fig. 51). Gleich ihren Begleitern, den verwandten *Coryphodontidae* und den *Bronthoteriidae*, waren die Dinoceraten durch ein im Verhältniss zu ihrem riesig entwickelten Schädel geradezu winziges Gehirn ausgezeichnet.

Neben den Ungulaten treten in ziemlicher Mannigfaltigkeit Raubthiere hervor. *Protoviverra* und *Hyaenodon* lassen verwandtschaftliche Beziehungen zu den Hyäniden bezw. Viverriden, *Amphicyon*, *Cynodon* u. a. solche zu den Ursiden erkennen. Man hat diese ältesten raubthierartigen Geschöpfe, die von den eigentlichen, geologisch jüngeren Carnivoren durch die geringere Entwickelung des Gehirns, durch die bei ihnen noch nicht zu Stande gekommene Differenzirung eines Reisszahns von den übrigen Backenzähnen, durch die meist geringere Zahl der Schneidezähne und andere Merkmale abweichen, mit dem Namen Creodonten belegt. Eine ansehnliche Verbreitung besassen weiter die Lemuriden, von welchen sich namentlich im Quercy und in Nordamerika zahlreiche Reste finden. Sie zeigen, wie der von Cuvier noch zu den Pachydermen gerechnete *Adapis*, wie *Caenopithecus* u. a., vielfache Hufthieranklänge. Zu den *Simiae* wird *Cebochoerus* vom Quercy gerechnet, wie schon der Name anzeigt, ein eigenthümlicher Mischtypus von Affe und Schwein. Aechte Affen treten erst im Neogen auf. Auch Reste von Nagern, Insectivoren und Chiropteren sind aus dem Alttertiär bekannt.

Jungtertiär oder Neogen.

I. Miocän.

Die Verbreitung des Meeres war in der Miocänzeit eine wesentlich andere als in der Alttertiärzeit. In Europa hatte sich dasselbe im Norden erheblich zurückgezogen, im Süden dagegen an Umfang noch gewonnen. In Norddeutschland waren damals nur noch Schleswig-Holstein und Friesland vom Meere bedeckt, welches sich nach Westen auch über Holland und einen Theil von Belgien erstreckte. In England und Nordfrankreich fehlen marine Miocänablagerungen: diese Gebiete waren daher damals Festland. Auch das Mainzer Becken, welches schon in der Oberoligocänzeit sich allmählich auszusüssen begonnen hatte, war ein vollständiges Binnenbecken geworden.

Die Hauptverbreitung des marinen Miocän in Europa liegt an der atlantischen Küste und im Mittelmeergebiete. Sowohl die Loireals auch die Garonne-Ebene waren zur Miocänzeit Buchten des atlantischen Oceans, welcher damals auch grosse Strecken der heutigen portugiesischen und spanischen Küste überfluthet hatte. Vom Mittelmeere aus, welches zu jener Zeit noch grosse Flächen des nordwestlichen Afrika bedeckte, drang das Miocänmeer durch das Rhônebecken in den ebenen Theil der Schweiz und von da durch Oberschwaben und Oberbayern bis nach Wien vor. Von hier aus erstreckte sich ein Meeresarm im Norden der Karpathen bis nach Mähren, ja möglicherweise bis Galizien, während ein zweiter die Verbindung mit dem grossen „pannonischen Becken" vermittelte, welches sich über Ungarn und einen Theil von Steiermark, Krain, Kroatien und Bosnien ausdehnte und nach Osten zu noch über das heutige schwarze und kaspische Meer hinausreichte, die nur als die letzten Reste jenes gewaltigen Miocänmeeres zu betrachten sind. Ebenso wie die Karpathen waren auch die Alpen damals noch Inseln im Mittelmeere, während der grösste Theil Siciliens, Malta und andere, wesentlich aus miocänen Meeresschichten aufgebaute Inseln der Jetztzeit damals noch nicht vorhanden waren. Auch im östlichen Theile des Mittelmeerbeckens besitzen miocäne Meeresablagerungen eine ansehnliche Verbreitung, aber nicht in Aegypten, Syrien, Kleinasien, Persien, Arabien u. s. w., wo zwar überall Alttertiär, aber kein Miocän anzutreffen ist — ein Beweis, dass die während der ganzen Alttertiärzeit bestehende Verbindung des Mittelmeeres mit dem indischen Ocean damals aufhörte, dass mit anderen Worten das Mittelmeer jetzt aus einem intracontinentalen ein Binnenmeer wurde.

Auf das Klima der Miocänzeit erlauben die wenigstens zu Anfang derselben in unseren Breiten noch vorhandenen Palmen, Magnolien, Myrthen und anderen immergrünen Bäume, ebenso wie der südliche Charakter der Insecten- und Molluskenfauna einen sicheren Schluss: dasselbe war zu Beginn derselben in Deutschland noch ein subtropisches, wurde aber, wie aus dem Fehlen der Palmen im jüngeren Miocän hervorgeht, allmählich kühler.

Sehr auffällig ist der südliche Anstrich der gewöhnlich ebenfalls dem Miocän zugerechneten Tertiärfloren von Island, Grönland, Spitzbergen und Grinellland (letzteres im arktischen Nordamerika unter 81^0 n. Br.). Denn nach zahlreichen Arbeiten O. Heer's setzten sich dieselben aus Buchen, Pappeln, Ulmen, Eichen, ja sogar Taxodien, Platanen und Magnolien zusammen, während heutzutage in denselben Gegenden die Baumgrenze (bei einer Mitteltemperatur von 10^0 C. für den wärmsten Monat) einige Grad südlich von der Südspitze Grönlands verläuft, also um volle 10 bis 22 Breitengrade südlicher liegt. Es muss demnach im fraglichen Gebiete in einer, geologisch gesprochen, ziemlich neuen Zeit, die jedenfalls nicht älter als tertiär ist und vielleicht sogar dem Miocän angehört, ein verhältnissmässig ganz abnorm warmes Klima geherrscht haben. Diese Thatsache erscheint um so befremdlicher, als die Tertiärfloren des nordöstlichen Asiens — wie die ebenfalls durch Heer bekannt gewordenen Floren von Kamtschatka, dem Amurlande und Sachalin und die kürzlich von Nathorst bearbeiteten von Japan (Mogi u. s. w.) gelehrt haben — keineswegs auf einen ähnlichen Wärmeüberschuss hinweisen, vielmehr eher für ein kühleres Klima als das heutige sprechen. Da nun alle die genannten Gegenden Ostasiens gerade in entgegengesetzter Richtung vom Pole liegen, wie die zuerst genannten Nord-Europas und -Amerikas, so ist die Hypothese einer Polverschiebung, welche Neumayr und Nathorst zur Erklärung dieser auf den ersten Blick fast unbegreiflich scheinenden Verhältnisse aufgestellt haben[3]), trotz ihrer Kühnheit keineswegs von der Hand zu weisen. Wenigstens würde, wenn man mit Nathorst den Pol in das nordöstliche Asien in 70° n. Br. und 120° ö. L. verlegt, keine Tertiärflora mit immergrünen Pflanzen mehr innerhalb des Polarkreises liegen, und damit wäre immerhin schon viel gewonnen.

In paläontologischer Hinsicht erhält das Miocän sein hauptsächlichstes Gepräge durch das Erscheinen riesiger Proboscidier — *Dinotherium* (Fig. 54) und *Mastodon* (bes. *angustidens* (Fig. 55), während *Elephas* noch fehlt — und Rhinoceroten statt der ausgestorbenen Paläotherien und Anthracotherien, ferner der Equidengattung *Anchitherium*, gehörnter Wiederkäuer und der ältesten Feliden (*Machaerodus* [Fig. 67]). Die marine Molluskenfauna trägt nicht mehr tropischen Charakter, sondern nähert sich jetzt in Europa der mittelmeerischen Fauna. Auch ist die Zahl der noch jetzt lebenden Arten eine sehr viel höhere als im Alttertiär.

Wie schon früher erwähnt, hat die Kenntniss des Miocän ihren Ausgang von der **Gegend von Bordeaux** genommen. Hier, wie auch in der **Touraine,** liegen über dem Oligocän lockere bis schüttige, sandige Muschelschichten, die sogen. Faluns, die eine grosse Menge prächtig erhaltener Versteinerungen umschliessen. Bei Bordeaux sind Léognan, Mérignac, Saucats und Salles, in der Touraine Pontlevoy und Manthelau als Hauptfundstellen derselben zu nennen. Besonders bezeichnende Formen sind die bis einen halben Meter lang werdende, schmale *Ostrea crassissima* (= *longirostris* [LXVIII, 4]), der stattliche *Pecten* (*Vola*) *solarium*, *Cardita Jouanneti*, *Voluta Lamberti* und *miocenica*, *Cassis saburon* [LXVII, 5], *Arca turonica*, *Cytherea erycinoides* und zahlreiche Seeigel, darunter namentlich die durch ihr ungemein niedriges Gehäuse ausgezeichnete Gattung *Scutella* (LXIX, 1).

In **Belgien** gehören dem Miocän an: A. Dumont's Système Bolderien (nach dem Landrücken Bolderberg bei Hasselt) und Diestien (nach der Stadt Diest). Die Entwickelung dieser Schichten und ihre Fauna sind derjenigen der französischen Faluns sehr ähnlich.

Ein ausgezeichnetes marines Miocän findet sich weiter im **nordwestlichen Deutschland,** in Schleswig-Holstein, Lauenburg, Mecklenburg, im nördlichen Hannover und Oldenburg'schen bis in die Nähe der holländischen Grenze bei Wesel und Xanten. Als wichtigste Fundpunkte von Versteinerungen sind die Insel Sylt, Glückstadt, Lüneburg, Dömitz in Mecklenburg, Dingden in West-

---

[1]) Neumayr, Erdgeschichte. II. S. 512. — Nathorst, Paläont. Abh. IV. 3. 1888. S. 48.

falen und Rothenburg bei Düsseldorf zu nennen. Die beiden früher als besondere Stufen unterschiedenen Bildungen, der dunkelfarbige Glimmerthon und das sandige Holsteiner Gestein, stellen nach von KOENEN nur verschiedene Facies dar. Zu den häufigsten Arten gehören *Arca dilurii*, *Pectunculus pilosus*, *Limopsis aurita*, *Astarte concentrica*, *Isocardia cor*, *Venus Brocchii*, *Conus antediluvianus* und *Dujardini*, *Fusus tricinctus*, *festivus* u. a., *Dentalium elephantinum* u. s. w. [1]).

Im übrigen Norddeutschland wie auch in ganz **Mitteldeutschland** ist marines Miocän unbekannt, während miocäne Süsswasserablagerungen in diesen Gegenden sehr verbreitet sind. So sind nach BERENDT und Anderen die Braunkohlenbildungen der Mark Brandenburg, Pommerns und Mecklenburgs miocän, und nach KOENEN hätte auch der grösste Theil der hessischen, wetterauer, westerwälder und niederrheinischen Braunkohlenablagerungen gleiches Alter [2]). Der letztgenannte Forscher unterscheidet für die genannten Gegenden eine untere Braunkohlenbildung, welcher er auch die Melanienthone LUDWIG's (Gross-Almerode u. s. w.) mit *Melania horrida* und anderen Süsswasserconchylien zurechnet, und eine obere Braunkohlenbildung, die vielfach von Polierschiefern und Basalttuffen begleitet wird. Beide Braunkohlenhorizonte werden von einander durch Basaltergüsse (den unteren Basalt) getrennt und der obere seinerseits wieder von Basaltdecken (dem oberen Basalt der Rhön, des Habichtswaldes, Vogelsberges, Westerwaldes etc.) überlagert. Aehnliche, eng mit Basalten verbundene braunkohlenführende Miocänbildungen sind auch in Böhmen entwickelt.

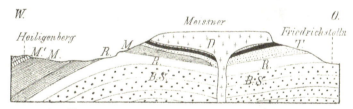

Fig. 52. Profil durch den Meissner unweit Cassel. Nach FR. MOESTA. *BS.* Buntsandstein. *R.* Röth. *M.* Unter. und mittler. Muschelkalk. *M'.* Ober. Muschelkalk. *T.* Braunkohlenführendes Tertiär. *D.* Dolerit.

Im **Mainzer Becken** fallen, wie schon oben (S. 3 gehoben, die über dem Cerithienkalk folgenden, ber ausgesüssten *Corbicula-* und Litorinellen-Schichten der

---

[1]) v. KOENEN, Das Miocän Norddeutschlands und seine 1872. (Schrift. d. Ges. z. Bef. d. ges. Naturw. zu Marburg) Jahrb. f. M. Beilageb. II. S. 223.) — GOTTSCHE, Mioc. vo Ver. f. naturw. Unterh. Hamburg. Bd. III. 1878.) — Ders fauna d. Holst. Gest. (Festschrift d. naturw. Ver. z. Ham
[2]) Vergl. die Citate S. 308. — v. KOENEN, N. Jah

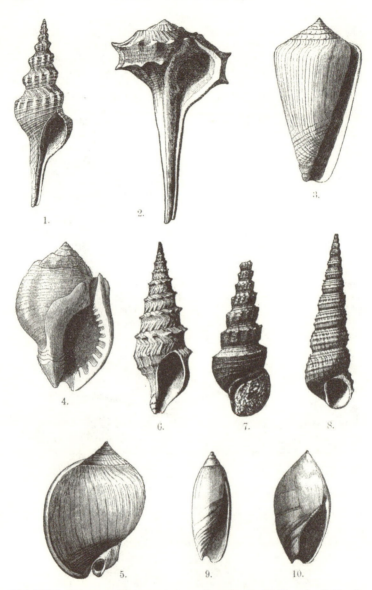

Taf. LXVII. Miocäne Gastropoden. 1. *Fusus longirostris* Brocchi. 2. *Pyrula rusticula* Bast. 3. *Conus ponderosus* Broc. 4. *Ranella marginata* Broc. 5. *Cassis buron* Lam. 6. *Pleurotoma asperulata* La. 7. *Melania Escheri* Brng. 8. *Turritella turris* Bast. 9. *Oliva clarula* La. 10. *Ancillaria glandiformis* La.

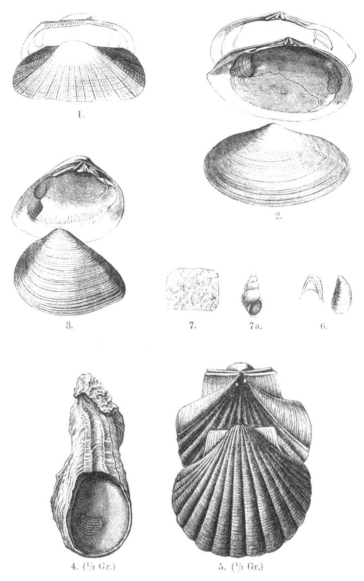

Taf. LXVIII. Miocäne Conchylien. 1. *Arca barbata* Lin. 2. *Tellina planata* Lam. 3. *Mactra podolica* Eichw. 4. *Ostrea crassissima* = *longirostris* La. jung. 5. *Pecten (Vola) aduncus* Eichw. 6. *Dreissena Brardi* Fauj. 7. *Hydrobia* (= *Litorinella*) *acuta* A. Braun. 7a. Vergr.

322 Neozoische Formationsgruppe.

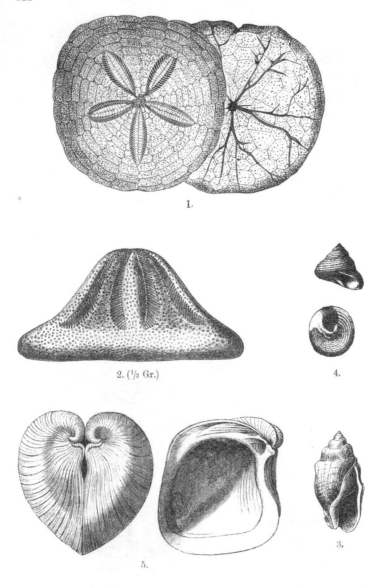

Taf. LXIX. Miocäne Versteinerungen. 1. *Scutella subrotundata* Lam.
2. *Clypeaster altecostatus* Mich. 3. *Melanopsis Martiniana* Fér. 4. *Trochus patulus* Brocchi. 5. *Dreissena* (= *Congeria*) *conglobata* Partsch.

In **Süddeutschland** gehört der grösste Theil der marinen Tertiärbildungen dem Miocän an. Ueber den jüngsten oligocänen Schichten tritt als älteste miocäne Ablagerung gewöhnlich die sogen. Blättermolasse (von Kempten etc.), Sandsteine und Mergel mit Blätterabdrücken und Land- und Süsswasserconchylien auf. Darüber liegt dann die Meeresmolasse mit *Ostrea crassissima* (LXVIII, 4), *Cardita Jouanneti*, *Pectunculus pilosus*, *Turritella cathedralis*, *terebralis* u. a., *Panopaea Menardi* u. s. w. — ein Aequivalent der Faluns von Bordeaux. Die nun folgende, mitunter kohlenführende obere Süsswassermolasse mit *Melania Escheri* (LXVII, 7), *Unio*, *Planorbis* u. s. w. bildet das oberste Glied des süddeutschen Miocän, da die überliegenden Knochensande mit *Mastodon* etc. von Ulm, Ingolstadt u. s. w. wahrscheinlich schon dem Pliocän zufallen.

Besondere Erwähnung verdient noch das kleine isolirte Becken von Steinheim (westlich von Heidenheim) wegen des Vorkommens der durch ihre grosse Veränderlichkeit berühmten *Planorbis multiformis*.

In engster Verbindung mit der süddeutschen steht die **schweizer Molasse**. Den ganzen Raum zwischen Alpen und Jura einnehmend, besteht dieselbe am Rande der ersteren aus groben Conglomeraten von alpinem Ursprung, die mit sehr gestörter Lagerung bis zu 6000 Fuss Meereshöhe aufragen, während sie mit zunehmender Entfernung von den Alpen allmählig in immer feinere, sandige und thonige Sedimente übergeht, welche nach Norden zu eine allmählig immer ungestörter und flacher werdende Lagerung annehmen. Auch in der Schweiz beginnt die tiefste, unmittelbar über dem Oligocän liegende Miocänstufe, die sogen. graue Molasse, in der Regel mit einer an Blattabdrücken reichen Süsswasserbildung, über welcher indess sehr bald mächtige marine Absätze mit *Ostrea crassissima* und anderen Arten der französischen Faluns folgen. Ueber der grauen lagert die eigentliche oder St. Gallener Meeresmolasse mit einer reichen, sich aus etwa 400 Arten zusammensetzenden, fast ein Drittel lebender Formen enthaltenden Conchylienfauna. Den Schluss des Miocän bildet auch hier eine Süsswasserbildung mit *Melania Escheri* (LXVII, 7), *Unio flabellatus* u. s. w., die obere Süsswassermolasse. Man rechnet zu der letzteren auch die plattigen Mergelkalke von Oeningen am Bodensee (auf badischem Gebiete), welche neben zahlreichen Insecten- und Pflanzenabdrücken die berühmte (im Züricher Museum aufbewahrte) Versteinerung geliefert haben, welche seinerzeit von Scheuchzer als Menschenskelet angesprochen, in Wirklichkeit von einem grossen Salamander aus der Verwandtschaft des lebenden *Andrias japonicus* herstammt.

Ein ausgezeichnet entwickeltes Miocän finden wir weiter im **Wiener Becken**[1]**,** welches durch die Untersuchungen von M. Hörnes,

---

[1] Eine sehr gute Uebersicht über die Schichtenfolge des Wiener Beckens giebt Th. Fuchs. Zeitschr. d. deutsch. geol. Ges. 1878. S. 653. Das Hauptwerk

Süss, Fuchs u. A. zu den bestgekannten Tertiärgebieten gehört. Gleich dem Mainzer Becken bietet dasselbe ein schönes Beispiel einer anfänglich rein marinen, aber sich allmählig immer mehr aus-

Fig. 53. Schematisches Profil durch das Wiener Tertiärbecken.
Nach Karrer.
1. Krystallinische Gesteine des Leithagebirges. *2.* Flysch des Wiener Waldes. *3.* Marines Miocän (Mediterranstufen). *4.* Brackisches Obermiocän (Sarmatische Stufe). *5.* Congerien-Schichten. *6.* Belvedere-Schotter. *7.* Diluvium und Alluvium.

süssenden Schichtenfolge. Man unterscheidet von unten nach oben folgende Abtheilungen:

Miocän.

1. Erste oder ältere Mediterranstufe = Horner Schichten. Sande, Thone und Mergel von Loibersdorf, Horn, Molt, Gauderndorf u. s. w. mit *Ostrea crassissima* (XLVIII, 4), *Pecten solarium*, *Turritella cathedralis*, *Cerithium plicatum* und *margaritaceum* (LXV, 2), *Pyrula rusticula* (LXII, 2) etc.
2. Zweite oder jüngere Mediterranstufe, theils aus Strandbildungen, dem trümmerig-conglomeratischen Leithakalk, theils aus in tieferem Meere abgesetzten Thonen, dem Badener Tegel, und Mergeln, dem sogen. Schlier, bestehend. Am Aufbau des Leithakalkes, des Bausteines der Stadt Wien, nehmen Kalkalgen (*Lithothamnium ramosissimum*) einen hervorragenden Antheil. Diese Stufe ist einerseits bis an's Asow'sche Meer, andererseits bis nach Cypern und Nordafrika verbreitet. *Cassis saburon* (LXVII, 5), *Ranella marginata* (ebend. 4), *Conus Mercati*, *antediluvianus* u. a., *Ancillaria glandiformis* (ebend. 10), *Turritella turris* (ebend. 8), *Pleurotoma asperulata* (ebend. 6), *Pecten aduncus* (LXVIII, 5), *Arca turonica*, *Cardita Jouanneti*, *Ostrea cochlear*, *Venus clathrata* und eine Schaar anderer Arten.
3. Sarmatische Stufe. Halbbrackische Binnenmeerabsätze mit *Cerithium pictum* und *rubiginosum* und zahlreichen, nicht mit solchen des Mittelmeeres, sondern des schwarzen Meeres verwandten Arten von *Tapes*, *Cardium*, *Mactra* (*podolica* [LXVIII, 3]) etc. Auch die Ablagerungen dieser Stufe sind nach Osten zu als sogen. älterer Steppenkalk bis über den Caspi- und Aralsee hinaus verbreitet.
4. Congerien- oder pontische Stufe, Tegel von Inzersdorf. Brackwasserbildung mit *Unio*, *Congeria subglobosa* und *conglobata* (LXIX, 5). *Cardium*, *Melanopsis* (*Martiniana* [ebend. 3]) etc. Bildet den Untergrund der Stadt Wien.

Pliocän.

5. Belvedere-Schotter. Fluss-Sand und -Schotter (nach dem Belvedere bei Wien) mit Resten von *Dinotherium*, *Mastodon*, *Rhinoceros* und *Hippotherium*, im Alter ungefähr den ähnlichen Ablagerungen von Eppelsheim im Mainzer Becken gleichstehend.

für die paläontologische Kenntniss dieses Beckens ist M. Hörnes, Die fossilen Mollusken d. Tertiärbeckens von Wien. Abh. d. geol. Reichsanst. 1856—1870.

Mit dem Wiener Becken hängen auch die bis nach **Oberschlesien** hinaufreichenden **galizischen** Tertiärschichten zusammen, die bei Wieliczka das bekannte Salzlager einschliessen. Wahrscheinlich ist auch das Kalisalze führende Salzvorkommen von Kalusz von gleichem Alter.

Auch durch ganz **Italien**, bis nach Sizilien und Malta, sowie im **östlichen Mittelmeergebiete** sind miocäne Ablagerungen sehr verbreitet. Eine ausgezeichnete Leitform ist in diesen Gegenden der grosse glockenförmige Seeigel *Clypeaster altus* (ähnlich LXIX, 2).

II. Pliocän.

Mit Schluss der Miocänzeit trat in ganz Europa ein abermaliger starker Rückzug des Meeres ein. Im Norden blieben nur noch Südengland, Belgien und kleine Theile von Nordfrankreich von demselben bedeckt, während Deutschland bereits vollständig trocken lag. Nur im Süden besass das Meer noch eine beträchtliche Ausdehnung, wie aus der grossen Verbreitung pliocäner Marinbildungen in ganz Italien, Spanien, Algerien, Griechenland u. s. w. hervorgeht. Das weite sarmatisch-kaspische Gebiet dagegen war damals schon Festland geworden, auf welchem in zahlreichen, z. Th. sehr umfangreichen und noch etwas brackischen Binnenseen eine mit derjenigen des heutigen Kaspisees nahe verwandte Conchylienfauna lebte.

Sein paläontologisches Gepräge erhält das Pliocän besonders durch das Auftreten grosser Proboscidier, namentlich von *Dinotherium* (Fig. 54) und *Mastodon* (Fig. 56—58) (Hauptleitform *M. longirostris*), sowie der Equidengattung *Hippotherium* (Fig. 59) und zahlreicher Rhinoceroten (*Aceratherium incisivum*, *Rh. Schleiermacheri* [Fig. 63 u. 64]). Hirsche, Antilopen, Giraffen u. s. w. Erst gegen Schluss der Epoche treten zu denselben als sehr bezeichnende Gestalten noch *Elephas meridionalis* und *antiquus*, *Mastodon arvernensis*, *Equus Stenonis*, *Hippopotamus major*, *Rhinoceros leptorhinus* und *megarhinus* und *Machaerodus pliocenicus*.

Die pliocäne Conchylienfauna nähert sich in Südeuropa schon sehr der heutzutage im Mittelmeere lebenden, während sich in Nordeuropa bereits mehr nordische Formen (wie besonders zahlreiche *Astarte*-Arten [LXX, 3]) eingestellt hatten. Sehr bemerkenswerth ist das Erscheinen einer Anzahl arktischer Typen, wie *Cyprina islandica*, *Panopaea norvegica* u. a., im jüngeren Pliocän nicht nur in England, sondern sogar in Italien.

Die pliocäne Flora zeigt im südlichen Europa noch nahe Beziehungen zu der jetzt im Süden der Mittelmeerländer lebenden; indess waren die in der Miocänzeit noch ziemlich verbreiteten Palmen bereits fast ganz verschwunden. Nur bei Marseille hat sich in pliocänen Ablagerungen noch eine *Chamaerops* gefunden.

Ueber die Abgrenzung des Pliocän nach unten und nach oben, sowie über seine Gliederung ist bis jetzt noch keine völlige

Uebereinstimmung der Ansichten erzielt. Früher wurden alle südeuropäischen Meeresablagerungen der Pliocänzeit schlechtweg mit dem d'ORBIGNY'schen Namen Subapennin belegt; in neuerer Zeit aber unterscheidet man in Italien 1. das Zancleano, 2. die Piacentinstufe MAYER-EYMAR's und 3. die Arnostufe. In Belgien entspricht diesen Bildungen das Anversien und Scaldisien DUMONT's, in England der sogen. Crag.

Die **italienischen** Pliocänbildungen sind besonders typisch auf der Nordseite des Apennin bis weit nach Piemont hinein entwickelt, aber auch im Süden des genannten Gebirges über ganz Mittel- und Süditalien verbreitet. Sie stellen eine über 1000 Fuss mächtige Folge von Thonen, Mergeln und Sanden dar, in welche tiefe Thäler einschneiden. Als Hauptfundpunkte für die überaus reiche, ausgezeichnet erhaltene Conchylienfauna sind seit langer Zeit Castel-Arquato (bei Parma) und Asti (bei Turin) berühmt. Dem Unterpliocän (Zancleano) werden die marinen Schichten des Monte Mario und des Vatican bei Rom zugerechnet, dem Mittelpliocän die von Asti und Castel-Arquato, dem Oberpliocän oder der Arnostufe endlich gewisse fluviatile, besonders im Arnothale verbreitete Schotter und Sande mit *Equus Stenonis*, *Elephas antiquus* und *meridionalis*, *Mastodon arvernensis*, *Hippopotamus major* u. s. w.

Sehr abweichend von den italienischen sind die **englischen**, unter der Bezeichnung Crag zusammengefassten Pliocänbildungen. Man unterscheidet in aufsteigender Folge:

1. White (Coraline) crag. Sande und Thone voller Muscheln und Bryozoen. 84 Proc. lebende, aber nur 5 Proc. nordische Species.
2. Red Crag. Eisenschüssige Sande. 93 Proc. lebende und 10,7 Proc. nordische Species.
3. Norwich crag. Sand, Kies und Lehm. Unter den Conchylien befinden sich 93 Proc. noch lebende und 14,6 Proc. nordische Species.
4. Chilesford beds. Sande und Thone mit kohligen Zwischenlagen und einer aus etwa ²/₃ nordischer Arten bestehenden Molluskenfauna.

Von besonderem Interesse ist in dieser Schichtenreihe die allmähliche Zunahme der lebenden und der nordischen Arten (*Astarte borealis*, *Panopaea norvegica*, *Cyprina islandica*, *Scalaria groenlandica* etc.).

Sehr ähnlich sind auch die **belgischen** Pliocänbildungen.

In **Deutschland** ist kein marines Pliocän vorhanden, wohl aber fluviatile, an Säugethierresten reiche Ablagerungen dieses Alters. Eines der bekanntesten hierher gehörigen Vorkommen ist das von Eppelsheim in Rheinhessen, woselbst über dem miocänen Litorinellenkalk geschichtete Sande mit *Dinotherium giganteum*, *Mastodon longirostris*, *Aceratherium incisivum*, *Hippotherium gracile*, Hirschen u. s. w. entwickelt sind. Aehnliche Ablagerungen wiederholen sich auch im Rheinthale bei Dürkheim, bei Hanau, Fulda, im Thale der Saale, Gera, Ilm u. s. w., sowie an vielen Punkten in Süddeutsch-

Tertiärformation.

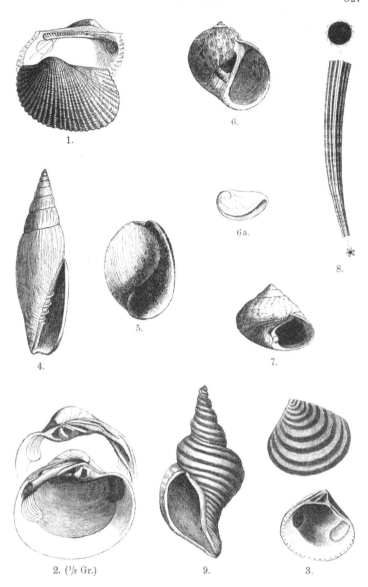

Taf. LXX. Pliocäne Mollusken. 1. *Arca diluvii* Lam. 2. *Cyprina tumida* Nyst. 3. *Astarte Omalii* Lajonk. 4. *Mitra fusiformis* Broc. 5. *Bulla ampulla* Lin. 6. *Natica millepunctata* Lam. 6a. Deckel. 7. *Trochus Brocchii* K. Mayer. 8. *Dentalium sexangulare* La. 9. *Fusus antiquus* Müll. var. *striatus* Sow.

land und Oesterreich (Knochensande von Ulm, Ingolstadt u. s. w., Belvedere-Schotter des Wiener Beckens).

Weiter sind auch der Knochenlehm des Mont Luberon in Südfrankreich, sowie der rothe Thon von Pikermi in Attika durch ähnliche reiche Säugethierfaunen (an erster Localität *Dinotherium, Hippotherium, Rhinoceros, Machaerodus* [Fig. 67], an letzter daneben noch zahlreiche Antilopen, Affen, das giraffenähnliche *Helladotherium* etc.) berühmt [1]).

Anderer Art sind die im **südöstlichen Europa** — und zwar in denselben Gegenden, in welchen die jung-miocänen Congerienschichten so verbreitet sind — über weite Flächen entwickelten levantinischen Ablagerungen. Es sind Binnenbildungen, die im westlichen Theile des Gebietes, namentlich in Westslavonien, eine Unzahl von Paludinen, Unionen, Melanien, Valvaten, Bithynien, Hydrobien, Neritinen u. s. w. enthalten [2]), weiter östlich aber, im aralocaspischen Bezirke, ausserdem noch zahlreiche Congerien und eigenthümliche Cardien, die Reste der früheren Meeresfauna.

Von **aussereuropäischen** Pliocänbildungen wären besonders die Ablagerungen der Sivalik-Hills am Fusse des Himalaya zu erwähnen, Sande und Conglomerate mit Resten von *Stegodon* (einer Uebergangsform zwischen *Mastodon* und *Elephas*), mehreren Mastodonten, Affen (*Semnopithecus*), *Hippotherium, Chalicotherium* (auch bei Pikermi), *Siratherium*, der Riesenschildkröte *Colossochelys* u. s. w. Aehnliche, besonders durch stegodonte Elephanten ausgezeichnete Pliocänformen sind auch aus den Knochenhöhlen Chinas und aus Japan bekannt.

Endlich gehören auch die in den Ebenen Südamerikas, namentlich in den Laplatastaaten über ungeheure Flächenräume verbreiteten thonigen, lössähnlichen Pampasbildungen nach der Ansicht von GAUDRY, COPE, AMEGHINO und Anderen dem Pliocän an, während sie von BURMEISTER dem Diluvium zugerechnet werden. Neben *Mastodon giganteus, Equus, Macrauchenia,* sowie (nach AMEGHINO) vielleicht auch menschlichen Resten sind dieselben besonders durch Ueberbleibsel riesiger Edentaten (*Megatherium, Glyptodon, Mylodon* [Fig. 68] u. a.) ausgezeichnet.

Paläontologischer Charakter des Jungtertiärs.

Ueber die neogene Flora sind bereits oben (S. 317 u. 325) einige Bemerkungen gemacht worden, und ebenso sind auch die Haupteigenthümlichkeiten der niederen Thierwelt schon im Vorhergehenden zur Sprache gekommen, so dass nur noch die jung-

---

[1]) GAUDRY, Animaux foss. de l'Attique. 1862—1868.
[2]) NEUMAYR u. PAUL, Fauna d. Congerien- u. Paludinen-Schichten Slavoniens. Abh. d. geol. Reichsanst. 1875.

tertiäre Säugethierfauna einer kurzen zusammenfassenden Besprechung bedarf.

Eine Hauptrolle spielen die ganze jüngere Tertiärzeit über die **Proboscidier** mit den drei Hauptgattungen *Dinotherium*, *Mastodon* und *Elephas*. Dieselben treten in der genannten Reihenfolge, *Dino-*

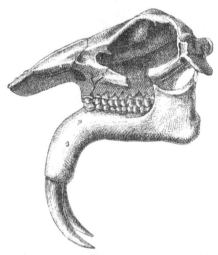

Fig. 54. *Dinotherium giganteum* Kaup. Pliocän von Eppelsheim (¹/₁₈ Gr.).

Fig. 55. Obere Backzähne desselben, von der Kaufläche aus gesehen. (¹/₃ Gr.)

therium und *Mastodon* bereits im Miocän, *Elephas* aber erst gegen Ende des Pliocän auf. *Dinoth.* geht nicht, *Mastodon* nur in Amerika über das Tertiär hinaus, während *Elephas* seine Hauptentwickelung erst im Diluvium erlangt. Das gewaltige *Dinotherium* (Fig. 54) war durch einfach gebaute Jochzähne (Fig. 55) und säbelförmige, nach unten gebogene untere Incisiven ausgezeichnet. Die Hauptfundstelle der bekanntesten Art, *D. giganteum*, ist in Deutschland Eppelsheim. Mastodon war elephantenähnlicher, besass aber häufig auch im Unterkiefer Stosszähne (also im Ganzen 4 [Fig. 56]) und hatte Backzähne, deren Querjoche zitzenförmige Höcker trugen (Fig. 57, 58). *M. angustidens* und *turicensis* mioc., *longirostris* und *arvernensis* plioc. *Elephas* endlich ist bekanntlich durch seine Lamellenbackzähne ausgezeichnet (LXXI, 2). *E. meridionalis* ob. plioc., besonders in Südeuropa.

Unter den imparidigitaten Ungulaten sind zunächst die **Equiden** zu nennen. Die beiden jungtertiären Haupttypen sind das miocäne

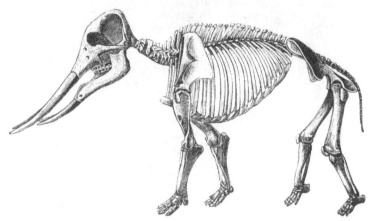

Fig. 56. *Mastodon angustidens* Cuv. Miocän von Simorre, Frankreich (etwa ¹/₃₅ Gr.).

Fig. 57. Oberer letzter Backzahn derselben Art, von oben gesehen (²/₄ Gr.).

Fig. 58. Unterer hinterer Backzahn von *Mastodon turicensis* Schinz, von der Seite gesehen. Miocän von Simorre (²/₃ Gr.).

Anchitherium und das pliocäne *Hippotherium* (= *Hipparion*). Dieselben stellen eine schöne, vom alttertiären dreizehigen *Palaeotherium* zu der (erst im obersten Pliocän erscheinenden) Gattung *Equus* hinüberleitende Reihe dar, deren Ziel die Beseitigung der Seitenzehen (Fig. 60)

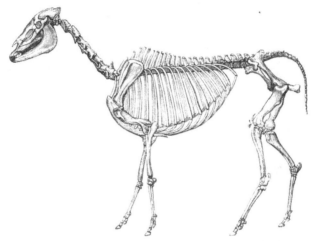

Fig. 59. *Hippotherium gracile* KAUP. Pliocän von Pikermi ($^1/_{20}$ Gr.).

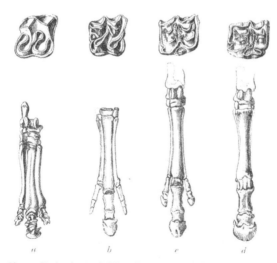

Fig. 60. Oberer Backzahn und Hinterfuss *a* von *Palaeotherium*, *b* von *Anchitherium*, *c* von *Hippotherium* und *d* von *Equus*.

und die Umwandlung der ursprünglich kurzen Wurzelzähne (Fig. 61 *A*) in lange Prismenzähne (dieselbe *C*) bildet. Hauptarten *Anch. aurelianense* und *Hipp. gracile* (Fig. 59).

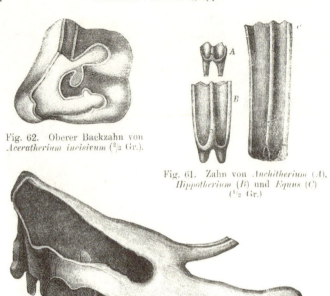

Fig. 62. Oberer Backzahn von *Aceratherium incisivum* ($^2/_3$ Gr.).

Fig. 61. Zahn von *Anchitherium* (*A*), *Hippotherium* (*B*) und *Equus* (*C*) ($^1/_2$ Gr.)

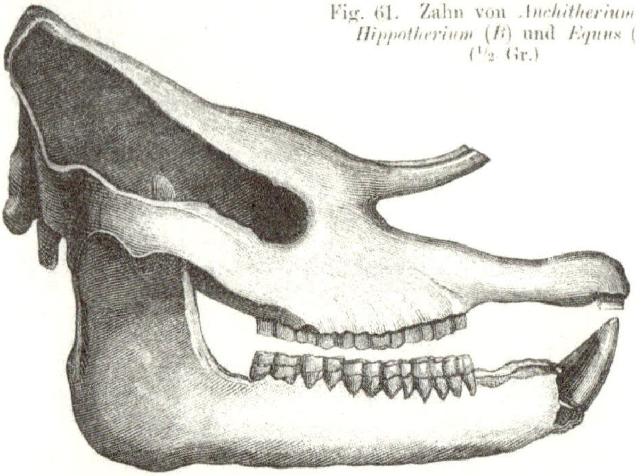

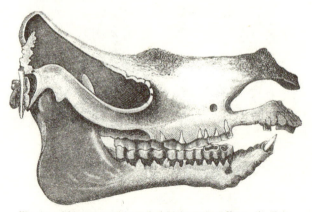

Fig. 63. *Rhinoceros (Aceratherium) incisivus* Cuv. ($^1/_5$ Gr.).

Fig. 64. *Rhinoceros (Dihoplus) Schleiermacheri* Kaup. ($^1/_7$ Gr.).

Eine wichtige Rolle spielen ferner die zuerst im oberen Oligocän auftretenden Rhinoceroten. Besonders verbreitet waren das kleine, hornlose *Rh.* (*Aceratherium*) *incisivus* (Fig. 63) und das grössere, zweihörnige *Rh. Schleiermacheri* (Fig. 64, mitunter, so bei Eppelsheim, beide neben einander vorkommend); weiter wären zu nennen *leptorhinus*, *minutus* u. a. Von sonstigen Unpaarhufern waren noch Tapire (*Protapirus* und *Tapirus*) vorhanden.

Unter den Paridigitaten sind einmal die Hippopotamen als Formen zu erwähnen, die im auffälligen Gegensatze zu ihrer heutigen Beschränkung auf Afrika in der jüngeren Tertiär- und älteren Diluvialzeit noch über ganz Südasien und Südeuropa bis nach England hinauf verbreitet waren. Die ältesten (von den Sivalik Hills) besassen drei obere und untere Incisiven (*Hexaprotodon*), die späteren nur zwei (*Tetraprotodon*). Zu letzteren gehört der oberpliocäne und unterdiluviale, von dem lebenden *amphibius* kaum zu trennende *H. major*.

Weiter waren in Europa seit dem Miocän ächte Schweine vorhanden und im Pliocän namentlich in den Siwalik Hills sehr häufig. *Sus antiquus* im Miocän, *S. erymanthius* eine gigantische Pliocänform.

Zu den höchststehenden Paridigitaten, den Wiederkäuern übergehend, sehen wir einmal die Cameliden eine nicht unbedeutende Rolle spielen. Die Gattung *Camelus* selbst ist nur aus dem obersten Pliocän der Sivalik Hills bekannt, dagegen sind verwandte Gattungen (*Auchenia*, das Lama, *Protauchenia*) auch im jüngeren Pliocän Süd- und Nordamerikas vorhanden, und Vorläufer derselben (*Procamelus*, *Protolabis* etc.) reichen im letztgenannten Gebiete bis ins ältere Neogen, ja vielleicht noch weiter zurück.

Viel wichtiger sind die Hirsche. Die ältesten, zu welchen z. B. der unter-(?)miocäne *Procervulus* gehört, besassen nach GAUDRY kein abwerfbares, sondern nach Art der Hörner der Antilopen, Schafe u. s. w., ein perennirendes Geweih und überbrücken damit die gegenwärtig zwischen geweih- und horntragenden Wiederkäuern bestehende Kluft. Die älteren Hirsche sind durch einen langen sogen. Rosenstock und ein tiefgabeliges, zweispitziges Geweih ausgezeichnet (Untergatt. *Palaeomeryx* oder *Dicrocerus* [Fig. 65 *a* u. *b*] von Steinheim, Sansan, Pikermi etc.). Erst später stellten sich Formen mit kurzem Rosenstock und dreispitzigem Geweih ein (*Cervus Matheronis* und *martialis* [Fig. 65 *c* u. *d*]), und erst vom obersten Pliocän an traten solche mit reichverzweigtem Geweih auf (*C. Sedgwicki* [Fig. 66]).

Neben den Hirschen spielen auch Antilopen eine grosse Rolle. Sie erlangen ihre grösste Häufigkeit im älteren Pliocän (Mt. Luberon etc.), während sie im älteren Miocän (Sansan etc.) noch seltener sind. Weiter wären von Pikermi und den Sivalik Hills Giraffen (*Helladotherium*, *Camelopardalis*, *Siratherium* u. a.) zu erwähnen.

Als eine interessante Uebergangsform zwischen Antilope und Ziege sei ferner die Gattung *Tragoceros* von Pikermi genannt, während ächte Ziegen, Schafe und ebenso Rinder erst von Beginn des Diluviums an eine grössere Häufigkeit erlangen. Von letzteren wäre aus europäischem Neogen nur der jungpliocäne *Bos etruscus*

Fig. 65. Geweihe von: *a Cervus (Palaeomeryx) elegans* Lartet = *furcatus* Hens. Mioc., Sansan. *b C. (Pal.) anocerus* Kaup. Plioc., Eppelsheim. *c C. Matheronis* Gaudr. Plioc., M. Luberon. *d C. martialis* Croiz. et Job. Plioc., St. Martial (sämmtlich etwa ¹/₇ Gr.).

(Val d'Arno etc.) aufzuführen, während sie zu derselben Zeit in Indien bereits stärker entwickelt waren (*B. planifrons* und *namadicus*, *Bison sivalensis*).

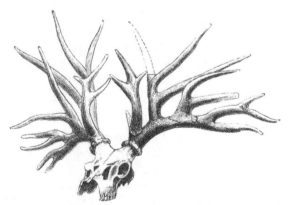

Fig. 66. *Cervus Sedgwicki* Falc. Ob. Miocän. Val d'Arno (etwa ¹/₂₀ Gr.).

Eine grosse Entwickelung erlangten im Neogen auch die Raubthiere. Dieselben waren zum Theil, wie *Hyaenarctos* (Sivaliks, Südfrankreich), *Ictitherium* und *Hyaenictis* (Pikermi), noch Mischtypen von Hyäniden, Viverriden und Ursiden; neben solchen treten aber im Pliocän bereits ächte Hyänen, Katzen (*Felis attica*, Pikermi),

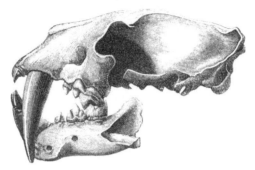

Fig. 67. *Machaerodus meganthereon* Croiz. et Job. Südfranzös. Plioc. (1/3 Gr.)

Hunde (*Canis etruscus*, Val d'Arno) und Bären (Südfrankreich) auf. Eine besonders charakteristische, in der Pliocänzeit fast über die ganze Welt verbreitete, indess auch in's Diluvium hinaufreichende

Fig. 68. *Mylodon robustus* Owen. Argentinische Pampasbildungen (etwa 1/30 Gr.)

Gestalt ist *Machaerodus*, der Säbeltiger, vielleicht das furchtbarste Raubthier, das je gelebt hat, mit riesigen, stark zusammengedrückten, säbelförmigen, an der Schneide gekerbten oberen Caninen (Fig. 67).

Minder wichtig als die genannten Ordnungen sind die Affen.

Nager, Insectivoren u. s. w. Affen waren in der jüngeren Tertiärzeit noch über ganz Süd- und Mitteleuropa (Pikermi, Südfrankreich, Eppelsheim) verbreitet. Von Nagern waren schon damals die Gattungen *Castor*, *Sciurus* u. a. vorhanden. Die Edentaten waren wie jetzt, so schon in neogener Zeit besonders in Süd- (und Nord-) Amerika zu Hause. BURMEISTER hat eine ganze Reihe zum Theil riesiger Formen aus den jungpliocänen Pampasbildungen Argentiniens kennen gelehrt. Zu den bekanntesten dieser meist sehr abenteuerlich gestalteten Thiere gehören das bis rhinocerosgross werdende *Glyptodon* mit einem schildkrötenartigen, unbeweglichen, aus zahlreichen polygonalen Knochenplatten zusammengesetzten Rückenpanzer und langem, ebenfalls gepanzertem Schwanze, und *Megatherium*, das Riesenfaulthier, ein elephantengrosses Thier mit ungeheuer massigem Knochenbau, langem, schwerem Schwanze und verhältnissmässig kleinem Kopfe. Eine verwandte kleinere, aber noch plumper gebaute Form war *Mylodon* (Fig. 68).

B. Quartärformation.

Die Quartärformation stellt den jüngsten, sich bis in die Gegenwart fortsetzenden Zeitabschnitt der Erdgeschichte dar. Demselben gehört die Gesammtheit der meist lockeren Geröll-, Sand-, Lehm-, Thon- und sonstigen Bildungen nachtertiären Alters an — Bildungen, welche von den Geologen der WERNER'schen Schule als „aufgeschwemmtes Land" bezeichnet wurden. Heutzutage werden die genannten Ablagerungen in zwei Hauptabtheilungen zerlegt, eine ältere, das **Diluvium** oder Pleistocän (nach Analogie der Ausdrücke Miocän, Pliocän etc. aus πλεῖστον, das Meiste, und καινός, neu, gebildet) und eine jüngere, das **Alluvium** oder die gegenwärtige (moderne) Epoche.

Die Quartärschichten stehen den älteren Formationen zwar an Mächtigkeit nach, aber nicht an Verbreitung, die vielmehr so bedeutend ist, wie bei irgend einer älteren Formation. Der Boden fast aller tiefliegenden Landstriche wird von quartären Ablagerungen gebildet, welche vielfach, wie z. B. in Norddeutschland, auf grosse Erstreckung alle älteren Gesteine fast gänzlich verhüllen. Durch den Umstand, dass die Quartär- und namentlich die Alluvialgebilde überall den für die Landwirthschaft geeignetsten Boden abgeben, sind sie nationalökonomisch von der allergrössten Wichtigkeit.

Wenn schon von den tertiären Bildungen bemerkt wurde, dass der rasche Facieswechsel und die vielfach sehr beschränkte Verbreitung der einzelnen Bildungen die genauere Altersvergleichung der Ablagerungen verschiedener Gegenden sehr erschwert, so gilt dies in noch höherem Maasse für die Quartärschichten, bei welchen der Altersbestimmung noch eine weitere Schwierigkeit aus dem oftmals auf weite Erstreckung völligen Mangel an Versteinerungen erwächst.

I. Diluvium.

Allgemeines und Geschichtliches.

Die sich unmittelbar an das Tertiär anschliessende Diluvialepoche stellt die Zeit der allmählichen Herausbildung der heutigen geographischen, klimatischen und biologischen Verhältnisse dar. Die Verbreitung der Meere war schon zu Beginn des Diluviums nicht mehr wesentlich von der jetzigen verschieden; immerhin wich das damalige Aussehen von Europa noch in manchen Zügen von dem heutigen ab. So hingen z. B. die britischen Inseln in der Diluvialzeit noch mit dem Festlande zusammen. Ob das Ostseebecken damals schon vorhanden war, ist noch nicht ganz sicher; dagegen haben Neumayr und Suess wahrscheinlich gemacht, dass das adriatische und ägäische Meeresbecken erst in jener Zeit entstanden sind.

Die diluviale Meeresfauna war der jetzigen bereits sehr ähnlich, während die Landthiere noch eine grössere Abweichung zeigten. Neben zahlreichen noch heute lebenden Formen waren nämlich damals noch eine Anzahl ausgestorbener Thiere, wie das Mammuth, der Höhlenbär u. a. vorhanden, und ebenso besassen in Folge der gleich zu erwähnenden, sich während des grössten Theils der Diluvialzeit geltend machenden Kälteeinflüsse in ganz Europa Thiere und Pflanzen, welche jetzt ganz auf die arktische Region beschränkt sind, eine weit nach Süden reichende Verbreitung.

Im Unterschiede von den Gesteinen der älteren Formationen besteht die Hauptmasse der diluvialen Bildungen nicht sowohl aus im Meere oder in grossen Landseen entstandenen Ablagerungen, als vielmehr aus Absätzen fliessenden Wassers. Die betreffenden Schotter-, Kies-, Sand-, Thon-, Lehm-, Kalksinter- und Torfbildungen sind daher im Wesentlichen an die heutigen Flussthäler geknüpft, welche der Mehrzahl nach schon in diluvialer Zeit vorhanden, wenn auch noch nicht bis auf ihr heutiges Niveau ausgetieft waren. Neben diesen aus strömendem Wasser abgelagerten Bildungen spielen aber auch äolische, d. h. durch Wind und Regen zusammengetragene Lehme eine ansehnliche Rolle. Gehen schon diese letzteren vielfach über das Gebiet der heutigen Thalzüge hinaus, so gilt dies in noch höherem Grade von den merkwürdigsten Diluvialgebilden, den unter Mitwirkung von Eis entstandenen oder glacialen Ablagerungen, welche sowohl in Europa als auch in anderen Erdtheilen als mehr oder weniger zusammenhängende Decken über ungeheuere Flächen verbreitet sind.

Sein Hauptgepräge erhält das Diluvium durch die starke, sich damals über die ganze nördliche Hemisphäre, vielleicht sogar über die ganze Erde geltend machende Temperaturerniedrigung. Dass sich diese auffällige und intensive Kälteperiode, die sogenannte Eiszeit, wenn auch rasch, so doch nicht ganz plötzlich und unvermittelt einstellte, darauf weisen die schon in den jüngsten Tertiärablagerungen mancher Gegenden, zumal im englischen Crag vorhandenen, allmählich an Zahl zunehmenden nordischen Conchylienarten hin (vergl. S. 326). Mit Beginn der Diluvialepoche aber sank die Temperatur in dem Grade, dass sich in Europa, besonders in den skandinavischen Hochgebirgen, ungeheuere Gletscher entwickelten, welche nach Art der sich gegenwärtig über ganz Grönland ausbreitenden Inlandeisdecke in gewaltiger Ausdehnung den ganzen Norden unseres Continentes mit einer mächtigen, fast ununterbrochenen Eisdecke überzogen. Gleich allen Gletschern brachten auch diese gewaltigen diluvialen Gletscher ausserordentliche Mengen groben und feineren Gesteinsmaterials mit, welches nach dem Abschmelzen des Eises zurückblieb und zur Bildung der erratischen oder besser glacialen (früher als Driftbildungen bezeichneten) Diluvialablagerungen Nordeuropas Veranlassung gab. Gletscherschliffe und -schrammen, Rundhöcker, Moränenwälle und andere, später zu erwähnende Erscheinungen sind in ganz Nordeuropa, ebenso wie in den mittel- und südeuropäischen Gebirgen, in Nordamerika und anderen Gegenden als Zeugen dieser gewaltigen ehemaligen Vereisung zurückgeblieben und liefern zusammen mit den schon oben erwähnten, damals bis nach Südeuropa vorgedrungenen nordischen Thieren und Pflanzen unwiderlegliche Beweise für die grosse, während der Eiszeit eingetretene Abkühlung.

Trotz der Klarheit dieser Beweise hat es doch lange gedauert, bis sich die richtige Anschauung über die Bildungsweise der ausgedehnten glacialen Ablagerungen Europas und Nordamerikas Bahn gebrochen hat. Zwar hatte schon zu Anfang dieses Jahrhunderts der englische Geologe PLAYFAIR behauptet, dass die grossen erratischen Blöcke oder Findlinge der Schweizer Hochebene durch Gletscher an ihre heutige Stelle gelangt seien, und unabhängig von demselben hatte sich 1827 der Schweizer Ingenieur VENETZ in gleichem Sinne ausgesprochen; allein diese Erklärung fand wenig Glauben und konnte sich trotz des ihr von CHARPENTIER, L. AGASSIZ und Anderen gespendeten Beifalls nicht gegenüber der von CH. LYELL aufgestellten Drifttheorie behaupten. Dieser Theorie zufolge sollte das Material der erratischen Ablagerungen nicht durch Gletscher, sondern durch schwimmende Eisberge herbeigeschafft worden sein. Nach Art der jetzt alljährlich an der Neufundlandbank strandenden, nachweislich von grönländischen Gletschern stammenden, häufig mit Moränenschutt beladenen Eisschollen sollten jene Eisberge durch Meeresströmungen von Skandinavien nach Süden getrieben worden sein und hier, in der jetzigen norddeutschen Tiefebene, welche nach LYELL's Annahme damals noch vom Meere bedeckt war, bei ihrem Abschmelzen die mitgebrachten Gesteinsmassen ausgestreut und damit das Material zur Bildung des diluvialen Blocklehms, Sandes u. s. w. geliefert haben.

Fast drei Jahrzehnte lang hat diese LYELL'sche Drifttheorie trotz mancher sehr gegen sie sprechender Thatsachen, wie namentlich des auf grosse Erstreckung hin vollständigen Mangels an Meeresmuscheln, das Feld fast unbestritten behauptet, bis sie endlich in den 70er Jahren durch die Glacialtheorie verdrängt worden ist. Diese darf als eine Frucht der langjährigen Forschungen englischer und skandinavischer Geologen, namentlich der ausgedehnten vergleichenden Untersuchungen des schwedischen Gelehrten OTTO TORELL bezeichnet werden, aus welchen sich die einheitliche Entstehung des skandinavischen und norddeutschen Glacialdiluviums allmählich immer deutlicher ergab. Im Falle einer solchen einheitlichen Entstehung aber konnte die Drifttheorie unmöglich richtig sein; denn die mittlerweile in Skandinavien ausgeführten Arbeiten hatten die Bildung des dortigen Erraticums durch Gletscherthätigkeit zu vollster Gewissheit erhoben [1]).

Dank den rastlosen, in den letzten 15 Jahren von deutschen und skandinavischen Geologen, namentlich von BERENDT, H. CREDNER, DE GEER, HELLAND, JENTZSCH, KEILHACK, LAUFER, PENCK und WAHNSCHAFFE in Norddeutschland ausgeführten Untersuchungen und der Fülle der dadurch für die ehemalige Vergletscherung dieses Gebietes gewonnenen Beweise hat die Glacialtheorie jetzt auch bei uns fast allenthalben Eingang gefunden. In England, in dessen gebirgigen Theilen die Spuren der Eiszeit allenthalben in grosser Deutlichkeit vorhanden sind, ist die neue Theorie, namentlich in Folge der trefflichen Arbeiten von RAMSAY und den Brüdern GEIKIE [2]), schon seit längerer Zeit allgemein angenommen. Aber auch die nordamerikanischen Geologen, die sich in neuerer Zeit mit dem Erraticum ihrer Heimath beschäftigt haben, stehen ausnahmslos auf dem Boden der Glacialtheorie, für deren weiteren Ausbau sie eine Menge entscheidender Beweise beigebracht haben.

Das kalte, niederschlagsreiche Klima und damit auch die grosse Vergletscherung hielten nicht die ganze Diluvialzeit über an. In der zweiten Hälfte der letzteren stellten sich wieder günstigere klimatische Verhältnisse ein, in Folge deren die Eismassen allmählich abschmolzen. Man kann dementsprechend eine ältere Glacialzeit und eine jüngere Postglacialzeit unterscheiden und ausserdem die allerälteste, noch verhältnissmässig warme Phase der Diluvialepoche als Präglacialzeit abtrennen. Aber auch innerhalb der Glacialzeit fanden wiederholte Schwankungen des Klimas und damit Aenderungen in der Ausdehnung der Gletscher statt. Neuere Untersuchungen haben gelehrt, dass nicht nur in Europa, sondern auch in Nordamerika auf eine erste Hauptvergletscherung ein starker Rückzug, dann aber wieder ein neues, wenn auch im Vergleich mit der ersten Vereisung schwächeres Vordringen der Eismassen stattgefunden hat. Die zwischen beiden Vereisungen liegende Zeit, deren klimatische Verhältnisse ungefähr den heutigen entsprachen, hat man als Interglacialzeit bezeichnet, so dass man jetzt im Ganzen unterscheidet: präglacial, altglacial, interglacial, jungglacial und postglacial.

---

[1]) Vergl. BERENDT, Zeitschr. d. deutsch. geol. Ges. 1879. S. 1.
[2]) Vergl. bes. die beiden wichtigeren grösseren Werke von JAMES GEIKIE, The great Ice Age. 2. Aufl. 1877 und Prehistoric Europe. 1881.

Die sehr charakteristische höhere diluviale Thierwelt lässt sich eintheilen in 1. seitdem völlig erloschene Formen, wie Mammuth, Höhlenbär u. s. w., 2. erst in geschichtlicher Zeit ausgestorbene oder vom Menschen ausgerottete Thiere, wie *Bos primigenius, Bison priscus, Cervus alces* u. a., und endlich 3. nordische, in Folge der damaligen klimatischen Verhältnisse weit nach Süden vorgedrungene Thiere, wie der Moschusochs, der Eisfuchs, Lemming und viele andere.

Im Allgemeinen pflegt man nach den grossen Säugern drei Abschnitte der Diluvialzeit zu unterscheiden, nämlich 1. die Zeit des Vorherrschens von *Elephas antiquus, Machaerodus* und *Hyaena spelaea*, 2. die des Vorherrschens von *Elephas primigenius* (dem Mammuth) und *Rhinoceros antiquitatis = tichorhinus*, neben welchen auch *Ursus spelaeus, Bos primigenius, Bison priscus* und verschiedene nordische Thiere häufig waren, und endlich 3. die Zeit der grössten Häufigkeit des Renthieres, *Rangifer tarandus*. Mammuth und Rhinoceros waren zwar auch noch zuletzt vorhanden, aber bereits seltener als früher. Wie unten näher auszuführen sein wird, lebten während der letzten Phase des zweiten und während der ersten Hälfte des dritten Abschnittes in unseren Gegenden zahlreiche nordische Steppenthiere, welche später allmählich einer Waldfauna Platz machten.

In die Zeit des Diluviums fällt endlich noch das erste sichere Auftreten des Menschen. In der Regel findet man nicht sowohl Skelettheile desselben als vielmehr Reste seiner Kunstthätigkeit, besonders mehr oder weniger rohe Steinwerkzeuge. Man bezeichnet diese älteste, noch ganz der Diluvialepoche angehörige Zeit des Daseins des Menschen als die paläolithische Periode oder ältere Steinzeit.

Verbreitung und Entwickelung des Diluviums.

Wir beginnen mit der Besprechung der Diluvialablagerungen des **alpinen Gebietes**, als derjenigen Region, von welcher die Kenntniss der Glacialgebilde unseres Erdtheils ihren Ausgang genommen hat[1]). Nicht nur die Alpen selbst waren in der Glacialzeit von gewaltigen, nur die höchsten Gipfel frei lassenden Eismassen bedeckt, sondern ebenso auch die Vorlande des Gebirges. Namentlich im Norden des letzteren erfüllten die aus allen grossen Thälern hervordringenden Gletscher den ganzen ebenen Theil der Schweiz. Sie reichten hier bis an den Fuss des Juragebirges heran, während sie weiter östlich bis weit nach Schwaben, Bayern und Oesterreich hinein, weiter westlich dagegen, im Rhonethal, bis in die Gegend von Lyon vordrangen. Ueberall liessen sie als Zeugen dieser weiten Verbreitung gewaltige, oft in mehreren concentrischen

---

[1]) Vergl. RÜTIMEYER, Ueber Pliocen und Eisperiode auf beiden Seiten der Alpen. 1876. — A. PENCK, Die Vergletscherung der deutschen Alpen. 1882.

Bögen hinter einander liegende Endmoränen zurück, welche vielfach, wie z. B. im Gardaseethale, zur Seebildung wesentlich mit beigetragen haben. Dabei wurden in der Schweiz einzelne riesige, aus dem Innern der Alpen mitgebrachte Findlinge, wie der als Pierre à Bot bekannte, etwa 15,000 Tonnen schwere, fast 1000 Fuss über dem Spiegel des Neuchateler Sees liegende Granitblock, in beträchtlicher Höhe am Abhange des Juras abgesetzt, was einen Rückschluss auf die Dicke der diluvialen Eisdecke gestattet. Zeigt schon das Gewicht solcher Findlinge, dass dieselben nicht etwa durch Wasser- oder Schlammfluthen an ihre jetzige Stelle gelangt sein können, so weisen auf ehemalige Gletscherthätigkeit auch die in den Alpenthälern bis zu bedeutender Höhe über dem höchsten jetzigen Gletscherstande zu beobachtenden Gletscherschrammen und -schliffe, die sich in grosser Verbreitung findenden Rundhöcker und und die weit ausserhalb des Gebirges (z. B. im bekannten Gletschergarten bei Luzern) zurückgebliebenen, durch herabstürzende Gletscherbäche im festen Fels ausgearbeiteten Strudellöcher oder Riesentöpfe hin.

Die Zusammensetzung der hauptsächlich aus Sanden, Schottern und Blocklehmen bestehenden alpinen Glacialbildungen ist im Allgemeinen die, dass über einer tiefsten Schotterzone (welcher auch die groben, als jüngere oder diluviale Nagelfluh bezeichneten Conglomerate angehören) eine Zone von Geschiebe- oder Blocklehmen und darüber eine oberste Schotterzone liegt. Die geschichteten unteren Schotter sind von den Schmelzwässern abgelagert worden, welche den Gletschern bei ihrem ersten Vorrücken zu Beginn der Eiszeit entströmten. Der völlig ungeschichtete Blocklehm dagegen, der in einer lehmig-mergeligen Grundmasse in völlig regelloser Vertheilung zahllose kleinere und grössere, von den allerverschiedensten Gesteinen abstammende, zum Theil gekritzte und polirte Geschiebe enthält und in allen diesen Merkmalen vollständig mit der Beschaffenheit der Grundmoränen unserer heutigen Gletscher übereinstimmt, stellt in der That nur die stellenweise einige hundert Fuss mächtig werdende Grundmoräne der grossen diluvialen Eisdecke dar. Der geschichtete obere Schotter endlich ist wieder durch Schmelzwässer, die aber aus der Rückzugszeit der Gletscher stammen, abgelagert worden.

Auch in den Alpen lässt sich eine ältere und eine jüngere, durch eine Interglacialzeit getrennte Vereisung unterscheiden. Dieser Interglacialzeit gehört die Schieferkohle von Utznach, Dürnten u. s. w. in der Schweiz an, deren durch O. Heer beschriebene Flora sich aus Buche, Birke, Ahorn, Lärche, Föhre u. s. w. zusammensetzt, während die gleichzeitige Fauna aus *Elephas antiquus*, *Rhinoceros Merckii*, *Bos primigenius*, dem Höhlenbären, verschiedenen Hirschen u. s. w. bestand. Heer berechnet danach die damalige Mitteltemperatur jener Gegend auf 6—9° C. gegen 8,7° C. in der Jetztzeit. Auch an einigen andern Punkten, wie bei Höttingen unweit Innsbruck, Sonthofen in Bayern u. s. w., sind ähnliche interglaciale Bildungen nachgewiesen worden.

Sehr verschieden von der eben erwähnten war die eigentliche **Glacialflora**, wie sie von NATHORST bei Schwarzenbach unweit Zürich in einer Lettenlage dicht unter der alten Grundmoräne entdeckt worden ist. Sie besteht aus lauter hoch nordischen Formen, wie *Salix polaris*, *Betula nana*, *Polygonum viviparum*, *Hypnum Wilsoni* u. s. w.

Schweden und **Norwegen** zeigen fast in allen Theilen des Landes die allerdeutlichsten Zeichen der diluvialen Vereisung, wie geschliffene und geschrammte Felsoberflächen, Rundhöcker, Riesentöpfe, Moränenwälle u. s. w. Im Allgemeinen lässt sich für das skandinavische Glacialdiluvium nach den Arbeiten von ERDMANN, KJERULF, TORELL, NATHORST, HELLAND, de GEER u. A. folgende Gliederung aufstellen:

Postglacial. Geschichtete Rückzugssande (Rullstensgrus).
Jungglacial. Oberer (vorwiegend gelber) Geschiebelehm (Krosstenslera).
Interglacial. Geschichtete Sande und Thone (mit Resten der Zwergbirke u. s. w.). Wesentlich nur im südlichen Schweden (Schonen) zur Ablagerung gelangt.
Altglacial. Unterer (blauer) Geschiebelehm (Krosstenslera).

Als eigenthümliche, sich übrigens auch in Norddeutschland wiederfindende Gebilde sind noch die sogen. **Asar** zu erwähnen, bis über 100 Fuss hoch werdende und unter vielfachen Windungen oft viele Kilometer weit fortziehende, wallförmige Sand- und Geröllrücken. Ihre Entstehung ist noch nicht genügend aufgeklärt; vielleicht sind sie durch Ausfüllung von Rinnen entstanden, welche die Schmelzwässer in der ehemaligen Eisdecke ausgenagt hatten.

Die Mächtigkeit des skandinavischen Landeises muss auf mindestens 1000 Meter geschätzt werden, da dasselbe über Berge von mehr als 1800 Meter Höhe hinweggegangen ist.

Von Skandinavien aus setzten sich nun die riesigen Eismassen nicht allein nach Finnland und den russischen Ostseeprovinzen fort, sondern drangen auch noch weit gegen Südosten und Süden, nach dem **nordwestlichen Russland** und **Norddeutschland** vor, wobei das Ostseebecken, wenn es damals überhaupt schon bestand, bei seiner grossen Flachheit ihre Verbreitung in keiner Weise zu hindern vermochte. Bis in die Gegend der ins Eismeer mündenden Petschora, sowie bis weit über Moskau und Kiew hinaus lässt sich die Grundmoräne dieser gewaltigen Landeisdecke verfolgen, während ihre Südgrenze weiter nach Westen zu etwa über Lemberg, Krakau und den Nordrand des Riesengebirges nach Dresden und Chemnitz, und weiter längs des nördlichen Harzrandes über Hildesheim, Dortmund und Essen nach Groningen in Holland verläuft, um sich von dort ins südöstliche England, bis in die Nähe von London, fortzusetzen. Auf die Dicke des Eises in diesen Gegenden erlauben auch hier die 400 bis fast 500 Meter hoch an den Abhängen des Harzes und Riesengebirges emporsteigenden Findlinge von skandinavischen Graniten, Gneissen u. s. w. einen Rückschluss.

Die Mächtigkeit der über das gewaltige angegebene Gebiet verbreiteten Glacialablagerungen ist eine wechselnde und nimmt im Allgemeinen von Norden nach Süden ab. Auf Seeland haben Bohrungen eine Gesammtmächtigkeit von 126 Meter ergeben, bei Hamburg und Berlin beträgt dieselbe noch über 100 Meter, in der Gegend von Halle a. S. dagegen nur noch 15—20 Meter.

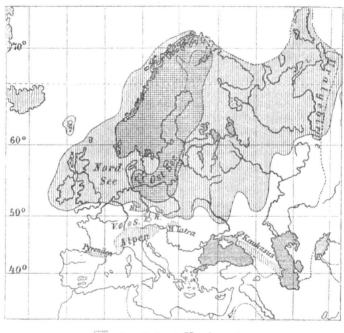

Areal der 1. Vereisung.

Areal der 2. Vereisung.

Fig. 69. Verbreitung des skandinavischen Landeises und der Gletscher während der Eiszeit in Europa.

Die Zusammensetzung des norddeutschen Glacialdiluviums ist eine ganz ähnliche wie in Schweden. Man unterscheidet [1]):

Postglacial. Oberer oder Decksand.
Jungglacial. Oberer (gelber) Geschiebemergel.
Interglacial. Mittlerer Diluvialsand (mit Säugethierresten), gelegentlich mit Kalktuffeinlagerungen.

---

[1]) Eine treffliche Uebersicht über die Zusammensetzung und die jetzigen Anschauungen von der Entstehung des norddeutschen Diluviums giebt die kleine Schrift von W. Dames, Die Glacialbildungen d. nordd. Tiefebene, 1886 (Virchow-Holtzendorff'sche Samml. wissensch. Vortr. Heft 479).

Altglacial. Unterer (blauer) Geschiebemergel.
Präglacial. Geschichtete Sande und Thone.

Schon aus dieser übereinstimmenden Zusammensetzung darf man auf eine übereinstimmende Entstehung schliessen, an welcher auch gewiss Niemand zweifeln wird, der die betreffenden Ablagerungen beider Länder aus eigener Anschauung kennt. Während die beiden ungeschichteten, mit gekritzten Geschieben von skandinavischem Ursprung erfüllten Geschiebemergel gleich den skandinavischen Krosstenslera und den ähnlichen Blocklehmen des alpinen Gebiets als die Grundmoräne des skandinavischen Landeises zu betrachten sind, stellt der dazwischenliegende mittlere Diluvialsand, ebenso wie der Decksand und die tiefsten (präglacialen) Sande, Absätze fliessender Wässer dar, welche dem Eise bei seinem Rückzuge, bezw. seinem ersten Vorrücken entströmten. Dass auch die norddeutschen Diluvialsande hauptsächlich aus skandinavischem Material entstanden sind, beweist ihr Reichthum an rothen, von der Zerstörung orthoklasreicher Massengesteine (Granite, Gneisse u. s. w.) herrührenden Feldspatkörnern, dessentwegen sie auch als **Spathsande** bezeichnet werden.

Reste der präglacialen Fauna und Flora hat KEILHACK aus der Gegend von Belzig und Uelzen beschrieben. Unter den Pflanzen finden sich Ahorn, Erle, Linde, Weide, Kiefer und andere unserer heutigen Waldbäume, woraus man auf ein ungefähr dem heutigen entsprechendes Klima der damaligen Zeit schliessen darf. Interglacialen Alters ist auch die (durch NEUMAYR unlängst auch in der Dobrudscha lebend nachgewiesene) *Paludina diluviana* (LXXIII, 4) das wichtigste Leitfossil unseres norddeutschen Diluviums. Seine ursprüngliche Lagerstätte sind die präglacialen Kiese und Sande; auf secundärer Lagerstätte aber ist es auch im unteren Geschiebemergel sowie im mittleren Diluvialsande vorhanden. Zusammen mit *Paludina diluviana* kommen seltener noch einige andere Conchylien, wie *Dreissena polymorpha*, *Lithoglyphus naticoides* und *Cyrena fluminalis* vor — alles Formen, die ebenfalls noch jetzt im unteren Donau-, bezw. Kaspigebiete leben.

Auch während der Interglacialzeit war vielleicht das Klima Norddeutschlands von dem heutigen nicht allzu verschieden. In den dieser Zeit angehörigen Sanden von Rixdorf bei Berlin trifft man neben zahlreichen Resten vom Mammuth (*Elephas primigenius*) noch *Elephas antiquus*, sodann *Rhinoceros antiquitatis*, den Riesenhirsch (*Cervus megaceros*), das grönländische Renthier (*Rangifer groenlandicus*), *Bos priscus*, *Ovibos moschatus*, *Ursus* u. s. w.

Schichten mit **marinen Conchylien** kommen im norddeutschen Diluvium nur in beschränkter Verbreitung in Ost- und Westpreussen, Holstein und Schleswig, sowie in Dänemark vor. Hierher gehört der westpreussische **Cyprinen-** und der **Yoldienthon** mit *Cyprina islandica*, *Yoldia* (*Leda*) *arctica*, *Tellina solidula*, *Corbula gibba* u. s. w. Nach TORELL sind beide präglacialen Alters, aber der Cyprinenthon entstammt einem älteren, wärmeren Abschnitt der Präglacialzeit, da in demselben noch *Ostrea edulis* und andere Nordseeformen vorkommen. Der Yoldienthon dagegen enthält schon eine völlig arktische, ausser *Yoldia* auch Narwalreste einschliessende Fauna. Man kann kaum anders als annehmen, dass dieselbe durch einen Arm des Eismeeres, der zu jener Zeit über den Ladoga- und Onegasee bis in die genannten Gegenden gereicht haben muss, so weit nach Süden gelangt sind. In Jütland, Schweden und England treten übrigens auch in höheren Horizonten, bis in's obere Diluvium hinauf, Yoldienthone auf. Interglacialen Alters dagegen sind nach JENTZSCH die Sande von Elbing mit *Cardium edule*, *Mactra solida*, *Tellina baltica*, *Nassa reticulata* u. s. w., ebenso wie ähnliche, in westlicher Richtung bis nach Holstein, Schleswig und Dänemark verfolgte Vorkommen, die keine arktischen Formen mehr enthalten, sondern wesentlich solche der Nordsee, und damit den Beweis liefern, dass die frühere Verbindung mit dem Eismeere in der Interglacialzeit aufgehört und sich statt dessen eine offene Verbindung des fraglichen Gebietes mit der Nordsee ausgebildet hatte.

Eine sehr wichtige Thatsache ist die sehr verschiedene Verbreitung der beiden Vereisungen. Die oben angegebene Südgrenze der Glacialablagerungen in Norddeutschland und Russland bezeichnet die Südgrenze der ersten, älteren Vereisung. Die zweite Vereisung blieb an Ausdehnung beträchtlich hinter der ersten zurück und reichte in Deutschland im Westen nicht über die Elbe hinaus (vergl. das Kärtchen S. 343). Auch die Bewegungsrichtung des Eises war beidemale keine ganz übereinstimmende. Während nämlich — wie sowohl die Glacialschrammen auf anstehendem Gestein, als auch die Transportrichtung der skandinavischen Geschiebe lehrt — die Bewegung des älteren Landeises im Wesentlichen von Norden nach Süden ging, fand die des jüngeren in der Hauptsache von Osten nach Westen, von Finnland und den russischen Ostseeprovinzen durch das Bett der Ostsee nach Südschweden, Dänemark und Norddeutschland statt. Dass übrigens auch schon während der ersten Vereisung ein theilweiser Geschiebetransport von Ost nach West stattahtte, hat zuerst NATHORST für Schweden nachgewiesen und wird auch durch Funde von finnischem Rapakivi-Granit und estländischem Silurkalk mit *Pentamerus borealis* im unteren Geschiebemergel bei Groningen in Holland und Jever in Oldenburg bestätigt.

Dass nun der norddeutsche Geschiebemergel ebenso wie die geschichteten Diluvialsande durch Gletscherthätigkeit und nicht durch Transport auf Eisbergen entstanden sind, dafür sprechen besonders folgende Thatsachen:

1. Die Beschaffenheit des Geschiebemergels, der in seiner Schichtungslosigkeit und der völlig regellosen Vertheilung der meist nur schwach gerundeten, aber häufig geglätteten und gekritzten Geschiebe alle Merkmale der Grundmoränen der heutigen Gletscher an sich trägt.

2. Die Rundhöcker, Schliffe und Schrammen auf anstehendem Fels, wie dieselben an den Quarzporphyrbergen von Taucha und

1. (etwa 1/90 Gr.)

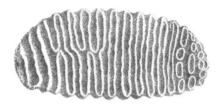

2. (etwa 1/3 Gr.)

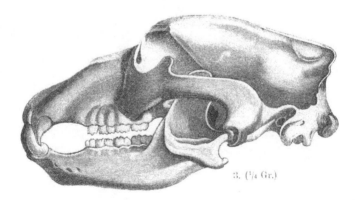

3. (1/4 Gr.)

Taf. LXXI. Diluviale Säugethiere. 1. *Elephas primigenius* Blumb., das Mammuth, restaur. nach sibirischen Funden. 2. Backzahn desselben, von der Kaufläche aus gesehen. 3. Schädel vom Höhlenbären. *Ursus spelaeus* Rosenm.

Lommatzsch im Königreich Sachsen und bei Halle a. S., am Muschelkalk von Rüdersdorf bei Berlin, am Keupersandstein von Velpke unweit Magdeburg[1]) und an anderen Punkten beobachtet worden sind.

3. Die grossen, wallartigen Geschiebeanhäufungen, welche oft in viele Meilen langen, parallelen Zügen auftretend, ganz das Aussehen alter Stirnmoränen bieten. Ein besonders schönes Beispiel eines solchen Walles bildet die in neuerer Zeit von BERENDT und WAHNSCHAFFE beschriebene sogen. südbaltische Endmoräne, welche aus der Gegend von Neustrelitz in südöstlicher Richtung über Templin, Joachimsthal, Chorin und Oderberg verlaufend, bereits auf eine Strecke von fast 100 Kilometer verfolgt worden ist und vielleicht noch weiter fortsetzt[2]).

4. Die Riesentöpfe, wie sie in grosser Verbreitung im Kalk von Rüdersdorf, im Gyps von Wapno, im Diluvialthon von Uelzen, im Jura der Odermündungen u. s. w. nachgewiesen sind.

5. Die Verbreitung der verschiedenen Geschiebearten im älteren Geschiebemergel, welche auf einen divergent-radialen Transport derselben vom skandinavisch-finnischen Centrum aus hinweist. Diese Verbreitungsweise bedingt, dass z. B. in England hauptsächlich solche Gesteine, wie der Rhombenporphyr und Zirkonsyenit der Gegend von Kristiania, bei Kiew dagegen ganz überwiegend finnischer Rapakiwigranit, in dem in der Mitte gelegenen norddeutschen Diluvialgebiet aber solche Geschiebe anzutreffen sind, deren Heimath im mittleren und südlichen Schweden, sowie auf den Inseln Oeland und Gotland liegt[3]). Auch da, wo das Landeis über anstehende Gesteinspartieen des norddeutschen Bodens (wie den Kalk von Rüdersdorf, den Porphyr von Halle und die viel ausgedehnteren Kreidevorkommen der Ostseeküste) fortgegangen ist, sind die vom Eise mitgerissenen Trümmer dieser Gesteine (die sogen. lokale Grundmoräne) immer in der Richtung der Eisbewegung, d. h. wesentlich von Nord nach Süd fortgetragen worden — eine Thatsache, welche ebenso wie die Schrammen auf anstehendem Fels, die Riesentöpfe u. s. w., vom Standpunkte der Drifttheorie aus nicht wohl zu erklären ist.

Ob auch die vielfachen Stauchungen und kleinen Faltungen, welche man in den die unmittelbare Unterlage des Geschiebemergels bildenden Schichten wahrnimmt, in allen Fällen mit Recht auf Rechnung des vom Landeise auf seinen Untergrund ausgeübten Druckes zu setzen sind, will uns noch zweifelhaft erscheinen. Dieselben könnten zum Theil auch auf innere Verschiebungen, wie sie bei lockeren Gesteinen unter dem Einfluss der Schwerkraft sehr leicht

---

[1]) Grosse, von dort stammende, mit zwei sich kreuzenden Schrammensystemen versehene Platten werden in der geologischen Landesanstalt in Berlin aufbewahrt.

[2]) Jahrb. d. preuss. geol. Landesanst. f. 1888. S. 110. — Einen anderen, noch längeren Endmoränenzug hat jüngst KEILHACK längs des ganzen Südrandes der pommerschen Seenplatte von Westpreussen aus bis in die Neumark verfolgt (Jahrb. d. preuss. geol. Landesanst. f. 1889. S. 149.

[3]) Von der ausgedehnten, den Geschieben unseres norddeutschen Diluviums gewidmeten Litteratur sei hier nur genannt: F. RÖMER, Lethaea erratica. Paläontol. Abh. 1885.

erfolgen können, zum Theil aber auch auf die noch ununterbrochen fortwirkenden gebirgsbildenden Kräfte zurückzuführen sein.

Auch die Glacialbildungen **Englands** sind im Allgemeinen denen Skandinaviens und des Continentes sehr ähnlich. Auch hier spielen neben schichtungslosen Blocklehmen, die als Boulder clay oder Till bezeichnet werden, geschichtete Sande und Kiese eine Hauptrolle. Von besonderem Interesse sind die präglacialen, den pliocänen Cragbildungen aufliegenden sogen. Forest beds von Cromer in Norfolk. Dieselben enthalten Reste der Eiche, Erle, Haselnussstaude, Fichte u. s. w., ferner von 50 grossen Säugethieren, unter denen sich *Elephas meridionalis*, *antiquus* und *primigenius*, *Hippopotamus*, *Rhinoceros*, *Equus*, *Machaerodus* und *Ursus spelaeus* befinden. Im Ganzen hat die Fauna noch etwa ⅓ der Arten (darunter die beiden zuerst genannten Elephanten) mit dem Crag gemein. In den über den Forest beds folgenden Freshwater beds nimmt die Zahl der tertiären Arten ab, und in den noch höheren, unmittelbar vom ältesten Geschiebelehm überlagerten *Myalis*-beds mit *Yoldia arctica* machen sich die Kälteeinflüsse bereits in deutlichster Weise geltend[1]).

Es muss noch hervorgehoben werden, dass England, wenn auch in der Eiszeit ganz mit Eis bedeckt, so doch mit Ausnahme des südöstlichen Theiles, welcher mit skandinavischem Eise überzogen war, seine eigene, vom Centrum des Landes ausgehende Gletscherdecke besass. Die allenthalben in radialer Richtung von der Mitte der Insel nach den Küsten weisenden Eisschrammen erlauben daran keinen Zweifel. In ähnlicher Weise hatten übrigens, wie HELLAND nachgewiesen hat, auch die Faröer ihre eigenen Gletscher, während die zwischen Schottland und Norwegen gelegenen Shetlandsinseln noch im Bereiche des skandinavischen Inlandeises lagen[2]).

Im Vergleich zu der grossartigen Entwickelung, welche die glacialen Ablagerungen in ganz Nordeuropa sowie im alpinen Gebiete besitzen, spielen sie in den übrigen europäischen Hoch- und Mittelgebirgen nur eine geringe Rolle. Doch sind mehr oder weniger deutliche Spuren diluvialer Gletscherthätigkeit in Deutschland auch in den Vogesen und im Schwarzwald, im Riesengebirge und im Harz aufgefunden worden[3]); und auch die Hohe Tatra, die Pyrenäen und der Kaukasus besassen in der Diluvialzeit mehr oder weniger beträchtliche Gletscher. Auch der Ural war nach Süden zu fast bis zum 61. Breitengrade vergletschert.

Werfen wir nun einen Blick auf diejenigen Diluvialablagerungen, welche sich in den von der Vereisung unberührt gebliebenen Theilen Europas gebildet haben, so sind unter diesen einmal Kies-

---

[1]) Vergl. die Untersuchungen von SANDBERGER, Palaeontographica. 1880.
[2]) Vergl. die interessanten Kärtchen von HELLAND. Zeitschr. d. deutsch geol. Ges. 1879. T. 21 und DE GEER, ebend. 1885. T. 13.
[3]) Vergl. PARTSCH, Die Gletscher der Vorzeit in den Karpathen und den Mittelgebirgen Deutschlands. 1882.

und Schotterterrassen zu nennen, wie man sie in grosser Verbreitung fast in allen grösseren und kleineren Thälern, sowohl im Gebirge als auch im Tieflande antrifft. Dieselben stellen die Reste ehemaliger Thalböden dar, die aus einer Zeit stammen, als die Flüsse sich noch nicht bis auf ihr jetziges Niveau eingefurcht hatten. Während die tiefsten, nur in geringer Höhe über dem heutigen Thalboden liegenden Terrassen in vielen Fällen der älteren Alluvialzeit angehören, so stammen die höher gelegenen, oft zu zweien oder dreien in verschiedener Höhe übereinander liegenden Terrassen aus der Diluvialzeit. Nicht nur ihre bedeutendere Höhenlage, sondern auch die sich in den sie bedeckenden Kies- und Sandschichten findenden Reste erloschener Diluvialthiere erlauben in dieser Hinsicht keinen Zweifel.

Ein anderes, über ausgedehnte Flächen Europas, vom Canal bis nach Galizien und Ungarn verbreitetes, aber seiner Entstehung nach noch zweifelhaftes Diluvialgebilde ist der Löss. Es ist ein feinpulveriger, gelblicher, kalkhaltiger, schichtungsloser Lehm, der von zahllosen senkrechten Röhrchen durchzogen und durch eine ausgesprochene Neigung zu senkrechter Zerklüftung und damit zur Bildung senkrechter Wände ausgezeichnet ist. Sein Kalkgehalt giebt vielfach Veranlassung zur Bildung von Concretionen, die wegen ihrer oft sonderbaren Gestalt als Lössmännchen oder Losspuppen bezeichnet werden. Von Conchylien kommen nur drei in solcher Menge und Verbreitung vor, dass sie die Rolle von Leitfossilien spielen, nämlich *Helix hispida*, *Succinea oblonga* und die kleine *Pupa muscorum* (LXXIII. 5—7). Es sind das, wie auch die grosse Mehrzahl der sonstigen, selteneren Lössconchylien, alles Landschnecken, während Süsswasserformen im ächten Löss nicht anzutreffen sind [1]. Daneben finden sich im Löss nicht selten auch Reste von Landsäugethieren, vor allem vom Mammuth (LXXI. 1. 2) und Rhinoceros (LXXIII. 1). In Betreff des geologischen Auftretens des Löss ist zu bemerken, dass derselbe sowohl in der Tiefe der Thäler als auch an den höheren Theilen der Gehänge und auf den Plateaus vorhanden ist, auf welchen er bei uns unter Umständen 1000 bis 1500 Fuss hoch aufsteigt. Der höher gelegene Löss unterscheidet sich zwar vom typischen, tiefer liegenden, durch geringere Reinheit, schwächeren bis fehlenden Kalkgehalt und Seltenheit oder Fehlen der Conchylien; indess hängen beide oft so innig zusammen, dass die mehrfach versuchte Trennung von Thal- und Berglöss praktisch nicht durchzuführen ist. Hervorzuheben ist noch, dass der Thallöss in der Regel nur einseitig, und zwar auf der im Schatten der herrschenden Westwinde gelegenen Thalseite (als sogen. Flankenlehm) auftritt, während die gegenüberliegende Seite lössfrei zu sein pflegt. Wo der Löss, wie so häufig, in Begleitung von diluvialen Schottern auftritt, da bedeckt

---

[1] Der sogen. Sandlöss der süddeutschen Geologen, ein geschichtetes, Süsswasserconchylien führendes, unreines, lössähnliches Gebilde, dürfte, wenn es auch in der Hauptsache aus abgeschwemmtem und an tieferen Stellen wieder abgelagertem Löss entstanden ist, eigentlich gar nicht als Löss bezeichnet werden.

er diese stets, ist also jünger als sie; doch greift er in der Regel über dieselben hinüber, so dass er zum Theil unmittelbar auf älteren Gesteinen aufliegt.

Die frühere Ansicht über die Entstehung des Löss ging nun dahin, dass er überall, wo er typisch entwickelt ist — wie vor allem im Rheinthale zwischen Basel und Bonn — das Schlämmproduct der Wässer darstelle, welche beim Abschmelzen der grossen diluvialen Landeisdecke die damaligen Thäler bis zu bedeutender Höhe erfüllten. Diese von LYELL, RAMSAY, J. GEIKIE u. A. für den oft ein paar 100 Fuss mächtig werdenden Rheinlöss aufgestellte Ansicht wird noch jetzt von einigen Geologen festgehalten, so von WAHNSCHAFFE für den im Norden des Harzes verbreiteten Löss, sowie für den in der Magdeburger Gegend auftretenden, durch oberflächliche Humificirung dunkelgefärbten, sogen. Bördelöss. Nach SANDBERGER dagegen, der sich eingehend mit dem Löss des Mainthales beschäftigt hat, wäre derselbe als ein Product der Hochfluthen dieses Flusses anzusehen, und eine ähnliche Ansicht ist auch von GÜMBEL u. A. für den Rheinlöss ausgesprochen worden.

Das Fehlen von Süsswasserconchylien, der in der Regel vollständige Mangel an Schichtung, die capillare Structur und vor allem die auf kurze Erstreckung sehr wechselnde Höhenlage des Löss lassen indessen die erwähnten Erklärungen keineswegs befriedigend erscheinen. Hätte in der That noch in jungdiluvialer Zeit über ausgedehnte Gebiete eine länger andauernde Wasserbedeckung bis zur Höhe der höchsten Lössvorkommen stattgefunden, so dürfte man erwarten, für dieselbe noch andere Beweise zu finden. Solche aber sind nicht vorhanden.

Unter diesen Umständen ist es begreiflich, dass der Löss in neuerer Zeit von vielen Geologen nicht mehr als ein wie auch immer entstandener Wasserabsatz, sondern mit v. RICHTHOFEN als ein äolisches Gebilde betrachtet wird, d. h. als eine durch Zusammentragung der feinsten Zersetzungstheilchen der Gesteine durch Winde entstandene Bildung. RICHTHOFEN hat diese neue Ansicht zuerst für den in allen wesentlichen Punkten dem europäischen ähnlichen, aber bis über 1000 Fuss mächtig werdenden und bis 7000 Fuss Seehöhe aufsteigenden Löss Chinas aufgestellt, dieselbe aber später auch auf die europäischen und sonstigen Lössvorkommen übertragen [1]). Nach seiner Meinung soll sich der Löss in solchen Gegenden gebildet haben, wo sich, wie in ausgedehnten Theilen Centralasiens, in Folge der grossen Trockenheit des Klimas die Verwitterungsprodukte der Gesteine in ausserordentlicher Menge anhäufen und dadurch die von allen Besuchern jener Gegenden geschilderten, furchtbaren, die Sonne oft tagelang verfinsternden Staubstürme veranlassen. Wo solche Staubmassen auf nackten Felsboden niederfallen, können sie nur so

---

[1]) v. RICHTHOFEN, China. Bd. 1. 1877. S. 56, 152. — Derselbe, Verh. d. Ges. f. Erdkunde zu Berlin. 1873. — Von sonstiger Litteratur über den Löss seien hier nur genannt: TIETZE, Jahrb. d. geol. Reichsanst. 1882. S. 105, und WAHNSCHAFFE, Die Quartärbild. d. Umg. v. Magdeburg. Abh. d. preuss. geol. Landesanst. Bd. VII. S. 1. 1885.

lange liegen bleiben, bis sie vom nächsten Windstosse wieder emporgewirbelt werden. Anders, wo sie auf grasbewachsenen Steppenboden niederfallen und die Grashälmchen ihnen Halt verleihen. Hier sind, indem aus der niedergefallenen Staubschicht immer wieder eine neue Grasdecke hervorspriesst, alle Bedingungen zur Bildung mächtiger Staubabsätze gegeben [1]). Nimmt man eine derartige Entstehung des Lösses an, so lässt sich seine sonst kaum erklärliche capillare Structur in einfacher Weise von den abgestorbenen Würzelchen der Steppengräser ableiten, während seine Schichtungslosigkeit, das so gut wie völlige Fehlen von Süsswasserconchylien, aber Vorhandensein von Landschnecken und höheren Landthieren als nothwendige Folgen der angenommenen Bildungsweise erscheinen, und auch seine rasch wechselnde und zum Theil auffallend bedeutende Höhenlage sehr viel leichter zu begreifen ist.

Eine unerwartete Stütze hat diese äolische Losstheorie bald nach ihrer Aufstellung durch die überaus wichtigen, von Nehring bei Thiede im Braunschweigischen und bei Westeregeln gemachten Entdeckungen erhalten. Es gelang demselben nämlich, im dortigen Löss eine reiche, zum grossen Theil aus ausgesprochenen Steppenthieren zusammengesetzte Fauna aufzufinden. Neben den gewöhnlichen grossen diluvialen Pflanzenfressern, dem Mammuth und Rhinoceros, kommen hier Thiere vor, die theils, wie *Cervus tarandus*, *Ovibos moschatus*, *Lepus glacialis* u. s. w., heutzutage im hohen Norden leben, theils aber, wie *Antilope saiga*, *Myodes torquatus* und *obensis*, *Arctomys bobac*, *Lagomys pusillus*, *Alactaga jaculus*, *Spermophilus* u. a., in den sibirischen Tundren zu Hause sind [2]). Nachdem später ähnliche Faunen auch an zahlreichen anderen Punkten entdeckt worden sind (so von Liebe in der Lindenthaler Höhle bei Gera, von Sandberger im Mainthal, von Woldrich bei Zuslawitz in Mähren, ferner bei Steeten a. d. Lahn, bei Nussdorf unfern Wien u. s. w.), darf man annehmen, dass in Deutschland in der jüngeren Glacialzeit ähnliche klimatische Verhältnisse bestanden haben, wie heutzutage in den genannten Steppengegenden. Nach neueren Untersuchungen scheint es zwar, als ob der damalige Steppencharakter Deutschlands kein ganz reiner gewesen, die Steppe vielmehr hie und da von ausgedehnteren Waldungen unterbrochen gewesen sei; auf alle Fälle aber dürfte soviel erwiesen sein, dass zu jener Zeit im westlichen Europa im Allgemeinen ein kaltes, trockenes, die äolische Lehmbildung begünstigendes Klima herrschte [3]). Erst später wurde das letztere allmählich feuchter, so dass die Waldvegetation sich reichlicher entwickeln und eine neue, zahlreiche grosse Wald-

---

[1]) Es sei bemerkt, dass nach neueren Beobachtungen in Sachsen noch jetzt im Winter in Folge von Windwehen Staubanhäufungen entstehen, die ganz dem ächten diluvialen Löss ähneln. (Zeitschr. d. deutsch. geol. Ges. 1888. S. 575.)

[2]) Archiv f. Anthropol. Bd. X u. XI. 1878.

[3]) Sandberger berechnet auf Grund der Fauna die mittlere Jahrestemperatur des Mainthales in der Lösszeit auf 4.4° C. = dem heutigen Klima von St. Petersburg.

thiere aufweisende Fauna sich einfinden konnte. WOLDRICH unterscheidet daher für die diluviale und nachdiluviale Zeit unserer Gegenden die Entwickelungsreihe: 1. glacial, 2. Steppe, 3. Weide, 4. Wald. Von sonstigen Gebilden der Diluvialzeit wären namentlich noch die Ablagerungen in Knochenhöhlen, sowie Torf und Kalktuffbildungen zu erwähnen. Kalktuffablagerungen finden sich in Deutschland in grösserer Ausdehnung bei Cannstatt unweit Stuttgart, bei Weimar, Burgtonna, Mühlhausen und Greussen in Thüringen u. s. w. Diluviale Torflager dagegen sind besonders bei Enkheim unweit Frankfurt a. M., Rosenheim in Bayern u. a. a. O. anzutreffen, während von ausserdeutschen Vorkommen namentlich die ausgedehnten irischen Torfmoore (schon als Hauptfundstätte des ausgestorbenen Riesenhirsches, *Cervus megacos=hibernicus* [LXXII. 2]) bemerkenswerth sind.

Was schliesslich die diluvialen Knochenablagerungen in Höhlen betrifft, so kommen solche Höhlen besonders im Kalk, Dolomit und Gyps als Folge der zerstörenden Thätigkeit des Wassers in diesen verhältnissmässig leicht löslichen Gesteinen vor. Der Boden dieser Höhlen wird in der Regel von einem rothbraunen, eisenhaltigen, sandigen oder steinigen Lehm, dem sogen. Höhlenlehm gebildet, der nach oben durch eine Kalksinterdecke abgeschlossen, oft eine Fülle der verschiedensten Knochenreste enthält. Allbekannte Beispiele derartiger Knochenhöhlen in Deutschland sind die Gailenreuther und Muggendorfer Höhle im fränkischen Jura, die Baumanns-, Biels- und Hermannshöhle bei Rübeland im Harz, die Dechenhöhle unweit Iserlohn in Westfalen u. a. m. Auch in Belgien, England, Frankreich und den Mittelmeerländern sind sie im Kalkgebirge allenthalben nicht selten. Fast überall ist eines der charakteristischesten Thiere der Knochenhöhlen der Höhlenbär, *Ursus spelaeus* (LXXI. 3), von dem sich z. B. in der Gailenreuther Höhle die Reste von etwa 800 Individuen gefunden haben. Eine andere häufige Form ist die Höhlenhyäne, die namentlich in England in grosser Menge vorkommt. Ausserdem pflegen noch Reste des Höhlenlöwen, vom Renthier und anderen Hirschen, von Elephanten, Rhinoceroten, vom Pferde, Rinde, verschiedenen Nagethieren u. s. w. vorhanden zu sein.

Von marinen Bildungen der Diluvialzeit endlich sind nur hochliegende alte Küstenterrassen und Strandwälle mit marinen Conchylien anzuführen, wie sie als Beweis eines höheren damaligen Meeresstrandes namentlich an den Küsten Norwegens und Schottlands in grosser Deutlichkeit und Verbreitung anzutreffen sind. Die höchsten, fast 200 Meter über dem heutigen Meeresspiegel liegenden schwedischen Muschelbänke, deren bekanntestes Beispiel sich bei Uddevalla unweit Gothenburg findet, enthalten *Pecten islandicus*, *Yoldia arctica*, *Saxicara arctica*, *Buccinum groenlandicum* und andere hochnordische Formen, während in den tiefer gelegenen sich allmählig die heutige Nordseefauna einstellt. In Schottland liegen die ältesten Terrassen etwa 100, die jüngeren 50—45, die jüngsten endlich 30—25 Fuss über dem Spiegel der Nordsee. Aber auch an den französischen, spanischen und italienischen Küsten fehlen ähnliche ältere Terrassen mit Muschelanhäufungen keineswegs. Auch hier enthalten die höchstliegenden eine Reihe nordischer Arten, wie sich z. B. *Cyprina islandica, Buccinum groenlandicum* u. s. w. selbst bei Palermo und auf Rhodus gefunden haben.

Gehen wir zu anderen Erdtheilen über, so finden wir auch hier in verschiedenen Hochgebirgen, wie besonders im Himalaya und Tianschan, Spuren einer ehemaligen beträchtlichen Vereisung. Im nördlichen Asien besitzen diluviale Ablagerungen eine grosse Verbreitung im **nördlichen Sibirien**. *Elephas primigenius* war auch hier vorhanden; ja seine Reste kommen stellenweise in solcher Menge vor, dass ein sehr bedeutender Theil sämmtlichen in den Handel kommenden Elfenbeins von den in Sibirien gefundenen Mammuthstosszähnen herrühren soll. Noch auffälliger aber ist der Umstand, dass sich im ewig gefrorenen Boden jener Gegenden schon zu wiederholtenmalen mit Haut und Haaren erhaltene Leichen sowohl des Mammuth als auch von *Rhinoceros Merckii* gefunden haben. Ein anderes sehr merkwürdiges Diluvialgebilde ist das an einigen Punkten Nordsibiriens (so auf den neusibirischen Inseln) und namentlich auch in der Eschscholtzbucht an der Küste von Alaska vorkommende diluviale Wassereis. Es ist 50 bis einige 100 Fuss mächtig, wird von verschiedenen Strandterrassen durchschnitten und von lehmigen Ablagerungen mit Mammuthresten und Süsswasserconchylien bedeckt.

In allergrossartigster Weise sind weiter glaciale Ablagerungen in **Nordamerika** entwickelt, wo sie ein noch erheblich grösseres Gebiet bedecken als in Nordeuropa. Auch ging das diluviale Inlandseis in Nordamerika noch beträchtlich weiter nach Süden herab als in Europa, nämlich bis ungefähr zum 40. Breitengrade, also etwa bis zur Breite von Neapel und Madrid. Die Beschaffenheit der nordamerikanischen Glacialbildungen stimmt im Allgemeinen völlig mit derjenigen der nordeuropäischen überein. Dies gilt besonders von den unmittelbaren Moränenabsätzen, den Geschiebe- oder Blocklehmen. Auch in Nordamerika haben zwei, durch eine Interglacialzeit getrennte Vereisungen stattgefunden, und auch hier erreicht die jüngere Vereisung nicht die Ausdehnung der älteren. (Vergl. das Kärtchen Fig. 70.) Der ersteren gehört die riesige Endmoräne an, welche von der atlantischen Küste aus bereits auf eine Erstreckung von 750 Kilometer bis nach Dakota verfolgt worden ist. Die Mächtigkeit der diluvialen Eisdecke wird auch hier auf 3000—5000 Fuss geschätzt, und auch hier hat dieselbe gewaltige Findlingsblöcke bis auf 1500 Kilometer Entfernung verschleppt. So finden sich z. B. Stücke von gediegenem Kupfer vom Oberen See mitten in den Staaten Indiana und Illinois.

Eine bemerkenswerthe Erscheinung jener Zeit waren weiter die im westlichen Theile des Landes, besonders im Gebiete des Great Basin vorhandenen, uns durch die Arbeiten von C. King, Gilbert, Russel u. A. bekannt gewordenen grossen Seen. Der bedeutendste war der sogen. Lahontansee, ein sich am Fusse des Wahsatchgebirges hinziehendes Wasserbecken, dessen letzter, sehr eingeschrumpfter Rest der immer noch 15,000 Q.-Kilometer grosse Great Salt Lake in Utah ist. Ein anderer, der Bonnevillesee, lag auf der Westseite des Great Basin. Seine Uferränder werden durch ungemein scharf ausgeprägte Terrassen bezeichnet, deren höchste mehr als 1000 Fuss über dem jetzigen Spiegel des grossen Salzsees liegt.

Als eine andere sehr auffällige Thatsache verdient die sogen. driftles area der oberen Mississippigegend erwähnt zu werden. Es

☐ *Areal der 1. Vereisung.*
▦ *Areal der 2. Vereisung.*
— *Grosse Endmoräne.*

Fig. 70. Karte der diluvialen Gletscher- und Landeisverbreitung in Nordamerika.

ist das ein ungefähr 10,000 Q.-Meilen grosser, mitten im vergletscherten Gebiete liegender, aber trotz seiner tieferen Lage unvereist gebliebener Landstrich[1]). Nach der Ansicht von CHAMBERLIN und SALISBURY soll diese Erscheinung besonders aus den topographischen Verhältnissen zu erklären sein. Sowohl das Hochland im Norden, als auch die Thäler des Michigan- und Superiorsees lenkten die Eismassen nach links und rechts dergestalt ab, dass dieselben ihre Richtung auch nach Süden zu auf grössere Erstreckung beibehielten und in

---

[1]) Derselbe ist auf obigem Kärtchen weiss geblieben.

Folge dessen das zwischenliegende Gebiet von der Vereisung unberührt blieb.

Eine grosse Verbreitung besitzen besonders im Mississippigebiete lössartige Gebilde. Sie werden auch hier von einem Theile der amerikanischen Geologen als fluviatile, von einem anderen als äolische Absätze angesehen.

Elephas primigenius, das europäisch-sibirische Mammuth, lebte nur im westlichsten Theile von Nordamerika, in der Nähe der Beringsstrasse. Im Süden der Vereinigten Staaten war es durch eine amerikanische Localart, *E. americanus*, vertreten; im ganzen übrigen Gebiete aber spielte die Hauptrolle der gewaltige *Mastodon giganteus* oder *ohioticus*, das „amerikanische Mammuth" (LXXII, 1). Eine andere charakteristische Gestalt des nordamerikanischen Diluviums ist *Hippotherium*, eine Form, die dort gleich *Mastodon* bis in die Diluvialzeit fortlebte, während in Europa beide das Tertiär nicht überschreiten. Die im europäischen Diluvium so wichtigen Gattungen *Rhinoceros*, *Hippopotamus* und *Hyaena* fehlen in Nordamerika gänzlich.

Auch in **Südamerika** sind, wie schon DARWIN festgestellt hat, Glacialbildungen sehr verbreitet, besonders in Patagonien, dem Feuerlande und Chile. Innerhalb der Wendekreise dagegen sind bis jetzt nur in der Sierra de Santa Marte (unter 11° nördl. Br.) in Nordcolumbien und in Venezuela Spuren einer ehemaligen ansehnlichen Gletscherverbreitung aufgefunden worden. PENCK betrachtet dieselben als Beweis, dass die diluviale Eiszeit auf beiden Halbkugeln nicht, wie man wohl gemeint hat, nach einander, sondern gleichzeitig stattgefunden hat.

Auch **Neuseeland** trug, wie v. HOCHSTETTER u. A. nachgewiesen haben, in der Eiszeit mächtige Gletscher.

Als ein in tropischen, regenreichen Gebieten auftretendes und dort (Indien, Afrika, Südamerika) weit verbreitetes Gebilde ist endlich noch der mehr oder weniger lebhaft roth gefärbte, aus der Zersetzung sehr verschiedenartiger eisenhaltiger Gesteine hervorgegangene **Laterit** zu erwähnen, der allerdings wohl nur zum Theil dem Diluvium angehört.

Säugethierfauna des Diluviums.

Nachdem bereits im Obigen an verschiedenen Stellen Mittheilungen über die Flora und Molluskenfauna der Diluvialzeit gemacht worden sind, erscheint es nur noch erforderlich, das wichtigste Element der Diluvialfauna, die Säugethiere, zum Gegenstande einer kurzen zusammenfassenden Besprechung zu machen.

Beginnen wir mit der **alten Welt,** so sehen wir, dass hier überall eine Hauptrolle der Gattung *Elephas* zufällt. Die verbreitetste,

356 Neozoische Formationsgruppe.

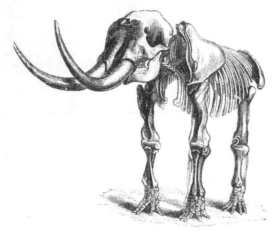

1. (etwa 1/60 Gr.)

2. (etwa 1/40 Gr.)

Taf. LXXII. Diluviale Säugethiere. 1. Skelet von *Mastodon ohioticus* Blumb. = *giganteus* Cuv. 2. Skelet vom irischen Riesenhirsch *Cervus megaceros* Hart = *Megaceros hibernicus* Desmar. = *euryceros* Aldr. = *giganteus* Blumb.

Quartärformation.

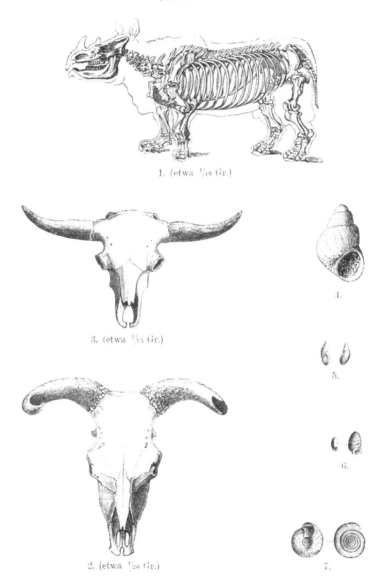

1. (etwa ¹/₁₀ Gr.)

3. (etwa ¹/₁₅ Gr.)

4.

5.

2. (etwa ¹/₂₀ Gr.)

6.

7.

Taf. LXXIII. Diluviale Säugethiere und Mollusken. 1. Skelet und Umriss von *Rhinoceros antiquitatis* Blumb. = *tichorhinus* Cuv. 2. Schädel von *Bos primigenius* Cuv. 3. Desgl. von *Bos priscus* Boj. 4. *Paludina diluviana* Kunth. 5. *Succinea oblonga* Drap. 6. *Pupa muscorum* Lin. 7. *Helix hispida* Lin.

besonders in Sibirien in ausserordentlicher Menge vorkommende Form war *E. primigenius*, das Mammuth (LXXI. 1), welches, wie die im sibirischen Eisboden aufgefundenen, trefflich erhaltenen Kadaver gelehrt haben, dank dem seinen ganzen Körper bedeckenden, dichten wolligen Haarpelze auch zum Leben in kaltem Klima befähigt war. Daneben waren in Südeuropa noch zwei andere grosse Arten, *E. antiquus* und *meridionalis* (letzterer schon vom oberen Pliocän an) vorhanden, während auf der damals wohl noch mit dem afrikanischen Festlande verbundenen Insel Malta eine Zwergform, *E. melitensis*, lebte. Noch andere Arten sind aus dem Orient und Indien beschrieben worden.

Unter den Unpaarhufern ist von besonderer Wichtigkeit die Gattung *Rhinoceros* mit der grossen, durch verknöcherte Nasenscheidewand ausgezeichneten Hauptart *Rh. antiquitatis = tichorhinus* (LXXIII, 1), dem steten Begleiter des Mammuth und wie dieses durch Wollhaarbekleidung gegen die Kälte geschützt. Während diese Art zwei Hörner trug, war das sibirische *Rh. Merckii* und das in südlichen Gegenden wohnende *Rh. leptorhinus* ungehörnt. An die Nashörner schliesst sich das riesige sibirische *Elasmotherium* mit äusserst schwacher, wahrscheinlich ungehörnter Nasenregion, dagegen einer gewaltigen Anschwellung auf der Stirn, die vermuthlich ein gewaltiges Horn trug, an. Unter den Hippopotamen war in der älteren Diluvialzeit in südlicheren Gegenden *Hippopotamus major*, eine vom lebenden *H. amphibius* kaum zu trennende Form, noch eine nicht seltene Erscheinung. Sehr verbreitet waren ferner Pferde (*Equus fossilis*).

Unter den Paarhufern spielten in der Diluvialzeit eine grosse Rolle die Wiederkäuer. Von Hirschen ist an erster Stelle der gigantische, mit damhirschartigem Geweih versehene irische Riesenhirsch, *Cervus* (*Megaceros*) *giganteus = hibernicus* (LXXII, 2) zu nennen, besonders häufig in den irischen Torfmooren, aber vereinzelt über ganz Europa verbreitet. Von anderen Arten wären hervorzuheben *C. alces*, das Elenthier oder der Elch, und *C. elaphus*, der Edelhirsch, sodann, als eines der verbreitetsten Diluvialthiere, das Ren mit den beiden Arten *C.* (*Rangifer*) *tarandus* und *groenlandicus* (letzteres in unseren Interglacialbildungen).

Von Antilopen bewohnte die Gemse damals auch die Niederungen. Eine weit verbreitete Art war auch *A. saiga*, die heutzutage in den centralasiatischen Steppen lebt. Reste von Schaf und Ziege sind im Diluvium verhältnissmässig selten. Von Ziegen ist besonders interessant der Steinbock, *Capra ibex*, weil derselbe damals gleich der Gemse das Tiefland bewohnte. Als eine dem Schafe verwandte Form ist endlich der jetzt nur im hohen Norden Nordamerikas vorkommende Moschusochs, *Ovibos moschatus*, zu nennen.

Von Rindern sind wichtig *Bos primigenius*, der Urstier oder Ur (LXXIII, 2), dessen letzte Nachkommen in englischen Wildparks leben, und *Bos (Bison) priscus*, der Wisent oder Auerochs (ebend. 3), der in lithauischen Waldungen gehegt wird. Seltener war ein sich zumal in Nordeuropa findender Büffel, *Bos (Bubalus) Pallasi*.

Unter den Raubthieren finden wir in *Felis spelaea* eine dem heutigen afrikanischen Löwen ähnliche oder vielleicht identische Katze, ferner einen den tertiären Arten nahestehenden Säbeltiger, *Machaerodus leoninus*. Ein sehr verbreitetes Thier war namentlich in Italien, Frankreich und England, seltener in Deutschland die Höhlenhyäne, *Hyaena spelaea*, wahrscheinlich identisch mit der südafrikanischen *H. crocuta*. Von Hunden wäre namentlich der Wolf (*C. lupus*) als eine im Diluvium nicht seltene Erscheinung zu nennen. Eines der bezeichnendsten und verbreitetsten Diluvialthiere aber, namentlich auch in deutschen Höhlen, ist der Höhlenbär, *Ursus spelaeus* (LXXI, 3), die grösste Art des Geschlechtes, die je gelebt hat, von den jetzigen Species durch steiler abfallende Stirn und Fehlen der Prämolaren beim erwachsenen Thiere abweichend. Von kleineren Raubthieren endlich wären Marder, Dachs, Wiesel, Hermelin u. a., speciell von nordischen Formen der damals bis nach Dalmatien verbreitete Vielfrass (*Gulo borealis*) zu nennen.

Sehr reich vertreten waren auch die Nager, unter welchen wir neben vielen nordischen auch zahlreiche Steppenthiere antreffen. Von ersteren ist namentlich der Schneehase (*Lepus glacialis*) zu erwähnen, von Steppenbewohnern der Lemming (*Myodes obensis*), der Ziesel (*Spermophilus*), der Pferdespringer (*Alactaga*), der Pfeifhase (*Lagomys*) u. a. Eine ansehnliche Verbreitung besass auch der erst in geschichtlicher Zeit allmählich verdrängte Biber.

In **Nordamerika** war, wie schon früher hervorgehoben, unsere wichtigste Diluvialform, das Mammuth, nur im westlichsten Theile, in der Nähe der Beringsstrasse vorhanden, während im Süden der Vereinigten Staaten ein anderer Elephant, *Elephas americanus* lebte. Eine der bezeichnendsten Formen des nordamerikanischen Diluviums, das „amerikanische Mammuth", gehört nicht der Gattung *Elephas*, sondern dem in Europa nicht über das Tertiär hinausgehenden Geschlechte *Mastodon* an. Es ist das der gewaltige *M. giganteus* oder *ohioticus* (LXXII, 1). In ähnlicher Weise wie *Mastodon* hat sich in Amerika, abweichend von den europäischen Verhältnissen, auch die Gattung *Hippotherium* oder *Hipparion* bis in die Diluvialzeit erhalten, während welcher sie gleichzeitig mit dem Pferde lebte. Doch ist dieses letztere später in Amerika ganz ausgestorben und dort erst von den Europäern wieder eingeführt worden. Eine weitere Eigenthümlichkeit des nordamerikanischen Diluviums waren grosse, jedenfalls aus Südamerika eingewanderte Edentaten (*Megatherium* in Südcarolina, *Megalonyx* u. s. w.).

In **Südamerika** lebten die grossen, uns schon im Tertiär entgegengetretenen Edentaten zum Theil auch während des Diluviums fort, als Vorfahren der für die heutige Fauna dieses Gebietes in erster Linie bezeichnenden Faulthiere, Gürtelthiere und Ameisenbären. Von anderen bezeichnenden südamerikanischen Formen der Jetztzeit waren in diluvialer Zeit bereits vorhanden das Lama, der Tapir und das Meerschweinchen. Auch in Südamerika lebte die Gattung *Mastodon* noch in der Diluvialepoche fort.

In **Australien** kommen im Diluvium von den für die dortige Fauna so bezeichnenden Beutelthieren Formen vor, welche alle jetzt lebenden an Grösse bedeutend übertreffen, so der löwengrosse *Thylacoleo,* die Gattung *Diprotodon* u. s. w. Auch die merkwürdigen australischen Monotremen besassen in der Diluvialepoche sehr viel grössere Vorläufer, so das heutige Schnabelthier in *Echidna Ramsayi*. Ganz dasselbe wiederholt sich bei den Vögeln, unter denen, als Stammeltern der heutigen flügellosen Ratiten (Emu [*Dromaeus*] und Kiwi [*Apteryx*]), schon damals ähnliche, aber riesengrosse Gestalten, wie vor allem die neuseeländische Moa (*Dinornis*), eine grosse Rolle spielten.

So erkennen wir überall einen mehr oder weniger innigen Zusammenhang der diluvialen Fauna mit der heutigen, oder mit anderen Worten, die heutigen thiergeographischen Verhältnisse waren im Wesentlichen schon in der Diluvialepoche vorgebildet.

II. Alluvium.

Das Alluvium stellt den jüngsten Zeitabschnitt der Quartärformation dar, der, sich unmittelbar in die Gegenwart fortsetzend, die Gesammtheit derjenigen geologischen Ablagerungen umfasst, seit deren Bildung keine merklichen Aenderungen mehr im Klima, im allgemeinen Wasserstande des Meeres und der Flüsse und in der Beschaffenheit der Fauna und Flora eingetreten sind.

Hierher gehören die Geröll-, Kies-, Sand- und Lehmanschwemmungen in der Tiefe der Thäler, die Deltas und Schuttkegel, die grosse Masse der Torf-, Raseneisenstein- und Kalksinterabsätze, die verschiedenartigen Strand-, Dünen- und Marschbildungen, die Guanoanhäufungen, Korallenbauten u. dergl. m. In paläontologischer Beziehung lässt die Flora und Fauna der Alluvialablagerungen keine nennenswerthen Unterschiede von der jetzt in denselben Gegenden lebenden Pflanzen- und Thierwelt erkennen. Indess lebten in der älteren Alluvialepoche bei uns noch eine Reihe seitdem ausgerotteter oder verdrängter Thiere, wie Elen, Wisent, Biber, Torfschwein u. s. w. Von der diluvialen unterscheidet sich die alluviale Fauna besonders durch das Fehlen einer ganzen Anzahl von Thieren, die entweder, wie das Mammuth, *Rhinoceros antiquitatis*, der Höhlenbär, Höhlenlöwe, die Höhlenhyäne u. a., ganz erloschen sind oder, wie das Renthier, der Moschusochs, der Steinbock, das Murmelthier u. s. w., sich nach dem hohen Norden oder in die höheren Theile unserer Hochgebirge zurückgezogen haben.

Die sich im älteren Alluvium findenden Reste menschlicher Kunstthätigkeit zeigen im Vergleich mit den ähnlichen, aus rohen Steinwerkzeugen bestehenden diluvialen Resten einen erheblichen Fortschritt in der Feinheit der Bearbeitung und werden im Unterschiede von den paläolithischen Funden der Diluvialzeit als **neolithisch** oder der **jüngeren Steinzeit** angehörig bezeichnet.

Diesem neolithischen Zeitalter des prähistorischen Menschen folgte die sogen. Metallzeit, in welcher der Mensch bereits die Darstellung und Verwendung der Metalle erlernt hatte, aus welcher daher neben Waffen und Werkzeugen von Stein, Knochen oder Holz auch solche von Metall vorliegen. Innerhalb der Metallzeit wird dann meist wieder eine ältere **Bronze-** und eine jüngere **Eisenzeit** unterschieden.

Register[1].

A.

Aachener Sand 278.
Abraumsalze 155.
Abtheilung, geologische 6.
Acadian group 39. 41.
Acanthoceras 285.
— mammillare 262*. 263.
— Mantelli 267.
— Martini 261. 263. 265.
— Milletianus 261.
— rotomagensis 267. 268*.
Acanthocladia 161.
Acanthodes 149.
— gracilis 162*. 166.
Acer 309. 341. 344.
Aceratherium incisivum 325. 326. 332*. 333.
Acidaspis 75.
— Buchii 58. 61.
— Dufrenoyi 70*.
Acrocidaris 284.
Acroculia neritoides 131*.
Acrodus 186. 243.
Acrolepis 124. 166.
Acrosalenia 241.
Acrothele 40. 45.
Acrotreta 40. 45.
Actaeonella 252. 278. 280. 285.
— gigantea 281*.
Actinocamax 286.
— plenus 267.
— quadratus 271. 273*. 276. 279.
— subventricosus 279.
— verus 279.
— westfalicus 279.
Actinocrinus pulcher 50.
— pyriformis 133*.
Adapis 316.

Adnether rothe Ammonitenkalke 237.
Adorfer Goniatitenkalk 86. 87. 98.
Adrianites 158.
Aeger 243.
Aeglina 49.
— prisca 66*.
— rediviva 58.
Aegoceras 242.
— capricornum 221*.
— Jamesoni 218.
Aeolische Gesteine 2.
Aequivalente Schichten 4.
Aera, geologische 6.
Aëtosaurus ferratus 187. 209.
Affen, jungtertiäre 336.
Agnostus 32. 37. 38. 39. 40. 45. 49. 53. 60.
— pisiformis 32. 42*.
Ahorn 341. 344.
Alabama-Schichten 302.
Alactaga jaculus 351.
Alaunschiefer, cambrischer 33.
— von Chokier 118.
Albien 249. 250. 263. 265.
Alethopteris 139.
— Serli 134*.
Alluvium 9. 336. 360.
Altersbestimmung der Gesteine 3. 4.
Altglaciale Epoche 339.
Alttertiär 293.
Alveolina 312.
Alveolites 77.
— suborbicularis 84.
Amaltheenthon 218. 223.
Amalthei (Ammonites) 242.
Amaltheus 242.
— costatus 218.
— margaritatus 218. 221*.
Amblypterus macropterus 162*. 166.
Ambonychia bellistriata 67*.

---

[1] Die den Seitenzahlen beigefügten Sternchen bedeuten, dass die Form an der betreffenden Stelle abgebildet ist.

Ammonites alternans 227.
— amaltheus 218.
— anceps 225. 229.
— angulatus 217. 220*. 223.
— antecedens 181.
— aspidoides 229.
— astierianus 257. 258*. 259. 260. 263.
— athleta 225. 229.
— auritus 261. 263.
— biarmatus 235.
— bifrons 222*. 223. 224.
— bimammatus 235.
— Blagdeni 225. 227*.
— bollensis 218.
— Braikenridgi 225.
— Buchi 180. 181.
— Bucklandi 220*. 223.
— catenulatus 239.
— coesfeldensis 276.
— communis 218.
— cordatus 228*. 236.
— costatus 218.
— cyclotus 238.
— Damesi 180.
— Davoei 218. 223.
— Deshayesi 261. 263.
— dux 181.
— Emscheris 271.
— eudoxus 235. 239.
— ferrugineus 229.
— gigas 235. 236.
— hecticus 225.
— Henleyi 223.
— Humphriesianus 225. 229.
— ibex 218. 223.
— inflatus 261. 263.
— interruptus 263.
— Jamesoni 218. 223.
— Jason 225. 229.
— jurensis 218. 223.
— lautus 261. 263.
— lithographicus 235. 238.
— macrocephalus 225. 228*. 229. 239.
— mammillaris 262*. 263.
— Mantelli 267. 280.
— Margae 271. 272*. 280.
— margaritatus 218. 221*. 223.
— Martini 261. 263. 265.
— Milletianus 261.
— Murchisonae 224. 229.
— nisus 261.
— nodosoides 267.
— noricus 257. 258*. 259.
— obtusus 217. 223.
— opalinus 224. 225. 226*.
— ornatus 225. 228*.
— Ottonis 180.
— oxynotus 217. 223.
— Parkinsoni 225. 227*. 229.
— peramplus 267. 270*. 276. 279.
— perarmatus 232*. 235. 236.

Ammonites planorbis 217. 223.
— portlandicus 236.
— psilonotus 217.
— ptychoicus 238.
— radians 218. 222*.
— radiatus 257. 260.
— raricostatus 217. 223.
— rotomagensis 267. 268*. 276. 280.
— Sauzei 224. 225. 229.
— semicostatus 223.
— serpentinus 223.
— Sowerbyi 224. 225. 229.
— splendens 261.
— spinatus 218. 223.
— steraspis 238.
— striatulus 225.
— Strombecki 180.
— tardefurcatus 261.
— tenuilobatus 235.
— tenuis 177.
— Texanus 271. 280.
— torulosus 224. 229.
— transitorius 238.
— transversarius 231. 235.
— Turneri 217.
— varians 267. 268*. 280.
— virgatus 239.
— Wittekindi 276.
— Woollgari 267. 276. 277.
Amphicyon 316.
Amphisyle 313.
Amplexus 141.
Ampyx 75.
— Portlocki 58.
Ananchytes 284.
— ovata 273*. 276. 278. 280. 282.
— sulcata 279.
— vulgaris 276.
Anarcestes 85. 90. 107*. 108.
Anatina praecursor 203.
Ancillaria glandiformis 320*. 324.
Anchitherium 318. 330.
— aurelianense 331.
Ancyloceras 263.
— Matheronianum 265.
Andrias Scheuchzeri 323.
Angiospermen, älteste 283.
Anglo-gallisches Kreidebecken 253.
— — Tertiärgebiet 295.
Angoumien 279.
Angulatensandstein 217. 223.
Anhydrische Periode d. Erdgeschichte 12.
Annelidian 41.
Annularia 140.
— longifolia 123. 159.
— sphenophylloides 135*.
Anodonta postera 187.
Anomodontia 209.
Anomopteris 177. 206.
Anoplophora 207.
— donacina 186.

Anoplophora lettica 186.
Anoplotherium 309. 315.
Anor, grès de 88.
Antedon 241.
Anthracosia carbonaria 115. 163*.
— Lottneri 137*.
Anthracotherium 315.
Anthrapalaemon 142.
Antilope 358.
— saiga 351. 358.
Anversien (système) 326.
Aphyllites 85. 90. 107*. 108.
Apiocrinus 241.
— Roissianus 232*.
Aptien 249. 250. 263. 265.
Aptychenschiefer 237.
Aptychus laevis 233*.
Aralia 276. 283.
Araucaria 241.
Araucarioxylon 141.
Araucarites 141. 158. 160.
Arca appendiculata 305.
— barbata 321*.
— diluvii 319. 327*.
— oreliana 95.
— turonica 318. 324.
Arcestes 159. 207.
— Gaytani 108. 201.
— intuslabiatus 201.
— ruber 204.
Archäische Gesteinsgruppe 9. 13 ff.
Archaeocalamites radiatus 117. 121. 122. 130*. 140.
Archaeocidaris 141. 158.
— rossica 125. 126.
Archaeocyathus 38. 40.
— minganensis 43*.
Archaeopteryx 248.
— macrura 247*. 248.
Archegosaurus 149. 150. 167.
— Decheni 163*. 167.
— latirostris 167.
Archimedes = Archimedipora 125. 126.
— Wortheni 138*.
Arctisch-pacifische Triasprovinz 205.
Arctocyon 298.
Arctomys bobac 351.
Arenig-Schichten 49. 64.
Arethusina 75.
— Haueri 61.
Arietes 242.
Arietenschichten 217. 223.
Arietites 242.
— Bucklandi 217. 220*.
— Conybeari 217.
— spiratissimus 217.
Arionellus 32. 37. 38. 40.
Armati 243.
Armoricanischer Sandstein 61.
Arno-Stufe 326.
Artinskische Etage 157.

Arvonian 23.
Asaphus 48. 61. 63. 65.
— armoricanus 61.
— expansus 53. 66*.
— Homfrayi 49.
— ingens 58.
— platyurus 53.
— Powisii 50.
— tyrannus 50.
Asar, skandinavische 342.
Asche des Zechsteins 152. 153.
Aspidoceras 243. 263.
— acanthicum 238.
— perarmatum 232*.
Aspidorhynchus 243.
Astarte 325.
— borealis 326.
— Bosqueti 305.
— concentrica 319.
— Omalii 327*.
— opalina 224.
— supracorallina 235.
— Voltzi 225. 228*.
Asterias Schultzei 277.
Asterophyllites 140.
— equisetiformis 135*.
Astylospongia praemorsa 69*. 78.
Atherfield beds 259.
Athyris concentrica 84. 102*.
— lamellosa 132*.
— oxycolpos 203.
— trigonella 181. 184. 196. 197*. 206.
Atlantosaurus 248.
Atractites 207.
Atrypa prunum 56.
— reticularis 50. 51. 56. 73*. 83. 84. 108.
Aucella 212. 239. 242.
— Fischeriana 239.
— gryphaeoides 261. 262*.
— mosquensis 234*.
— Pallasi 239.
Auchenia 333.
Auerochs 358.
Aufgeschwemmtes Gebirge 7.
Aulacoceras 207.
Aulocopium 78.
Aulopora tubaeformis 104*.
Aulosteges 159. 161.
Avicula (Posidonia) Clarai 196. 197*.
— contorta 187. 188*. 191. 192. 199*. 203. 204.
— exilis 203. 204.
— gryphaeoides 261. 262*.
— inaequivalvis 217.
— (Pseudomonotis) speluncaria 153. 154. 164*. 166.
— (Posidonia) venusta 86.
Aviculopecten exoticus 125.
— papyraceus 115. 118. 119. 137*.
Axinus obtusus 305.

Axinus unicarinatus 305.
Aymestry-Kalk 49.
Azoische Gesteinsgruppe 9.

B.

Bacchus-Marsh-Schichten 167. 168.
Bactrites 109.
— carinatus 85.
— elegans 105*.
— Schlotheimi 85.
Baculitenschichten 277.
Baculites 285.
— anceps 274*. 276. 277. 279.
— baculoides 277.
— incurvatus 278.
Badener Tegel 324.
Bagshot- u. Bracklesham-Schichten 299.
Baiera 158. 161. 241.
Bairdia 208.
Bairdien-Schichten des Kohlenkeupers 186.
Bajocien 229.
Bala rocks 48. 64.
Baltische Kreide 278.
Barrême-Stufe 260. 263.
Bartonthon 299.
Basalte und Tuffe, miocäne 319.
Bath 229.
Bathian 225.
Bathonien 229.
Bathynotus 39.
Bathyuriscus 39. 63.
Beauce, Süsswasserkalk von 309.
Beauchamp, Sand von 298. 299.
Belemnitella 286.
— mucronata 271. 274*. 276. 278. 279. 280.
— (Actinocamax) quadrata 271. 273*.
Belemniten 286.
Belemnites absoluti 286.
— absolutus 239.
— acuarius 218. 243.
— brunsvicensis 261.
— canaliculatus 243.
— clavatus 221*. 243.
— corpulentus 239.
— (Duvalia) dilatatus 259. 260. 263. 264*.
— Ewaldi 261.
— excentrici 286.
— excentricus 239.
— giganteus 224. 227*. 243.
— hastatus 232*. 243.
— lateralis 239.
— latus 259. 260. 264*.
— minimus 261. 278.
— paxillosus 218. 221*. 243.
— pistilliformis 257. 259. 263.

Belemnites subquadratus 257.
Belemnitidae 243.
Belinurus 142.
— reginae 137*.
Bellerophon bicarenus 131*.
— cambriensis 32.
Bellerophonkalk 158.
Beloceras 86. 109.
Belodon 209.
— Kapffi 187.
Belonorhynchus 201.
Belvedere-Schotter 324.
Bembridge-Schichten 310.
Beneckeia 177. 181. 208.
— Buchi 180. 181. 208.
Berggyps-Schichten 187.
Bergkalk s. Kohlenkalk.
Berglöss 349.
Bernstein des Samlandes 309.
Berrias-Stufe 259. 260.
Betula nana 342.
Beutelthiere d. Trias 209.
Beyrichia 75.
— Kloedeni 54.
— tuberculata 56. 70*.
Biancone 265.
Biber 359. 360.
Bierlé, quarzite de 88.
Bifurcatenschicht 225.
Birdseye-Gruppe 63. 64.
Birke 341.
Birkhill shales 51. 64.
Bison priscus 340. 344. 357*. 358.
— sivalensis 334.
Black-River-Gruppe 63. 64.
Blätterkohle von Rott etc. 309.
Blättermolasse (von Kempten) 323.
Blattina anthracophila 163.
Blaue Erde des Samlandes 309.
Blauer Thon 34. 36.
Blocklehm 341 ff.
Bördelöss 350.
Bohnerzablagerungen 311.
Bojische Gneissstufe 22.
Bolderien 318.
Bone bed des Keupers 191. 192.
— — des Silur 49. 51.
Borealer Juragürtel 212. 238.
Borealis-Bank 55.
Borkholmsche Schicht 55.
Bos etruscus 334.
— namadicus 334.
— Pallasi 359.
— planifrons 334.
— primigenius 340 341. 357*. 358.
— priscus 357*.
Botriocidaris 77.
Boulder Clay 347.
Bracheux, Sand von 298. 300.
Brachiopodenschiefer 52.
Branchiosaurus 142. 150. 167.

Brancoceras 131*. 142.
Braunkohlenbildungen, miocäne 319.
Braunkohlen, oligocäne 308.
Brevispinaschichten 219. 223.
Brissus 313.
Bröckelschiefer des Bunten Sandsteins 176.
Brongniartipläner 267.
Bronteus 75.
— planus 71*.
— speciosus = thysanopeltis 85. 90. 91. 107*. 109.
Brontosaurus 248.
Brontotheriidae 316.
Bronzezeit 361.
Bruxellien 299.
Bryozoenriffe des Zechsteins 154.
Bubalus Pallasi 359.
Buccinum bullatum 305.
— cassidaria 306*. 310.
— groenlandicum 352. 353.
Buchensteiner Schichten 200. 204.
Buchiceras 252. 280. 282. 283. 286.
— Ewaldi 281*.
Buchsweiler Kalk 311.
Büdesheimer Goniatitenschiefer 86.
Bulla ampulla 327.
Buntsandstein, alpiner 196. 204.
—, deutscher 175 ff.
Burnot, poudingue de 83. 88.

C.

Caenopithecus 316.
Caerfai-Gruppe 31. 41.
Calamarien- u. Farn-Stufe 113. 123.
Calamites 135*. 140.
— arenosus 123.
— Cisti 123.
— gigas 149. 150. 157.
— transitionis s. Archaeocalamites radiatus.
Calamophyllia 206. 241.
Calamostachys 140.
Calamostoma 313.
Calcaire grossier 298.
Calceola 99.
— sandalina 84. 89. 92. 104*.
Calceola-Schichten 84. 88. 98.
Calciferous sandstone 63. 116.
Calianassa 286.
Callipteris conferta 149. 150. 157. 159. 160. 161*.
Callopegma acaule 274*.
Callovien 229. 235.
Calymene 65. 90.
— Blumenbachi 50. 53. 58. 70*.
— Tristani 61.
Camarophoria formosa 85.
— Humbletonensis 159.

Camarophoria papyracea 117.
— Schlotheimi 153. 156. 161. 164*.
Cambrische Formation 9. 29 ff.
Camelus 333.
Camelopardalis 333.
Campanien 279.
Canis etruscus 335.
— lupus 359.
Capitosaurus 208.
Capra ibex 358.
Capricorni 242.
Capricornus-Schichten 223.
Caprina 285.
— adversa 280. 281*.
Caprotina ammonia 265.
Caprotinen 252.
Caprotinenkalk 265.
Caradoc-Schichten 48.
Carboniferous limestone 111.
— system 111.
Carbonische Formation 9. 110 ff.
Cardiaster 284.
— italicus 280.
Cardinia hybrida 220
— Listeri 217.
Cardinien-Schichten d. unteren Lias 217.
Cardioceras 212. 239.
— alternans 227.
— cordatum 228*. 236. 239.
Cardiola interrupta 51. 54. 58. 60. 61. 72*. 76.
— retrostriata 84. 86. 89. 105*.
Cardiola-Schiefer, obersilurische 54. 61. 64.
Cardita crenata 199*. 201.
— Dunkeri 305.
— Gümbeli 202.
— imbricata 297*.
— Jouanneti 318. 323. 324.
— planicosta 298. 299.
Cardita-Schichten der alpinen Trias 202.
Cardium cingulatum 308.
— edule 345.
— porulosum 298.
Carentonien 279.
Carneolbank 179.
Carpinus 312.
Caryocrinus ornatus 68. 77*.
Caryophyllia 284.
Casseler Meeressand 303. 304. 308.
Cassianella gryphaeata 199*. 201.
Cassianer Schichten 201. 202. 204.
Cassis cancellata 298.
— saburon 318. 320*. 324.
Castor 336. 359.
Catopygus carinatus 267.
Catskill-Gruppe 96. 98.
Cauda galli grit 97.
Caulopteris 177. 206.
Cebochoerus 316.
Cenoman 250. 267.

Cenomanien 249. 250.
Cephalaspis 51. 76.
Ceratiocaris 75.
Ceratites 200. 204. 207.
Ceratites antecedens 181. 207.
— binodosus 196. 204. 207.
— cassianus 196. 197*. 204.
— enodis 181. 207.
— nodosus 181. 183*. 207.
— Schmidi 184 Anm.
— semipartitus 181. 207.
— trinodosus 181. 196. 197*. 200. 204. 207.
Ceratodus 186. 208.
— Kaupi 188*.
Ceratopyge-Kalk 53.
Cerithien-Schichten d. Mainzer Beckens 310.
Cerithium 207.
— armatum 227*.
— concavum 298. 299.
— giganteum 295. 298. 299. 300.
— margaritaceum 306*. 310. 312. 324.
— nudum 297*.
— pictum 324.
— plicatum 310. 311. 312. 324.
— rubiginosum 324.
— serratum 297*.
— submargaritaceum 310.
Cervus 333.
— alces 340. 358.
— anocerus 334*.
— elaphus 358.
— elegans 334*.
— euryceros 356*.
— giganteus 356*.
— martialis 333. 334*.
— Matheronis 333. 334*.
— megaceros 344. 352. 356*. 358.
— Sedgwicki 333.
— tarandus 340. 351. 358.
Chaetetes radians 125. 138*.
Chalicotherium 328.
Chalk 249. 250.
Chamaerops 312. 325.
— helvetica 313*.
Chamidae 285.
Chasmops 63. 65.
— bucculentus 56.
— conicophthalmus 52.
— macrourus 52. 56.
— Odini 56. 66*.
— Wesenbergensis 56.
Chasmops-Kalk 52.
Chazy-Gruppe 63. 64.
Cheirurus 75.
— claviger 58.
— insignis 58. 70*.
— Quenstedti 61.
Chemnitzia scalata 180. 182*.
Chemung-Gruppe 96. 98.

Chilesford beds 326.
Chirotherien-Sandstein 176. 190.
Chirotherium-Fährten 176. 178*.
Chiton priscus 131*.
Chonetes comoides 117.
— dilatata 83.
— plebeja 82. 100*.
— sarcinulata 82.
— striatella 51. 56. 57. 72*.
Choristoceras Haueri 201. 204.
— Marshi 203.
Cidaris 241.
— coronata 233*. 241.
— dorsata 199*. 201.
— florigemma 235. 241.
— Forchhammeri 279.
— Tombecki 298.
Cincinnati-Gruppe 63. 64.
Cinnamomum 309. 312.
Cipitkalk 202.
Cladiscites 208.
— tornatus 198*. 201.
Clevelander Eisenstein 219.
Climacograptus 53. 60. 63.
Clinton-Gruppe 63. 64.
Clymenia 109.
— laevigata 86.
— striata 86.
— undulata 86. 105*.
Clymenien-Kalk 86. 88. 89. 91. 92. 98.
— Stufe 87. 91.
Clypeaster altecostatus 322*.
— altus 325.
Cnemidiastrum 241.
— rimulosum 233*.
Coal measures 111. 115. 116.
Coblenzien 88.
Coblenzquarzit 83. 88.
Coblenzschichten 83. 88. 98.
Coccosteus 94. 110.
Cochliodus 142.
Coelacanthus 166.
Coeloma 313.
Cöloptychienkreide 276.
Coeloptychium 276. 284.
— agaricoides 274*. 276.
Coenograptus 51. 77.
— gracilis 69*.
Coenothyris vulgaris 182*.
Collyrites 241.
Colobodus 208.
Colonien, Barrande's 59.
Colossochelys 328.
Comatula 241.
Compsognathus 248.
Concordante Lagerungen 3.
Condroz, Psammites du 87. 88.
Congeria conglobata 322*. 324.
— subglobosa 324.
Congerien-Stufe d. Wiener Beckens 324.
Coniston flags 51. 64.

Coniston limestone 52. 64.
Conocardium aliforme 132*.
Conocoryphe 31. 32. 37. 38. 45.
— Sulzeri 42*.
Conocephalites s. Conocoryphe.
Conoclypus 313.
— conoideus 300. 301*.
Conodonten 56.
Contorta-Schichten 187. 191. 203.
Conus 285.
— antediluvianus 319. 324.
— deperditus 298. 299.
— Dujardini 319.
— Mercati 324.
— ponderosus 320*.
Corallien 235. 236.
Coralrag 235.
Corbicula-Schichten d. Mainzer Beckens 311. 319.
Corbis (Fimbria) lamellosa 296*. 298.
Corbula alata 236.
— gibba 344.
— inflexa 236. 254. 257.
— Rosthorni 187. 202.
Corbulabank d. mittleren Keupers 187.
Cordaioxylon 157. 161.
Cordaites 140.
Cornbrash 230.
Corniferous limestone 97.
Coronaten-Schichten 225. 229.
Coronati 243.
Coryphodontidae 316.
Coscinopora infundibuliformis 275*.
Cosina-Schichten 282.
Cosmoceras 243.
Crag 293. 326.
Crangopsis 142.
Crania 285.
— ignabergensis 275*. 278.
Crassatella ponderosa 298.
Craticularia 241.
Credneria 271. 276. 283.
— triacuminata 275*.
Creodonten 316.
Cretacische Formation 9. 248 ff.
Crinoidenschicht im Mitteldevon der Eifel 84.
Crioceras 285.
— australe 283.
— Emerici 257. 259. 260. 264*.
Crocodilier 209.
— jurassische 246.
Cromus Beaumonti 61.
Crotalocrinus 77.
— rugosus 50.
— pulcher 74*.
Cruziana 33. 34. 44.
Cryphaeus 109.
— calliteles 96.
— laciniatus 83. 101*.
Ctenacanthus 142.

Ctenodus 142.
Ctenocrinus decadactylus 83.
— typus 83. 100*.
Cuboides-Schichten 86.
Cucullaea Hardingii 87.
Cucullella solenoides 101*.
Cuise, Sande von 298. 299.
Culm 117. 121.
Culm measures 112. 115.
Cupressocrinus 99.
— crassus 104*.
Cuseler Schichten 148. 149.
Cuvieripläner 267.
Cyathocrinus 77.
— longimanus 70*.
— pyriformis 50.
Cyathophyllum caespitosum 104*.
— ceratites 84.
— helianthoides 84.
— hexagonum 104*.
Cyclolites 252. 280.
— undulata 281*.
Cyclolobus Stachei 165*.
Cylindrophyma 241.
Cynodon 316.
Cyphosoma 278.
Cypraea 279. 285.
Cypridina serratostriata s. Entomis s.
Cypridinen-Schiefer 86. 88. 89. 91. 98.
Cyprina 242.
— Brongniarti 236.
— islandica 325. 326. 344. 353.
— Morrisii 298.
— rotundata 308. 312.
— tumida 327*.
Cyprinenthon 344.
Cypris (Cypridea) valdensis 254.
Cyrena Bronni 255*.
— cuneiformis 298.
— cretacea 277.
— fluminalis 344.
— semistriata 310. 312.
— subarata 310.
Cyrenen-Mergel 310.
Cyrtoceras 76.
— Murchisoni 71*.
Cyrtograptus 58. 77.
— Murchisoni 59.
Cyrtograptus-Schiefer 54. 64.
Cystideen-Kalk 53.
Cystiphyllum vesiculosum 84. 104*.
Cytherea erycinoides 318.
— incrassata 306*. 310. 312.
— semisulcata 296*.

D.

Dachs 359.
Dachsteinbivalve 203.
Dachsteinkalk 203. 204.

Dactylodus 125. 126.
Dakota-Gruppe 283.
Dala-Sandstein 34.
Dalmanites 65.
— caudatus 50.
— Downingiae 50.
— Hausmanni s. Odontochile.
— Phillipsi 61.
— rugosa s. Odontochile.
— socialis 66*.
Damuda-Stufe 168.
Danien 249. 250. 279.
Daonella Lommeli 198*. 200. 204.
Dapedius 208. 243.
Daraelites 158.
Davidsonia 99.
Dechenella 109.
Decksand des norddeutschen Glacialdiluviums 343.
Deistersandstein 254. 256.
Delthyris-Kalk der Unter-Helderberg-Gruppe 97.
Dendrerpeton 142.
Dentalium elephantinum 319.
— Kickxii 305.
— sexangulare 327*.
— torquatum 180.
Denticulati 243.
Desmoceras 285.
Deutsche Trias 173 ff.
Devonische Formation 9. 78 ff.
Diagenese, Theorie der 26.
Dicellocephalus 32. 40. 41. 45. 49. 63.
— minnesotensis 42*. 53.
Dicellograptus 58.
Diceras 242.
— arietinum 234*. 235.
— Luci 238.
Dichograptus 51. 53. 63. 77.
Dictyograptus socialis = flabelliformis 32. 35. 43*.
Dictyonema s. Dictyograptus.
Dictyonema-Schiefer 32. 34. 35. 36. 41.
Dicranograptus 63.
Dicrocerus 333.
Dicynodon 209.
— feliceps 189*.
Didelphys 314.
Didymites tectus 204.
Didymograptus 51. 53. 58. 63. 77.
— Murchisoni 69*.
Diestien (système) 318.
Diluvium 9. 336. 337 ff.
Dimetian 23.
Dinarites 205.
Dinichthys 110.
Dinoceras 302. 315.
— mirabile 315*.
Dinocerata 315.
Dinornis 360.
Dinosaurier 209.

Dinosaurier, cretacische 286.
—, jurassische 247.
Dinotherium 318. 324. 325. 329.
— giganteum 311. 326. 329*.
Dioonites 206. 241.
Diphya-Kalk 238.
Diplograptus 51. 58. 60. 77.
— palmeus 69*.
Diplopora 200. 206.
— annulata 198*.
Dipnoer, devonische 110.
Diprotodon 360.
Dipterus 110.
Discoidea cylindrica 268*. 284.
Discordante Lagerung 3.
Discordante Schichtungsstructur siehe Kreuzschichtung.
Doberg, Meeressand des 303. 308.
Döntener Schiefer 219.
Dogger 213. 214. 224 ff.
Dolgelly-Gruppe 31.
Domanik-Schiefer 95.
Downton-Sandstein 49. 51.
Dreissena Brardi 311. 321*.
— conglobata 322*.
— polymorpha 344.
Driftbildungen 338.
Driftless area des oberen Mississippigebietes 354.
Dromatherium 193. 209.
Dromia rugosa 279.
Dromiopsis 286.
Dünenbildungen 360.
Duvalia 252. 286.
Dwyka-Conglomerat 168.
Dyas 143.
Dysodil 309.

E.

Ecca-Schichten 168.
Echidna Ramsayi 360.
Echinobrissus 241.
— clunicularis 228*.
Echinoconus s. Galerites.
Echinocorys 284.
— (Ananchytes) ovata 273*.
— vulgaris 276.
Echinolampas 313.
— Kleini 307*. 308.
Echinosphaeriten-Kalk 55. 56.
Echinosphaerites aurantium 53. 68*. 77.
Edelhirsch 358.
Edestus 125. 126.
Eifélien 88.
Eimbeckhäuser Plattenkalk 235. 236.
Eisboden, diluvialer, Sibiriens 353.
Eisenzeit 361.
Eiszeit, carbonisch-permische 167.
Eiszeit, diluviale 337 ff.

Elasmotherium 358.
Elbingeroder Grauwacke 89. 98.
Elch 358.
Elenthier 358. 360.
Elephas 329. 355.
— americanus 355. 359.
— antiquus 325. 340. 341. 344. 348. 358.
— melitensis 358.
— meridionalis 325. 329. 348. 358.
— primigenius 340. 346*. 353. 355. 358.
Elligser Brink-Thon 257.
Ellipsocephalus 37.
Emarginula 207.
Emscher Mergel 27.
Encrinurus 75.
— punctatus 50. 56. 70*.
— variolaris 50.
Encrinus 206.
— cassianus 201. 206.
— gracilis 196. 206.
— liliiformis 181. 183*. 196. 206.
Endmoränen, diluviale 347. 353.
Endoceras 53. 56. 76.
— commune 53.
— duplex 53.
— longissimum 67*.
— vaginatum 53.
Enteletes 125. 138*.
Entomis (Cypridina) serratostriata 86. 105*. 109.
Eocän 293. 295 ff.
Eophyton 44.
Eophyton-Sandstein 33. 34. 41.
Eozoische Gesteine 16.
Eozoon 15.
Epiaster 284.
— brevis 267.
Epoche, geologische 6.
Eppelsheimer Sand 311.
Equisetum arenaceum 156. 187. 189*. 203. 206.
— columnare 193.
— Mougeoti 177. 206.
Equus 328. 331*.
— fossilis 358.
— Stenonis 325.
Erbray, Kalk von 92.
Erle 344.
Erratische Bildungen 338.
Erratische Blöcke 340.
Erstarrungskruste der Erde 11.
Eruptivgesteine 2.
— archäische 16.
— carbonische 114.
— mesozoische 171.
— neozoische 289.
— paläozoische 28.
— permische 146.
Eryon 243.
Esino-Kalk 200.
Estheria 166.

Estheria minuta 156. 176. 186. 189*.
Estherien-Schichten des Kohlenkeupers 186.
Eteminian-Gruppe 39.
Etoblattina manebachensis 137*.
Etroeungt, Kalk von 87. 88.
Eugeniacrinus 241.
Euomphalus gualteriatus s. Pleurotomaria gualt.
— pentangulatus 131*.
— Whitneyi 125.
Euphoberia armigera 137*.
Eurypterus 51. 56. 75. 94.
— Fischeri 71*.
Exogyra 242.
— columba 269*. 276. 277. 280. 285.
— Couloni 257. 258*. 259. 263. 265. 285.
— laciniata 271.
— virgula 234*. 235. 236. 239. 242.

F.

Facies, paläontologische, petrographische 5.
Falciferi 242.
Faluns 318.
Famenne, Schistes de oder de la 87. 98.
Famennien 88.
Favosites gotlandica 50. 62. 73*.
Faxekalk 279.
Felis attica 335.
— spelaea 359.
Fenestella 161.
— retiformis 153. 164*.
Festiniog-Gruppe 31.
Ficus 283. 312.
Fimbria s. Corbis.
Fimbriati 242.
Findlinge 340.
Flabellaria 312.
Flammenmergel 261.
Fleckenmergel 237.
Flexuosi 243.
Flinz 85.
Flötzgebirge 6.
Flötzleerer Sandstein 119.
Flugsaurier 244.
Flysch 302.
Flyschsandsteine, oligocäne 311.
Föhre 341.
Folkstone beds 263.
Fontainebleau, Sandstein von 309.
Fordilla 40.
Forest beds von Cromer 348.
Formation, geologische 6.
Formationskunde 1.
Formsand 308.
Frankenberger Kornähren 154.
Frasne, Kalk von 86. 87. 98.
Frasnien 88.

Freshwater beds 348.
Fucoiden-Sandstein 33. 34. 36. 41.
Fucoides cauda galli 97. 110.
Fusus 285.
— antiquus 327*.
— bulbiformis 296*. 298.
— elongatus 305.
— festivus 319.
— Konincki 305.
— longaevus 296*.
— longirostris 320*.
— multisulcatus 305.
— Noae 298.
— subcarinatus 296*.
— tricinctus 319.
Fusulina cylindrica 124. 125. 126. 138*. 141.
Fusulinenkalk 112. 113. 124. 125. 126.

G.

Gailthaler Schiefer 124.
Galeritenpläner 267. 271.
Galerites 284.
— albogalerus 267. 270*.
Gampsonyx fimbriatus 163*. 166.
Gangamopteris 168.
Gannister series 115. 116.
Gardakalk 237.
Gargasmergel 261. 265.
Gault 249. 250. 260. 261. 263.
Gaultquader 261.
Gedinnien 82. 88. 98.
Gemse 358.
Genessee slates 96.
Geognosie 7.
Geologie, dynamische, historische, mechanische, petrographische, physische, tektonische 1.
Georgia-Gruppe 39. 41.
Geotektonik 1.
Geotheutis 243.
— bollensis 222*.
Gephyroceras 86. 105*. 108.
Germanische Trias 173 ff.
Gervillia 242.
— bipartita 202.
— ceratophaga 153. 154. 156. 164*. 166.
— costata 180. 196.
— Murchisoni 176. 178*.
— praecursor 187.
— socialis 177. 182*. 196.
Geschiebelehm 341. 343. 344.
Geschiebemergel des norddeutschen Diluviums 343. 344. 345.
Geschiebewälle, diluviale 347.
Giganteus-Thon 224.
Givet, calcaire de 88.
Givétien 88.
Glacialbildungen 337.

Glacialflora 342.
Glacialzeit 339.
Glarner Fischschiefer 311.
Glauconia 280. 285.
— Kefersteini 281*.
Glauconitkalk 56. 64.
Glauconitsand, unteroligocäner 305. 309.
Glauconit-(Grün-) Sand, untersilurischer 55. 56. 64.
Gleichförmige Lagerung 3.
Gletscherschliffe 341. 342. 345.
Gletscherschrammen 341. 342. 345.
Gliederung der Gesteinsschichten in Formationen 6 ff.
Glimmersand, oberoligocäner 305. 308.
Glimmerschiefer 14.
Globigerina 283.
Glossopteris 161.
— Browniana 168*.
Glyphioceras 142.
Glyptodon 336.
Gneiss 14.
Gomphoceras 76.
— bohemicum 71*.
Goniatites ammon 95.
— Bronni 92.
— compressus 85. 89.
— crenistria 130*.
— cyclolobus 131*.
— Dannenbergi 85.
— diadema 118.
— expansus 97.
— gracilis 85. 89.
— intumescens 86. 92. 95. 105*.
— Jugleri 85.
— lateseptatus 85. 92. 107*.
— Listeri 115.
— lunulicosta 105*.
— mixolobus 115. 117. 122.
— multilobatus 92.
— occultus 85. 107*.
— Patersoni 96.
— rotatorius 131*.
— simplex 86. 105*.
— sphaericus 115. 117. 122. 124. 130*.
— subnautilinus 85.
Goniomya 242.
— Duboisi 227*.
Goniopholis 286.
Goniophyllum pyramidale 74*.
Goslarer Schiefer 89. 98.
Gotländer Kalk 53. 64.
Grammysia cingulata 54.
— hamiltonensis 82. 101*.
Granatocrinus 141.
Graphitlager 15. 16.
Graptolithenschiefer 53. 54. 58. 60. 61. 64.
Graue Molasse 323.
Grauwackengruppe, -gebirge 7. 28.
Great Oolite 229.

Greensand 249. 250.
Greifensteiner Kalk 91.
Grenzdolomit 186. 190. 191.
Grès bigarré 173.
Grestener Schichten 237.
Griffelschiefer, untersilurischer 60.
Grobkalk, Pariser 298. 299.
— von Mons 298.
Grödner Sandstein 157.
Grünsand, -sandstein 249. 265.
— Aachener 278.
Grundgebirge 7.
Grundmoräne, der diluvialen Gletscher.
 bez. des Inlandseises 341. 345. 347. 353.
— locale. im norddeutschen Diluvium 347.
Gruppe, geologische 6.
Gryphaea 242.
— arcuata 217. 220*. 242.
— dilatata 236.
— vesicularis 274*. 276. 278. 285.
Gryphiten-Kalk 217. 223.
Guanoablagerungen 360.
Gulo borealis 359.
Guttensteiner Kalk 196. 202. 204.
Gypskeuper 187. 190.
Gyracanthus 142.
Gyroceras 159.
— nodosum 103*.
Gyrodus 243.
Gyroporella 200. 203. 206.

H.

Hainichen-Chemnitzer Schichten 123.
Haliserites Dechenianus 110.
Halitherium Schinzi 310.
Hallstätter Kalk 201. 204.
Halobia 201. 204.
— rugosa 202.
Halysites catenularia 50. 62. 73.
Hamilton-Schichten 96. 98.
Hamites 263. 285.
— rotundus 262*.
Hammatoceras Sowerbyi 224.
Hamulina subcylindrica 264*.
Haploceras 285.
Harlech grits 31. 32.
Harpa mutica 297*.
Harpes 75.
— ungula 70*.
Harpoceras 242.
— (Hildoceras) bifrons 222*. 223.
— Murchisonae 224.
— opalinum 224. 226*.
— radians 218. 222*.
Hastings sands 254. 256.
Hauptbuntsandstein 175. 176.
Hauptdolomit des Zechsteins 152. 154.

Hauptdolomit der alpinen Trias 203. 204.
Hauptkeuper 187.
Hauptkieselschiefer d. Unterharzes 89.
Hauptquarzit im Wieder Schiefer des
 Unterharzes 89. 98.
Hauterive-Stufe 259. 260.
Hawksbury beds 168.
Headon-Hill-Schichten 299.
Headon-Schichten 310.
Hedera 283.
Heersien 300.
Heliolites interstincta 50. 62. 77.
— porosa 84. 104*.
Helix hispida 349. 357*.
— moguntina 311.
Helladotherium 333.
Hemiaspis 75.
Hemiaster Griepenkerli 267.
Hemicidaris 241.
— crenularis 232*.
Hemipneustes 278. 284.
Hempstead-Schichten 310.
Hercoceras subtuberculatum 85. 107*.
Hercyn, hercynische Fauna 89. 90. 91. 95.
Hercynella 95.
Hercynische Gneissstufe 22.
Hermelin 359.
Hersumer Schichten 236.
Hesperornis 288.
— regalis 287*.
Heteroceras 276.
— polyplocum 274*. 276.
— Reussianum 267.
Heterophylli 242.
Hexaprotodon 333.
Hierges, grauwacke de 88.
Hierlatzkalke 237.
Hils 249. 250. 257.
Hilsconglomerat 257. 259. 260.
Hilsthon 257. 259. 260.
Hinnites 207.
Hipparion 325. 359.
Hippopotamus 348.
— major 333. 358.
Hippotherium (= Hipparion) 324. 325. 328. 330. 355. 359.
— gracile 326. 331*.
Hippuritenkalk 280.
Hippurites 280. 285.
— cornu vaccinum 280. 281*.
— organisans 282.
Hirnantkalk 49.
Höhlenbär 340. 359.
Höhlenhyäne 359.
Höhlenlöwe 352.
Holaster 284.
— planus 267.
— subglobosus 267.
Holectypus 241.
— orificatus 233*.

Holoptychius 94. 96. 106*. 110.
Homalonotus 65.
— armatus 83. 93.
— crassicauda 82. 83. 100*.
— Dekayi 96.
— laevicauda 83.
— ornatus 82. 83.
Homomya (Myacites) musculoides 207.
Hoplites 285.
— Deshayesi 261.
— lautus 261.
— neocomiensis 263.
— noricus 257. 258*.
— occitanicus 259. 260.
— radiatus 257.
— splendens 261.
— tardefurcatus 261.
— tuberculatus 262*.
Horner Schichten 324.
Hudson-River-Gruppe 63. 64.
Hungarites 205.
Hunsrückschiefer 82. 88. 98.
Huron 23.
Huronisches System 22.
Hyaenarctos 335.
Hyaena spelaea 340. 359.
Hyaenictis 335.
Hyaenodon 316.
Hyalotragos 241.
Hybodus 186. 243.
Hyderodapedon 209.
Hydrobia acuta 311. 321".
— inflata 311.
Hymenocaris vermicauda 32. 43".
Hyolithes 32. 37. 39. 45.
— parens 43*.
Hyopotamus 315.
Hypnum Wilsoni 342.
Hypsiprymnopsis 209.
Hythe beds 263.

I.

Iberger Kalk 86. 87. 89. 92. 95. 98.
Ichthyocrinus 77.
Ichthyornis 288.
— victor 288*.
Ichthyosaurier, cretacische 286.
— jurassische 244.
— triassische 208.
Ichthyosaurus 218. 244.
— atavus 218.
— communis 245*.
Ictitherium 335.
Iguanodon 254. 256. 286.
— bernissartensis 255*.
Illaenus 65.
— Barriensis 63.
— Bowmanni 50.
— chiron 53.

Illaenus crassicauda 53.
— oblongatus 53. 66*.
Impressa-Mergel 231.
Indische Triasprovinz 205.
Indo-pacifisches Kreidegebiet 282.
Inferior Oolite 229.
Infracretacisches System 251.
Infralias 192.
Infulaster 284.
Inlandseis, diluviales, in Nordamerika 353
—, —. in Nordeuropa 342. 343.
Inoceramus 285.
— Brongniarti 267. 270*. 276. 277. 279.
— Cripsi 272*. 276.
— Cuvieri 267. 271*. 280.
— digitatus 271. 272*. 279.
— labiatus 267. 269*. 277. 279.
— lingua 271.
— lobatus 271. 278.
— mytiloides 257. 269*.
— polyplocus 225. 229.
— sulcatus 262*.
Insecten, carbonische 142.
—, im Rothliegenden 166.
—, jurassische 243.
—, silurische 65.
Interglaciale Bildungen 341. 342. 344.
— Fauna 341. 344.
— Flora 341.
Interglacialzeit 339. 342. 344.
Intumescens-Stufe 86.
Isastraea 241.
— helianthoides 234*.
Isocardia 242.
— cor 319.
Itfersche Schicht 55. 64.

J.

Janassa 166.
Janira s. Vola.
Jewesche Schicht 55.
Jinetzer Schichten 37. 41.
Jördensche Schicht 55.
Juglans 312.
Jungglaciale Epoche 339.
Jungtertiär 293.
Jura, alpiner 236.
—, brauner 211. 224.
—, mitteleuropäischer 214.
—, mittlerer 211. 224.
—, oberer 211. 230.
—, russischer 238.
—, schwarzer 211. 217.
—, unterer 213. 217.
—, weisser 211. 213. 230.
Juraformation 9. 210 ff.
Jurensis-Mergel 218. 223.
Juvavische Triasprovinz 200.

K.

Känozoische Formationsgruppe 9.
Kalisalze, Stassfurter 155.
Kalksinter, alluvialer 360.
Kalktuffablagerungen, diluviale 352.
Kant-Laplace'sche Theorie 10.
Karharbari-Stufe 168.
Karnische Stufe 201. 204.
Karoosandstein 193.
Karpathensandstein 282.
Kelloway rocks 229. 235.
Keraterpeton 142.
Keuper 184 ff.
Kiefer 344.
Kiesterrassen, diluviale 348. 349.
Kimmeridge 235. 236.
Kimméridien 235.
Klausschichten 237.
Klima der Tertiärzeit 294.
—, miocänes der Polarregion 317.
—. spätdiluviales in Deutschland 351.
Klimatische Zonen der Juraperiode 240.
— der Kreideperiode 252.
Knochenfische, cretacische 286.
— jurassische 244.
— triassische 208.
Knochenhöhlen, diluviale 352.
Knochensande von Ulm, Ingolstadt etc. 328.
Knorria 140.
— imbricata 117. 130[*].
Knottenerz von Mechernich und Commern 179.
Knox-Gruppe 39.
Kochia capuliformis 82.
Köpinger Grünsand 279.
Kössener Schichten 203. 204.
Kohlengruppe 7. 8.
Kohlenkalk 111. 117.
—, jüngerer 112.
Kohlenkeuper 186. 190.
Kohlenrothliegendes 146.
Koninckina Leonhardi 199[*]. 201. 206.
Konjeprus, Kalk von 99.
Korallenoolith 236.
Krebsscheerenkalk von Nusplingen 231.
Kreide-Ceratiten 252.
Kreideformation 9. 248 ff.
Kreidegruppe 7. 8.
Kreidemergel von Mastricht 278.
Kressenberger Rotheisensteine 300.
Kreuznacher Schichten 149.
Kreuzschichtung 176. 177.
Krosstenslera 342.
Kuckerssche Schicht 55. 64.
Küstenterrassen, diluviale 352.
Kupfersandstein 156.
Kupferschiefer 152. 153.
Kutorgina 40. 45.

L.

Labyrinthodonten 209. S. auch Stegocephalen.
Laekenien 299.
Lärche 341.
Lager, geologisches 6.
Lagomys pusillus 351.
Lamna 313.
— cuspidata 314[*].
Landenien 300.
Landschneckenkalk von Hochheim 310.
L'Anse au Loup-Gruppe 39.
Laramie-Schichten 302.
Latdorf, Thon von 303. 304. 305.
Laterit 355.
Latimaeandra 241.
Laubhölzer, älteste 283.
Laurentischer Gneiss 19.
Laurentium 23.
Laurus 276. 312.
Lebacher Erze 149.
Lebacher Schichten 148. 149.
Leda arctica 344.
— Deshayesiana 305. 306[*]. 310.
— perovalis 305.
Ledbury shales 49. 51.
Lederschiefer, untersilurischer 60.
Lehestener Dachschiefer 121.
Lehrberg-Schichten 187.
Leitformen 6.
Leithakalk 324.
Leitmuscheln 6.
Lemming 359.
Lenneschiefer 85. 88.
Leperditia 75.
— Hisingeri 70[*].
Lepidodendron 65. 140.
— dichotomum 136[*].
— elegans 136[*].
— tetragonum 122.
— Veltheimianum 117. 121. 122. 125. 130[*].
Lepidopides-Schiefer 311.
Lepidosteidae 243.
Lepidostrobus 140.
Lepidotus 208. 243. 244[*]. 256.
— notopterus 244[*].
Leptaena-Kalk, silurischer 54. 64.
Leptolepis 244.
— sprattiformis 244[*].
Leptoria Konincki 281[*].
Lepus glacialis 351. 359.
Lettenkohle 186.
Lettenkohlengruppe 186. 190.
Leuciscus 313.
— papyraceus 309.
Levantinische Stufe 328.
Lewisian 23.
Lias 210. 213. 217.

Liasien, étage 217. 223.
Liburnische Stufe 282.
Lichas 75.
— anglicus 50.
— Haueri 91.
Ligérien 279.
Lima 159. 242.
— gigantea 217. 220*.
— lineata 180.
— praecursor 192.
— proboscidea 225.
— striata 181. 182*.
Limnaea strigosa 309.
Limnaeus longiscatus 298.
Limopsis aurita 319.
Linde 344.
Lingula 37. 45. 49. 60. 51.
— Davisii 31. 32. 43*.
— flags 31. 32. 41.
— tenuissima 176. 177. 186.
Lingulella 45.
— ferruginea = primaeva 32.
Linthia 313.
— Heberti 301*.
Lithoglyphus naticoides 344.
Lithographischer Schiefer oder Kalk von Solenhofen etc. 230. 231.
Lithostrotion 141.
— basaltiforme 133*.
Lithothamnium ramosissimum 324.
Litorinella acuta 311. 321*.
— inflata 311.
Litorinellen-Schichten des Mainzer Beckens 311. 319.
Lituites 76.
— antiquissimus 53.
— lituus 53. 67*.
Llandeilo 48. 50. 64.
Llandovery-Schichten 49. 50.
Llanvirn-Schichten 50. 61. 64.
Llongmynd-Schichten 31. 41.
Lobiferus-Schiefer 54.
Lobites delphinocephalus 199*.
Lobocarcinus 313.
Löss 349. 355.
—, chinesischer 350.
Lössmännchen oder -Puppen 349.
Loliginiden 243.
Londoner Tertiärbecken 298.
Londonthon 299.
Lonsdaleia 161.
Lophiodon 311. 314.
Lower New red 156.
— Oolite 213. 229.
Loxolophodon 315*. 316.
Lucina 159.
— plana 224.
Ludlow-Schichten 49. 51. 64.
Lunzer Sandstein 202. 203.
Lyckholmsche Schicht 55.
Lyra 285.

Lytoceras 212. 235. 242. 263. 286.
— fimbriatum 221*.
— jurense 218.
Lytoceratidae 208. 242.
Lyttonia 159.

M.

Machaerodus 318 335. 340. 348.
— leoninus 359.
— megantothereon 335*.
— pliocenicus 325.
Macigno 302.
Maclurea 52. 63.
— Logani 67*.
Macrauchenia 328.
Macrocephalenschichten 229. 230.
Macrocephali 243.
Macrocephalites 243.
— macrocephalus 225. 228*.
Macrochilus arculatum 92. 103*.
Macropneustes 313.
Macroscaphites 263.
— Ivani 260. 263. 264*.
Macrostachya 140.
Mactra podolica 321*. 324.
— solida 345.
Maentwrog-Gruppe 31.
Magnesian limestone 156.
Magnolia 276. 309. 312.
Mainzer Tertiärbecken 310.
Malm 213. 214. 230. 235.
Mammuth 340. 346*. 358.
Manticoceras s. Gephyroceras.
Marbre griotte der Pyrenäen 93. 124.
Marcellus-Schichten 97. 98.
Marder 359.
Maretia 308. 312.
— Hoffmanni 308.
Marginifera 125. 126. 159.
Marine Conchylien des norddeutschen Diluviums 344.
Marlslate 156.
Marnes irisées 173. 184.
Marschbildungen 360.
Marsupialier, tertiäre 314.
— triassische 209.
Marsupites 284.
— ornatus 271. 272*.
Mastodon 318. 323. 324. 328. 329. 359.
— americanus s. giganteus.
— angustidens 318. 329. 330*.
— arvernensis 325. 329.
— giganteus 328. 355. 356*. 359.
— longirostris 325. 326.
— ohioticus s. giganteus.
— turicensis 329. 330*.
Mastodonsaurus 186. 208.
— giganteus 188*.
Mastrichter Schichten 278.

Matagne, Schistes de 88.
May-Hill-Schichten 49. 50. 64.
Measures, upper barren 159.
Medina-Sandstein 63. 64.
Mediterrane Juraprovinz 212.
— Triasprovinz 200.
Mediterranstufen des Wiener Beckens 324.
Medlicottia 157. 158. 159.
— Orbignyana 157.
— primas 165*.
— Trautscholdi 165*.
Medullosa 160.
Meekella s. Streptorhynchus eximius 138*.
Meekoceras 205.
Meeresmolasse 323.
Megaceros hibernicus 356*.
Megalaspis 65.
— limbata 53.
— planilimbata 53. 56.
Megalodon complanatus 203.
— cucullatus 84. 102*.
— Gümbeli 203.
— scutatus 199*. 203.
— triqueter 203.
Megalonyx 359.
Meganteris Archiaci 99. 108*.
Megaphyllites 200. 201. 208.
— jarbas 201.
Megatherium 328. 336. 359.
Megerlea 242.
— pectunculus 232*.
Melanerpeton 167.
Melania Escheri 320*. 323.
— horrida 319.
— inquinata 298.
— strombiformis 255*. 256.
Melanienkalk von Brunnstadt 311.
Melanopsis 302.
— Martiniana 322*. 324.
Meletta 313.
Meletta-Schiefer 311.
Melocrinus 84.
Melonites 141.
Mendola-Dolomit 196.
Menevian-Schichten 31. 32. 41.
Mensch, prähistorischer 290. 340. 361.
Mergeloolith von Gravelotte 225.
Mergel von Longwy 225.
Merista passer 91.
— plebeja 84.
— securis 91.
Meristella tumida 51. 73*.
Mesozoische Formationsgruppe 9. 170.
Metallzeit 361.
Meudon, Mergel von 295. 300.
Michelinia 141. 161.
— favosa 133*.
Mickwitzia monilifera 33. 34. 35. 36.
Micraster 284.

Micraster breviporus 267. 276. 279.
— cor anguinum 277. 279.
— cor testudinarium 267. 275.
— glyphus 276.
— Leskei 278.
Microdiscus 39.
Microdon 243.
Microlestes 192. 209.
— antiquus 192.
Middle Oolite 213. 229. 235.
Miliola 312.
Milioliden 298.
Millstone grit 111. 115. 116.
Mimoceras 85. 89. 90. 108.
Minette Lothringens und Luxemburgs 225.
Minimusthon 261.
Miocän 293. 316 ff.
Mitra 285.
— fusiformis 327*.
— labratula 297*.
Mitteleuropäische Juraprovinz 212.
Modiola lithodomus 236.
— minuta 187. 203.
— modiolata 225.
Molasse, ältere (oligocäne) 311.
Molasse der Schweiz und Süddeutschlands 323.
Molassenperiode 8.
Monograptus 50. 77.
— Becki 60.
— colonus 59. 61. 69*.
— Halli 60.
— Nilssoni 69*.
— priodon 61. 69*.
— turriculatus 59. 69.
Monophyllites 208.
Monopleura 285.
— trilobata 265*.
Monotis Alberti 180.
— echinata 228* 229. 230.
Monotremen, diluviale 360.
Monte Bolca, Fischschiefer des 300.
Monticulipora 77.
— petropolitana 69*.
Montien 298. 300.
Montigny, Grauwacke de 82. 88.
Montlivaultia 241.
— caryophyllata 228*.
Mont Luberon, Knochenlehm des 328.
Montmartre, Gyps des 309. 314.
Montmorency, Mühlstein von 309.
Monzinger Schichten 149.
Moränenwälle, diluviale 342.
Mosasaurus 278. 286.
Moschusochs 340. 344. 358. 360.
Mountain limestone 111. 115. 116.
Mucronatenkreide 271.
Münder Mergel 254. 256.
Murchisonia bilineata 84. 103*.

Murchisonia Blumi 199*.
— cingulata 57.
Murex 285.
— tricarinatus 296*.
Muschelkalk, alpiner 196. 204.
—, deutscher 179 ff.
Muschelsandstein 179. 191.
Myacites mactroides 177.
Myalis beds 348.
Mylodon 328. 336.
— robustus 335*.
Myoconcha Thilaui 177.
Myodes obensis 351. 359.
— torquatus 351.
Myophoria 159.
— cardissoides 180.
— costata 177. 178*. 196.
— elegans 180.
— Goldfussi 186. 188*.
— Kefersteini 187. 199*. 202.
— orbicularis 180.
— pes anseris 182*.
— postera 192.
— transversa 186.
— vulgaris 177. 181. 182*.
— Whatleyae 202.
Myophorien-Schichten d. alpinen Buntsandsteins 196.
Mystriosaurus 247.
Mytiloidespläner 267.
Mytilus Faujasi 310.
— Hausmanni 154.

N.

Nagelfluh, diluviale 341.
— oligocäne, miocäne 311. 323.
Naosaurus 167.
Naples beds 96.
Narwal 345.
Nassa reticulata 345.
Natica crassatina 310. 312.
— (Turbo) gregaria 180.
— millepunctata 327*.
— patula 296*.
Naticella costata 196. 197*. 204.
Nautilus 70. 286.
— aratus 217.
— bidorsatus 181. 182*.
— bilobatus 130*.
— danicus 279.
— jugatonodosus 186 Anm.
— leiotropis 271.
— neubergicus 271.
Nebenformen, ammonitische 285.
Nehdener Goniatitenschiefer 86.
Neithea 285.
Neocom 250. 257.
Neocomien 249. 250.
Neogen 293. 316.

Neolimulus 75.
Neolithische Periode 361.
Neozoische Formationsgruppe 9. 289 ff.
Nereitenschichten Ostthüringens 91.
Nerinea 280.
— tuberculosa 232*.
— visurgis 236.
Nerineen-Schichten des weissen Jura 235. 236.
Nerita conoidea 298. 300.
Neuropteris 139.
— flexuosa 134*.
— remota 189*.
Newcastle beds 168.
New red sandstone 192.
Niagarakalk 62. 64.
Nilssonia 206.
Nodosen-Schichten 181. 190.
Noeggerathia 157.
Noeggerathiopsis 168.
Norische Stufe 200. 204.
Norwich crag 326.
Nothosaurus 187. 209.
— mirabilis 182*.
Nubischer Sandstein 282.
Nucula Chasteli 305.
— Goldfussi 181.
— lineata 201.
Numismalis-Mergel 218. 223.
Nummuliten 300.
Nummulitenkalk 300.
Nummulites complanatus 300.
— distans 301*.
— exponens 301*.
— laevigatus 298. 299. 301*.
— Lucasanus 301*.
— perforatus 300.
— planulatus 298.
— scaber 298.
Nyrschaner Gaskohle 123.

O.

Ober-Helderberg-Gruppe 97. 98.
Oberquader 277.
Oberrothliegendes 147. 148. 149.
Obolella 32. 35. 40. 45.
Obolus 37. 45. 53.
— Apollinis 35. 36. 43*.
— beds, indische 125 Anm.
Ockerkalk, obersilurischer 60.
Odontochile 89. 90. 91. 97. 109.
— Hausmanni 89.
— rugosa 106*.
Odontopteris 139.
— obtusa 134*.
Odontornithen 287.
Oelschiefer des unteren Lias 217.
Oeninger Plattenkalke 323.
Oesel-Gruppe 55. 56. 64.
Ogygia Buchi 50.

Ogygia scutatrix 49.
Olcostephanus 263.
— astierianus 257. 258*.
Oldhamia 38. 44.
Oldhamina 159.
Old red sandstone 93. 95. 96. 98.
Olenellus 39. 44.
— Kjerulfi 33. 34. 42*.
— Mickwitzi 35.
Olenellus-Stufe 41.
Olenoides 39.
Olenus 45. 49. 60.
— cataractes 32.
— gibbosus 32.
— micrurus 32.
— scarabaeoides 32.
— spinulosus 32.
— truncatus 32. 33. 42*.
Olenus-Schiefer 33. 34.
Olenus-Stufe 41.
Oligocän 293. 303 ff.
Oliva clavula 320*.
Omphalia 285.
Omphyma subturbinatum 74*.
Oneida-Conglomerat 63.
Onondaga limestone 97.
— salt group 62. 64.
Oolite 210. 213.
Oolithgruppe 7. 8.
Oolithkalk von Jaumont 225.
Opalinus-Schichten 229.
Opalinus-Thon 224.
Oppelia 243.
— flexuosa 232*.
— tenuilobata 233*. 238.
Opponitzer Kalk 202.
Orbicularis - Platten oder -Schichten 180. 190.
Orbitoides 312.
Orbitolina 284.
— concava 280.
— lenticularis 265.
Orbitolinenkalk 265.
Orbitolinenschichten 280.
Ordovicisches System 47. 64.
Oriskany sandstone 97. 98.
Ornatenthon 225. 230. 239.
Ornati 243.
Orodus 142.
Orthis Actoniae 50. 61.
— biforata s. Platystrophia lynx.
— calligramma 50. 53. 61. 68*.
— elegantula 51. 62. 63. 72*.
— eximia 138*.
— hysterita = vulvaria 82. 100*.
— Lamarcki 125. 126. 138*.
— lenticularis 32. 43*.
— Michelini 132*.
— Pecosii 126.
— resupinata 125.
— striatula 83. 84. 102*.

Orthis testudinaria 61. 63. 68*.
Orthisina 53. 56. 63. 76.
— adscendens 68*.
Orthoceras 76.
— annulatum 51. 71*.
— bohemicum 58.
— dubium 201.
— giganteum 125.
— lateseptatum 198*.
— scalare 117.
— striolatum 115. 117.
— timidum 71*.
— triangulare 85. 90. 92.
Orthoceras-Schiefer 85.
Orthocerenkalk 53.
Oryctognosie 7.
Osborne-Schichten 310.
Ostrauer Schichten 122. 123.
Ostrea 242.
— bellovacina 298.
— callifera 310. 312.
— carinata 276.
— cochlear 324.
— crassissima 318. 321*. 323. 324.
— diluviana 267.
— eduliformis 225.
— edulis 344
— flabellata 300.
— glabra 302.
— Knorri 225. 229. 230.
— longirostris 318. 321*.
— macroptera 257. 259. 260.
— Marshi 225. 226*.
— multiformis 236.
— rastellaris 235. 236.
— ventilabrum 305.
Ostreenkalke des schwäbischen braunen Jura 225.
Otodus 313.
— obliquus 314*.
Ottweiler Schichten 113. 119. 123.
Oudenodon 209.
— Baini 189*.
Ovibos moschatus 344. 351. 358.
Oxford, Oxfordien 235.
Oxfordschichten 236.

P.

Pachydiscus 286.
— peramplus 267. 270*.
Palaechinus 141.
— elegans 133*.
Palaeoblattina 65.
Palaeocyclus porpita 74*.
Paläogen 293. 295.
Palaeohatteria 150. 167.
Paläolithische Periode 340.
Palaeomeryx 333. 334.
Palaeoniscus 156. 166.

Palaeoniscus Freieslebeni 153. 164*. 166.
Palaeorhynchus 313.
Palaeotherium 309. 311. 314. 331*.
— magnum 315*.
Paläozoische Formationsgruppe 9. 28 ff.
Palechiniden 141.
Paleocän 299.
Paludina diluviana 344. 357*.
— fluviorum 255*.
Paludinen-Schichten. westslavon. 328.
Pampasbildungen 328.
Panchet-Schichten, indische 209.
Panisélien 299.
Panopaea Menardi 323.
— norvegica 325. 326.
Paradoxides 44.
— aurora 32.
— bohemicus 37. 42°.
— Davidis 32.
— Forchhammeri 33.
— Harknessi 32.
— Harlani 40. 44.
— Kjerulfi 33.
— oelandicus 33.
— regina 44.
— solvensis 32.
— spinulosus 37.
— Tessini 33.
Paradoxides-Schiefer 33. 34. 37.
Paradoxides-Stufe 41.
Parasaurus 167.
Pariser Tertiärbecken 295.
Parkinsonia 243.
— Parkinsoni 225. 227*.
Parkinsoni-Schichten 225. 229.
Partnach-Schichten 200. 204.
Passage beds des Silur 49.
Pebidian 23.
Pecopteris 139.
— arborescens 123.
— dentata 134*.
— elegans 123.
— Serli 123.
Pecten 242.
— (Vola) aduncus 321'. 324.
— aequicostatus 276.
— asper 267. 269*. 280.
— bellicostatus 305.
— crassitesta 257.
— discites 177. 180. 182*. 196.
— Hawni 158. 159.
— islandicus 352.
— janus 308.
— laevigatus 181.
— Münsteri 308.
— personatus 224.
— (Vola) quadricostatus 271. 272*. 277.
— (Vola) solarium 318. 324.
— valoniensis 192.
Pectunculus dux 278.
— Philippii 308.

Pectunculus pilosus 319. 323.
— obovatus 306*. 307. 310.
— obsoletus 276.
Pelosaurus 158. 167.
Pemphix Sueurii 208.
Penaeus 243.
Pentacrinenbank des unteren Lias 217.
Pentacrinus 241.
— basaltiformis 218.
— briareus 218.
— opalinus 224.
— tuberculatus 217. 220°. 223.
Pentameren-Schichten 55. 56. 57. 64.
Pentamerus baschkiricus 95. 98.
— borealis 56.
— estonus 56.
— galeatus 50. 84. 102°.
— Knighti 51. 73*.
— lens 50. 54.
— oblongus 50. 63.
Pentamerus-Kalk der Unter-Helderberg-Gruppe 97.
Pentremites florealis 133'.
Pericyclus 142.
Perisphinctes 243. 263.
— polyplocus 233*.
— Tiziani 233*.
— virgatus 234°. 239.
Permische Formation 9. 143 ff.
Permo-Carbon 156.
Perna Sandbergeri 307°. 310.
— Soldani 310.
Petrographie 1.
Petroleumsand. elsässer 311.
Pfeifhase 359.
Pferdespringer 359.
Phacops 75. 109.
— bufo 96.
— cephalotes 91. 107'.
— cryptophthalmus 86. 105'.
— fecundus 85. 93.
— Ferdinandi 82.
— latifrons 87. 109.
— Schlotheimi 84. 103'.
Phillipsastraea 99.
— Hennahi 105°.
Phillipsia 115. 117. 166.
— gemmulifera 130°.
— Grünewaldti 125.
Phoenix 309. 312.
Pholadomya 242.
— deltoidea 226'.
— Esmarki 276.
— Murchisoni 225. 226°.
Phragmoceras 76.
— Broderipi 72*.
— ventricosum 51.
Phycoden 37.
Phyllit 14.
Phylloceras 212. 235. 242. 263. 286.
— heterophyllum 222*.

Phylloceratidae 208. 242.
Phyllograptus 51. 53. 63. 77.
— typus 69*.
Phyllograptus-Schiefer 53. 64.
Phyllopora 161.
Phyllotheca 161. 168.
Physa 302.
— gigantea 296*. 298.
Piacentin-Stufe 326.
Pikermi, Knochenlehm von 328.
Pinacites 85. 90. 108.
Pinacoceras 200. 208.
— Metternichi 198*. 201. 204.
— parma 204.
Pinna quadrangularis 271.
Pinus succinifera 309.
Pisolithischer Kalk von Meudon 279.
Placenticeras nisum 261.
Placodus 209.
— gigas 182*.
Placoparia 50.
— Tourneminei 61.
— Zippei 58.
Pläner 249. 266. 267. 277.
Planicosta-Schichten 223.
Planorbis multiformis 323.
Planschwitzer Tuff 91. 95.
Planulati 243.
Platanus 283. 312.
Plattendolomit 154.
Platyceras hercynicum 107*. 108.
Platycrinus trigintidactylus 133*.
Platyschisma helicoides 51. 57.
— uchtensis 95.
Platysomus 156. 166.
— gibbosus 153. 164*. 166.
Platystrophia lynx 50. 53. 63. 68*. 75.
Pleistocän 293. 336.
Plesiosaurier, cretacische 286.
— jurassische 244.
— triassische 208.
Plesiosaurus 218. 244.
— dolichodeirus 245*.
Pleuracanthus s. Xenacanthus.
Pleurodictyum 90. 99.
— problematicum 82. 100*.
Pleuromya 242.
Pleurophorus 166.
Pleurotoma 295. 299.
— asperulata 320*. 324.
— belgica 306*.
— Beyrichi 305.
— Bosqueti 305.
— Duchasteli 308.
— regularis 305.
— scabra 305.
— Selysi 305. 312.
— subdenticulata 308.
— turbida 305.
Pleurotomaria 242.
— bitorquata 221*.

Pleurotomaria delphinuloides 84. 103*.
— gualteriata 53. 67*.
Plicatula placuna 265.
Pliocän 293. 325 ff.
Podozamites 241.
Pön-Sandstein 87. 88. 98.
Poikilitik 145.
Polierschiefer 319.
Polverschiebung in der jüngeren Tertiärzeit 317. 318.
Polycoelia 161.
Polygonum viviparum 342.
Polypora 161.
— biarmica 159.
Pontische Stufe 324.
Popanoceras 158. 159.
— multistriatum 165*.
Populus 283.
Porambonites 49. 53. 56. 61. 67. 76.
— aequirostris 67*.
Porphyr- und Melaphyr-Conglomerate des Rothliegenden 149. 150.
Portage-Gruppe 96. 98.
Portland 235. 236.
Posidonia 242.
— Becheri 112. 115. 117. 118. 122. 130*.
— Bronni 218. 222*. 223.
— Clarai s. Avicula Cl.
— venusta s. Avicula v.
Posidonienschiefer des Culm 117.
— des Lias 218. 223.
Posidonomya s. Posidonia.
Postglacialzeit 339.
Potomac-Formation 283.
Potsdam-sandstone 39. 40. 41.
Potsdam-Schichten 39. 41.
Praecambrische Gesteinsgruppe 13.
Praeglaciale Fauna und Flora 344.
Praeglacialzeit 339.
Prestwichia 142.
Primäre Gesteinsgruppe 28 ff.
Primitive Gesteinsgruppe 13 ff.
Primordialfauna 30.
Procamelus 333.
Procervulus 333.
Productive Steinkohlenformation 112.
Productus Cancrini 156. 159.
— carbonarius 118.
— cora 117. 159.
— giganteus 113. 117. 125. 132*.
— horridus 153. 156. 161. 165*.
— lineatus 159.
— longispinus 132*.
— mexicanus 126.
— semireticulatus 125. 126.
— subaculeatus 85. 96.
— timanicus 125.
— tuberculatus 125.
— undatus 117.
Productus-Kalk, indischer 125. 159.
Proetus 75.

Proetus concinnus 56.
— eremita 91.
— orbitatus 91.
— Stokesi 50
Prolecanites 105*. 109. 142.
Pronorites 131*. 142.
Propalaeotherium 311.
Prosopon 243.
Prospect-Mountain-group 39.
Protapirus 333.
Protaster 77.
Protauchenia 333.
Proteaceen 312.
Proterosaurus 167.
— Speneri 153.
Protocardium hillanum 268*.
— rhaeticum 187. 192.
Protolabis 333.
Protolycosa anthracophila 137*.
Protospongia 32.
Protoviverra 316.
Protriton 167.
— petrolei 163*.
Proviverra 314.
Przibramer Grauwacke 36. 41.
— Schiefer 36.
Psammobia effusa 297*.
Psammocarcinus 313.
Psammodus 142.
Pseudomonotis 242.
Pseudomonotis echinata 228*. 229.
— ochotica 205.
— Richmondiana 205.
— salinaria 198*. 201.
— speluncaria s. Avicula.
— subcircularis 205.
Psilonoten-Kalk 217. 223.
Psilophyton 110.
Pteranodon 286.
Pteraspis 51. 76.
Pterichthys 94. 106*. 110.
Pterinea costata 82.
— laevis 101*.
— retroflexa 56.
Pteroceras 242.
— Oceani 234*. 235. 236. 242.
Pteroceras-Schichten 236.
Pterodactylus 246.
— spectabilis 246*.
Pterophyllum 160. 161. 206.
— Jaegeri 187. 189*. 203.
Pterosaurier, cretacische 286.
— jurassische 244.
Pterygotus 51. 56.
— anglicus 94.
Ptychites 159. 181. 200. 208.
— dux 181. 208.
— Studeri 197*.
Ptychodus latissimus 270*.
Ptychoparia 39. 40.
Punfieldbeds 259.

Pupa 142.
— muscorum 349. 357*.
Purbeckbeds 254. 256.
Pycnodonten 243.
Pygurus rostratus 263.
Pyrgulifera 278. 302.
Pyrula rusticula 320*. 324.
Pythonomorpha 286.

Q.

Quadersandstein 249. 266. 276. 277.
Quadratenkreide 271.
Quartärformation 9. 336 ff.
Quebeck-Gruppe 63. 64.
Quercy, Phosphorite des 314. 316.
Quercus 309. 312.

R.

Radiolites 280. 285.
Radowenzer Schichten 123.
Raibler Schichten 201. 204.
Raiküllsche Schicht 55.
Ranella marginata 320*. 324.
Rangifer grönlandicus 344. 358.
— tarandus 340. 351. 358.
Ranina 313.
Rapakivi-Granit 345.
Raseneisenstein 360.
Rastrites 50. 51. 54. 58. 77.
— Linnaei 69*.
— peregrinus 59.
Rastrites-Schiefer 54. 60.
Rauchwacke 152. 153.
Reading Schichten 298. 300.
Recoaro-Kalk 196.
Red Crag 326.
Reiflinger Kalk 196. 202. 204.
Reingrabener Schichten 202.
Rensselaeria 99.
— crassicosta 82. 83.
— ovoides 83. 97.
— strigiceps 82. 100*.
Renthier 340. 352. 358. 360.
Reptilien, älteste 167.
Requienia 285.
— ammonia 264*. 265.
— gryphaeoides 265.
Retiolites 58. 60. 62. 77.
— Geinitzianus 60. 69*.
Rhabdolepis 149.
Rhabdophyllia 206.
Rhät 187. 190. 203.
Rhätische Stufe 203. 204.
Rhamphorhynchus 246.
— phyllurus = Münsteri 246*.
Rheinlöss 350.
Rhinoceros antiquitatis 340. 344. 357*. 358.

Rhinoceros incisivus 325. 326. 332*. 333.
— leptorhinus 325. 333. 358.
— megarhinus 325.
— Merckii 341. 353. 358.
— minutus 333.
— Schleiermacheri 325. 332*. 333.
— tichorhinus 340. 357*. 358.
Rhizocorallium-Dolomit 177.
Rhizocorallium jenense 177. 180. 206.
Rhodocrinus crenatus 103*.
Rhynchocephalen 167. 209.
Rhynchonella acuminata 85.
— borealis 51. 73*.
— compressa 269*.
— cuboides 85. 86. 89. 95. 106*.
— decurtata 184. 197*.
— Henrici 107*.
— Meyendorfi 95.
— nucula 56.
— octoplicata 277.
— Orbignyana 84.
— parallelepipeda 84.
— Pengelliana 93.
— plicatilis 267. 277.
— pugnus 85.
— varians 225. 230*.
— venustula 96.
— Wilsoni 51. 73*.
Riccarton beds 52. 64.
Richthofenia 159.
Riesenhirsch, irischer 344. 352. 356*. 358.
Riesentöpfe 340. 342. 347.
Riffkalke und -Dolomite der alpinen Trias 195. 196. 200. 201. 202. 203. 204.
Rigi, Nagelfluh des 311.
Röth 175. 177. 190. 191.
Röthidolomit der Schweizer Alpen 203.
Rogensteine des bunten Sandsteins 176.
Rostellaria fissurella 297*.
Rotheisenoolithe von Aalen 224.
— des Hils 257. 259.
— des Kressenberges 300.
Rothliegendes 143. 146 ff.
Rothsandsteingruppe 8.
Rotomagien 279.
Rudisten 252. 280. 282.
Rullstensgrus 342.
Rundhöcker 341. 342. 345.
Rupelien 303. 304.
Rupelthon 304.
Russische oder boreale Juraprovinz 212.

S.

Saarbrücker Schichten 113. 119. 123.
Sabal 312.
Sable moyen des Pariser Beckens 298.
Säbeltiger 318. 335. 359.

Säugethiere, älteste 209.
— alttertiäre 314.
— diluviale 355.
— jungtertiäre 329.
Sagenarien-Stufe 113. 123.
Salenia 284.
— scutigera 273*.
Salix 276. 283. 312.
— polaris 342.
Saltholmskalk 279.
Salzberg-Mergel 271.
Salzlager des Muschelkalks 181.
— des Zechsteins 155.
— miocäne von Kalusz und Wieliczka 325.
Salzperiode 8.
Samländer Braunkohlenbildung 309.
Sandgate beds 263.
Sandkalk von Dülmen 271.
Sandlöss 349 Anm.
Sandmergel von Recklingshausen 271.
Santonien 271.
Sardinioides Monasteri 275*.
Sarmatische Stufe 324.
Saurichthys 208.
Saxicava arctica 352.
Scalaria groenlandica 326.
Scaldisien (système) 326.
Scaphaspis 51.
Scaphitenpläner 267.
Scaphites 285.
— binodosus 271.
— Geinitzi 267. 270*. 276. 279.
— inflatus 271.
— pulcherrimus 276.
Scenella 35. 39.
Schaf 358.
Schalsteine des Mittel- und Oberdevon 85. 87. 91.
Schatzlarer Schichten 123.
Schaumkalk 180.
Schicht 2.
Schichtenfolge 2.
Schichtenfuge 2.
Schichtenreihe 2.
Schichtenstauchungen im Untergrunde des norddeutschen Geschiebemergels 347.
Schichtung 2.
Schildkröten, jurassische 246.
Schilfsandstein 187. 191.
Schizaster 313.
Schizodus 125.
— obscurus 153. 154. 165*. 166.
— Wheeleri 126.
Schizolepis 158. 161.
Schizopteris 157.
Schlerndolomit 200.
Schlier 324.
Schlönbachia 286.
— inflata 261. 263.

Schlönbachia Margae 271. 272*.
— Texana 271.
— varians 267. 268*.
Schlotheimia angulata 220*. 223.
Schnabelthier 360.
Schneehase 359.
Schohariegrit 97.
Schotterterrassen, diluviale 349.
Schrattenkalk 265.
Schreibkreide, weisse 248. 266. 278. 282.
Schwadowitzer Schichten 123.
Schwamm- und Scyphienkalke des schwäb. weiss. Jura 231.
Sciurus 336.
Scutella 318.
— subrotundata 322*.
Sedimentgesteine 2.
Seewenschichten 280.
Semionotus 208.
— Bergeri 187.
Semionotus-Sandstein 187.
Semiophorus 313.
Semnopithecus 328.
Senon 250. 271.
Sénonien 249. 250.
Septarienthon 303. 304. 305. 310.
Sequoia Langsdorfi 312.
Sericitische Taunusschiefer u. -Gneisse 82. 88. 387.
Serpula coacervata 254.
— spirulaea 301*.
Serpulit 254. 256.
Shasta-Gruppe 283.
Siegener Grauwacke 83. 88. 98.
Sigillaria 65. 140.
— alternans 123. 136*.
— Browni 136*.
— hexagona 136*.
— oculata 123.
Sigillarien-Stufe 113. 123.
Silurische Formation 9. 46 ff.
Simoceras 212.
Sinémurien, étage 217. 223.
Sivalik-Hills, Sande der 323.
Sivatherium 328. 333.
Skiddaw slates 51. 64.
Söterner Schichten 149.
Soissons, plastischer Thon und Lignit von 298. 300.
Solva-Gruppe 31.
Sparagmit-Etage 34.
Spatangenkalk 263.
Spatangiden 284. 312.
Spatangus Hofmanni 308.
Spathsand des norddeutschen Diluviums 344.
Speeton-Clay 259. 261.
Spermophilus 351. 359.
Sphaerexochus mirus 50. 58.
Sphaerulites 280. 285.
— Blumenbachi 265.

Sphenophyllum 65. 140.
— Schlotheimi 135*.
— tenerrimum 122.
Sphenopteris 140.
— distans 121.
— Linki 122.
— obtusiloba 134*.
Spinnen, carbonische 142.
Spirifer aculeatus 83.
— acuminatus 97.
— Anossofi 95. 96.
— Archiaci 95.
— auriculatus 83. 84. 89. 93.
— cultrijugatus 84.
— curvatus 83. 84.
— cuspidatus 117.
— dunensis 83. 100*.
— elegans 83.
— elevatus 51. 56.
— exporrectus 73*.
— hystericus = micropterus 82.
— intermedius = speciosus 83. 84. 102*.
— lineatus 125.
— mosquensis 125. 138*.
— ostiolatus 84. 102*.
— paradoxus macropterus 83.
— pinguis 132*.
— plicatellus 51. 56. 62. 73*.
— primaevus 82. 93. 101*.
— striatus 125.
— tornacensis 117.
— trigonalis 125.
— undulatus 153. 164*.
— Verneuili 85. 87. 95. 106*.
Spiriferina cristata 154. 159.
— fragilis 181.
— hirsuta 181.
— Mentzeli 184. 196. 197*.
— Walcotti 217. 220*. 242.
Spondylus Buchi 305.
— fimbriatus 278.
— spinosus 267. 270*. 276. 279.
— tenuispina 306*. 310.
Sporadoceras 86. 109.
Stacheoceras 158.
Stassfurter Salzlager 155.
Stauria astraeiformis 74*.
Stegocephalen 167. 208.
Stegodon 328.
Steinbock 358. 360.
Steinheim, Tertiärbecken von 323.
Steinkohle, Bildungsweise derselben 127.
—, im Carbon 111. 115 ff.
—, im Keuper 186.
—, im New red 193.
—, im Rothliegenden 146. 149.
—, im Senon 277.
—, im Wealden 256.
Steinmergel des mittleren Keupers 187. 190.

Steinsalzlager s. Salzlager.
Steinzeit, ältere oder diluviale 340.
—, jüngere oder alluviale 361.
Stenopora columnaris 161.
Stephanoceras 242.
— Blagdeni 225. 227*.
— Braikenridgi 225.
— Humphriesianum 225. 229.
Steppenfauna, diluviale 351.
Steppenkalk, älterer 324.
Sternberger Kuchen 303. 304.
Stettiner Sand 304. 305.
St. Gallener Meeresmolasse 323.
Stigmaria 140.
— ficoides 137*.
— inaequalis 121.
Stinkschiefer 152. 153.
Stiper stones 49.
St. John-Schichten 39. 41.
Stockdale-shales 51. 64.
Stockwerk 6.
Stomatopsis 282.
St. Ouen, Kalk von 298. 299.
Stramberger Kalk 238.
Strandwälle, diluviale 352.
Stratigraphie 1.
Streptorhynchus crenistria 125. 132°.
— (Meekella) eximius 125. 126. 138*.
— gigas 93.
— pelargonatus 159.
— umbraculum 84. 102*.
Stricklandinia s. Pentamerus lens.
Stringocephalen-Kalk 84. 88. 91. 92. 98.
Stringocephalus 90. 99.
— Burtini 84. 89. 92. 96. 102°.
Stromatopora 51. 77. 84.
Stromatopora-Kalk der Unter-Helderberg-Gruppe 97.
Strophalosia 99. 161.
— excavata 159.
— Goldfussi 153. 164*.
— horrescens 159.
Strophomena expansa 61. 68°.
— euglypha 50.
— laticosta 83. 93. 101*.
— rhomboidalis 72°.
Strudellöcher 340.
Stubensand 308.
Stubensandstein 187. 191.
Stufe, geologische 6.
Stylolithen 184.
Subaërische Gesteine 2.
Subapenninbildungen 292. 293. 326.
Subcretacisches System 251.
Subhercynische Braunkohlenbildungen 308.
Succinea oblonga 349. 357*.
Südbaltische Endmoräne 347.
Süsswassermolasse 323.
Sus antiquus 333.
— erymanthius 333.

Syringopora 141.
System, geologisches 6.

T.

Taconisches System 30.
Taeniodon Ewaldi 187.
— praecursor 187.
Taeniopteris 206.
Talchir-Conglomerat 167. 168.
Tanner Grauwacke des Harzes 89. 98.
Tapirus 333.
Taunusquarzit 82. 88. 98.
Tausendfüsser, carbonische 142.
Taxocrinus 77.
Taxodium 317.
Tegel, Badener 324.
Teleosaurus 218. 247.
Teleostier, cretacische 286.
— jurassische 244.
— triassische 208.
Telerpeton 209.
Tellina baltica 345.
— planata 321°.
— solidula 344.
Tentaculiten-Knollenkalk 91.
Tentaculiten-Schiefer 85. 91.
Tentaculites 76.
— acuarius 89. 91.
— scalaris 101*. 108.
Terebellum sopitum 297°.
Terebratula angusta 181. 184. 196. 197*.
— Becksi 267.
— carnea 278.
— cycloides 181.
— digona 225. 228*. 229.
— diphya 212. 234°. 238.
— diphyoides 259. 260. 263.
— Ecki 181.
— elongata 153. 154. 156. 164*.
— grandis 307*. 308.
— gregaria 199*. 203.
— hastata 132*.
— humeralis 235. 236.
— impressa 231. 232*.
— janitor 238.
— lagenalis 225. 228°. 229.
— norica 203.
— numismalis 218. 220°.
— obesa 276.
— perovalis 225.
— sella 259.
— semiglobosa 267.
— subsella 236.
— sufflata 154.
— vulgaris 180. 181. 182*. 196.
Terebratula-Kalk des Wellenkalks 180.
Terrain 6.
— carbonifère 111.
— houiller 111.

Tertiärformation 9. 290 ff.
Tetraprotodon 333.
Thalassoceras 157.
Thallöss 349.
Thamnastraea 241.
— rhaetica 203.
Thanetsand 298. 300.
Theca s. Hyolithes.
Thecidium 207. 285.
— digitatum 275*.
Thecosmilia 241.
— trichotoma 234*.
Theriodontia 209.
Theromorpha 167. 209.
Thongallen des Bunten Sandsteins 176.
Thonglimmerschiefer 14.
Thracia Phillipsi 257.
Thuringit-Zone 60.
Thylacoleo 360.
Thysanopeltis 85. 90. 91. 93. 107*. 109.
Tichogonia Brardi 311. 321*.
Tilestone 51.
Till 347.
Tirolites s. Ceratites cassianus.
Tithon 238.
Toarcien, étage 217. 223.
Tongrien 303. 304.
Tonto-Gruppe 39.
Torfbildungen, alluviale 352.
— diluviale 360.
Torfschwein 360.
Tornoceras 86. 105*. 109.
Torridon-Sandstein 34.
Tournai, Stufe von 117.
Tourtia 267. 276. 277. 279.
Toxaster complanatus 257. 258*. 259. 260. 284.
— cordiformis 263.
Trachyceras 200. 201. 205. 207.
— aon 199*. 201. 204. 207.
— aonoides 202. 204. 207.
— archelaus 204.
— Curionii 204.
— Reitzi 204.
Tragoceros 333.
Transgredirende Lagerung 3.
Transgressionen 3.
— der oberen Kreide 251.
— des oberen Jura 213.
—, permische 144 ff.
Transversarius-Horizont 231.
Tremadictyon 241.
Tremadoc-Schiefer 31. 32. 49. 64.
Trematosaurus 208.
— Brauni 177.
Trenton-Kalk 63. 64.
Triasformation 9. 171 ff.
Trigonia 242.
— aliformis 272*.
— clavellata 242.
— costata 226*. 242.

Trigonia gibbosa 235.
— navis 224. 226*. 229. 242.
Trigonocarpus Noeggerathi 137*.
Trigonodus Sandbergeri 181. 182*.
Trigonodus-Schichten 181. 190.
Trigonosemus 285.
Trinucleus 49. 65.
— concentricus 50. 63.
— Goldfussi 58. 61. 66*.
— ornatus 58.
— seticornis 53.
Trinucleus-Schiefer 52. 59.
Tritonium flandricum 306*.
Trochitenkalk 181. 190.
Trochus patulus 322*.
Tropites 208.
— subbullatus 201. 204.
Tully-limestone 96. 98.
Turbo gregarius s. Natica gregaria.
— solitarius 203. 204.
Turneri-Thon 217. 223.
Turon 250. 267.
Turonien 249. 250.
Turrilites 285.
— catenatus 262*.
— costatus 267. 279.
— polyplocus 274*. 276.
— tuberculatus 267.
Turritella cathedralis 323. 324.
— hybrida 298.
— imbricataria 298.
— terebralis 323.
— turris 320*. 324.

U.

Uebergangsgebirge 7. 9. 28.
Ueberquader 277.
Uintenhaage-Schichten 283.
Ullmannia 161.
— Bronni 153. 154.
Ulmus 283. 312.
Uncites gryphus 84. 102*.
Ungleichförmige Lagerung 3.
Unguliten-Sandstein 35. 36. 41.
Unio flabellatus 323.
— planus 255*.
Unter-Helderberg-Gruppe 97. 98.
Unterrothliegendes 147. 149.
Upper Oolite 213. 229. 235.
Ur 358.
Urgebirge 7. 9. 13 ff.
Urgneissformation 22.
Urgo-Aptien 260 Anm.
Urgonien 249. 250. 265.
Urkalk 15.
Urschieferformation 22.
Urstier 358.
Ursus spelaeus 346*. 348. 352. 359.
Urthonschiefer 14.
Utica-Gruppe 63. 64.

V.

Vaginatenkalk 55. 56. 64.
Valenginien 259. 260. 263.
Vegetationsreiche, geologische 139.
Venus Brocchii 319.
— clathrata 324.
Vereisung, diluviale, ältere und jüngere 345. 353.
—, Nordamerikas 353.
—, Nordeuropas 342.
—, Südamerikas 355.
Versteinerungen 2.
Vertebraria 161. 168.
Verrucano 157.
Vesullian 225.
Vichter Schichten 81.
Vielfrass 359.
Vilser Kalk 237.
Vireux, Grauwacke de 88.
Virgloria-Kalk 196.
Visé, Stufe von 117.
Vögel, älteste 248.
Vogesensandstein 176. 191.
Vola 285.
— atava 263.
— quadricostata 271. 272*. 277. 278.
— quinquecostata 276.
Voltzia 161. 168.
— heterophylla 156. 177. 178*. 193. 206.
Voltzien-Sandstein 177. 191.
Voluta 285.
— decora 305.
— Lamberti 318.
— miocenica 318.
— muricina 296*.

W.

Waagenoceras 158.
Waderner Schichten 149.
Wälderthon 256.
Walchia filiciformis 157.
— piniformis 149. 150. 157. 160. 162*.
Waldenburger Schichten 122. 123.
Waldheimia 242.
Wassereis, diluviales 353.
Waterlime 62. 64.
Waulsort, Stufe von 117.
Weald-Clay 254. 256.
Wealden, Wealdenbeds 249. 250. 254 ff.
Weide 344.
Weissliegendes 150. 153.
Wellendolomit 180.
Wellenkalk 180. 190.
Wemmelien 299.
Wengener Schichten 200. 202. 204.

Wenlock-Kalk 49. 50. 64.
Werfener Schichten 196. 202. 204.
Wernsdorfer Schichten 260. 263.
Wesenbergsche Schicht 55. 64.
Wettersteinkalk 200.
Whitby, Fisch- und Saurierschiefer von 219.
White (coralline) Crag 326.
Wieder Schiefer des Unterharzes 89.
Wiener Sandstein 282.
Wiener Tertiärbecken 323.
Wiesel 359.
Wisent 358. 360.
Wissenbacher Schiefer 85.
Wolf 359.
Wolgastufe 239.
Woolhope-Kalk 49.
Woolwich- und Reading-Schichten 298. 300.

X.

Xenacanthus Decheni 166.
Xenodiscus 159.
Xiphodon 309. 315.

Y.

Yoldia arctica 344. 348. 352.
Yoldienthon 344.
Yoredale series 115. 116.

Z.

Zamites 206. 241.
Zancleano 326.
Zanclodon 209.
Zaphrentis 141.
— cornicula 133*.
Zechstein 143.
Zechsteinbildungen 151 ff.
Zechsteinconglomerat 152.
Zechsteindolomit 152. 154.
Zechsteingyps 152. 154.
Zechsteinkalk 153.
Zechsteinletten 152. 154.
Zeitalter, geologisches 6.
Zellendolomit 181. 190.
Ziege 358.
Ziesel 359.
Zimmetbaum s. Cinnamomum.
Zlambach-Schichten 201. 204.
Zone, geologische 6.
Zonites 142.
Zorger Schiefer des Harzes 89. 98.
Zwergbirke 342.

Zusätze und Berichtigungen.

S. 17, Erläuterung zu Fig. 9. Statt „g Gneiss" lies: „e u. g Gneiss".
S. 30, Z. 5 v. u. Statt „tacconisches" lies: „taconisches".
S. 49, Z. 5 v. o. Statt „Dictoynema" lies: „Dictyonema".
S. 58, Z. 19 v. o. Statt „E e²" lies: „E e¹".
S. 60, Z. 15 v. u. Hinter „Punkten" ist einzuschalten: „des Königreichs Sachsen und".
S. 81, zu Z. 2—7 v. o. In einer soeben (Ann. Soc. Géol. du Nord, 1890. S. 300) veröffentlichten Arbeit spricht GOSSELET die am Südrande des Taunus und Hunsrück auftretenden Sericitgneisse C. KOCH's, die Hornblende-Sericitschiefer u. s. w. als archäisch an, während er die darüber liegenden, die unmittelbare Unterlage des Taunusquarzits bildenden sogen. Taunusphyllite desselben Forschers für Aequivalente des Gédinnen der Ardennen erklärt.
S. 105, Z. 1 v. o. lies: *Goniatites (Gephyroceras = Manticoceras)*.
S. 107, Z. 5 v. u. statt „Heroceras" lies: „Hercoceras".
S. 115, Z. 9 v. o. fehlt hinter „enthält": ¹)
S. 123. Tabelle. Die Waldenburger Schichten (genauer ausgedrückt der Waldenburger Liegendzug) stehen zwar in ihrer Flora der Sagenarienstufe noch sehr nahe und würden jedenfalls mit grösserem Rechte dieser Stufe als der Sigillarienstufe zuzurechnen sein; da indes die Hauptmasse der Sagenarienstufe auf alle Fälle dem Culm entspricht, so muss in der Tabelle das Wort „**Sagenarienstufe**" um eine Querreihe herabgerückt werden, so dass es in gleiche Höhe mit den Worten „Hainichen-Chemnitz" und „Unter-Carbon" zu stehen kommt.
S. 125, Z. 24 v. o. und ebenso S. 126 u. 138. Statt „Euteles" lies: „Euteletes".
S. 158, Z. 4 v. u. Statt „Produciden" lies: „Productiden".
S. 209, Z. 3 v. o. Statt „Parietelknochen" lies: „Parietalknochen".
S. 219, zu Z. 17—19. Auch bei Berlin ist neuerdings unter oligocänem Tertiär Lias erbohrt worden.
S. 225, Z. 13 v. o. Hinter „Ter. lagenalis" ist zu ergänzen: „Z. d. Ann. macrocephalus". Dafür sind dieselben Worte zu streichen in Z. 16.
S. 225, Z. 20 v. o. lies: „WERVEKE".
S. 229, Columne „Frankreich" und
S. 230, Z. 17 v. u. Statt „Bajeux" lies: „Bayeux".
S. 246, Fig. 41. *Rhamphorh. phyllurus*. Nach v. ZITTEL würde die Art als *Rh. Münsteri* GOLDF. zu bezeichnen sein.
S. 264, Z. 2 u. 3 v. o. lies „*Macroscaphites*".
S. 293, zu „Oligocän". Dieser Name leitet sich ab von ὀλίγος (wenig) und καινός.
S. 298, Z. 4 v. o. Statt „bellovaccina" lies: „bellovacina".
S. 316, Z. 6 v. o. Statt „Bronthoteriidae" lies: „Brontotheriidae".
S. 323, Z. 21 v. o. Hinter „Ursprung" ergänze: „(Der sogenannten Nagelfluh)".

CPSIA information can be obtained
at www.ICGtesting.com
Printed in the USA
LVHW041145031222
734485LV00005B/299